KB050547

아다
마스

§ 아다마스 2 §

2012년 1월 9일 초판 1쇄 인쇄
2012년 1월 13일 초판 1쇄 발행

지은이 § 문은숙
발행인 § 곽중열
기획&편집디자인 § 신연제, 이윤아
발행처 § (주)조은세상

등록 § 2002-23호(1998년 01월 20일)
주소 § 경기도 고양시 일산동구 장항동 558번지 6호
Tel § 편집부(02)587-2977
영업부(031)906-0890
e-mail romance@comics21c.co.kr
값 10,000원

*파본이나 잘못된 책은 바꾸어 드립니다.

ISBN 978-89-6159-729-6 / ISBN 978-89-6159-727-2(set)

(주)조은세상

contents

제5장. 활짝 핀 벚꽃 너머 저 눈부신 별처럼

3. 마법사

대학교 입학식인 3월 2일은 꽃샘추위라는 걸 빼면 날은 화창했다.

입학식 행사는 빠질 수도 있었고 재경도 그러고 싶어 했지만, 재경이 경제학부 수석인 바람에 식 참여자 중에 한 사람이라 그렇게 할 수가 없었다. 태희는 재경이 다른 학부 수석 입학자들과 함께 앞줄에 앉아 있다가 순서가 되어 총장님과 악수하는 모습을 보면서 누구보다 열렬히 박수를 쳤다. 구경 와서 옆에 앉아 있던 소희는 시큰둥한 표정으로 "누가 보면 대학 수석 입학이라도 한 줄 알겠네."하고 빈정거렸다.

입학식이 있는 대강당에서 나온 뒤엔 서로 수업이 달라서 급히 헤어졌다. 일단 수강신청 해놓은 과목 말고도 들어가 살펴보고 싶은 강의가 많아서 여유 부리고 할 틈도 없이 여기저기 옮겨 다녀야 했다. 태희는 인문학부라서 재경과 겹치는 수업도 드물다. 재경은 듣고 싶은 과목은 얼추 정해 놓았지만 교양은 태희의 결정에 따를 생각이다. 태희가 너무 의욕에 넘쳐 이러다 수강한 강의 말고도 청강하게 될 과목이 두세 개쯤 생길지도 모른다고 재경은 각오하고 있다. 어설프게 운동한 걸 가지고 태희는 자기 체력이 비약적으로 증가했다고 믿고 있으니 그 장단에 슬쩍 맞춰주면서 적당히 컨트롤하는 게 자신의 몫이라는 걸 재경은 잘 알고 있는 것이다.

제대로 수업을 하는 강의는 없었다. 목요일이라서 수업 간격이 길었기에 남는 시간에 태희는 소희와 함께 학교 구경을 했다. 그전에 재경과 와서 한 번 구경을 한 적도 있었지만 봄꽃이 살짝살짝 피어 있는 학교를 구경한 것은 또 처음이라 신선했다.

그러다 점심을 먹을 때가 되어 다시 셋이 모였을 때 재경이 말했다.

"학교 음식은 앞으로도 질리게 먹을 테니 밖에 나가서 먹는 게 좋겠어."

"그거 듣던 중 반가운 소리. 한 서방, 맛있는 거 잔뜩 나오는 곳으로 가세나."

먹을 것 앞에서 상냥해진 소희의 말에 재경이 고개를 끄덕였다.

"그럴 테니 먹을 만한 거 추천이나 해봐. 앤 도통 먹고 싶어 하는 게 없다."

"뭐 맛있는 걸 먹어봤어야 먹고 싶은 것도 생기지. 나만 믿어라. 이 근처라면……아, 갈비 맛있게 하는 데 있다! 그거 먹으러 가자."

"에? 대낮부터 고길 먹자고? 너무 거해. 좀 더 가벼운 걸로 먹자."

태희가 난감해 하면서 다른 의견을 냈지만 재경은 소희의 손을 들어주었다.

"갈비 좋네. 그걸로 가자."

"오케이. 실망하진 않을 테니까."

태희를 살찌우는 일에서만 죽이 척척 맞는 둘이었다. 갈비로 푸짐하게 점심식사를 하고 돌아와 강의 두 개에 들어갔다 나오니 다섯 시 무렵이었다. 원래는 태희 입학식을 구경하기 위해 왔다가 어쩌다가 이 시간까지 함께 있었던 소희는 수업이라고 할 것도 거의 없었음에도 불구하고 면학 분위기만으로도 지쳤다고 선언했다.

그런 소희를 먼저 집으로 바래다준 뒤 오늘 있었던 수업에 대해서 느긋하게 이야기하면서 재경은 운전을 했다. 그러다 태희가 어리둥절한 표정으로 재경을 보았다.

"어, 이 길은……. 재경아?"

태희가 의아하게 중얼거린 덴 이유가 있었다. 어느새 차는 재경의 아파트로 향하는 길에 들어서 있었던 것이다. 재경은 별다른 설명 없이 운전을 계속했다.

"오늘 일찍 들어간다고 엄마한테 이야기해 놨는데."

그러니 집에 데려다 달란 뜻을 담아 태희가 말했지만 재경은 잠자코 운전만 했다. 결국 차는 재경의 아파트 주차장으로 들어가 멈췄고 태희도 어쩔 수 없이 차에서 내렸다. 엘리베이터 안에서 재경은 층 숫자가 바뀌는 것을 지켜보면서 문득 중얼거렸다.

"키스가 좋겠어."

"응?"

어리둥절해 하는 태희를 보며 재경이 씩 웃었다.

"감사 인사는 키스로 해줘. 아주 진하게."

"무슨 말인지……."

어리둥절한 기색이 역력한 태희에게 불쑥 다가서더니 재경이 웃으면서 입술을 가볍게 댔다가 뗐다. 장난스런 키스 뒤에 그가 말했다.

"이 정도로는 안 된다는 거 명심하고."

무슨 일인지 전혀 짐작도 안 되는 태희를 데리고 재경은 집으로 들어갔다. 아스라하게 라벤더향이 떠도는 실내에 들어서며 태희는 자기도 모르게 얼굴을 붉혔다. 바로 어제 이 시간 무렵에도 그녀는 이곳에 있었던 것이다. 대번에 난감한 장면이 머릿속에서 슥슥 스쳐 지나간다. 심장도 묵직하게 뛰기 시작했다. 태희는 조금 떨리는 목소리로 서둘러 말했다.

"엄마가 지금 저녁 먹을 준비 하고 계실 거야. 나 때문에 일부러 빨리 들어오신다고 했거든. 그러니까 재경아……."

"오래 안 잡아. 그렇게 긴장해 버리면 나까지 이상한 생각이 들잖아."

"이상한 생각 안 하는데. 진짜, 정말로. 흠, 그러니까 용건이 뭐야?"

"용건은 침실에 있는데."

"뭐?"

"침대로 가줘야겠어."

그 말에 부쩍 태희의 눈이 커졌다. 이상한 일 아니라고 해놓고 역시 이상한 일 맞잖아, 하는 표정이다. 재경은 웃으면서 그녀를 잡아 이끌었다.

"오래 안 잡는다고 했잖아. 난 기다리는데 이골이 났다고."

재경의 말을 믿지만 침실 문이 열리는 소리에 태희는 화끈 열이 났다. 그에게 잡힌 손에서도 땀이 배어 나왔다. 재경은 아무렇지 않은 척했지만 그 역시 또렷이 그녀의 반응을 의식하고 있었다. 재경은 태희를 침대에 앉게 한 뒤 말했다.

"아무 짓도 안 한대도. 긴장 풀고 주위를 둘러봐."

긴장은 풀어지지 않았지만 재경의 말대로 고개를 들어 주위를 둘러보던 태희에게 무언가가 보였다. 파란 시트가 깔린 침대의 중간에 리본이 달린 하얀 상자가 있었다.

"뭐야?"

"글쎄. 그걸 확인하는 게 네 몫인데."

옷상자인가 싶은 정도의 크기라 당연히 가벼울 줄 알고 한 손을 뻗어 집었는데 예상보다 꽤 묵직했다. 태희는 리본을 풀면서 재경을 보았지만 힌트 따윈 없었다.

"어머!"

상자를 열어 내용물을 확인하자 태희의 입에서 절로 감탄사가 튀어나왔다. 귀퉁이에 필기체로 쓰인 *Taehee*라는 스티커가 붙어 있는 그것은 연한 핑크색의 노트북이었다. 조심스럽게 연 뒤에도 그저 감탄만 거듭하는 태희를 보고 재경이 웃으면서 전원을 켰다. 금세 부팅이 되더니 바탕화면이 떴다. 그때에도 태희는 멍하니 탄식하고 말았다.

"어, 이거……."

벚꽃이 만개한 가로수길의 풍경. 그 장소는 그녀에게 익숙한 곳이었다. 영채고의 벚꽃동산이다. 아주 오랜 시간이 지난 뒤에도 태희의 머릿속에서 사진보다 더 선명하게 기억될 그곳을 잊을 리가 없다.

"어떻게 된 거야?"

"음. 작년 언젠가 너 기다리면서 몇 장 찍어둔 거였어. 언젠가 쓸 데가 있을 거라 생각했지. 지금처럼. 맘에 들어?"

"응, 아주 예뻐. 아, 잠깐만 벚꽃 이야기도 이야긴데, 이 노트북은 뭐야?"

"뭐긴 뭐야 선물이지. 입학 선물."

"입학 선물? 이거 아주 비싼 거잖아."

"일주일 빠르지만 네 생일선물도 겸할게. 네 생일엔 꽃다발만 주지. 그럼 된 거지?"

재경은 너무도 자연스럽게 말했다. 태희만 마른침을 몇 번이나 삼키며 노트북을 쳐다보다가 빠르게 눈을 깜박이며 재경을 돌아보았다. 머릿속이 복잡하다는 뜻이다.

"있잖아, 같은 학생인 처지에 이런 선물은 좀 지나쳐."

"알았어. 다음 선물은 내가 번 돈으로 해줄게. 그럼 되지?"

"그런 이야기가 아니라, 부담스럽단 말이야. 이렇게 격에 안 맞는 선물은."

딱 잘라 말한 뒤 태희는 처치 곤란의 선물을 물끄러미 쳐다보았다. 그의 말은 뭐든 들어줄 것처럼 말하곤 하지만 이럴 때 보면 태희의 자존심은 여전했다. 이것만은 거의 간격이 줄어들지 않았다. 재경은 한숨을 쉬면서 태희의 턱을 잡아 자신에게 돌렸다.

"격에 안 맞는다는 식으로 말하지 마. 넌 자격이 있어. 그 누구보다. 나는 네게 해주고 싶은 게 아주 많아. 네가 이런 식으로 탐탁지 않아 할 것 같아서 포기해 버리고 하는 것도 아주 많고. 그러니까 어쩌다 한 번씩 내가 주는 것마저 거절하진 말아. 내가 아무 생각 없이 돈 자랑해서 널 기죽이려고 하는 거 아니잖아."

"알아, 네 마음은. 하지만 나는 이렇게 비싼 걸 받는 게 그저 기쁘진 않단 말이야."

"액수 따위 생각하지 마. 네가 그런 거 생각 안 하고 살았으면 좋겠는데 난."

"사람이 살면서 돈 생각 안 하고 살 수는 없는 거야."

줄곧 돈 때문에 허덕대는 사람들을 보고 자란 태희에게 그건 힘든 일이다. 없으면 없는 대로도 살지만, 가끔은 아쉬움에 가슴이 먹먹할 때가 있는 돈에 대한 기억은 태희의 성격이 안으로 움츠러들게 만드는데 한몫을 했던 것이다. 아무리 멋진 환상을 그려도 결국 자신의 토대가 된 현실이 비루하다는 것을 잊지 않았다. 그런 사실을 분명하게 담고 있는 그녀의 눈을 들여다보다가 재경은 팔을 뻗어 그녀의 머리를 끌어안았다.

"생각하지 않게 해줄게. 최대한 빨리 네가 그런 생각 안 하고 살게 해줄게. 예쁘고 좋은 것만 보면서 살게 만들어줄 거야. 내가 꼭."

"동화 속 공주님처럼? 우와, 우리 재경이 왕자님이구나. 은근 낭만

적이야.”

재경이 쿡쿡 웃더니 이마를 대고 그녀의 눈을 향해 말했다.

“왕자님 말고 마법사라고 해. 나는 네가 원하는 건 뭐든지 들어줄 거거든.”

재경의 목소리가 너무도 상냥했다. 태희는 물끄러미 그를 바라보다가 가만히 눈을 감고 그의 입술에 입을 맞췄다. 입술이 겹쳐진 그대로 천천히 그녀의 손이 재경의 뺨을 어루만졌다. 애틋한 손길에 이어 입술을 조심스럽게 뗀 후 태희가 중얼거렸다.

“가끔은 무서워. 너무 무서워, 재경아.”

“……뭐가?”

물어오는 재경의 목소리도 나직했다. 태희는 눈을 감은 채로 대답했다.

“내가 널 너무 좋아해서 머리가 어떻게 된 게 아닐까 싶을 때가 있어. 그래서 내가 보고 싶은 것만 보고 듣고 싶은 것만 듣는 건가 싶어. 자기 전에도 가끔씩 그런 생각을 해. 눈을 뜨고 깨면 진짜 현실이 기다리고 있을지 모른다고. 내게 어울리는 진짜 현실 말이야.”

“네게 어울리는 현실이 뭔데?”

“슬퍼하고 포기하고 피곤에 지쳐 잠드는 현실. 난 운이 좋은 편이 못 되니까.”

재경이 그녀의 손을 아플 만큼 꽉 쥐는 바람에 태희가 눈을 떴다.

“다 옛날 일이야. 넌 이제 누구보다 운이 좋아. 너에겐 정소희라는 친구가 있고 한재경이라는 남자가 있으니까. 어떤 악운도 이 큰 행운을 뛰어넘을 수는 없어. 내 말이 틀려?”

태희의 눈이 커졌다. 곧 그녀의 눈동자에 따스함이 가득 차올랐다.

“맞아. 네 말이 언제나 맞아. 역시 내가 반한 사람은 완벽해.”

“당연하지. 난 한재경이니까.”

오만한 미소조차 태희를 감탄케 하는 사람. 태희는 키득거리다가 다시 그의 입술에 키스했다. 이번엔 두 손으로 그의 뺨을 감싸고 그가 원했던 만큼 뜨거운 키스를 돌려주었다. 비록 제대로 실력 발휘를 하기도 전에 재경에게 주도권을 빼앗기고 말았지만.

이윽고 아파트에서 나와 태희를 바래다주는 길에 운전을 하던 재경이 지나가는 말처럼 태희 어머니가 좋아하시는 음식을 물어왔다. 태희가 우동이나 보쌈 같은 이것저것 평범한 것을 대답하다가 좀 제대로 된 걸 이야기하라는 재경의 말에 그제야 뭔가 이상해서 왜냐고 물었다. 태희의 이마를 툭 치면서 재경이 웃었다.

"왜긴 왜야. 모시고 식사 대접 한번 하고 싶어서. 네 생일 전날 정도가 좋겠지? 그 뒷날은 정소희한테 방해받을 것도 고려해야 하니 말이야."

"어, 그, 글쎄. 엄마는 일을 해야 하시니까."

"쉬시는 날 없어? 당장 내일이라도 좋아. 아주 잠깐 짬을 내셔도 되잖아."

"말이야 해봐야 알지만……. 근데 왜 네가 우리 엄마한테 식사 대접을 해?"

고민에 잠긴 표정을 짓다가 역시 모르겠다는 듯 태희가 이유를 묻자 재경이 슬쩍 눈썹을 들어올렸다.

"네 생일이니까. 낳아주셔서 감사하다고 식사 대접하고 싶어. 안 돼?"

"아니, 안 된다는 게 아니라. 왜 갑자기 그런 말을 꺼내는지 모르겠어."

"갑자기가 아니야. 이젠 그럴 만한 때가 됐다 싶어서 그래. 교복 입은 녀석이 찾아가서 남자친구라고 인사하는 거랑 대학생 되어서 제대로 격식 갖춰 인사하는 거랑은 천지차이잖아? 너랑 사귀는 게 애들 장난이라고 얕보이는 건 전혀 내키지 않아."

그냥 지나가는 말처럼 해보는 말이 아니라 그가 이미 오래전부터 계획한 일이란 걸 태희도 깨달았다. 어쩌나. 우리 엄마랑 재경의 대면이라니. 엄마보다 자신이 패닉에 걸릴 것 같아서 태희는 눈을 깜박였다.

"꼭 이번이 아니더라도 나중에 차차 기회를 봐서……."

완곡하게 태희가 재경의 말을 거절하려 했지만 갑자기 재경이 신경질적으로 클랙슨을 울리는 바람에 놀라 숨을 삼켰다. 옆 차선의 차가 추월하려고 하다가 재경의 반응에 자기 차선으로 되돌아갔다. 재경은 입을 굳게 다문 채로 전방을 뚫어져라 쳐다보고 있다. 태희는 하려고 했던 말도 숨과 함께 삼켜버렸다. 결국 태희가 대답했다.

"엄마한테 말해 볼게."

그제야 재경이 태희를 쳐다보며 싱긋 웃었다.

"그래. 이왕이면 드시고 싶은 음식도 함께 물어보고."

태희는 얌전히 고개를 끄덕이고는 자기도 모르게 한숨이 나오려는 걸 가까스로 막았다. 그녀의 그런 반응을 짐짓 모르는 척하는 재경의 태도와 달리 백미러에 비치는 그의 얼굴엔 짓궂은 미소가 한줄기 흘러가고 있었다.

"어? 뭐야, 그 모습은?"

"왜? 뭐가 이상해?"

옷을 갈아입고 나오는 태희를 보고 승운이 눈을 동그랗게 떴다. 그 반응에 뭔가 이상한 점이 있나 싶어 금세 태희는 당황해서 화장실로 다시 들어가려 했다.

"아니, 이상한 게 아니라 분위기가 확 바뀌어서."

"이상한 건 아니지? 다행이다."

가슴을 쓸어내리며 태희가 안도의 한숨을 내쉬는 걸 여전히 놀란 시선으로 승운이 물끄러미 쳐다보았다. 일하면서 하나로 묶고 있던 머리를 풀어 내린 태희는 카페에 올 때 입고 있던 베이지색 코트 대신 석류색 트렌치코트를 입고 있다. 거기다 코트와 같은 색 계열의 립스틱을 바른 입술도 근사했다. 자칫하면 천박하거나 촌스럽거나 양극단으로 치달을 수 있는 색의 배합이, 태희에게는 그야말로 딱 어울렸다. 다른 사람도 아니고 소희가 심사숙고해 골라준 것이니 당연했다. 코트 칼라 사이로 목 여밈 부분에 카메오 장식 버튼이 있는 크림색 블라우스나 코트 밑단 아래로 보이는 하얀 주름 스커트, 거기에 카메오 리본 장식이 있는 검은 구두까지 완벽하다. 그야말로 대변신. 그러고 보니 가게에 들어올 때 들고 온 쇼핑백 속에 이런 걸 준비해 온 거였네 하면서 승운은 웃었다.

"이렇게 멋까지 내고. 굉장한 데이트라도 있는 모양이다?"

"오페라 보러 가. 〈리골레토〉 알아?"

"글쎄. 봤을까? 나 알아듣기 힘든 거 싫어하는데. 넌 한 마디라도 알아듣겠든?"

"피차 마찬가지지 뭐. 주변 사람들이 다 알아듣는 것 같아서 나도 알아듣는 척해."

태희는 손으로 입을 가리고 웃으면서 비밀 이야기라도 털어놓듯 작은 소리로 말했다.

"입 다물고 있으면 중간은 간다 그 논리? 근데 졸리진 않던? 나 오페라 보러 갔다가 푹 잔 적 있어. 그 고음이 난무하는 와중에 잠까지 잤단 말이야. 대단하지?"

"응. 대단하네. 그 담대하고 무딘 신경에 박수를 보낼게."

"허헛. 무슨 그런 과찬을."

쑥스럽다는 듯 머리를 긁적이는 포즈를 하는 승운을 보며 태희가 다시 웃었다. 평소와 다른 립스틱 색 때문일까 그 웃는 모습이 유달리 화사했다.

"화장 같은 거 흥미 없다더니. 역시 데이트다 이거군. 내가 준 립스틱은 바를 생각도 없으면서 말이야."

"아, 그건 벚꽃 필 때 바를 테니까."

"그런 식으로 하면 그 립스틱 평생을 써도 못 쓰는 거 아니야?"

평생이고 뭐고 우선 그 립스틱의 행방부터 찾아야 하는데 소희는 기억이 안 난다고 했다. 찾아보겠다고는 했지만 미덥지 않다. 색은 어렴풋이 기억이 나니 샤넬 화장품 매장에 가서 한번 찾아보든가 해야겠다고 생각하는 중이다.

"아참, 내 정신 좀 봐. 너 오면 줄 거 있었는데. 잠깐 가지 말고 있어봐."

"뭔데? 괜찮으면 내일 줘. 재경이가 기다리고 있단 말이야."

"잠깐이면 돼. 잠깐만! 누나, 나 차에 좀 다녀올게."

저녁 타임에 아르바이트하는 직원에게 양해를 구한 승운이 급하게 카페 뒷문으로 뛰어나갔다. 태희가 손목시계를 확인하고는 근처에 와서 기다릴 재경을 생각하며 힐끗 창밖을 쳐다보았지만 날이 어둑해진 뒤라 밖의 풍경은 그리 잘 보이지 않았다. 본인의 말대로 쏜살같이 차에 다녀왔는지 잠시 후 승운이 헐레벌떡 카페로 뛰어 들어왔다.

"자, 이거. 대학교 입학 선물."

"급한 거 아니잖아. 뭐 하러 그렇게 열심히 뛰어갔다 와?"

"급한 건 아닌데 지금 주고 싶어서. 지금 네 복장 보니까 어울릴 것 같거든."

나무라는 태희의 말에 아직 숨이 거칠면서도 승운이 싱글거리며 웃었다. 가끔씩 이렇게 아이처럼 순진한 모습을 보여주는 게 그의 특기라는 건 알지만 딱히 무슨 계산이 있어서 그런 게 아니란 건 알기에 태희는 잠자코 고맙다면서 그가 주는 걸 받았다.

“열어봐. 어서.”

“이따가 열어볼게. 집에 가서 느긋하게.”

“그러면 안 된다니까. 일부러 뛰어갔다 온 보람이 없잖아. 에잇, 그럼 내가 연다. 뭐가 이렇게 포장이 많아? 내참.”

꽤나 정성들인 티가 역력했던 포장을 순식간에 아무렇게나 벗겨버린 그의 손에 들려 있는 것은 크림색의 헤어밴드였다.

“응. 이거 〈가십걸〉에서 블레어가 하고 나오는 헤어밴드 브랜드로 유명하대.”

“가십걸? 그게 뭐야?”

“됐다, 됐어. 내가 조선시대 여자를 개화시키고 말지 이거야 원.”

딱한 아이 보겠다는 듯 쳐다보는 승운의 눈빛에 태희가 제대로 미간을 찡그렸다. 그제야 승운이 재빨리 순진 모드로 돌아와 생글거렸다.

“아무튼 잡지에서 이거 보고 딱 네 거다 싶었지. 봐, 여기의 카메오. 예쁘지?”

“흐응……. 예쁘긴 예쁘구나.”

두툼한 실크 헤어밴드의 오른쪽 귀퉁이에 자그마한 진주로 조르륵 감싸인 붉은색이 감도는 카메오가 있었다. 볼 줄 아는 사람이라면 그 헤어밴드의 가격대도 짐작하겠지만 그저 태희는 예쁘구나 할 따름이다. 그건 나중에 본 소희가 놀랄 몫으로 남겨두고.

“보지만 말고 해봐. 지금 네 복장에 잘 어울릴 거야.”

“글쎄, 나중에 집에 가서…….”

“좀 해보라는데 말도 참 꿋꿋하게도 안 듣네. 나 어쩐지 서러워지려고 그래.”

풀죽은 척하는데 속은 건 아니지만 전의 립스틱 건도 있고 해서 태희는 다시 직원용 화장실로 향했다. 재경이 기다리고 있을 걸 의식해 최대한 빨리 서둘러 헤어밴드를 하고 나왔지만 나오는 그녀를 보면서 승운이 쯧쯧 혀를 찼다.

"너 이런 거 처음 해봐? 삐뚤빼뚤 가관이다."

"손재주가 없어서 그래. 그냥 둬."

"그거야 아주 잘 알지만 이렇게 내보내는 건 사람의 도리가 아니지. 일루 와봐."

"됐어. 적당히 괜찮은 거 확인했어. 거기다 나 급해."

"앞만 멀쩡하면 다야? 뒷머리는 가관이다. 그러게 머리는 왜 잘라서 어휴."

태희는 남이 머리를 자르건 말건 무슨 상관이냐고 쏘아붙이려다가 내가 왜 이 애랑 이런 걸로 싸우나 싶어 입을 다물어버렸다. 그러는 사이 승운이 태희의 등 뒤에 서서 헤어밴드를 정리해 주었다. 승운이 농땡이 부리는 사이에 혼자 일하게 된 저녁 타임의 언니가 그런 승운을 향해 톡 쏘듯 야유를 했다.

"워~이제 직장에서까지 작업 걸기냐? 위험한데 조 사장."

"작업이라니 무슨 그런 엄한 소리를. 이건 엄연히 애정행각이라고."

미안해하긴커녕 승운이 한 술 더 떴다. 태희는 말해 봤자 입 아프단 생각에 묵묵히 미간을 찡그린 채 시계만 쳐다보았다. 그때 그 손목시계 위를 덮듯이 그녀의 손목을 거머쥐는 커다란 손이 있었다.

"어, 재경아?"

놀라서 고개를 든 태희 앞에 재경이 서 있다. 날카로운 시선이 태희의 얼굴에 닿았다가 바로 그 뒤의 승운에게로 던져졌다.

"이건 또 오랜만에 뵙는 분인걸. 잘 지내셨을까?"

승운이 싱긋 웃으면서 재경을 향해 인사말을 던졌지만 재경의 시선은 여전히 태희의 머리에 머물러 있는 그의 손에 향해 있었다.

"하긴 이렇게 예쁜 여친이 있는데 못 지내면 그게 더 이상해. 그치?"

"태희 남친이면, 양다리의 현장을 잡힌 거 아냐? 조 사장, 네 목숨도 오늘까지구나."

"무슨 소리예요, 언니. 이제 난 그만 가볼게."

"어? 머리 아직 정리 안 됐는데."

"됐어, 어, 그럼 내일……. 들어가 볼게요, 언니. 내일 봬요, 아저씨."

승운의 손을 밀어내고 가기 전에 카페 사람들에게 인사를 하려고 했지만 재경이 아무 말도 없이 그녀의 손을 잡고 나가는 바람에 급하게 카페를 나서게 되었다.

"재가 말로만 듣던 태희 남친이야? 포스가 장난 아닌데."

"무섭죠. 다른 사람들보다 십 년은 더 빨리 늙은 녀석 같다고 할까."

"그랬나? 얼굴 그만하면 매력적 아니었나?"

"얼굴 말고, 여기가."

승운은 손가락으로 머리를 가리키며 웃었다. 두 사람이 나간 카페의 문을 힐끗 쳐다보다가 갑자기 중얼거렸다.

"아, 그러고 보니 그 이야기를 못했다. 내일은 꼭 해야지. 읏차, 일하자, 일."

오페라를 관람하러 가서 오페라가 끝날 때까지 재경이 태희에게 한 말을 따지면 열 마디도 채 되지 않았다. 심기가 불편한 게 확실했다.

마침내 오페라의 막이 내려졌을 때. 로비로 나오면서 태희는 말할 기회를 찾았지만 어수선한 분위기가 그럴 기회를 자꾸만 늦추게 했다. 그러다가 계단에서 잠깐 인파에 지체한 바람에 재경과 떨어지게 되고 말았다. 왜 이렇게 나는 굼뜨담 하고 우울해진 태희가 어차피 출입구 부근에서 보겠지 싶어 걸음을 늦추었다. 난간에 손을 미끄러뜨려 가면서 천천히 계단을 내려가는데 마지막 계단을 밟고 내려섰을 때 기다리고 있던 재경이 혀를 차며 말했다.

"스카프로 손목이라도 묶고 다녀야 해? 너 미아 만드는 건 정말로 쉽구나."

"미안."

"그런 말 식상해. 팔이나 잡아."

재경이 내민 팔을 잡긴 했지만, 역시나 평소에 비해 쌀쌀맞았다. 화가 단단히 났나보다. 이제부터라도 풀어줘야지 하고 태희가 입을 열려는 순간, "거기 재경이니?" 하고 묻는 남자의 목소리가 들려왔다.

재경보다 먼저 태희가 뒤를 돌아보았다. 그들에게서 5m 남짓 떨어진 곳에 이십 대 후반 내지 삼십 대 초반 정도로 보이는 남자가 이쪽을 보고 있었다. 짙은 회색 슈트에 안경을 쓴 남자는 근사한 흰 정장 차림의 미인과 함께였다. 재경도 뒤를 돌아보았고 이내 몸을 돌리며 그 남자를 향해 고개 숙여 인사한 뒤 태희를 남겨둔 채 남자에게로 걸어갔다.

"오랜만입니다. 작은형님. 언제 들어오셨습니까?"

"일주일 됐나. 한 주 더 쉬고 나갈 생각이다. 그래, 태문대 들어갔다지? 잘했다."

남자는 부드럽게 웃으며 재경의 어깨를 툭툭 두드렸다. 재경도 희미하게 미소 지었다.

"감사합니다."

"그런데 왜 경제학부지? 당연히 경영학부에 들어갈 줄 알았더니."

"경제학 쪽이 더 필요해서요. 경영을 일부러 배워야 할 이유도 없고 해서."

"재밌는 소리를 하는구나. 너는 당연히 경영학 공부를 해야지."

작은형이라는 남자는 우스운 농담을 들었다는 표정이다. 옆에 있던 여자에게 동의를 구하듯 눈썹을 치켜올리더니 여자에게서 조금 떨어진 곳으로 자리를 옮겼다.

"쉬러 들어왔더니 아버지가 대번에 약혼 소리를 꺼내지 뭐냐. 두 사람을 들이대곤 양자택일을 하래. 더 미룰 일이 아니라서 만나보고는 있다만. 그런 면에서 네가 부럽구나."

작은형의 눈길이 힐끗 태희를 향해 던져졌다. 재경이 눈살을 찌푸렸지만 형이 그를 쳐다보았을 땐 단조로운 표정으로 돌아와 있었다.

"연애라. 나도 아무 생각 없이 즐길 때도 있었던 것 같은데. 인생은 아주 빨리 흘러간다. 너도 이럴 때 흠뻑 즐기도록 해. 형님처럼 너무 모범생 일변도의 길을 갈까 봐 걱정이었는데 그렇지도 않은 걸 확인해서 기분이 꽤 좋구나. 그런데 어떤 집안 아이지?"

그의 시선이 다시 태희에게 향했다. 태희가 때마침 재경 쪽을 보는 바람에 정면에서 눈이 마주쳤고 태희는 잠자코 눈을 내리깔며 고개를 돌렸다. 작은형이 살짝 웃었다.

"귀여운 꼬마 아가씨네. 저런 미인이라면 나중에 인기가 상당하겠어."

"안 그래도 걱정 중이죠. 그래서 빨리 족쇄를 채울까 하는 중입니다."

"허, 녀석. 이젠 농담도 하고. 나이 한 살 더 먹더니 조금 유들유들해진 거냐? 그거 바람직한 일인데. 하하, 그래 아직 테니스는 잘하지?"

"아마 못 하지는 않을 거라고 봅니다만."

"나가기 전에 한 게임 하게 집에 들르렴. 그리고 이참에 골프를 가르쳐주지. 나도 대학 들어간 해에 아버지랑 필드에 나갔어. 한 씨 집

안 남자는 골프를 잘 쳐야 해."

눈을 찡긋하면서 모종의 비밀을 공유한 사람들 같은 미소를 던진 뒤 작은형은 재경의 머리를 슥 어루만졌다. 그가 아주 어릴 때 형들이 이따금 보여주었던 애정의 표시였다. 강아지를 칭찬해 주는 듯한 동작. 그 이상도 그 이하도 아니었다. 형들은 잔혹하지도 비틀리지도 않은 평범한 사람들이었다. 열 살 이상 어린 동생을 그럭저럭 귀여워했다고도 볼 수 있다. 타인에게 향할 수 있는 최대치와 혈연에 향할 수 있는 최소치의 중간 정도로.

"네, 형님. 주중에 한번 들르겠습니다."

"그래. 그때 보자."

작은형과 헤어져 재경은 태희에게로 돌아왔다. 가면처럼 얼굴에 남아 있던 얼마간의 미소가 가루처럼 흩어졌다. 딱히 긴장한 건 아니었지만 역시 편하질 않다. 자신을 기다리던 태희의 얼굴을 보고 그녀가 그의 팔에 팔짱을 껴 오는 순간 그 차이는 확연해졌다.

이 애와 함께 있을 때 내가 가장 나다워지는구나. 아니, 사실은 내가 나다워지는 건 이 애의 옆에서뿐이야. 편하고 자유로워지는 유일한 시간이야. 내가 어떤 모습을 보이든 태희는 다 받아들여줄 거란 걸 믿으니까. 그 어떤 실망도, 경멸도 없이.

"누구야?"

"음. 신경 안 써도 되는 사람. 아직은."

재경은 태희의 허리를 팔로 감으며 그녀의 정수리에 입을 맞췄다. 태희가 깜짝 놀랐다.

"왜, 왜 그래 재경아? 사람이 이렇게 많은데."

그토록 스킨십을 자주 하면서도 그는 사람들 앞은 되도록 피하곤 했다. 다른 누군가가 그녀를 상상의 대상으로 삼는 것도 용납하지 못했기에. 하물며 이곳엔 작은형도 근처에 있었다. 일행인 여자와 이야기하던 그의 시선이 재경에게 와 머무는 것을 재경은 똑똑히 알았다. 그런데도 재경은 잠시 더 그대로 있었다.

"과시하는 거야. 아무 생각 없는 연애랑 진짜 연애의 차이를 말이야."

"무슨 소리야? 못 알아듣겠어."

어리둥절한 눈으로 재경을 올려다보는 태희를 보며 재경이 미소했다.

"재밌는 곳으로 가자. 오늘 밤이 적당한 것 같아."

"지금? 시간이 늦었는데 어딜……."

"가보면 알아. 그렇게 길어지진 않을 거야."

재경이 데려간 곳은 작지만 모던한 인테리어가 돋보이는 바였다. 들어가면서부터 내내 술을 마셔야 한다는 생각에 걱정하는 태희를 재경은 오늘은 쉬운 걸로 시작하겠다고 달랬다. 수능을 남기고 소희와 백일주를 먹는 이벤트에서도 태희는 자신 몫의 술을 놓고 끙끙거리며 쳐다보기만 해서 흑기사로 나선 재경이 대신 마셔야 했던 기억이 있다.

"술 마시는 것도 나쁘지 않은 취미야. 중독되지 않을 정도로 즐긴다면. 물론 다른 사람들에게 폐를 끼치지 않는 선도 지켜야지. 예의바르게 즐겨야 하는 취미라고나 할까?"

"그래서 술은 어른에게 배우라고 한다는 거지?"

"그런 의미도 있겠지?"

"아무래도 난 다음 기회에. 배울만한 어른이 생기면 배울게."

"이 세상 누구보다도 내가 잘 가르쳐줄 테니까 걱정하지 말고."

재경의 장담에도 태희는 좌불안석으로 주위를 두리번거렸다. 자신이 낄 데가 아닌 곳에 와 있는 느낌이 너무도 강했다. 바를 채운 손님들은 어른스럽고 세련되게 보였다. 재경 역시 그런 분위기에 잘 어울렸다. 어디에 있어도 그는 어색한 모습을 보인 적이 없다. 그런 건 늘 태희의 몫이다. 이런 장소 적응력도 운동신경에 좌지우지되나 싶어 태희는 미간을 찡그렸다. 턱을 괸 채 그런 태희의 모습을 감상하던 재경의 눈이 가늘어졌다.

잠시 잊고 있었던 일이 다시 생생해졌다. 태희의 머리카락을 한껏 즐거운 표정으로 만져대던 승운의 얼굴이 또렷이 떠올랐다. 감히 손을 대다니. 자신의 것에.

분명 태희는 별생각 없이 하게 한 일이겠지만 이 애는 경계심이 너무 부족하니까. 무작정 벽에 계란 치기를 해대다 나가떨어지는 바보들보다, 진득하게 기다리면서 선량한 우정을 가장하는 사람의 존재가 훨씬 더 무서운 법이다. 재경은 그런 녀석에게 큰코다치고 싶은 생각이 전혀 없었다. 그렇기에 아주 약간의 빈틈도 허용치 않을 생각이다.

주문한 칵테일이 나오자 태희는 즉각적으로 그 색에 반응했다.

"우와, 아주 예쁜 색이다. 이게 블루라군이랬지? 네 건 뭐였더라, 민트 뭐였는데."

"민트줄렙. 난 시원한 향을 좋아하거든."

"응, 그렇구나. 그럼 이건 무슨 향인데?"

"궁금하면 마셔봐. 금방 알 거야."

"이렇게 파란데……설마 파워에이드 맛이 나는 건 아니겠지?"

속삭이듯 물어오는 태희 때문에 재경이 피식 웃었다. 말해 놓고 자기도 민망했던지 태희는 깊이 심호흡을 한 뒤 칵테일 잔을 들어 아주 살짝 입술을 댔다. 뜻밖이라는 듯 표정을 짓더니 조심스럽게 더 마셔보았다.

"어머, 역시 오렌지 맛이 나. 거기다 살짝 레몬 같은 맛도 나. 신기해."

"블루 큐라소라고 오렌지 향이 나는 리큐어를 넣거든. 리큐어는 뭔지 알지?"

"알지. 술이잖아. 우와아, 방금 목이 알싸한 게……이렇게 예뻐도 술은 술이구나."

"응. 그러니 천천히 즐기도록 해. 카나페 먹을래? 자."

그가 직접 카나페를 들어서 입에 넣어주었다. 그 친절한 서비스에 태희의 기분이 부쩍 좋아졌다. 거기다 훈제연어가 올려진 카나페는 몹시 맛있었다.

"굉장하다. 이거 배워서 내가 만들어줄게."

"그럴래? 그럼 칵테일은 내가 만들지. 사실은 이거 둘 다 만들 줄은 알거든."

"어? 그럼 집으로 가지."

"데려가려고 하면 또 일찍 가야 한다고 뻤을 거면서."

"꼭 그러지는 않았을 텐데."

완전히 부정은 못 하고 태희는 칵테일을 마셨다. 운전을 할 생각에 살짝 입을 축이는 정도에 그치는 재경과 달리 태희는 홀짝거리며 칵테일 한 잔을 비웠다. 얼음만 남은 칵테일 잔을 아쉬운 듯 바라보기까지 하다가 재경의 칵테일을 보며 눈을 빛냈다.

"거의 그대로 남았다."

"난 운전해야 하잖아."

"그럼 내가 맛봐도 되는 거?"

어라. 약간 태희의 말끝이 짧아졌다. 하지만 재경은 잠자코 태희에게 자신의 잔을 건넸다. 겁을 많이 내더니 술이 그렇게 약한 편은 아니군 하고 생각했다. 그래서 물었다.

"그거 한 잔 더 주문해 줄까?"

"그래도 돼? 어머, 이것도 시원한 게 맛있다. 근데 좀 쓴 것도 같고.

이건 무슨 술인데?"
"아까 그건 보드카가 기본이고 이건 버번위스키가 기본이라고 할까."
"음. 자꾸 먹으니 단 것도 같고?"
"어이, 천천히……."
그의 말이 끝나기도 전에 맛보기만 한다던 태희가 그대로 꿀꺽 잔을 비워버렸다. 얼음과 민트잎 부스러기만 남은 잔을 말똥말똥 바라보다가 재경 앞에 잔을 쓱 밀면서 말했다.
"맛있다. 마셔."
재경이 살짝 어이가 없다는 표정을 지었는데 태희는 두 손으로 꽃받침처럼 얼굴을 받치고 그를 물끄러미 쳐다보는 것이었다. 이제 당황스러운 건 재경이 되었다.
"왜? 왜 그렇게 쳐다봐?"
"너 아까 어째서 나한테 꼬리지 낸 거야?"
"뭐?"
"아까 말이야. 아까. 저녁밥 먹고, 오페라 보면서 내내 나한테 꼬라지 냈잖아. 그치? 기분 나쁘면 말로 하지 왜 꽁해 있냐? 남자가 쪼잔하게. 밴댕이 속이야?"
재경은 잠시 자신의 귀를 의심했다. 방금 자신이 들은 말이 실제의 것인지 확인하는 절차였다. 고막은 정상인 것 같은데 태희 입에서 나오지 않을 법한 말들이 술술…….
"너한테 말했잖아, 바보야. 뭐가 그렇게 화가 나서 그랬어? 응? 이 누나한테 말해 봐."
"누나?"
"내가 너보다 생일이 7개월이나 빨라. 그러니 내가 누나지. 뭐야 그 눈빛은. 부정하고 싶어도 사실은 사실. 이 몸이 누나고 넌 동생. 자, 재경아? 말해 보렴."

태희가 재경의 뺨을 톡톡 두드리면서 히죽거렸다. 이쯤 되면 재경이 자신의 귀를 의심할 차례는 지났다. 태희는 취했다. 그 정도 술에 사람이 취할 거라곤 생각 못했는데 취하나 보다. 재주문한 블루라군이 나오자 태희가 놀랍도록 빨리 움직여서 잔을 가져갔다. 그리고는 훌쩍거리면서 재경의 볼을 손가락으로 꾹꾹 누르며 말했다.

"어허, 말 안 하고 뭐해? 화난 게 있으면 말해 봐. 이 누나가 속 시원히 풀어주지."

"나 참. 그래, 화났다. 네가 그 녀석이랑 시시덕거리는 거 보니까 속이 뒤집히더라."

"시시덕거려? 내가? 아냐, 그거. 걔가 이 헤어밴드 정리해 준거야. 난 왜 이렇게 머리 만지는데 소질이 없나 몰라. 이참에 그냥 확 다 잘라버릴까? 소희처럼 짧게 말이야."

"그러기만 해봐. 그리고 네 헤어밴드를 왜 그 녀석이 정리해줘? 다른 남자가 네 머리 만지게 하지 마. 넌 너무 경계심이 부족하다고. 바보도 아니고 정신 좀 차리고 살아."

"바보 아니야. 정신? 여기서 더 어떻게 차려? 내가 똑똑해지려고 얼마나 노력하는데. 너 때문이야. 너 때문에 내가 한계의 한계를 넘어서 똑똑해지기 위해 몸부림치는 중이라고. 우후훗, 근데 우리 재경이 화나셨어요? 어우, 귀여워. 너 그렇게 내가 좋아서 어떡하니? 응?"

"어어, 야."

태희가 단번에 비운 잔을 강화유리로 된 파란 테이블 위에 내려놓았다. 한숨을 폭 몰아쉬더니 태희가 그 잔 옆의 유리에 뺨을 대고 누웠다.

"차갑다. 기분 좋아. 졸려."

"여기서 자면 안 돼. 집에 가야지, 너."

"우후, 집이야 오늘도 가고 내일도 가고 하는 건데 뭐. 술은 좋은 거구나. 그래서 우리 엄마가 그렇게 마시는 건가. 근데 우리 엄마는 소주만 마시던데. 이렇게 비싼 술 마셔본 적 있을까 몰라. 없을 거야. 아마. 아니, 틀림없이 없어."

태희에게서 좀처럼 듣기 힘든 말이 나왔다. 재경은 이 기회에 이것저것 물어볼까 생각했다. 술에 취한 사람은 평소엔 하지 않던 말도 잘하는 법. 그러나 그렇게 해서 알아낸 것은 달갑지 않다. 자존심이 호기심을 이겼다. 재경은 태희를 흔들어 자지 못하게 했다.

"일어나. 그만 나가자."

"응? 술은?"

"충분히 마셨어. 넌 기본이 아주 부족하단 거 알았으니까 천천히 훈련시켜야겠어."

"워~내가 기본도 없는 녀석이라고? 그거 욕이지 지금? 너 배짱 좋다?"

술에 취하니 소희랑 닮아가나 싶어 혀를 차고 재경은 태희를 부축해 일으켰다. 바를 나와서 주차해 두었던 차에 탔다. 태희의 안전벨트를 매 주는데 눈을 감고 있던 태희가 갑자기 눈을 뜨고는 재경의 슈트 깃을 잡았다.

"그러고 보니까 너 나빠. 내 입술 안 보여? 나 오늘 신경 써서 소희에게 코치 받은 건데. 예쁘지 않아? 어른스럽지? 소희가 쓰려고 샀는데 발라보니까 안 어울린대. 근데 나한텐 아주 잘 어울린댔어. 소희는 거짓말 안 해. 그러니까 지금 내 입술은 지금까지 본 것 중에 가장 예쁘고 어른스러운 거야. 근데 왜 예쁘단 말 한마디를 안 해줘?"

"하하, 예뻐. 됐어?"

"말로만? 키스 안 해줘? 이 립스틱 맛도 괜찮아. 사탕 비슷하게 달콤해. 그래서 더 맘에 들어서 소희한테 달라고 졸랐어. 볼래? 지금 가지고 있거든."

토트백을 열어 립스틱을 찾으려는 태희의 손을 그대로 누르고 재경은 그녀의 얼굴을 잡은 채 키스했다. 태희가 말한 대로 립스틱의 사탕 비슷한 향도 느껴졌다. 하지만 입술 자체의 달콤함에 빠져 재경은 태희의 입술을 흠뻑 빨아들였다. 그가 고개를 들었을 땐 태희의 입술에 발려 있던 립스틱은 희미하게 형태만 남았다. 그러나 립스틱이 발려 있던 때보다 더 붉다. 재경은 한 번 더 그녀의 입술에 깨물듯이 키스를 한 후 중얼거렸다.

"적당히 모른 척하는 게 좋아. 어제는 키스로 버텼지만 오늘은 그걸로 안 될 것 같아서 말이야. 돌려보내고 싶지 않아. 이런 식으로 날 도발하면 나도 뒷일은 감당 못 해."

"……나를 안는 게 좋아?"

"좋아. 믿을 수 없을 만큼."

"그런 게 왜 좋을까. 난 정말……."

태희가 무슨 말인가를 하려다 그대로 말을 삼키고 말았다. 재경은 추궁하듯 물었다.

"넌 어떤데? 말해 봐. 넌 느낌이 어때?"

그녀는 내내 괜찮다고만 말했었다. 네가 좋으면 나도 좋다고 말하는 게 고작이었다. 하지만 태희가 행복해 보인 건 잠이 들 때뿐이었다. 솔직한 대답을 얻는 건 무리겠지 했지만 지금 재경은 그걸 들을 수 있을 것 같았다. 과연 태희는 망설이다가 털어놓았다.

"많이 아프고 힘들었어. 어제까지만 해도 가슴도 부어서 욱신거렸어. 걷는 것도 좀 불편했고. 그런데 넌 전혀 힘들지 않은 거야? 흐음. 이상해."

"이상한 거 아니야. 여자는 처음 한동안은 많이 아픈 법이래. 거기다 내가 아직은 서툴 테니까. 머리로 아는 것하고 몸으로 직접 하는 게 이렇게 다른 건 나도 처음이거든."

재경이 태희의 귀에 살며시 키스했다. 그대로 입술을 떼지 않은 채로 속삭였다.

"미안해. 마음이 너무 넘쳐서, 너를 배려해야 한다는 거 알면서도 정작 나 하나 컨트롤하기가 버거웠어. 정말로 미안."

"그런 말 식상해."

문득 태희가 오만하게 혀를 차며 그의 말을 가로막았다. 재경이 놀라서 바라보자 살짝 빰이 붉어진 태희가 배시시 웃으면서 재경의 입술에 쪽하고 입술을 댔다 뗐다.

"처음 한동안이 많이 아프다면 언젠가 안 아플 날도 온단 뜻이잖아? 나하고 달리 넌 뭐든 빨리 배우니까 곧 그런 일도 잘하게 되는 걸테고. 그러니까 말이야, 식상한 말 대신 내게도 진짜를 보여줘. 믿을 수 없을 만큼 좋은 게 어떤 느낌인지 말이야."

"……태희야."

"그리고 좋은 것도 있었어. 너랑 아주 꼭 끌어안고 있으면 어느 한 순간 네게 녹아드는 듯한 기분이 들었어. 물론 착각이었지만 그래도 기분 좋았어. 그건 아주 좋았어."

웃고는 있지만 부끄러웠던지 어느새 발간 사과처럼 달아올라버린 얼굴의 태희를 보면서 재경은 마음속 깊이에서부터 뜨겁게 치고 오르는 어떤 기운에 휘감겼다. 현기증이 나도록 아찔한 욕망. 조금씩 떨리는 재경의 손이 태희의 턱과 목을 어루만졌다. 피가 끓어오르는 기분을 이렇게 자주 맛보게 되다가 어느 순간 정말로 피가 전부 기화되어버리는 것 아닌가 하는 터무니없는 걱정이 언뜻 머릿속을 스쳐갔다.

"내가 정말 어떻게 되는 모양이다. 네가 술에 취했다는 건 아는데도 브레이크가 말을 안 들어. 어쩔까, 태희야? 널 그냥 보내줄까? 아니면 보내주지 말까?"

"내가 말하면 들어주는 거 확실해?"

"말했잖아. 난 마법사라고. 아직은 좋은 마법사일 거야. 아마도."

"난 내 소중한 마법사가 쓸쓸히 잠들까 봐 걱정스러워. 그러니까 같이 있어줄게."

사르르 웃으면서 그녀가 그의 가슴에 얼굴을 묻었다. 이제 재경에게 다른 건 전혀 알 바 아니다. 그냥 그대로 그녀를 확 안으려는데 불쑥 태희가 고개를 들더니 핸드폰을 찾았다. 그녀가 한 일은 어머니에게 전화를 걸어서 소희 집에서 자겠다고 보고하는 것이었다. 워낙 빈번한 일이라서인지 너무도 쉽게 허락이 떨어졌다. 어머니에게 안녕히 주무시라고 말하고 전화를 끊은 뒤 태희는 잠시 눈을 감았다. 그러다 걱정스런 표정으로 재경을 보며 말했다.

"이렇게 자꾸 거짓말하다간 나, 거북이로 변하는 거 아닐까?"

"그런 일 없게 지켜줄게. 혹시 거북이가 되면, 키스를 해서 다시 돌아오게 해줄게."

"거북이 공주님 이야기? 우와, 멋져."

태희가 손으로 박수를 치면서 웃었다. 술에 취한 그녀는 평소보다 훨씬 더 잘 떠들고, 용감하고, 잘 웃었다. 때로는 이런 모습도 나쁘지 않다 싶을 만큼 귀여웠다.

이대로 이 밤이 계속되기를. 마법사가 그 순간 바라는 것은 그것뿐이었다.

4. 소개

다음 날 정오가 되기 전에 간신히 일어나 집에 가서 옷만 갈아입고 아르바이트를 하러 나온 태희는 아주 진하게 내린 에스프레소 커피를 두 잔이나 마셨음에도 졸린 기색을 영 떨치지 못했다. 방금도 설거지를 하다 말고 잠깐 졸았다. 이래선 안 되겠다 싶어서 화장실에 가서 얼굴을 적당히 찬물로 적셨다. 좁은 공간에서 운동을 좀 해보았지만 덕분에 허리가 여전히 뻐근하고 다리 사이가 아릿아릿한 것만 확인했다. 이제 한 시간 정도 더 버티면 된다고 힘내자고 스스로를 다독였다. 그럴 때 핸드폰에 문자가 왔다.

〔안 졸려?〕

재경의 문자다. 빤히 어떤 상태인지 알 거면서 이런 문자를 보내다니.

〔응. 멀쩡해. 열심히 일하는 중이야. 그럼 나중에.〕

허세를 잔뜩 담아서 보낸 문자에 좀 있으니 대답이 왔다.

〔열심히 일하시는 분 귀찮게 해드린 모양이야? 정말 멀쩡한지 이따 확인하지.〕

빈정거리는 그의 목소리가 바로 옆에서 들리는 것 같다. 태희는 그래도 혀를 날름 내밀어 보였다. 전혀 멀쩡하진 않지만 오기로라도 멀쩡한 척해야겠다. 커피 한 잔 더 마시고 어떻게든 기운을 내자고 태희가 주먹을 부르쥐는데 불쑥 눈앞에 승운이 나타났다.

"응? 무슨 일인데 기합까지 넣고 있는 거야?"

"어? 아냐. 일 열심히 하려고 말이야. 커피 한 잔만 더 마셔야겠어."

"커피를 또? 오늘 무리하네."

"무리하는 거 아닌데?"

눈을 동그랗게 뜨며 태희가 나중에 펼칠 연기를 미리 선보였는데 승운은 팔짱을 껀 채 혀를 차며 조롱했다.

"눈 밑에 있는 다크서클이나 해결하고 그런 소릴 해. 한숨도 못 잔 얼굴인데?"

"남이야 다크서클이 턱까지 내려오든 말든 네가 무슨 상관이라고 그래? 가만 보면 사람 귀찮게 구는데 뭐 있어 진짜."

"어허, 이 내가 이렇게 관심 가져주는 게 고마운 줄도 모르고. 그리고 넌 말이야, 잘 모르는 모양인데 사람 손 가게 하는 구석이 있어. 봐, 이 칠칠치 못한 아가씨야."

승운이 태희의 얼굴로 손을 뻗자 태희가 쓱 뒤로 몸을 뺐지만 승운의 손이 더 빨랐다. 그의 손가락 끝에는 하얀 티슈 조각이 들려 있다. 아까 세수하고는 티슈로 얼굴을 닦는다는 게 그렇게 흔적을 남긴 모양이다. 얼굴을 붉히면서도 태희는 할 말을 했다.

"내가 매일 그러는 것도 아니고 어쩌다 한 번 실수한 걸 잡아서는 신이 났구나."

"그러게. 근데 신이 나는 걸 어쩌나? 야, 근데 팔은 왜 또 그래?"

"팔? 팔이 왜?"

“뭐에 물린 거야? 벌써 모기가 있나?”

씻으면서 팔꿈치까지 걷어 놓았던 옷 때문에 태희의 하얀 팔이 드러나 있었다. 승운이 가리킨 대로 보니 팔이 접히는 곳의 아래쪽에 붉은 자국이 드문드문 보였다. 그게 뭔지 몰라 태희도 슥 그 위를 만져 보다가 번쩍 떠오르는 게 있어 꿀꺽 마른침을 삼켰다. 오늘 아침에 도무지 일어나려 하지 않는 태희에게 재경은 여기저기 가리지 않고 키스를 퍼부었다. 연약한 피부에 이빨이라도 박아 넣을 것처럼 이따금은 깨물기까지 하면서 흠뻑 해댄 키스는 숱하게 많은 키스 마크로 남았다. 바로 그 흔적들이었다. 안 그래도 홍조가 생겼던 뺨이 훨씬 더 빨개져서는 황급히 걷은 옷을 손목까지 내리고는 더듬거리며 태희가 말했다.

“우, 우리 집이 주택이거든. 요새 모기는 엄청 빨리 활동을 시작하는 거 모르지?”

“헤에. 요새 모기는 빠르기도 하네. 근데 얼굴은 안 물리게 조심해. 뭐, 네가 조심한다고 될 일이 아닌지도 모르지만.”

어쩐지 귀에 들려오는 승운의 말투가 약간 거슬렸다. 힐끗 쳐다보니 승운은 묘하게 진지한 눈으로 태희를 물끄러미 쳐다보다가 푹 한숨을 쉬는 것이었다.

“누이를 시집보내는 게 이런 기분인가. 다행이야, 진짜 누이가 없는 게.”

“뜬금없이 무슨 누이 타령이야?”

“그런 게 있어. 아, 내가 무슨 말을 하려고 그런 거였더라. 맞다, 그 이야기. 알바 평일로 옮기고 싶다는 거 있었잖아.”

“아, 응. 그거 가능해?”

반색을 하는 태희의 목소리가 조금 높아졌다. 안 그래도 전부터 대학에 들어가게 되면 일하는 시간대를 주말에서 평일 저녁으로 옮기고 싶다고 생각했던 참에 마침 삼 년 넘게 일하던 아르바이트생이 유학을 간다고 그만두기로 해서 자리가 생길 것 같다는 말을 바리스타 아저씨께 들었다. 그래서 승운에게 말을 해두었는데 승운이 그 이야기를 꺼낸 것이었다.

"유감스럽지만 다른 사람을 써야겠어. 매니저가 소개하고 싶은 사람이 있다네."

"그래? 그럼 뭐 할 수 없지."

눈에 띄게 실망한 기색이 역력한 태희를 보고 승운이 고개를 갸웃했다.

"그냥 주말에 계속 일하고, 내가 과외 자리 같은 거 한두 개 알아봐 줄까?"

"아니야. 과외는 별로 하고 싶지 않아. 누구 가르칠만한 실력도 안 되고."

"너 같은 녀석이 그런 말 하면 과외 뛰는 애들 태반이 일 그만둬야 할 걸."

"나는 내가 아는 걸 남한테 풀어서 가르칠만한 재주 없어. 그리고 난 애들은 좀 불편해서. 차라리 나이가 많이 차이 나는 어르신들이 편해."

"하긴 낯가림이 심한 편이지 넌. 사람도 무지하게 가리고 말이야."

승운은 턱을 만지작거리면서 뭔가를 골똘히 생각하다가 조금은 뜸을 들이며 말을 꺼냈다.

"네가 그렇게 껄끄럽지 않게 해볼 만한 일이 있는데 우선 이야기를 들어볼래?"

"무슨 일인데?"

"책 읽어주는 아가씨가 되는 거야. 어때? 관심 있어?"

관심이고 뭐고 무슨 소릴까 싶어 어리둥절한 표정을 짓는 태희를 보며 승운이 빙긋 웃었다. 마침 카페에 손님들이 들어오면서 둘의 대화는 잠시 끊어졌다. 그 후로는 계속 손님이 끊이지 않고 들어오고 나가는 바람에 제대로 이야기할 틈이 없었다.

일곱 시가 되어 교대를 한 뒤로도 여전히 카페가 북적일 만큼 사람이 많았다. 그러다 잠깐 짬을 내서 승운이 태희에게 용건을 말하려는데 재경이 때마침 전화를 걸어왔다. 어서 나오라는 채근이었다. 승운이 나중에 자기가 전화하겠다며 가보라고 했다.

카페 근처 대로변에 차를 세워둔 채 기대서 있던 재경이 태희를 보고는 못마땅한 표정으로 말했다.

"무슨 이야긴데 나중에 전화를 하겠대?"

"어? 있어. 일 이야기."

대수롭지 않게 생각한 태희가 그렇게 넘기는 걸 보고 재경의 눈썹이 치켜 올라갔다.

"그냥 간다는데 왜 데리러 와? 여기서 소희네 집 별로 멀지도 않은데."

차에 타긴 했지만 태희는 탐탁지 않은 말투로 그렇게 말했다. 요 며칠 얼굴을 못 봐서 보고 싶었던지 점심때 소희가 전화를 해서 저녁밥은 자기 집에 와서 먹으라고 했다. 사실은 집에 와서 자고 가라고 했는데 이미 그 핑계를 써먹은 태희가 오늘은 곤란하다며 거절한 거였다. 이래저래 거짓말로 조금씩 탑을 쌓아가는 셈이다.

재경은 태희의 그런 말투도 마음에 들지 않았다. 태희는 재경을 생각해서 한 말이었지만 그녀가 재경의 그 어떤 호의든 거절한다는 자체가 마음에 안 드는 재경에게 그런 게 통할 리 없다. 시동을 걸려고 하다가 바로 마음을 바꾼 재경이 태희의 얼굴을 잡아채듯이 돌리고는 입술을 훔쳤다. 갑작스런 키스에 놀란 태희의 눈을 들여다보며 재경이 씩 웃었다.

"간밤에 너무 혹사시켰더니 걱정이 돼서. 오늘 일하다 쓰러지는 거 아닌가 싶을 만큼."

"머, 멀쩡하다고 그랬잖아. 사람 말을 왜 못 믿어?"

"글쎄. 믿으려고 해도 내가 본 게 그러지 말라고 말리던데. 점심 무렵에만 해도 잠이 쏟아져서 눈도 못 뜨던 네 모습이 눈앞에 선해서 말이야."

"아침엔 깼었잖아. 근데 네가 또……."

"내가 또 뭘?"

항의하는 태희를 보면서도 재경은 너무 태연스레 되물었다. 태희는 입에 담기 민망한 소리를 어찌 표현할지 몰라 쩔쩔매며 입만 뻐끔거렸다. 재경은 느긋하기만 했다.

"내가 또 뭘 했다고 그러실까. 난 늦잠꾸러기를 깨우느라 무진 애쓴 기억밖에 없는데."

"아니야, 난 늦잠꾸러기 아니야. 분명히 깼어. 평소처럼 깼다고, 근데 네가!"

"나는 잠도 얼마 못 자고 술주정꾼 애인을 위해 해장국까지 준비했었지. 근데 그 정성들인 식사마저 뜨는 둥 마는 둥 하고 가버렸지 아마. 그렇게 잠이 좋아서, 어쩌냐 너?"

태희의 볼을 톡톡 쓰다듬으며 재경이 혀를 찼다. 누가 보면 정말 잠이랑 술에 취해 애인을 찬밥 취급한 못된 여자로 알겠다. 태희는 입술을 깨물며 재경의 손을 밀쳐냈다.

"내가 술 냄새만 맡아도 취한다고 했는데 그래도 마시자고 한 사람이 자기면서 그래. 거기다 오늘 아침만 해도 그래. 내가 잠 쉽게 못 깨긴 해도 십 분쯤 앉아 있었으면 정신 차렸을 텐데 네가 그렇게 안 놔뒀잖아. 잠도 덜 깬 사람한테 그런 짓하고, 나빠 너."

"무슨 소릴 하는지 모르겠네. 난 열심히 깨운 죄밖에 없다니까."

"그게 깨우는 거야? 나중엔 힘들다고 사정을 했는데도 조금만 더 조금만 더 그러면서 사람을 녹초로 만들어 놓고는. 내가 다시 곯아떨어진 건 순전히 너 때문이야."

"애초에 원인제공자가 너잖아. 기껏 깨워놓고 아침 식사 차리고 왔더니 여전히 실오라기 하나 안 걸치고 졸고 있었잖아. 일부러 멀찍이서 이름을 불렀더니 '재경아 잘 잤어?' 그러면서 웃기나 하고 말이야."

"그럼 웃지 울어?"

"난 충분히 조심했어. 아무 조심성도 없이 내 이성을 마비시킬 만큼 웃은 것도 너고, 꿀이라도 바른 듯한 목소리로 내 이름을 불러 유혹한 것도 너야. 그러니 네 잘못이야."

"누가 누굴 유혹했다는 거야!"

"네가 날 유혹했지. 어젯밤에도, 오늘 아침에도."

"으아아, 나빠. 어젯밤 일은 기억이 안 나니 넘어간다 쳐도 오늘 아침엔 절대로 아니잖아. 잠결에 네가 부르는 거 듣고 좋아서 웃은 것도 문제가 돼? 그런 걸로 놀리기나 하고 재경이 너 정말, 정말, 정말 가끔 무지하게 못된 거 알아? 봐봐, 지금도 웃기나 하고."

태희는 눈가에 이슬이 맺힐 만큼 토라졌는데, 재경은 만면에 미소가 배어 있다. 조금은 사악하기까지 한 미소와 함께 재경은 태희의 뺨을 어루만졌다. 태희가 앵돌아지면서 고개를 돌렸지만 재경은 손쉽게 그녀의 얼굴을 자신 쪽으로 돌려 얼굴 곳곳에 키스를 했다.

"그만해, 키스 받을 기분 아니란 말이야. 그만하라구, 그만……으응."

토라진 그녀의 목소리를 삼키듯이 재경이 태희의 입술을 눌렀다. 뜨거운 혀가 부드러운 입술을 희롱한 뒤 안으로 헤집고 들어와 태희의 혀를 세차게 휘감아 빨아들였다.

이것이 얼마나 농염한 키스인지 전에는 미처 몰랐다. 키스를 하고 난 뒤에 재경의 목소리나 숨결이 거칠어지는 이유도, 마주하는 재경의 눈동자가 유난히 반짝이는 이유도 깊게 생각하지 못했었다. 그러나 이제 조금은 알게 되었다. 이런 키스를 할 때의 재경이 위험하다는 것을. 그렇기 때문에 태희는 고분고분히 그의 키스를 받던 고등학교 때처럼은 할 수 없었다. 가만히 움츠리고 있다가 그가 입술을 잠깐 떼는 찰나에 서둘러 고개를 돌리며 말했다.

"소희 저녁도 안 먹고 내가 오기만 기다리고 있을 거야. 그만 가."

"길이 막혔다고 하지 뭐."

귓가에 닿는 재경의 숨결이 너무도 뜨거워 태희는 더더욱 몸을 움츠렸다. 그의 손이 다시금 그녀의 턱에 닿더니 젖은 그녀의 입술을 어루만졌다. 느릿느릿 아랫입술을 따라 움직이던 엄지손가락이 지그시 입술을 누르면서 그 안으로 밀고 들어오려 하는 걸 느끼는 순간 태희가 가까스로 그의 손을 밀어냈다.

"이러지 마. 너 때문에 아무것도 생각할 수 없게 된단 말이야."

"그거, 잘됐네."

"잘된 거 아니야. 그러면 안 돼. 내가 바보가 되는 게 보고 싶은 거야, 넌?"

울상을 지으며 돌아보는 태희를 향해 재경이 쿡 웃었다. 그는 고개를 끄덕였다.

"난 네가 단점투성이인 게 더 좋거든. 잘하는 거라곤 오직 날 좋아하는 것뿐인 그대로가 마음에 들어. 다른 일에 아등바등 쓸데없는 수고를 하는 것도 나름 귀엽긴 하지만."

"쓸데없는 수고라니. 남이 기껏 어른이 되려고 애쓰는데."

"실컷 노력해. 말리진 않아."

그러면서 쿡쿡쿡 웃었다. 말리는 것보다 훨씬 더 기운 빠지게 만드는 말이었다. 태희가 의기소침해져서는 어깨가 축 처져 있는 걸 자연스레 무시하며 재경은 차를 출발시켰다.

그러니까 날 기분 나쁘게 할 만한 말과 행동을 하면 안 되는 거지. 상냥하고픈 마음이 전보다 훨씬 커지긴 했지만 가끔 널 울리고픈 충동이 드는 건 어쩔 수 없단 말이야. 몸을 안게 되면 그런 유치한 충동은 깨끗이 사라질 거라고 생각했는데 아닌 모양이야.

갈증이 채워져서 달콤한 잠에 빠졌던 것도 잠시, 깨어나 보면 다시 이글거리는 태양 아래 사막에 던져진 기분이다. 내가 겪는 이 기분을 너는 조금이라도 짐작할 수 있을까.

그런 질문을 담아 힐끗 재경은 태희를 쳐다보았다. 시름에 잠긴 표정조차 깨끗하게만 보인다. 또 갈증이 나서 재경은 입술을 혀로 축였다. 이미 몇 번이나 노골적으로 욕정을 드러내며 몸을 안은 후인데도 태희를 둘러싼 청결한 분위기는 사라질 기미가 없다. 문득 태희가 작게 한숨을 쉬더니 눈을 감고 지그시 이마를 손으로 눌렀다. 그 사소한 동작에도 재경의 머릿속엔 갖가지 파장이 일었다.

"그 녀석이랑 해야 할 이야기가 뭐야?"

태희가 잊어버리고 있던 화제를 다시 재경이 꺼냈을 때, 그녀는 무슨 이야긴지 몰라 눈을 깜박였다. 재경은 날카로운 눈매와 함께 대답을 재촉했다.

"조승운이랑 따로 만나고 그러는 건 아니지?"

"따로 만나다니 왜?"

오히려 태희가 되물었다. 일단은 안심하면서 다시 물었다.

"일부러 전화해서 해야 할 이야기가 있다니 궁금하잖아. 어제처럼 일하면서 가끔 잡담도 하고 그럴 텐데 말이야. 안 그래?"

"아, 그게 말이야……. 일 이야기였어. 알바 시간을 옮길까 했었거든."

"시간을 옮기다니?"

"주중으로 시간대를 옮기고 싶었어. 주 5일씩 일하게 되면 한 달 페이도 육십 가까이 되니까. 그럼 용돈도 되고 잘만 하면 등록금도 얼마쯤 보탤 수 있겠다 싶어서."

"그래서 시간을 옮기기로 한 거야?"

"아니. 안 됐어. 승운이 말론 매니저가 다른 사람을 추천했다고 해서."

"천만다행이네. 진짜 너 바보 아냐? 고작 육십 받자고 주중에 그런 일을 하겠다고?"

확 짜증을 담아 재경이 내뱉는 말에 태희가 놀라서 그를 쳐다보았다. 재경은 눈살을 찌푸린 체로 사납게 말했다.

"지금 주말에 일하는 것도 못마땅한 걸 겨우 봐주고 있었더니 이젠 한 술 더 뜨겠다고 나서네. 답답한 덴 약도 없다지만 너만큼 답답한 건 정말 상이라도 줘야지 싶어."

"무슨 소릴 그렇게 해? 아니 그보다, 지금 나한테 짜증 내는 이유가 뭐야?"

"일하겠다며, 주중에! 그런 생각을 왜 하는 건데?"

"그거야 돈 벌려고. 당연한 거 아냐?"

"차라리 과외를 해. 하나만 잡아도 지금 일하는 시간이면 충분히 몇 배는 더 벌어. 좋은 성적표에 좋은 대학 간판 있잖아. 이용하라고 있는 걸 왜 이용할 생각을 안 해?"

"남을 가르칠 자신이 없으니까. 그리고 난 카페 일은 잘해. 잘하는 일을 더 많이 일해서 돈을 벌면 좋잖아. 네가 왜 이렇게 예민하게 반응하는지 이유를 모르겠어."

"네가 그런 일에 낭비하는 시간 자체가 싫어."

"낭비하는 거 아니야. 내 힘으로 일해서 돈을 번다는 거 보람도 있어. 그러니까 그렇게 말하지 마."

"필요한 돈이 어느 정도야? 등록금? 그런 거면 내가 내줄게."

재경이 간단히 내뱉는 말에 태희는 한순간 멍해졌다가 슬금슬금 화가 났다.

"내가 어째서 그런 신세를 너한테 져야 하는데? 돈이 없어서 당장 구걸을 하게 생겼어도 너한테는 안 해. 방금 말은 못 들은 걸로 할게."

"어차피 나 전액 장학생이잖아. 그래도 본가에서 내 학비라고 넣어 주는 돈은 똑같아. 너한테 부족한 게 나한테 남아도니 간단한 일 아냐? 자선도 뭣도 아니야. 그리고 네가 내 옆에 있어야 할 시간이 그 정도 푼돈 때문에 증발하는 건 아주 짜증나."

"이상한 고집 부리지 마. 어차피 학교에선 매일 같이 보는데 왜 그래? 거기다 너한테는 말도 안 되는 푼돈인지 몰라도 내겐 필요한 돈이야. 그걸 내 힘으로 벌고 싶어. 넌 자선도 뭣도 아니라고 하지만 결국 네가 내 시간을 사는 게 되잖아. 그런 건 말도 안 돼."

"뭐가 그렇게 말이 안 돼? 힘에 부치는 일 하면서 지쳐서 파김치가 될 게 뻔히 보이는데 그냥 두 눈 뜨고 그런 걸 봐? 괜한 자존심 부리지 말고 내가 하란 대로 해."

"재경아, 이건 자존심 같은 그런 문제가 아니야. 네가 원하는 건 뭐든지 들어주겠지만 이런 일까지는 아니야. 이런 건 말도 안 된다고."

화가 나고 답답하기도 해서 태희가 강경하게 목소리를 높이자, 재경은 입을 꽉 다물고는 한동안 운전만 했다. 그러다 소희의 집이 얼마 남지 않은 교차로에서 신호를 받아 차가 섰을 때 그가 전방을 주시하면서 날카롭게 말했다.

"너 내 여자잖아. 그럼 나한테 어울리는 일을 해. 네 멋대로 생각하지 말고."

나른했던 기분이 한 점도 남김없이 사라져 버리는 순간이었다. 언제부터인가 희미해져서는 잊고 있었던 기분이 불쑥 되살아난 순간이기도 했다.

'한재경은 무섭다.'

다시 고등학교 2학년 때로 돌아가 버린 것처럼 태희는 한마디도 할 수가 없었다.

며칠 만에 만난 소희는 마치 한 달쯤 못 보기라도 한 듯 태희를 반겼다. 반가운 마음이야 매한가지였지만 그간 소희에게 말 못할 비밀을 쌓은 태희는 자기 집보다도 편했던 소희네 집에 있는 게 불편하기까지 했다. 이제라도 진실을 다 말해 버릴까 하고 마음이 흔들렸지만 역시 얼굴을 보면 민망해서 말이 나오지 않는다.

있잖아, 나 실은 재경이랑 잤어, 라고 말하면 소희가 어떤 표정을 지을지 생각하는 것만으로도 식은땀이 흐른다. 죄라고는 생각하지 않았지만 천진해 보이는 소희와 함께 있자니 자신이 뭔가 돌이킬 수 없는 짓을 저지른 것만 같다. 이렇게 해서 사람들은 말할 수 없는 비밀이란 걸 만드나 싶었다.

그래도 그럭저럭 놀다가 열 시 반쯤 되어 막차를 타기 위해 버스정류장으로 가는 태희를 바래다주면서 소희가 잊지 않고 물어왔다.

"솔직히 말해. 너 무슨 고민 있지? 생일이 코앞인데 어째 넌 방전된 배터리처럼 깜빡깜빡하는 데는 필시 곡절이 있을 거야. 말해봐. 뭐야?"

생일이란 말에 태희도 깜빡 잊었던 일을 떠올리고 놀랐다. 소희에게 말한다는 걸 여태 잊고 있었던 걸 신기해하며 태희가 황급히 말했다.

"재경이가 우리 엄마를 만나겠대. 이 일을 어쩌면 좋을까?"

"에엥? 어머니를 뵙겠다고 해? 재경이가? 뭐 하러?"

"인사드리겠다는 거야. 생일도 됐으니 좋은 기회라고 하는데 난 둘이 만날 거 생각하면 불안해서 죽겠어. 우리 엄마랑 재경이가 한 자리에 있는 모습 상상도 안 돼."

"그러게. 나도 상상은 안 되네. 졸업식 때도 얼굴만 보고 그냥 지나치더니. 아, 설마!"

"설마?"

"어머니께 넙죽 절하고 따님을 주십시오 하는 거 아니야?"

"말도 안 돼."

소희가 따악 박수를 치며 한 말에 태희는 우습지도 않다는 듯 고개를 저었다. 소희도 농담 삼아 한 말이었지만 해놓고 보니 어째 진지해졌다.

"말이 안 될 건 뭐냐. 그 녀석이라면 맡긴 거 찾아간다는 듯이 뻔뻔한 얼굴로 내놓으라고 할 것 같은데. 하긴 아직 그럴 나이는 아니지? 칠팔 년 후에나 가능한 일일 까나? 대학 졸업하고 대학원도 갈 테고. 군대도 생각해야 하고. 아, 이래서 동갑이랑은 사귀면 안 된다니까. 우리 태희 면사포 쓸 날이 멀기만 하잖아."

"그런 생각해본 적도 없어. 바보."

"뭐라고! 넌 왜 정작 중요한 일 앞에선 상상력이 바닥이냐? 이 엄마는 널 노처녀로 늙힐 생각 없다. 눈부시게 아름다울 때 최고의 값을 받고 팔아치울 거라고. 오호호호홋!"

"누가 팔리기나 하겠대. 말 그대로 너나 잘하세요, 다."

"훗, 이 몸이 한 남자에게 얽매이는 결혼이 가당키나 하냐? 난 능력되는 대로 주위에 하렘을 만들어 군림할 거라구. 그러다 날 너무 사랑한 남자들의 치정 싸움에 휘말려 갑작스런 죽음을 맞는 거지. 한 오십 중반쯤에. 그 이상은 성형의술도 약발이 없을 것 같거든."

"아, 네. 대단히 멋진 인생이에요. 죽은 뒤에 생각나면 찾아가 보든가 할게요."

"억, 무정해라. 지금 내가 창피해서 그러냐?"

"창피하지. 그런 소릴 자랑이라고 떠드는 것부터 창피한 줄 알아."

차가운 말과 함께 태희가 소희의 이마를 소리가 나도록 찰싹 때렸다. 아플 것도 없었지만 소희는 과장되게 얼굴을 찡그리면서 훌쩍거리는 시늉을 했다.

"엉엉, 바보라고 때리기까지 하다니. 옛날엔 안 그랬는데. 결국 이렇게 사랑이 변하나."

"바보한텐 매가 약이란다. 많이 아파? 미안해."

무서운 표정을 지은 것도 잠시 금세 소희의 어깨를 껴안으며 태희가 사과를 했다. 그제야 소희가 코를 찡긋하며 웃었다.

"앞으론 하렘 속에서 천수를 누리겠다고 말하고 다닐게. 너도 크게 걱정은 하지 마. 재경이가 만나고 싶다면 만나게 해주면 되지. 걔도 상식이란 게 있는 인간이고. 어머니가 좀 걱정이긴 하다. 딸 남자친구랑 정식으로 만나는 건데 너도 그렇고 걔도 분위기를 가볍게 띄울만한 인간이 아니니. 생각 같아선 내가 끼었으면 싶지만 그건 또 경우가 아니지?"

"왜? 난 좋은 생각 같은데. 너도 있어주면 내가 훨씬 편할 거야."

"야, 그건 아니지. 재경이 녀석이 나 보고 어떤 표정 지을지 눈에 선한데."

"어떤 표정을 짓는데?"

"대체 이 방해꾼 계집애는 여길 왜 나와 있는 거야. 앤 낄 데 안 낄 데 구분도 못 하는 멍청인가? 하고 생각하는 표정. 눈이 이렇게 돼서 말이야."

눈을 잔뜩 치켜올리고 재경의 성대모사를 하는 소희를 보면서 태희는 피식 웃었다.

"안 그래. 말은 퉁명하게 해도 재경이도 내심 반길 거라고."

"퍽이나 그러겠다. 그 녀석은 너 말고 다른 사람은 다 싫어한다는 걸 넌 언제쯤 제대로 이해하겠냐? 세상에 보기 드문 철두철미한 에고이스트란 말이야, 한재경은."

"너도 참. 아직도 재경이라면 색안경을 끼고 보네. 역시 첫인상이 중요한 건가."

"첫인상 같은 게 문제가 아니야. 난 날 싫어하는 사람 좋아할 생각 없는 것뿐이야. 좋아해 주는 만큼 나도 좋아하는 거지. 그래서 내가 널 사랑한다, 윤태희."

"어우, 저도 사랑합니다, 소희 씨."

난데없이 정류장에서 서로를 껴안으며 사랑을 확인하고는 둘은 키득키득 웃었다. 곧 버스가 와서 태희를 데려가자 마치 생이별이라도 하는 사람처럼 애끊는 표정을 짓고 소희가 열심히 손을 흔들어댔다. 웃음의 여운이 채 가라앉기 전에 소희가 보낸 문자가 왔다.

[가볍게 생각해. 별 볼 일 없는 녀석도 아니고 어디에 내놔도 자랑스러운 엄친아를 남자친구라고 엄마에게 소개시키는 거잖아? 그 녀석은 걱정 말고 엄마가 긴장하시지 않게 중간에서 잘해. 우리 태희, 아자아자 파이팅!]

다시금 빙긋 웃으면서 태희도 입 안에서 작게 "파이팅!"하고 중얼거렸다. 수선스러웠던 마음이 소희를 만나 기운을 얻어 한결 밝아졌다.

그러나 아예 고민이 사라지진 않았다. 버스에서 내려 집으로 가는 골목길을 걸으면서 태희는 재경이 했던 말에 대해 많이 생각했다.

"재경에게 어울리는 일이라……. 그런 게 뭘까."

재경을 기쁘게 하고는 싶지만 거기엔 한계가 있다. 아무리 노력해도 자신이란 사람을 머리끝부터 발끝까지 달라지게 할 수는 없는 것이다.

"내가 잘할 수 있는 일. 내가 할 수 있을 거라 믿음이 가는 일. 그런데 그게 그 애의 양에 차지 않는다면……."

소희라면 그렇게 말했으리라. '욕심을 부린다고 될 일이 있고 안 될 일이 있잖아. 네가 잘할 수 있는 일을 해. 결국 네가 즐거워야 그 애도 즐거워지는 거라구.'

그게 옳다. 비록 재경은 맘에 들어 하지 않는다 해도 양보하지 못할 일도 있다는 걸 태희는 깨달았다. 의욕을 다지며 태희는 집을 향해 걷기 시작했다.

그날 밤 늦게 승운에게서 전화가 왔다. 그의 제안에 귀가 솔깃해졌다. 어쩌면 재경의 마음에도 들 것 같았다. 덕분에 태희는 아주 깊은 잠을 이룰 수 있었다.

"긴장하지 않아도 돼, 엄마. 재경이 좋은 애야."

"누가 긴장한다고 그러니. 그냥 목이 말라서 그래."

"들어가면 바로 물부터 마셔야겠네, 울 엄마."

어머니의 팔에 꼭 팔짱을 끼고 있는 태희가 놀리듯이 말했다. 무슨 날일 때나 입곤 하는 정장을 차려입은 어머니는 태희의 말에 얼굴을 붉히면서 괜스레 헛기침만 했다. 신고 있는 구두는 작년 생일에 태희가 선물해 준 것이다. 낡으면 새 구두를 사줄 테니까 아무 때나 신고 다니라고 입이 닳도록 말해도 어머니는 그 구두를 신발장 한편에 고이 모셔놓고는 정장과 마찬가지로 아주 가끔 특별한 날에나 신을 뿐이다.

"안 무서워. 재경이 봐도 편하게 대해."

본인조차 가끔 그게 잘 안 되는 주제에 태희는 말은 씩씩하게 하면서 어머니의 어깨를 한 번 꽉 안아 주었다. 딸의 남자친구를 처음으로 소개받는 대부분의 어머니들이 그럴 것처럼 호기심과 걱정, 그리고 또 긴장이 섞여 표정이 굳은 어머니가 고개를 끄덕이시며 태희와 함께 한정식집 안으로 걸음을 옮겼다.

요새 먹고 싶은 거 없냐고 끈질기게 물어대서 태희가 얻어낸 답은 갈비탕이었다. 좀 더 그럴 듯한 거 없냐고 태희는 물었지만 가끔 그런 것처럼 태희가 외식이라도 시켜줄 생각인가 보다고 생각한 어머니는 빠듯하게 용돈 벌어서 쓰는 딸의 사정을 생각해 갈비탕만 쭉 밀고 나갔다. 그래서 갈비탕. 재경도 메뉴를 듣고는 "고작 그거?"하고 투덜거렸지만 결국은 갈비탕이다. 그래도 그가 고른 한정식집 정도에서 나오는 갈비탕이라면 아무나 그냥 먹고 싶다고 먹을 수 있는 수준은 아니었다.

예약된 방으로 안내받아서 간 뒤 미닫이문이 조용히 열렸을 때 먼저 와서 기다리고 있던 재경이 일어나서 그들을 맞이했다.

"안녕하십니까."

으앗, 너무 정중해! 이토록 단정한 모습은 교복을 입었을 때에도 본 적이 없다 싶을 만큼 깔끔한 정장 차림인 재경이 태희 어머니에게 깍듯이 허리를 숙이며 인사를 한 순간 태희는 하마터면 그렇게 소리 내서 말할 뻔했다. 재경 때문에 기껏 편하게 하라고 말해 놓은 어머니까지 기합이 들어가서 꾸벅 고개를 숙이며 인사를 했다.

"아, 예, 안녕하세요."

"말 편하게 하세요. 전부터 꼭 뵙고 싶었습니다, 어머님."

"아, 예, 예."

어머님이란 말에 태희 어머니는 물론 태희까지 그만 움찔했다. 이제 평정을 유지하는 사람은 이곳의 재경뿐이다. 시작부터 주도권은 확실히 재경의 손으로 넘어갔다. 어리바리한 모녀를 맞은편에 앉힌 뒤 자리에 앉은 재경이 태희 어머니를 바라보면서 싱긋 웃었다. 자신에게 웃는 건 많이 봤지만 다른 사람을 향해 재경이 그렇게 웃는 건 아주 아주 낯선 태희가 눈을 말똥거리며 쳐다보자니 재경이 다시금 정중하기 짝이 없게 입을 열었다.

"이미 들으셨겠지만 정식으로 제 소개를 하겠습니다. 한재경이라고 합니다, 어머님."

그러면서 부드럽게 고개를 숙였다. 그 바람에 태희 어머니도 또 고개를 숙였다.

"태, 태희랑은 고등학교 때부터 알았다구요. 무척 똑똑한 학생이라던데. 우리 딸애가 숫기가 원체 없다고 생각했는데 학생 이야기를 듣고 무척 놀랐지 뭐예요. 소희 말고는 변변한 친구도 없던 애가 좋아하는 남자친구가 있다고 하니……."

미리 생각해 둔 말이었던지 그럭저럭 이야기는 하시는데 옆에서 보니 이마에 촘촘히 땀까지 뱄다. 그런 어머니가 안쓰러워 태희가 재빨리 컵 가득 물을 따라 어머니께 드렸다. 어머니가 그 물을 무척이나 반갑게 마시고 있는데 재경이 말했다.

"네. 제가 생각해도 참 놀라운 일인 걸요. 사실 제가 지독한 이기주의자거든요. 그런데도 태희는 좋네요. 이 년 가까이 사귀었는데 계속 더 좋아져요. 이런 사람 또 있을 리가 없으니 앞으로 이 년 후쯤엔 결혼해 있으면 좋겠구나 싶어요."

"엄마, 엄마 괜찮아?"

콜록 소리와 함께, 태희 어머니는 마시던 물에 사레가 들리고 말았다. 다행히 심각하진 않아서 몇 번 기침을 하시곤 괜찮아지셨지만 놀란 기색이 역력해서 어머니는 재경과 태희를 번갈아 보았다. 태희가 어색하게 웃으면서 말했다.

"농담이지. 재경이도 긴장한 모양이야. 오늘따라 안 하던 농담을 하고 그러네. 하하하."

"그렇지? 원 실없는 농담도 참……."

차분하지 못했다 싶었던지 태희 어머니가 얼굴을 붉히며 자세를 가다듬는다. 태희도 마찬가지로 붉어진 얼굴로 머리를 쓸어 넘기다 재경과 눈이 마주쳤을 때 나무라는 표정을 지었다. 너 울 엄마한테도 그렇게 짓궂게 굴면 어떡해? 라는 뜻을 담아 쏘아보았지만 재경은 쿡 웃더니 태희 어머니를 향해 사근거리기까지 하는 목소리로 말했다.

"태희 눈이 누굴 닮아서 저렇게 예쁜가 했더니 어머니를 닮았나 봐요. 가끔 보면 눈이 너무 예뻐서 다른 사람을 쳐다보는 게 걱정스러울 때가 있는데 말이죠. 어릴 때도 그렇게 예뻤나 싶어서 어릴 때 사진을 보여 달라고 해도 귓등으로만 흘리네요."

"태희는 외탁을 했어요. 태희 외할머니가 젊을 적에 그렇게 미인이셨다고 하더라구요. 내가 어릴 때 돌아가셔서 기억이 가물가물한데 내 큰언니가 어머닐 쏙 뺐다는 소릴 많이 들었지. 그런데 몸이 약한 것도 닮았는지 스물도 못 채우고 갔어. 늘 시름시름 앓긴 했어도 가끔 동네에 나서면 마을 어귀가 환해지도록 고왔었지. 다들 새까맣게 볕에 탄 촌사람들 중에서 큰언니는 그야말로 백옥이었어. 어린 마음에도 큰언니가 참 딴 세상 사람 같구나 생각했는데 우리 태희가 자라면서 이렇게 큰언니를 닮을 줄은 몰랐어. 몸 약한 것도 닮은 게 좀 걸리지만 요샌 세상이 좋아졌으니까 다행이지."

"오오, 엄마 말 잘한다."

"요 녀석이."

옛날이야기를 하다 긴장이 풀어지셨는지 어느새 재경을 향해서 태희 어머니가 말을 놓고 있었다. 그러다 태희를 보며 자신의 딸이 기특하다는 듯 웞게 웃기도 하셨다. 태희가 괜스레 겸연쩍어져서 어머닐 놀리니 어머니는 짐짓 화난 표정도 지어보이셨다. 태희는 어머니의 어깨에 머리를 기대곤 비비적거리며 애교를 부렸다.

"언젠 내가 눈만 커다랗게 큰 못난이였다고 하더니 갑자기 칭찬을 해서 하는 말이야. 큰이모는 세상에 둘도 없을 만큼 이뻤다고 매번 빼겼으면서."

"산 사람이 백날 잘해 봐라, 죽은 사람한테 당하나. 그래도 넌 영락없는 큰언니 탁이야. 왜 너 어렸을 때 사진도 보여줬잖니. 지금 와서 봤으면 깜짝 놀랐을 텐데."

"저도 보고 싶은 데요, 그 사진이란 거."

재경의 말에 그제야 태희 어머니가 깜짝 놀란 듯 그를 쳐다보았다. 그러더니 난처한 표정으로 컵을 만지작거리며 말했다.

"이리저리 이사 다니는 중에 그 사진이랑 들어 있던 앨범도 잃어버렸지 뭐니. 그래서 태희 어렸을 때 사진도 온데간데없고."

"그러셨군요. 안타깝네요."

재경은 아쉽다는 듯 말하면서 태희를 힐끔 쳐다보았다. 태희는 물컵을 만지작거리고 있다. 전에도 재경이 한 번 물었을 때 태희는 원래 자기네 집은 사진을 안 찍는다고 했었다. 사실은 잃어버린 것도 아니고 안 찍어서 없는 것도 아니다. 있었는데 버려야 했다. 태희가 어릴 적에 태희 아버지의 괴벽 중에는 사진 찢기나 옷 찢기도 있었다. 한바탕 싸우고 난 뒤엔 마치 살아온 세월을 다 부정하려는 듯 앨범을 꺼내 사진을 죄 가위질해 버리고 어머니나 아이들의 옷을 갈기갈기 잘라버리곤 했다. 부모님의 결혼사진처럼, 태희의 백일사진이나 돌사진도 그렇게 사라졌다. 그 뒤로 가족끼리 찍은 사진도 없다. 자연히 사진을 찢는 괴벽은 사라졌다. 이런 이야기를 재경에게 어떤 얼굴로 해야 할지 태희는 모른다. 그래서 말하지 않는다. 아무리 친밀해져도 그녀가 재경에게 보이지 않는 일정 부분은 견고했다.

주문한 음식이 나오면서 대화는 다른 화제로 넘어갔다. 태희 어머니는 다른 부모라면 능히 하고도 남을, 재경의 집안 탐문 같은 건 하지 않았다. 아직 태희가 어리다 보니 재경이 말한 것과 같은 진지한 관계로는 생각도 하지 않으심이 분명했다. 소희가 참 착한 아이니까 재경도 아마 그러하리라고 막연히 믿는 면도 있다. 태희는 요즘 애들이 아니라 옛날 애들처럼 컸으니까. 먹이고 입히기만 하면 알아서 컸던 애들처럼. 그런데도 바르게 잘 컸다. 태희 어머니가 일하는 시장터에서 태희처럼 태문대를 간 잘난 아이를 자식으로 둔 사람은 자신뿐이다. 즐거운 일이라곤 없는 태희 어머니에게 기특하고 예쁜 딸은 단 하나의 자랑이었다.

어머니가 딸에게 보내는 믿음이라거나 딸이 어머니를 무한히 사랑하는 마음. 그런 걸 아무렇지도 않게 내비치는 둘의 표정이나 눈빛, 행동 등을 재경은 주의 깊게 관찰했다.

태희에게 가장 소중한 것은 소희와 엄마라고 했던 말을 재경은 기억한다. 과연 그렇구나, 하고 재경은 납득했다. 고작해야 낳아준 사람에 대한 정이 얼마나 될까 했는데 이렇게 끈끈한 관계도 가능한가 보다 하고. 소희와 어머니. 둘 중에 한 사람의 마음을 얻어야 한다면 이쪽이 좋겠다고 생각했다. 적어도 이분은 라이벌이 되지는 않을 테니 말이다.

재경이 평소보다 훨씬 부드러운 태도로 태희 어머니가 식사하는 내내 이것저것 챙겨주는 모습을 태희가 가끔 수저를 놓고 물끄러미 쳐다보곤 했다. 눈이 마주치자 재경이 오히려 왜 그러냐는 듯 쳐다보았다. 태희는 얼굴을 붉히곤 마저 식사를 했다.

식사를 마친 후 재경이 바래다주는 차를 타고 와 집 근처에서 내려 걸어가면서 태희 어머니는 재경의 인상에 대해 말씀하셨다.

"아주 상냥하더구나."

"그렇지? 내 말 그대로잖아."

우선은 기뻐서 그렇게 맞장구쳤지만 어째 등이 간지러웠다. 재경이 그렇게 상냥할 거란 건 솔직히 계산 밖이었다. 자신에게도 재경에 대한 편견이 남아 있었나 하고 태희는 고개를 갸웃해 보았다. 집에 들어가 씻고 자려고 누웠는데 재경의 전화가 왔다.

「아까 도착해서 샤워하고 나오는 중이야. 뭐해?」

"자려고 누워 있어."

「벌써?」

고작 열 시가 넘은 시각이라 재경이 어이없어하는 기색이 역력했다. 태희는 가물거리는 눈을 겨우 뜬 채로 말했다.

"응. 졸려. 사실은 긴장 많이 했었단 말이야."

「긴장을 왜 해? 내가 누굴 잡아먹기라도 하나.」

"세상 사람들이 다 너처럼 담이 센 건 아니야."

「세상 사람들이 다 너처럼 담이 약한 것도 아니지.」

"아, 예. 그렇지요. 담이 약해서 미안하네요."

투덜거리는 태희의 말에 재경이 웃는다. 그러다 잠시 뜸을 들이고 물었다.

「어머님은 뭐라셔?」

"너보고 '아주 상냥한 아이' 라고 하시더라."

「흠. 그건 당연한 말씀이고. 다른 이야기는?」

"어머, 한재경 군 오만이 하늘을 찔러요? 다른 이야기는 없었는데 어쩌나?"

「별수 없지. 시작이 반이니까 다음 기회를 노리는 수밖에.」

"다음 기회? 뭘 노리는 건데?"

「노리는 바는 이미 언급했는데? 넌 기억력이 돌고래보다 나을 게 없다니까. 넌 본인이 바보란 걸 한시도 잊지 않도록 노력해야겠어.」

"그렇게 일일이 알려주지 않아도 잘 알거든요?"

욱해서 오던 잠도 얼마쯤 달아났다. 물론 금세 잠이 와서 하품을 하고 말지만 말이다. 여느 때 같으면 태희가 자라고 이쯤에서 전화를 끊어줄 재경이지만 오늘은 좀 더 통화가 길어졌다. 문득 귓가에 라이터 불소리가 언뜻 들린 것 같아 태희가 중얼거렸다.

"담배 피워?"

「아, 그냥.」

재작년 겨울부터인가 그의 집 책상 위에 놓인 담배가 보여 물었더니 피운다는 대답이 돌아왔다. 끊으라고 수차례 말해 봤지만 재경은 가끔 즐기는 취미라고만 말했다. 그 말대로인지 재경에게선 담배 냄새도 거의 나는 일이 없고, 손에도 니코틴이 밴다든가 하는 일도 없다. 그래도 태희는 맘에 들지 않는다. 목소리가 자연스레 퉁명스러워졌다.

"샤워하고 나왔다면서 무슨 담배야?"

「커피 내리면서 무료해서.」

"이 시간에 커피 마시면 못 자."

「내가 넌 줄 알아? 어차피 잠자긴 글렀어. 피곤하긴 한데 머리는 싸늘하게 맑아. 근데 너 말이야. 어머니랑 무척이나 친하더라.」

"그야 엄마랑 딸 사이니까. 당연하잖아."

「당연한 거야? 그거 신기하네.」

재경이 담배 연기를 내뿜는 가느다란 숨소리가 귀에 들려왔다. 눈을 감고 있으니 마치 바로 옆에서 보는 것처럼 그의 모습을 그릴 수 있었다. 샤워를 했으니 젖은 머리칼은 헝클어져 있을 테고 날카로운 그의 눈매도 조금은 풀어져 있을 것이다. 담배를 입에 물었다가 한 모금 빨아들이고 천천히 떼어낸 뒤 무심히 숨을 쉬겠지. 어쩐지 가슴이 씀벅거려서 태희는 지그시 가슴을 눌렀다. 그 큰 아파트의 홀로 있을 그의 모습이 아프게 느껴진다.

언젠가 태희가 물었다. 집에 돌아가면 제일 먼저 하는 게 뭐냐고.

재경은 불을 켠다고 했었다. 여기저기 돌아다니면서 불을 켠다고. 쓰지 않는 방도 전부. 어째서냐고 물었더니 마킹하는 거라고 했다. 내 영역이라고 하루에 한 번씩 마킹해야 집이 자길 잊지 않을 거라고. 그때는 이상한 버릇이구나 했는데 문득 그 말이 선명하게 가슴을 훑고 지나갔다.

흐드러지게 핀 벚꽃이 천천히 바람에 떨어져 내리는 가운데 하늘을 보고 있던 오래전의 그의 모습도 떠오른다. 무심한 표정과 달리 두 눈 가득 배어 있던 쓸쓸함. 한순간 거센 바람이 불면서 벚꽃이 폭풍처럼 하늘을 채웠더랬다. 그는 꿈에서 깬 사람처럼 멍하니 하늘을 올려다보다가 아주 살짝 웃었다.

"아름답구나."

그의 탄식이, 그의 미소가 전부였다. 그 순간 태희의 마음을 온통 사로잡아 선명하게 낙인을 찍은 것은 그녀가 그토록 좋아하던 벚꽃이 아니라 바로 그였다.

반했다. 그렇게 한 순간에 혼이 묶인 것처럼 그에게 반하고 말았다.

그 뒤로 5년. 숱하게 많은 일이 있었지만 태희는 이따금 재경에게서 그때 벚나무 아래에서의 모습을 본다. 사람이 귀찮다고 아무렇지도 않게 말하는 재경이지만 아주 가끔 그가 지독히 쓸쓸해 보일 때가 있다.

가족에 대한 이야길 전혀 하지 않는 그가. 자신은 혼자인 게 당연한 것처럼 여기는 그가. 묻고 싶지만 물어본 적이 없다. 그가 곤란해 하는 것도, 얼굴을 찌푸리는 것도 보고 싶지 않아서. 그래서 전혀 자연스럽지 않은 그의 처지를 당연한 듯 받아들이는 척했다.

언젠가 그가 자신을 쓸쓸하게 만들지 말라고 했던 게 떠오른다. 나는 잘하고 있는 걸까? 자기 딴엔 늘 최선을 다했는데 과연 재경에겐 흡족했을까 싶어 태희는 고개를 갸웃했다.

"보고 싶다."

「뭐? 헤어진 지 얼마나 됐다고.」

"그러게. 좀 자라. 그래야 내 꿈에 놀러 오지. 내 잠 나눠주고 싶어. 이렇게나 달콤한데."

「부럽네. 누군 품에 안고 잘 고양이가 없는데 말이지.」

"고양이? 고양이 좋아했어? 그럼 한 마리 사지."

「……너 진짜 바보다. 바보한텐 잠이 약이지. 자라, 자.」

재경이 하는 말을 일부러 모른 척했더니 아니나 다를까 툴툴거린다. 태희는 키득거리면서 이불을 덮고는 작은 소리로 속삭였다.

"그 고양이 내일 배달해 줄게. 그러니까 담배 많이 피우지 말고 조금이라도 자. 알았지?"

「노력은 해볼게. 잘 자.」

한결 부드러워진 재경의 목소리에 태희는 웃는 얼굴로 잠이 들었다. 그녀가 순식간에 푹 잠이 든 후에도 재경은 여전히 핸드폰을 들고 담배를 물고 있다. 필터까지 타들어가는 것도 모르고 있다가 정신을 차리고 담배를 껐다. 커피가 다 내려진 것도 한참 전이다. 머그잔 가득 커피를 따라왔지만 그대로 테이블에 올려두고 소파에 드러누워 버렸다. 팔을 들어 눈을 가리고 재경은 가만히 중얼거렸다.

"보고 싶단 말을 그렇게 쉽게 하다니. 바보는 좋겠구나."

5. 그의 프러포즈

철컹 문을 닫고 돌아서는 순간 갑자기 뒤에서 버럭 누군가가 소리를 쳤다.

"늦잖아!"

하도 가까이에서 들려온 소리에 깜짝 놀라 두리번거리는 소희에게 대문 옆의 담에 기대앉아 있던 분홍색 캡 모자를 쓴 재인이 벌떡 일어서는 게 보였다.

"지금이 몇 신 줄 알아? 11시잖아, 11시! 이 정도면 학원 지각이 아니라 농땡이야. 이러고서 재수하다가 대학 문 근처에라도 가겠어? 엉?"

소희가 택한 대처 방안은 아무 말 없이 재인의 옆을 지나치는 것이었다.

"화났어? 그치만 너무 늦었잖아. 내가 오늘 8시부터 여기서 기다렸는데 이제 나오다니 말이 되냐고. 학원 수업이 있다는 건 분명한데 너무 당당히 땡땡이치는 거 아니야?"

재인이 재빨리 따라오면서 칭얼거렸지만 소희는 시선 한 번도 던지지 않고 걸었다. 아무리 기다려도 소희가 말이 없자 재인은 턱하니 앞을 가로막으며 두 손을 모으고 말했다.

"미안하오. 내가 미우면 차라리 날 때리시오. 그대의 싸늘한 눈을 보느니 차라리 이 심장을 도려내는 편이 낫겠소이다."

무시하며 소희는 옆으로 비켜갔다. 그런 소희를 보고 울상을 짓던 재인이 등에 메고 있던 가방에서 뭔가를 꺼내 쌩하니 달려와 다시 앞을 가로막았다. 그리고는 그것을 냉큼 소희의 머리에 씌웠다. 재인의 것과 같은 디자인에 하늘색 모자였다.

"말은 좀 해라. 사람이 이렇게 보고 싶어서 찾아왔는데."

"이거 치워라."

소희는 모자를 치우려고 했지만 그 머리를 꽉 누른 채 재인이 싱글거렸다.

"이야, 오랜만에 들어도 내 가슴을 저미는 아름다운 목소리. 말해봐, 사실은 나 보고 싶었지? 그래서 지금 화내는 거지?"

"미친놈, 치우라고 했지!"

주먹에 이어 소희가 발차기까지 시도했지만 재인은 낄낄거리고 웃으며 아슬아슬하게 피해 주다가 확 그녀에게 다가서면서 두 팔을 잡고 물었다.

"맞아줄 수는 있는데 이유는 듣고. 왜 그렇게 화내는 거야?"

"화 안 내게 생겼냐, 이 스토커! 너 우리 집은 어떻게 알아? 거기다 내가 학원 다니는 건 또 어떻게 아는 거야!"

"예전에 학생증 슬쩍 했을 때 외워뒀지. 그리고 학원은 당연히 지레짐작. 재수하면서 학원 안 다녀? 그냥 공부해? 그럴 리가. 너 멍청하잖아."

"이 자식이 누가 누구보고 멍청하대? 똥 묻은 개가 겨 묻은 개 비웃는 게 말이 되냐!"

"우와, 대단하다. 얼굴에 안 어울리게 거친 팔다리에 거친 입까지. 역시 멋져."

재인이 소희를 와락 끌어안았다. 기가 막혀서 소희가 냅다 뿌리치면서 소리쳤다.

"학대당하는 게 취미냐? 너 같은 놈 구박하느라 시간 쓰는 것도 아까우니까 딴 데 가서 알아보라고!"

"너무해, 구박 좀 해주라. 나 때리다 보면 재미 붙을 거야. 내가 적당히 잘 맞아줄 테니까 응? 아이, 누나앙, 응?"

"이 자식이 왜 징그럽게 누나 타령이야, 너 같은 동생 둔 적 없어. 꺼져, 꺼지라니까!"

티격태격하면서 버스정류장까지 와 버렸다. 소희는 어떻게 하면 이 진드기를 떼어버리나 고민했다. 태희에게 줄 생일선물을 사서 약속시간까지 가려면 빠듯했다. 그녀가 초조한 표정으로 시계를 보는 걸 보고 재인은 갑자기 미간을 찡그리며 물었다.

"누구 만나? 누구랑 약속인데 그렇게 애가 타냐?"

"애인 만난다, 자식아. 그러니까 기분 잡치지 말고 그 면상 치우라고. 학교 안 가냐? 평일인데 교복도 안 입고 넌 왜 이런 데서 농땡이야?"

"학교 졸업한 지 한 달이 됐냐, 두 달이 됐냐? 그새 개교기념일도 까먹냐, 넌?"

"개교기념일? 그걸 내가 왜 일일이 외우고 다녀? 난 교가도 안 외우고 버틴 인간이야."

소희의 유치한 자랑에 피식 웃던 재인은 다시 골이 난 표정으로 소희에게 물었다.

"애인 누구? 너 재수하면서 남자 사귀면 백이면 백 떨어지는 거 몰라? 봄 되니까 맘이 심란해? 남자가 필요하면 말을 하란 말이야. 여기 내가 이렇게 버티고 있잖아. 말해봐, 어디의 어떤 놈팽이랑 사귀냐?"

"아, 짜증나. 태희다, 태희. 윤태희가 내 애인인 거 몰라?"

"헉, 그런 거였어? 그럼 한재경은 뭐냐?"

"사회적 체면을 위한 바리어 정도? 우선 태희가 재경이랑 결혼해서 애를 낳는다. 그리고 이혼해서 애만 데리고 나에게 오는 거지. 그리고 우리는 해필리 애버애프터. 오케이?"

"오오, 과연. 멋진 시나리오. 그러니까 한재경은 유전자만 제공하고 버려지는 거군. 뭐 그 녀석 유전자가 좀 좋긴 좋아?"

"유전자만. 성격 안 좋은 건 공들여 뜯어고쳐야지. 그러니까 말이야……앗, 이럴 시간 없어! 난 태희 선물 사러 가야 한다구. 버스다, 버스!"

타고 갈 버스가 눈앞에 멈춘 걸 보고 소희가 후다닥 뛰어올랐다. 당연하다는 듯 재인도 뒤를 따라 탔다. 그걸 보고 소희가 꽥 소리쳤다.

"넌 또 왜! 꺼지란 말이 말 같지 않냐!"

"쉿. 버스 안에선 조용히. 공중도덕도 몰라?"

재인의 말대로 버스 승객들이 소희를 쳐다보는 눈길이 싸늘하다. 교양이 넘치는 아가씨는 아니지만, 이렇게 몰상식한 사람 취급을 받은 적은 없는 소희가 똥 씹은 얼굴로 천천히 재인의 발을 밟았다. 아주 공들여 자근자근 밟아주는 행동에 재인의 표정도 잔뜩 찌푸려지다가 갑자기 빙긋 웃으며 소희에게 고개를 숙여 소곤거렸다.

"멋져, 자기. 짜릿짜릿해."

이 녀석 제정신이야? 하고 쳐다보니 재인이 체리빛깔인 입술을 혀로 핥으면서 찡긋 윙크를 했다. 온몸에 소름이 좍 돋는 기분과 함께 소희는 발을 떼고 말았다. 짜릿해서 죽어봐라 하고 더 세게 발을 밟아줬어야 한다는 생각은 그날 밤에 자려고 누워서야 든 생각이고, 어쨌든 그때부터 소희에겐 뒤에 재인이란 꼬리를 달고 다니는 하루가 펼쳐졌다.

교양 수업이 끝난 뒤 재경과 헤어져 인문대로 가는 중에 태희는 문자를 받았다. 근처에 왔는데 잠깐 볼 수 있냐는 승운의 문자였다. 수업이 있다고 했더니 어디서 수업이 있냐고 다시 문자가 왔다. 일단 알려주고 시간이 빠듯해서 급하게 수업이 있는 강의실로 뛰어갔다.

강의가 시작되고 20분 남짓 후, 문득 강의실 뒷문이 열리고는 누가 들어왔다. 그 누군가는 뒷문 근처에 앉아 있던 태희의 옆자리에 앉아 손가락으로 톡톡 어깨를 건드렸다.

"엇, 뭐야 너."

깜짝 놀라 작은 목소리로 묻는 태희를 보며 싱글거리고 웃는 건 빨간 베레모를 쓴 승운이다. 그는 태희가 적고 있던 노트랑 펜을 가져가서 슥슥 뭔가를 적어 내밀었다.

'근처에 왔다고 했잖아.'

태희도 그 아래에 글을 적었다.

'그럼 기다려야지. 끝나면 시간 냈을 텐데.'

'궁금해서. 대학교가 어떤 곳인지.'

그 말에 태희는 잠시 승운의 얼굴을 쳐다보았다. 승운은 더 보태 적었다.

'이런 걸 도강이라고 하던가? 암튼 구경 좀 할게. 넌 수업에 집중해.'

그러더니 승운은 수첩 하나를 꺼내 똑바로 앉아서 교수님을 쳐다보았다. 당장 쫓아낼 수도 없는 일이고 해서 태희도 일단 수업에 집중하기로 했다.

강의가 끝난 뒤 가방에 교재를 넣으며 태희가 말했다.

"놀래킬 일이 따로 있지, 참. 그래, 대학 수업은 어때? 이제 대학 올 마음이 들어?"

"응. 가끔 놀러 오고픈 마음은 드네."

"놀러 말고 대학생이 되고 싶지 않냔 말이야."

"대학까지 와서 배우고 싶은 거 없어. 학비는 땅 파면 나와? 그 시간에 돈을 더 벌지."

"우아한 조 사장님이 그런 소릴 입에 담다니. 돈 버는 것도 취미라면서?"

"응. 취미. 실익을 겸한 아주 좋은 취미지."

"참 한가한 팔자야, 너도. 근데 정말 집에서 너 대학 안 간 걸로 아무 말씀 안 해?"

"워낙 손이 많은 집안이라 나 하나쯤 뭘 하든 상관 안 해. 적어도 욕먹을 짓은 안 하고 다니니 상관없잖아?"

생글생글 웃으며 승운은 말하지만 태희가 보기엔 참 이상하기만 하다. 그의 집안 정도에서 고졸 학력자가 생기는 걸 그냥 내버려두나 싶다. 하긴, 재벌이라고 모두 교육에 미친 듯이 매진할 거라고 생각하는 것 역시 편견일지도 모른다.

강의실을 나와 다른 강의실로 향했다. 승운은 아직 손에 들고 있던 수첩을 뒤적이더니 어떤 페이지를 찢어서 태희에게 주려다 말고 물었다.

"그 일 생각해 본 거야? 한번 가볼 거면 주고."

"응. 가보고 결정할게."

"그럼 내일 6시까지 가봐. 그전은 식사시간이고 너무 늦게 가면 주무실 거야."

쪽지를 받아서 확인한 뒤 태희는 가방의 다이어리에 챙겨 넣었다.

그런 태희가 고개를 들었을 때 승운은 쓱 손을 내밀어 뭔가를 더 내밀었다.

"그리고 이것도. 오늘 생일이잖아. 생일 축하해."

손에 툭하니 떨어뜨린 것은 은으로 된 귀걸이 한 쌍이다. 재경에게 주려다가 이젠 태희의 핸드폰 고리가 된 다윗의 별과 같은 디자인의 십 원짜리 동전만 한 크기의 귀걸이였다.

"……고마워. 매번 이렇게 챙겨주고. 근데 빚지는 기분인 거 알아?"

"당연히 빚이지. 내 생일 잊고 넘어가면 죽는다, 너."

"그걸 어떻게 잊고 넘어가? 생일 한 달 전부터 가게에서 노래를 해대는 주제에. 작년처럼 받고 싶은 거나 써서 돌려. 이건 그때 거기서 만든 거야?"

"응. 그 누이 아직도 너 기억하더라. 한번 오래. 자긴 시간이 멈춰진 곳에 살아서 애들 크는 게 보고 싶단다."

"그분도 너처럼 별나구나. 예쁘다. 근데 나 귀 안 뚫었는데."

"뚫으면 되지. 안 아프게 잘 뚫어주는 곳 아는데 같이 갈까?"

"어? 아냐. 내가 알아서 할게."

"그럼 주말에 올 때 꼭 차고 오기다."

"이번 주말에? 그건 좀……두고 보고."

"보고 말고 할 게 뭐 있어. 보니까 여기 근처에도 주얼리숍 널렸던데 나가서 뚫자. 너 미적댈 게 뻔하니 이거라도 내 눈으로 확인해야겠어."

"야, 싫어. 나 수업 있어. 진짜 찰게. 약속, 약속."

태희가 꼭 주말에 차고 가겠다고 몇 번이고 약속하다 새끼손가락을 걸고 약속한 뒤 복사에 지장까지 찍고 있는 모습을 어안이 벙벙해서 보고 있는 사람이 있었으니 한 사람이 아니라 둘, 소희와 재인이었다. 깜짝 놀래킬 생각으로 약속 시간보다 한 시간 일찍 왔더니 전혀 예상도 못했던 광경을 보게 되었다.

하루도 옆에서 여자 떨어질 날이 없다는 조승운 군. 그러나 태희에게 집적거리는 일은 없다고 해서 조금 아쉽기도 했던 소희인데 여기서 보니 저 두 사람은 상당히 친해 보인다.

"화기애애하군. 사진 찍었다가 한재경에게 팔아먹을까 보다."

재인의 말에 퍼뜩 놀라 소희가 그의 뒤통수를 때렸다.

"죽을래? 네가 지금 태희 약점을 잡겠다 이거냐?"

"너 지금 약점이랬다? 절친 입에서 그런 소리가 나왔으니 분명한 바람의 증거지?"

"누가 바람은 바람이야? 재네 아무 사이 아니야. 태희는 재경이가 있고, 저 녀석도 애인 있어. 이건 뭔가 사정이 있는 거라고."

"애인 있다고 사람 못 만나는 거 아니잖아? 둘 다 서로가 세컨드일 수도 있는, 아야!"

"요놈의 주둥이, 주둥이가 문제야. 너 맞는 게 짜릿하댔지? 아주 이놈의 주둥이가 메기가 되도록 때려주마!"

못 도망가게 귀를 잡고 재인의 입을 찰싹찰싹 때려대는 소희를 밀쳐낼 수도 있지만 안 밀쳐내고 크게 엄살을 부리면서 재인은 맞아주었다.

"으아, 나 죽어, 이왕 때릴 거면 손 말고 입술로 때려줘. 응?"

"넌 한 4박 5일로 두들겨 맞아야 정신을 차리겠구나. 그래, 오늘 날 잡자."

"엇? 정말? 그럼 잠시만. 나 전화 좀 하고."

소희를 번쩍 들어서 옆에다 떼놓은 뒤 재인이 핸드폰을 꺼냈다. 너무 쉽게 들렸던 소희가 기이한 표정으로 자신과 재인의 체격을 비교해 보며 이 자식 왜 이리 힘이 센가 하고 잠시 고개를 갸웃했다. 그러다 재인을 보고 물었다.

"무슨 전화를 해?"

"방 잡아야지. 호텔 예약 좀 할게."

"……미친 새끼. 왜 사냐? 왜 살아?"

"왜는? 너한테 사랑받으려고?"

천진무구와 뻔뻔은 종이 한 장 차이다. 소희가 더 말할 필요도 없이 하이킥을 날리려는 순간 불쑥 끼어드는 목소리가 소희의 비장의 발차기 시동을 멈추었다.

"대체 여기서 둘이 뭐 하냐?"

잘못 들을 리가 없는 목소리에 홱 돌아봤더니 역시나 재경이 한심하단 표정으로 둘을 보고 있다. 재인은 문득 사악한 미소와 함께 소희를 쳐다보더니 재경을 향해 입을 열었다.

"태희 선배 생일이라서 놀러 왔죠. 사람도 많은데 파티해요! 일행이 이걸로 다섯-."

"오오, 한 서방! 우리의 호프 한재경! 만나서 반갑구나, 이 녀석이 때 이른 더위를 먹은 것 같은데 음료수라도 한 잔 사주지 않으련?"

소희가 냅다 재인의 입을 틀어막으면서 말했다. 재경과 재인 둘 다 노골적으로 싫은 표정을 지으며 소희를 쳐다보았다. 그 둘이 뒤를 보지 못하게, 특히 재경이 뒤를 보지 못하게 애써서 돌려세우면서 소희가 계속 말했다.

"아, 근데 그건 아냐? 오늘 우리 고등학교 개교기념일이란다."

"정소희, 왜 이런 녀석이랑 어울려 다녀? 아직도 고등학생인 줄 알아?"

"왜 어울려 다니다뇨? 모르셨나요? 저 이 사람이랑 사귀는걸요."

"누가 누구랑! ……뭐 세상일이야 이럴 수도 있고 저럴 수도 있는 거지. 대학도 떨어지고 마음이 허전해서 강아지라도 키우는 기분으로? 이해하지 친구?"

재인의 느닷없는 소리에 버럭 소리치던 소희였지만 재인이 힐끗 뒤쪽을 가리키는 눈빛에 노선을 바꾸었다. 돌아보니 총총히 멀어져 가는 태희와 승운의 뒷모습이 보였다. 재인의 말 한마디로 태희 생일이 엉망이 될지도 모른다. 지켜줘야 한다, 내 딸을! 소희의 마음에서 뜨거운 화염이 불타올랐다. 그래서 소희는 재인과 재경의 어깨에 팔을 걸치고 다른 방향으로 인도하며 너스레를 떨어댔지만 재경에게서 돌아온 건 싸늘한 이죽거림뿐이다.

"개 키우는 취향 한 번 요란하구나."

"태희 선배 취향보단 훨씬 낫지 않나요?"

오올, 재인의 겁 없는 발언으로 재경의 시선이 천천히 재인에게로 못 박혔다. 그가 입술 끝을 들어 씩 웃더니 말했다.

"너 그 소리 태희 앞에서 그대로 해봐."

"하죠, 뭐. 태희 선밴 유머가 뭔지 아는 사람이거든요."

"그래? 나도 몰랐던 사실을 잘도 알고 있네."

"몰랐어요? 둘이 별로 안 친한 모양이구나. 역시 사람은 시간이 다가 아니라니까."

싸워라! 싸워라! 두 남자를 보면서 소희는 마음속으로 열심히 응원을 했다. 그러면서 태희에게 전광석화 같은 속도로 문자를 날렸다.

〔당장 옆에 그 녀석 보내! 하마터면 재경이가 볼 뻔했어. 수업 끝날 때쯤 전화할게.〕

그냥 갈 것이지 멀리서 태희가 멈춰 서더니 당황한 표정으로 두리번거리는 게 보였다. 옆의 빨간 베레모까지 덩달아서 말이다. 이 순간에도 역시 저 둘은 그림이 되는군 하고 감탄하다가 황급히 정신을 차리고 두 남자를 몰고 가는 양치기, 아니 늑대치기 소희였다.

"어라? 재인이까지 웬일이야?"

"가는 날이 장날? 흐흐, 오늘 개교기념일이라 맘먹고 소희 만나러 왔더니 태희 선배 생일이라잖아요. 역시 운 좋은 사람은 앞으로 넘어져도 동전을 줍는다니까요."

"소, 소희?"

태희는 재인의 입에서 나온 존칭이 생략된 소희의 이름에 떨떠름한 표정이 되었다. 그 말에 소희와 재인의 맞은편에 있던 재경이 눈썹을 치켜올렸다.

"둘이 사귀잖아. 설마 소희 절친인 네가 몰랐다는 건 아닐 테고."

"어? 어어어? 사귀어? 너희 둘이?"

재경의 뜬금없는 말에 이건 무슨 소릴까 하고 재경을 쳐다보다 그게 농담이 아니란 걸 안 태희가 놀라서 소희를 쳐다보았다. 이쯤 되면 소희도 될 대로 되라는 심정이 되었다.

"느하하하! 뭐 인생 별거 있냐? 난 즐기면서 살 거라고. 봐라, 이 녀석 얼굴은 딱 내 취향이잖아? 딴 거 볼 거 없이 얼굴 뜯어먹으면 돼. 간단해. 간단해. 안 그렇소, 한 군?"

농담인지 진담인지 구분이 안 될 허풍은 소희의 특기이다. 그래도 농담과 진담을 잘 구별해 내는 것이 태희의 특기라면 특기였는데 이번 경우에는 어째 애매했다.

"앞으로 우리 소희는 제가 놀아줄 테니까 두 분 데이트 방해하는 일도 없을 거예요. 열렬한 커플 옆에서 솔로는 외롭죠. 봐요, 삐쩍 말라서 울 소희 뼈하고 가죽뿐이네."

그러면서 재인이 소희의 양 볼을 잡아 쭈욱 잡아당겼다. 탱글탱글한 소희의 젖살이 재인의 손에 잡혀서 우스꽝스러운 얼굴이 되었다. 될 대로 되란 식으로 나가던 소희도 노여움에 끓어올라 양손으로 재인의 얼굴을 압착이라도 시킬 듯 꽉 누르며 웃기 시작했다.

"울 재인이도 내가 보고 싶어서 식음을 전폐했다더니 사람 몰골이 아니네. 내가 사귀어주지 않으면 굶어죽겠다고 어찌나 매달리던지. 사람 하나 살리는 셈 치고 만나주기로 했지. 재인아, 잘 들어. 이 예쁜 얼굴 여기서 더 상하면 나 너 안 본다. 얼굴에 여드름 하나라도 생기면 그날로 킥오프야. 네 장점은 온리, 온리, 얼굴뿐이야. 죽어도 잊으면 안 돼. 알겠지?"

"물론이지. 걱정 마. 뼈에다 새겨둘 테니까."

소희의 매운 손에 금세 양 볼이 빨개지면서도 재인은 키득키득 웃어댔다.

"진짜로 사귄다고? 너 동갑도 애들 같아서 싫다더니. 거기다 재인이라니. 와, 아무리 생각해도 굉장하다. 둘이 사이가 좋은 줄은 알았는데. 재경아, 넌 짐작이라도 했었어?"

"글쎄."

태희가 묻자 재경은 얼버무리듯 중얼거렸지만 속으로는 달랐다. 애초에 재인과 소희가 사이가 좋다는 생각도 해본 적이 없었다. 재인은 워낙 무슨 생각을 하는지 모를 녀석이고, 소희는 재인을 보면 털을 치켜세우고 으르렁거리는 고양이처럼 굴곤 하더니 난데없이 사귄다라. 아무리 봐도 신빙성이 없다. 하지만 그런 의심을 입 밖에 내지는 않는다. 알 바 아니다. 태희와 자기 사이를 방해하지 않는 선에서는 둘이 무슨 짓을 하든 관심 없다.

그리하여 예약했던 패밀리 레스토랑에 가는 인원이 하나 더 늘었다.

미리 얘기했던 대로 레스토랑의 직원들이 도중에 일행의 테이블로 와서 생일축하 노래를 불러주고 케이크의 촛불도 끄고 하면서 기념사진도 몇 장 찍었다. 주목의 대상이 되면 늘 그렇듯이 얼굴이 새빨개진 태희였지만 사진은 덕분에 참 예쁘게 나왔다.

재경의 맘에 안 드는 건 그 사진에 쓸데없는 인간 둘이 끼어 있다는 것 정도. 음식은 4인용 테이블이 좁다 싶게 잔뜩 차려졌는데 태희는 먹고 싶다던 파스타 한 그릇도 제대로 비우지 못했다. 가뭄에 물 만난 듯 열심히 먹어댄 건 소희와 재인이었다. 거기다 질리도록 수다 삼매경. 태희는 뭐가 그리 좋은지 생글생글 웃으면서 소희와 재인의 만담 속에 간간이 끼어들어 한몫했다. 이 녀석도 분위기에 취하는 건가 싶어 재경이 말끄러미 태희를 쳐다보는데 저녁 먹고 난 후 뭐할지 이야기가 나오자 재인이 간단하게 외쳤다.

"노래방! 울 소희 자칭 가수라고 이야기했으니 실력을 봐야지?"

그러니까 소희가 가수든 말든 그게 태희 생일에 무슨 상관이냐고 재경의 입에서 빈정거림이 나오기 직전인데 태희가 반색을 하며 소희가 정말 노래를 잘한다고 야단이다.

"흠. 기본 소양 정도 되는 걸 뭘 그리 추켜세우고 그래? 물고기가 아가미로 숨을 쉬는 것처럼 내겐 예능의 재능이 있을 뿐이야. 그런 걸로 밥 벌어먹을 생각은 없어."

거드름을 피우며 소희가 쓰윽 머리를 쓸어 넘겼다. 재경은 시선을 다른 곳으로 던지며 한숨을 삼키곤 태희에게 말했다.

"소희 시켜놓고 넌 구경만 하게? 여왕님이 되고 싶은 모양이네."

"아, 노래방 가서 왕 놀이하는 것도 좋네. 그리고 한재경. 울 태희 무시하지 마. 노래 좀 한다고, 울 태희는. 정작 걱정해야 할 사람은 너 아니냐?"

"태희가 노래를 좀 해? 노래는 잘 부르는지 몰라도 귀가 어떻게 된 모양이다, 너."

"어허, 이 괘씸한 녀석 좀 보시게. 봐, 태희야, 그렇게 연습했는데 묵혀만 두니까 얘가 이런 소릴 하는 거야. 바야흐로 오늘 그간 익혀온 모든 걸 폭발시키는 거야!"

"폭발은 무슨 폭발이야. 나 노래 못하는 거 재경인 옛날에 들어서 안다고."

"어? 뭐야, 나 빼놓고 둘이 노래방 갔어? 너무해. 내가 재수생이라고 무시하냐?"

"그런 거 아니야. 아주 옛날, 아주 아주 옛날 일이야."

얼굴을 붉힌 채 태희는 그렇게만 말했다. 재경과 태희 간에 한 번 시선이 오갔다.

물론 재경이 그 일을 기억 못 할 리 없다. 도서실에서의 그 짧은 시간. 쉴 곳은 그 외에도 많이 있었지만 거기가 태희의 아지트란 걸 염두에 두고 재경이 부러 그곳에서 쉬고 있었다는 걸 알면 태희는 어떤 표정이 될까. 생각해 보면 자신이 지고지순하게 느껴질 정도라 재경은 쑥스러워졌다. 태희와 재경 둘 다 갑자기 머쓱한 표정으로 딴청을 피우는 걸 보면서 소희는 그 '옛날' 일에서 소외된 게 심통이 나 볼이 퉁퉁해졌다.

"흥. 세상에 과거사 없는 사람이 있는 줄 아시나? 야, 그만 먹고 일어나자. 오늘 한번 응급실에 실려갈 때까지 놀아보겠어."

"우와, 간만에 소희 폭주모드?"

재경의 맘도 모르고 태희는 박수까지 쳤다. 소희의 폭주모드라면 수능 끝난 날 이미 한 번 경험한 바 있다. 술 한 잔 마시지 않고, 이상한 약을 먹지 않고도 사람이 정신줄을 놓는 게 가능하다는 걸 재경이 알게 된 날이기도 했다. 오늘은 적당히 지켜보다가 귀찮아지면 저 녀석에게 맡겨버리고 빠져나와야겠다고 결심하며 재경은 재인을 보았다. 재인은 장난이라고 보기엔 몹시도 열중한 태도로 소희를 쳐다보고 있다. 일 참 우습게 되는군, 하고 쓴웃음을 짓다가 재경이 제일 먼저 자리에서 일어났다.

그리고 셋이 원한 대로 노래방으로 자리를 옮겼다. 소희의 거만하기까지 한 자신감은 나름 근거가 타당한 것이었고, 재인은 생긴 것만 날라리같이 하고 다니는 게 아니었다는 것도 판명이 났다. 두 사람이 서로를 견제하듯이 실력 발휘를 하는 통에 재경이나 태희가 억지로 노래를 부르게 되는 사태는 당장에 닥치지 않았다.

그러다 소희가 화장실에 가겠다면서 태희를 데리고 밖으로 나갔다. 널찍한 룸에 재인과 재경 두 사람만이 남게 되자 순식간에 뭐라 형용키 어려운 썰렁함이 넘쳤다. 재경은 핸드폰으로 게임을 하다가 툭하니 물었다.

"진짜로 사귀냐?"

"가짜일 건 또 뭐야."

"진짜면 잘 됐다 싶어서."

"에엥? 형이 웬일이냐?"

자기 귀를 의심하면서 재인이 재경을 쳐다보았다. 재경이 피식 웃었다.

"길어봤자 한두 달로 깨질 테니 다신 이런 식으로 얽힐 일 없을 거 아냐."

"얼마나 갈지 누가 알아? 축복은 못 해줄망정 악담이야?"

"악담이 아니라 상황 파악을 제대로 하는 거야. 너 정소희 가벼워 보여도 쉬운 애 아니야. 무슨 맘인지 몰라도 너무 나쁜 짓은 하지 마라. 아무튼 정소희는 태희 친구니까. 결과적으로 태희 괴롭히는 일이 되면 나도 그냥 두고 보지 않아."

"나 참, 애인의 친구까지 챙겨주시다니 그 눈물 나는 애정에 감탄밖에 안 나오네. 형은 윤태희가 그렇게 좋냐?"

말없이 재경은 게임만 했다. 자기 할 말만 마치고 더는 볼일 없단 식으로 나오는 건 숱하게 겪었지만 역시 재인은 골이 났다. 소희에 대한 마음이 진심이라는 것도 굳이 말하고 싶지 않다. 재인도 재경에게 신경을 끄고 노래책을 뒤적거리는 일로 돌아갔다. 싫다는 사람에게 들이대는 것도 피곤한 일이다. 재인에겐 그런 사람은 소희 한 명으로 족했다.

그런 재인의 관심을 받는 걸 전혀 영광스러워하지 않을 소희는 그때 화장실에서 태희를 추궁하고 있었다. 오후에 승운과 태희가 만났어야 할 이유가 무엇인가. 태희는 너무도 순순히 승운과 했던 대화며 그가 주고 간 귀걸이까지 다 보여주었다.

“오올, 예쁘네. 헛, 근데 결국 그 녀석이 온 목적은 이걸 주는 거였단 거잖아.”

“근처에 왔다 들렀다고 했어. 왜 그걸 의심해?”

“넌 진짜 순진하다니까. 내 말이 맞아, 틀림없이 그 녀석은 널 보러 온 거야.”

“그런 거면 그렇다고 말을 하지. 그렇게 남의 말 의심하고 살면 피곤해. 그리고 승운이가 그래야 할 이유가 없잖아. 걔 없는 거 지어내고 있는 거 없다고 할 그런 앤 아니야.”

가끔 태희가 소희의 말을 반박하는 일도 있다. 소희가 너무 삐딱하게 굴 때 그걸 살짝 고쳐주기 위해서 말이다. 그런데 그게 사람의 일에 관해서라면 그런 일은 별로 없었다. 한재경 빼고는 태희에게 다른 사람은 아무래도 좋을 무생물이나 다름없었던 것이다. 그런데 소희의 면전에서 승운을 두둔하는 말을 하다니. 우회적으로 소희를 나무라면서.

“믿는다고? 그 녀석 말을?”

“믿는다는 게 아니라 의심할 이유가 없다는 거지. 얘가 왜 이렇게 행동하나 파고들어야 할 이유가 뭐야? 그냥 승운인 승운인데.”

언뜻 들으면 그렇게 신경 쓸 필요도 없는 사람이라 말하는 것도 같다. 그러나 소희는 손에 든 귀걸이를 흔들어보면서 여전히 의구심을 털어내지 못한 눈으로 중얼거렸다.

"그 녀석이 소개한 새로운 일이란 것도 해볼 생각이지? 너."

"봐서. 일을 하긴 해야 하니까."

"우리 엄마한테 말해 본대도?"

"그래서 없는 자리 만들겠다 이거잖아. 난 동정 받고 싶은 게 아니라 내가 할 수 있는 일을 하고 싶은 것뿐이야. 너도 그렇고 재경이도 날 미덥지 못한 인간으로 여기는 것 같아."

그러면서 태희가 한숨을 쉬었다. 둘 다 자신을 배려하고 보호해 주려고 하는 건 알지만 태희는 가끔 힘이 빠진다. 누구보다도 두 사람에게 인정받기 위해서 열심히 노력 중인데 그들은 태희에게 그렇게 애쓰지 않아도 된다고 무언중에 말하고 있는 것이다.

그 정도 한 것도 대단해. 힘에 부치는 일은 하지 마. 그렇게까지 하지 않아도 우린 널 보호해 줄 테니까.

전에는 그런 보호를 받는 느낌이 참 좋았는데 조금씩 성장하면서 눈이 뜨일수록 서글플 때가 있다. 나도 그런 존재가 되고 싶은 건데. 나도 너와 재경이에게 의지가 되고 기둥이 될 사람이 되고 싶은 건데.

"야, 야. 동정이 아니라 도와주고 싶은 거지. 그렇게 울 엄마 갤러리가 걸리면 다른 곳에 알바 자리 있는 거 찾아줄 수도 있어. 단지 나랑 재경인 네가 무리하는 게 싫은 거야. 우리가 널 한두 해 보냐? 네 허약체질이 맘먹는다고 하룻밤 사이 나을 것도 아니잖아."

"그래, 안 낫지. 그래서 난 지금 한강에 벽돌을 던지는 심정으로 하루하루 사는 중이야. 지난 이 년 동안 나름대로 열심히 던졌고 앞으로도 그럴 생각이야. 당장엔 표가 안 나지만 언젠간 한강 위로 벽돌이 떠오를 테니까 좀 기다려 달라구. 응?"

한강에 벽돌이 떠오를 그 언젠가가 한 백 년 후면 어쩔 거냐는 말이 소희의 목구멍까지 찼지만 희망에 반짝이는 태희의 눈을 보니 그런 삐딱한 말을 내뱉지 못했다. 대신 소희는 여태 들고 있던 귀걸이를 쓱 내밀면서 퉁명스레 말했다.

"맘에 안 들어. 이 녀석. 졸업식 때 그 선물도 그렇고 그 헤어밴드도, 그리고 이 귀걸이도. 이런 건 다 애인에게나 주는 거 아냐? 암만 봐도 걔 너한테 마음 있어."

"음. 워낙 여자들에게 선물을 잘 주니까 그런 기준에서 준 거 아닐까? 거기다 가게 사람들한테도 곧잘 선물 잘해. 전에 바리스타 아저씨 딸 생일이라고 토끼인형 선물하는 것도 봤어. 그런 걸 엄청 잘 챙기는 편이야."

"돈이 많은 녀석이라 그래. 흥."

"돈이 많다고 다 그렇게 주위 사람 챙기는 거 아니잖아. 그런 면은 본받을 생각이야."

귀걸이를 귀에 대보면서 태희가 웃었다. 소희는 곰곰이 생각하는 표정으로 말했다.

"어째서 내가 소개시켜주는 일은 마다하고 그 녀석의 소개는 받아? 나도 인맥 있다 이거야. 물론 울 엄마 인맥이긴 해도."

"내가 소개해 달라고 부탁한 게 아니라 승운이가 먼저 말을 꺼냈다니까. 아니다 싶으면 안 할게. 그렇지만 그 애가 소개시켜주는 일이라면 할 만하겠지 하고 생각하고 있어."

"일종의 신뢰야. 친구하자는 거 거절했다면서 은근히 친해, 그 녀석이랑 너."

"그런가?"

소희의 말에 태희는 가만히 생각해 보는 표정이다. 이러는 걸 보면 어지간히 승운에게 무심하다 싶기도 한데 곧 태희가 하는 말은 조금 달랐다.

"나름대로 친해졌겠지. 그간 봐온 시간이 있으니까. 그렇지만 역시 친구는 아니야. 다른 방식으로 친한 거지."

“다른 방식?”

“동료. 생각해 보니까 그 앤 내가 사회생활이란 걸 하면서 처음으로 친해진 동료야. 그러고 보니 내가 너보다 인간관계가 넓은 편이다. 안 그래?”

그게 자랑스러웠던지 태희가 해맑게 웃었다. 화장실에서 나가다가 문득 소희는 자신이 어째서 승운의 일에 이렇게 날카롭게 구는지 의아해졌다. 태희가 재경을 두고 한눈을 팔 인간이 아닌 건 몸속에 심장이 있는 것만큼이나 분명한데 왜 내가 이리 설레발인가?

답은 곧 나왔다. 재경이다. 재경이 기분 나빠할 만한 일은 태희가 피하는 게 좋다고 생각했던 것이다. 그의 독점욕은 소희가 보기엔 새하얀 캔버스에 붉은 물감을 확 그은 것처럼 선명해서 바보가 아니면 분명히 알아볼 수 있다. 그래서 고등학교 때도 태희의 주변에 쓸데없는 파리가 꼬이는 일은 전혀 없었다. 여자는 사랑을 하면 예뻐진다는 속설대로 태희는 나날이 더 예뻐져 갔는데도 말이다. 자기도 모르게 재경의 경계심에 길들여졌던 건 태희가 아니라 소희였던 모양이다. 소희는 어이가 없어서 머리를 흔들었다.

룸으로 다시 들어가기 직전에 태희는 어머니에게서 전화가 와서 소희만 먼저 들어갔다. 두 곡 더 노래를 부르고 태희가 늦다 싶어 문 쪽을 돌아본 순간 몹시 황망한 표정의 태희가 문을 열고 들어왔다. 그녀는 자신의 가방을 들면서 말했다.

“저기, 미안해. 난 집에 급한 일이 생겨서 들어가 봐야겠어. 나오지 말고 그냥 놀아.”

“야, 너 때문에 놀고 있는 건데 네가 빠지면 어떻게 놀아? 왜 그래? 태희야.”

말을 하면서 소희는 무언가 감을 잡은 듯 표정이 심각해져서 서둘러 자신도 가방을 들고 일어섰다. 재경은 아무 말 없이 일어나서 소희를 옆으로 살짝 젖혔다.

"데려다 줄게."

재경의 표정도 굳어 있다. 무슨 일인지 전혀 짐작하지 못한 재인은 어찌 돌아가는 상황인가 싶어 조용히 입을 다물고 있다. 태희는 크게 고개를 저으며 재경의 시선을 외면했다.

"아니야, 그냥 혼자 갈게."

"태희야, 같이 가. 재경이 넌 그냥 가라."

소희가 태희의 팔을 잡고 강하게 말했다. 그대로 소희가 태희를 데리고 밖으로 나갔다. 재경은 조금 그 뒤를 따라가다가 소희가 뒤를 돌아보고 단호하게 고개를 젓는 걸 보고 멈춰 섰다. 둘이 그렇게 가버리는 걸 보고 그제야 재인이 잔뜩 의구심을 담아 물었다.

"무슨 일이야?"

"몰라. 나는 몰라야 하는 일이야."

재경을 돌아본 재인은 잠시 흠칫했다. 평온한 어투와 달리 눈빛 가득 힘이 실린 재경이 무언가에 단단히 분노했다는 게 느껴졌다. 그가 내뱉은 말과 심상치 않은 표정. 윤태희의 일이 되면 이런 표정도 짓는구나, 하고 새삼 재인은 놀라고 있었다.

날이 좀 풀리면서 태희 아버지가 공사장에 일을 다니기 시작한 지 얼마 되지도 않았다. 그토록 끊겠다고 한 술에 또 손을 댄 것도 그 시기와 맞물린다. 그리고 오늘 어머니가 일을 마친 뒤 집에 와보니 아버지는 빈 술병이 옆에 잔뜩 쌓여 있는데도 또 술을 마시고 있었다. 공사장에서 같이 일하던 인부랑 시비가 붙어 싸움을 하고 돌아왔다. 역시 어딜 가나 잘난 것도 없으면서 대장놀음을 하려는 그 성미는 죽이질 못했다. 빈병을 치우면서 그런 식으로 싸움을 해서 합의를 본 게 벌써 몇 번이냐고 제발 자중하라고 어머니가 푸념 한 번 한 것이 잘못이라면 잘못. 그 뒤부터는 뻔한 공식대로 갔다. 맞다 맞다가 이러다 죽겠다 싶어 어머니가 도망쳐 태희 방으로 들어가 문을 걸고 있는 사이에도 아버지는 문을 부술 것처럼 때려댔다. 오늘따라 그게 너무 심해서 무서워진 어머니가 태희에게 전화를 건 거였다.

집으로 향하면서 태희는 우선 경찰에 신고를 했다. 가까운 지구대에서 나온 경찰들도 이제 이 집이라면 그냥 그러려니 한다는 걸 알면서도 신고는 했다. 집 가까운 대로변에서 택시에서 내리면서 소희가 따라 내리려는 걸 태희가 만류했다.

"그냥 가. 연락할게."

"같이 가. 적어도 나 보면 너희 아버지도 좀 덜할 거 아냐."

"그냥 가. 제발."

소희는 정말로 같이 가고 싶었지만 억지로라도 그렇게 하겠다고 하면 태희가 울어버릴 것 같은 표정이라 그럴 수가 없었다. 결국 그녀의 손을 꽉 잡고 말하는 수밖에 없었다.

"최대한 빨리 연락해. 안 자고 기다린다."

"기다리지 말고 자. 오늘 고마웠어."

태희는 택시의 문을 닫아준 뒤 손을 흔들었다. 그리곤 택시가 출발하는 것과 동시에 집을 향해 뛰었다. 집 앞에 경찰차가 와 있는 게 보였다. 그 번쩍이는 불빛을 보며 태희는 눈을 한 번 질끈 감았다 떴다. 이것이 현실이다. 그리고 이것을 감당하는 것이 자신의 몫이다. 달아나고 싶은 마음만큼 가속도를 붙여서 태희는 뛰었다.

그리고 몇 시간이 지난 뒤.

오랜만이라면 오랜만일 수 있는 아주 암담한 기분에 빠져 몇 시간을 꼼짝도 못했다. 그러다 겨우 정신을 차려 어머니를 보살펴 드리고 집 안 정리를 다 마친 뒤 태희는 옥상으로 올라갔다. 소희에게 전화하기로 했던 게 기억나서 전화 대신 문자를 보냈다. 통화를 하면 어쩐지 평정을 잃을 것만 같았다. 〔모든 상황 종료. 너무 졸려. 아침에 전화할게〕라고 짤막히. 소희는 항상 배려심이 넘치는 친구다. 그녀 역시 〔그래, 푹 자〕라고 짧은 답을 보냈다.

재경 생각도 했다. 그런 식으로 헤어졌으니 걱정하고 있을 것이다. 재경에게 전화를 걸면서 환한 보름달을 올려다보았다. 기다리고 있었던 듯 그가 빨리 전화를 받았다.

"역시 안 자네."

자신의 목소리가 놀라울 만큼 밝아서 마음에 들었다.

「나야 뭐. 너는?」

"안 자니까 전화하지. 이렇게 늦은 시간까지 깨어 있으니까 좋은 점도 있구나."

「뭐가?」

"달이 엄청 밝아. 너무나 고운 달이 오로지 날 위해 존재하는 것 같은 기분이야."

「달?」

"응. 달. 베란다 나가서 봐. 나도 달을 보고 너도 달을 보는 거지. 같은 것을 보면서 바로 옆에 있다고 상상하는 거야."

「가끔 넌 대책 없이 감상적이야.」

"그러면서 지금 달 보러 나가고 있지?"

태희의 말대로인 듯 재경은 잠시 말이 없었다. 그러다 그가 한숨을 쉬었다.

「그렇구나. 달이 엄청 밝아.」

"그렇다니까. 너무 너무 예뻐."

한동안 둘 다 말이 없었다. 물끄러미 달을 올려다보면서 서로의 숨소리에 귀를 기울였다.

차분하게 태희의 마음이 가라앉아 가다가 갑작스레 너무도 격렬한 충동이 밀려왔다.

그가 보고 싶다. 달 같은 걸 보고 싶은 게 아냐. 재경이 보고 싶은 것뿐이야. 품에 안겨서 깊은 잠을 자고 싶어. 잠에서 깨서 그의 입맞춤을 받고 싶어. 너무나 좋아하는 그에게, 사랑받는 행복. 그토록 소중한 걸 손에 넣었는데 왜 난 아직도 이런 현실 속에 있는 걸까.

눈물이 새어나오지 않게 태희는 손으로 눈을 꾹 눌렀다. 숨소리가 거칠어지는 게 느껴져서 이를 앙다물며 휴대전화를 멀리 하는데 재경의 목소리가 들려왔다.

「괜찮아?」

안 괜찮아. 너 때문에 너무 행복해졌어. 너무 행복해져서 이렇게 비참한 걸 견디는 게 죽을 만큼 힘들어. 천국이 있다는 걸 아는데 지옥에서 버티려니까 머리가 어떻게 될 것 같아.

「태희야, 괜찮은 거야?」

좀 더 다급해지고 불안해진 그의 목소리에 태희는 정신을 차렸다. 다시 달을 보았다.

"별로 안 괜찮아. 졸려 죽겠어. 역시 난 그냥 잠꾸러기로 살래."

「……그래. 자. 내일 일찍 데리러 갈게.」

"너도 자. 푹 자는 거다. 그럼 끊을게."

「태희야.」

"응?"

막 끊으려고 하는데 목소리가 들려서 다시 받았더니 재경이 라이터 불을 켜는 기척이 느껴졌다. 또 담배구나 하고 미간을 찡그리는데 재경이 중얼거렸다.

「별거 아냐. 내 선물 기대하라고.」

"또 선물? 노트북 받았는데 뭘 또 준대?"

「가벼운 거야. 훨씬 더.」

"무지무지 가볍지 않으면 절대 안 받을 거야. 그럼 쉬어, 나 자러 갈게."

전화를 끊고서 태희는 길게 한숨을 쉬었다. 연기는 끝났다. 그러나 거짓 연기도 나름 쓸모가 있다. 기운이 생겼다. 달은 무척이나 아름답지만 저 달이 지고 태양이 뜨면 재경을 볼 것이다. 그렇게 시간은 흐르게 되어 있다. 아무리 아득하게 길어 보였어도 스무 살이 된 자신이 여기 이렇게 존재하는 것처럼.

"그래. 지나갈 거야. 이 모든 게 지나가고 결국 들춰낼 필요가 없는 기억이 될 때가 올 거야. 이젠 그렇게 멀지 않아. 몇 년만 더 견디면 돼."

스스로의 손으로 이 악순환의 고리를 끊어내어 버릴 때를 기다린다.

그녀의 단호한 눈빛, 그리고 다른 한 사람의 날카로운 눈빛 역시 달은 지켜보고 있다.

기다리는 자와 기다림이 끝난 자. 천천히 달은 서쪽을 향해 져가고 있다.

다음 날 일전에 했던 약속대로 승운을 만났다. 약속장소를 들었을 때 나름 짐작해 보았던 요양병원이 맞았다. 승운은 꽤 자주 오는 모양인지 간혹 마주치는 간호사들과도 붙임성 있게 인사를 나누었다. 그러다 그가 문을 열고 들어간 곳은 동쪽을 향해 창이 나 있는 5층의 병실이었다. 문을 여는 순간 무어라 말할 수 없는 좋은 향이 났다. 침대 옆의 소파에 앉아 있던 간병인이 승운이 오는 걸 보고 일어나 가볍게 인사를 했다.

"주무시나요?"

"아뇨, 깨어 계세요."

둘의 대화를 들으며 태희가 침대에 누워 있는 사람을 보았지만 눈을 꼭 감고 있는 게 자는 것처럼만 보였다. 승운이 침대 옆으로 다가앉으면서 사뭇 다정한 목소리로 말했다.

"할머니, 저 왔어요. 오늘은 전에 말한 그 친구도 왔어요. 제가 했던 말 기억하시죠?"

잠들어 있는 걸로만 보이던 노인이 문득 승운의 손을 가만히 쥐어주는 게 보였다. 그래도 눈은 뜨지 않았다. 승운은 빙긋 웃으며 말했다.

"응. 그 애예요. 오늘은 잠깐 인사드리러 온 거예요. 다음 주부터나 오게 할게요."

엇. 아직 한다고 확정한 건 아니었는데. 태희는 그런 떨떠름한 기분을 안으로 감추고는 승운이 돌아보며 눈짓을 하자 꾸벅 크게 고개를 숙여 인사했다.

"처음 뵙겠습니다. 앞으로 잘 부탁드려요."

긴장한 기색이 고스란히 묻어나는 그녀의 목소리에 노인의 눈꺼풀이 살짝 움직이는 것 같았다. 하지만 눈을 뜨지는 않고 다시금 승운의 손을 잡아주면서 가냘픈 목소리로 말했다.

"그렇구나."

"그렇죠?"

환하게 웃는 승운이나, 다시 입을 다문 채 희미하게 입가에 미소를 짓는 노인 모두 태희에겐 기이하게만 보였다. 뭐가 그런 건지 도저히 짐작도 할 수 없다. 아무런 설명도 없이 승운은 툭툭 두 손으로 노인의 손을 정답게 두드려준 뒤에 일어섰다.

"그럼 쉬세요, 할머니. 저는 한 밤 자고, 두 밤 자고 아침에 해 뜨면 올게요."

한참만에 노인이 아주 느리게 고개를 끄덕이는 걸 볼 수 있었다. 짧게 깎인 새하얀 머리칼이 그 동작에 살며시 흔들리다 가라앉았다. 승운은 간병인에게 인사를 건넨 뒤 태희를 데리고 병실을 나섰다.

"오늘 면접이라며?"

"응. 면접. 합격이야. 할머니가 그렇다고 하셨잖아."

승운은 천연덕스럽게 대답했다. 영문을 모를 일에 태희는 이마에 내천 자를 그렸다.

"그러니까 뭐가 그런 건데?"

"궁금해?"

갑자기 멈춰 서더니 태희를 쳐다보며 승운이 물었다. 태희도 덩달아 멈춰 섰다. 힐끗 시계를 확인한 뒤 승운은 자못 심각하게 입을 열었다.

"뭐가 그런 건지 제대로 설명하려면 어쩜 하루가 꼬박 걸릴지도 몰라. 설명하는 나도 지칠 일이지만 듣다가 너는 잠을 잘지도 모를 만큼 긴 이야기가 돼. 그렇지만 네가 그냥 그런가 보다 하고 여기면 만사가 오케이. 그냥 넌 다음 주부터 일주일에 세 번 정도 편한 시간에 와서 책을 한두 시간 정도 읽어주면 되는 거야. 전혀 할머니랑 이야기를 할 필요도 없어. 물론 간병과 관련된 것도 신경 쓸 일 전혀 없고. 너는 말이지 우아하게 자리에 앉아 차라도 마시면서 좋아하는 책을 읽으면 되는 거야. 그런데도 내 설명이 필요해?"

"……정말로 그렇게 길게 시간이 필요한 일이야? 뭐가 그러냐?"

"시간도 필요한 데다 남의 가정사까지 들추게 돼. 나랑 관계된 저 위쪽 사람들은 조금도 반기지 않을 일을 알게 될 거야. 이른바 케케묵은 스캔들 같은 거. 그래도 알고 싶어?"

"패스. 그냥 책읽기로 만족하겠습니다."

겁을 먹었다기보다는 괜한 일에 말려들지 모른다는 생각에 질려서 태희는 도리도리 고개를 저었다. 승운은 다시금 생긋 웃었다.

"그래. 그게 좋아. 역시 현명해, 태희는."

툭툭 태희의 모자 위를 두드려 주면서 장난스럽게 말했다. 태희는 얼굴을 찡그리고 그 손을 치우려다가 그의 다정한 얼굴에 마음을 바꾸고 우뚝 멈춰 섰다. 이상하다는 듯 같이 멈춰 선 승운을 보면서 몇 번이고 입을 열려고 하다가 결국 말이 안 나와서 모자를 고쳐 썼다. 그리곤 멀쩡한 운동화의 신발끈을 고쳐 매려고 슬쩍 무릎을 굽혀 앉으면서 말했다.

"진짜 이상한 거 하나 물을 생각인데 듣고 잊어버려."

"무슨 말인데 듣고 잊어버릴 걸 묻는데?"

"그러니까……으앗, 왜 너까지 따라 앉아?"

마음을 정해서 고개를 드는데 정면에 승운의 얼굴이 보여서 태희는 그대로 주저앉고 말았다. 어느 틈엔가 승운도 바로 앞에 같이 쪼그리고 앉아 있었던 거다. 병원 복도에서 이게 뭐하는 짓인가 싶어 태희가 재빨리 벽 쪽으로 가니 승운도 따라왔다.

"자, 지우개 준비했으니까 물어봐."

태희는 머리카락을 꼬면서 뜸을 들이다 뭐가 목에 걸린 사람처럼 눌린 목소리로 물었다.

"너 나 좋아해?"

"물론."

"어어어? 진짜?"

전혀 망설이지 않고 나온 답에 태희가 화들짝 놀라서 자리에서 일어났다. 무슨 큰 낭패라도 본 것 같은 그녀의 표정에 승운은 킥 웃음을 지으면서 여전히 앉은 채로 말했다.

"너 맘에 든다고 했잖아. 그러니까 친구하자고 줄기차게 말하잖아."

"그거 우정이지? 남자가 여자 좋아하고, 여자가 남자 좋아하는 그런 건 아니지?"

"연애 감정이냐고? 왜? 그런 게 필요해? 뭐야, 혹시 그 녀석이 변심했어? 그래서 다음 후보자 물색 중이야?"

"말도 안 돼. 그럴 리가 없잖아. 아무튼 넌 그런 게 아니라 이거지?"

열심히 손을 내젓다가 다시 확답을 요구하는 태희를 보면서 승운도 자리에서 일어났다.

"연애도 나쁠 건 없겠지만 너한테는 그런 걸 원하는 게 아니거든."

"그럼 나한테 원하는 게 뭐야? 정말로 친구가 되고 싶은 거야? 왜?"

"그냥 너랑은 아주 오래 알고 있었으면 좋겠다 싶어서. 나중에 아주 멀리 떨어져 살게 돼도 한 달에 한 번, 어쩌면 일 년에 한 번 정도 전화해서 목소리 듣고 서로 잘 살고 있구나 확인하고 마음 놓는 그런 사이였으면 좋겠어. 넌 귀찮아해도 난 그랬으면 좋겠어."

그러니까 그게 왜냐고 물어보려는 태희의 입을 무언가가 막았다. 자신을 보고 있는 승운의 눈빛이 몹시도 쓸쓸하고, 어쩐지 덧없어 보이기까지 한 것이다. 태희는 끄응 하고 모자를 푹 눌러쓰고 말았다.

"별난 녀석 같으니."

그렇게만 중얼거리고 태희는 먼저 걸음을 옮겨 복도를 걷기 시작했다. 뒤따라온 승운이 평소처럼 명랑한 얼굴로 저녁 아직이면 먹으러 가자는 말을 꺼냈다. 일 없다고 대꾸하고 1층 로비에 이른 태희가 문득 유리문을 통해 보이는 바깥의 풍경에 놀라 중얼거렸다.

"비 온다. 어제 달도 밝았는데."

"소나기 잠깐 온댔어. 우산 없어?"

"없어. 괜찮아, 소나기라며."

가만히 바깥을 내다보던 태희가 성큼성큼 걸어 밖으로 나갔다. 빗발이 심상치 않게 셌다. 따라 나오는 승운을 보면서 태희는 문득 예전

일을 떠올렸다. 사귀게 된 후로 처음 맞게 된 재경의 생일날. 승운도 얽힌 이런저런 오해로 처량하게 비 맞고, 울기까지 했었다. 그날 재경에게 만들어주고 싶었던 음식은, 그렇다. 전골 요리.

"재경이한테 가야지."

손을 내밀어 손바닥에 떨어지는 빗방울을 확인하고 태희는 빙그레 웃었다.

"네 덕분에 일하게 됐으니 나중에 한턱 쏠게. 가게에서 보자, 보스!"

"우산이라도 사서 쓰고 가 태희야! 허, 참. 비 오면 한재경에게 가는 최면이라도 걸린 거 아냐. 음. 그런 음습한 분위기 그 녀석한테 어울리는 걸. 너무 어울려서……무섭다."

생각하다 보니 오싹해져서 승운은 부르르 몸을 떨었다. 저만치 빗속으로 달려가는 태희를 보다가 이내 승운은 반대편으로 몸을 돌렸다.

불쑥 울려온 초인종 소리에 재경이 목욕하다 말고 나가서 문을 열어보니 흠뻑 젖은 태희가 한 손에 커다란 비닐봉지를 들고 서 있었다.

"뭐야, 너 비 맞고 왔어? 우산은? 없으면 샀어야지."

당장 그녀를 안으로 들이면서 재경이 화를 냈지만 태희는 오른손에 들고 있던 짐을 바닥에 놓으며 신이 난 목소리로 말했다.

"괜찮아, 괜찮아. 이 정도 비 맞는다고 사람이 죽진 않아. 너 저녁 아직이지?"

"저녁이고 뭐고, 뭐가 이 정도 비야? 홀딱 젖었잖아. 맙소사 얼굴이랑 손도 얼음장이야."

"얼음장 아냐. 금방 풀려. 저녁은? 저녁 먹은 거야? 그래?"

"안 먹었다. 그거 물어보려고 여기까지 온 거야?"

"다행이다. 우리 전골 해 먹자."

너무나 즐겁게 말하는 태희를 보고 재경은 잠시 멍해 있다가 그녀에게 바짝 다가서서 우선 모자부터 벗긴 뒤 이마를 만져보고 눈도 보고 입도 벌리게 해서 혀까지 보았다.

"열도 없고. 술도 안 마셨고. 근데 왜 이러지?"

"아하하, 봄비가 내리잖아. 그럼 곧 벚꽃이 필 거야. 이제 금방이라구."

"아직 2주는 더 기다려야 하거든?"

"2달도 아니고 2주밖에 안 되는데 뭘, 기뻐하자구. 그리고 다음 주에 제주도엔 벚꽃이 핀다는 소식도 있었어. 그것도 축하하면서 전골!"

아직도 도통 이해가 안 될 만큼 들떠 있는 태희지만, 웃고 있는 모습을 보니 기분이 나쁘지는 않다. 그래도 엄한 눈빛으로 태희의 이마를 툭 때리면서 재경은 말했다.

"씻고 나와. 감기 기운 있으면 전골이고 뭐고 다 없을 줄 알아."

"네, 대장님. 그런데 저기……갈아입을 옷 좀."

"타월 있는데 아래 칸 열어보면 목욕가운이랑 필요한 것들 있어."

"그럼 다녀오겠습니다."

태희가 장난스레 경례를 하고 욕실로 향했다. 재경은 그 사이 태희가 가져온 비닐봉지 안을 보았다. 전골 재료가 한가득이다. 그걸 가지고 주방으로 향했다.

태희가 목욕을 마치고 재경이 일러준 서랍을 열어보았을 때 거기에 남자용 가운 옆에 더 작은 여자용 가운이 보였다. 거기다 속옷도 있다! 눈을 동그랗게 뜨고 새것이 틀림없는 속옷들을 살펴보다가 브래지어까지 들어 보았다. 맙소사, 사이즈가 정확하다! 75A. 울 것 같은 표정으로 풀썩 가운 위에 얼굴을 묻은 태희가 그러고도 욕실을 나온 건 십 분 남짓 뒤.

속옷이랑 가운을 다 입긴 입었는데 어째 우울해져서 나오는 태희의 세상을 다시 핑크빛으로 물들이는 좋은 향이 솔솔 풍겨 왔다. 비 오는 날 보글보글 끓는 전골 내음이라니. 갑자기 부산스럽게 꼬르륵대는 배를 끌어안고 주방으로 달려갔더니 재경이 테이블 가득 음식을 마련해 놓고 아직 부산하게 움직이고 있었다.

"나도 도와줄게. 뭐할까, 난?"

"가만히 앉아서 먹을 준비나 해. 다 끝났어."

아직 재경 역시 목욕 가운 차림이다. 자리에 앉아 군침을 삼키면서 기다리고 있자니 재경이 가장 중요한 고기와 각종 야채, 버섯이 담긴 접시와 소스 그릇을 들고 왔다.

"네가 사왔으니 다 먹어야 해. 남기면 혼난다."

"후훗. 걱정 마. 나 지금 굉장히 배고프거든. 아주 잘 먹을 거야!"

"제발 그 말대로만 해주세요."

틱틱거리는 재경에게 예쁘게 눈을 흘기고는 태희가 음식을 먹기 시작했다. 고기를 먹으라고 아무리 줘봤자 날름날름 먹는 건 버섯과 야채가 태반이다. 보통 때보다 많이 먹는 것 같긴 한데 고기는 한 서너 점 들었을까 싶어 나중엔 재경이 억지로 고기를 내밀고 셋 셀 동안 먹으라고 강요해야 했다. 그래봤자 두 번 더 먹은 게 고작이다.

"넌 육식을 별로 안 해서 힘이 없는 거야. 먹어. 세 번 더 먹으면 더는 말 안 해."

"싫대도. 앗, 내 표고버섯."

차라리 버섯을 다 먹어 없애자는 식으로 재경이 태희가 젓가락을 내밀기 바쁘게 버섯을 채갔다. 운동신경이 발군인 재경과 정반대인 태희가 젓가락으로 다퉈봤자 결과는 뻔했다. 어마어마한 속도로 채가고, 먹고, 채가고 먹어버리는 재경을 보며 태희가 칭얼거렸다.

"나 혼자 해 먹을 걸. 나빠, 나빠. 에잇, 나 안 먹어."

칭얼거려도 소용이 없자 부루퉁한 얼굴로 젓가락을 내려놔 버렸다. 재경은 그러든지 말든지 버섯을 전멸시키는 작업에 바쁘다. 결국 태희가 다시 젓가락을 들고 항복 선언을 했다.

"고기 먹을게. 먹는다고."

훌쩍거리기 직전인 태희에게 재경이 웃음을 참으면서 콜라를 건넸다.

"마시면서 천천히. 꼭꼭 씹어 먹고. 맛있게 먹고 체하면 너 진짜 바보 된다."

"재경이 너 이럴 때 보면 꼭 소희 같아."

재경이 건넨 컵을 받던 태희가 갑자기 얼굴을 찡그리더니 하마터면 컵을 놓칠 뻔했다. 다행히 재경이 급히 잡아서 컵을 엎지르거나 깨는 일은 없었지만 태희는 황급히 방금 전에 내밀었던 왼손을 테이블 아래로 내리면서 창백해진 얼굴에 가까스로 미소를 지었다.

"아, 미안. 손이 미끄러지네."

그냥 그런 걸로 넘어가줄까 하다가 재경은 잠자코 자리에서 일어나 태희의 옆으로 갔다.

"왜? 왜 그래, 재경아. 정말로 손이 미끄러진 거, 으아."

그가 태희가 감추려 하는 왼손을 붙잡아 위로 잡아당겼다. 잘못 힘을 주면 부러질 것처럼 가느다란 흰 손목의 아래쪽에 푸르스름한 멍자국이 있었다. 맞으면서 운이 없었는지 자꾸만 욱신거리는 부분이었다. 시일이 지나면 괜찮아지겠지만 한동안 말썽일 거라고 생각했었다. 바로 지금처럼. 그런데 재경이 꽉 쥐니 태희 입에서 신음이 흘러나왔다.

"여기 왜 다쳤어?"

"그, 그냥 실수로."

"엊저녁에 들어가기 직전에도 멀쩡했잖아. 왜 이번에도 계단에서 굴렀다고 하지 그래."

그의 말투에 배인 무언가가 태희의 입을 닫히게 했다. 재경은 이어서 태희의 목덜미로 손을 뻗었다. 그의 손가락은 정확히 그녀의 뒷목에 남은 흉터를 눌렀다.

"여기. 그리고 여기. 또 여기. 네가 알지는 모르지만 여기랑 여기도. 네 몸엔 흉터가 많기도 해. 알아? 아무리 작은 흉터라도, 네 새하얀 피부 위에선 놀라울 만큼 선명한 거. 지금 이렇게 홍조를 띈 얼굴조차 제대로 감춰주진 못해. 이 파르스름한 기운은."

태희의 가운 위로 몇 곳을 짚어가던 재경의 손이 얼굴로 돌아와 그녀의 뺨을 감쌌다. 어젯밤 맞은 곳을 화장으로 잘 가렸다고 생각했건만 역시 통하지 않았던 것이다. 태희가 어떻게든 변명하기 위해 입을 열려는 순간 재경이 가늘게 뜬 눈으로 속삭였다.

"훤히 읽히는 거짓말은 하지 마. 난 상냥하려고 노력하는 거지 바보가 된 게 아니야."

"그런 게……. 네가 생각하는 그런 게 아니라……."

"내가 무슨 생각을 하는 건지 알기나 해? 넌 네 작은 이 손으로 하늘을 가릴 수 있다고 믿는 바보잖아."

"아파, 재경아. 정말 아프다구……."

그녀의 왼손 손목을 잡은 손에 힘을 주고서 재경이 윽박지르듯이 말했다.

"말을 해. 도와달라고. 네 힘으로 어쩔 수 없는 일이라면 나한테 말하란 말이야. 내가 무슨 짓을 해서든 도와줄 거야. 네가 나 없는 곳에서 울고 있는 걸 생각하면 속이 뒤집혀서 돌아버릴 것 같아. 그게 얼마나 더러운 기분인지 네가 알아?"

"재경아, 덮어주면 안 돼? 지금까지처럼 그냥 덮어줘. 나와 함께 있는 시간이 너한테 즐겁기만 했으면 좋겠단 말이야. 내가 원하는 건 그것뿐이야, 그러니까…….”

“용납 못 해. 속으로 곪아 썩어 들어가는 너 붙잡고 나 혼자 즐거우면 그만일 만큼 이기주의자는 아니야. 아니, 이기주의자라서 그래. 너는 내 사람이니까 네가 다쳐서 괴로워하는 게 결국은 돌아와서 날 베고 말거든. 덮어줄 수도 있어. 지금까지처럼 모른 척할 수도 있어. 하지만 말이야. 그럼 나도 아파. 나도 여기가 아프다구.”

재경이 그녀의 왼손을 이끌어 지그시 누른 곳은 그의 심장 위였다. 강하고 무겁게 고동치는 심장과 재경의 호소하는 눈빛에 끝끝내 버텨보려던 태희의 무언가도 무너지고 말았다. 힘없이 고개를 숙였지만 눈물이 흘러나와 턱을 타고 뚝뚝 흘러내렸다.

모를 거라고 생각했던 게 바보였을까. 그래도 모르길 바랐다. 바람이 너무 커서 그는 절대 모른다고 믿기까지 했다. 그의 말대로 손으로 하늘을 가리고 있었던 건지도 모른다.

“별거 아니야. 아……아버지가 이따금씩 손찌검을 해. 주사가 안 좋은 사람들 있잖아. 그런 흔한 일이야. 한 달에 한두 번……. 몇 대 맞는 걸로 사람이 죽는 것도 아니고.”

말하면서 내내 태희는 상황이 심각하지 않게 전달되도록 노력했다. 그렇게 말하고 보니 정말 별것 아닌 것 같기도 했다. 하지만 재경은 그녀의 말에 싸늘히 답했다.

“너 고등학교 때도 이 주가 멀다 하고 맞아서 얼굴이 상했던 거 똑똑히 기억해. 그 중에 며칠 결석할 정도로 상황이 안 좋았던 것도 수차례 되지. 심심하면 체육 견학하고 걸핏하면 쓰러졌던 것도 역시 그 영향 때문일 거고.”

“아니야, 나 빈혈 있잖아. 쓰러진 건 그 때문이야. 결석도 사실은 거의 감기 때문에 그런 건데. 물론 아주 그런 건 아니지만…….”

다시금 변명조가 되어 버리는 그녀의 말을 듣는 재경의 표정이 갈

수록 싸해졌다.

"내가 이해가 안 되는 건 네 어머니야. 학습된 무기력이고 뭐고 난 알 바 아니야. 자기는 물론이고 자식이 그렇게 맞는데 어째서 아직까지 그런 사람이랑 부부로 살아? 일도 하시잖아. 경제적 능력 때문에 그런 게 아니라면 이미 몇 백 번 이혼을 하고도 남았어야 하는 거 아냐? 용기가 아무리 없어도, 자식을 생각했으면 그랬어야 하잖아."

"그런 식으로 말하지 마. 넌 아무것도 몰라."

"모르니까 알게 설명을 하란 말이야. 왜 그러고 사는지."

"이혼? 그런 게 있다는 걸 누가 그걸 몰라? 그런 건 말로 해서 말이 통하는 사람들이나 하는 일이야. 세상엔 그런 사람이 있어. 얽히지 않는 게 최선이고 살아 있단 것조차 무시하면서 살아야 할 사람. 한 번 얽히면 얽힌 사람뿐만 아니라 그 사람과 연결된 소중한 사람까지 다 갉아먹어 버리는 그런 사람이 있단 말이야."

고개를 숙인 채 한숨을 쉬는 태희에게 잠시 후 재경의 목소리가 들려왔다.

"그래서 거기서 벗어날 수 없다고 포기하고 있다는 거야?"

"벗어날 거야. 지금은 아니라고 해도. 적어도 엄마는 자유롭게 해드려야지."

"적어도 엄마라면, 그럼 너는?"

"노력은 하겠지만 완전히 안 보고 살 수 있을까? 기대 안 해. 그런 사람이 아버지란 게 내게 주어진 업이라면 짊어지고 갈 수밖에. 옛날엔 엄마 데리고 이민을 가고 말겠다고 생각했던 적도 있지만……이젠 그러기도 힘들고."

"이민도 좋네. 가자 그거."

"응?"

너무도 쉬운 재경의 말에 태희가 놀라서 고개를 들었다. 재경은 옆게 웃었다.

"그렇게 해서 도려낼 수 있는 거라면 가. 어머니 모시고."

"재경아……."

그의 말에 어떻게 반응해야 할지 몰라서 태희는 눈만 깜박거렸다. 재경은 지금껏 꽉 잡고 있던 그녀의 왼손 손등에 살며시 입술을 댔다. 멍이 든 부분을 안타까운 눈으로 바라보면서 재경이 말했다.

"못 갈 이유도 없잖아. 나와 소희 때문에 그러는 거라면 걱정 안 해도 돼. 멀리 떨어져 있다고 사이까지 멀어질 정도로 어설프지 않잖아, 너흰. 가끔 얼굴도 보게 해줄게. 그리고 나는 너와 함께 갈 테니까."

"함께?"

"그럼. 나 없이 네가 어떻게 살아?"

빙긋 웃는 그에게서 그제야 놀리는 기색을 읽은 태희의 얼굴이 사르르 풀어졌다. 말로 해보는 거면 세상의 여왕이라고 못 될까. 그래서 태희도 장난스럽게 대꾸했다.

"살아. 보고 싶기야 하겠지만 못살진 않아."

"이거 곤란하군. 내가 너무 좋아해 줬던 모양이야. 내가 없으면 말라 죽을 거라고 매달리는 모습을 기대했는데."

"그렇게 매달리면 부담스러워 할 거면서."

"오히려 원하는 바야. 더 적극적으로 매달려봐. 내게 사랑받는 게 네 권리인 것처럼. 그리고 당당히 요구를 해. 널 위해 무슨 마법이든 부려주겠다고 내가 말했잖아."

꿈같이 달콤한 말이다. 재경의 곁에 있으면, 패배라곤 모르는 자의 확고한 자신감이 빚어내는 안락한 공기에 세상의 모든 벽이 허물어진 것 같은 느낌이다. 투명한 안락함. 그것은 정말로 그가 쉴 새 없이 펼치는 마법일지도 모른다. 그러나…….

"이건 내 일이야, 재경아. 나는 조금씩이긴 해도 힘을 비축하려고 노력 중이야. 시간이 얼마나 걸릴진 몰라도 결국 내 손으로 매듭지을 테니까. 최대한 깨끗하게."

"그렇게 기다리는 거 질색이야. 지금까지 봐 온 걸로 충분해. 내게 맡기고 물러나. 이미 생각해둔 게 있어. 네 아버질 만나서……."

"그러지 마! 절대 그러면 안 돼."

돌연 태희의 목소리에 힘이 실렸다. 재경을 뚫어지게 응시하면서 태희가 말했다.

"얽히지 마. 저열한 사람이 어떤 건지 안 겪어본 사람은 이해 못해. 그리고 이해 못하는 사람은 그만큼 행복한 사람인 거야. 나는 네가 그따위 사람이 있다는 걸 알고만 있지, 이해는 못하길 빌어. 절대 얽히지 마. 그렇게 못하겠어도 그렇게 해. 날 위해서, 제발."

당당하게 요구하란 말에 고작 이런 부탁을 해오다니. 재경은 한숨을 삼키며 태희의 머리를 가슴에 품었다. 그리고 물기에 젖은 새까만 머리카락을 내려다보면서 중얼거렸다.

"그렇게 할게. 널 위해서."

지킬 수 없는 약속 같은 건 안 해, 라는 말은 꺼내지 않는다. 재경은 조금의 가책도 없이 그렇게 거짓말을 내뱉었다. 여전히 걱정스러워하는 기색이 담긴 태희의 눈을 보고는 방금 전까지의 이야기는 싹 잊은 사람처럼 빙긋 웃었다.

"그러고 보니 아직 선물을 못 줬지 참. 이리 와봐."

팔을 잡아당겨 부드럽게 재촉하면서 재경은 태희와 침실로 향했다. 문을 열자 반겨주는 침대 머리맡의 벚꽃 그림에 태희의 마음은 한층 평온해졌다. 태희를 침대에 앉게 하고 재경은 맞은편 서랍장에서 무언가를 꺼내 왔다. 처음에 보인 것은 촤르륵 거리는 은빛의 체인이었다. 목걸이? 이게 있으니 더는 필요 없는데 하고 생각하면서 자신의 목에 걸린 카메오 목걸이를 만져보는 태희의 앞에 재경이 문득 한쪽 무릎을 꿇고 앉았다.

"어, 재경아, 왜 그래?"

뭔가 불안해진 태희가 침대에서 일어나려는 것을 재경이 막았다. 그가 일견 무표정해 보이는 얼굴로 태희를 쳐다보다가 시선을 내리고 그녀의 왼손을 보며 말했다.

"사귄 지 천 일이 되면 줄까 하고 생각도 했는데 말이야. 너무 길더라구, 천 일은. 멋모르는 애를 사탕발림으로 안아버린 주제에 기다리고 말고 할 게 뭐냐는 생각도 들고. 거기다 넌 아주 느리니까. 지금부터 마음의 준비를 해두는 게 좋을 것 같기도 하고."

무슨 말인지 아직 짐작은 못해도 슬슬 긴장이 되기 시작했다. 그녀가 다시금 일어나려고 들썩이는 걸 재경이 모르는 척하는 얼굴로 제지했다. 너무나 자연스럽게 그가 웃었다.

"그런 건 그냥 핑계고 사실은 그냥 지금 주고 싶어. 스무 살의 생일 축하해, 태희야."

미소와 함께 그가 키스를 해오는 걸 받아들이며 태희도 눈을 감았다. 키스를 하는 동안 그녀의 왼손에 어떤 변화가 생겼다. 이윽고 재경이 그녀의 입술에서 입술을 떼었고 약간 어지러움을 느끼며 눈을 뜬 태희에게 그 변화가 보였다.

왼손 약지에 작은 다이아몬드가 반짝거리는 반지가 끼워져 있다.

한참을 멍하니 바라보다가 이윽고 재경을 쳐다보았을 때 재경은 가슴이 서늘하도록 맑은 그 눈으로 태희의 눈을 들여다보면서 단어 하나하나에 힘을 주어 말했다.

"정확히 다음 해에 돌아오는 내 생일에 나랑 결혼하자, 윤태희. 그렇게 하겠다면 넌 내게 이걸 돌려주면 돼."

"이건……?"

태희의 오른손 위에 다른 반지가 하나 더 놓였다. 너무 어리둥절해 있던 터라 그게 왼손에 끼워진 반지와 한 쌍이라는 걸 아는데 꽤나 시간이 걸렸다. 재경을 쳐다보자 재경은 그녀의 놀란 얼굴이 재밌다는 듯 싱긋 웃으며 말했다.

"약혼반지야. 결혼반지엔 네가 원하는 디자인으로 할 테니까 이건 맘에 안 들어도 적당히 드는 척해."

"재경아. 난……난 이런 거 생각해 본 적도 없는데 어떻게 갑자기 이런 걸……. 아직 우린 너무 어리고, 앞으로 무슨 일이 생길지 알 수도 없는 상황에서……."

"쉿. 생각할 시간이라면 줄게. 아주 많이 줄 테니까 걱정 마."

"아, 그래. ……얼마나? 설마 일주일이라거나 그런 소릴 하는 건 아니지?"

안도의 한숨을 내쉬다 불쑥 불안함에 묻는 태희를 보며 재경은 놀랐다는 표정을 지었다.

"족집게네. 우린 서로에 대해 너무 잘 아는군. 그럼 이제 식사나 마저 할까?"

무슨 일이 있었냐는 듯 훌쩍 일어선 재경이 침실 문간에 서서 태희가 나오길 기다렸다. 머릿속이 거의 백지가 된 태희가 기계적으로 일어서서 그에게 가려다 무릎이 풀려서 그대로 풀썩 주저앉았다. 지켜보던 재경이 쿡쿡 웃었다.

"어리바리하긴."

6. 세 가지 조건

햇살이 간간이 보이긴 하지만 결코 완전히 사라지지 않는 구름. 태희의 머릿속처럼 토요일 오후는 내내 그런 날씨였다. 하지만 고민은 고민이고 일은 일. 나름대로 정신 바짝 차리고 무사히 아르바이트를 마친 후 소희네 집으로 향했다.

소희는 아틀리에에서 한창 필을 받아 그림을 그리느라 태희가 들어가는 걸 보고도 "왔냐?" 하고 말하곤 계속 붓을 놀렸다. 영감이 충만할 때는 폭주하는 소희를 알기에 그냥 나가서 기다릴까 하다가 궁금해져서 그림을 들여다본 태희가 작게 환호성을 올렸다.

"벚꽃이잖아. 아직 꽃도 피지 않았는데 그려?"

"흥, 그런 건 내 머릿속에 얼마든지 피어 있어. 이 몸은 화가니까 말이야. 냐하하하!"

"네네, 물론 그러시죠. 어, 근데……이 여자 어디서 본 것도 같고."

캔버스의 왼편에서 벚꽃 가지를 향해 손을 뻗은 여인은 살결이 비치는 흰 드레스 차림이다. 까만 머리채하며 피부, 눈매. 유화인데도 어쩐지 동양화의 미인도를 보는 느낌이 물씬 풍기는 그림에 태희는 고개를 갸웃했다. 소희는 얼굴을 찡그리고는 캔버스에서 몇 발짝 물러나 자신의 작품을 뚫어져라 응시했다. 그러다 갑자기 신경질이다.

"딱 봐도 너잖아! 왜 못 알아봐? 내 그림이 그렇게 형편없냐?"

"어? 나야? 헤에, 그림에 포샵 처리를 하다니. 역시 화가구나. 아하하, 예쁘긴 하다."

"포샵 처리? 내가 그런 걸 왜 해? 내 눈에 보이는 대로 그린 거라고. 넌 대체 눈을 왜 달고 다니냐? 울 엄마도 보고 너랑 똑 닮았다고 하던데."

"그거야 격려 차원에서 하신 말씀 아닐까?"

태희는 측은한 표정을 지었다. 좀 전까지 자부심에 꽉 차 불후의 명작을 그린다 자신했던 소희는 그 표정이 청천벽력이었다. 소희는 더 멀리, 좀 더 멀리 자리를 옮기며 몇 번이고 자신의 그림을 다시 보았다. 그러다 갑자기 핸드폰을 찾더니 누군가에게 전화를 걸었다.

"나다. 이거 좀 봐. 이거 보고 누구 생각 나냐?"

다짜고짜 전화를 걸어 그렇게 말하더니 핸드폰 액정을 캔버스에 들이대는 소희를 보고 태희는 재빨리 옆으로 비켜섰다. 곧 상대방이 대답했는지 소희의 표정이 확 밝아졌다.

"그렇지? 아직 눈은 안 썩은 모양이구나. 됐다. 끊어."

참으로 매너 없는 통화를 끝낸다 싶더니 소희가 이를 갈면서 또 누군가에게 전화를 했다.

"어이, 딱 한 번만 보여줄 테니까 기탄없이 말해. 자, 이 여자는 누구냐?"

같은 수순을 밟고 상대의 답을 들었다. 소희의 입이 체셔고양이처럼 헤벌쭉 귀에 가서 걸렸다. 그러더니 태희를 쏘아보며 득의양양해했다.

"큰일이다, 저건. 가만 봤더니 눈도 장식으로 달고 다닌다. 어쩌냐? 공부 조금 하는 거 말고는 어디 약에 쓸래도 쓸데가 없어. 뭐? 예쁘니까 됐어? 잘났다. 끊어!"

두 번째 전화는 마트에서 장난감을 안 사줘서 심통 난 아이 같은 표정이 되어서 끊었다. 그래도 감을 잡은 태희가 소희를 보며 물었다.

"재경이한테 전화한 거지?"

"허이고, 그건 또 어찌 아셨남요? 눈치라곤 저 옛날 병오년 임진왜란 때 팔아 드신 줄 알았더만 쪼께 보존하고 있으셨남요? 오메, 기특해서 어쩐디야?"

"저기, 다른 건 몰라도 임진왜란은 임진년에 일어나서 임진왜란이거든?"

"에이, 몰라. 그런 건 수능에 안 나와. 어쩌라고? 내 뇌는 저 오스트리아의 주머니개미핥기보다 작은걸."

"……저기, 주머니개미핥기가 사는 곳은 오스트레일리아인데."

"으아, 몰라 몰라! 난 그런 거 몰라도 이십 년 살았어. 앞으로 팔십 년은 더 모르고 살 거야. 비웃으라지, 그래도 난 화가란 말이다!"

적이 민망해진 소희가 야단을 떠는 모습도 귀여워서 태희는 입을 가리고 키득거리며 웃었다. 여느 때와 다름없는 모습이었으나 소희의 눈에 딱 걸린 게 있었다.

"잠깐! 너 이건 대체 무엇이냐?"

"이, 이거? 선물. 재경이가 생일선물로 줬어."

"반지를! 마침내!"

태희의 반지를 뚫어져라 쳐다보던 소희가 갑자기 손가락을 깨물려고 했다.

"야, 야! 뭐해?"

"물 필요도 없나. 그 녀석이 가짜를 주진 않았겠지. 은하곤 색부터가 다르군. 백금이라 치고. 그렇다면 이 보석은……지르콘일까?"
태희의 손목에 있는 은팔찌와 반지를 요모조모 비교해 보더니 잘하면 반지를 눈에 넣기라도 할 것처럼 가까이 눈을 대고 들여다보았다. 그러다 확 고개를 들더니 외쳤다.
"다이아몬드다! 내 눈을 속이지 마라. 나 울 엄마 반지 숱하게 봐서 알아!"
태희는 굳이 부정하지 않고 어깨만 움츠렸다. 소희는 멍하니 중얼거렸다.
"이게 생일선물?"
"응. 일단은."
"헤에. 우와. 과연. 역시 한재경. 다이아몬드 반지. 다이아몬드……."
겨우 놀라움을 잠재우고 소희가 반지에서 눈을 뗐다.
"일단은, 이라면 역시 뭔가 다른 의미도 있는 거지? 이제야 커플링이라니, 좀 늦었다. 하긴 대학까지 갔으니 꼬리표를 달아야지. 암."
"커플링이라기보단……약혼반지래."
다른 곳은 다 굳어 있는데 소희의 눈만 또 한 번 커졌다.
"약혼? 그거 내가 아는 의미 맞아? 결혼을 약속한다는 의미의 그 약혼이야?"
"그래, 그래, 그거."
"그렇다는 말은, 그 녀석이, 한재경이 네게 프러포즈라도 했다는 말이냐!"
"……응. 내년 자기 생일에 결혼하재."
그 인정을 마지막으로 소희의 놀라움은 그 한계를 초월했다. 난생처음으로 소희는 청심환을 찾으면서 스르륵 주저앉고 말았다.

전공 수업이 끝나고 팀 발표 때문에 잠깐 시간을 지체한 재경이 서둘러 태희가 기다리는 연못으로 달려갔을 때 태희는 양산을 쓰고 버드나무 아래 벤치에 앉아 독서 중이었다.

정강이까지 단이 내려오는 연두색 원피스는 태희의 흰 피부와 아주 잘 어울렸다. 거기다 책에 푹 빠져 즐거워 보이는 얼굴이 얼마나 화사한지.

"뭐가 그리 즐거워? 재밌는 책이야?"

옆자리에 앉으며 말을 걸자 태희가 그를 보고 배시시 웃었다.

"아, 재경아. 혹시 레몬 꽃 본 적 있어? 이탈리아에선 레몬이랑 여러 가지 감귤류 과일이 자란다나 봐. 오렌지 꽃은 TV에서 본 적 있는데 레몬 꽃도 그 비슷할까?"

"보고 싶으면 가서 보자. 오월 연휴 때 맛보기로 이탈리아 순방 어때."

"와, 그거 근사하다. 아, 안 돼. 올해엔 일본이야. 소희랑 일본부터 가자고 했어."

"거기도 가고."

"이런. 소희였다면 그랬을걸? '이래서 부잣집 도련님은. 쯧쯧쯧'이라고."

어설픈 태희의 소희 흉내에 재경은 코웃음 치며 태희가 보고 있던 책을 가져왔다. 펼쳐진 페이지에 레몬 꽃과 관련된 말이 있어서 그런 걸 물었나 보다. 몇 장 넘겨보다 약간 불쾌한 표정으로 책 표지를 확인했다. 커피 관련 책이었다. 처음엔 상식 삼아 보나 했는데 가만 보면 곧잘 이런 책을 읽는다.

"들입다 파네. 왜 커피 관련해서 책이라도 쓰게?"

"설마. 공부야, 공부. 아, 그 말 안 했지? 나 이제 조금씩 커피머신도 만진다. 그거 반자동이라서 아무나 못 만져. 바리스타 아저씨랑 매니저, 승운이 이 세 사람만의 성역이었거든. 어깨너머로 계속 보긴 했는데 직접 하는 건 어려워. 탬핑이란 건 오묘해. 거기다 난 아직도 원두 볶는 정도에 따른 맛의 차이를 모르겠어. 너는 어때, 재경아? 너는 원두 볶는 정도에 따라 맛의 차이 구별해? 아니다, 우선 원두만 봐도 품종 감이 와?"

"쓸데없는 일에 머리 쓰지 마. 내가 타 주는 커피나 맛있게 먹을 줄 알면 돼. 머리는 다른 데다 써. 공부는 잘하고 있는 거야? 다음 학기 장학금 탄다면서?"

"타야지, 장학금. 기운 내서 열심히 할게! 아자아자!"

두 손을 불끈 쥐며 의욕적으로 나오는 모습에 재경은 피식 웃었다.

"그럼 집에 가서 공부나 하시게 바래다 드릴까나."

재경이 태희의 양산과 가방을 들고 자리에서 일어났다. 뒤따라 일어서던 태희가 잠시 걸음을 멈추고 앞서 걸어가는 재경의 뒷모습을 응시했다. 원래는 걸음이 무척 빠르지만 태희를 위해서 그 반에도 안 미치는 속도로 걸으면서도 그걸 당연하게 여겨주고, 그래도 가끔 뒤처지곤 하는 태희를 뒤돌아보며 기다려주는 그를. 바로 지금처럼.

"뭐 해? 멍하니 서서."

"네 뒷모습이 멋있어서."

"당연한 소릴. 근데 와서 봐. 난 옆모습이 더 나아."

"어머, 자신만만하네."

"그럴 만하니까. 아, 옆모습도 멋있지만 더 멋있는 게 있지. 정면. 안 그래?"

옆으로 와서 선 태희를 정면으로 보며 재경이 던진 질문에 태희도 고개를 끄덕였다. 세련된 외양에 날카롭고 지적인 얼굴. 그런 객관적인 조건에 태희의 머릿속에서 빚어내는 환상의 안개까지 보태어져서 태희 눈엔 재경이 반짝반짝 빛이 났다. 태희의 솔직한 반응에 재경은 소리 내어 웃으며 그녀의 손을 잡았다. 차가 있는 주차장까진 얼마 남지 않았다.

태희는 심호흡을 하다가 잡고 있던 재경의 손에 무언가를 쥐어주었다. 그게 뭔지 눈치 챘지만 재경은 걸음을 멈추지 않았다.

"있잖아. 아주 진지하게 내린 결론이니까 부디 수용해 줘."

"안 돼. 인심 써서 시간 더 줄게. 일주일 후에 대답해."

"아무리 생각해도 결론은 마찬가지야. 지금 대답해도, 그리고 일 년 후에도 같아."

"네, 그러겠어요?"

"아니오, 그럴 수 없어요."

그제야 재경이 멈춰 섰다. 예상했던 대답이기에 그리 놀라지 않았다. 그녀가 거절할 경우 설득하면 그만이라고 생각했었다. 그런데 태희의 얼굴을 보자 설득시킬 수 있으리라 믿었던 자신감이 살짝 흔들렸다. 손을 펼치자 거기엔 자신이 준 반지가 있었다. 남자용이다. 태희는 여전히 왼손 약지에 반지를 차고 있었다.

"무슨 뜻이지? 너는 낄 수 있어도 내겐 끼워주지 못하겠다 이거야?"

"음……. 끼워줄 수는 있어. 하지만……."

"하지만?"

"내년 네 생일에 결혼하겠다는 뜻은 아니야."

"그럼 내후년 생일?"

태희는 고개를 도리도리 저었다. 재경이 슬쩍 웃었다. 기분이 나빠지고 있다는 뜻으로.

"그럼 일 년 더?"

"아니야. 딱 꼬집어서는 말 못해."

"그럼 언제? 오 년? 십 년? 알량한 약혼반지 하나 나눠 끼고 늙어 죽을 때까지 기다려?"

재경의 미소가 더 깊어졌다. 평소였다면 불안한 표정을 지었을 태희가 오늘은 담담했다. 그리고 유달리 밝게 들리는 목소리로 말했다.
"내가 너에게 프러포즈할 수 있을 때."
"뭐?"
"내가 너한테 프러포즈하겠다는 거야. 언젠가 나중에 '한재경 씨, 부디 저랑 결혼해 주시겠어요?' 라고 온 마음을 다해 청하고 싶어. 그러면 그때 네가 환하게 웃으면서 '뭐, 그것도 나쁘진 않죠.' 라고 대답해 주는 거야. 어때?"
재경은 우선 헛웃음을 흘렸다. 태희가 농담을 한다고 여긴 것이다. 그런데 곧 태희가 무척이나 진지하다는 것을 깨달았다. 재경은 미간을 찡그렸다.
"진심으로 하는 말?"
"이런 일로 농담을 할 만큼 넉살이 좋진 않다는 거 알면서. 정말이야. 이 심장에 걸고 맹세해. 내가 네게 프러포즈하고 싶어. 다른 건 다 네 뜻대로 해줄 수 있지만 이건 내 뜻에 따라줘. 나는 네게 프러포즈할 수 있는 자격을 갖추고 싶어."
"무슨 자격? 내가 괜찮다고 하는데 뭐 그런 걸 따지고 그래?"
"안 돼. 내가 그럴 자격이 없다는 걸 누구보다 잘 알아."
"그 자격이란 거 우선 나랑 결혼하고 얻을 수도 있잖아."
"싫어. 난 적어도 세 가지를 이룬 후에 프러포즈를 할 거야. 물론 그때도 네가 날 좋아한다는 전제하에서만."
"당연한 소리 집어치우고 그 세 가지가 뭐야?"
"첫째. 수영을 할 수 있게 된다."
"장난해?"
작년 여름에 짬을 내서 소희까지 셋이 물놀이 갔을 때 재경은 태희가 맥주병이란 것을 알게 되었다. 튜브가 없이는 죽어도 물에 들어가려고 하지 않는 겁쟁이였다.

"둘째, 똑똑해진다."

"……."

이제 정말 장난이라고 확신한 재경이 험악한 얼굴로 태희를 쳐다보았다. 태희는 아랑곳하지 않고 세 개째의 손가락을 폈다.

"셋째, 트랜스포머가 된다."

"하아아……. 윤태희."

길게 한숨을 내뱉은 재경이 눈을 감았다 확 치뜨는데 태희는 무척이나 사랑스러운 얼굴로 그에게 말해 왔다.

"옵티머스 프라임 정도는 못 될 거고, 범블비라면 음……. 발끝에라도 따라갈 수 있도록 해볼게. 입 안의 혀처럼 네 기분도 잘 알아채주는 좋은 친구였다가, 가끔은 변신해서 위험을 지켜주는 방패도 되고, 어쩌다 네가 지쳐 있으면 쉴 수 있는 소파도 되어주고, 힘차게 꿈을 향해 전진할 땐 열심히 진군나팔을 불어주는 군악대도 되고 싶어."

태희는 재경의 왼손을 잡아 천천히 약지에 반지를 끼워주었다.

"나는 말이야, 아주 아주 아날로그적인 인간이잖아. 널 너무나 좋아하지만, 내 마음과 몸의 오롯한 모두가 네게 최선을 다할 수 있다고 믿기 전엔 너의 그 벅찬 제안을 받아들일 수 없어. 결혼을 하게 된다면 너와 할게. 너와 결혼하지 못한다면 이 세상에 살아 있는 한 그 누구와도 결혼하지 않을게. 그걸 약속할게. 이 반지에."

이어서 그를 올려다보며 태희가 속삭임에 가까운 나지막한 목소리로 말했다.

"그러니까 나중에 내가 프러포즈할 때까지 나만 좋아해야 해. 응?"

"아아……."

재경은 태희의 눈을 멍하니 바라보다가 손으로 자신의 얼굴을 가렸다.

"젠장, 어째서 이런 소릴 길바닥에서 들어야 하는 거야. 집이었으면 당장……."

"후훗. 그럴까 봐서. 우선 맛있는 저녁 먹고 커피 한 잔 마시고 좀 쉰 뒤에 생각나면 끌어안아주든가 할게. 물론 잠이 오면 다음으로 연기하는 거고."

"호오, 그렇게 나오신다? 아예 한 사나흘 푹 자게 해드릴까? 소원이시라면 그렇게 해드려야지. 내 소중한 피앙세를 위해서."

"아, 갑자기 현기증이……."

태희가 어설픈 연기를 시도했지만, 그 직후에 민망함을 이기지 못해 힐끔 재경을 쳐다보았다. 눈이 마주치자 어느 편이 먼저라고 할 것도 없이 웃음이 터져 나왔다.

"벌써부터 트랜스포머 연습이야?"

"물론이지. 생활이 곧 연습무대 아니겠어?"

말은 대차게 했지만 결국 태희는 발개진 얼굴로 혀를 날름 내밀었다. 그런 태희를 어쩌면 정말로 며칠은 아프게 만들 것만 같다. 태희를 안지 못한지 어느새 일주일이 넘은 것이다. 하루만 더 있었다면 그는 도를 깨달았을지도 모른다. 아니면 천지창조를 했거나.

대신 반지를 얻었다. 천지창조에 대해선 한 백 년 후쯤에 생각해야겠다.

제 4 장

산이 높을수록,
바다가 깊을수록

부드러운 목소리. 다정한 말들과 상냥한 미소.

수줍은 입맞춤과 간지러운 포옹.

그것만으로 행복하기만 했던 때가 있었지.

지나간 뒤에야 아, 그때는 그랬구나 생각하게 되는 시기가.

그리고 그것들이 추억이 되는 것 아닐까?

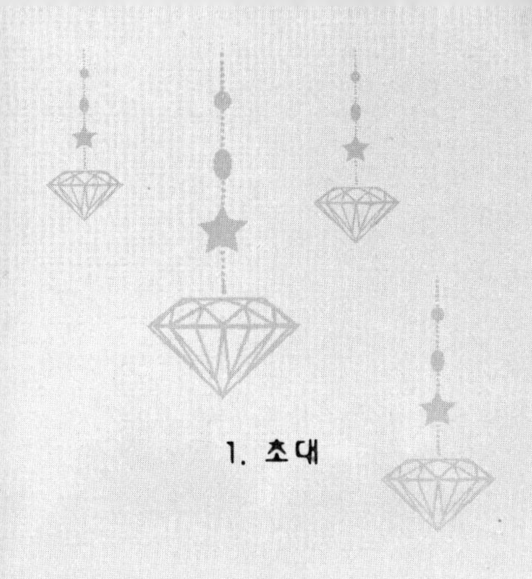

1. 초대

4월의 둘째 주 금요일 오후. 대학 들어와서 처음으로 오후 수업 전부를 땡땡이치고 태희는 재경과 꽃놀이를 갔다.

한참 전부터 태희가 꼭 가보고 싶다고 했던 춘천 위도를 목적지로 정해 놓았었는데 날짜가 가까워졌을 무렵 문득 태희가 엄마랑 꽃놀이 간 게 언제인지 모르겠다고 한 게 재경은 마음에 걸렸다. 어머니까지 모시고 다녀오자고 태희에게 말했더니 태희가 얼마나 기뻐하던지 재경은 그런 말을 꺼낸 자신이 매우 기특하게 여겨졌다.

그러나 당일이 되자 재경의 흡족함은 그야말로 거짓말처럼 자취를 감추었다. 태희 어머니를 모시러 간 장소에서 불청객 두 사람과 만난 것이다. 태희의 어머니 말고도, 뭔가 큰 배낭을 들고 히죽히죽 웃고 있는 재인과 꽃놀이가 아니라 피서를 가는 양 현란한 차림의 소희가 의기양양한 표정으로 재경을 향해 낄낄낄 웃어댔다.

"장모 사랑은 사위지. 기특하다 한 기사! 푸들, 넌 뭘 그리 멀뚱히 서 있어? 차 왔으니 짐 실어야지. 어머니, 어서 차에 오르시지요."

소희는 차 뒷문을 열어 태희 어머니를 타게 한 뒤 태희를 데리고 냉큼 뒷자리를 차지했다. 엉겁결에 재인과 차밖에 남은 재경이 살벌한 미소와 함께 재인에게 물었다.

"넌 여기서 뭐하냐? 학교 안 가?"

"아파요. 콜록콜록. 전 몸이 약해서 좋은 곳에 가서 요양 좀 해야 해요."

"기도 안 차서."

관자놀이에서 혈관이 터지려는 느낌을 간신히 수습한 뒤 재경은 차에 올라탔다. 그리고 방금 전과는 전혀 다른 표정으로 태희 어머니를 돌아보며 말했다.

"춘천 가셔서 드시고 싶은 건 생각해 두셨어요? 아니면 가시면서 생각하셔야 해요."

"아, 걱정 마. 어머니가 김밥도 싸시고 닭갈비도 만드셨다는 거 아니냐. 태희 어머니 솜씨 발휘하시면 대장금이 따로 없다. 우리 엄마랑은 천지차이야."

"저런. 기대는 되는데, 기왕 놀러 가는 거 그냥 오시지. 잠깐 구경 가는 걸로 오히려 더 고생시켜드린 거 아닌가 싶어요."

"괜히 이것저것 만들어 봤어. 젊은 사람들 노는데 끼면 꼴이 우습지 싶어 안 오려고 했는데, 태희랑 소희가 워낙 매달려서. 주책없다고 욕하지 말게."

소녀처럼 손으로 입을 가리고 말하시는 어머니를 향해 재경은 너무도 부드럽게 웃었다.

"그렇게 생각할 거면 함께 가자는 말씀도 안 드렸을 걸요. 태희가 어머니와 함께 가는 걸로 아주 기뻐했어요. 태희가 기뻐하면 저도 기쁘구요. 제가 얼마나 태희에게 전전긍긍하는지 어머니께 말씀 안 드렸나 봐요."

"맞아요, 어머니. 태희가 재경일 꽉 잡고 있답니다. 완전히 공주마마예요."

재경의 말에 한 술 더 떠서 소희가 잽싸게 속삭이자 태희 어머니는 놀란 표정으로 자신의 딸을 보며 물었다.

"우리 애가 그럴 애가 아닌데……."

"아니야, 엄마. 소희는 허풍선이잖아. 나 재경이 안 잡아. 공주마마도 아니야."

"어머니. 태희의 청순한 얼굴과 달리 뒤에 숨겨진 꼬리는 굉장하다니까요. 가만히 지켜보시면 태희가 머리만 까딱해서 재경일 조종하는 것도 보실 수 있을 거예요."

"엄마, 아니야, 믿지 마. 소희 너 그렇게 계속 없는 말 지어내면 내려서 나한테 맞는다. 재경이 넌 뭐 해? 운전이나 해."

"그러죠, 공주님."

빙긋 웃으며 재경이 차를 출발시켰다. 소희가 역시라는 표정으로 고개를 주억거렸다.

"보셨죠? 이런 관계라지요."

"뭐가 또. 쳇, 멀미나 해라."

태희가 투덜거리며 생돌아진 얼굴을 홱 돌렸다. 소희가 낄낄거렸다.

"너나 조심해. 아, 그러고 보니까 재경아 우리 1학년 수학여행 때 말이야. 태희 내내 멀미로 죽을 뻔한 거 아냐? 단체 사진 보면 사진 속에 귀신이라고 보이는 여자가 하나 있지. 얼굴이 무시무시하게 허연 게 지금 봐도 무섭다니까. 크흐흐흐."

"다른 반에선 윤태희가 쓰러지느냐 마느냐로 내기까지 걸었어, 그때."

"그럴 만도 하지! 태희가 안 쓰러진 건 내가 보기에도 기적이었는데."

"기적은 무슨 기적이야. 난 나름대로 철저히 준비해 갔었잖아."

"음. 멀미약에 우황청심환. 음식 안 맞아서 밥도 못 먹고 골골대던 태희 모습이 어제 일처럼 떠오르는군. 그런 애가 지금은 이렇게 커서……. 어머니, 감격스럽지 않으세요?"

연극이 아니라 정말로 살짝 이슬을 눈가에 담은 소희를 보며 태희는 한숨을 포옥 쉬었다. 이 녀석 호들갑은 내버려 둬야지 하며 어머닐 돌아보던 태희가 움찔했다. 어째선지 어머니마저 소희의 말에 추억에 잠긴 듯한 표정으로 태희의 손을 잡으며 중얼거린 것이다.

"그러게. 툭하면 앓아눕던 그 작은 애가 언제 이렇게 커서……."

"엄마, 난 한참 전에 엄마 키 추월했는데. 나 참. 뭐야, 재인이 넌 또 왜 그렇게 쳐다봐."

두 여자의 뜨거운 시선을 피해 고개를 앞으로 돌렸더니 보조석의 재인이 일렁거리는 송아지 같은 눈으로 태희를 보며 짠하다는 표정을 짓고 있지 뭔가.

"역경을 극복하고 성공한 사람의 인생이야기는 언제 들어도 뭉클하잖아요."

"여기에 무슨 역경이랑 성공이 있다고……. 재경이 너까지 지금 웃는 거야?"

"아, 웃지 말까요, 공주님? 명령만 내리세요."

룸미러 속에서 웃고 있는 재경의 눈과 태희의 눈이 마주쳤다. 다들 한통속이 되어 태희를 놀리는 것만 같다. 결국 태희는 눈을 감고 자는 척했다.

처음엔 척이었지만 곧 태희는 어머니의 어깨에 머리를 기대고 새근새근 자고 있었다. 그녀의 졸음에 전염이라도 된 듯 소희 역시 하품을 하다가 태희에게 기댄 채 자기 시작했다. 그리고 창밖을 구경하던 태희 어머니의 눈도 감겼다.

뒷자리가 조용해서 뒤를 돌아본 재인은 전멸한 그 세 사람을 보고 웃었다. 돌아앉는 그의 자세가 조금 흐트러졌다. 차가 고속도로에 접어들었을 무렵 그의 입에서 짧은 말이 나왔다.

"차 좋네."

"……어머니가 주셨지."

웬일로 재경이 선선히 대답했다. 재인은 의뭉 떠는 표정으로 물었다.

"어머니가? 형도 별일이네. 어머니 선물을 다 받고. 그나저나 나도 모르게 언제 차를 샀담. 느닷없이 무슨 경제학부냐고 신경질 부리는 것만 본 기억나는데."

"누구 이야기를 하는지 모르겠군. 형님들이 그랬듯이 나도 어머니 선물을 받았어. 그분의 선물을 거절하는 법은 배우지 않았는데, 난."

"아~아. 누구 이야긴가 했더니 큰어머니 이야기였나?"

일부러 느릿느릿 재인은 밉살스럽게 말했다. 재경은 일말의 표정 변화도 없이 운전을 할 뿐이다. 창밖을 내다보다 언뜻 벚나무를 본 재인이 하품을 했다.

"그러고 보니 곧 그분 생신이지 아마. 항상 벚꽃이 다 질 무렵이었잖아. 이번 가든파티엔 뭘 사들고 가야 하나."

"오지 마."

툭하니 재경이 내뱉은 말에 재인이 눈을 휘둥그레 뜨면서 돌아보았다.

"오지 말라고. 선물은 나중에 전하든가 해."

"왜 그래야 하는데?"

"태희를 데려갈 거야."

그 말엔 천하의 재인도 꿀 먹은 벙어리가 되었다. 그는 한동안 벌린 입을 다물지 못하고 눈만 끔벅거리다가 헛웃음을 지으며 중얼거렸다.

"농담이지?"

재경은 잠자코 운전만 했다. 농담이 아니라는 말조차 하지 않는 재경을 보면서 재인은 그의 말이 진짜라는 걸 깨달았다. 그래도 세상에! 재인은 뒤를 돌아보았다. 어머니에게 기대어 새근거리며 자는 천진한 태희의 얼굴을 보고 다시금 머리를 저으며 재경에게 말했다.

"제정신이야?"

"내가 언제 제정신 아닌 적이 있었나?"

"아니야, 지금 분명 제정신 아니야. 어떻게 거기에 저 앨 데려갈 생각을 해?"

그 질문에 재경이 아주 날카로운 눈빛을 한 번 재인에게 던졌다.

"그 말뜻이 뭔지 나중에 제대로 설명을 해야 할 거야, 너."

"설명이고 뭐고 내가 왜 이렇게 반응하는지 본인이 더 잘 알 것 아냐. 거기 데려간다는 게 어떤 의민지 몰라? 거기 다 친척들만 와. 그냥 파티도 아니고 그런 장소에 아무 상관도 없는 남자나 여자를 데려갔다간 무슨 빈축을 살지 아우, 생각만 해도 무섭다."

"다른 사람들 상관없어. 두 분께 소개시킬 거야. 아주 적절한 기회야."

"허. 소개? 언제부터 그 집안이 애인 소개시키고 그러는 화목한 가정이 됐는지 모르겠군. 두 분이 퍽이나 좋은 얼굴 하시겠다."

"지난번에 잠깐 본가에 들렀을 때 어머니께 넌지시 말씀드렸어. 진지하게 만나는 사람이 있다고. 결혼 전제로."

"풋!"

침착함을 되찾을 요량으로 물을 마시던 재인은 사레가 들려 물을 뿜어냈다. 세차게 기침을 하는 재인을 못마땅하게 쳐다본 재경이 재인보다 뒷좌석에 신경을 쓰며 시선을 보냈다. 다행히 셋 모두 깨는 기척이 없었다.

"형 나 제대로 웃긴다 오늘. 조짐이 좋네."

"웃고 싶으면 웃던가."

"오, 맙소사. 진짜로 그런 소릴 했어? 큰어머니는 또 그걸 진지하게 받아들였고?"

"말을 안 했으면 안 했지 거짓말을 한 기억이 없거든. 물론 허튼소리도 말이야. 연장자와의 신뢰는 그런 식으로 쌓는 거야. 기억해 두는 게 좋아."

"누가 지금 그런 강습을 받고 싶대? 와, 진짜 기가 막히니까 머릿속에 뇌가 없는 것처럼 아무 생각이 안 나네."

그렇게만 중얼거리고 재인은 한동안 멍하니 앞만 보았다. 재경도 그쯤에서 대화가 일단락된 줄 알고 묵묵히 운전만 했다. 그러나 한참 후에 재인이 묻는 소리가 들려왔다.

"어머니가 들으면 웃어넘기지만은 않으실걸. 형 끌고 정신병원에 갈지도 몰라."

"그럴 주제나 되나? 나한테 손대지 않겠다고 공증각서까지 쓴 주제에 어디서 설쳐."

"그 성격에 쫓아가서 본가를 발칵 뒤집어놓고도 남아. 난 거기 휘말리기 싫어."

"휘말리지 마. 용기 있으면 본전도 못 찾을 일에 끼어들지 말라고 충고나 해주던가."

"속도 편하다. 형 변했어."

생각하길 그만두겠다는 듯 재인이 두 손 들었고 재경이 그제야 약간 웃었다. 그 말을 칭찬으로 알아들었나 싶어 얼굴을 찡그리던 재인의 눈에 핸들을 쥔 재경의 왼손이 보였다.

왼손 약지의 반지가 그제야 눈에 띄었다. 정말로, 정말로 이 남자가 심하게 변했다. 자신으로선 도무지 알 수 없는 심하게 이상한 생물로.

앞으로 닥칠 일들의 희미한 여파가 벌써부터 느껴져 재인은 신음하며 허리를 쭉 빼고 앉았다. 고등학교 와서는 제법 얌전히 살았는데, 그동안 아껴둔 평판을 이번에 가출 한 달쯤 하면서 다 깎아줘야겠다고 마음먹었다. 폭풍이 다가오면 제일 먼저 가장 약한 동물이 도망가야 하는 법이다. 인생은 편하게, 즐겁게 살아야 하는 것이니까.

교통체증이 없었던 관계로 도착은 비교적 빨랐다. 벚꽃은 절정이라고 하기엔 한 며칠 빠른 감이 있었지만 충분히 아름다웠다. 주말이면 사람들로 한창 붐볐겠지만 금요일 오후는 적당히 한산한 기분으로 산책하면서 꽃을 만끽하는 기분도 들었다.

우선 점심부터 먹고, 한껏 들떠서 꽃나무 아래를 거니는 태희와 소희에게 재인은 졸래졸래 따라붙었다. 소희의 강아지라도 된 양 재롱을 부리며 뛰어다니는 재인이 소희는 귀찮기 짝이 없어서 정말로 키홀더를 내던지면서 재인에게 주워오라는 명령을 했고, 재인이 주워오기 바쁘게 다시 던지며 조련 아닌 조련을 했다.

멀찍이 떨어진 벤치에 앉아서 지켜보던 재경은 살짝 부아가 치밀었다. 원래 저렇게 즐겁게 함께 있어야 할 사람은 저 둘이 아닌 자신인데. 커플이 되면 적당히 떨어져 나가서 놀겠지 했는데 이젠 불청객이 한 사람 더 느는 게 당연해지다니. 더블데이트 같은 거, 죽도록 싫단 말이다. 그런 생각을 하며 깍지를 끼고 있던 두 손을 쥐락펴락하는데 문득 옆에 있던 태희 어머니가 중얼거리는 소리가 났다.

“저렇게 명랑한 모습을 아주 오랜만에 보는 것 같아. 어릴 땐 몸은 약해도 개구쟁이 같은 구석이 있는 아이였는데.”

“개구쟁이요? 태희가요?”

“그 이야기 했나 몰라. 여섯 살 때 여름에 외갓집에 갔는데 사촌들이랑 같이 논에 미꾸라지 잡는다고 간 일이 있어. 그땐 또래보다 많이 작아서 넌 논에 가면 빠진다고 겁을 줬는데도 알았다고 하더니 홀랑 사촌들 뒤를 따라가 버렸지. 슬슬 저녁 먹을 참인데도 애들이 안 온다고 걱정하고 있었더니 저기 멀리서 애들이 와. 가만 봤더니 태희가 제일 앞에서 뛰어오면서 뭔가를 막 흔들어. 날 알아보고 신나게 달려오는데, 어디서 넘어졌는지 온통 진흙투성이가 되어서는 양손엔 개구리를 들고 나한테 자랑을 하는 거야. 엄마, 이거 봐라, 개구리야. 이거 뒷다리가 맛있대. 엄마 한 마리 줄게, 하면서 의기양양해했지."

"맙소사. 그래서 다른 개구리는 태희가 먹은 건가요?"

"아니. 잡아놓기만 하고 막상 다리를 자른다고 하니까 눈이 큰 방울만 해져서는 씻어온다고 가지고 나가더니 부엌에 들어와서 하는 소리가 개구리가 도망갔다네."

"아하하하, 역시나. 보니까 생선회도 머리가 딸려 나오면 손도 못 대더라구요. 눈이 자길 쳐다봐서 먹을 수가 없대요. 그 개구리 틀림없이 놓아줬을 걸요."

"천성이지. 눈물도 많고 동정심도 많고. 몸이 약한 애라 더 그랬는지도 몰라. 개구릴 잡고 논 그날 밤에도 열이 펄펄 끓어서 읍내 병원에 뛰어갔었어. 그 뒤론 외가에 가도 애들이 너 아프면 우리가 야단맞는다고 노는데 끼워주질 않았지. 그럼 가만히 마루에 걸터앉아서 책을 가져다가 읽곤 했어. 나중엔 당연한 듯 구석에 앉아서 책만 보더군. 저 오빠가 사촌들이랑 노는 걸 부럽다는 듯 쳐다보곤 하는 게 아직도 눈에 선한데."

태희 어머니의 이야길 듣는 것만으로도 재경의 마음이 애틋해졌다. 태희에게 하나뿐인 친구 소희가 얼마나 소중한 존재일지도 새삼 이해가 갔다. 친구. 누군가와 함께 걷고 이따금은 기대 쉴 수도 있는 그런 존재가 왜 사람에게 절실한 건지 재경은 태희를 만나면서 비로소 알게 되었다. 그전까지 재경은 외로움이란 감정도 비루한 사람들이 지껄이는 나약함에 대한 변명이라고 생각했다. 그리운 사람의 체온을 꿈꾸고, 함께 누리는 시간의 따스함을 바라는 것은 너무나 자연스러운 본능이란 것을 이제 그는 알고 있다.

가라앉은 분위기를 돌릴 겸 재경은 자연스레 화제를 바꾸었다.

"벚꽃이 저리도 좋을까요. 어릴 때 벚나무 키우는 사람한테 시집간다고 했다면서요?"

"응. 그런 말도 했었지. 돌 막 지났을 무렵에 애 데리고 벚꽃 구경을 간 적이 있었어. 그 조그마한 애가 벚꽃을 한없이 물끄러미 쳐다보는 게 어찌나 예쁘던지."

옛날 일을 추억하면서 태희 어머니의 얼굴에 미소가 돌아왔다. 웃는 순간엔 태희랑 닮은 면이 있다. 눈에 듬뿍 담긴 딸에 대한 애정도 보기가 좋았다. 그 모습을 찬찬히 바라보다가 다시 태희 쪽으로 고개를 돌린 재경이 기분 좋게 가늘어진 눈을 빛내며 중얼거렸다.

"나중에 태희랑 살 집엔 벚나무를 잔뜩 심을게요. 꽃이 만개하면 해마다 파티를 열게요. 하루로는 아쉬울 것 같으니 한 3박 4일쯤 해서. 그거 볼만하겠죠?"

동의를 구한다는 듯 돌아본 재경이 아이처럼 웃고 있다. 그 웃음에 태희 어머니도 함박웃음을 지었다. 손을 뻗어 재경의 머리를 쓰다듬으며 태희 어머니가 말했다.

"아주 부자가 돼야겠네, 우리 사위는. 그래. 그런 일이 가능하다면 아주 볼만할 거야."

그 다정한 말과 행동에 천하의 한재경도 그만 얼굴을 붉히고 말았다. 재경은 머쓱해진 기분을 감추려 연거푸 머리만 쓸어 넘겼다.

멀리서, 노는 것에 바빴던 소희가 힐끗 재경 쪽을 올려다보고는 독수리 같은 시력을 뽐내기 위해 태희를 팔꿈치로 쿡 찌르며 말했다.

"사이 좋구만, 둘이. 어쩐지 나 온 거 보고 노골적으로 싫은 표정을 짓더라니."

"노골적으로 싫은 표정이라니. 재경이가 언제?"

"너 같이 눈뜬장님이랑 무슨 말을 하냐. 그나저나 의외는 의외다. 쟤도 저렇게 공손한 태도가 가능했다니. 아무리 한재경이라고 해도 장모님께는 사랑받고 싶다 이건가?"

"재경이 원래 예의바른 애잖아. 그리고 윗사람들한테도 나름대로 공손했다고……."

말을 하다 태희의 목소리가 기어들어갔다. 아니나 다를까 옆에서 소희가 코웃음을 쳤다.

"공손이 다 얼어 죽었나. 저 녀석은 고등학교 때도 간신히 범생이었어. 저 녀석 배경이랑 실력 때문에 다른 애들이라면 위험수위 넘었을 발언도 아무 일 없이 지나가곤 했다고. 우선 쟨 눈부터가 불량해."

"별소리 다 듣는다. 네 눈이 더 불량하거든?"

"뭐가 어째? 네가 지금 남편 때문에 이십 년 우정을 패대기치겠다 이거냐?"

"우리가 몇 년을 살았다고 이십 년 우정이야? 그 말은 한 십오 년 후에나 해."

"오호라, 반역이구나, 전쟁이구나! 머리 검은 짐승은 거두는 게 아니라더니, 오오오, 하늘이시여! 이 불효막심한 딸을 어쩌면 좋습니까!"

"헥헥, 여기 키홀더. 어? 근데 왜 하늘을 쳐다봐? 비 올 것 같아?"

기운이 떨어졌는지 키홀더를 주워오는 텀이 길어진 재인이 덩달아 하늘을 쳐다보았다.

"비는 무슨, 해만 쨍쨍하잖아! 에라잇!"

소희는 키홀더를 쥔 손을 빙빙 돌리더니 젖 먹던 힘까지 끌어낸 풀스윙으로 부웅 던져버렸다. 멋지게 포물선을 그리며 날아간 키홀더가 하늘에서 반짝였다. 멍하니 쳐다보던 재인이 짝짝짝 박수를 쳤다.

"우왕, 사모님 나이스 샷!"

벚꽃구경을 하고 온 그다음 주 토요일이었다. 오늘따라 손님이 많은 카페 안에서 빠릿빠릿하게 움직이면서도 승운은 틈만 나면 시계를 보았다.

"태희야, 그만하고 갈 준비해. 간다고 말한 시간에서 20분이나 지났어."

막 손님이 나간 테이블 위를 훔치고 있는 태희에게 승운이 지나가면서 말했다. 태희도 시계를 보긴 했지만 난색을 띠었을 뿐 계속 일했다. 오늘은 재경이 중요한 약속이 있다며 5시 반에는 카페에서 나오라고 해서 미리 양해를 구해 두었는데 딱 그 시간이 되자 손님들이 계속 밀려드는 통에 태희가 자리를 못 뜨고 있었다.

"가, 그만. 당장 사무실로 가서 가방 챙겨서 간다, 실시."

"알았어, 갈 거야. 근데……."

"근데고 안 근데고 필요 없으니까 가."

빙글 태희를 돌려세우고 앞치마 끈을 풀어버리는데 또 문 쪽에서 딸랑거리는 벨소리가 났다. 오늘 매상은 신기록을 세우겠어, 하고 투덜거리면서 고개를 든 승운의 눈에 심기가 몹시 불편해 보이는 재경이 보였다.

재경은 몇 발짝 걸어오더니 실내를 돌아보고는 승운을 향해 고개를 까딱했다. 오만한 자세야 이젠 익숙할 정도다. 사실 지금 승운은 조금 감탄했다. 원래도 재경이라면 입성은 좋았는데 무슨 중요한 자리에 가는 모양인지 오늘은 딱 각이 살아 있다.

흐르는 듯한 실루엣으로 몸에 딱 피트된 먹색의 슈트에 페이즐리 스카프를 가볍게 걸쳤다. 셔츠는 단순한 흰색인데 눈이 부시도록 희어 스카프만큼이나 화려한 무언가가 있었다.

"안 그래도 보낼 참이었는데, 그새를 못 참고. 태희 언니, 내가 가랄 때 갔어야 하잖아. 나만 악덕 사장으로 만들고. 나빠."

"미안, 재경아. 금방 나올게."

태희가 급히 사무실로 향한 사이 멀뚱하게 서 있던 재경이 마지못해서 입을 열었다.

"장사 잘되네."

"미남미녀가 일하는 터라. 거기다 내 장사 수완도 좋고. 아, 물론 우리 바리스타 형님 솜씨도 좋고. 그러나 결정적인 건 역시 내가 잘생겨서."

"실없는 놈."

따분하단 투로 중얼거렸지만 재경은 찬찬히 카페 내부를 훑어보았다. 눈빛이 날카로운 게 뭔가 계산을 하고 있는 게 감이 왔다.

"왜? 인테리어가 맘에 들어?"

"초기 자본금 얼마 정도 들던?"

"어랍쇼? 카페 하게?"

"나중에 태희 취미 삼아 하는 것쯤이라면."

허, 벌써 그런 것까지 고려중이라니. 이 애늙은이 녀석은 대체 몇 수 앞까지 생각하고 있나 싶어 승운은 잠시 뜨악했다. 포커게임이나 바둑 상대로는 아주 나쁜 케이스다.

또 손님이 들어오면서 둘의 대화는 끊어졌다. 그 사이 사무실에서 가방을 챙겨온 태희가 몇 번이고 바쁜데 혼자 두고 가서 미안하다고 한 뒤 재경과 함께 나갔다. 뒷모습조차도 잘 어울리는 커플. 거기다 남자는 보기보다 순정적인 게 틀림없다.

"사랑이란."

의미 없는 중얼거림을 내뱉고는 승운은 혼자서 2인분을 하기 위해 정신을 바짝 차렸다.

늦었다고 태희를 타박할 틈도 없이 재경은 태희를 데리고 미용실과 옷가게를 데리고 다니느라 바빴다. 어떤 약속인지도 모르고 태희는 재경이 하란 대로 움직이긴 했지만 그가 원한대로 만들어진 자신의 모습엔 매우 놀라고 말았다.

결이 좋은 머리카락은 그대로 살리되 머리끝 부분에만 살짝 컬을 넣어 더 찰랑거리게 했다. 고급스러운 크림색 실크 원피스는 장식이 배제된 깔끔한 디자인 대신 무릎까지 오는 치맛단에 벚꽃 모양의 꽃이 살짝살짝 머물러 있는 모습이 근사했다. 그 꽃과 비슷한 색의 인디언 핑크색의 펌프스를 신고 자그마한 클러치까지 손에 들자 더할 나위 없이 완벽했다.

"……예쁘다."

거울을 보면서 자신을 보고 그렇게 말하는 일은 태희에게 아주 드문 일이다. 옆으로 다가온 재경이 그녀 주변을 천천히 돌아본 뒤에 흡족하다는 표정을 지었다.

"나무랄 데 없군. 좋아. 그럼 가자."

그가 이끄는 대로 태희도 걸음을 옮겼지만 차에 오른 뒤에는 참았던 질문을 던졌다.

"우리 어디 가?"

일주일 전부터 다음 주 토요일엔 중요한 약속이 있다고 말했을 뿐 어떠한 힌트도 주지 않았다. 그리고 마침내 재경의 입에서 나온 말은 그녀를 사색이 되게 만들었다.

"어머니 생신이라 본가에 가."

"어, 어머니? 보, 본가라면 집에 간다는 거야 지금?"

"응. 차가 막혀서 아무래도 건배 자리엔 못 가겠다. 7시 전엔 가고 싶었는데."

너무도 태평해 보이는 재경의 얼굴을 뚫어지게 보면서 태희는 제대로 숨도 못 쉬고 있었다. 한참을 그러고 있다가 거칠게 숨을 들이쉰 뒤 태희가 말했다.

"안 되잖아, 그럼. 어머니 생신이신데 난 선물도 마련 못하고. 거기다 그런 자리엔 다른 친척도 있을 텐데 거길 내가 어떻게 가. 말도 안 돼. 내가 끼어들 자리가 아니야."

"돼. 내가 데려가는 거잖아."

"재경아, 이건 너무 막무가내잖아. 거기 가서 내가 뭘 하라고?"

"저녁식사. 거기다 만개한 벚꽃이 근사하게 지고 있을 거야. 어머니가 관리하시는 정원은 아름답기로 정평이 나 있어. 기대해도 좋아. 넌 그냥 내 옆에 붙어 있으면 돼."

"그래도……."

태희의 고개는 자꾸만 수그러졌다. 침울해진 어깨가 긴장으로 딱딱하게 굳어 있는 게 훤히 보였다. 클러치를 쥔 손이 덜덜 떨리기까지 했다. 미리 말하면 긴장할 게 뻔해서 일부러 직전에 터뜨린 건데 좀 너무 했나 싶다. 차가 밀려서 멈춰선 사이 재경은 태희의 머리카락을 다정하게 만져주면서 말했다.

"다른 사람들은 크게 신경 쓰지 않아도 좋아. 그냥 내가 인사하면 너도 옆에서 정중하게 인사하는 정도면 돼. 네가 굳이 신경 써야 할 사람은 다섯. 아니 여섯으로 할까. 부모님. 위로 두 분 있는 형님. 그리고 큰형수님이랑……동생 정도."

재경이 잠시 짬을 두자 태희가 다음 말을 기다리며 고개를 돌렸다.

"그렇게 무서운 사람들 아니야. 다들 자기 일에 바빠서 다른 사람 일에 신경 쓰지 않는 사람들이거든. 아버지는 돈 안 되는 시나 쓰는 한량에 더 잘 어울리는 사람이긴 하지만 자신에게 주어진 책임을 묵묵히 실행할 만한 능력은 있어. 돌아가신 할아버지 말씀에 따르면 받은 걸 고스란히 뒷사람에게 남겨줄 만한 그릇은 된다는 사람. 어머니는 그림으로 그린 듯한 귀족. 냉혹하지도 않고 열정적이지도 않아. 그 어떤 일을 해도 우아한 의식처럼 만들어버리는 능력이 있지. 큰형님은 어머니와 아주 흡사해. 거기다 아버지보다 훨씬 유능해. 큰형님 손에서라면 한경그룹이 최소한 두 배는 더 성장할 거야. 큰형수님이랑은 정략결혼을 했는데 비슷한 성격인 것 같았어. 둘 사이에 딸 하나 아들 하나가 있어. 작은형님은 비교적 아버지를 닮은 케이스. 예술이나 스포츠라면 사족을 못 쓰고, 야망 같은 것도 희박한 편이지만 의무가 주어진다면 완벽하게 해낼 거야. 나를 비롯해 누구도 이러이러한 식으로 살아라 같은 소리는 듣고 자란 적이 없어. 하지만 어른스럽게 구는 아이는 어른처럼 대접해 주었지. 가족 간에 끈끈한 유대 같은 건 희박한 대신에 지저분한 감정싸움도 없고. 가족끼리도 아주 정중해. 다른 사람들은 연극적이다 뭐다 뒷말도 하는 모양인데 우리는 딱히 의식하지 않고 하는 일이야. 막상 보면 너도 거부감을 느낄지도 몰라. 그래도 유념해둬. 나와 내 가족이란 사람들은 연극을 하는 게 아니라 그런 식으로 사는데 익숙할 뿐이야."

태희는 재경이 하는 말을 다 이해할 수는 없었다. 호기심이 생기기도 했지만 긴장은 거의 그대로였다. 재경이 그녀의 손을 꽉 잡아주었다. 보통 때라면 그의 자신감을 믿고 마음이 편해졌겠지만 이번엔 그 마법도 잘 통하지 않았다.

이윽고 재경의 본가 근처에 차를 세우고 내렸을 때에는 하늘이 재경의 슈트와 비슷한 먹빛이 되었을 때다. 재경은 차 뒷좌석에 있던 상자를 열어 하얀 장미꽃다발을 태희에게 들게 했다. 그는 다른 선물 상자를 꺼내 들었다. 내가 이걸 직접 드려야 하냐고 태희가 물었지만 재경은 더할 나위 없이 잘 어울린다며 웃기만 했다. 아무래도 믿을 사람이 아니다. 믿을 건 나뿐이다, 라고 결심한 태희가 심호흡을 크게 한 뒤 눈에 힘을 주었다.

"좋아. 눈앞에 호랑이가 와도 끄떡없어. 가자."

"멋진데."

휘파람까지 불면서 재경은 싱글거렸다. 그 모습이 얄미워서 태희는 고개를 돌리고 그가 가리켰던 집을 향해 발을 내딛었다. 높은 담이 갈수록 크게만 느껴져서 가까스로 가다듬은 다짐이 약해졌다. 대체 담이 얼마나 긴 걸까. 처음에 크게 내딛었던 보폭이 차츰차츰 줄어드나 싶더니 어느 순간 거의 멈추다시피 했다. 재경이 그녀의 손을 꽉 잡으면서 말했다.

"어차피 사람 사는 곳이야. 그리고 여기서 안 살아도 돼. 넌 나랑 살 거니까."

"살아줄지 말지는 내가 결정한다니까."

목소리가 긴장으로 눌려 있긴 해도 그와 함께 걸으면서 태희의 얼굴에 다시 화기가 돌았다. 긴 담을 따라 계속 걷다가 마침내 장미 넝쿨무늬의 철제대문 앞에 서게 되었다. 재경은 초인종을 눌렀고 곧 부드러운 중년 남자가 누구시냐고 물어왔다.

"저 재경입니다."

철컹 문이 열렸다. 함께 그 안으로 들어서던 태희는 자기도 모르게 탄성을 질렀다. 밖에서 보았을 때 언뜻언뜻 보인 벚나무의 모습이 확연해졌다. 하얀 꽃들이 정원 곳곳에 켜져 있는 등의 불빛을 머금어서 마치 구름이 뜬 것처럼 뽀얗다. 그리고 그 구름 속에 떠 있는 것처럼 아름다운 미색의 저택이 태희의 시야에 꽉 찼다.

태희는 주위의 아름다움에 정신을 빼앗긴 채 태희는 재경의 손이 이끄는 대로 걸었다. 잔잔한 음악이 흘러오는 정원 속에서 곧 태희는 힐끗거리며 그녀를 쳐다보는 사람들의 시선을 느꼈다. 어디선가 본 듯한 느낌이 드는 사람도 간간이 눈에 띄었다. 유명인들을 보는 게 신기해서 태희 역시 그들을 빤히 쳐다보면서 갔다.

여기 모여 있는 손님들은 가까운 친척이나 지인 정도로 한정되어 있다. 서로가 친하지는 않더라도 알음알음으로 다 안면을 익힌 사이였다. 거기에 아주 낯선 신인의 등장이 불러일으킨 파문을 그녀는 조금도 몰랐다. 누굴까, 저 아이는. 어느 집 아이지? 라며 소곤거림이 오가는 것도 잔잔한 음악처럼 나직하기만 했다.

정원 안쪽에 중앙에 있던 테이블 쪽으로 다가가는데, 그 테이블의 왼편에 앉아 있던 남자가 손을 번쩍 들며 아는 척을 해왔다.

"아, 재경아. 이제야 오는구나. 설마 안 오는 걸까 했다, 막내는 아프다며?"

"죄송합니다. 많이 늦었습니다."

재경과 함께 태희도 고개를 숙였다. 천천히 고개를 들면서 태희는 앞에 보이는 테이블을 두고 앉은 사람들을 한 명씩 바라보았다. 재경과는 열 살 이상 차이가 날 듯한 남자가 두 사람. 더 나이가 든 쪽은 재경과 상당히 닮았다. 그 옆에 도회적인 외모의 여자와 어린아이들이 앉아 있는 걸 보고 큰형님이구나 짐작했다. 방금 재경에게 말을 건 남자는 어딘가 얼굴이 낯익었다. 조심스레 정면을 보자 거기엔 곧잘 매스컴을 통해서 본 재경의 아버지가 있었다. 전부터 생각한 대로 많이 닮았다. 그리고 그 옆의 장미색 블라우스를 입은 하얀 피부의 여인이 바로 어머니일 것이다. 적당히 틀어 올려 자연스럽게 흘러내리게 한 옆머리를 가볍게 쓸어 넘긴 부인이 살짝 입가에 미소를 머금으며 물었다.

"괜찮아요, 올 거라고 생각했으니까요. 그런데 옆에 있는 분은 누구죠?"

유난히 매끄러운 목소리 때문에 태희는 잠시 그 사람이 재경에게 존댓말을 했다는 기이함도 느끼지 못했다. 재경은 아무렇지도 않게 그 말에 대답했다.

"지난번에 말씀드렸던 사람입니다. 오늘 어머니의 생신을 축하드리고 싶다고 해서요."

절대로 그런 이야기를 한 적은 없다고 목숨이라도 걸 수 있었지만 재경이 그녀를 쳐다보자 태희는 부인에게 다가가며 손에 들고 있던 꽃다발을 건넸다.

"생신 축하드립니다."

목소리가 떨리지는 않았지만 뺨이 복숭아빛깔로 물들어갔다. 부인은 잠시 그런 태희를 쳐다보다가 손을 내밀어 그녀가 건넨 장미를 받았다.

"아드님이 이야기한 것처럼 예쁜 아가씨군요. 와줘서 고마워요. 즐거운 시간을 보내다 가길 바라요. 여보?"

그녀의 부름에 물끄러미 태희의 얼굴을 보고 있던 재경의 아버지가 앉기를 권했다.

"잘 왔어요. 앉아서 식사부터 들어요. 재경아, 의자를 빼줘야지?"

재경은 아버지의 말을 따랐고 태희는 다소곳이 자리에 앉았다. 그 옆자리에 재경이 앉자 두 사람은 부모님의 오른편 자리에 앉게 된 모습이었다. 테이블보 아래로 재경이 슬쩍 태희의 손을 잡아주었다. 태희도 재경의 손을 다른 손으로 툭툭 두드렸다. 괜찮다는 의미로. 정신 바짝 차리자, 정신 바짝 차리자, 수없이 다짐하면서 강한 척 앉아 있었지만 긴 속눈썹이 쉴 새 없이 파닥거리고 있다. 냅킨을 펼치면서 재경이 쿡쿡 웃는 것도 모를 만큼.

한 잎 두 잎 테이블 위로 떨어져 내리는 벚꽃 속에서 그렇게 길고 짧은 밤이 시작되고 있었다.

몹시 독특한 방이다. 창이 하나도 없는 대신 천장이 모두 유리로 되어 밖의 하늘이 고스란히 보였다. 사방의 벽에는 만개한 탐스러운 꽃 그림이 채워져 있다. 모란 아니면 작약, 아마도 그런 꽃인 것 같다. 처음 들어왔을 때 이토록 화려한 벽지도 있나 싶어 가서 만져보다가 그것이 진짜 그림이란 걸 알고 깜짝 놀라서 손을 뗐다. 그리곤 방의 가운데에 놓인 팔각형 탁자를 앞에 두고 문을 등지게 비스듬히 놓인 두 개의 벨벳 소파 중 하나에 가서 앉았다.

이렇게 무슨 용도의 방인지 모를 화려한 방에서 꽃들에 포위당한 채 앉아 있자니 기껏 무사히 먹은 저녁이 이제 와서 얹힐 듯한 느낌이 들었다. 결국 태희는 문을 돌아본 뒤 팔걸이 옆에 놓여 있는 술이 달린 원통형의 쿠션에 의지해 소파에 기대 누웠다.

"재경인 뭐하는 거람."

잠깐만 기다리라고 해놓곤 이렇게 오래 사람을 혼자 두다니, 나쁘다. 계속 옆에 있겠다고 했으면서. 아아, 그나저나 꽃들이 사방에 가득해서 어쩐지 어질어질하다. 그림 속의 꽃들이 향기를 뿜어내는 것처럼. 가만히 눈을 감고 쉬는데, 심하게 긴장했지만 긴장하지 않은 것처럼 내내 애쓰던 게 탁 풀리면서 졸음이 밀려오고 말았다.

그러다 얼핏 문이 열리는 소리가 들렸다. 옅게 든 잠이긴 해도 눈이 잘 떠지지 않아 태희가 어렵게 고개를 들고 작게 하품을 하며 말했다.

"이제 와, 재경아?"

"이런. 예쁜 아가씨가 이곳의 수인(囚人)이 되었네요."

"아, 죄송합니다. 제가 잠깐 쉰다는 게……."

목소리를 듣자마자 누군지 깨달은 태희가 벌떡 자리에서 일어났다. 어느새 연한 비둘기색의 드레스로 갈아입은 재경의 어머니가 얼굴 그 자체인 듯한 미소와 함께 태희가 누워 있던 소파의 맞은편 소파에 가서 자연스럽게 기대 누웠다.

"괜찮아요. 여긴 그럴 용도로 만들어진 곳이니까. 난 모란실이라고 부르는데, 다들 꽃의 감옥 같다면서 발걸음도 하질 않네요. 덕분에 혼자서 오수(午睡)를 즐기는 곳이에요."

그녀의 미소는 말을 하면서도 전혀 흐트러지지 않았다. 태희가 아직 서 있는 것을 보더니 손을 움직여 가볍게 앉으란 신호를 보내곤 턱을 괸 채 살짝 눈을 감았다.

"이젠 이 정도 일도 해가 갈수록 피곤해지네요. 한 해 한 해가 가는 게 다르다고나 할까. 아가씨는 올해 스물이던가요. 좋은 나이예요. 요새 들어선 가끔 얼굴에 손을 대서라도 젊음을 사고 싶다는 여자들의 마음이 이해될 때가 있곤 해요."

부인의 얼굴을 태희는 조금 대담하게 쳐다보았다. 식사 중간에 재경이 슬쩍 일러준 나이를 듣고 태희는 대단히 놀랐었다. 오십팔 세라니. 도저히 그 나이로는 보이지 않는다. 큰형님이 서른다섯이라는 걸 들었으니 그 나이 정도가 맞겠지만 피부가 진주를 갈아놓은 듯 희고 자잘한 주름살들도 그리 심하진 않아서 많이 봐도 사십 대 후반 정도로 보인다. 첫인상처럼, 빼어난 미인은 아니지만 귀티가 물씬 흐르는 나른한 멋이 있었다.

문득 노크 소리와 함께 누군가가 들어왔다. 돌아본 태희에게 찻잔과 차 주전자를 담은 은빛 쟁반을 든 초로의 남자가 보였다. 그 남자는 태희를 보고도 전혀 놀라지 않으며 말했다.

"일행이 계셨습니다."

"즐거운 일이죠. 찻잔을 하나 더 준비해 주세요. 커피 한 잔 괜찮죠, 아가씨?"

"아니오, 저는……."

"사양치 말고 함께 해요. 이 꽃의 감옥에서 누군가와 차를 나누는 일은 처음이니까요."

준비해 오겠노라 말한 뒤 남자가 나갔다. 고운 선향 비슷한 게 흐르던 방 안에 향긋한 커피 냄새가 은은하게 맴돌았다. 커피향 속에 다른 향신료의 내음이 섞여 있는 것을 태희는 곧 알아챘다. 그러고 보니 또 다른 꽃무늬가 아름답게 그려진 주전자도 낯이 익었다.

"이브리크 주전자네."

카페에 장식품으로 놓여 있는 것만 보았지 실제로 쓰인 걸 보는 건 처음이었다. 이브리크는 터키식 커피를 끓일 때 쓰는 도구로 곱게 간 원두와 설탕, 취향에 맞는 향신료 등을 물에 넣고 진하게 끓여내 마신다고 승운에게 들었다. 호기심에 독특한 주전자를 요모조모 뜯어보는데 어느새 눈을 뜬 부인이 그녀를 가만히 쳐다보고 있었다.

"아가씨의 취향인가요?"

"네?"

갑자기 들려온 부인의 질문에 태희가 깜짝 놀라 자신이 지금 누구와 함께 있는지 새삼 깨닫고 자세를 바로 했다. 부인이 다시 물었다.

"좋아하는 거냐고 물었어요. 커피, 이를테면 차를 좋아하는 건가요?"

"딱히 싫어하지는……."

"딱히 싫어하지 않는다면 딱히 좋아할 이유도 없다는 뜻인가요? 관심 없는 걸 그렇게 즐겁게 보다니 독특하군요."

"아, 아니에요. 관심이 있어요. 좋아한다고 말해야겠네요."

"매사가 똑 부러지는 성격은 아닌 모양이지요. 그럼 거짓말은 잘하나요?"

"네? 아, 아뇨. 그런 거 잘 못하는데요."

어떤 의도가 담긴 건지 감도 안 오는 질문에 태희는 곤혹스러움을 느꼈다. 부인은 일어나 앉더니 주전자 쪽으로 손을 뻗었다. 태희가 선뜻 입을 열면서 말했다.

"제가 따라드릴게요."

부인이 고개를 끄덕이자, 태희가 손을 뻗어 주전자의 가느다란 손잡이를 잡았다. 가만히 뚜껑 중심을 누르고 높게 주전자를 들면서 작은 푸른색 도기 잔에 커피를 따랐다. 기분 좋은 소리와 함께 차가 채워지면서 향기가 더욱 깊어졌다.

“굉장해요. 이토록 향이 풍부한 커피였네요. 실제로 보게 되는 건 처음인데.”

“맛을 보면 더 감탄할 걸요. 좋군요. 이렇게 예쁘게 차를 따르는 사람을 본 기억이 아득하네요. 다도를 배웠나요, 아가씨?”

“아, 아뇨. 그런 건 전혀요. 하지만 카페에서 일하면서 많이 익숙해졌어요.”

“카페라. 부모님이 갖고 계신 가게인가요?”

“아뇨. 아르바이트를 하는 곳이에요.”

“아르바이트? 사회 경험을 쌓는 건가요?”

“그런 의미도 있겠지만 가장 큰 목적은 제가 쓸 용돈을 버는 거예요.”

약간 수줍어하고 긴장한 기색은 있었지만 자신이 하는 말에 부끄러움 따위는 없다. 부인은 고개를 갸웃이 한 채 태희를 바라보다가 그녀가 따라준 커피를 한 모금 머금은 후 천천히 삼켰다. 가만히 입술을 벌리며 부인은 기분 좋게 한숨을 쉬었다.

“이제야 겨우 살 것 같네요. 오늘 사람을 너무 많이 봐서 어지럽던 찰나였거든요. 다른 파티였으면 적당히 물러났을 텐데 내 생일이 되고 보니 그럴 수도 없고. 화장을 고친다는 핑계로 들어오긴 했는데 다시 나가려고 생각하니 머리가 무겁고. 그런 부담감 이해돼요?”

“네.”

자기도 모르게 크게 고개를 끄덕이면서 태희는 미간을 찡그렸다. 이렇게 많은 사람들 앞에서 주인공으로 사는 건 태희로선 상상만 해도 숨이 막히는 일이다. 커피를 마시며 태희를 보는 재경의 어머니의 눈이 좀 더 가늘어지는 게 웃는 것 같았다.

“큰 며느님과는 확실히 분위기가 다르군요. 환경의 차이일까, 천성의 차이일까.”

마지막의 질문 비슷한 말은 혼잣말 같았다. 태희가 어떤 식으로 반응해야 할지 몰라서 쩔쩔매는데 다시 노크 소리와 함께 집사가 들어왔다. 새로 끓여온 이브리크 주전자를 들어 찻잔에 커피를 가득 채운 뒤 태희 쪽으로 내밀었다. 그러면서 집사는 부인에게 말했다.

"회장님이 조금 재촉해 달라고 부탁하셨습니다."

"머리를 고치고 있다고 해줘요. 오 분 뒤에는 나갈 테니까."

집사가 나간 뒤에 한동안 말없이 커피를 즐기다가 문득 부인이 말했다.

"머리 만질 줄 알아요?"

"네? 아……. 전 손재주가 아주 나쁜데요."

"그래도 나만 할까요. 난 머리 빗는 것도 서툴러요. 저 모란꽃처럼 풍성한 재복 덕에 정작 쓸모 있는 건 하나도 못하는 사람이 되었죠. 자, 적당히 손질해 봐요."

서슴없이 머리를 틀어 올렸던 비녀 두 개를 빼내어 태희에게 건네는 부인을 보며 태희는 마른침을 꿀꺽 삼켰다. 못한다고 더는 강경히 거절하질 못하고 그 비녀를 받아 부인의 뒤에 가서 섰다. 트랜스포머 가동, 소희로 변신하자. 암시를 걸어봤지만 그렇다고 잠재되어 있던 천재적인 능력이 확 폭발할 리가 없다. 진주가 달랑거리는 비녀와 씨름을 하면서 태희가 불가해한 작품을 만들어내고 있을 때 달칵 문이 열리면서 누군가가 들어왔다.

"태희야, 지금 뭐 하는 거야?"

오, 신이시여, 마침내 재경입니다! 태희가 환희에 젖어 재경을 쳐다보며 손에 들고 있던 비녀를 울 것 같은 눈으로 가리켰다.

"어머니, 설마 태희에게 지금 머리 손질을 맡기신 건가요?"

"보시는 대로예요. 손재주가 나쁘다고 사양했지만 적어도 나보단 나을 거라고 했죠."

"글쎄요, 어머니. 그건 태희를 몰라서 하시는 말씀인데요. 괜찮으시다면 제가 하겠습니다."

성큼성큼 다가와 재경은 태희의 손에서 비녀를 가져간 뒤 별 망설임 없이 어머니의 머리를 손보았다. 마치 매일 아침에 일어나서 비녀를 쓰는 사람처럼 빠르게, 그러면서도 썩 훌륭하게 말이다. 자신의 머리를 쓰다듬어보면서 천천히 부인이 재경을 쳐다보았다.

"이런 것에도 재주가 있으셨던가요, 아드님?"

"재주라기보다 익히 보아 와서 아는 걸 실행해본 것뿐입니다."

"익히 보아왔다는 건?"

"태희가 워낙에 손놀림이 서툴러서 태희 친구가 매번 머리 손질을 해주곤 하는 걸 구경했거든요. 이 아인 하다못해 연필도 제대로 못 깎는 걸요."

흉을 보는 말의 내용과 달리 부드러운 말투며 태희를 바라보는 재경의 눈빛은 따스한 봄볕처럼 밝다. 그의 옆에서 고개를 푹 숙이는 태희의 볼이 새삼 붉어져가는 걸 부인은 모두 눈에 담았다. 소파에서 일어서면서 부인이 말했다.

"재미있는 일이군요. 이 집안에서 연애결혼을 하는 사람이 생긴다면 그건 둘째 아드님이 아닐까 생각했는데 뜻밖에 셋째 아드님이라니요. 미리부터 아드님 장래에 많은 기대를 걸던 여러 집에서 퍽이나 실망하겠네요."

"저는 그런 일이야 전혀 애석하지 않습니다만."

"조금 애석해 할 사람을 천천히 달래는 게 내 몫이군요. 그럼 아가씨, 남은 시간 즐겁게 보내요. 가기 전에 집사에게서 사례품을 받아가도록 해요. 잠시 동안이나마 즐거웠어요."

재경이 문을 열어주었고 부인은 밖으로 나갔다. 태희가 깊숙이 머리를 숙이고 인사하는 동안 부인이 복도를 걸어가는 소리가 들려왔다. 조용히 거기에 따라붙는 다른 구두소리는 듣지 못했다. 기다리고 있던 집사가 부인의 뒤를 따르자 부인은 나른한 목소리로 물었다.

"셋째는 어디에서 오는 길이죠?"

"둘째 도련님과 이야기를 나누시는 것 같았습니다."

"둘째라……. 그리도 빨리 크고 싶을까. 조급한 면이 있을 줄은 몰랐는데. 사람의 천성은 다른 사람과 반응하면서 조금씩 바뀌기도 하나 봐요. 퍽 재미난 일이죠?"

부인도 살며시 미소를 지으며 우아하게 걸음을 옮기다가 문득 생각났다는 듯 말했다.

"아참, 큰 며느님에게 주려고 준비했던 걸 저 아가씨에게 주도록 해요."

"예?"

"가까이서 보니까 피부가 정말 투명하더군요. 준비한 건 큰 며느님보다 저 아가씨에게 더 잘 어울릴 거예요. 큰 며느님에게 줄 선물은 내가 가지고 있는 흑진주 중에 적당한 걸 골라줘요. 아, 이따가 카드 하나 가져다줘요. 함께 넣을 말을 적어주죠."

집사는 알겠다고 대답을 했지만 표정은 석연치가 않았다. 약간의 호기심에 반짝이는가 싶었던 부인의 눈빛은 사람들에게 점차 가까워질수록 무뎌져갔다. 정원으로 나가는 문을 지날 때엔 재경도, 재경이 데려온 눈망울이 사슴 같은 아이도 그녀의 관심사에서 사라졌다.

그렇게 부인이 한경그룹 안주인의 역할로 돌아간 순간에 재경은 모란실의 스위치 중 하나를 눌러서 방 안을 어둡게 했다. 그리고 대신 천창이 스르륵 열리는 모습을 보여 주었다.

"우와, 열리는구나, 저게."

"그럼. 안 열리면 이 방 환기를 어떻게 시키겠어?"

"그 생각까진 못했어. 그냥 묘한 방이다 했지. 이렇게 넓은데도 창문 하나가 없고. 사방엔 모란인지 작약인지, 아, 모란실이라고 하셨으니까 모란이겠다. 그렇지?"

"그래. 오월 말이면 뒤뜰 정원에 모란이 만개해. 가장 아름다울 무렵엔 벚꽃에 못지않은 장관을 이루지. 하지만 어머닌 살아 있는 꽃보다 벽 속의 꽃이 훨씬 즐길 만하시대. 살아 있는 꽃은 너무도 빨리 진다나."

"그림의 꽃이 아무리 아름다워도 난 살아 있는 게 훨씬 좋은데. 벌레 먹고 상하고, 시들고 져버려도 다음 해가 되면 아름답게 피는 게 기특하잖아. 기다리는 즐거움도 난 좋더라."

별을 찾으려고 눈을 크게 뜨고 위를 올려다보는 태희를 재경이 등 뒤에서 껴안았다.

"그러니 넌 꽃의 감옥 속에서 박제가 되어 살지는 않겠지."

"이상한 이야길 하네."

동그랗게 눈을 뜨고 재경을 돌아보자 재경은 태희의 코끝에 살짝 키스했다.

"혼자 둬서 미안해. 이왕 여기까지 왔으니 내 방이었던 곳을 구경시켜줄게."

"네 방?"

"응. 내가 나갈 때에서 거의 바뀐 게 없어. 가자."

재경의 손에 이끌려 방을 나서면서 태희는 기억해 두려는 듯 방을 돌아보았다. 이토록 아름다운데도 쓸쓸한 느낌이 드는 방이 있다는 게 놀라웠다.

재경의 방이 있는 곳은 모란실이 있었던 중앙 건물에서 보면 날개에 해당하는 왼쪽 편이었다. 똑같은 삼층이라 계단을 오르내리지는 않았지만 걷기엔 꽤 멀었다.

"집이 이렇게까지 크니까 오히려 집 같지 않고 그냥 무슨 미술관이나 박물관 같아."

"그렇지. 아버지랑 어머니 방이 얼마나 멀리 떨어져 있는지 알게 되면 놀랄걸. 자, 다 왔어. 여기가 내 방이었어. 그리고 지금도 이따금 오면 쉬는 방이야."

두터운 흑갈색의 나무문을 밀어 열자 정면에 보이는 여러 개의 창문을 통해 들어오는 희미한 빛으로 큼지막한 내부가 눈에 보였다. 재경이 불을 켤 거라고 생각했지만 재경은 그녀의 어깨를 감싼 채 방의 중앙으로 향했다. 재경의 아파트에 놓여 있는 것보다 더 커다란 침대가 눈에 보인다 싶은 순간 재경이 그녀를 거기에 앉혔다. 옆에 나란히 앉은 그가 다시 그녀의 어깨를 팔로 감싸더니 다른 손으로 턱을 감싸 쥐며 입술을 겹쳐왔다.

"여기서 이러는 건 좀……. 밖엔 네 가족들도 있고……."

태희가 소극적으로 그를 밀어내며 중얼거렸다.

"하긴 여기서 이러는 건 별로다, 나도."

재경이 일어서서 침대 옆에 있던 작은 램프를 켰다. 그러고서 그는 베개를 등에 괴고 기대앉았다. 침대는 정말로 컸다. 그런데 그 침대가 방의 크기에 비하면 전혀 커 보이지 않는다. 높은 천장에 램프의 불빛이 번져 어른거리는 걸 올려다보고 자신의 그림자가 벽에 비치는 것도 본 뒤 태희는 이 방이 얼마나 큰지 새삼 깨달았다. 느긋이 눈을 감고 있는 재경을 보면서 태희가 물었다.

"고등학교 들어가기 전까진 이게 계속 네 방이었어?"

"응. 내가 이 집에 들어올 때부터 나갈 때까지는 줄곧."

'이 집에 들어올 때' 라는 말이 이상하게 들렸다. 병원에서 태어나서 집으로 왔을 때를 그렇게 말하나 싶어 잠자코 넘어갔다.

"너무 크다. 집에 있는 방들이 다 이렇게 큰 건 아닐 텐데. 자다가 무서운 꿈꿔서 울면 밖에서 들리지도 않겠어."

"울긴 왜 우냐? 넌 꿈꾸고 울기도 했어?"

"어릴 때니까. 넌 아주 꼬마 때 자다가 이불에 지도 그린 적도 없는 것처럼 말한다."

"한 번 있긴 해. 그것 때문에 정신이 번쩍 들 만큼 뺨을 얻어맞았지."

"에에? 말도 안 돼. 또 농담이지?"

태희가 깜짝 놀라서 그를 돌아보자 재경은 빙긋 웃으며 대답했다.

"응. 농담."

재경이 웃기 전 아주 잠깐 동안 스친 표정이 태희에게 똑똑히 보였다. 네가 듣고 싶어 할 답을 해야겠지 하고 생각하는 표정. 그런 식으로 가끔 재경이 태희에게 무언가를 말하기 직전에 보이는 짧은 침묵을 태희는 이제 알아볼 수 있다. 나름대로 오랜 시간을 함께 하면서 말이 아닌 공기를 통해 느끼게 된 그 무엇. 태희는 가만히 재경의 뺨을 만지며 물었다.

"누가 그렇게 때렸어?"

"농담이라니까."

태희는 손을 거두지 않았다. 재경도 시선을 돌리지 않았다. 그러나 웃음은 점차 사라졌다. 뺨에 닿은 태희의 손을 자신의 손으로 덮으면서 재경은 그녀의 매끄러운 피부와 자신의 것보다 더 기분 좋은 체온에 감사했다. 재경이 살며시 눈을 감으며 말을 시작했다.

"어렸을 때 말이야. 감기로 많이 아파서 학교도 빠지고 집에 온 적이 있어. 의사 선생님도 다녀가고 링거도 맞고 할 정도로 심한 독감이었어. 병원에 입원하는 게 좋다고 했는데 내가 싫다고 버텼어. 자다 깨다 자다 깨다 하면서 앓았었는데 밤중에 조금 정신이 나서 보니, 옆에 어머니가 계신 거야. 매우 곤혹스럽다는 듯한 표정으로 날 보면서 그러셨어. '아프지 마세요, 아드님. 이런 일로 어미를 괴롭게 하는 아드님은 내 아들이라고 할 수 없어요.' 그 말에 내가 그랬지. '어머니 아들 할래요. 그러니까 나을게요.' 그제야 어머니가 웃으면서 내 뺨을 만져주셨지."

"그래서? 그래서 그 뒷날 나았어?"

"응. 나았어."

"와, 대단하다. 재경인 의지의 소년이구나."

밝은 태희의 웃음소리에 재경의 눈이 떠졌다. 그 역시 조금 키득거렸다.

"그전에도 그 뒤로도 그렇게 다정하게 날 대해 주신 건 그때뿐이었어."

"어머, 저런. 한 번 더 아파보지."

"안 돼. 그랬다간 어머니 아들이 아니게 되잖아."

"설마 그랬을까."

"그랬을 거야. 내겐 어리광이 허용되지 않았거든. 난 처음부터 어른 대접을 받았으니까."

다시금 태희는 이상하게 느껴졌다. 식사를 하면서 재경의 어머니가 남편을 비롯해 세 아들과 이따금 나누는 대화를 들으며 그녀는 얼마나 낯설었는지 모른다. 하나같이 정중한 존대어로 대화가 오갔다. 재경의 어머니가 하대를 하는 것은 어린 손자들뿐이었다. 그렇지 않았으면 태희는 이분은 하대의 말을 모르시나 하고 궁금해 했을 것이다. 아들 역시 하나의 인격체로 여기시고 정중히 대하시는 모습은 감탄스럽기도 했다. 그러나 재경의 말은 선뜻 이해가 가지 않는다. 처음부터 어른 대접을 받는 어린애가 어디 있단 말인가.

"아무리 그래도 어린 아기였을 때가 있잖아. 설마 너 태어나자마자 일곱 걸음을 걸어가서 '천상천하유아독존' 이라고 한 건 아니지?"

소희가 곧잘 재경에 대해 빈정거리면서 했던 말을 이번엔 태희가 읊어 보았다. 재경이 장난스럽게 태희의 이마를 툭 건드리며 대답했다.

"아직 널 두고 해탈할 일은 없거든. 모르지, 앞으로 만 번쯤 안으면 마음이 바뀔까."

"마……만 번? 미쳤어. 그런 게 될 리가 없잖아."

"그럴까? 서른 살 되기 전에 채울 것 같은데. 내기할까?"

재경은 너무도 자신만만하게 말했다. 거기다 이젠 감추지 않고 드러내는 노골적인 욕망의 눈빛이 더해지자 태희는 얼굴이 화끈거려 고개를 숙이고 말았다.

"나는 못해. 못한다는데 목숨이라도 걸어."

"잘됐군. 그 목숨 감사히 받아주지. 아아, 가자 그만."

"가는 거야?"

반색을 하며 태희가 침대에서 일어났다. 강한 척하더니 역시 편치 않았구나 싶다. 그래도 낯선 사람들 앞임에도 식사도 그럭저럭 했고, 질문을 하면 짧게나마 대답도 했다. 긴장을 하는 바람에 새침하게 보이기도 했지만 그런 걸로 흠잡을 인간은 이곳에는 전혀 없다. 그녀는 아름다웠다. 이곳에 피어 있는 벚꽃이 모두 그녀를 위해 피어난 것처럼, 오로지 그녀를 위해서 떨어져 내리는 것처럼.

"벚꽃이 너무너무 예쁘다."

"이제야 그게 눈에 들어와?"

"……나는 최선을 다했어. 난데없이 별천지에 떨어졌는데도 꿋꿋하게 버텼다구. 말할 때도 안 떨었고, 더듬지도 않았어. 내 양귀비 모드는 성공적이었단 말이지."

"양귀비 모드?"

재경의 물음에 태희는 입을 다물어 버렸다. 하지 않아야 할 말을 입

밖에 내버리고 부끄러움에 빰이 빨갛게 돼버렸다. 눈을 깜박거리는 그녀를 보며 재경이 웃음을 터뜨렸다.

"아하, 그렇다면 계속 해어화(解語花) 흉내를 내고 있었구나. 대단하네, 트랜스포머가 되겠다더니 빈 말이 아냐. 내년까지 갈 것 없이 올해 가기 전에 결혼하는 거 아닌가?"

"또 놀린다."

투덜거리는 태희의 말에 아랑곳없이 재경은 한껏 즐겁게 웃었다. 분수대 근처에서 큰형과 이야기 중이던 재경의 작은형이 그 모습을 보고 작게 휘파람을 불었다.

"그냥 지나가는 한때의 열병이라기엔 꽉이나 중증인걸요, 형님."

"고작해야 스무 살이야. 아직 어린애에 불과해. 물론 저 녀석이 저럴 줄은 몰랐지만 아버지 자식이니까 아주 불가능한 일도 아니지."

큰형은 대수롭지 않다는 듯 고개를 돌리며 담배를 피웠다. 상상력이라곤 키우지 않는 큰형을 보며 재경의 작은형은 속으로 혀를 찼다. 든든하긴 하지만 따분하다. 물론 자신 역시 다르게 살려고 발버둥 치면서도 그 비슷한 인생을 살게 될 것이다. 다소간의 차이는 있다고 해도 결국 둘은 같은 가지에서 난 형제. 잔정이 없기는 매한가지였다. 재경이, 저 녀석처럼 철이 들자마자 이 집에서 나가는 게 좋았을지도 모른다. 그때는 어린 녀석이 철두철미하게 무정하다고 감탄했었는데 지금 와선 그 감탄이 다른 의미가 되다니. 이래서 인생이란 건 살아봐야 다른 면이 보이나 싶어 고개를 갸웃하면서 그는 재경을 찬찬히 바라보았다.

웃고 있다. 꽃을 보고, 꽃처럼 예쁜 여자를 보면서. 저토록 다정다감한 면이 있었다니 정말로 감탄했다. 거기다 그 예쁜 여자에게 몹시 사랑받는 게 분명했다.

"형제 중에 한 명쯤 고독하지 않은 애가 있는 것도 나쁘진 않겠죠."

라며 그는 웃었다. 큰형이 한심하다는 듯 쳐다보는 걸 무시하면서 그는 핸드폰을 꺼냈다. 저만치 걸어가던 재경이 문득 주머니에서 핸드폰을 꺼내 메시지를 확인했다. 그대로 걸어가면서 재경은 아주 잠깐 고개를 돌려 누군가를 찾았다. 작은형과 눈이 마주치자 가볍게 고개를 끄덕였다. 새 담배에 불을 붙이면서 작은형도 살짝 고개를 끄덕여 주었다.

가기 전에 재경은 아버지와 어머니가 사람들과의 대화에 묶여 계신 걸 보고 집사에게만 간다는 말을 했다. 집을 나오면서 태희는 몇 번이고 뒤를 돌아보았다. 재경이 왜 그러냐고 묻자 태희는 아무 말도 없이 고개만 저었다. 차에 올라탄 뒤 차창을 내린 채로 한참을 물끄러미 바깥을 보다가 태희가 문득 말했다.

"신데렐라 같아서. 근데 마법도 풀리지 않았고, 유리구두도 잃지 않았고, 거기다 왕자님도 데리고 나왔어. 너무 운이 좋은 거 아닌가 생각하던 중이야."

"무서운 일이라도 상상했어? 너 같은 게 어디 이런 곳에 발을 디디냐고 호통치면서 내치는 사람들 말이야."

"응. 미안하지만, 정말로 그랬어. 네가 워낙 대단한 집 아들이라서."

재경은 싱긋 웃고는 태희의 머리를 툭 쓰다듬고 중얼거렸다.

"그런 일 안 일어나게 해줄게. 대신 말이야, 나한테 감추는 거 없이 다 말해야 해. 어떤 일이든지 무조건 내게 먼저 말해."

"나도 머릿속에 생각하는 뇌란 게 있거든?"

"생각하지 말란 게 아니야. 생각은 해. 우선 나한테 말하고 나서."

"글쎄요, 한번 생각해 보고 결정하지요."

새침을 떨며 태희는 다시 창밖으로 시선을 돌렸다. 그런 태희를 보는 재경의 눈빛에 살짝 근심이 어렸다. 다른 걱정은 별로 없다. 아버지는 탐탁하지 않아 할 게 뻔했지만 기사화되지 않는 한 문제라고 여기지 않을 것이다. 어머니는 무심할 것이다, 늘 그랬듯이. 큰형님 역시 신경 쓸 것이 없다. 작은형님의 호기심은 오히려 득이 될 것이고. 그저 걸리는 것이 있다면 하나. 그 하나 때문에 오늘 어머니의 앞에 태희를 데려간 것이었다.

문득 재경은 집에서 나오기 전에 받았던 사례품 꾸러미에 생각이 미쳤다.

"그러고 보니 네가 받은 것 좀 풀어봐, 어서."

"응? 어차피 다 같은 것 아냐?"

"어머닌 초대하는 사람들 하나하나를 다 체크해서 다른 걸 준비하셔. 풀어봐."

재경의 재촉에 태희는 하얀 벚꽃 몇 송이가 귀퉁이에 도드라지게 수놓인 한지 상자를 열었다. 곧 태희의 입에서 자그마한 탄성이 흘러나왔다.

"어쩜. 이렇게 예쁜 귀걸이도 있구나."

"어, 그건……. 오늘 어머니가 찬 귀걸이랑 같은 거잖아. 사이즈만 더 작은데."

"그래? 그럼 아주 좋은 거네. 장미도 네가 준비한 건데 선물은 내가 좋은 걸 받았다. 음, 이럼 너한테 고마워해야 하나, 네 어머님한테 고마워해야 하나? 아, 카드도 있어."

"뭐라고 써 있어? 읽어봐."

"〈모란엔 향기가 없다는 묘한 속설을 사실처럼 알고 있는 사람들이 많죠. 설사 향기가 없었다고 해도 모란은 꽃의 여왕으로 충분해요. 어째서 그런지 한번 와서 보도록 해요. 연락드리죠, 아가씨〉 어……이거 날 초대하신다는 말씀이야?"

얼떨떨한 표정으로 재경을 돌아본 태희는 깜짝 놀랐다. 재경은 아이처럼 환한 미소와 함께 눈을 빛내고 있었다. 만약 이곳이 아파트였다면 펄쩍 뛰며 기뻐했을지도 모른다.

"대단해, 태희야! 그 자린 아직 큰형수님도 초대 못 받은 자리야. 모란은 어머니의 꽃이야. 누구도 탐내지 못하는 어머니의 꽃이라구. 이게 무슨 뜻인지 알아?"

"무, 무슨 뜻인데 그래?"

어리둥절해하는 태희의 물음에도 재경은 아이처럼 웃기만 했다.

그날 밤 재경이 일부러 태희를 꽃의 감옥에 두고 갔던 일의 행운이 얼마나 큰 것이었는지 미처 태희는 짐작도 못했다. 하물며 재경도 몰랐다.

2. 변화의 시작

차를 세워두고 내리면서 옆 좌석에 둔 와인을 들고 나오는 재경의 눈에 그다지 반갑지 않은 녀석이 보였다. 색색의 장미를 골고루 섞은 꽃다발 두 개를 손에 든 재인이 대문 옆에 서서 재경을 향해 손을 흔든다.

"여어, 오랜만입니다, 형님."

"또 네가 끼어드는 거냐."

"끼어든 게 아니라 나도 손님이란 말이죠? 엄연히 소희 남친. 아직도 태희 선배한테 소희가 어떤 사람인지 모르는 모양이네. 나한테 그런 식으로 나오면 안 될 텐데."

"오늘은 적당히 좀 떠들어. 너랑 정소희 떠드는 거 듣다 보면 귀가 다 아픈 거 알아?"

"형이랑 태희 선배 두 사람이 너무 말이 없다는 생각은 전혀 안 하나? 분위기 띄운다고 이 몸이 목이 쉬도록 고생하는데 위로는 못 할 망정. 못 쓰겠어, 쯧쯧."

땅이 꺼져라 과장된 한숨을 내쉬는 재인을 무시하고 재경은 대문 옆의 초인종을 눌렀다.

〔누구?〕

"그대의 로미오라오! 줄리엣, 문을 열어주오!"

〔꺼져!〕

쌀쌀맞은 대꾸에 이어 인터폰이 꺼졌다. 재경은 재인을 밀어내고 다시 초인종을 눌렀다.

〔꺼지랬다!〕

"나야. 문 열어."

〔오, 우리 한 서방 아니신가? 어서 오시게.〕

"뭐야, 이 부조리한 차별 대우는!"

투덜거리면서도 재경을 뒤따라 재인은 냉큼 대문 안으로 들어섰다. 정원을 가로질러가는데 현관이 열리면서 만면에 웃음을 띤 소희가 두 팔을 벌리며 나왔다.

"먼 길 오느라 고생 많았지? 우리 한 서방은 언제 봐도 신수가 훤하시구만. 허허허."

재경은 묵묵히 가져온 와인을 내밀었다. 소희는 재인을 투명인간 취급하면서 재경이 준 와인을 보고 탄성을 질렀다.

"역시, 이탈리안 요리에 와인이 없으면 안 되지! 한 서방은 어쩜 이리 뭘 해도 예쁜 짓만 골라 하나 몰라."

"지금 이 괴이한 현상에 심히 불만이 있는 사람입니다만?"

소희의 얼굴 바로 앞으로 꽃다발을 들이밀며 재인이 자신의 존재를 부각시켰지만 소희는 그런 재인을 간단히 옆으로 내동댕이치고 재경에게 생긋생긋 웃었다.

"가세, 한 서방. 이 몸이 자네를 위해 친히 닭도 준비했지. 튼실한 닭다리로만!"

설마 말로만 듣던 씨암탉 어쩌고 하는 건 아니겠지 근심하며 집으로 들어서는데 뒤에선 어느 틈에 일어난 재인이 소희와 티격태격해댔다.

"어떻게 꽃을 내동댕이칠 수 있어! 잔인한 여자 같으니."

"꼬옻? 그게 뭐 어쨌다고? 지금 그걸 먹길 해, 입길 해? 아니면 귀에 차길 해? 오, 다시 맡아도 이 맛있는 냄새는 죽이는구나. 한 서방 어서어서 주방으로 가자구!"

소희가 그렇게 확인시키지 않아도 현관을 들어서자마자 맛있는 냄새가 곧 코를 통해 들어왔다. 주방으로 들어서자 소스볼에 넣은 스파게티를 버무리고 있던 태희가 뒤를 돌아보며 반갑게 맞이했다.

"어서 와, 재경아. 아, 재인아 너도 어서 와."

"우와, 이 가정적인 풍경. 저 가슴이 메어요. 선배. 부디 이 꽃다발을 다 받아주세요."

찬밥 취급을 당한 장미 꽃다발을 태희에게 바쳤다. 태희는 웃으면서 고개를 저었다.

"예쁘긴 한데, 저는 대타는 안 한답니다. 진짜 주고 싶었던 사람에게 주도록 해요."

"이런, 들통 났나? 하지만 하나는 진짜 선배 줄 생각으로 가져왔는 걸요."

"그럼 그것만 고맙게 받을게. 아, 소희야 오븐에서 향초구이 좀 꺼내 줘. 시간 다 됐을 거야. 재경아, 재인아, 서 있지 말고 앉아서 전채부터 들어."

태희의 말에 주방에 멀뚱히 서 있던 세 사람이 모두 테이블에 앉았다.

"오, 이런 걸 직접 만드는 사람, 요리사 말고 처음 봐요."

포카치아를 들어 뜯으면서 재인은 감탄에 찬 목소리로 말했다. 재경도 가만히 바라보다가 카프레제 그릇에 놓인 치즈와 토마토를 가볍게 포크로 찍어 먹었다. 올리브유도 적당하고 후추도 과하지 않다. 모짜렐라치즈 역시 괜찮았다.

"자, 카르보나라 스파게티 완성. 이게 재인이가 주문한 거였지?"

"네!"

빵을 우물거리면서 재인이 자신의 접시를 받아왔다.

"혼자 시작하지 말고, 넌 음료라도 따라! 음식은 같이 먹어야 할 거 아냐?"

소희의 타박에 재인은 물론 재경까지 자리에서 일어났다. 그러나 재인에게 말한 것과 백팔십도 다른 표정으로 소희는 재경을 보며 손을 저었다.

"한 서방은 앉아서 조금만 기다리고. 오 분, 아니 삼 분이면 준비 완료일 거야."

"그러니까 이 부조리한 차별 대우는 뭐냔, 으아아, 귀 떨어져 진짜."

"나 같이 척이면 척인 조수가 세상에 또 있는 줄 알아? 음료수 따르랬지? 그 간단한 말도 못 알아 듣냐, 이 귀는?"

얼음을 가득 채운 컵에 콜라와 사이다를 따르는 재인의 옆에서 소희는 열심히 태희의 조수 노릇을 했다. 오븐에서 꺼낸 닭고기 향초구이를 예쁘게 접시에 담아낸 뒤 소쿠리에 받쳐놓은 펜네의 물기가 빠졌는지 확인하고 태희에게 대령했다. 태희가 소스에 버무려 주자 접시에 담아 파슬리를 뿌리는 일까지 소희가 도맡아 했다. 완성된 아라비아타 펜네 두 접시는 소희와 재경의 의자 앞에 놓였다. 태희 몫의 토마토소스 스파게티도 뒤따라 완성되었다.

음식을 다 놓고 재경이 와인까지 따라내자 식탁이 더할 나위 없이 풍성해졌다.

"훗. 어때? 이만하면 사람 초대할 만하지? 이 정도가 기본이라고."

"근데 어째서 만든 사람이 아니라 소희 네가 으쓱대는 건지 이해가 안 되는데."

턱을 들며 으쓱거리는 소희를 보고 재인이 얄밉다는 듯 쏘아붙이자 소희가 피식 웃었다.

"이해가 안 돼? 그럼 이해가 되게 해주지. 태희야, 한 말씀해라. 어쨌든 네 음식을 먹으러 이리 와 주신 손님들이잖아?"

"에, 변변찮은 음식이지만 없는 솜씨를 부려서 나름대로 최선을 다했으니 아무쪼록……."

"봐봐. 얘는 궁중요리를 내놓고도 변변찮아서 죄송하다고 뒤로 뺄 녀석이야. 그러니 내가 으쓱거리는 거야. 자, 사양 말고 들어. 음식은 뭐든 막 했을 때 먹어줘야지."

"감사히 잘 먹겠습니다. 우와, 진짜 맛있어. 대단해! 재경 선배, 봉 잡았네요. 얼굴만 예쁜 게 아니라 음식까지 잘하다니. 선배 정말 전생에 나라를 구하셨나 봐요."

입에 넣자마자 감탄사를 연발하는 재인 때문에 태희는 민망해했다. 재경은 약간 웃으면서 탈리아타 접시에서 쇠고기를 한 점 들어 입에 넣었다. 재경도 감탄했다. 예전에 어설프게 책만 보고 만들 때랑은 다르다. 잘한다고 소문난 이태리 요리 전문점에 가서 이것저것 사준 게 효과가 있었다. 맛을 음미하는데 태희가 눈을 동그랗게 뜨고 그를 보고 있었다. 재경은 짐짓 얼굴을 찡그렸다. 대번에 태희의 안색이 변하더니 황급히 고기를 맛본다. 고개를 갸웃하면서 뭐가 이상한 건지 이리저리 생각하는 게 틀림없다. 태희가 다시 포크로 고기를 찍는 순간 재경도 같은 걸 찍었다. 눈이 마주치자 그제야 재경이 빙긋 웃었다.

"먹을 만하네. 이번엔. 잘했어."

재경의 미소에 딱딱해졌던 태희의 얼굴도 부드럽게 풀렸다. 어허,

어디 신성한 식탁에서 연애질이야! 라고 소리치고 싶은 걸 참으며 소희는 닭고기를 우걱우걱 씹었다. 그런 소희의 눈에 한쪽에서 몰래 와인을 따르고 있던 재인이 보였다. 당장에 고자질했다.

"태희야, 재인이 술 마셔."

"엇, 안 돼, 너는 미성년자잖아."

"와인이잖아요. 한 잔 정도는 괜찮지 않을까요?"

태희의 만류에 재인이 재경을 쳐다보았지만 재경은 태연히 말했다.

"자라나는 청소년에겐 알코올은 안 돼. 기본 아닌가?"

"저 내년이면 대학생이거든요? 선배님들처럼 말이죠."

"아직은 고등학생이잖아. 어린이날이라고 사복 입고 있다고 고등학생이 아닌 줄 알아?"

도와줄 거라고 생각한 내가 어리석었지 하면서 재인이 히죽 웃었다.

"그러네요. 어린이날이라고 좋다고 놀러 나왔지만 불운한 고3인 게 어디 가나요."

"되게 배배 꼬고 난리네. 아나 마셔라. 먹고 죽은 귀신은 때깔도 곱다잖아."

소희가 와인을 가져와 철철철 따라 주었다. 애초에 고자질을 한 사람이 누구였는지도 잊고 재인은 감격했다.

"오오, 이것이 바로 여자친구의 사랑?"

"동정이다. 말은 똑바로 하자."

포크로 콕 찍은 문어를 재인에게 먹으라고 내밀기까지 했다. 말의 내용은 둘째 치고 이렇게 알콩달콩한 씬을 연출하는 게 처음인 재인은 포크 째 먹으려는 듯 베어 물었다.

"오호, 착하구나. 이렇게 기특한 모습을 보니 없던 애정이 뭉클뭉클 솟아오르는 걸?"

"감사합니다, 여왕 폐하."

독약을 줘도 맛있게 삼킬 듯 의욕 충만한 재인의 머리를 소희가 쓱쓱 비벼 준다. 옆에서 지켜보던 태희가 소리 내 웃으면서 손으로 입을 가렸다. 오늘도 여지없이 귀가 따갑게 떠들어대는 두 사람이지만 태희가 웃는 걸 보니 재경은 이 수다가 참을만해졌다.

음식도 맛있으니까. 사실은 태희가 해주는 음식은 뭐가 됐든 맛있다. 날이 갈수록 실력이 늘고 있지만 아주 못해도 상관없었을 것이다. 자신이 잘하니까 얼마든지 커버 가능하다. 그럼에도 태희가 하는 요리라면 맛있게 먹어줬을 테고.

이만하면 진짜 팔불출이구나 하고 생각하면서 재경은 턱을 괴고 태희를 쳐다보았다. 물끄러미 바라보는 시선을 느꼈던지 태희가 고개를 돌려 재경을 보았다. 눈이 마주치자 생긋 웃으면서 스파게티를 포크에 감아 한 입 먹었다. 붉은 토마토소스가 묻은 그녀의 입술. 평소보다 훨씬 더 맛있게 스파게티를 먹고 있다. 재경 역시 배가 고프긴 했지만 먹는 속도는 그리 나지 않았다. 옆에 앉아 있는 두 사람이 이 순간 증발되어 버린다면 참 좋을 거라고 생각하면서 재경은 갈증을 가라앉히기 위해 와인을 마셨다.

식사는 꽤 빨리 끝난 편이다. 와인은 진즉에 한 병이 동이 났고 식사가 끝날 때쯤엔 접시들도 깨끗이 비었다. 뒷정리는 소희와 재인이 하기로 해서 태희는 과일을 준비해서 재경과 거실로 나갔다. 설거지하다가 접시 하나를 떨어뜨린 재인은 하마터면 목이 졸려 죽을 뻔했다. 설거지를 다 한 뒤에 보니 없다던 식기세척기가 있다는 걸 알고 재인이 억울해했지만 소희는 이젠 알 바 없다는 식으로 배짱이었다. 티격태격하면서 거실로 나오던 두 사람 중에 재인이 먼저 걸음을 멈추었다.

소파에 앉아서 사과를 깎던 태희가 자꾸만 웃는다. 가지고 나온 과일은 얼마 되지 않는데 아직도 안 깎았나 하는 표정으로 소희가 한 마디 하려는데 태희 목소리가 들렸다.

"간지럽대도 그런다. 너 때문에 사과가 자꾸 줄어들어."

"내가 깎아 준다니까. 난 뭐든 벗기는 건 잘하잖아."

"쳇, 재경이 네가 못 하는 게 뭐가 있어? 손님이니까 좀 얌전히 있으면 덧나? 아하하, 간지러워. 진짜 못살겠어. 이거나 먹고 있어."

거봉을 몇 알 뜯어낸 태희가 재경의 입에 장난스럽게 밀었다. 먹지 않을 것처럼 얼굴을 피하던 재경이 한순간 마음을 바꿔 그것을 먹더니 태희의 손가락까지 입에 넣어버렸다.

"아이참, 진짜 장난치지 말래도."

"장난 안 칠 테니 키스 한번."

"안 해."

"그렇게 나온다면 뭐."

간단히 포기하나 했던 재경이 홱 태희의 허리를 끌어당기면서 그녀의 목에 입술을 댔다. 입술로 꽉 그녀의 피부를 빨아올린 뒤에 재경이 위협하듯 말했다.

"키스 한번 해줄래, 아니면 여기에 키스 마크를 만들어줄까?"

"못 살아, 정말. 이리 와."

두 손 두 발 든 태희가 고개를 돌려 재경의 입술에 재빨리 입맞춤을 했다.

"뭐야. 이건 키스가 아닌데."

"나중에. 나중에 제대로 해줄게."

"언제? 정확히 몇 시간 후?"

"그런 거 몰라. 이따가 집에 갈 때. 그러니까 떨어져. 스킨십 금지. 알았지?"

"흐음. 봐서."

재경은 싱글거리면서 아까부터 계속 끌어안고 있는 태희의 허리를 만지작거렸다.

우와, 한재경이 저런 면이 있었다니! 저 정도 스킨십이 일상다반사라면 역시 저 둘은 만리장성을 쌓고도 남은 게 틀림없다. 눈에 보이는 광경에 놀라던 재인은 갑자기 등에 느껴지는 한기에 놀라 뒤를 돌아보았다. 맙소사, 소희가 한 손에 밀대를 들고 있다.

"으아, 안 돼, 살인내면 큰일 나!"

눈이 빙글빙글 거리는 게 이미 이성을 저 멀리 떠나보낸 소희를 옆에 끼고 재인은 황급히 주방으로 되돌아가야 했다.

그로부터 몇 시간 후, 소희는 집에 가겠다는 태희를 못 보낸다고 붙잡고 늘어졌다. 거의 태희의 마음이 남는 걸로 굳으려는 찰나에 재경이 재인을 소희에게 확 밀어버리곤 태희를 납치하듯이 데리고 나갔다. 소희가 재인을 옆으로 던지고 황급히 뒤따라 나갔지만 태희를 들고 뛰다시피 하는 재경이 그녀보다 더 빨랐다. 대문간까지 뒤따라갔지만 결국 보게 된 건 차에 탄 태희가 창밖으로 상체를 내밀고 열심히 손 흔드는 모습이었다.

"전화할게. 오늘 재밌었어!"

멀어지는 태희의 모습을 보다가 소희가 징징거렸다.

"으헝, 우리 태희 늑대한테 잡아먹힐 거야. 틀림없어. 안 되겠어. 이럴 게 아니라 태희 집 앞에 가서 몇 시에 오나 감시 들어가야지."

"그 정도가 되면 그건 우정이 아니라 스토킹이야. 설마하니 한재경이 싫다는 여잘 억지로 덮치겠어? 둘이 좋으면 결국 여자를 탑에 가둬놔도 생길 애는 다 생겨."

"으아아, 다른 여자가 다 그래도 우리 태흰 안 그래. 너 그 말 취소해, 취소하라구."

"아무래도 천연기념물은 저쪽이 아니라 이쪽인 것 같은데……."

등을 두들기는 소희의 주먹을 고스란히 맞아주면서 재인은 길게 한숨을 쉬었다. 하늘을 올려다보니 석양이 아름답게 하늘을 물들이고 있다. 폭풍전야의 평화로운 한때이려나.

곧 서쪽에서 폭풍을 동반한 구름이 몰려올 것이다. 정확히 말하자면 베네치아. 그곳에 있는 마녀가 기지개를 켜고 잠에서 깨려고 하는 모습이 눈에 선하다. 어지간하면 그런 일이 없길 바랐지만 그런 희망찬 미래 따윈 꿈꿀 수 없다. 한재경은 윤태희를 너무도 좋아한다. 시간이 이렇게나 흘렀는데도.

각인이 아닐까 재인은 어렴풋이 짐작해 보았다. 첫눈에 반한 줄리엣에게 목숨을 건 로미오처럼. 그것은 사랑이란 이름을 한 각인(刻印)일지도 모른다.

"뭐하게?"

"소희 표정이 영 걸려서 문자 보내. 서운해 하지 말라고."

"어제 거기서 잤다며. 근데 뭘 또 서운해 하지 말래? 관둬. 너희 둘이 샴쌍둥이도 아니면서 왜 그렇게 옆에 없으면 보고 싶고 애가 닳아?"

운전하면서 재경이 던지는 타박에 태희는 가볍게 눈을 흘겼다.

"몇 달 전까지만 해도 거의 매일 붙어 있다 요샌 이틀에 한 번, 어쩔 땐 사흘에 한 번도 본다구. 얼마나 허전한지 알아? 아마 우린 전생에 부부였을지도 몰라. 아주 사이좋은 부부라서 이렇게 후세에는 절친한 친구로 평생 떨어지지 말라는 운명인지 어떻게 알아?"

"원수였겠지. 그래서 두고두고 보고 살라고."

"으, 그럴 리 없어. 원수가 이렇게 무지무지 좋다는 건 말이 안 되잖아."

"무지무지 좋아?"

“응. 소흰 아무리 봐도 너무 사랑스러워. 어쩜 그리 귀엽지? 불가사의해.”

재경은 도저히 납득할 수 없는 말인데 태희는 진지하기 짝이 없다. 태희가 문자를 보내는 걸 지켜보다가 재경이 홱 핸드폰을 뺏어서 자신의 주머니에 넣어버렸다.

“압수야. 나랑 있을 땐 나한테만 집중해. 문자는 집에 가서 보내라고.”

“폭군.”

제대로 토라진 표정으로 태희가 팔짱을 끼었지만 재경은 눈 하나 꿈쩍하지 않았다. 얼마 동안 침묵이 흐르다가 곧 태희가 불안한 듯 주위를 살피며 물었다.

“이 길 아닌데. 왜 돌아가?”

“제대로 가는 건데.”

“아니야, 이 길이 아니라 아까 그 교차로에서 좌회전을 했어야 하는데. 근데 이렇게 가면 나오는 게, 잠깐 너 지금 아파트 가는 거야?”

용케도 빨리 알아챈 태희가 따지듯이 묻자 재경은 전방만 주시하면서 고개를 까딱했다.

“집에 간다니까, 나. 공부해야 해. 내일 페이퍼 테스트 있잖아.”

“그 시험 나도 보잖아? 같이 공부하자고.”

“싫어, 누가 그 말 믿을 줄 알고. 나 공부할 거야. 그러니까 집에 데려다줘.”

“그럴 거야. 나중에.”

“재경아, 왜 이렇게 네 멋대로야?”

“폭군이라며?”

재경이 씩 웃었다. 정말 못됐다. 태희는 입술을 깨물며 그를 쏘아보다가 중얼거렸다.

"일부러 초대해서 맛있는 것도 잔뜩 해줬는데."

"나만 먹은 거 아니잖아."

"그래서 그게 맘에 안 들었어?"

"물론. 네가 만든 요리를 왜 나 말고 다른 사람이 먹어야 해?"

너무 태연한 그 표정에 태희의 말문이 막혔다. 두 손 들고 푸념하는 수밖에 없었다.

"졌어, 정말. 나날이 유치해져가. 어쩌란 건지."

쿡쿡 재경이 웃었다. 태희는 토라졌다는 걸 시위하려고 일부러 쌩하니 말을 하지 않았다. 그러다 아파트 주차장에 들어갔을 때에야 침묵을 못 이겨서 먼저 입을 열었다.

"공부만 한다고 약속해. 그리고 10시 전에 나 집에 갈 거야."

"그때 데려다줄게."

"진짜 약속."

손가락까지 내밀면서 태희가 약속 이행을 요구했다. 재경은 간단히 그 손을 무시하고 차에서 내린 뒤 태희를 이끌고 엘리베이터에 탔다. 타고 층수를 누르자마자 태희를 구석으로 몰아넣고 얼굴을 두 손으로 감싸 쥐며 말했다.

"우린 그런 걸로 약속하고 말 사이가 아니잖아."

태희가 미처 뭐라 말할 틈도 없이 재경의 입술이 태희의 입술에 닿았다. 그녀의 턱을 들어 올려 자신이 원하는 각도로 입술이 겹쳐지자 그대로 재경은 태희의 두 손을 감아쥐며 그녀의 등 뒤로 돌려 엑스자로 겹쳐지게 해서 결박해 버렸다. 부드럽게 그녀의 몸이 엘리베이터에 벽에 부딪혔다. 그런 태희를 가둬놓는 것처럼 재경의 두 다리가 그녀의 다리 양쪽을 압박해 왔다. 순식간에 일어난 결박에 이어 재경의 뜨거운 혀가 스르르 태희의 입속으로 밀려들어갔다.

"으응……!"

평소의, 깨물면 부서져 버리는 사탕을 핥는 것처럼 부드럽게 시작했던 키스가 아니라 단박에 마지막 단계로 치달아버리는 키스였다. 격렬하게, 그녀의 혀를 감아오면서 폐에 들어오는 그녀의 숨조차 앗아가 버릴 것처럼 강하게 빨아들였다. 몇 번이고 쉴 틈을 주지 않고 그런 키스가 이어지자 태희는 얼핏 현기증을 느껴서 비틀거렸다. 물론 재경이 그녀가 쓰러지도록 두지는 않았다. 재경은 태희의 허리를 꽉 조이면서 그에게 바짝 끌어당겼다.

"숨을……."

가까스로 입술이 떨어진 순간 태희가 숨을 못 쉬겠다고 말하려 했지만 그럴 틈도 없이 다시 입술이 포개졌다. 몇 번이고 각도를 바꾸어 입술을 겹쳐오며 혀는 더 깊숙한 곳까지 치달아간다. 너무 격렬해서 혀뿌리 채 뽑히는 게 아닌가 싶을 정도로 아프기까지 했다. 그러나 쓰러질 것만 같았던 아찔한 순간이 지나자 재경의 뜨거운 숨이 태희의 머릿속까지 차올라 모든 게 아득하게 느껴지기 시작했다. 발이 후들거리고 손이 떨려왔지만 이제 그것은 기절할 것만 같아서가 아니었다. 이미 한참 전부터 밀착된 하반신을 통해 무섭게 단단해진 그의 욕망을 느끼고 있었다. 거기에 반응하기 위해서, 천천히 그녀의 몸도 뜨거워졌다.

"……이런 건 약속이 틀리잖아."

그렇게 태희가 마지막 저항을 해보지만 앞으로 일어날 일에 대한 기대로 브래지어 안의 유두가 단단하게 일어서는 것마저 소름끼치게 똑똑히 느껴졌다. 재경이 낮게 웃으면서 태희의 뺨을 쓰다듬었다. 노골적인 욕망으로 젖은 그의 눈과 마주하는 순간 서 있을 힘이 없어지면서 태희의 숨이 가빠졌다. 재경은 다시 그녀의 입술에 키스했다. 짧게. 그리고 혀로 그녀의 입술을 쓰윽 핥았다. 그 순간 엘리베이터 문이 열리는 소리가 났다. 재경이 그녀의 손목을 잡아당기면서 뒷걸음질을 해서 태희를 데리고 엘리베이터에서 나왔다.

"키스를 한 거잖아. 내가 뭐 다른 걸 했나?"

나지막하게 흩어지는 그의 웃음소리조차 지독히 유혹적이라고 생각하는 자신을 태희는 어쩔 수가 없다. 두 손에 얼굴을 묻으면서 태희는 절망적인 어조로 중얼거렸다.

"미쳤어. 나 미쳤나봐."

삑삑 키패드를 누르는 소리에 이어 철컥 문이 열렸다. 재경의 손에 이끌려 태희는 안으로 들어섰다. 재경이 여전히 눈을 가리고 있던 태희의 뒤에 서서 귀에 입술을 대고 속삭였다.

"얼마든지 환영이야. 나에게 미쳐주는 거라면."

재경의 손이 그녀의 블라우스 버튼을 하나씩 풀어내기 시작했다. 이러면 오늘 밤도 엉망이 될 거란 걸 잘 아는데도 몸은 이미 부슬부슬 녹아내리는 거품이나 다름없다.

"한 번만이야……."

겨우 그런 말로 자신의 무력함과 타협했다. 재경이 또다시 웃으며 중얼거렸다.

"약속해 줄까?"

태희는 시선을 내리깔다가 블라우스를 막 벗기려고 하는 재경의 손을 잡았다.

"방에 들어가서."

"어쩌지. 그건 내가 곤란한데."

"무슨 소리야?"

"여기서 하면 한 번으로 그칠 수 있다고 약속하겠는데, 안으로 들어가면 나도 어쩔지 모르겠어. 네가 침대에 누워 있는 걸 보면 내 머릿속도 살짝 고장 나거든."

"그런 게 어디 있어."

"있어. 너무도 확실하게."

뒤에서 들려오는 재경의 목소리는 짓궂고, 선정적이었다. 웃음소리조차도 말이다.

"하지만 오늘은 맛있는 걸 대접받았고 하니 노력은 해볼게. 한 번이라고 했지?"

말이 끝나기도 전에 재경은 태희를 훌쩍 안아들었다. 침실로 들어가는 문이 열렸을 때 태희는 눈을 감았다. 등에 침대의 싸늘한 감촉이 닿았을 때엔 잠시 떨었지만 곧 재경의 손이 몸에 닿았을 때만큼 떨지는 않았다.

시작은 늘 이렇다. 재경의 손길은 나날이 거침없어지는데 태희는 첫날과 마찬가지로 수줍어서 시선조차 마주하지 못한다. 방 안은 어두워야 하고, 침대가 아닌 곳에서는 몸을 사리며 달아난다. 그렇게 변치 않는 연약함이 사랑스럽다고 재경은 생각한다. 한사코 피하다가도 얼굴을 돌리게 하고 시선을 마주하면 그를 향한 태희의 시선엔 가녀린 애정이 가득한 것도. 입술을 겹치자, 다시금 태희의 뺨이 발갛게 달아오르는 게 느껴졌다. 따끈거리는 그 얼굴을 두 손으로 감싸고 재경은 속삭였다.

"아무래도 안 될 것 같아."

"뭐가……으응, 하아, 하아……읏."

별다른 애무 없이도 태희의 꽃잎은 이미 젖어 있었기에 재경의 남성이 바로 파고드는 것을 견뎌냈다. 되도록 부드러운 동작으로 그녀의 깊숙이까지 단숨에 도달한 뒤 바짝 몸을 밀착한 채 재경은 태희의 뜨거운 뺨 이곳저곳을 입술로 지분거리며 말했다.

"오늘 돌아가지마."

"맙소사, 안 돼. 어제도 소희네 집에서 잤고, 오늘은 간다고 말해 놨어. 10시 되기 전에 돌아가겠다고, 아흑, 아……. 재경아, 천천히, 재경아, 아, 제발, 제발, 아앗!"

재경이 결합한 채로 태희의 엉덩이를 잡고 몸을 일으키는 바람에 하반신이 위태롭게 들렸다. 그대로 재경은 한바탕 빠르게 허리를 움직여댔다. 태희는 몸의 균형을 제대로 잡을 수 없는 상태로 재경의 움직임에 따라 정신없이 흔들렸다. 그다지 유연하지 못한 태희의 몸이 소화시키기엔 상당히 부담이 가는 체위였건만 재경은 가끔 이런 방식을 썼다. 아주 깊은 삽입으로 태희의 절정을 빠르게 유도하면서, 동시에 그녀를 지치게 만들기 때문이다.

"돌아가지마. 응? 여기서 자겠다고 말해. 어서."

"재경아, 약속했잖아. 약속이 틀려……. 아흑, 재경아, 다리 좀, 다리 좀 놔줘, 아, 아아, 재경아, 제발……아으, 으음."

젖은 숨결과 함께 재경의 입술이 태희의 입술을 덮고 그의 마음을 약하게 만들 그 어떤 애원도 하지 못하게 만들어 버렸다. 태희는 시트를 꽉 쥐어보기도 하고, 재경의 어깨를 잡아보기도 하면서 정신을 차리고 있으려고 노력했지만 이제는 노련해진 키스와 더불어 재경이 강하게 허리를 찔러 올릴 때마다 전해지는 아찔아찔한 감각에 이중으로 공격당하면서 결국 온통 머릿속이 헝클어지고, 허덕거리는 숨을 유지하기 바빠졌다.

"못 돌아가. 오늘 밤은 나랑 있는 거야. 알겠어?"

돌아가지 말란 명령에 이어 이제는 단정으로 바뀌어 버린 말.

"나 집에, 집에 가야 하는데……. 부탁이야, 재경아, 다음에 기회를 봐서……."

"좋아. 갈 수 있다면 가도록 해. 10시가 되면 보내줄 테니까."

얼마 안 있어 그냥 오늘은 머물겠다고 할 걸 하고 태희는 후회했다. 보내줄 테니 갈 수 있으면 가라는 말. 재경이 부린 또 다른 심술에 다름 아니다. 일주일 가까이 금욕을 한 그는 지금 태희에게 일주일 분량만큼의 사랑을 받아내려 하고 있었다.

이 밤에 태희가 자기 발로 침대에서 내려설 수나 있다면 다행. 내일 있을 페이퍼 테스트는 어쩌면 좋을까, 하는 걱정을 마지막으로 태희는 재경의 덫에 완전히 함락되었다.

"그 책 제목이 뭐라고 했지?"

책을 읽다 보니 입이 말라 물을 마시고 책을 다시 읽으려는데 문득 질문이 들려왔다. 혹시 잘못 들었나 싶어 태희가 고개를 들었다. 문 옆에 앉아서 뜨개질을 하시던 간병인 아주머니는 여전히 졸고 계신다. 침대를 보니 할머니가 가만가만 손짓하고 계셨다.

"아, 이 책은 『위대한 개츠비』요."

아르바이트를 시작한 지 두 달이 다 되어가지만 할머니가 태희에게 말을 걸어주신 건 처음 있는 일이었다. 처음 시작할 때 어떤 책을 좋아하시느냐고 물어도 그냥 아무 책이나 상관없다고만 하셔서 태희 나름대로 열심히 책을 선정해 왔지만 책이 다섯 번째로 바뀌도록 그 책에 반응을 보여주신 적이 없다.

어르신들이 좋아할 만한 책을 서점에서 추천을 받아온 것이 별 효과가 없자 태희는 자신이 좋아하는 책으로 노선을 바꾼 참이었다. 애독서는 역시 『잃어버린 시간을 찾아서』이지만 그 방대한 양 때문에 보류했다. 다음으로 잡은 책이 『위대한 개츠비』였다.

"듣다 보니까 옛날에 딸이 읽어줬던 책 같아."

"따님께서요?"

할머니가 고개를 끄덕이셨다. 눈을 감고 있는 얼굴을 살짝 움직이시면서 창문 쪽으로 기울이셨다. 쇠약하지만 퍽이나 맑은 기운이 남아 있는 목소리로 말씀을 이으셨다.

"난 말이야, 어릴 때 글을 못 배워서 이름 석 자 쓰는 게 고작이었어. 나중엔 사는데 허덕이느라 글 배울 시간이 없었고……. 그래도 늘

그막에 그 애를 얻어서 그 조그마한 것한테 동화책을 읽어주고 싶어서 글을 배웠어. 머리가 굳어서 한글 깨치는 것도 정말 오래 걸렸지. 안아서 데리고 다니던 딸애가 나보다 먼저 글을 깨치지 뭐야. 그 조그마한 게."

"어릴 땐 무섭게 언어를 흡수하니까요. 따님이란 분도 머리가 무척 좋으셨나 봐요."

"그랬어. 내 뱃속에서 어떻게 이런 애가 나왔을까 싶을 만큼 예쁘고, 똑똑하고……. 거기다 참 착했어. 일 끝나고 집에 가보면 그 조그마한 게 학교 갔다 와서는 청소도 하고 빨래도 하고. 엄마 힘들지 그러면서 어깨도 주물러주고."

"우와."

태희는 할머니의 말씀을 귀담아들었다. 눈이 보이지 않는 분이지만 따뜻한 표정으로 경청하는 태희의 기척을 느끼셨는지 얼굴에 좀 더 깊은 미소를 지으며 말씀하셨다.

"저녁밥 준비를 하고 있자면 옆에서 거들면서 학교에서 있었던 일을 재잘재잘 말해 주곤 했어. 도서관에서 빌려온 책 이야기도 하고. 혼자서 꽤 멀리 있는 도서관까지 가서 책을 빌려와 열심히 읽었지. 자려고 누워 있으면 옆에서 나한테 열심히 책을 읽어주곤 했어."

할머니가 조금 기침을 하시는 바람에 태희는 긴장해서 일어났다. 두 눈의 실명은 물론 두 발도 절단하셨을 만큼 당뇨병이 깊으신 분이었다. 병 자체보다 더 위험한 건 합병증이란 걸 일부러 공부를 해서 알게 되었다. 가벼운 기침조차 그냥 넘겼다간 위태로울 수 있다. 때문에 태희는 이 아르바이트를 시작하면서 더더욱 자신의 건강에도 유의하고 있다. 혹시라도 자신이 감기에 걸리면 할머니한테도 치명적일 수가 있으니까. 할머니의 기침은 잠시 후 수그러들었고 소란 떨 것 없다는 듯 손을 저으시더니 조금 탁해진 목소리로 말씀하셨다.

"자네 목소리는 말이야. 내 딸이랑 아주 많이 닮았어. 그래서 듣고 있자면 자꾸 옛날 생각이 나. 자네가 책을 읽어주는 목소리를 듣다가 잠이 들면 깰 무렵엔 그런 생각을 자꾸 해. 아, 우리 딸 학교 가게 밥 해야겠구나, 하고."

"그래요? 어떤 분이신지 많이 궁금해지네요."

"이리. 이리 와봐."

부르신 대로 태희가 일어나서 침대 머리맡으로 가니 할머니는 베개 아래에 손을 넣어 더듬으시다가 자그마한 수첩 하나를 꺼내셨다. 그 수첩을 열어 안쪽에 끼워져 있던 사진을 태희에게 건넸다. 태희는 흑백사진을 유심히 들여다보았다.

"아주 예쁘신 분이네요. 중학교? 아니다, 고등학교 졸업사진인가요?"

"고등학교 졸업식이야. 꼭 와야 한다고 해서 내가 시장일 하다 말고 꽃을 사들고 갔어. 우리 딸, 정말 예쁘지?"

"네. 너무 고우세요."

사진 속에는 소녀와 그 소녀의 어머니로 보이는 여자가 함께 서 있다. 늘그막에 얻은 딸이란 말처럼 거의 할머니와 손녀뻘로도 보였다. 빈말이 아니라, 소녀는 정말로 예뻤다. 맑은 눈빛과 그늘 없는 환한 미소가 그렇게 예쁠 수 없었다. 그런데 계속 들여다보다가 태희는 고개를 갸웃했다. 무척이나 낯이 익어서 말이다. 내가 이 사람을 어디서 봤더라 하면서 연신 고개를 갸웃하다가 자신도 모르게 중얼거렸다.

"아, 승운이랑 너무 닮았다."

"그래? 그렇게나 닮았어?"

"네. 쌍둥이라고 해도 믿겠어요."

"사내 녀석이 그리 고와서 어쩌누……."

말씀은 그렇게 하셨지만 할머니는 기쁜 기색이었다. 사진을 돌려드리자 보이지도 않는 그 사진을 한참을 쓰다듬으시고는 수첩에 끼워 다시 베개 아래로 돌려놓았다. 태희가 베개를 반듯하게 살펴드리는 동안 할머니는 조용해지셨다가 불쑥 물어오셨다.

"자네랑은 안 닮았나? 목소리가 그렇게 비슷한데 얼굴은 혹시나 해서."

"전 그렇게 예쁜 얼굴이 아니에요. 쌍꺼풀도 없고 이목구비도 큼직큼직한 편이 못 되요. 사진 속의 분은 굉장히 서구적인 미인이신걸요."

"그런가? 하긴……. 난 가끔 그 앨 보면서 혹시 애를 낳은 병원에서 다른 집 애랑 바뀐 게 아닐까 걱정할 때가 있었지. 내 새끼라 하기엔 너무 잘 나서……."

"할머님이랑도 닮으셨어요. 사진 보고 바로 알겠던 걸요. 누가 봐도 닮은 모녀예요."

성심을 다한 거짓말이었다. 그건 아니라고 손사래를 치면서도 할머니가 몹시 수줍게 미소를 짓는 게 보였다. 그러다 문득 할머니가 눈가가 젖어들었다.

"이십 년……. 이십 년을 한결같이 그 애가 보고 싶어. 그렇게 허망하게 갈 줄 알았으면 일본 같은 덴 못 가게 할 걸. 그런 생각을 하루도 안 한 적이 없어."

태희는 뭐라 말해야 할지 몰라 고개를 떨구었다. 그런 느낌이 들긴 했지만 실제로 사진 속의 그분이 요절했다는 걸 확인하게 되니 마음은 착잡했다. 승운이랑 그렇게 닮은 분인데. 그 순간 문득 머릿속에 스친 터무니없는 의문을 태희는 입 밖에 내어 묻고 말았다.

"혹시 그분이 승운이 어머니신가요?"

말도 안 되는 질문이라 황급히 거둬들이고 싶었다. 조승운의 부모는 엄연히 생존해 계신다. 작년 가을엔 부모님 금혼식인데 뭘 선물해야 할까 고민하는 승운을 본 기억도 있다. 그런데 사진으로 본 여자가 승운과 빼다 닮았다고 어머니냐고 묻다니 이 무슨 실례가…….

그런데 할머니는 당황해하는 태희를 향해 천천히 말씀하셨다.

"아이가 있는 줄도 몰랐어. 비행기 삯도 아껴가며 공부하고 일하느라 못 오는 줄로만 알았어. 그래도 승운이가 있어서 내 딸이 살다간 흔적이 남았어. 그러니 이런 식으로라도 사는 거야. 모진 목숨이지만 그 애가 부르러 올 때까지만……. 외손자 그늘에서 이렇게 사는 수밖에. 하늘도 무심하시지. 하늘도 무심하시지."

마지막 말은 아직도 세상에 그녀를 내버려두는 하늘을 향한 원망. 태희는 당혹스러움과 착잡함에 어쩔 줄 몰라서 우두커니 서 있었다. 알아선 안 될 일을 캐냈다는 자책감부터 할머니를 위로하고는 싶은데 어떻게 해야 할지 모르겠다는 막막함까지 한데 섞였다.

그래서 불현듯 침대 반대편에 나타난 승운의 모습을 보고는 펄쩍 뛸 만큼 놀랐다. 승운은 할머님의 이불을 고쳐 덮어드리고는 가만가만 할머님의 손을 토닥거리며 말했다.

"하늘이 유심하니까 아직 이렇게 저랑 사이좋게 지내시잖아요. 울지 마시고 한숨 푹 주무세요. 내일은 날씨가 좋다고 하니까 저랑 바깥 바람도 쏘이시게요. 아셨죠?"

그전까진 눈물만 보이시다가 승운의 목소리가 들리면서부터는 흐느끼기 시작하셨다. "아가, 난 성희가 보고 싶어. 성희가 보고 싶구나." 하면서 말씀하시는 할머님과 옆에서 "응. 응. 알아요."라면서 대꾸해 주는 승운의 모습을 보고 태희는 조심스레 병실 바깥으로 나왔다.

멍하니 서 있다가 복도에 있는 의자에 앉았다. 아직 손에 책이 들려 있었다. 아무 페이지나 편 뒤 무작정 소리 내어 읽었다. 두 페이지 남짓을 읽었을 때 승운이 병실에서 나왔다. 손에는 태희의 가방을 들고 있었다. 태희를 보고 생긋 웃더니 가방을 내밀며 말했다.

"고생했지? 저렇게 말씀 많이 하시는 일 몇 달에 한 번 있을까 말까 인데."

"언제 들어온 거야?"

"네가 내 어머니에 대해 물을 때?"

"미안해. 무심코 그런 생각이 나서 나도 모르게……. 정말 미안해."

태희가 푹 고개를 숙이며 몇 번이나 용서를 구했다. 승운은 어깨를 으쓱했다.

"네가 미안해 할 일 아니지. 어차피 사실이고, 딱히 비밀도 아니거든."

의외라는 듯 태희가 그를 쳐다보자 승운은 미소가 어린 얼굴로 팔짱을 낀 채 말했다.

"아버지가 정치가 나부랭이나 되면 스캔들감이겠지만, 돈 많이 벌면 장땡인 장사꾼이잖아. 좋은 일은 아니지만 그렇다고 아득바득 감춰야 할 일도 아니야. 밖에서 낳아온 자식이긴 해도 멀쩡히 호적에 올려서 한집안에서 키워줬어. 거기다 막내라고 상당히 귀여움도 받았고. 나 어디 가서 미움 받고 살 인상은 아니잖아? 아, 너는 제외하고 말이지."

태희의 입은 붙어버린 채이다. 승운의 가벼움도 태희의 굳은 표정 앞에선 맥을 잃었다.

"야, 야. 그렇게 보지 마. 간단하게 생각해. 돈에는 이것저것 파리가 꼬이기 마련이라고. 돈이 많으면 사랑 놀음도 훨씬 쉬운 법이고, 부산물로 혼외출생자도 툭툭 떨어지는 거지. 그렇다고 내가 덜떨어진 인간이나 그런 건 아니야. 난 멋진 인간이야. 맞지?"

"……그렇다고 해둘게."

떨떠름하게 태희가 대꾸하자 승운은 여지없이 얼굴을 찡그렸다.

“그렇다고 해두는 건 대체 무슨 뜻이야? 넌 아직도 내가 멋진 인간이라고 생각을 안 하냐? 대체 이놈의 눈은 뭐 하러 여기 달린 거야?”

“아야, 아파.”

승운이 태희의 눈꼬리를 누르며 위로 쭉 잡아당기는 바람에 얼굴이 우스꽝스러워지고 말았다. 키득키득 웃으면서 승운이 태희를 돌려세우고 걸음을 재촉했다.

“저녁 아직 안 먹었지? 요 근처에 국밥 맛있게 하는 데 있던데 먹고 갈래?”

“아냐. 오늘은 엄마한테 들러서 같이 갈 거야.”

“무정하긴. 어디로 가는데? 데려다줄게.”

“오토바이 위험해. 안 타.”

“그래도 한재경이 몰면 뒤에 탈 거지?”

“타라고 하면 타겠지만, 재경인 그런 거 위험해서 안 몰아. 전제 자체가 틀렸다구.”

“말을 말자. 알았어. 그럼 차를 사지. 오토바이 말고 차를 사면 타주는 거지?”

그 말엔 태희가 잠깐 승운의 얼굴을 빤히 쳐다보았다. 꼭 그 말이 네가 탄다면 차를 사겠다는 식으로 들렸다. 상대가 착각하도록 말을 하는 게 이 녀석의 버릇인가 하고 미간을 찡그리면서 태희는 생각했다. 이러니 소희조차 승운이가 나한테 작업 건다는 소릴 하지.

“왜 그렇게 보는데? 차도 싫어? 그럼 뭐야? 나더러 비행기를 사라는 거야?”

“썰렁한 농담 재미없거든? 아무튼 오토바이는 위험하니까 차를 사는 건 찬성이야. 어라, 날씨 이상하다. 비가 오려고 이러나?”

병원 밖으로 나오면서 태희는 이미 어두워졌어야 할 시간인데도 그리 깜깜하지는 않은 하늘을 올려다보고 고개를 갸웃했다. 승운도 따라서 하늘을 본다.

"난 잘 모르겠는데. 왜 뼈마디가 쑤시냐, 약골?"

"누가 그 정도로 약골인 줄 알아? 아무튼 잘 가. 아……있잖아."

쌩하니 돌아서던 태희가 뭔가 생각나서 뒤를 돌아보았다.

"왜? 마음 바뀐 거야? 오토바이 타고 갈래?"

"그게 아니라 할머님이 내 목소리가 많이 비슷하다고 하시더라. 그 분이랑."

"아, 우리 엄마랑? 응. 비슷해. 정말 비슷해. 처음에 네 일에 끼어들었던 것도 그 때문이었는걸. 신기해서 구경하다가 말이 해보고 싶어서 끼어들었어."

"도와주려던 게 아니었단 말이야?"

"내가 백마 탄 왕자인 줄 알아? 그런 왕자는 예약 접수가 필수라고."

"물은 내가 바보지. 혹시 말이야. 처음에 나 여기 왔을 때 할머님이랑 나눈 대화도 그런 뜻이었어? 네가 '그렇죠?' 하고 할머님이 '그렇구나!' 하신 그 이상한 대화 있잖아."

"그랬나?"

"말하기 싫으면 관두자."

"하하, 맞아. 네 목소리가 만점이었어. 난 테이프 속 목소리밖에 못 들어서 조금 불안했거든. 걷지도 못하는 애한테 엄마 목소리를 기억하라는 건 무리잖아. 안 그래?"

태희의 눈이 동그래진다. 동정심을 느낀 순간 입이 탁 달라붙고 만다. 승운은 문득 주머니에서 MP3를 꺼냈다. 그리고 곧 태희 쪽으로 오면서 이어폰을 건넸다.

"들어봐. 우리 엄마가 남긴 유일한 육성이야."

〔……전 아주 아주 건강해요. 아프긴커녕 살이 확 쪘지 뭐예요. 엄마 보시면 깜짝 놀라실 거예요. 크리스마스엔 돌아가고 싶었는데. 새해맞이도 같이 못하게 돼서 죄송해요. 그래도, 설날은 꼭 같이 보내요. 가서 엄마에게 보여드릴 깜짝 선물이 있어요. 너무 놀라서 우실지도 몰라요. 하지만 정말 좋아하실 거예요. 세상에서 가장 예쁜 걸 얻었거든요. 뭔지 기대하셔도 좋아요. 근데 뭘 기대하시든 아마 절대 못 알아……〕

도중에 승운이 정지버튼을 눌러서 목소리가 들리지 않게 되었다. 태희의 눈은 훨씬 더 동그랗게 변해 있다. 눈을 몇 번 깜박거리다 승운을 보고는 고개를 끄덕였다.

"내 목소리가 이런가?"

"자기 목소리 자기가 들으면 처음엔 이상하게 들리는 법인데. 넌 네 목소리 녹음해서 들어본 적도 없구나."

"노래방에서 노래할 때 많이 들었는데."

"그거랑은 좀 달라. 한 번 해봐. 자기 목소리에 반하지는 말고."

가볍게 고개를 끄덕인 뒤 태희가 불쑥 승운을 손가락으로 가리키면서 물었다.

"여기서 말한 선물이 혹시 너야?"

"응. 세상에서 가장 예쁜 게 바로 나. 이제 내가 얼마나 잘난 녀석인지 알겠지?"

"그래. 잘났다. 반론의 여지도 없네."

이어폰을 건네주면서 태희가 웃었다. 우쭐대는 표정을 지은 승운이 한 손을 들어 보이며 "그럼 또 주말에."하고는 등을 돌려 주차장 쪽으로 뛰어갔다.

문득 태희는 목소리만 남긴 그 여인이 설날에 아이를 안고 와서 어머니와 함께 보낸 설날이 어땠을까 하는 궁금증이 일었다. 불륜에 미혼모였으니 행복할 수만은 없었을 텐데.

"축복받지 못할 관계를 애초에 왜 시작해서. 아무리 사람이 좋아도 난 그런 건……. 아니지, 다 나름대로 사정이 있었겠지. 남의 인생을 비난하는 건 주제넘은 짓이야."

그래도 그런 생각은 들었다. 엄마가 재경일 맘에 들어 하는 건 참 다행이라는 생각. 세상에서 가장 소중한 사람들 셋이 모두 사이가 좋다는 건 아주 큰 축복이란 걸 새삼 느꼈다.

"엄마 보고 싶다. 어서 가야지."

바로 타야 할 버스가 와주는 덕분에 생각보다 더 빨리 목적지에 도착했다. 어머니가 일하는 식당 근처의 편의점에서 일 끝날 시간을 기다렸다. 이윽고 식당 쪽으로 간 태희는 피곤해 보이긴 해도 딸을 보고 웃는 어머니를 향해 아이처럼 뛰어가서 짐을 받아들었다.

"뭔데 이거?"

"겉절이. 몇 번 먹을 만큼은 남았길래 가져간다 했지."

"엄마가 무쳤어?"

"응. 점심에 무친 게 동나서 저녁 되기 전에 또 했어."

"우와, 울 엄마 김치 인기 짱이구나. 홈쇼핑에서 김치 장사나 할까? 이난정 여사의 오늘의 김치! 이러면서."

"꿈도 야무지다. 겉절이가 무슨 김치라니. 밥은 먹었고?"

"아직. 집에 가서 이거에다 두 그릇 먹을래."

"그래놓고 또 체해서 아프면 어째?"

"안 체해! 어째 내 주위엔 내가 뭐만 하면 아플 거란 말부터 하는 사람들뿐이야."

칭얼거리면서 태희는 어리광을 부렸다. 어머니는 희미하게 웃으시곤 퉁퉁 부은 발을 무겁게 옮기셨다. 질질 끄는 어머니의 걸음걸이를 태희는 싫어했다. 고단하고 처량 맞아 보이는 그 걸음을 못마땅한 듯 쳐다보다가 어머니가 신고 계신 신을 보고 얼굴을 찡그렸다.

"여름 다 돼 가는데 무슨 겨울 신발을 신고 다니고 그래? 내가 사준 신 좀 신고 다녀라."

"물 닿으면 망가져."

"망가지면 또 사줄게. 신고 다녀."

"돈이 자갈이니. 예쁜 건데 아껴야지."

"돈이 자갈처럼 발에 차이면 신고 다닐 거야?"

"응. 그러지."

"버는 족족 엄마 발에다 뿌려줘야겠다. 그럼 자갈처럼 발에 차이겠지."

"한 번이라도 그래봤으면 원이 없겠네."

그냥 꿈같은 소리라고 여기시는지 어머니는 웃고 마신다. 그런 엄마에게 한 마디 하려다가 태희는 고개를 숙였다. 내가 잘못 사는 건가 하는 생각을 잠시 한다. 고등학교 때에는 사서가 되면 좋겠다는 생각을 했지만 재경과 같은 대학에 가고 싶어서 태문대를 선택했다. 나름 적성에 맞는 언어 쪽 공부를 해보고 딱히 다른 길을 찾지 못한다면 3학년 때부터 공무원 시험 준비를 해서 4학년 졸업하기 전에 붙을 각오를 하고 있었다. 그러나 그 일은 돈이 자갈처럼 발에 차일 만한 일은 못 된다. 너무 안이한 길을 생각하고 있었는지도 모른다. 그러나 그게 태희가 생각할 수 있는 현실에서는 가장 반듯한 길이었는데.

"빚내서 의대라도 들어가 볼 걸 그랬나."

"에그머니. 넌 그런 일 못해. 그거 뭐더라, 죽은 사람 가지고 실습도 하고 그러잖아. 너는 못해. 절대로 못해."

"모르지 또. 독하게 맘먹었으면 했을지도."

"못해. 죽었다 깨도 넌 독할 수가 없어. 엄마가 말하는 거니까 맞아."

어머니는 잡고 있던 태희의 손에 지그시 힘을 주면서 몇 번이나 못한다고 말씀하신다. 태희는 반론을 제기하려다가 피식 웃으면서 고개를 끄덕였다.

"맞아. 못해. 독한 건 아무나 하나. 난 심장이 모기 눈알만 할 거야. 그치?"

"너 뱃속에 있을 때 엄마가 자꾸 울어 버릇해서 그럴 거야. 그래서 태어날 때부터 눈이 이따만 한 게 겁이 엄청 많겠구나 싶었지."

"에이, 눈이 그만하면 그게 사람이야? 외계인이지. 어, 엄마 우리 저거 한번 찍자."

큰길로 나오면서 태희는 건너편에 보이는 스티커사진기를 가리켰다.

"돈 들게 무슨 사진이야. 사진은 저번에 벚꽃 구경하러 가서 많이 찍었잖아."

"그건 그거고 이건 이거고. 응? 찍자. 어, 신호등 켜졌어. 엄마 달려!"

"아이고, 얘가 왜 안 하던 짓을 하고 그럴까."

태희의 호들갑에 어머니 역시 덩달아 들뜨고 말았다. 못 이긴 척 횡단보도를 달려서 건넌 뒤 스티커사진을 찍으면서도 내내 어머니의 표정은 떨떠름했다. 사진을 참 못 찍는 분. 옆에서 환하게 웃고 있는 딸과 그 옆의 몹시도 근엄한 표정의 어머니. 묘한 사진이 나왔다고 태희는 다시 찍어야 한다고 주장하고 거기 대고 돈이 자갈이냐며 핀잔하는 어머니였다.

버스 안에서도 그렇고 집에 가면서도 태희와 어머니는 나눠가진 열쇠고리가 맘에 드네 안 드네 옥신각신했다. 팔짱을 꼭 끼고 나누는 말싸움조차 평소보다 호들갑스러웠다.

골목길이 좀 더 길었으면 좋았을걸. 둘 다 웃음꽃을 피우고 들어선 집이었지만 그날 밤 더는 웃을 일이 없었다. 얼마 전에 경비 일자리를 얻어서 야간근무를 하러 나갔을 사람이 이미 집에 돌아와 있었다. 집 안은 엉망이었다. 어머니가 아끼는 국화 화분들이 사방에 깨진 채로 나뒹굴었다. 아무 말도 없이 두 사람은 어질러진 집 안을 치우기 시작했지만, 술에 취해서 인사불성이 된 아버지가 안방에서 나오면서 고막이 터질 듯한 고함소리가 시작되었다.

밤은 길기만 했다.

다음 날 평소보다 일찍 태희를 데리러 가던 재경은 교차로에서 문득 낯익은 얼굴을 발견했다. 차창을 내리고 아는 척하려던 그의 입이 가만히 다물어졌다. 틀림없는 태희의 어머니였지만 인사를 할 수가 없었다. 두텁게 파운데이션을 바른 얼굴임에도 눈썰미가 있는 사람이라면 충분히 알아챌 수 있는 흔적. 재경은 그것이 어떤 의미인지 알았다. 바로 그는 핸드폰을 꺼내 전화를 걸었다.

「어, 재경아. 벌써 왔어? 어떡하지? 나 늦잠 자 버렸어. 먼저 가. 나 2교시 수업에나 맞춰서 갈 수 있을 것 같아.」

태희의 목소리는 정말로 졸음에 겨운 것처럼 들렸다. 그러나 재경은 무시하고 말했다.

"집 앞에 차 댈게. 나 약국 근처 교차로야. 올라가는 동안 준비해."

「아, 안 돼. 나 정말 막 일어났어. 아직 세수도 전이란 말이야.」

"하고 나와. 기다릴 테니까. 끊는다."

「오지 마! 집 앞에 오지 말고, 편의점, 그래 편의점 앞에 있어. 갈 테니까.」

결국 태희는 그렇게 타협을 보았다. 집을 보여주는 걸 꺼리는 것도 있었지만, 무엇보다 아버지가 재경을 보게 되는 일을 막고 싶을 뿐이었다. 재경을 보게 되면 그의 전신에서 풍기는 부유함을 귀신처럼 맡아내고 눈빛부터 달라질 사람이었다.

태희는 그 어느 때보다 빨리 움직여 집을 나왔다. 혹시라도 재경의 차가 올라올까 봐 계속 길을 주시하면서 뛰어내려오느라 편의점 앞에 왔을 땐 얼굴이 땀범벅이었다. 차에 올라타기 전에 손수건으로 얼굴을 닦고 앞자리에 타면서 재경에게 겨우 웃어보였다.

"왜 뛰어와?"

"네가 기다리니까."

헉헉 숨을 골라내면서도 기진맥진한 기색이 역력한 태희의 옆모습을 재경은 뚫어져라 바라보았다. 안전벨트를 매고 살짝 비틀어 앉으면서 태희가 중얼거렸다.

"잠을 좀 설쳐서 자야 할 것 같아. 미안해."

말을 마친 뒤 태희의 고개가 푹 숙여졌다. 바로 새근거리는 숨소리가 들리기 시작했다. 재경은 혹시 이것도 연기인가 하고 의심하다가 툭 손을 뻗어 태희의 어깨를 건드렸다.

"태희야, 자?"

대답이 없다. 감긴 눈 위에서 손을 저어봤지만 움찔거리지도 않았다. 그제야 실내등까지 켜놓고 재경은 태희의 얼굴을 살폈다. 엄지로 뺨을 살짝 문질러보기까지 했다. 화장을 한 흔적은 없다. 선크림조차 바르지 않은 듯 손에 아무것도 묻어나지 않았다. 적어도 얼굴을 맞은 건 아니다. 그렇지만 이렇게 피곤해하는 데엔 이유가 있어야 한다.

그 이유를 재경은 하루를 두고 천천히 살폈다. 1, 2교시 수업이 끝나고 점심때 만났다. 식사를 한 뒤 커피를 마시면서도 태희는 잠을 이겨내지 못하고 있었다. 물론 밥은 거의 먹는 시늉 정도에 그쳤다. 4교시에는 같은 수업을 들었다. 그때 재경은 분명한 한 가지를 알았다. 태희는 제대로 앉지를 못했다. 바른 자세의 표본처럼 똑바로 앉던 애가 구부정하게 등을 구부리고 이마를 짚은 채로 수업을 들었다. 4교시 수업이 끝났다. 태희는 이제 수업이 없었고 재경은 하나가 남아 있었다. 필기를 뒤늦게 마친 태희가 가방을 챙기려고 하는데 재경이 툭 하니 등에 손을 댔다. 태희가 화들짝 놀라면서 홱 재경을 돌아보았다.

"왜 그렇게 놀라?"

"어? 그, 글쎄. 내가 왜 그랬담? 아하하."

어색하게 웃으면서도 태희는 재경에게 등을 보이지 않는다. 그 자세로 가방을 챙기는 태희를 보면서 재경은 방금 전에 본 태희의 표정을 떠올렸다. 놀랐다기보다는 겁에 질린 것과 비슷했던 표정. 단순히 등에 손을 댔을 뿐인데 왜 그래야 할까? 그럴 듯한 대답이 곧 떠올랐다. 그러나 아직 확인할 때가 아니다. 재경은 자리에서 먼저 일어나면서 말했다.

"기다리고 있을 거지? 도서관에 있을래?"

"나 오늘은……."

먼저 가고 싶다는 말을 할 게 분명했기에 재경은 빙긋 웃으면서 선수를 쳤다.

"나 혼자 밥 먹게 할 생각 아니지?"

태희의 눈이 흔들렸다. 졸리고, 지쳐 보인다. 그런 태희의 안색을 철저히 무시하면서 재경은 그녀의 턱을 들어 올리며 말했다.

"내가 해준 맛있는 저녁 먹고 한숨 자. 다른 짓은 안 할게. 약속."

고개를 숙여 쪽 입술을 댔다 떼었다. 평소라면 기겁을 했을 태희도 오늘은 다른 사람의 존재에 신경 쓸 여력이 없다. 그녀는 눈을 내리깔다가 그대로 고개를 끄덕였다.

그녀를 강의실에 두고 재경은 다음 수업이 있는 경영대를 향했다. 따사로움이 넘쳐흐르던 얼굴이 순식간에 암운에 휩싸였다.

1시간 20분 정도 후. 재경은 태희가 전화를 안 받아서 도서관까지 갔다가 혹시나 싶어 온 아까의 강의실에서 자고 있는 태희를 발견했다. 어깨를 흔들어 깨우자 일어나긴 했지만 얼마간은 비몽사몽이었다. 그러다 재경을 보고 말했다.

"어, 재경아 왜 여기 있어? 다음 시간 수업 가야지."

"이미 수업 끝나고 왔어. 보여? 4시 반 다 돼가."

"이런. 가야겠구나. 정신을 어디에 팔았담."

재경이 보여준 손목시계를 보고 태희는 몇 번이고 크게 눈을 깜박였다. 하루 종일 멍하더니 이제야 좀 정신이 돌아오나 싶었다. 그러나 의자에서 일어서면서 그녀가 얼굴을 찡그리는 걸 재경은 똑똑히 보았다. 재경이 가방을 들어주자 됐다고 거절하지도 않았다.

자판기에서 커피를 뽑아 밖의 벤치에 앉아 마시면서도 태희는 몇 번이나 작게 하품을 했다. 그러다 바닥을 드러낸 종이컵을 보고 아쉬워하는 표정을 짓더니 쿡 웃었다.

"있잖아. 이렇게 졸린 날엔 여전히 도서실에 가고 싶어져."

"도서실? 고등학교 이야기하는 거야?"

"응. 난 아직도 고등학교 졸업했다는 게 영 꿈같을 때가 있어. 아침에 일어나서도 가끔은 왜 옷걸이에 교복이 없는 걸 보고는 세탁기 속에 있나 하고 찾으러 가지 뭐야."

"미련이 많은 성격이라 그래. 언제적 일이라고 아직도 착각을 해?"

"얼마 안 됐잖아. 넌 이제 아예 생각도 안 나? 그립지도 않아?"

"그리워할 게 따로 있지. 교복 입던 고삐리 시절이 그립다는 게 말이 돼?"

전혀 이해하지 못하는 재경을 보고 태희는 가늘게 뜬 눈을 깜박거렸다.

"난 그리워. 좋은 일들이 거기에서 많이 생겼으니까. 벚나무도 그립고 그 도서실도 그립고 교복 입은 네 모습도 그립고. 꿈을 한 번쯤 꾸고 싶은데 안 꿔지네."

"교복 버렸는데. 다시 사서 입어줘?"

"어? 벌써 버렸어? 진짜 무정하구나. 버릴 거면 날 주지."

"주면 뭐하게?"

"기념품으로 삼지. 애지중지했을 텐데."

"그런 옷 따위 애지중지하지 말고 사람한테나 잘해."

"여기서 더 어떻게 잘해?"

"연구를 해. 머리를 써서. 뭘 하면 내가 기뻐할까 하면서. 똑똑해지겠다면서?"

꽤 무정한 말을 던진 뒤 재경은 태희의 팔을 잡아 일으켰다. 또 그녀가 얼굴을 찡그렸다. 주차장까지 가는 내내 태희는 자세가 구부정했다. 차에 탄 뒤에 재경이 졸리면 자라고 말했지만 태희는 잠이 깼다면서 가는 동안 창밖을 보고 있었다. 잠은 분명 깬 것 같았다. 그러나 안색은 더 어두워졌다. 중간에 소희의 전화가 왔을 때 반짝 즐거운 표정이 되었지만 오 분 남짓한 통화가 끝나자 다시 무표정해졌다.

"어제저녁에 뭘 하느라 못 잤어?"

불쑥 말을 걸자 태희가 움찔 어깨를 움츠렸다.

"집에 좀 일이 있었어. 좋지 않은 일. 그래서 좀 뒤숭숭했어."

"아버지?"

"아, 그렇지 뭐."

말할 기회를 줬는데 태희는 그렇게 대답을 회피해 버렸다. 재경도 더는 묻지 않았다. 그대로 아파트에 도착할 때까지 그는 계속 입을 다물고 있었다. 자꾸 태희는 핸드폰만 보았다. 소희와는 이미 전화를 하고 나중에 통화하자고 끊어버렸으니 기대할 곳이 없다. 저녁을 같이 먹겠다고 한 약속을 물리기도 그렇다. 아파트에 들어서서 신발을 벗으면서 태희는 계속 생각했던 말을 했다.

"밥만 먹고 바로 갈게. 집에 일찍 들어가 봐야 해. 아무래도."

"어머니가 일찍 오셔?"

"어쩌면 그럴 수도 있고. 그게 아니어도 난 먼저 가서 청소 좀 해야 하거든."

"청소가 그렇게 화급한 거면 지금이라도 청소대행업체에 연락해서 너희 집으로 사람 보내고. 그러면 되는 거 아냐?"

"말도 안 돼. 우리 집에 그런 사람을 부르다니……."

"더 말이 안 되는 게 뭔데? 하긴. 네 어머니는 그렇게 맞으시고도 몇 만 원 벌어보겠다고 일하러 가셨지. 너는 졸려, 졸려 하면서도 수업은 다 듣고 집에 가서 청소해야 한다고 우겨대고. 그렇게 맞다 보면 맷집이란 게 확실히 생기긴 하는 모양이야. 한데 말이야. 내 생각엔 보통 사람들은 맞으면 쉬어야 하거든? 왠지 알아? 맞으면 아프니까."

재경은 너무도 태연한 얼굴로 그렇게 말한 뒤, 멍하니 서 있는 태희를 향해 물었다.

"네 생각은 어때? 맞으면 아프지?"

"……우리 엄마 본 거야? 어디서……."

"아침에 너 데리러 가는 길에. 인사드릴 생각이었는데, 얼굴 보니까 도저히 인사를 못 드리겠더라. 내가 나빴나?"

태희는 이마를 짚으며 소파에 앉았다. 부끄러움에 재경의 얼굴을 볼 수가 없었다. 그런 어머니를 보고 종일 그녀를 보면서 무슨 생각을 했을까 짚어볼 엄두도 나지 않았다. 재경은 태희를 내버려 둔 채 잠시 욕실에 다녀왔다. 욕조에 물을 받기 시작한 다음 입고 있던 셔츠 소매를 팔꿈치까지 걷어 올렸다. 거실로 돌아오면서 태희에게 말했다.

"우선 목욕부터 해. 뭉친 데가 있으면 내가 풀어줄 테니까."

"아냐, 됐어. 목욕은 집에 가서 할 거야."

"왜 내가 보는 게 창피해? 알았어. 내가 눈 가리고 해줄게. 그러면 돼?"

"싫어. 싫다니까. 놔 제발. 안 한다잖아!"

애원하던 목소리가 짜증을 섞은 큰 소리로 바뀌었다. 그러면서 태희가 확 재경의 손을 뿌리쳤다. 그렇게 완고한 거부의 몸짓은 처음이었다. 태희는 입술을 깨물고는 황급히 가방을 챙겨 현관으로 향했다.

"그만 갈게. 미안해. 큰 소리 낸 건."

"가지 마."

재경의 명령에도 태희는 현관문을 여는 버튼을 눌렀다. 손잡이를 잡아 아래로 당기려는 찰나 재경이 확 그녀의 어깨를 잡아당겼다. 그의 가슴에 등이 부딪치는 순간 태희가 탁한 신음을 뱉었다. 재경은 그대로 태희의 양쪽 어깨를 잡아 눌러 그녀를 주저앉게 했다. 그러고는 오늘 내내 하고 싶었던 대로 태희의 후드 티를 그 안의 속옷까지 함께 확 걷어 올렸다. 태희가 버둥거리며 그러지 말라고 소리치는 말 따위 재경에겐 들리지도 않았다. 눈앞에 보이는 태희의 등을 보고 재경의 안색이 바뀌었다.

"……이게 뭐야 대체?"

그가 물었다. 그의 말이 들렸지만 태희는 대답을 할 수 없었다.

"이게 뭐냐고, 대체!"

재경이 버럭 소리를 질렀다. 태희는 눈을 감은 채 한사코 입을 다물고 있었다. 재경은 대답이 없는 태희가 답답해서 거칠게 그녀의 어깨를 잡아 자신을 보게 만들었다.

"뭘로 맞았어? 어떻게 맞으면 이렇게 되는 거야?"

태희는 분노로 이글거리는 재경의 눈을 지친 눈으로 쳐다보다가 중얼거렸다.

"허리띠."

"빌어먹을! 용서 안 해. 절대로 그냥 안 둬, 당장이라도!"

벌떡 자리에서 일어나는 재경을 보며 태희가 중얼거렸다.

"어쩔 건데? 경찰에 신고해? 그럼 구속되나? 감옥에 가면 한 백 년 쯤 거기서 살게 될까? 그런 거면 신고하고. 아니면 뭐. 너 돈 많으니까 사람 사서 린치라도 할래? 이왕 하는 거 팔다리 병신으로 만들어 줘. 그럼 더는 못 때릴 테지. 아, 욕도 못하게 혀도 뽑아줬으면 좋겠는데. 얼굴도 안 보고 싶으니까 그렇게 해서 어디 무인도에다 버려줘. 할 수 있어?"

언뜻 즐겁게까지 들리는 그녀의 말에 재경은 자신의 귀를 의심하면서 태희를 쳐다보았다. 태희는 빙긋 웃더니 그에게 가까이 오라는 듯 손짓을 했다.

"못 하잖아. 그러니까 그냥 있어. 화내 주는 건 고마운데 너까지 그러지 마. 너는 말이야, 나한테는 천사님이니까. 너까지 나한테 그런 무서운 표정 짓지 마. 네 말대로 맞는 건 이골이 났는데 절대로 익숙해지지 않는 게 세 가지가 있어. 엄마가 우는 거랑, 소희가 침울해지는 거. 그리고 네가 화내는 거. 보고 싶지 않아. 그런 걸 보면 말이야, 심장이 따끔따끔하면서 순식간에 막 피곤해져. 불과 몇 분, 몇 시간이 영원처럼 느껴지면서 막 나이 들어버리는 기분이라구. 그러니까, 그러지 말아줘. 응?"

옆에 다가와 앉은 재경의 품에 머리를 기대며 태희가 그의 손을 꼭 잡았다. 재경은 그녀를 꼭 끌어안다가 등에 생각이 미쳐 자세를 바꾸면서 온통 붉게 피멍이 든 태희의 등을 보고 눈을 질끈 감았다 떴다. 그럼에도 그의 표정은 풀어지지 않았다.

"너한테 화내고 싶은 게 아니야. 하지만 이런 걸 보면 미치겠어. 내가 지금까지 어떻게 견뎠는지 모르겠어. 나한테 네가 어떤 사람인데 감히 너한테 이래. 어떻게든 하겠어. 난 더 이상 이런 거 용납 못해."

"재경아, 나는 말이야."

"말하지 마. 덮어줄 테니까. 네가 원하는 대로."

그를 올려다보며 무슨 말인가를 하려 한 태희의 머리를 푹 가슴에 묻어버리고 재경은 날카롭게 눈을 치켜떴다. 그의 눈이 향한 곳은 거실 티브이장 위에 놓여 있는 전자시계. 붉게 빛나는 날짜와 시각을 확인하면서 재경은 천천히 태희의 머리카락을 쓰다듬었다.

며칠 뒤 태희는 낯선 전화번호가 핸드폰에 부재중 전화로 남은 걸 보게 되었다. 모르는 번호라, 확인 전화를 하지 않고 무시했던 그 번호로 다시 저녁에 전화가 걸려왔다. 무심히 받았다가 들려온 목소리에 태희는 지하철 안이란 것도 잊고 90도로 절을 하고 말았다.

재경의 어머니가 이틀 뒤 놀러 오라고 건 전화였다.

병원에 가서 할머니께 책을 읽어 드리면서도 온통 그 생각뿐이었다. 벌써부터 긴장한 몸을 이끌고 집으로 향했을 때, 집에선 태희가 말하는 법도 잊게 만들 만한 사건이 기다리고 있었다.

아버지가 어머니에게 이혼을 하자고 한 것이었다.

3. 붉은 마녀

이혼 이야기를 들은 소희는 놀랐다. 신나게 먹던 소바를 코로 내뿜을 만큼 놀랐다. 그리고 자신이 코로 소바를 내뿜었다는 것도 모를 만큼 놀랐다.

"누가 뭘 하자고 해?"

허겁지겁 태희가 소희의 코와 입 주변을 티슈로 닦아주며 괜찮냐고 물었지만 소희는 어안이 벙벙한 눈으로 넋이 나간 듯 중얼거렸다.

"내 귀가 이상해. 방금 전에 내가 네 아버지란 사람이 네 어머니한테 이혼 어쩌고저쩌고했다고 들렸어. 요새 공부를 너무 많이 해서 정신이 이상해지나?"

"제대로 들은 거 맞아. 내가 그렇게 말했어. 아버지가 엄마한테 이혼하자고 했어. 그냥 말만 한 게 아니라 서류까지 내밀었어. 그 서류를 봤어. 이 두 눈으로 똑똑히."

"봤다고? 이런. 아무래도 내가 아니라 네가 어디가 잘못된 모양이야. 태희야, 이럴 게 아니라 병원 가자. 얘가 기가 허한가? 왜 헛것을 보고 그러냐, 나 불안하게."

태희는 차분하게 소희를 달래듯이 단어 하나하나를 강조하면서 말했다.

"이 두 눈으로 똑똑히 봤어. 내 아버지란 작자가, 어젯밤에 엄마에게 내민 이혼서류를."

소희는 몇 번이나 큰 눈을 깜박거리다가 문득 자기 뺨을 양손으로 찰싹찰싹 쳤다. 아픈지 얼굴을 찡그리고는 태희를 돌아보았다.

"태희야. 꿈이 너무 리얼하다. 이건 암만해도 꿈인데……."

소희는 그러고도 한참을 나사가 빠진 인형처럼 앉아 있었다. 태희는 참을성 있게 그런 소희를 보면서 기다렸다. 마침내 소희가 홱 고개를 돌려 태희에게 물었다.

"그 인간 죽냐?"

"응?"

"왜 그런 소리 있잖아. 인간이 죽을 때가 되면 확 변한다고. 무슨 죽을병 아냐? 그래서 이혼하고 혼자 죽을 자리 찾아가려고 그러는 거 아냐?"

"글쎄. 우리 엄마도 그런 소릴 하긴 하더라만. 근데 난 그건 아닌 것 같아. 그 인간은 죽을병 걸렸다고 하면 집에 불 지르고 다 같이 죽자고 할 게 틀림없거든."

태희가 싸늘한 눈으로 창밖을 응시하며 말했다. 소희는 그 눈빛을 보면서 자기도 모르게 마른침을 꿀꺽 삼켰다. 소희가 테이블에 올려져 있는 태희의 손을 꼭 잡아주자 태희가 방금 전 표정과는 전혀 다른 밝은 얼굴로 돌아보며 웃었다.

"그 인간 어쩌면 로또에 당첨됐는지도 몰라. 그래서 엄마랑 나는 버리고 새 여자랑 새집, 새 차 사서 살겠다 이건지도 몰라. 왜 행운의 여신은 눈이 멀었다고들 하잖아."

"엿 같긴 하지만……그게 진짜라면 우리 종교 하나 만들어야 하겠는데. 와, 살다 보니 이런 일이 다. 맙소사, 이거 정말 꿈 아니지?"

"나도 아직 실감이 안 나긴 하지만 진짜야. 솔직히 말하면 나도 안 믿겨서 너에게 말하는 거야. 내일 아침에 일어나면 너한테 내가 한 말 기억하냐고 전화할지도 몰라."

"그 전화 나도 하게 생겼다. 세상에. 이렇게 이혼하자고 할 거였으면 진작해 줬어야지. 그 인간말종이 대체 무슨 이유로……. 아, 그래 왜 이혼하자고 하는 건데?"

"각자의 인생을 가자고 했다나. 지금까지 어떻게든 견디고 같이 살아보려 했는데 인연이 아니란 걸 뒤늦게 깨달았단다. 그래서 갈라져서 다른 인생을 살자고 했대."

"헐, 허얼, 와, 이거 울 수도 없고. 웃자니 뭔가 확 치밀어 오르고 막 그런다?"

소희는 실제로 가슴이 답답한지 두드리기 시작했다. 옆에서 태희는 헛웃음을 지었다.

"난 웃겨. 어젯밤에 그 이야기 들었을 땐 그냥 멍했는데, 자려고 누워서부터 웃기기 시작해서 잠이 안 오더라. 근데 엄마가 옆에서 자다가 문득문득 놀라 깨서는 이혼서류 찾는 거 보고는 웃을 수가 없었어."

"엄마는 뭐라 하셔? 설마 이혼 안 하겠다 그런 이야기는 없으시지?"

"아무 말씀도 없으셔, 아직. 내가 이런데 엄마는 오죽 꿈같겠어? 오만가지 생각이 다 교차하시나봐. 자면서 악몽까지 꾸시는 것 같았어."

소희도 고개를 끄덕이며 회한에 잠긴 표정이 되었다. 이것저것 떠오르는 것이 많다. 태희 어머니가 처음부터 저토록 무력했던 것은 아니다. 중학교 때만도 두 번 애들을 데리고 집을 나오신 적이 있었다.

그러나 결국은 집으로 돌아갈 수밖에 없었다. 애들을 거둬서 키울 능력이 없어서가 아니라, 두려웠기 때문이다. 처음엔 소희도 이해하지 못해서 몇 번이나 그런 집에서 자신뿐 아니라 자식들까지 맞고 살게 만드는 태희의 엄마를 원망했다. 그러나 태희는 그럴 때마다 그렇게 중얼거리곤 했다.

"엄마 혼자였으면 진즉에 어디로든 도망갔을 거야. 우리가 없었다면 말이야."

태희의 아버지란 인간은, 태희 어머니가 집을 나가면 우선 세 사람 말고 다른 사람들을 쥐 잡듯이 잡았다. 아무 죄도 없는 태희 외가 친척들을 찾아가 난동을 피우길 반복한 것이다. 숨겨놓으면 다 죽여 버리겠다면서 칼을 들고 소동을 피워 경찰에 잡혀간 적도 있었고, 또 한 번은 어디에서 구했는지 황산을 들고 와서 자기는 악밖에 안 남은 사람이라며 며칠 안에 안 돌려보내면 전부 죽이고 자기도 죽는다 발광을 하기도 했다. 두 번째로 다 함께 가출을 했을 땐, 태희 오빠의 학교에 찾아가 교실에서 태희 오빠를 개 패듯이 팼다고 한다. 태희는 자기에게도 그런 일이 생길까 봐 며칠 학교를 가지 못할 정도로 무서워했다.

멀리 달아나서 숨을 수는 있지만 그랬다가는 외가 친척들에게 피해가 갈 것이 뻔했다. 친척들도 이미 태희 아버지라면 학을 뗄 정도라, 태희 어머니가 친정 출입을 하지 않은 게 벌써 몇 년인데. 결국 두 번의 가출 다 같은 식으로 끝이 났다.

어차피 이렇게 될 거였다며 한숨짓던 태희를 감싸고 있던 그 지독한 무력함을 소희는 선명하게 기억한다. 순간순간 태희의 눈 가득 배어나던 그 춥고 겁에 질린 느낌, 그걸 감추며 더 방어적으로 굳어지던 싸늘한 표정도 기억해 냈다.

"알아서 떨어져 나가주겠다니. 정말 기적이야. 하하, 이건 정말 기적이라구."

웃음을 머금은 태희의 얼굴이 이번에는 좀 더 밝게 느껴졌다. 조금씩, 아주 조금씩 말을 할 때마다 실감을 해가고 있는 단계인 것이다. 소희도 부추겼다.

"그래 웃자. 지금은 아무 생각 없이 웃어. 기적. 그 말이 이럴 때를 위해 있었구나."

둘이 실성한 사람들처럼 킬킬거리며 웃었다. 맛깔 나는 소바는 퉁퉁 불어가도 둘은 마냥 즐거웠다. 먹지 않아도 배부를 정도의 기쁨이란 걸 실컷 만끽하면서.

재경과는 그날 밤 만나지 못했다. 재경은 금요일에 헤어질 때 내일은 본가에 가야 해서 못 볼 것 같다고 말했었다. 특별한 행사는 없지만 부모님과 저녁식사를 같이 하는 모양이었다. 본가에 들어가면 하루는 자는 게 암묵적인 룰이다. 그래서 그에게는 아직 이 기쁜 소식을 전하지 못했다. 전화로 이야기하는 건 싫었다. 아주 기쁜 소식답게 재경의 얼굴을 보고 웃으면서 직접 전해 주고 싶었다. 그래도 그날 밤 옥상에 올라가 전화 통화를 하면서 태희의 행복한 기분이 물씬 전해졌는지 재경은 물었다.

「기분 좋은 일 있어? 나 없이 보낸 하루가 살 만한 모양이네. 나는 지루해서 혼났는데.」

"글쎄. 커피를 너무 마셨나봐. 네게도 달달한 커피를 강력 추천할게."

「안 그래도 잠이 안 오는 마당에 더 자지 말라고? 나 고문하고 싶어?」

"어우, 툭하면 잠도 못 자는 신경질적인 내 고양이. 불쌍해서 어쩌나?"

「허, 눈에 안 보인다고 아주 날 갖고 노는구나.」

"어머? 동정해 달란 뜻 아니었나? 그렇게 들려서 동정해 줬을 뿐인데."

「……문 꼭 걸어 잠그고 자. 안 그러면 밤중에 쥐도 새도 모르게 업혀가는 수가 있다.」

"말로는 못하는 게 어디 있어? 하암, 난 졸리다. 미안하지만 자러 갈래."

「지금 9시거든? 너 대체 나이가 몇 살이야?」

"어젯밤에 잠을 설쳤어. 그래서 무지 졸려."

「왜 못 잤는데?」

"네가 보고 싶어서 못 잤을까 봐? 어떡하지, 그건 아닌데."

「너, 내일 만나면 두고 보자.」

"어우, 무서워. 도망가야지. 그럼 안녕히 주무세요. 사랑하는 마법사님."

태희는 정말 달아나듯이 간지러운 말과 함께 전화를 끊어버렸다.

"사랑하는 마법사님이라니. 어우, 닭살."

민망해서 콧잔등을 꾹 누르며 괜히 발을 까딱까딱해 보다가 고개를 들어 하늘을 보았다. 달이 구름 밖으로 나왔다. 달빛을 싣고서 흘러가는 구름도 고운 황금빛이라 푸르른 밤하늘 속에서 빛났다. 너무도 아름답다. 한 점의 흠도 잡을 수 없을 만큼 세상이 이토록 아름답게 보이는 순간이 있다니. 그것은 자신이 정말로 행복하기 때문일 것이다.

"그 어떤 흠도 없어. 찬란하게 반짝일 수도 있을 것 같아."

완벽한 다이아몬드처럼.

마음속 깊이깊이 감춰놓았던 오점 하나까지 다 맑게 씻겨나가는 그런 기분 속에 태희는 웃었다. 달도, 구름도, 희미하게 불어오는 바람까지도 다 행복한 그런 밤이었다.

조금 멀리 떨어진 곳에서 그녀의 마법사가 창백한 분수대 주변을 거닐며 내쉬는 한숨도 그것만큼이나 따뜻했다. 달과 구름을 머금고 가볍게 흔들리는 분수대의 차가운 물을 손가락으로 휘저으며 몇 바퀴 분수대 주변을 돌다가 이윽고 왼손을 들었을 때 약지에 끼워진 반지가 달빛에 휘황하게 빛이 났다. 재경은 미소 지으며 왼손을 들어 반지에 입을 맞추었다. 그런 뒤에 고개를 들어 달을 보며 중얼거렸다.

"잘 자. 태희야. 내일 만날 때까지."

날씨가 더워져서 다들 여름옷을 입고 다니긴 하지만 아무래도 긴 소매 옷을 챙겨 입고 올 걸 하고 태희는 후회했다. 소희에게 빌려 입은 연한 레몬색 원피스는 지나치게 로맨틱하고 아기자기한 느낌이라 소풍 나가는 게 즐거운 유치원생 아이가 된 기분이었다.

"어서 오십시오. 사모님께선 모란 정원에서 기다리고 계십니다."

대문 근처까지 나와서 기다리던 집사가 태희가 초인종을 누르기도 전에 문을 열어주었다. 태희가 방문 선물로 들고 온 쿠키 상자를 받은 뒤 그녀의 양산까지 들어주었다.

"저어, 제가 들 수 있는데요."

거의 아버지뻘은 되는 집사의 시중에 당황한 태희가 그렇게 말했지만 집사는 잠깐 고개를 갸웃했을 뿐 계속 양산을 씌워주며 걸었다.

"발 앞을 조심하십시오. 돌이 좀 고르질 못합니다."

"아, 감사합니다."

태희가 꾸벅 고개를 숙이면서 인사를 하자 집사도 따라서 고개를 숙였다. 태희는 두 손을 꼭 쥔 채 땅만 보면서 똑바로 걷기 위해 노력했다. 길을 올라오면서도 흐르지 않던 땀이 등을 타고 흘러내렸다. 보통 긴장되는 게 아니었다. 그러다 문득 코끝에 아름다운 향이 스치자 반짝 빛나는 눈을 들어 주위를 둘러보았다.

눈에 보인 것은 보라색의 등나무 꽃. 등나무로 뒤덮인 파고라[1] 길로 그들은 막 들어선 것이었다. 주변의 잔디와 달리 파고라 길은 하얀 화강암으로 덮여 있다. 휘어져 올라가는 등나무의 푸른 잎들 사이로 온통 보라색과 흰색의 등나무 꽃이 무겁도록 늘어져 있다.

"굉장해……."

현기증이 나도록 짙은 꽃향기가 사방에 퍼져가는 것도 당연했다.

"마음에 드십니까?"

집사의 물음에 태희는 몇 번이나 고개를 끄덕였다. 감탄을 감추지 못하는 얼굴로 주렴처럼 드리워진 꽃을 향해 손을 펴 보았다. 하얀 손가락 끝에 꽃이 스쳤다.

"등나무 꽃이 예쁜 줄은 알았지만 이렇게나 근사하게 피어 있는 모습은 처음이에요. 비가 오는 날에 이 길을 걸으면 또 얼마나 멋질까요?"

집사가 슬쩍 웃는 걸 태희는 보지 못했다. 그저 이 긴 길이 되도록 길게 이어졌으면 하는 기분으로 꽃에 푹 빠져 있었다. 그러다 길이 끝나고, 태희의 눈앞에 확 트이듯이 보인 다른 풍경은 마치 빛이 난반사하는 수면을 볼 때처럼 눈이 부셨다.

흐드러지게 핀 하얀 모란꽃과 함께 붉은 모란과 짙은 자줏빛 모란이 곱게 분단장한 미인의 붉은 뺨과 입술이라도 되듯 강렬하게 피어 있었다. 이렇게 크고 강렬한 색감의 꽃이 만발한 풍경은 실로 힘이 있었다. 화사함에도 여러 가지 종류가 있다는 것을 태희는 새삼스레 깨달았다. 자기도 모르게 모란나무를 향해 넋을 빼앗긴 것처럼 걸어갔다. 너무도 생생한 빛깔에 한참 바라보던 태희의 입에서 절로 한숨이 나왔다.

"정말 탐스럽다. 중국에선 머리 장식품으로 썼다는 말이 있던데 어

1) 파고라: 나무나 쇠로 아치 등을 만들어 넝쿨식물이 자랄 수 있도록 만든 정원 구조물.

지간한 미인이 아니면 창피해서 고개도 못 들겠어."

"그 덕분에 당시 장안의 옥구슬 값은 폭락했다던가 해요. 너도 나도 여자들이 모란을 장식품으로 썼다는 건데, 시대를 막론하고 여자란 동물의 허영심은 변함이 없는 거죠."

그녀의 혼잣말에 뜻밖의 대답이 들려왔다. 돌아보니 어느새 나타난 재경의 어머니가 집사의 옆에서 손에 끼고 있던 정원용 면장갑을 벗고 있었다.

"아, 안녕하셨어요. 오늘은 초대해 주셔서 감사합니다."

공손하게 인사한 태희는 고개를 들 때에야 비로소 부인의 차림에 눈이 갔다. 챙이 넓은 흰색 보닛 모자에 하얀 홈드레스. 드레스의 소매와 치맛단에는 등나무 꽃이 흐르듯이 그려져 있다. 테이블을 향해 걸어가면서 모자를 벗고 태희를 향해 다가와 앉으라 손짓을 할 때 햇빛 아래 그대로 드러난 얼굴에 연륜이 묻어 있긴 했다.

"걸어 올라왔다고 하던데, 차를 보내줄 걸 그랬나 봐요."

"아니에요. 저 걷는 거 좋아해요. 운동 삼아 밤이면 산책도 하는 걸요."

"혼자서요?"

"네. 가끔은 엄마랑도 나가지만요."

"엄마라. 같이 손잡고 산책하고 그래요?"

"손도 잡고, 팔짱도 끼고 그러죠."

"좋네요. 딸이 있었으면 나도 가끔 그랬을까나."

부인은 고개를 갸웃이 하면서 모란꽃 무리를 쳐다보았다. 하얀 꽃을 눈을 가늘게 뜨고 쳐다보다가 이내 고개를 저으며 말을 이었다.

"딸이 있었다 해도 내가 그랬을 것 같진 않군요. 아들한테 없었던 모정이 딱히 딸이라고 흠뻑 생기진 않았을 것 같아. 아, 모란은 어때요? 마음에 들어요?"

"네. 솔직히 말하면 압도되었어요. 한 곳에 이렇게 크고 화려한 꽃이 잔뜩 피어 있는 건 처음 봤거든요. 모란이 향기까지 화려했다면 지금쯤 좀 어지러웠을 것 같아요."

"오만한 꽃이라서 그래요."

"네?"

"향기가 약한 거요. 모란은 암수가 한 몸이에요. 향기가 없어도 자신이 도태될 리 없다는 걸 알아요. 그 증거로 아직도 저렇게 뻔뻔히 살아남아 부귀의 상징임을 뽐내고 있고."

태희는 그런가 하고 고개를 기울이면서 꽃을 바라보았다. 태희는 불쑥 중얼거렸다.

"그만큼 요염한 걸요."

"요염?"

요염이란 말을 생전처음 들어본다는 듯 부인은 묘한 얼굴을 하고 태희를 쳐다보았다.

"좋은 향기로 벌, 나비를 유혹하는 것도 좋지만 모란은 향기를 발하기 위해 쓸 힘을 포기하고 모든 정성을 다해 크고 고운 꽃을 피워내는 거죠. 사람으로 친다면 예전의 왕소군 같은 사람 아닐까요? 사술을 부리지 않고 고고하게 긍지를 유지했던 절세의 가인. 왕은 나중에 흉노의 왕에게 그녀를 보내게 됐을 때에야 그만한 미인이 후궁에 있었음을 알고 땅을 치며 후회했지만……. 꾸며낸 향기에 취해 있는 대신 두 눈을 크게 뜨고 둘러보기만 했어도 거기 피어 있는 요염한 미인을 보았을 텐데. 앗, 죄송해요. 제가 말이 너무 많았죠."

태희는 이야기에 취해서 지금 이야기하고 있는 상대가 누구인지도 잠시 잊고 있었다. 입가에 엷은 미소를 머금고 있던 부인은 무슨 말인가를 꺼내려다가 집사와 메이드가 오는 것을 보고 입을 다물었다.

두 사람이 테이블 위에 준비해온 다과를 늘어놓았다. 건포도를 넣은 스콘과 함께 태희가 준비해 온 머랭쿠키와 티라미슈 케이크도 접시 하나를 차지하고 있다. 청색의 모란이 그려진 하얀 찻잔이 놓인 뒤 집사가 잔에 차를 따라주자 황금빛이 감도는 연두색 액체가 찰랑찰랑하게 담겼다. 처음엔 녹차인가 싶었지만 부인이 잔을 드는 것을 보고 뒤따라 잔을 들어 살짝 맛을 보자 희미한 레몬향이 혀끝에 맴돌았다.

"뭔지 알겠어요?"

부인이 묻자 태희는 가만히 찻잔을 내려놓으며 고개를 저었다.

"허브티인 것 같긴 한데 잘은 모르겠어요. 레몬 맛이 나는 것 같긴 하지만 시지도 않고."

"레몬 바베나 티예요. 다즐링을 마실까 했는데 태희 양 옷을 보니 레몬 생각이 나더군요."

역시 병아리같이 보이나 싶어 태희는 얼굴을 붉혔다. 조심조심 차를 마시는 그녀의 얼굴을 건너다보던 부인이 달그락 소리가 나게 찻잔을 놓으면서 말했다.

"아까 그 모란 이야긴 내 이름을 알고 그렇게 말한 건가요?"

"이름이요? 아, 저, 죄송합니다. 아직 성함을 듣지 못했어요. 재경이에게 물어볼 생각도 하질 못했네요. 정말 죄송합니다."

자칫하면 일어서서 사과인사를 할 것 같은 태희를 향해 부인은 됐다고 진정하란 듯 손을 저었다. 차를 한 모금 마신 뒤 부인은 아주 약간 소리를 내 웃었다.

"내 이름이 실은 목단(牧丹)이에요. 옛날 사람이니 이름은 한자로 그렇게 짓고 부르긴 모란이라고 불렀죠."

"모란……. 아, 죄송해요. 요염하다는 건 절대 이상한 뜻이 아니라……."

그제야 아까 부인의 표정이 생각난 태희가 당혹해하며 고개를 푹 숙였다. 나이 지긋한 어른의 이름이기도 한 꽃을 가지고 요염 어쩌고 해버리다니 큰일이다. 그러나 축 처진 태희의 어깨를 보면서 부인은 보다 더 환하게 웃었다.

"나무라는 게 아니에요. 덕분에 옛날 일이 떠올라서 잠시 나도 놀랐어요. 아주 예전에……내가 지금 태희 양 만한 나이였을 때 내게 그런 말을 해준 사람이 있었거든요."

부인은 고운 눈매로 찻잔을 내려다보면서 찻잔을 가만가만 흔들며 말을 이었다.

"참 무뚝뚝한 사람이었는데 딱 한 번 그런 말을 했어요. 모란은 그 자체로도 요염한데, 거기에 향기까지 강했으면 요염함이 지나쳐 잔망스러울 거라고. 사람이든 꽃이든 모든 걸 가지려고 하면 벌을 받는다나요."

어쩐지 애틋한 감정이 담겨 있는 말. 부인에게 그런 말을 했던 사람은 부인에게 매우 특별한 사람이 아니었을까 싶었다. 그저 태희는 그렇게만 대꾸했다.

"그분도 모란을 무척 좋아하셨나 봐요."

"그랬을까요? 산 사람이야 그랬을 거라고 제멋대로 생각해 버리면 그만이지만. 아, 오늘은 구름이 새털처럼 자잘하게 펼쳐지는 게 내일 비가 올 모양이네요. 비가 오면 태희 양 말처럼 등나무 꽃이 핀 걸 구경삼아 걸어봐야겠어요."

"……그걸 들으셨어요?"

"집사가 생긴 것만 과묵해 보이지 사실은 수다쟁이거든요. 세상엔 얼굴로 보이는 걸 믿어선 안 될 사람도 있는 법이에요. 당장, 저기 오는 셋째 아드님만 해도 그렇잖아요?"

"네? 어머, 재경아."

부인의 턱짓에 무심히 옆을 돌아본 태희는 모란나무 사이의 작은 길로 걸어오는 재경을 보고 놀라서 일어났다. 흰 폴로셔츠에 검은 면

바지의 가벼운 복장을 한 재경은 한 팔에 바구니를 들고 있었고 거기엔 하얀 장미가 수북하게 담겨 있었다.

"이만하면 오늘 저녁 식탁에 올리기에도 충분하겠죠, 어머니?"

"어디 봐요. 흠. 이제야 아드님에게도 장미를 그럭저럭 골라내는 눈이 생겼군요."

의자를 끌어다 앉은 재경이 아직 서 있던 태희를 보고 말했다.

"뭐해? 그러고 서서. 앉아."

"어, 언제 온 거야?"

"언제 오긴 계속 있었는데. 어제부터 쭈욱."

"그럼 나 여기 오는 거 이미 알고 있었단 말이야?"

"응. 은근히 비밀주의자야, 윤태희? 앞으로 조심해야겠다고 거듭 생각했지."

재경의 짓궂은 말에 태희는 눈을 피했다. 부인이 전화를 할 때 재경에겐 알릴 것 없다는 식으로 말씀하셔서 태희도 오늘 본가에 오는 사실을 비밀에 부쳤던 것이다. 여느 때의 일요일처럼 아르바이트로 오후를 보낼 것처럼 이야기해서 저녁에 만날 약속도 잡아 놓았다. 하물며 재경이 본가에 모란이 만개했다면서 어머니가 별말씀 없으셨냐고 넌지시 떠봤음에도 태희는 입을 다무는 쪽을 택했었다. 테이블 아래에서 재경의 발이 툭툭 태희의 구두를 건드렸지만 태희는 미안해서 한사코 시선을 피했다. 부인은 이 모든 일을 모르는 척하면서 태희가 가져온 머랭쿠키를 하나 집어 들었다.

"음. 맛이 괜찮군요. 그렇게 달지도 않고 부드럽네요."

"저희 카페 베스트 아이템이에요. 레시피는 비밀이라서 저도 아직 배우질 못했어요."

"호오, 2년 가까이 일한 직원에게도 탑 시크릿이라. 비밀이란 말을 들으니 더 맛있게 느껴지네요. 요리사에게 일거리를 줘야겠어요."

2년이란 말에 살짝 재경의 표정이 바뀌었다. 태희는 아무 생각 없이 부인을 따라 머랭쿠키를 집어 들고 먹으면서 가벼운 이야기를 했다. 우선은 재경도 머랭쿠키를 들고 먹을까 말까 망설이고 있는데 일행이 하나 늘어난 것을 알고 메이드가 다시 차를 가지고 오는 게 보였다. 그런데 메이드의 뒤쪽에서 집사와 함께 오고 있는 다른 사람이 있었다.

한가로운 모란 정원의 티타임을 방해하는, 날카로운 하이힐 소리. 부인도 그 방해꾼을 확인했다. 그러나 부인의 얼굴엔 미동조차 없었다. 태희가 심상찮은 분위기를 느낀 것은 옆에 앉아 있던 재경이 잔뜩 미간을 구기고서 태희의 뒤편을 쏘아보는 걸 보고서이다. 그녀가 고개를 돌렸을 때 맑은 등나무 꽃향기를 온통 압도할 만큼 짙은 향수 냄새가 밀려왔다.

태희는 나타난 사람의 존재감에 놀랐다. 눈이 아찔하도록 새빨간 투피스와 그 색에 묻히지 않을 만큼 화려한 이목구비를 한 여자. 젊은 여자는 아니었지만, 그렇다고 나이가 가늠이 되지도 않았다. 그저 첫눈에 보는 순간엔 대단히 아름답다고 감탄할만한 여자였다.

"오랜만이에요, 사모님. 이런 화창한 날에 뒤뜰 정원에서 꽃 나부랭이나 만지작거리시는 건 여전한 취미시군요. 잠깐 시간을 거꾸로 집어왔나 착각이 들 뻔했어요."

카랑카랑하게 울리는 목소리에 태희는 저도 모르게 움찔했다. 언뜻 듣기에 교태롭고 상냥한 울림과는 달리 말은 빈정거림 그 자체였다. 자신은 자리를 피하는 게 좋지 않을까 싶어 태희가 일어서려고 하는데 재경이 그녀의 손을 누르고 있었다.

"모처럼 손님으로 왔는데 앉으란 말도 안 하시긴가요, 사모님?"

테이블 옆으로 온 여자가 부인을 빤히 쳐다보며 활짝 미소 짓는 얼굴로 물었다. 부인은 아직 얼마쯤 남은 머랭쿠키를 입에 넣고 삼킨 후에 손에 묻은 부스러기를 천천히 털었다.

"이 사람은 내가 초대한 기억이 없는데. 집사, 요샌 집에 아무나 들이나 봐요?"

"죄송합니다. 들여보내주지 않으면 회장님이 오실 때까지 기다리시겠다고 하시는 지라."

"그거야 회장님이 알아서 할 일이구요. 집사가 쓸데없이 걱정할 일이 아니에요."

태희의 둔한 눈치에도 상황이 매우 험악했다. 좀 전과는 부인의 목소리며, 분위기, 눈빛 자체가 판이하게 달랐다. 그리고 그게 옆에 있는 새빨간 여자 때문이라는 게 분명했다. 게다가 부인뿐 아니라 재경도 험악했다. 마치 여자가 툭 건드리면 으르렁거리며 이빨을 드러낼 것처럼 경계하는 게 똑똑히 느껴졌다. 그래서 태희가 고개를 들기는커녕 숨소리조차 조심하면서 가만히 있는데 다시 교태로운 여자의 목소리가 들려왔다.

"왜 애꿎은 사람은 잡고 그러세요. 인덕 없는 건 변함없으시네, 사모님은. 누가 타고난 귀족 아니랄까 봐 고용인을 사람 취급도 안 하시니 원. 어머, 그런데 이쪽 아가씨는 누구실까나? 생긴 게 사모님이랑 쏙 뺐는데 친척이신가?"

뜻밖의 소리에 태희가 놀라서 고개를 들었다. 눈이 마주치고 정면에서 보게 된 여자의 얼굴에 태희는 거북함을 느꼈다. 분명 아름답긴 한데 뭔가 지독하게 인공적이란 느낌이 확 들었다. 가면처럼 짙은 화장과, 유리알처럼 차가운 눈빛으로 태희를 일시에 훑어보는 여자의 시선에 태희는 움찔 어깨를 움츠렸다. 여자는 유난히 흰 치아를 드러내며 환히 웃었다.

"이런. 정말 닮았네? 사모님 어디에 숨겨둔 딸도 있으셨던 모양이야. 회장님이 내치셨을 때 사모님도 맞바람 피우셨던 거 아니에요?"

"말 같지 않은 소리 집어치워요. 당장에 끌려가고 싶지 않으면."

재경의 목소리가 태희에겐 도베르만이 으르렁거리는 것처럼 들려왔다. 여자는 재경을 보더니 손에 들고 있던 새빨간 클러치로 재경의 뺨을 툭툭 건드리며 말했다.

"넌 나이를 몇 살 더 먹었어도 그따위로 말하니? 이 노인네가 그렇게 설설 기면 죽을 때 유산이라도 한 움큼 쥐어주마 약속하든? 이번에 개 껌 좀 받는다더니 그새 이런 델 와서 꼬리나 흔드는 주제에. 교만한 것. 누구 덕에 세상 빛 보고 호강하고 사는지 생각을 좀 해. 네가 양심이란 게 있다면 어미에게 그런 식으로 나오면 쓰나? 안 그래, 아들?"

"작작하지 못해요?"

"왜? 호칭이 맘에 안 들어? 그럼 나도 이 늙은 여자처럼 그렇게 불러줄까? 아드님, 이랬어요, 저랬어요 하면서. 정말 소름이 끼쳐서 원. 자기는 무슨 다른 행성에 사는 인간인 줄 아나. 무슨 토악질 나는 연극질이야, 대체!"

"그 입 다물어. 계속 어머니에게 그런 식으로 나오면 그냥 쫓겨나는 걸로는 안 끝나."

"미친 새끼. 사람 구실 하려면 한참 멀었네. 사모님. 능력 참 좋아요. 남의 멀쩡한 아들 뺏어다 이렇게 패륜아 만들어서 희희낙락하시겠어요. 어째 재인이는 안 달라고 했나 몰라. 한 명은 패륜아를 만들고 한 명은 사이코패스를 만들면 딱 좋았을 텐데."

"젠장! 나가, 나가서 헛소리 지껄이든 말든 하라구!"

벌떡 일어선 재경이 여자의 손목을 사정없이 붙잡고 끌고 가려는데 그제야 무표정하게 앉아계시던 부인이 입을 열었다.

"아드님. 그 손 놓고 물러나세요. 이건, 아드님이 끼어들 일이 아니에요."

"하지만 어머니."

"다시 말해 줄까요? 이 사람 일엔 아드님이 끼어들 필요가 없어요."

"하, 이건 또 무슨 헛소리야! 어미 일에 아들이 상관하지 말라니. 사모님. 이 아인 엄연히 제 아들이거든요? 제가 제 배로 낳은 제 아들이라구요. 혹시 그새 노망 나서 잊으신 건 아니죠? 워낙 은둔생활을 하시다 보니 걱정이 돼서 원."

재경은 미치겠다는 표정으로 이마를 짚었다. 오히려 부인이 살짝 웃었다. 아직 가지 않고 뒤에서 서 있던 집사에게 턱짓을 해서 다가오게 하고 부인이 재경에게 말했다.

"태희 양이 놀랐겠네요, 아드님. 잘 다독여 주세요. 태희 양? 기껏 초대했는데 저녁도 대접 못 하게 되어 유감이네요. 이 무례는 다음에 보상할게요. 오늘 참 즐거웠어요."

"저야말로……."

일어나서 간신히 인사를 드리긴 했지만 태희는 멍해 있었다. 흘러가는 대화를 모두 종합해서 제대로 된 결론을 내리기는 했는데 그걸 받아들이지 못하고 있었다.

얌전히 인사하는 태희를 재경 옆에 있던 여자가 주시했다. 위부터 아래까지 좌악 훑고 지나가는 검 같은 시선. 그녀의 눈에 태희의 왼손에 끼워진 반지가 보였다. 그리고 태희의 손목을 잡고 있던 재경의 왼손에 있는 반지도 동시에 들어왔다. 여자의 입술에 마네킹과 같았던 완벽한 미소 대신 한쪽으로 심하게 쏠리는 냉소가 들어찼다.

"잠깐, 거기 너. 혹시 네 이름이 윤태희니?"

"자네. 그만 수선 부리고 따라오게. 아니면 두 발로 걸어가기가 싫은가?"

태희는 두 가지에 놀랐다. 하나는 여자의 입에서 자신의 이름이 나온 것. 그리고 다른 하나는 부인의 입에서 반말이 나왔다는 것.

"안 따라가면 제 다리라도 부러뜨리겠다는 건가요?"

"왜 못할 것 같나? 아니면 가택침입죄로 신고한 뒤에 모셔갈 차가 오는 동안 개라도 몇 마리 풀어주는 편이 즐겁겠나?"

차분한 부인의 목소리를 들으며 태희는 부인이 눈 하나 깜짝하지 않고 충분히 그럴 수 있을 거라는 생각을 했다. 어느 틈엔가 다가온 집사가 여자의 팔을 붙들고 있었다. 여자는 코웃음을 치긴 했지만 집사를 향해서 큰 소리를 내는 걸로 자신의 화를 풀었다.

"이것 놔! 따라가면 될 거 아냐. 감히 어디에 손을 대? 내가 병신인 줄 알아?"

태희가 뒤돌아보자 세 사람이 파고라 길을 걸어가는 모습이 보였다. 여전히 집사에게 한 팔을 잡혀서 가던 여자가 문득 홱 돌아보았다. 눈이 마주치자 태희는 꿈쩍 놀라 뒷걸음질을 쳤다. 재경이 그 여자의 시선을 막아주듯이 태희의 앞에 다가와 섰다. 태희가 위험한 호기심에 붙들린 아이처럼 다시 여자를 보려고 하는 순간 재경이 그녀의 눈을 가렸다.

"보지 마. 저건 아주 유독성 물질이거든."

재경의 손에 눈이 가려져 태희는 그의 얼굴을 볼 수가 없다. 치우려면 치울 수도 있겠는데 어쩐지 그의 눈을 보고 싶지가 않다. 태희는 웃으려고 애쓰면서 그에게 물었다.

"저 여자분……누구야? 꼭 자기가 네 엄마라도 되는 것처럼 말하던데."

재경은 시야에서 여자의 새빨간 옷이 보이지 않게 될 때까지 기다렸다. 마침내 사라졌다. 그러나 여자가 남긴 유독한 향기는 여전히 진하게 주위에 떠돈다. 태희의 손을 잡고 재경은 모란나무 사이의 작은 길을 걸어서 아까 태희가 오기 전까지 부인과 함께 장미꽃을 꺾고 있던 장미 정원으로 향했다. 길의 폭이 좁아서 재경이 앞서 가고 태희는 뒤따라가는 모습이다. 문득 재경이 입을 열었을 때 태희에게 보인 건 그의 뒷모습이었다.

"미안해. 태희야. 나는 늘 완벽한 놈인 것처럼 허세를 부렸는데 사실은 그렇지 않아. 사실은, 날 낳아준 여자가 구제불능의 쓰레기야."

태희가 멈춰 섰지만 잡아끄는 재경의 손힘 때문에 몇 걸음 더 걸어가게 되었다. 그러나 태희가 확 그의 손을 잡아당기면서 재경도 멈춰 섰다.

"재경아."

재경이 돌아보질 않았다. 이런 때가 올 거란 것은 알고 있었다. 하지만 태희가 여자를 보게 된 순간 느낀 모멸감은 그가 미리 짐작했던 정도가 아니었다. 비로소 재경은 이해가 갔다. 태희가 아버지에 대해 언급을 피할 때의 기분이. 자신이 잘못한 게 아니니 창피해할 필요가 전혀 없는 일인데도, 매번 숨기고 회피하고 싶어 하는 태희의 태도가 답답하고 때론 짜증스럽기까지 했는데 지금의 재경이 어딘가로 숨고 싶을 만큼 기분이 끔찍했다.

"재경아."

태희가 좀 더 간곡히 불렀다. 재경은 깊이 숨을 들이마셨다 내쉰 뒤 태희를 돌아보았다. 바라보는 재경의 눈동자에 태희에게 아주 익숙한 감정이 담겨 있다. 숱하게 거울 속에서 보아 온 자신의 눈이다. 나쁜 운을 타고난 사람의 분노와 억울함. 그럼에도 결국은 그걸 받아들이는 것이 자신의 몫이란 걸 아는 체념어린 슬픔. 그에게는 어울리지 않는 눈빛이다. 그가 너무도 가여워서 가슴이 아릿아릿했다. 그러나 태희는 위로하는 대신 웃었다.

"미안해. 내가 이상한 걸 물어서. 아무것도 안 물을게. 근데 말이야, 한 가지 틀린 말이 있어. 재경이 너 허세 부리는 거 아니야. 완벽해. 너는 말이야, 완벽하다구."

"아니야, 완벽하다고 말하기엔……."

"쉿. 네가 백 번 아니라고 우겨도 소용없어. 내 눈에 너는 완벽해. 찬란한 다이아몬드야. 살아 있는 보석이자, 내 꿈속의 왕자님이라고. 내가 그것 말고 알아야 할 게 뭐야?"

"넌……똑똑해지긴 그른 것 같아. 내 일이 되면 아예 생각을 안 하는 거지, 너?"

"생각을 안 하긴! 아주 아주 많이 해. 아침에 깰 때부터 저녁에 자려고 누워서까지. 때론 꿈속에서도 생각을 해. 단지 그 수많은 생각이 결국 두 가지로 흘러가는 것뿐이야."

"뭔데?"

"'우와, 재경이는 너무너무 멋지구나'랑 '난 재경이가 너무너무 좋아' 그 두 가지."

"바보."

재경이 겨우 웃는가 싶더니 태희를 와락 껴안았다. 가슴이 뻐근해질 정도로 꽉 끌어안긴 채로 태희는 맑게 웃었다.

"자꾸 그런 식으로 말하다간 내가 너랑 결혼 안 해준다는 거 모르나? 나랑 결혼하고 싶다면 내 똑똑함을 빠른 시일 내로 인정하는 게 좋을 거야, 한재경 군."

"걱정 마. 난 너랑은 달라. 거짓말은 아주 잘해. 누구처럼 들키지도 않지."

"우와, 정말? 우리 재경이는 너무너무 멋지구나!"

"어째 지금 내가 농락당하고 있는 듯한 기분이 들기 시작했는데 말이야."

"우와, 똑똑하기까지! 역시 한재경!"

"요 녀석이 아주 내 머릴 타고 기어 올라가네."

재경은 짐짓 심술을 부리듯이 태희의 허리에 간지럼을 태워서 웃게 만들었다. 이윽고 녹초가 되도록 웃은 태희를 데리고 다시 걸음을 옮겼다.

저택을 나와서 재경의 아파트로 향하는 동안 태희는 재경에게 미처 말하지 못했던 큰 경사를 기억해 냈고 그 이야기를 화제에 올리자 저택에서 있었던 그 짧은 시간의 소동은 거의 묻혔다. 그날 밤은 이르긴 하지만 파티를 열었다. 술에 취한 태희가 소희를 불러들이면서 재경의 의도와는 전혀 다른 방향으로 흘러가고 말았지만 그래도 즐거운 시간이었다.

해야 할 말과, 처리해야 할 일이 숱하게 기다리고 있어도 재경은 즐거웠다. 태희와 마찬가지로 그 역시 결국은 두 가지 생각밖에 없는 뇌 구조의 소유자였던 것이다.

빈 시간 동안 경영대 옆 카페에서 기말 시험공부를 하고 있었다. 재경이 가끔 책에서 얼굴을 들어보면 태희는 펜 끝을 잘근잘근 깨물며 딴 곳을 보고 있기 일쑤였다. 주로 시계이거나 창밖의 하늘. 생각해 보면 아침에 데리러 갔을 때부터 태희는 종종 딴생각에 빠져 재경의 이야기를 못 듣고는 했다. 결국 재경이 톡톡 테이블을 두드리며 물었다.

"아까부터 왜 그렇게 초조해 해? 끙끙 앓지 말고 나한테 털어놔."

"끙끙 앓는 게 아니라……연락이 안 와서."

"무슨 연락?"

"엄마. 끝나면 전화 준다고 했는데."

그렇게 말하며 태희는 다시 시계를 보았다. 방금 전에 확인했을 때에서 불과 오 분도 흐르지 않았다. 한숨 대신에 파인애플 셰이크를 들어 입술을 축인 뒤 태희가 말했다.

"오늘 부모님 법원에 가셨거든. 이혼서류 접수하시러."

"아, 난 또 뭐라고."

대수롭지 않다는 듯 재경은 다시 책을 들여다보았다.

"어차피 이혼하기로 한 거니까 서류 제출하고 나면 술술 풀려. 네가 걱정할 일이 뭐야?"

"갑자기 마음을 바꿔서 없었던 일로 할 것만 같아. 어제도 내내 그런 꿈만 꿨어."

태희는 미간을 찡그리며 두 손으로 이마를 짚었다. 재경은 태희의 옆자리로 와서 앉았다. 그녀의 어깨를 감싸 안아 지그시 힘을 주면서 재경이 중얼거렸다.

"잘될 거야. 틀림없이. 나랑 내기할까? 나 지는 내기는 안 하는 거 알지."

"물론 네 운이 대단하다는 건 알지만……."

"운이 아니라 아는 거야. 될 거라는 걸."

그의 자신만만한 목소리에 태희가 그를 보더니 힘없이 웃었다.

"가끔 오만이 지나쳐 터무니없는 것도 알아?"

"그럼에도 불구하고 결과는 내 편일 거라는 게 중요하지."

태희는 고개를 절레절레 젓다가 푹 숙였다. 그녀가 다시 시계를 보는 걸 보고 재경이 손으로 시계를 덮어 버렸다. 그리고는 태희의 손목을 잡아 일으켰다.

"안 되겠어. 나가자. 머리에 생각이 많을 땐 움직이는 게 최고지."

"어디 가려구? 곧 수업 있잖아."

"어차피 개근상 받을 일 없잖아? 날씨도 덥겠다, 한 번 시원하게 벗고 즐겨보자구."

"나, 난 그냥 수업 들을래."

재경의 발언에 의심 가득한 눈이 된 태희가 몸을 빼는 기색이 느껴졌다. 재경이 쿡쿡 웃으며 태희의 뺨을 잡아당겼다.

"난 그냥 수영장에나 가자는 이야기였거든? 수영 배운다며, 아가씨?"

"아, 수영. 근데 나 수영복이랑 튜브 집에 있어. 그냥 수업 받고 나중에 가."

"가면서 사지 뭐. 근데 아직도 튜브 타령이야? 애기다, 애기."

여전히 머뭇거리는 기색이 있는 태희의 손에서 가방을 채가 듯 가져간 재경이 성큼성큼 걸음을 옮겼다. 태희는 이렇게 한가하게 있을 때가 아니라는 생각에 살짝 한숨을 쉬긴 했지만 재경이 돌아보며 손짓하자 총총히 그 뒤를 따라갔다.

재경의 말이 맞았다. 머리에 가득했던 생각은 배가 부르도록 수영장 물을 마시고, 땅을 파 숨고 싶을 만큼 재경에게 둔탱이라 놀림을 받는 동안 멀리멀리 사라졌다. 그러나 태희가 "너한테 수영 안 배워!"라며 보이콧을 선언하면서 상황은 역전되었다. 재경이 태희를 달래려고 음료수를 사러간 동안 태희가 그 수영장에서 가장 잘생긴 남자 수영강사와 수영교습에 대해 이야기한 게 화근이 되어 그 뒤는 또 웃는 얼굴의 재경에게 쪼임을 당했다. 작렬하는 질투 속에 구박을 받는 동안 태희는 소희가 그리워서 눈물까지 훔쳤다. 그래서 몰래 소희에게 전화를 걸었다가 "나는 학원에서 머리가 터지도록 공부 중인데 넌 수영장 가서 연애질이냐! 세상이 황금빛이라 좋겠구나!"라는 소희의 절규를 들어야 했다.

그래도 걱정은 까맣게 잊고 있었다. 토라져 버린 태희가 집에 가겠다고 우기는 중에 어머니의 전화가 걸려왔고, 통화가 끝났을 때 태희의 세상은 다시 핑크빛이었다.

"일이 잘됐으면 어머니 모시고 저녁이나 하자고 하지."

"엄마 그러고 바로 일 가셨어. 저녁장사가 가장 바빠서 어서 가야 하신대."

“이런 날엔 그냥 쉬셔도 되잖아? 법원 가고 그러셨으니 정신적으로 많이 지치셨을 텐데.”

“우리 엄만 스트레스에 대한 면역력이 강하거든. 다른 아줌마들처럼 생각하면 안 돼. 거기다 말이야, 일하지 않고 계시면 공허하신가 봐.”

“공허?”

자연스레 자신의 아파트 쪽으로 차를 몰면서 재경이 얼굴을 찌푸렸다.

“잘된 일이잖아. 이제 겨우 사람답게 살게 됐는데 뭐가 공허하단 말이야? 설마하니 그런 사람 잃는 걸로 상실감이라도 느끼신대?”

태희는 대답을 미루고 수영장 물에 조금 불어버린 손을 들여다보았다. 어머니가 느끼는 공허함을 태희 역시 정확히는 알 수 없다. 그저 아마 이렇지 않을까 짐작해 볼 따름이다.

아버지에게 맞고 살 때는 잠을 이루려고 하루가 멀다 하고 술을 드시던 어머니였지만, 이혼 이야기가 나온 뒤로는 술을 입에 대지도 않으셨다. 말수도 더 적어지셨다. 집에 오시면 일없이 집 안 청소를 거듭 하시면서 간혹 멍해 있고는 한다. 아버지와도 거의 말을 하시지 않는 것 같았다. 늘 어머니만 보면 쥐 잡듯이 잡으려고 건수만 노리던 아버지란 사람이 갑자기 개 닭 보듯 데면데면해진 것도 이상했지만, 어머니가 그러고 있는 게 태희는 더 걱정이 되었다. 차라리 술이라도 드시고 우시면 받아드리겠는데.

“아마도 그 사람과 살아온 세월이 서글픈 것 같아. 왜 그러고 살았을까. 이렇게 쉽게 끝날 수 있었던 것을. 돌이켜 보면 서글프기만 하니 다 잊고 앞만 보고 살자고……그렇게는 생각하는데 어차피 잊지 못할 걸 알거든. 이십 년이 넘는 세월이었어. 아버지. 그 사람이 우리 인생에서 사라진다고 해도 그 사람이 이십 년 동안 우리 안에 만들어낸 더러움은 완전히 사라지지 않을 것 같아."

재경이 오른손을 뻗어 태희의 손을 잡았다. 태희는 그의 손을 보면서 중얼거렸다.

"초등학교 때 십 년 후의 내 모습이란 주제로 작문을 한 적이 있었어. 그때 내가 써낸 글 때문에 엄마가 학교에 불려왔었어."

"뭐라고 썼는데?"

"……십 년 후에는 재가 되어 있었으면 한다고 썼었어."

움켜쥔 재경의 손에 힘이 들어갔다. 아플 지경으로 꽉 잡는 바람에 태희가 재경을 쳐다보자 재경이 뚫어져라 전방을 주시하면서 중얼거렸다.

"갑자기 허기가 진다. 되는 대로 마구 밟을 거니까 사고 안 나기만 빌고 있어."

"에? 그렇게 배고프면 적당히 내려서 뭐라도 먹는 게 좋지 않아?"

해보는 말이 아니라 재경은 정말로 차의 속도를 꾸준히 높였다. 러시아워가 되기 전의 거리를 아슬아슬할 정도로 빠르게 미끄러져 가면서 위험할 만큼 자주 추월까지 했다. 태희가 무서워져서 눈을 감을 지경이 되었다. 그걸 보고서야 재경은 어느 정도 속도를 줄이긴 했지만 미적거리는 차를 보면 사정없이 클랙슨을 울리며 몰아붙이듯 운전하는 게 여전히 위태로웠다. 아파트 주차장에 차가 들어가 멈춘 뒤에도 태희는 움츠러든 가슴을 원상 복구시키는데 시간이 좀 걸렸다.

"설마하니 혼자 다닐 때 이렇게 운전하는 거 아니지?"

"가끔은 해. 스트레스 해소용으로."

"말도 안 돼. 너무 위험하잖아."

"담배 줄이라면서?"

재경은 태희를 보지 않고 밖으로 나갔다. 아까부터 계속 시선을 의도적으로 마주하지 않는 것 같다는 생각이 들었다. 태희가 문을 열고 내리려는데 이미 태희 쪽으로 돌아온 재경이 문을 열어주었다. 내리는데, 라이터 소리가 들렸다. 태희가 언젠가 선물해준 블랙 지포라이터로 담배에 불을 붙이는 재경이 보였다. 라이터를 선물하긴 했지만 담배는 부디 줄여달라는 당부와 함께 준 선물이었다. 그가 이렇게 태희의 면전에서 담배를 피우는 건 드문 일이다. 태희의 시선을 느꼈는지 재경이 한 걸음 물러서면서 말했다.

"먼저 올라가. 이것만 피우고 갈게."

"나 때문에 우울해진 거야?"

자책감이 담긴 태희의 얼굴을 보고 재경은 고개를 젓다가 갑자기 미소를 지으며 고개를 끄덕이는 쪽으로 바꾸었다.

"그래. 너 때문이야. 그러니까 날 그렇게 만든 책임은 톡톡히 치르도록 해."

"음. 뭔가 매콤하고 맛있는 걸 해줄게. 냉장고에 할 만한 게 있을까."

태희가 짐짓 밝게 말하더니 돌아서서 엘리베이터 쪽으로 걸어갔다. 재경은 그녀의 뒷모습을 보다가 자신이 왜 담배나 피우고 있는지 한심해졌다. 그대로 담배를 버리고 태희의 뒤를 따라가면서 지포라이터로 찰칵찰칵 장난을 했다. 그 소리에 고개를 돌린 태희의 어깨를 담뿍 끌어안으며 재경은 그녀의 머리카락에 코를 묻고 중얼거렸다.

"역시 이런 걸 보고 향기롭다고 하는 건데 말이야. 나는 왜 담배를 피우는 걸까?"

"그걸 나한테 물으면 어떡해."

그의 숨결이 간지러워서 목을 움츠리며 태희가 웃었다.

"이젠 살아 있어서 다행인 거지?"

재경의 물음에 태희가 그를 쳐다보았다.

"재가 되지 않고 지금껏 살아 있어서 다행인 거잖아. 그렇지?"

"……이루 말할 수 없이."

"그게 누구 때문일까?"

태희는 재경의 어깨에 뺨을 비비면서 말했다.

"제게 마법사가 생겨서 그런 거겠죠? 소녀의 인생에 이처럼 찬란한 빛이 되어주셨으니 이 은혜를 무엇으로 갚아야 하올지?"

"무한한 순종으로."

장난스런 어조와 달리 태희의 허리를 지그시 끌어당기는 재경의 손은 뜨겁고 강하다. 재경의 숨결에 목을 덮고 있던 부드러운 솜털들이 사르륵 곤두섰다. 발갛게 얼굴을 물들이면서도 태희는 그에게 가만히 몸을 기대왔다. 재경이 바라는 무한한 순종. 그런 그녀가 너무도 사랑스럽기만 해서 재경은 가볍게 몸을 떨며 중얼거렸다.

"너무 덥지 않나? 어서 가서 씻고 싶어."

아파트 문을 열고 들어간 뒤 태희의 팔을 잡으면서 재경이 두 마디를 더 보탰다.

"같이 씻어."

태희의 눈이 동그래진다. 바로 두 손을 들고, "생각해 보니 집에 빨리 가야 할 것 같아."라면서 웬일로 민첩하기까지 할 정도로 빨리 구두를 다시 꿰어 신었지만 등에 메고 있던 가방과 함께 재경에게 잡혀서 탈출엔 실패했다.

"순종해 줘야지, 군말 않고 말이야."

한사코 버티면서 도망갈 수만 노리는 태희를 재경이 번쩍 들어 메고는 욕실로 들어가 버렸다. 결국 반란은 진압되고 말았다, 늘 그랬듯이.

바깥의 하늘이 완전히 어두워졌을 때 재경은 침대에서 내려섰다. 물을 마시자 몹시 허기가 느껴졌지만 천천히 뒤를 돌아본 재경은 이 순간의 허기조차 즐기기로 했다. 침대 위의 태희는 녹초가 되어서 곤히 잠들어 있다. 기껏해야 1시간쯤 자고 깨어난 뒤에는 지치고 배가

고파서 제대로 말도 못할 게 눈에 선하다. 그때 그녀와 함께 가볍게 뭔가를 먹는 일 역시 놓치고 싶지 않은 즐거움이다.

다시 침대에 다가가 앉아 태희의 어깨 위로 이불을 고쳐 덮어준 뒤 흐트러진 머리카락이며 달아올라 있는 뺨을 몇 번이고 질리지도 않고 만져보았다. 입술을 만지다가 또 문득 충동이 일어나 고개를 기울여 키스했다. 보드랍고 촉촉한 입술. 그 안쪽으로 혀를 밀어 넣으면 느껴지는 뜨거움은 또 얼마나 감미로운지. 하지만 오늘따라 이 키스가 더 특별하게 느껴지는 것은 아직도 그의 머릿속에서 떠나지 않는 그녀의 말 때문이다.

'재가 되어 있었으면 했어.'

그 말을 듣고 그가 보였던 반응은 단순히 태희의 어린 시절에 대한 연민만은 아니었다. 동시에, 자신에 대한 연민이기도 했다.

해야 할 일들을 차곡차곡 해나가다 보면 시간은 알아서 사라져 주었고, 그러면 그는 키가 자라고 나이를 먹었다. 잘하는 게 당연한 일들은 습관이 되어 칭찬해 주는 이도 없었다.

명민함이 지나쳐 독이 되었다. 넘치게 주어진 것들을 철없이 즐길 만한 시기조차 갖지 못했다. 자신이 어디에 있는 누구인지, 자신에게 달린 꼬리표와 약점은 무엇인지 깨닫고 그걸로 한계를 그어버리는 순간부터 권태라는 병에 걸렸다. 마음 따위 구태여 생각하지 않으면, 가칠가칠한 일상 속에 무엇을 보아도 감흥 따위 일어나지 않았다.

권태조차 숨 쉬는 것만큼 익숙해졌다. 아주 이따금씩 발작처럼 드는 생각을 빼면.

'재가 되고 싶다.'

무슨 영화에서 본 장면인지는 모른다. 아마도 언급할 가치도 없을 정도의 B급 호러무비가 아닐까 싶다. 앞뒤 내용이나 등장인물 한 사람도 기억에 남아 있지 않지만 딱 한 장면, 환한 햇살 속으로 걸어가면서 서서히 부서져가던 남자의 뒷모습만이 또렷이 각인되었다.

이따금 봄이 되면 괜스레 벚꽃에 눈이 가곤 했던 것도 그 이미지가 비슷해서였다. 저 꽃은 마치 재가 흩날리는 것 같구나, 하면서 막연히 시선이 끌렸다.

좋아했던 게 아니다. 그에게 몇 번인가 관심을 표시하며 사귀자고 했던 여자들을 그가 이해하지 못했던 것처럼, 그는 좋아한다는 감정 자체를 몰랐다. 원하는 것도, 되고 싶은 것도, 하고 싶은 것도 없다. 그저 이따금 재가 되는 모습을 상상할 뿐.

애초에 양호실에서 태희에게 호기심을 느꼈던 것 자체가 이제 와 생각하면 기적이다. 그는 소중한 것이 무엇인지 모르는 바보였다. 그런데도 파랑새는 그의 손에 와서 앉았다.

재경은 문득 한숨을 쉬면서 한 가지를 깨달았다.

"권태 같은 게 아니었어. 그냥 난 쓸쓸했던 거야. 쓸쓸해서 바짝바짝 말라가다가 너를 보게 된 거야. 너 때문에 내가 얼마나 사람다워졌는지 넌 짐작도 못 할 거야."

잠을 깨우지 않도록 살며시 입맞춤을 하고 고개를 드는데 문득 부드럽게 재경의 얼굴을 감싸오는 손길에 재경은 멈칫했다. 잠이 든 걸로만 알았던 태희가 그의 얼굴을 감싸고 촉촉한 눈으로 재경을 쳐다보며 속삭였다.

"원래도 멋졌어. 내가 속절없이 반할 만큼."

"잠자는 거 아니었어?"

"내가 눈 감고 있으면 다 자는 걸로 보이지?"

미소 짓는 태희를 보며 재경은 그제야 그간의 일에 의문을 품었다. 가끔 자기 머리 위에 타고 오른다 싶더니 과연. 기막힌 노릇이긴 하지만 살짝 감탄했다. 동시에 앞으론 절대 속아 넘어가지 않겠다고 각오를 벼르면서 재경은 태희의 코끝을 살짝 깨물었다.

"좋은 거 가르쳐주네. 그거 당장 써먹어도 되는 정보인가?"

"아니. 그러면 안 돼. 지금은 졸리기보단 배고파서 말이야."

"그럼 나가서 준비하고 있을게. 부르면 나와."

"그러지 말고, 그냥 옆에 있어."

"배고프다며?"

"응. 배고파. 근데 그것보다는 네가 옆에 있는 게 더 좋아."

태희가 자신의 옆 베개를 톡톡 치면서 재경에게 누우란 신호를 했다. 재경이 눕자 태희가 그의 어깨에 뺨을 기댔다. 그가 팔베개를 해주었더니 태희가 활짝 웃었다.

"조금만 쉬고 같이 일어나서 식사 준비해. 그편이 즐거워."

"난 쉬고 싶지 않은데. 너 쉴 동안 난 하고 싶은 일 하면 안 되나?"

딱히 설명도 없이 재경은 태희에게 살며시 체중을 실으며 키스를 시작했다. 잠시 동안 그 키스를 받아내다가 결국 태희가 손으로 그의 얼굴을 밀어내며 투정을 했다.

"쉬고 싶지 않으면 그냥 이야기나 해줘. 아까처럼."

"혼잣말한 거야. 네가 자는 줄 알고."

"잔다고 생각해. 지금 들은 이야기는 듣고 나서 묻어버릴게. 약속."

태희가 침묵하자 새근거리는 숨소리가 정말 잠이 든 사람의 그것 같았다. 재경은 무슨 이야기를 할지 망설였다. 가만히 올려다본 천장에 있는 나뭇잎 모양의 조명이 문득 앙상한 사람의 손가락처럼 보였다. 마녀의 손. 아주 오래된 일이 떠올랐다. 그는 입을 열었다.

"어렸을 때 말이야……."

4. 수호자

병원으로 향하는 버스 안에서 태희는 멍하니 재경이 해준 이야기를 떠올렸다.

팜므파탈. 그런 사람이 있다는 건 알고 있었지만 이렇게 가까이에, 그것도 재경의 생모로서 나타나게 될 거라곤 생각도 못했다.

승운과 마찬가지로 재경 역시 사생아일 거라고 생각했던 것과 달리 사정은 좀 더 복잡했다. 재경은 합법적인 혼인관계 하에 태어난 아이였던 것이다. 재경의 아버지는 첫째 부인과 이혼 후 재경의 생모와 혼인신고를 했다고 한다. 결혼식은 올리지 않았지만 원래 비서였던 그분과의 결혼은 순식간에 스캔들거리가 되었다. 결혼이 유지된 기간은 이 년 남짓. 재경의 동생이 뱃속에 있는 동안 이혼을 했고, 재경의 아버지는 다시 원래의 부인과 재결합했다. 그분이 지금 재경이 '어머니'라 부르는 분이다. 재경의 생모가 극히 빈한한 가정 출신인 것과 달리 '어머니' 인 그분은 당당한 명문가의 사람이다. 시집올 때 지참금으로 가져온 것이 지금도 그룹의 주력 분야인 한경물산이다. 대표이사는 재경의 아버지이지만 최대주주는 어머니라고 한다. 그 한 마디로 그분이 말한 넘치는 부가 충분히 이해되었다.

아버지가 재경의 생모와 빚어낸 스캔들은 철저한 실수였지만, 재경이 말하길 자신의 생모는 원한다면 충분히 '총명하고, 상냥한 여자'를 연기할 수 있다고 했다. 그러나 연기는 두 번째 아들을 갖게 되면서부터 끝이 났다. 그녀는 전 부인과 달리 전혀 앞으로 나설 여지가 없는 자신의 처지에 염증이 났다. 치밀한 연기에도 불구하고 자신의 실수를 후회하는 게 역력한 남편을 보는 것도 지긋지긋해졌다. 정략결혼이었지만 재경의 아버지는 원래의 부인을 지극히 아꼈다. 다만 두 아들까지 낳고도 한없이 데면데면하기만 한 부인의 모습에 지쳐 있을 때 재경의 생모가 그 틈을 비집고 들어가는 데 성공했던 것이다.

재경의 생모가 허울뿐인 한경 안주인 자리를 물러나면서 손에 넣은 것은 결혼 전에 주고받은 혼전계약서대로 약간의 위자료와 건물 몇 개. 그러면서 그녀는 자신이 낳은 아들을 볼모로 데리고 나왔다. '볼모'라고 재경이 말했다. 그녀가 어린 아들의 품위유지비로 받는 돈은 매우 훌륭한 수준이었다. 해선 안 될 제약들로 가득했던 결혼 관계를 깬 것은 현명한 결정이었다. 심지어 그녀는 남편을 좋아한 적조차 없었다. 그 사람과의 사이에서 태어난 아들 역시 전혀 좋아하지 않았다. 이혼 당시 뱃속에 있었던 동생이 태어났다. 그 아이는 아버지의 인지를 받지 않았다. 아이는 어머니의 성을 따랐고, 그래서인지 처음부터 애지중지했다.

대신 재경은 처지가 달랐다. 여섯 살 때까지 생모와 함께 사는 동안 재경은 생모의 장식품이자 히스테리의 표적이 되었다. 어지간한 어른조차 소화할 수 없는 스케줄로 많은 것을 배워야 했고, 최고로 잘해야만 했다. 그녀는 이혼은 후회하지 않았지만 자신의 아들이 한경의 주인이 되길 바랐던 것이다. 아주 노골적으로.

다행히 재경의 역량은 뛰어났다. 하지만 아이라서 실수를 했다. 그 실수 때마다 훈계라면서 생모가 행한 모든 일들은 결국 학대였다. 그 어린아이가 하루에 네댓 시간밖에 자지 못하고 했던 수많은 것들. 맞는 이유에는 그가 그 나이 평균치의 키에 못 미친다는 점도 있었다. 자랄 수 없도록 보이지 않는 끈으로 칭칭 동여매가면서 왜 자라지 않느냐 다그치는 생모의 시퍼런 서슬에 재경의 마음이 완전히 굳어가고 있을 때, '어머니' 즉 모란 여사가 나타났다.

모란 여사의 요구는 간단했다. '아이가 왕자로 크는 걸 원한다면 내게 달라.' 그녀는 재경의 생모에게 한 말을, 재경의 열여섯 살 생일날 들려주었다.

모란 여사와 함께 본가에 들어온 후. 재경은 더 이상 맞지 않았고 잘 시간도 충분해졌다. 그녀는 결코 감시하거나 훈계하지 않는다. 그저 그녀는 감독을 한다. 가끔 불러다 몇 마디 말로 격려를 해주시는 일도 있다. 그뿐이다. 그녀는 이미 오래전에 말했다고 한다. 나는 자유와 기회를 주겠다고. 어떤 사람으로 크든지 그건 아드님의 뜻이라고.

"이런! 죄송합니다, 조금만 비켜주세요, 죄송해요."

생각에 푹 빠져서 내릴 역을 지나친 후에 태희가 황급히 버스에서 내렸다. 다행히 한 코스만 지났다. 내리자마자 훅 찌는 듯한 열기가 달려들어 태희는 손으로 부채질을 했다. 유월이 되자 여름이 본격적으로 시동을 건 것이다.

병원에 도착해 할머니의 병실 문을 밀고 들어가며 태희는 꾸벅 인사했다.

"늦었어요, 할머니. 오다가 깜빡 한 코스 더 가버린 거 있죠. 날씨가 이젠 아주 더워요, 완전히 여……. 어어?"

고개를 들어보니 혼자서 떠들고 있다는 걸 알 수 있었다. 침실은 비어 있다. 이런 시간에 산책을 가신 건가 하며 태희는 침대 옆의 의자에 앉았다. 가지고 온 책을 펼치다가 마음을 바꿔 잠시 수업노트를 꺼내서 시험공부를 했다. 노트를 몇 장이나 넘긴 후에도 두 사람이 병실로 돌아오는 기미가 없다. 의자에서 일어나 병실 안을 걸어 다니다가 문득 태희는 구석에 접혀져 있는 휠체어를 보게 되었다.

그제야 이상하다는 생각에 복도로 나가서 간호사에게 할머니에 대해 물어보았다. 오후 들어서 혈압이 급격히 떨어지면서 쇼크가 와서 지금 집중치료실에 계시다는 말을 들었다. 황급히 옆 병동으로 향한 태희는 집중치료실 앞에서 간병인 아주머니만을 뵈었다.

"승운이는요? 연락 안 하셨나요? 듣기론 위급하신 거라고……."

"이 근처 어디 낚시터에 있을 거예요. 병실 옮겨도 좋다고 하면 그때 전화하면 돼요."

"무슨 말씀이세요, 그게? 그러니까 승운이가 할머니 저러신 거 알면서 안 온단 건가요?"

간병인 아주머니는 쓴웃음을 지었다. 이상하게 들리겠지만 이해하란 투로 말했다.

"이런 일 드문 일 아니에요. 그럴 때마다 달려오면 승운 학생도 못할 일이고. 오늘은 그만 가봐요. 승운 학생이 연락할 경황이 없었나 보네요."

그렇군요 하고 이해하고 말기엔 너무 찜찜했다. 병원을 나서다가 이건 아니다 싶어 태희는 승운에게 전화를 걸었다. 몇 번이나 녹음으로 넘어가다가 겨우 승운이 전화를 받았다.

「이런, 너 온다는 생각을 깜빡하고 있었어. 헛걸음했지? 고의 아니야. 미안해.」

"너 정말로 낚시터야?"

「응. 실내 낚시터. 오늘은 완전 허탕이야.」

"거기서 대체 뭐 하는데?"

「뭐긴. 세월을 낚아. 조태공이라고 불러줘.」

유유자적하게만 들려오는 승운의 목소리에 비해 태희의 목소리엔 날이 바짝 서 있다.

"쓸데없는 소리 하지 말고 와. 너 말고 할머니한테 누가 있다고 그런 한가한 소리야? 위독하단 말이 무슨 뜻인지 몰라?"

「알아. 그러니 이렇게 낚시하고 있잖아.」

"조승운! 당장 와. 와서 할머니 얼굴이라도 한번 봐. 평소엔 이틀이 멀다 하고 와서 자고 간다는 애가 왜 이런 때에 하필 낚시를 한대? 너 바보야?"

「하하, 네가 그렇다면 그런 거겠지. 엇, 물었다……가 아니라 이번에도 먹튀네.」

"조승운. 삼십 분 준다. 그 시간 내로 와. 안 오면…….」

"안 가면?"

뭔가 으름장을 놓아야 하는데 떠오르는 게 없어서 태희는 끙끙댔다.

"와. 무조건 와. 안 오면 너 나쁜 놈이야."

승운이 웃었지만 무시하고 태희는 전화를 끊었다. 태희는 어쨌든 삼십 분을 기다려 보기 위해서 병원 안의 로비에 앉아서 다시 시험공부를 했다. 누군가 툭툭 어깨를 두드려서 태희가 고개를 들었을 땐 승운이 씁쓸한 미소와 함께 그녀를 내려다보고 있었다.

"삼십 분 훨씬 지났는데. 아직까지 여기서 뭐 해?"

"이런. 시간이 벌써……. 뭐야, 너 왜 이제 와? 할머님은?"

"뵀어. 밖에서 얼굴만."

"들어가서 옆에 있어."

"알아서 할게. 배고프다. 너 밥 안 먹었지? 나랑 밥 좀 먹어주라."

"너 같은 녀석이랑 왜 밥을 먹어."

"왔잖아. 네 말대로. 안 올 거였는데 왔어. 그러니까 밥 정도는 먹자. 어서. 나 점심부터 아무것도 안 먹었더니 배고파서 쓰러질 것 같아."

졸라대는 승운을 결국 못 이기고 태희가 자리에서 일어났다. 대신 조건을 걸었다.

"밥 먹고 들어와서 할머니 옆에 있어 드려야 해."

"응."

"건성으로 말하지 말고."

"예! 알겠습니다, 선생님!"

암만해도 미덥지 못한 승운의 얼굴을 태희가 쏘아 보았지만 승운은 뭘 먹을까 이것저것 음식 이름을 대며 환히 웃을 뿐이다. 이윽고 병원 앞 식당에서 밥을 먹고 나온 뒤 편의점에서 커피를 한 잔씩 마시게 되었다. 승운은 편의점 유리를 통해 보이는 병원의 네온을 쳐다보면서 비로소 속엣말 비슷한 것을 했다.

"내가 지켜보는데 할머니가 돌아가시는 거, 보고 싶지 않아. 아마 난 평생 그걸 잊지 못할 거야. 내가 기억하는 할머니의 모습이 그 마지막 모습에 덮여버리건 건 싫어."

무슨 뜻인지는 알 것 같았다. 승운의 말대로 그런 일이 생길 수도 있다. 태희도 한참 동안 병원을 바라보다가 입을 열었다.

"네 말이 맞을지도 몰라. 그래도 말이야. 할머니의 마지막을 지키지 못한다면 그것 역시 후회하게 될 거야. 어차피 후회할 일이라면, 해보지 못한 일로 후회하지 말고 해버린 일로 후회하는 게 더 낫잖아. 안 그럴까?"

"해버린 일로 후회하는 게 낫다라. 이야, 그거 엄청 위험한 발언인 거 알아?"

"응? 그런가?"

"얌전하게 생긴 얼굴로 종종 위험 가득한 발언을 던지다니 언밸런스라니까. 전쟁 나면 가장 먼저 죽을 것 같은 타입인데."

기껏 진지하게 충고했더니 놀려먹기나 하자 태희는 심통이 나서 쏘아보았다.

"전쟁 나면 내가 나라를 구할 거니까 너 같은 겁쟁인 땅굴 파서 숨어 있기나 해. 아니지, 네 경우엔 땅굴이 아니라 낚시를 해야 하지 참? 배도 채웠으면 어서 병원에 들어가. 간다."

"지하철역까지 바래다줄게."

"필요 없어. 넌 딴 데 새지 말고 병원에나 가."

"무서워서 딴 데 갈 생각도 못하겠는데. 오우, 노려보지 마요. 간다구, 가."

과장되게 무서운 척을 하고는 승운이 병원 쪽으로 등을 돌렸다. 뒷모습에 힘이 없다. 지금만큼은 조금 속이 읽혔다. 그래서 태희가 크게 소리쳐 말했다.

"조승운! 할머니 괜찮아지실 거야, 걱정 마! 잠 못 자고 울지도 말고!"

"무슨 바보 같은 소리야? 하하하, 잘 가!"

승운은 활짝 웃더니 낄낄거리면서 손을 흔들어 보였다. 돌아서서 가는 그를 보면서 태희는 새삼 그의 웃는 얼굴은 믿을 수 없다고 생각했다. 남에게 상처 줄 때도 웃고, 화가 날 때도 웃고, 슬플 때도 웃고. 아마, 상처 받을 때도 웃겠지.

"부디 저 녀석이 철들 때까지는 상처 주지 마세요."

병원에 계신 할머니를 향해서 조그맣게 중얼거려 보고는 태희도 돌아섰다. 그때 소희의 전화가 왔다. 소희의 목소리에 우울함 대신 따뜻한 안정감이 마구 밀려오기 시작했다.

웃으면서 그녀가 지하철역으로 걸어가는 모습을 찰칵, 누군가가 카메라로 찍었다. 그리고 그 누군가는 자신이 방금 전까지 찍은 사진을 하나하나 체크하면서 태희와 적당히 간격을 두고 걸었다. 이렇게 사람이 붙은 게 벌써 사흘째였다.

그리고 이런 일은 오늘이 처음도 아니었다.

태희의 수업이 끝날 시간이 다 되어가는 것을 확인한 재경은 도서관에서 나와서 주차장에 세워 두었던 차를 몰고 인문대 쪽으로 향했다. 비가 몇 방울 차창에 듣는 것을 보고 우산이 없다는 생각에 살짝 미간을 찡그렸다. 건물에서 나오면 태희가 바로 차에 탈 수 있게 출입구 가까이 차를 대던 재경은 어째선지 또 한 번 미간에 주름을 세웠다.

딱히 설명할 만한 일은 없는데 기분이 나빠졌다. 잠시 핸들을 툭툭 두드리면서 이 알 수 없는 불쾌감이 뭘까 고민하다가 문득 떠오른 생각대로 주차를 다시 하는 척하면서 슬쩍 차를 뺐다. 주차할 자리를 고르는 것처럼 주위를 천천히 돌면서 거슬리는 무언가를 찾던 재경은 곧 은색 포르테 한 대를 보면서 고개를 갸웃하게 되었다.

"어째서 내가 저 차 번호를 외우고 있는 거지?"

차를 보자 바로 머릿속에서 떠오른 차의 넘버. 실제로 확인한 번호 역시 일치했다. 모르는 차임에도. 운전석에 누군가 앉아 있다는 게 보였다. 재경은 일단 지나쳤다가 다시 방향을 바꿔 돌아오면서 부러 그 차의 가까이로 차를 바짝 붙여 사이드미러가 살짝 긁히도록 유도했다. 그 뒤 바로 차를 뒤로 뺀 다음 재경은 차에서 내렸다. 포르테 쪽에선 운전자가 내리지 않았다. 똑똑 소리가 나도록 차창을 노크하자 스르륵 차창이 내려갔다.

"이거 죄송해서 어쩌죠? 방금 전에 이쪽 사이드미러를 살짝 건드린 것 같은데요."

재경이 흔히 쓰지 않는 미소를 지으며 차 안의 운전자를 유심히 바라보자, 모자를 쓰고 있던 삼십 대 중반 정도의 남자는 힐끗 사이드미러를 쳐다본 뒤 손을 저었다.

"아, 괜찮습니다. 어차피 험하게 굴리는 차니까 이 정도는 신경 쓰지 않아요."

"그래도 그냥 가기는 그런데 얼마라도 배상을 해드리는 게……."

"아닙니다. 괜찮아요, 정말로. 제가 좀 자던 중이라서. 그럼."

교묘하게 시선을 피해가며 말하던 남자는 재경이 더는 말을 걸지 못하게 차창을 올려 버렸다. 지갑까지 뺐던 재경이 머쓱한 듯 웃으며 돌아섰지만 그 차를 등지는 순간 얼굴이 차갑게 굳어졌다. 차 번호를 외우고 있을 뿐 아니라, 운전자의 얼굴까지도 눈에 익었다.

어디에서 봤더라? 차에 탄 뒤에도 계속 고민하면서 애꿎은 핸들만 두드리던 재경은 수업이 끝난 태희가 밖으로 나오다가 그의 차를 알아보고 손을 흔드는 순간 그 답을 깨달았다.

태희의 집 근처, 또 태희가 아르바이트하는 곳 근처, 그리고 그의 아파트 근처에서도 본 적이 있었다. 그의 감이 설명하는 바는 명확했다. 누군가 태희에게 사람을 붙인 거였다.

요새 다른 일에 정신이 팔려서 멍청하게 그런 게 태희 주변을 어슬렁거리도록 내버려 두고 말았다. 자책을 하면서 재경은 역으로 그 사람에게 사람을 붙일까 생각했지만 좀 더 단순하게, 그리고 쉬운 길을 택하기로 했다. 그래서 그는 본가로 향했다.

"요새 자주 보는군요. 아드님. 살뜰한 모자 사이도 가끔은 즐겁네요. 내친김에 대외적인 볼거리도 만들게 궁리해야겠어요."

장미 정원에서 재경은 부인이 내어주시는 차를 대접받았다. 모란 정원이 아니구나 싶어 약간 애석했지만 어차피 그런 일은 한 번 겪은 걸로 만족하는 게 옳다. 그곳은 가족들에게 공유된 영역이 아닌 부인만의 영역이고, 초대 받지 않은 이상 누구도 들어갈 수 없다.

이들 가족에게는 그런 영역이 적어도 하나씩은 있다. 열여섯 생일 때 부인이 재경에게 준 지금의 아파트처럼 그것은 집 밖에 있을 수도 있다. 아버지에게도 그런 영역이 있었다. 그래서 재경이 세상에 존재하게 된 것이다. 그런 폐해가 있다고 해도 여전히 유지되는 룰.

"향이 좋아요."

입을 대기 전임에도 곱게 일렁이는 김 속에 우러나는 향에 재경은 미소 지었다. 그도 그럴 것이 부인이 내오게 한 차는 라벤더 허브티였던 것이다. 태희 때문에 친근해진 라벤더 향기를 이젠 좋아하게 되어버린지 오래다. 부인은 미묘한 미소와 함께 조용히 차를 음미했다. 그러다 찻잔을 내려놓으며 부인이 입을 열었다.

"예전에 아드님은 읽기 어려운 책이었는데 요즈음엔 너무 쉽게 읽혀서 마치 다른 사람을 보고 있는 것 같네요."

"……그런가요?"

"나쁘다는 건 아니에요. 나이를 거꾸로 먹어가나 싶어 신기할 때가 종종 있는 거지요."

재경은 멋쩍은 표정으로 차를 들이켰다. 부인은 엄지와 검지만으로 턱을 받히고 재경을 쳐다보다가 말했다.

"그 아가씨가 그렇게도 좋은가요? 몸에 밴 향기조차 좋을 만큼?"

몹시도 직접적인 질문에 재경은 그만 차를 잘못 마셔 콜록거렸다. 부인은 그 모습이 유쾌한 듯 얼마간 웃었다.

"달콤하고 부드럽고, 다정다감하기까지 한 귀여운 아가씨. 아드님이 무척 진지하게 생각한다는 것은 잘 알겠는데 사람을 제외하곤 아드님과 전혀 구색이 맞지 않아요."

"어머니, 저는 오직……."

부인은 손을 펴보이며 재경의 입을 다물게 한 뒤 계속 말했다.

"솔직히 사람조차 논외로 칠 수도 있어요. 미인이란 것도 돈이면 커버 가능한 흔하디흔한 장점이고, 착한 사람이라는 게 메리트가 되는 시대는 지금까지 그랬듯이 앞으로도 없을 거예요. 어느 정도 총명하긴 한 모양이지만 타고나길 병치레가 잦은 편이고, 성품이 상냥하다는 것은 뒤집어보면 심약하다는 말 밖에 되질 않고. 자, 상황이 이런데 무엇을 근거로 그 아가씨를 탐탁히 생각해야 할까요?"

조금은 맘에 들어 하신다고 생각했는데 그게 아니었나 싶어 재경은 낙심천만이다. 그러나 곧 마음을 바꿔 먹었다. 아무도 그녀를 환영하지 않아도 상관없다. 아무도 도와주지 않아도 좋다. 방해만 하지 않는다면. 재경의 눈이 다시 날카롭게 반짝이기 시작했다.

"이해 못하셔도 상관없어요. 누구도 이해 못해도 상관없어요. 그 아이는 저를 믿을 수 없을 만큼 많이 좋아해 줘요. 그 애의 호감을 사기 위해 제가 노력한 게 아무것도 없는데 그냥 무조건 좋아해 줬다고요. 전 그런 사랑 아무한테도 받아본 적이 없어요. 저 역시 그 애가 좋아요. 어찌할 수가 없을 만큼. 이 라벤더 향처럼 제가 원래 가지고 있던 기호나 취향조차 의미 없는 것으로 만들 정도로 그 애가 절대적이 되어 버렸어요."

"그래도 떼어놓는다면? 만날 수 없으면 죽겠다는 소설 같은 이야길 할 건 아니죠?"

"죽지는 않겠죠. 세상 어딘가에 그 애가 살아 있는 한은. 어쩌면 그 애가 세상에 없다고 해도 살지도 몰라요. 연인을 잃었다고 따라 죽는 제 모습은 상상이 잘 안 되니까. 그런데 어머니. 전 다른 모습 역시 상상이 안 돼요. 그 애가 없는데……살아갈 이유가 없는데 전 과연 어떤 모습으로 살고 있을까요?"

그렇게 되묻는 재경과 눈이 마주치자 부인은 웃었다. 순진한 소리를 한다는 듯 금세라도 혀를 찰 듯한 미소. 그러나 재경과 물끄러미 시선을 마주하고 있는 동안 그런 미소도 자취를 감추고 보다 더 따뜻하고 보다 더 맑은 미소가 부인의 얼굴에 퍼져갔다.

"사는 건 어렵지 않아요. 무정하기로 말한다면 인간만 한 동물도 없으니까. 잔이 비었나요? 한 잔 더 하시겠어요, 아드님?"

"아니요."

재경은 딱딱한 껍질 속으로 들어가버린 후이다. 태희의 옆에서 자취를 감추었던 그 딱딱한 껍질은, 부인이 태희를 배척하는 순간 바로 되돌아왔다. 어리구나. 부인은 다시금 깊이 미소 지었다. 어리고 연약하다. 부러뜨리기로 마음먹는다면 부러질 것이다. 그것도 아주 참혹하게. 저울은 이미 한쪽으로 분명하게 기울었지만 그래도 부인은 시험하듯 물었다.

"나는 둘째 치고 회장님께서 그 아가씰 탐탁히 여기질 않아요. 구태여 입에 담고 싶지도 않다고 하시더군요."

"상관없어요."

"어떻게 상관이 없죠? 아드님은 자신이 누군지 잊고 계신 모양이군요. 한경그룹은 결국 다음 대로 넘어가게 되어 있어요. 첫째 아드님, 둘째 아드님처럼 셋째 아드님 역시 사업가가 되기 위해 태어나고 자랐어요. 혜택 받고 자랐다면 의무를 내팽개쳐선 안 되죠."

"잊지 않았어요. 하지만 제가 그 의무를 꼭 실행해야 하나요?"

"그 말은?"

"한경의 후계자는 처음부터 둘이었으니까요. 저나 재인이는 필요로 한 바가 없는 아이. 직접적으로 말씀하시진 않아도 요컨대 가외의 존재인 거죠. 남의 이목이 있으니 버리지 못해 거둔 거란 것쯤 모르지 않아요."

"호호, 저런. 그렇게 생각하고 계셨군요. 아드님."

"어머니가 말씀하신 것처럼 혜택 받고 자란 것도 충분히 알고 있어요. 차별하지 않으셨죠. 아버지나 어머니, 두 형님 모두. 가끔은 제가 누구 자식인지 잊어버리신 게 아닐까 싶을 때도 있었어요. 그렇지만 제가 아버지의 후계자 대열에서 물러선다고 해도 크게 유감으로 생각할 분이 없을 거란 점도 잘 알아요."

"물러나시겠다? 아드님은 욕심이 없나요? 한경. 작은 그룹 아니에요. 총수 자리가 꼭 태어난 순서로 정해지는 것도 아니고. 그릇이 된다면 한경물산을 그 어깨 위에 받치게 해드릴 수도 있죠. 왜요, 이러고 있다고 어미를 이빨 빠진 호랑이라고 생각하는 건 아니죠?"

"그런 생각해 본 적도 없어요. 어머니야말로 잘 아실 텐데요. 애초부터 전 그런 욕심 없었어요. 자리를 준다면 손가락질 받지 않을 만큼은 제 몫을 하겠다고 막연히 생각했을 뿐. 하지만 이젠 그 정도의 뜻도 없어요. 허락해 주신다면 전 그냥 자유롭게 살고 싶어요."

"허락이라. 내가?"

"아버지를 움직일 수 있는 분이 어머니란 것, 모르는 사람이 있나요? 이 집안에."

"이것 참. 똑똑한 줄 알았는데 막무가내도 부릴 줄 알고. 이런, 차가 이리 식은 줄도 몰랐다니. 자아. 재미없는 담론은 이 정도로 하고. 이제 용건을 말씀해 보시죠, 아드님."

찻잔을 내려놓은 뒤 두 손의 손가락들을 맞닿게 하고 재경의 얼굴을 응시하며 부인이 물었다. 여전히 자신의 껍질 속에 들어앉아 재경은 망설이다가 말했다.

"여기 올 때만 해도 가능한 부탁이라고 생각했지만 이젠 거의 확신이 없네요. 제가 뭔가를 착각했다는 기분이 들어요. 그래서 용건도 사라졌어요."

"묘한 방식으로 호기심을 불러일으키는 화법. 그럴싸하군요. 그런 말이 있죠? 밑져야 본전. 운이나 떼어보도록 해요."

재경은 회의적인 눈빛으로 부인을 바라보다가 뜨거운 햇살 아래 눈이 아플 만큼 화사한 장미꽃들을 바라보았다. 붉은 장미는, 불쾌하다. 때때로 누군가를 연상시키고 말아서.

"누군가가 태희에게 사람을 붙였어요. 틀림없이 그 사람이 벌인 일이라고 생각했는데, 지금 생각하니 그게 아닐 수도 있다는 생각도 드네요. 어머니가 태희에 대해 생각보다 지나치게 많이 알고 계신 것도 마음에 걸리고."

"맞는 것도 있고 틀린 것도 있군요. 아가씨에 대해서는 이미 충분히 알고 있어요. 아드님이 짐작하는 것보다 훨씬 많은 걸 알지도 몰라요. 그런 눈으로 봐도 미안하지 않아요. 아드님이 미성년자인 한은 부모가 감독을 하는 것이 의무잖아요? 하지만 요새 따로 사람을 고용하지는 않았어요. 사람을 붙였다라. 흐음. 그 사람도 슬슬 자식 걱정이 되나 보군요."

굳은 얼굴로 재경이 의자에서 일어났다. 바라던 결과는 얻지 못했지만, 적어도 누가 그렇게 하는 지는 확실해졌다. 그것만으로 만족하고 부인을 향해 인사를 드리려는데 부인이 의자에서 몸을 일으키며 말했다.

"내일쯤 나갈 생각이었는데 일정을 변경해야겠군요. 아드님, 태희 양을 부르도록 해요."

"무슨 말씀이신지."

경계하는 눈빛으로 부인을 바라보는 재경에게 부인은 천천히 다가오면서 툭툭 팔을 두드려 주었다. 지나치면서 그녀가 말했다.

"따라와요. 어미랑 모처럼 백화점이나 구경하죠."

볼 일이 있다며 일찍 헤어졌던 재경이 불러내서 나간 태희는 못 보던 차 앞에서 기다리고 있는 그를 보고 의아한 표정을 지었다. 바로 차의 뒷문이 열리고 안쪽에 앉아 계신 모란 여사를 보는 바람에 무슨 일이냐고 물을 짬을 놓쳐 버렸다. 부인의 옆 자리에 앉아서 어딘가로 가는 동안에도 어디에 가냐고 물을 자그마한 용기도 내지 못했다. 부인을 뵐 줄 알았다면 더 좋은 옷을 입고 나왔어야 한다는 생각에 마음 속으로 재경을 원망하기 바빴다.

백화점 주차장으로 차가 들어간 뒤에야 목적지를 알게 되었지만 백화점으로 올라가서 이런저런 매장을 돌아보는 중에도 태희는 자신이 왜 이 자리에 있는지 알 수 없었다. 그저 부인이 재경에게 대보고는 사들이는 옷들을 보면서 가격표 안 보고 쇼핑을 하는 건 모자가 붕어빵이란 걸 알게 되었다. 한도가 얼마일지 상상도 안 되는 카드를 집사가 척척 내밀며 계산을 하는 동안 말 그대로 부인은 가다가 눈에 들어오면 손가락으로 가리키는 식으로 쇼핑을 하고 있었다. 그러다가 그런 물건들이 태희에게 안겨질 때에는 당황해서 몇 번이나 괜찮다고 거절했지만 재경이 그러지 말라는 눈빛을 확실하게 보냈다. 급기야 태희는 옷까지 갈아입고 구두까지 바꿔 신었다.

"전에 준 귀걸이는 어때요? 종종 하고 그래요?"

귀금속 매장을 둘러보면서 부인이 물었을 때 태희는 급히 고개를 끄덕이며 말했다.

"네. 아끼면서 가끔씩 차고 있습니다."

"보석은 자꾸 차 버릇해야지, 아낀다고 넣어두면 그저 돌덩이밖엔 안 돼요. 오늘 한 귀걸이도 발랄하게는 보이는데 난 구식 사람이라서 좀 묵직한 게 좋더군요. 이리 와봐요. 여기 진주중에 어울리는 게 있으면 하나 해요."

"아뇨, 전에 주신 것만으로도 전 충분히, 아야!"

진심으로 사양하던 태희를 옆에 있던 재경이 팔꿈치로 쿡 찌르는 바람에 그만 자기도 모르게 큰 소리를 내고 말았다. 슬며시 웃으며 부인이 모른 척해 주었지만 이미 태희의 볼은 홍당무처럼 빨개진 후이다. 그때 매장에서 진주 목걸이를 보고 있던 중년 여성들 중에서 누군가가 큰 소리와 함께 인사를 해왔다.

"어머나, 이게 누구야. 한경 사모님 오랜만이에요. 생신 파티 때 뵙고 처음 뵙는 건가요?"

"그간 격조했습니다. 별고 없으신지요?"

"저야 무슨 일이랄 게 있나요. 그나저나 일전의 자선 바자회에 후원금을 그렇게나 보내주시고. 와 주셨으면 그 자리가 얼마나 빛났을까 하면서 참 애석해했답니다."

"성황리에 마감되었다는 소식은 들었습니다. 수고가 많으셨지요? 저라면 엄두도 안 날 만큼 활발히 활동하시는데 뵐 때마다 더 젊어지셔서 절 부끄럽게 하시네요."

"이거 원, 사모님 같은 미인에게 그런 소릴 다 듣고. 저 좋은 소리로 알아들을 테니 주책맞다고 흉보지 마세요."

"호호, 무슨 말씀을."

호들갑스럽도록 친한 척하는 여장부 타입의 여성을 보고 재경이 어디에서 봤더라 고민하고 있는데 집사가 넌지시 귓속말로 일러 주었다. 재경의 눈썹이 슬쩍 치켜 올라갔다가 그분의 시선이 언뜻 재경 쪽으로 향했을 때 태희의 손을 잡고 깍듯이 고개를 숙였다.

"낯이 많이 익은 청년인데……아, 이런. 내 정신 좀 봐. 셋째 아드님 맞죠?"

찬찬히 재경을 보던 중년부인은 재경에게 손을 내밀었다. 재경이 내민 손을 두 손으로 맞잡고 힘차게 흔들면서 절친한 친구의 아들이라도 만난 것처럼 반가워했다.

"이목구비가 아버지 젊으셨을 적이랑 판박이네, 판박이. 사교계 데뷔하면 뭇 여성들 맘 좀 녹이겠어. 어머님이랑 쇼핑을 다 나오고 기특도 하지. 원 저는 아들 녀석이라고 하나 있는 게 어딜 같이 나가자고 할래도 코빼기도 보기가 힘들다니까요."

"아버님 수행하시면서 이것저것 배우고 계신다지요. 저번에 뵈니 참으로 의젓하신 게 전도양양하다는 표현이 딱 떠오르더군요."

"어머나, 경황이 없으셨을 텐데 제 아들도 눈여겨 봐주시고. 역시 한경 사모님이세요. 그러데 이쪽의 아가씨는……어디서 뵌 듯도 하고. 사모님 친척이신가 봐요?"

"그렇게 보이나요?"

"닮았는걸요. 역시 미인의 유전자는 피를 타고 흐른다니까요."

"호호, 언제 봐도 강 여사님은 말씀을 참 재미나게 하시네요. 이쪽 아가씨는 친척은 아니지만 언젠가 저희 집안 식구가 될 사람이지요."

그 말에 재경과 태희 둘 다 깜짝 놀라 모란 여사를 쳐다보았다. 부인은 너무도 자연스럽게 태희의 어깨를 감싸면서 말을 계속했다.

"며늘아기감이에요. 불민한 아이지만 모쪼록 잘 부탁드립니다."

태희의 눈이 더 이상 커질 수 없을 만큼 커졌지만 부인이 가볍게 인사를 하는 걸 보고 기계적으로 함께 또 한 번 인사를 했다. 귓가에 강 여사란 이의 탄성이 들려왔다.

"세상에. 한경에서 이토록 재색이 빼어난 아가씨들만 채 가시면 다른 사람들은 누굴 골라 아들을 결혼시키나요. 안 그래도 둘째 아드님이 가을에 결혼하신다는 이야기가 있던데 벌써 셋째 며느리를 볼 계획을 하시다니. 이거 너무 놀라서 입이……."

부산히 수다를 떠시는 강 여사와 함께 있는 재경의 어머니를 두고 재경은 태희를 데리고 보석 매장 밖으로 나왔다. 얼떨떨한 표정인 태희의 어깨를 툭 건드리자 꿈에서 깬 것처럼 눈썹을 파닥이며 재경을 보았다. 그러더니 몹시도 어리바리한 목소리로 물었다.

"들었어? 나 보고 재색이 빼어난 아가씨래."

쿡 재경이 웃었다. 태희가 또 말했다.

"거기다 네 어머니께서 날 보고 며늘……. 며늘……."

어려운 한국 단어를 발음하기 위해 애쓰는 외국인이라도 되는 것처럼 자꾸만 며늘, 에서 말이 막혔다. 보다 못한 재경이 일러주었다.

"며늘아기. 어머니께서 널 보고 며늘아기감이라고 하셨어. 저런 분 앞에서 말이야."

"근데 저분은 누구야?"

"○○당 원내대표 부인."

"헤에. ○○당 원내대표라면 짜리몽땅한 걸로 아는데 부인은 키가 크시네. 같이 서 있으면 약간 어색한 그림이……. 잠깐 누구라고?"

멍하니 재경의 말에 대꾸하다가 뒤늦게 자신이 무슨 말을 하고 있는지 깨달은 태희가 놀라서 물었다. 재경은 고개를 끄덕였다. 그런 뒤에 말했다.

"저분 별명이 힐러리 여사야. 남편을 제2의 클린턴으로 만들기 위해서 동에 번쩍 서에 번쩍이지. 거기다 물에 빠져도 입 때문에 절대로 익사는 못해. 무슨 뜻인지 알아?"

"전혀 모르겠는데."

"만에 하나 나랑 깨져도, 넌 정치가 부인이 되기는 글렀다는 뜻이야."

태희가 당최 알 수 없는 말에 얼굴을 찡그린 동안 재경은 자연스럽게 주변에 있는 매장들을 슥 훑어보았다. 그리 멀리 떨어지지 않은 곳에서 빠르게 모습을 감추는 남자의 모습이 들어왔다. 학교에서 보았던 포르테 차의 운전자. 고개를 돌리며 재경은 씨익 웃었다.

효과는 대번에, 재경에게가 아닌 모란 여사에게 나타났다. 쇼핑 후 저녁을 먹고 집으로 돌아온 몇 시간 뒤 모란실에서 차와 음악을 즐기던 부인에게 집사가 와서 난처한 표정으로 작은 사모님이 오셨다고 전했다. 들이지 말라고 할 줄 알았던 부인이 들이라 했고 얼마 안 있어 사나운 기색으로 재경의 생모가 모란실로 성큼성큼 들어왔다.

"보세요! 제가 전에 말했던 그대로지 않습니까!"

"앉게. 저건 유리라서 천장이 무너질까 두렵네."

들어오자마자 몇 장의 사진을 다과가 놓인 테이블에 내려놓으며 소리치는 여자에게 부인은 한가롭게 대꾸했다.

"제가 지금 앉아서 한가롭게 차나 즐기자고 오신 줄 아십니까?"

"이지영! 앉으라고 했지. 들을 생각 없이 떠들기만 할 거면 나가, 당장!"

조용한 사람이 큰 소리를 쳤을 때의 박력은 남다른 법이다. 더구나 부인은 날 때부터 사람에게 명령하는 법이 몸에 밴 사람. 재경의 생모, 지영은 표독스럽게 부인을 노려보았지만 빤히 쳐다보는 부인의 안력을 이겨내지 못하고 결국 자리에 앉았다. 부인은 그제야 지영이 가져온 사진을 잠깐 들어보고는 쯧 혀를 차면서 툭 내던졌다. 사진이 바닥에 떨어져서 이리저리 흩어지는 걸 보며 지영은 입술을 꽉 깨물고 부르르 떨었다.

"결국 이런 식으로 절 물 먹일 작정이셨군요."

"이런. 아직 내가 차를 들라고 안 했던가? 한 잔 드시게. 보이차 좋아하나?"

"사람 바보 취급하지 마세요. 어쩜 그리 유치하십니까? 왕자로 키우마 어쩌마 하면서 잘 키우던 애를 데려가시고는 이제 와서 애를 아주 진창에 던져 넣으시다니."

"진창? 도무지 무슨 소리를 하는지 모르겠어. 저 사진은 또 뭐고. 자네 아직도 내 자리에 미련이 남아서 뒤를 캐고 그러나?"

"제가 뭐가 아쉬워서 사모님 뒤를 캐겠어요!"

"그럼 정말로 태희 양에게 사람을 붙인 게로군. 돈이 부족한가? 어찌 그리 표가 나도록 일을 꾸며? 자넨 자네 뱃속에서 나온 아들을 몰라도 너무 모르네."

"알면서 일부러 이따위 장면을 연출하셨다 이겁니까, 그럼?"

"허허, 연출이라. 밖에 나가 있더니 한국 돌아가는 사정을 잊은 모양이야. 거기 사진 속의 부인네가 내가 오란다고 오는 그런 사람인 줄 아나?"

"자꾸 말 돌리지 마세요, 사람 미치는 거 보고 싶지 않으면."

부인은 싸늘히 웃으면서 눈썹을 들썩였다. 지영은 기세등등하게 말을 이었다.

"어지간한 자리라야 그냥 보죠. 그런데 이건 기가 막혀서 웃다가 숨넘어가게 생긴 자리잖아요. 애가 한때의 혈기에 눈이 뒤집혀서 발광을 한다고 거기에 얼씨구나 잘한다 장단 맞춰주는 부모가 대체 세상천지 어디에 있답니까? 고작 스무 살짜리 애들 사랑 놀음. 예, 적당히 놀다가 질리면 그만이니 내버려 두는 게 상책일 수도 있어요. 그런데 그런 애를 이렇게 보란 듯이 데리고 다니시면서 아주 꽃방석에 앉힌 아기씨 대접을 해요? 사모님이 개나 소나 정 주는 살가운 사람이면 말을 안 해요. 배 아파 낳은 자기 자식한테도 정 한 쪼가리 주는 걸 마지못해 하시는 분이 대체 언제부터 봤다고 이 계집애한테는 그렇게 정다우세요? 나이 들어서 노망이 나신 것도 아니고, 이건 순 계획적으로……."

"노망인가 보지."

"네?"

지영의 말을 끊으며 부인이 툭 말을 던졌다.

"그렇게 생각하게나. 노망이 난 게야. 그래서 난 그 아가씨가 마음에 든다네."

"사모님!"

"그러니까 손대지 말게나. 엄한 생각은 꿈도 꾸지 말고. 그 어린 아가씨에게 조금이라도 해코지했다간 자네도 경을 치게 될 거야."

"말도 안 돼요! 그런 웃기지도 않는 이유를 저더러 믿으라고요? 재경이도 한경그룹 자식이에요! 큰 며느리에, 이번에 들일 둘째 며느리가 또 어떤 집 사람입니까? 자기 자식들한테는 고르고 골라 쟁쟁한 집안 아가씨들을 정해 주고선 재경이는 이렇게 나 몰라라 내팽개치다니. 예, 제가 미우시겠죠. 생살을 씹어 먹고 싶으시겠죠. 그걸 이런 식으로 푸시려고요? 후광은커녕 평생 짐만 될 처가를 재경이에게 지워 주고는 후계자 구도에서도 완전히 내몰겠다는 속셈, 누가 모를 줄 아세요? 재경이가 아무리 잘나면 뭐해요? 환관 나부랭이 손에서 황제도 결딴나는 게 일도 아닌데 하물며 사모님이 그깟 애 하나 못 잡을까요?"

"나이를 먹어도 그 편협한 머릿속은 여전하구먼, 자네. 내가 자네를 그리도 미워한다고 생각하나? 증오한다고? 방자함이 지나치네. 이런 저런 인연 중엔 악연도 수도 없지. 자네도 그 귀찮은 악연 중 하나일 뿐일세."

"흥, 세상사에 초연한 척하시는 것도 어지간히 하시죠? 결국 사모님은 팔자 좋게 태어나서 할 것 다 하고 누릴 것 다 누리고 사신 철저한 이기주의자일 뿐이에요. 혈연에 연연하지 않는 척, 고매한 척, 척이란 척은 다 하시지만 결국 자기 자식 챙기기에 급급한 속물이시라구요. 다른 사람은 다 속아도 저는 사모님 그런 얼굴에 안 속습니다."

"자네는 그렇게 살면 피곤하지 않은가? 뭘 그리 꼬고 또 꼬고……."

한숨을 쉬면서 턱을 괴는 부인을 보면서도 지영은 코웃음 치기만 했다. 벌떡 일어난 뒤 다시금 매서운 눈초리로 부인을 쏘아보며 말했다.

"떨어내 주실 거 아니시면 제가 하는 거 구경이나 하세요. 전 그런 각다귀 떼가 재경이 주변을 얼씬거리는 것 눈 뜨고는 못 봅니다."

"해코지 말라 했네. 입에 담기 민망한 짓거릴 한다면 손 놓고 구경만 하지는 않아."

"아이고, 무서워서 어쩝니까?"

태연히 빈정거린 뒤에 찬바람이 쌩 불도록 돌아선 지영이 모란실을 나갔다.

고작해야 금지옥엽. 험한 일에 손을 대본 적도 없고, 이십 년 전엔 어처구니없도록 간단히 한경의 안주인 자리를 뺏겼을 정도로 세상사에 둔한 사람. 지영의 머릿속에 있는 부인의 상은 맘먹으면 몇 십 번이고 나락으로 모는 게 가능한 무능력한 사람의 표본일 뿐이다. 그렇기에 아직까지도 저토록 뻔뻔한 것이다.

부인은 복도를 걸어가는 지영의 구두소리를 듣다가 마침내 중얼거렸다.

"고얀 것."

벨을 누르자 기다렸던 것처럼 빠르게 집사가 들어왔다. 부인은 돌아보지도 않고 물었다.

"자네지?"

긴 세월동안 존댓말만 써오던 부인의 입에서 대번에 나오는 하대에 집사는 자신의 귀를 의심하면서도 동시에 바짝 긴장했다.

"네?"

"저 사람에게 시시콜콜 이 집안일을 고해바친 사람 말일세."

"사모님, 무슨 그런 말씀을 저는 결단코……."

"유학 간 아들이 도박을 하다 빚을 졌다지?"

그 말에 항변하려던 집사의 안색이 눈에 띄도록 어두워졌다. 집사가 머뭇거리면서 대답을 못 하는 동안 부인은 평이한 어조로 계속 말했다.

"내가 정보를 얻는 소스가 자네 혼자일 거라 생각지 말게. 자네가 회장님의 절친한 친구 사촌동생이건 말건 내가 내보낸다고 하면 회장님은 반대할 사람이 아닌 것도 잊지 말게. 그리고 돈 몇 푼 때문에 이 집 안주인이 누군지 잊어버리지도 말게."

"……무어라 드릴 말씀이 없습니다."

"똑바로 처신하시게. 나는 본디 행동이 굼뜬 편이라 주위에 멍청한 인간이 있는 걸 못 견딘다네. 하물며 두 번 충고해야 하는 일은 고역이야. 아, 그리고 전에 태희 양 신변조사를 맡겼던 곳 있지? 오늘 내로 이쪽에 들러 주십사 연락을 해야겠어."

"예. 바로 연락을 넣겠습니다."

집사가 나갔다. 이제야 모란실이 평화로워졌다. 길게 한숨을 쉰 뒤 가만히 뺨을 벨벳 쿠션에 대고 누우며 부인은 고개를 주억거렸다. 재경의 말에 해주지 않았던 답을 생각했다.

살아갈 이유가 없는데 산다는 것. 그것은 지독히 피곤한 일이다. 재경은 참으로 조숙한 아이라고 생각해 부인은 조금 웃는다. 그녀가 수십 년을 살면서 간신히 깨달은 진실을 재경은 이미 깨달은 것이다. 자신은 아주 옛날에 그 이유란 것을 잃어버리고서, 한때의 반짝임 뒤에 오는 긴 그림자 같은 삶을 살아왔지만 재경은 그렇게 살지 않아도 될 것이다.

지영이 아무리 악다구니를 해도 어린 여자애 하나쯤은 지켜줄 수 있을 것 같다. 귀찮긴 하겠지만 어쨌든 재경은 자신의 아들이다. 그 어린 것이 '어머니의 아들이 되겠어요.' 라고 맹세한 때부터. 의무. 그것이 부인의 삶을 이어가는 조각조각 난 퍼즐들의 동력이다.

그리고 무심코 내뱉은 말이긴 해도 아주 거짓은 아니었다. 태희에게 마음이 가기는 했다. 정말로 자신과 얼굴이 닮아서인지 몰라도 말이다.

"그래. 노망이 난 건지도 모르지."

덧없는 웃음과 함께 중얼거려보고는 부인은 눈을 감았다.

5. 명암(明暗)

수업이 끝나길 기다렸다가 재경이 태희를 데려간 곳은 그의 아파트에서 그리 멀지 않은 곳에 위치한 아파트였다. 엘리베이터가 멈추고 내린 층에서 재경은 오른편 문을 열었다. 입구에서도 그렇고 재경이 왜 이 집의 보안카드를 가지고 있는지 태희는 의아했다. 아파트 안에 들어선 재경은 이 방 저 방으로 태희를 데리고 다니더니 불쑥 물었다.

"이 집 어때? 괜찮아?"

"괜찮고 뭐고, 모델하우스 같아. 새 가구들 하며, 먼지 한 톨 없지 싶게 깨끗한 게. 이 벽지 새하얀 거 하며……. 주방도 완전 신제품투성이네."

남의 집이라고 생각해 선뜻 만져보지는 못하고 이리저리 둘러보면서 태희는 눈을 깜박거렸다. 확실히 모델하우스 같긴 했다. 재경도 인정한다는 듯 고개를 끄덕이며 말했다.

"마음엔 드는 거지?"

"마음에 들고말고. 와, 전등도 예쁘다. 이런 주방에서 음식을 만들면 눈 감고 만들어도 궁중요리가 되겠어."

"음. 그럼 어머니 맘에도 들겠구나."

"우리 엄마라면 이런 집에서 하루만 살아도 소원이 없겠다고 하실걸. 근데 진짜 이 집은 뭐야? 나 집 구경 취미는 없는데 말이지."

역시 이상하다 싶어 태희가 물었다.

"이사 와. 이 집으로."

"응? 너 이사해?"

"나 말고 너 말이야. 여기로 이사 오라고."

눈살을 찌푸리며 애가 무슨 소릴 하나 하고 쳐다보는 태희에게 재경이 말했다.

"작은형 명의로 된 집인데 형은 MBA 과정이 남아 있어서 결혼해도 내년까지는 뉴욕에 있을 거야. 한국에 들어와도 예비 형수님은 이런 작은 집에서 살 생각도 안 할 거고."

"이게 작다고?"

잠깐 태희는 어이가 없어서 물었다. 얼추 어림잡아도 서른 평은 넘는 집인데 작다니.

"돈 걱정 필요 없어. 들어와서 관리비만 내면서 살아. 그 정도는 가능하지?"

태희는 재경을 물끄러미 쳐다보았다. 요새 엄마랑 둘이 나와서 살 집을 알아보는 중이라고 한 게 불과 며칠 전인데 덜컥 집을 대령했다. 확실히 재경은 마법사에 가깝다. 그러나.

"벌써 시간이 이렇게 됐네. 집에 가서 밥 먹고 시험공부 하면 오늘 하루도 금방 가겠어."

태희가 시계를 보고는 돌아서서 현관으로 향했다. 재경은 급히 그녀의 팔을 잡았다.

"그렇게 말 돌리지 말고. 들어와 살 거지?"

다시금 태희는 재경을 찬찬히 쳐다보다가 쯧쯧 혀를 찼다.

"혹시 내가 거진 줄 알아?"

"누가 그렇대?"

"그럼 이런 영역에까지 개입하지는 말아줘. 집은 우리 엄마가 결정해야 할 일이야."

"그래서 고를 수 있는 곳이란 게 다 한심한 수준밖에 더 돼? 쓸데없이 자존심 부리지 말고 어머니께 말씀드려. 딸 덕에 이런 곳에서 살게 되는 거니까 말하자면 효도 아니야?"

"잘난 남자친구 덕에 공짜로 살 집 생겼다고 우리 엄마가 얼씨구나 좋아하시겠다. 이 의견은 기각. 너한테는 한심한 수준이라고 해도 엄마랑 나는 마음 편히 살 집이 필요한 거야. 사는 내내 황송해할 집이 아니라."

예상했던 대로 태희는 깐깐했다. 재경도 더는 강요하지 않고 그대로 아파트를 나왔다. 하지만 그가 너무 선뜻 그녀의 말을 들어주어 태희는 영 찜찜한 느낌이었다. 집으로 바래다주는 길에 몇 번이고 없었던 일로 하겠다는 다짐까지 받았지만 이런 경우의 재경이 외려 걱정스럽다는 걸 태희는 알고 있었다. 정신을 바짝 차려야겠다고 태희는 속으로 다짐했다.

마지막 남은 과목의 시험이 끝난 날 태희는 개운한 마음으로 기분 좋게 소희와 만났다. 수다거리는 끝이 없었지만 역시 최고의 이야깃거리는 태희 부모님의 이혼 진행사항이었다.

"그놈의 숙려기간인지 뭔지는 뭐가 그리 길대? 넌 어쩌자고 아직도 미성년자냐, 대체?"

"내가 일 년만 더 빨리 태어났어도 좋았을 텐데. 아니지, 그랬으면 너랑 재경일 못 만났을 테니까 그건 안 되고. 아무튼 시간이 참 안 간다. 그래서 나 디데이 설정해 놨어."

태희가 재빨리 핸드폰을 꺼내서 소희에게 보여 주었다. 액정 화면에 D-72일이라고 뜬 게 보였다. 소희는 씩 웃었다.

"오호. 이것이 바로 남은 일수라 이거지?"

"응. 이 날짜가 0이 되는 날, 우리는 자유다."

"자유가 아니면 죽음을!"

힘차게 둘은 콜라잔으로 건배하고는 웃음을 터뜨렸다.

합의이혼 절차에 이혼숙려기간이란 게 생기면서 미성년자인 자녀가 있는 경우엔 3개월이라는 기간을 기다려야만 판사의 허락을 얻는 게 가능했다. 스무 살이 되었다고 좋아해 보았자 민법상으로 스물한 살 생일이 돌아오기 전에는 미성년자에 불과했다. 때문에 태희는 혹시 그 3개월간 아버지의 마음이 변하면 어떡하나 하는 걱정을 떨칠 수 없다. 다이어리에 있는 달력에 하루가 지날 때마다 엑스 표시를 해 가면서 매번 기도하는 마음이 된다. 이혼이 완전히 된 것도 아니지만 이사를 나가자고 엄마를 졸라댄 것도 그 때문이었다.

아버지는 사흘에 이틀 꼴로 외박 중이다. 그 사람 차림새도 변했고, 씀씀이도 묘하게 커진 게 이상하다고 어머니는 걱정을 하시지만 신경 쓰지 않기로 했다. 경마장에 가든 도박을 하든 알 바 아니다. 나중엔 태희의 발목을 잡아당길 짐이 될 확률이 매우 높지만 우선은 그 사람이 어머니와 이혼해 주기만 하면 된다고 생각했다. 나중 일은 나중에 걱정하고.

피자 라지 한 판을 다 먹었건만 소희네 집으로 가면서도 피자를 사 들고 갔다. 그리고 저녁을 먹은 뒤 게임을 하면서 피자 상자를 열었다. 모처럼 소희네 집에서 묵은 태희가 아침이 되어 일어났을 때 모니터 앞에 앉아서 여전히 게임을 하면서 마지막 피자 조각을 물고 있는 소희를 보고 경악했지만, 소희는 퀭한 눈을 하고도 배시시 웃었다.

"배고프다. 내려가서 아침밥 됐는지 보고 올라와."

"네, 여왕님."

분부 받잡고 내려간 태희가 좋은 소식을 가지고 올라왔지만, 소희는 키보드에 빰을 댄 채로 숙면 중이었다. 소희를 침대까지 데려다 눕히는 걸로 태희는 상쾌한 하루를 시작했다.

푹 자고 일어난 소희는 중천의 해를 보고 "오 마이 갓!"을 연발하며 법석을 피웠다. 이미 오후 2시가 넘었다. 학원에 가는 게 문제가 아니라, 태희를 붙들고 있었어야 했다. 태희가 아침 먹고 일찍 나갔다는 도우미 아주머니의 말을 듣고 열심히 태희에게 전화를 걸었지만 연락이 된 것은 3시가 넘어서였다. 수영을 하고 있었단다. 다행이라고 가슴을 쓸어내리면서 소희는 자신도 수영장에 갈 테니 기다리고 있으라고 한 뒤 집을 나섰다.

"꼼짝 말고 있어. 아무 데도 가지 말고. 안 그러면 나 죽어."

그렇게 엄포를 놓은 뒤 부랴부랴 태희가 일러준 수영장으로 향했다. 자칫하면 소희를 목 졸라 죽인다고 나섰을 사람은, 재경이다. 오늘 그가 전화를 할 때까지 태희를 붙잡고 있어주는 대가로 신형 모니터를 이미 받았던 것이다.

다행히 태희가 아주 말을 잘 듣는 아이라 소희가 죽을 일은 없었다. 하지만 5시쯤 되자 태희가 집에 가겠다고 하는 바람에 소희는 울상이 되었다.

"영화 보고, 밥 먹자. 그 뒤에 너 알바 가야지."

"오늘은 수영 첫날이라 오전에 병원 다녀왔어. 밥이고 뭐고 가서 잘래."

붙드는 게 죄책감이 들 만큼 태희는 지친 기색이 역력했다. 그래도 소희는 강했다.

"나 혼자 밥 먹기 싫어. 먹고 가자. 먹고 가자고. 응?"

"애도 참……. 알았어. 그럼 밥만 먹고 바이바이다."

"물론이지. 나 정소희 거짓말은, 오? 오오옷, 마침내! 가자, 태희야."

그토록 기다리던 문자가 왔다. 소희는 활짝 웃으면서 태희의 팔을 잡고 택시를 잡기 위해 달렸다. 무슨 일인지 모르는 태희는 밥 먹으러 어디까지 갈 생각이냐고 투정이었다. 그러다 택시에서 내리고 소희가 이끄는 대로 가던 태희는 문득 기시감을 느끼고 멈칫했다. 설마 했지만 소희가 목적지로 향해갈수록 기시감은 더욱 강해졌다.

마침내 아파트 앞에서 그들을 기다리고 있던 재경을 보는 순간, 태희는 한숨을 쉬었다.

"없었던 일로 하자고 했잖아. 소희 너까지 재경이한테 휘말려서 뭐 하는 짓이야?"

"딸아. 이 엄마는 여러 가지를 생각하지 않으면 안 된단다."

능숙하게 의뭉을 떠는 건 재경이나 소희나 오십보백보다. 오른편에 있는 소희에 이어, 왼편의 팔을 재경에게 잡혀서 태희는 호송되는 죄수처럼 아파트 안으로 들어갔다.

"엄마?"

재경이 초인종을 눌렀을 때 문을 열어준 사람을 보고 태희의 눈이 휘둥그레졌다. 태희의 어머니는 딸을 보더니 난처한 듯한 미소를 지었다. 그녀가 놀랄 일은 아직도 있었다.

"엄마가 여긴 어떻게……. 잠깐만, 뭔가 이상한데."

엉겁결에 현관에서 신을 벗고 안으로 들어가던 태희가 사방을 둘러보았다. 전에 왔을 때하고는 또 다르다. 뭔가 더 낯익은 듯한 느낌의 물건들이 많아진……. 발견했다. 거실 TV장 위에 놓여 있는 작은 액자. 저번에 벚꽃 구경을 갔을 때 어머니랑 태희 둘이 찍은 사진이었다. 그건 틀림없이 태희의 방 책상 위에 있었는데.

"이게 왜 여기 있어? 저것도, 저것도. 이 그릇은 엄마가 아끼는 거잖아. 맙소사, 설마."

이제야 돌아가는 상황이 파악이 된 태희가 둘러보는 것에 그치지 않고 방들의 문을 하나씩 열어보고 다녔다.

"엄마. 지금 여기로 이사 온 거야?"

태희가 딱딱한 표정으로 묻자, 어머니는 더 난처한 기색으로 손을 비볐다. 태희가 다시 뭐라 하려는데 재경이가 구원투수로 나서 어머니를 도왔다.

"어머니, 저 너무너무 배가 고픈 거 있죠. 맛있는 김치찌개 부탁드려요."

"그, 그럴게."

주방으로 가면서도 태희의 눈치를 살피는 어머니를 보니 태희도 따라가서 다그치고 싶지는 않았다. 하지만 재경이 그녀를 보고 싱긋 웃으며 말할 때는 얄미웠다.

"집 문제는 어머니가 결정하신다며? 물론 넌 착한 딸이니까 어머니 말씀에 따라야지?"

"너 말이야."

"주사위는 던져졌고, 루비콘 강은 건넌 후야. 되돌아가자고 칭얼대서, 안 그래도 이사하시느라 피곤한 어머닐 못살게 굴 거라고는 생각 안 하는데. 내 말이 맞지?"

물론 그 말이 맞다. 그렇게 할 수밖에 없는 자신을 재경이 너무 잘 알아서 더욱 얄밉다. 괜히 소희를 쳐다보며 퉁명스럽게 쏘아붙였다.

"너도 알고 있었던 거지? 못됐어, 다들."

태희는 확 몸을 돌리다 어디로 가야 할지 갈피를 못 잡고 멈춰 섰다. 태희가 한숨을 쉬자 소희가 태희의 옆으로 와서 툭툭 등을 두드렸다.

"좋은 일이잖아. 그냥 쉽게 받아들여. 너는 둘째 치고 어머니가 이제 와서 지하 단칸방에서 안 마르는 빨래랑 씨름하는 걸 보고 싶은 거야?"

말없이 고개 숙이고 있는 태희에게 소희는 더 밝게 말했다.

"때때론 말이야, 나처럼 속없이도 좀 살아라. 웃어. 그리고 날 위해 멋진 계란찜을 만들도록."

"……계란이 있을 리 없잖아. 이사하면서 계란을 싣고 왔을 리도 없고."

"사왔어. 문자 보내고 기다리면서 근처 마트 좀 털었지."

재경의 말에 태희는 그를 쏘아보곤 이윽고 주방으로 갔다. 어머니가 감자조림을 하시다가 태희가 들어오는 기척에 쳐다보았다. 태희는 어색하게 웃고서는 냉장고 앞에서 머뭇거렸다. 남의 물건에 손을 댄다는 상당한 거부감을 물리치고 한쪽 문을 연 뒤에 미간을 찡그리며 다른 쪽 문도 열었다. 그리고는 주방까지 따라온 재경을 돌아보며 투덜거렸다.

"이 많은 음식을 우리 둘이 어쩌라고? 명절 준비라도 하는 줄 알아?"

"걱정 마. 내가 와서 열심히 먹어줄게."

"누구 맘대로! 이 집에 맘대로 드나드는 건 내가 용납 못한다!"

재경의 대답에 소희가 버럭 소리를 질렀다. 하지만 재경은 태희의 어머니에게 말했다.

"어머니, 저 와서 종종 저녁 먹어도 된다고 하셨죠?"

"자주 오라니까. 둘이선 적적하지. 이렇게 큰 집인데."

"제가 와요! 제가 들어와서 살게요. 그리고 어머니, 이 녀석은 좋은 녀석이 아니에요!"

소희가 목에 핏대를 세우며 재경과 태희 어머니 사이의 유대감을 끊어내려 했지만 어머니는 농담하는 줄로만 여기시는지 웃으시면서 감자조림에 관심을 돌리셨다. 재경과 소희가 뒤에서 아웅다웅하는 사이 태희는 어머니가 들릴락 말락 혼잣말을 하는 걸 들었다.

"사람이 많으니까 좋네. 이렇게 떠들썩해야 사람 사는 집이지."

그전에 있던 집은 싸우면서 내는 갖가지 끔찍한 소리가 없을 경우엔, 언제나 침묵을 강요하는 감옥이었다. 아주 어릴 때를 제외하고는 집에 친척들이 놀러 온 기억도 없다. 어머니는 지금 그 생각을 하시는 것이다. 태희 역시 가만히 그 생각을 하다가 뭔가 울컥하는 기분에 황급히 계란을 꺼내고는 계란찜을 할 준비를 했다.

밤이 깊어지고 소희와 재경도 돌아간 이후에 두 사람은 방이 아니라 거실에 베개와 이불을 놓고 누웠다. 어머니는 잠을 쉬 못 주무시고 뒤척이기만 하셨다.

"잠 안 와, 엄마?"

"오는데, 뭔가 너무 아까워서. 자고 나면 말이야, 다 없었던 일이 될 것 같아. 염치도 없이 덜컥 이런 좋은 데로 이사를 와 버렸으니 벌 받을까 봐 무섭기도 하고."

"염치는 없다, 정말. 근데 말이야, 이게 다 딸을 잘 둬서 그런 거다. 알지?"

"알지. 그런데 태희야. 재경 군……집이 그렇게나 잘 사니? 작은형 아파트라고는 하는데, 이렇게 아무렇지 않게 빌려주는 게 믿기질 않아서. 혹시라도 우리 때문에 재경 군이 무리를 하는 거라면 안 되잖아."

"엄마, 재경인……."

그의 집에 관해서 선뜻 입을 열 수가 없다. 알게 된다면 기뻐하기보다는 근심하실 것이다. 그렇게 차이가 나는 집이란 걸 알면 재경일 대할 때에도 주눅이 드실 게 틀림없다. 사이가 좀 더 돈독해진 후에 자세히 말씀드리자고 생각했다.

"좀 사는 집 애야. 내가 보기엔 그 애 전생에 이순신 장군이었을 가능성이 좀 있어. 아, 잠 안 온다. 엄마, 우리 술 한 잔 하자!"

"이 시간에?"

"엄마가 그런 소릴 하다니 완전 이상하다. 이난정 여사 하면 술 마시고 울고 넋두리 몇 시간은 기본이잖아?"

"이젠 안 그럴 거야."

"두고 보겠어. 하지만 오늘은 마시자고. 내가 대작해 줄게."

자리를 박차고 일어난 태희가 주방으로 가서 술상 준비를 했다. 마음이 뒤숭숭. 앞으로도 한 며칠은 이런 식으로 적응이 안 되고, 이상한 기분이 들 때가 한두 번이 아닐 것이다. 마법사인 남자친구가 너무 유능해서 탈이라며 태희는 투덜거렸다.

본격적인 여름 시즌을 맞으면서 카페도 손님이 늘어난 편이고 덩달아 설거지 거리도 많아졌다. 처음 일하게 되었을 때와 비교하면 빛의 속도에 가까운 빠르기로 태희가 설거지를 하는 동안 저녁 영업에 들어갈 과일 준비를 하던 승운은 수영 이야기로 수다를 떨었다. 그러는 동안에도 태희의 앞치마 주머니 안에 든 휴대 전화가 여러 번 진동하다 그쳤다.

"급한 전화 아닌가? 계속 오는데 받고 해."

"모르는 번혼데. 잘못 거는 전환가? 어. 여보세요?"

낯선 번호에 고개를 갸웃하며 쳐다보는 중에 다시 전화가 걸려 왔다. 태희가 조심스레 전화를 받았고 이내 그녀는 긴장하며 자세를 고쳤다.

"아, 예. 안녕하세요. 네. 지금이요? 저, 죄송하지만 전 아르바이트 중이라서요. 곤란합니다. 죄송합니다. 일이 끝나는 대로……. 네? 지금 와 계신다구요?"

전화를 끊은 태희가 입술을 깨무는 걸 보고 승운은 파인애플을 자르던 칼을 멈추었다.

"누군데 그래?"

"아무도……아니야."

태희는 다시 설거지를 했다. 설거지를 마친 뒤 태희는 재경에게 전화를 걸어서 저녁 타임인 언니가 좀 늦어서 한 시간 정도 더 있어야 한다며 그때에 맞춰서 오라고 말했다. 옆에서 승운은 태희가 거짓말하는 걸 흥미진진한 표정으로 보고 있었다.

심호흡을 한 뒤 홀로 나간 태희는 지영을 보고는 깍듯이 절을 했다. 지영은 쌀쌀맞은 표정으로 태희를 쳐다본 뒤에 카페 안을 한심하다는 듯 돌아보고는 카운터가 바로 보이는 자리에 가서 앉았다. 주문으로 나온 커피는 입에 대지도 않으면서 말 한 마디 없이 앉아 있었을 뿐이지만, 무언의 압력은 굉장했다.

그래도 태희는 말씀드렸던 대로 꿋꿋이 자기 일에만 충실했다. 태희가 손님들이 나간 뒤의 테이블을 훔치고 트레이를 들고 돌아오는데 승운은 슬쩍 메모지를 그 위에 올렸다. "괜찮아?"라는 질문에 태희는 살짝 고개를 끄덕이고는 주방으로 갔다.

7시 5분이 되었을 때 교대를 한 태희가 지영이 앉아 있던 테이블로 향했다.

"이제 끝났습니다."

말을 했지만, 지영은 태희를 쳐다보지도 않고 보고 있던 영자신문을 한 장 넘겼다. 그러고도 거의 오 분 남짓을 태희를 그대로 세워두기만 했다. 보다 못한 승운이 태희 옆으로 가서는 툭 어깨를 치면서 물었다.

"이렇게 늦게 가도 괜찮아? 재경이가 쳐들어올까 봐 난 무서운데."

"아, 재경인 늦게 올 거야. 한 시간 후에나 보기로 했어."

지영의 눈썹이 어느 순간 바짝 치켜 올라갔다. 재경의 이름을 듣는 순간 반응한 것이다. 넘겨짚었지만 훌륭했다고 자축하면서 승운은 덧붙여 말했다.

"그럼 사무실 올라가서 기다려. 너 세워뒀단 거 알면 그 녀석 날 잡아먹으려 들걸."

태희가 난처한 표정으로 승운을 쳐다본 순간 지영이 자리에서 일어났다.

"그 사무실이란 거 잠깐 빌려도 될까요?"

"어? 일행이었구나. 아, 그러셔도 돼요, 물론. 이쪽으로 가시죠."

승운의 대응에 태희가 괜찮다고 거절할 틈도 없이 두 사람은 사무실로 가는 걸로 결정되었다. 두 사람이 사무실 안으로 들어가는 걸 보면서 승운은 중얼거렸다.

"좋지 않은데. 저 여자. 분위기가 너무 독살스럽다고 해야 하나."

사무실 안으로 들어간 뒤 역시 그 안을 못마땅한 듯 훑어본 지영은 소파에 앉지도 않고 태희를 돌아보았다. 쿡 미소를 머금더니 그녀의 행색을 위아래로 쓸어보고는 말했다.

"이런 데서 그러고 일하면 한 달에 몇 십 버나?"

"용돈 쓸 정도는 됩니다."

"세상에! 용돈! 학비는 어쩌고? 아참참, 어머니가 시장터에서 식당 일을 하시지? 그 어머니가 그렇게 고되게 일해서 번 돈으로 학교를 다니고 있지. 믿는 건 딸 하나뿐이니 네가 무슨 짓을 해서라도 잘 돼야 한다는 건 나도 알아."

깍지를 낀 태희의 손에 조금 힘이 들어갔다. 그러나 표정은 달라지지 않았다. 지영은 하이힐 소리가 또각또각 나도록 주위를 둥글게 맴돌면서 이야기했다.

"지금 나이가 스물. 스물두셋쯤 되면 참 예쁘겠다. 그때 좋은 값 받고 시집갈 수도 있을 거야. 여자 팔자 뒤웅박 팔자라는 거 옛말이니 뭐니 해도 여전히 유효하지. 물론 너도 잘 알 거야. 그러니 그런 반반한 얼굴만 믿고 턱도 없는 꿈을 꾸는 거지. 안 그래?"

태희는 대답하지 않았다. 지영도 대답을 기다리지 않고 계속 말했다.

"넌 노리개야. 지금은 재경이가 너랑 결혼이라도 할 것처럼 굴고, 사모님도 널 귀여워해 주는 것처럼 보이지? 믿지 마. 그 집 사람들 정상 아니야. 물론 내 아들까지 포함해서. 재경이 아파트 문턱이 닳도록 드나들면서 몸 주고 마음 주고 다 해봤자 결국 너덜너덜해지는 건 너란다. 헤어질 때가 되면 얼마쯤 돈은 집어줄지도 몰라. 지금도 그러는 것처럼. 고등학교 때부터 만났다며? 그때도 그렇고 지금도 대놓고 커플인 거 과시하면서 다니니까 그 애가 믿음직스럽고, 그렇지? 근데 어쩜 좋니. 한 십 년 뒤에 그 애 결혼할 때쯤엔 너 따위하고 있었던 일은 아무도 언급도 안 할 거야. 설사 너랑 동거하고 애까지 낳는다 해도 재경이 그 애, 결혼은 다른 여자랑 해. 그런 스캔들 따윈 어린 시절의 치기로 치고 넘기면 그만이거든. 뭐 이런 세계에서는 남자든 여자든 그 정도는 노는 것도 아니야. 근데 넌 아니잖아? 넌 시쳇말로 몸 망가지고 청춘 허비하는 것밖에 안 돼. 가장 비싼 값에 널 팔 수 있을 때 그 녀석 노리개로 허황된 꿈이나 꾸다가 버려지고 후회해도 아무 소용없어. 뭐 그때까지 우릴 것 다 우려내면서 살겠다고 작정했다면 이야기는 달라지지만 말이야."

사근사근하고, 노래라도 부르면 참 예쁠 것 같은 목소리로 어떻게 이런 말들을 아무렇지 않게 하는지 태희는 이해가 되지 않았다. 그러나 말에 불과하다. 그 말들 안에 어떤 날카로운 칼날을 감추었다고 해도 태희는 다치지 않겠노라 다짐했다. 그런 태희의 앞에 딱 멈추어선 지영이 들고 있던 클러치로 태희의 입 쪽을 툭툭 치면서 말했다.

"말. 할 줄 모르니? 어른이 말을 하면 알아듣는다는 시늉이라도 할 것이지."

"듣고 있습니다."

"아아. 뭐가 이리 칙칙하담. 넌 처음 봤을 때부터 생각했는데, 정말 분위기가 칙칙해. 그런 걸 음습하다고도 하지? 대체 네 어디를 봐서 재경이가 넋을 빼놓고 다니는지 모르겠다. 하긴 이렇게 안 그렇게 생긴 애가 잠자리 기술로 남자 후리는 능력이 뛰어날지도 모르지. 고급 창녀치고 창녀 분위기 내면서 다니는 사람 없는 것처럼 말이지."

다치지는 않겠지만 그런 느낌은 들었다. 오염된다는 느낌. 이 사람과 함께 있으면서 말을 듣는 것만으로도 어쩐지 더러운 물에 발을 담근 듯한 느낌이 든다. 입술 안쪽 살을 잘근잘근 무는데 다시금 지영이 클러치로 태희의 입을 치며 말했다.

"말 할 줄 안다며? 나 혼자 떠들게 두고 넌 아무것도 모른다는 표정이나 짓고 있으라고 보자고 한 줄 알아?"

"제가 무슨 말을 해드려야 할까요?"

비로소 태희가 지영과 눈을 마주치며 물었다. 지영이 헛웃음을 지었다.

"하! 잘 들어, 아가야. 나는 말이야, 너처럼 먹음직스런 숙주에 기생해서 양분이나 쪽쪽 빨아먹으면서 사는 기생충이라면 아주 잘 알아. 바로 내가 그랬거든."

갑자기 온화해진 표정으로 지영은 태희의 머리카락을 가볍게 쓸어 만져주었다.

"빌어먹을 가난도 지긋지긋하고, 거지 같은 가족들도 참 끔찍하지? 어째서 나만 이런 뭣 같은 운을 타고났담 하고 생각하면 억울하기도 하고. 돈이 문제야, 돈. 나도 그놈의 돈을 먹고 죽을 만큼 얻을 수만 있다면 무슨 짓이든 다 할 수 있었어. 덕분에 지금은 행복해. 그래도 말이야, 그 과정에서 아들이 둘이 생겼거든? 꼴에 나도 어미라고 그 둘이 어떤 식으로 살지 조금은 신경 써야 해. 나는 많은 거 바라는 거 아니다? 그냥 내 아들들이 고만고만한 여자 만나서 남한테 손가락질 받지 않을 가정 꾸리고 사는 정도면 돼. 물론 여기서 말한 고만고만한 여자하고 너는 전~혀 매치가 안 되지. 그러니까 말이야. 네가 알아서 떨어져 나가주는 게 좋아. 무사히. 그리고 원만하게. 무슨 말인지 알겠니?"

"네."

"그래. 아주 바보는 아니구나. 맘먹고 사람 싫어하려고 하는 사람이 어디 있겠니? 하지만 네가 내 조그마한 바람을 방해하면서 두통이나 일으키게 만든다면 나는 네가 너무너무 싫을 거야. 내가 싫어하는 사람한테는 좀 모질거든. 그래도 말 잘 듣고 예쁘게 행동하면 섭섭하게는 안 할게. 지금이야 나도 용돈 받고 사는 처지긴 하지만 너 하는 행동에 따라 얼마쯤은 챙겨줄 수 있단다. 아마 나 원망할 일은 없을 거라고 생각해."

지영의 이런 부드러움은 누군가에게는 돌이킬 수 없이 매력적으로 보일지도 모른다고 태희는 생각했다. 적이 아닌 아군에게는 간이라도 빼어줄 것처럼 잘하는 사람일지도 모른다.

그러나 태희는 재경을 생각했다. 지영이 재경을 대한 방식을 말이다. 그때도 이렇게 웃는 얼굴과 부드러운 말로 그를 학대했을까? 생모에 대해 재경이 가진 극도의 혐오감을 태희는 똑똑히 기억했다. 그는 먼저 누군가에게 정을 주는 일은 못하지만 진정으로 호의를 보여주는 인간에게 무정하게 굴 사람이 아니다. 설사 제 아무리 남의 손가락질을 받을 짓을 저지른 어머니였다고 해도 그를 진심으로 아껴 주었다면 재경인 이 여자를…….

그렇게 생각하자 모든 게 확실해졌다. 이 사람은 재경의 편이 아니다. 그렇다면 무서울 것도 긴장할 것도 없다. 지금까지 얌전히 발치에 시선을 떨구고 있던 걸 그만두고 태희는 고개를 들어 지영을 똑바로 마주보며 입을 열었다.

"무슨 말씀을 하시는지는 알겠습니다. 하지만 제가 따를 수 있는 게 전혀 없네요. 제가 재경이 옆에 있는 게 그리 마음에 들지 않으신다면 저 말고 재경이에게 말씀하세요."

"뭐라고?"

"재주껏 재경이의 마음을 돌려 놓으시라구요. 그래서 재경이가 제게 헤어지자고 말하면 그건 따를게요. 아니, 전 그것만 따를 거예요. 억만금을 준다고 하셔도 싫고, 제게 뜨거운 맛을 보여주시겠다고 위협을 하신다고 해도 무섭지 않아요."

"맹랑한 게 사람 웃기는 재주도 있네? 그래, 넌 고상한 사랑을 하고 계시다 이거지? 감탄스럽구나. 호호호, 이렇게 칭찬이라도 할 줄 알아? 이 돼먹지 못한 년 같으니!"

갑자기 높아진 목소리와 함께 지영은 클러치로 태희의 뺨을 후려쳤다. 둔한 운동신경 덕에 피할 생각도 못하고 제대로 맞아 버렸다. 하얀 뺨에 금세 뱀의 껍질무늬 같은 클러치 자국이 떠올랐다. 태희가 뺨을 만지며 지영에게로 고개를 돌렸을 때 다시 지영이 클러치를 든 손을 치켜올렸다. 맞는다, 고 생각해 눈을 감았을 때 철컥 사무실 문이 열렸다.

"다과 좀 드시면서 이야기를……. 어라, 제가 눈치 없이 끼어들었나요? 아니, 태희 넌 얼굴이 왜 그래? 설마 이분한테 맞은 건 아닐 테고. 또 넘어진 거야? 아, 이거 바닥이 문제라니까. 엇? 벌써 가시게요? 저 때문이라면 괘념치 마시고 이야기하셔도 되는데요."

노크도 없이 불쑥 들어온 승운을 싸늘하게 쏘아본 뒤 지영은 사무실 문을 걷어차듯이 하고 나갔다. 그녀가 계단을 내려가는 소리를 들으면서 승운은 사무실 한쪽에 있는 세면대에 가서 타월을 찬물에 적셔 왔다. 쯧쯧 혀를 찼다.

"살벌하구나. 고작 스무 살짜리 여자애 상대로 뭐 하는 짓인지. 고생했어."

그가 태희의 뺨에 타월을 대주자 태희가 무표정한 얼굴을 들면서 물었다.

"어디서부터 들었어?"

"미안. 그 여자 누군지 보자마자 감이 왔거든. 문가에서 염탐하고 있었어."

"보자마자?"

"응. 재경이 생모 맞지? 한경 사모님 자리 꿰차고 들어갔던 미꾸라지 이야기 이 바닥에선 나름대로 유명해. 이야기의 교훈이 꽤 좋거든. 미꾸라지는 결코 용이 되지 못한다."

태희는 피식 웃으면서 세면대 쪽으로 걸어가서 거울에 뺨을 비춰보고 이게 부어오를까 걱정이 되어 다시 찬물에 적신 타월로 뺨을 감싸는데 승운이 물었다.

"얼음 가져다줄까?"

"그래주면 고맙겠어."

승운이 고개를 끄덕이고 문 쪽으로 걸어가는데 태희가 불쑥 중얼거리는 게 들려왔다.

"나도 미꾸라지인 걸까나."

"네가 널 미꾸라지라고 생각하는 건 한재경한테 미안한 일 아니야?"

태희가 그를 돌아보았다. 눈을 깜박거리는 태희를 향해 승운은 싱긋 웃었다.

"그 마녀한테 말한 걸 허풍으로 만들지 마. 사랑받는 여자는 강하다는 걸 보여주라고."

태희도 웃었다. 그러곤 가만히 고개를 끄덕였다.

클라우드 캐슬에서 잔뜩 신경질이 난 얼굴로 나오던 지영의 앞을 불쑥 가로막은 사람이 있었다. 말끔한 검은 정장을 입은 남자는 다짜고짜 지영에게 핸드폰을 내밀었다.

"뭐예요?"

처음 보는 남자를 표독스런 눈으로 지영이 쏘아보았지만 남자는 조용히 말했다.

"사모님 전화십니다."

"사모님?"

인상을 쓰던 지영이 곧 뭔가를 깨닫고 전화를 받았다.

"네, 접니다."

시작은 꽤나 도도하게 열었지만, 전화를 받는 동안 표정이 차츰차츰 일그러지더니 결국엔 입술까지 깨물며 내뱉듯이 말해야 했다.

"잘 알아 모시지요. 네네, 참 눈물 나게 정도 깊으시네요. 아, 알았다 하지 않습니까? 제가 한두 살 먹은 어린앱니까? 알아들었으니 염려 마시라구요!"

확 전화를 끊은 뒤 앞에 있던 남자에게 그것을 던지고는 남자와, 그 뒤로 보이는 또 다른 일행 한 명을 더 보면서 혀를 찼다.

"원 저런 계집애 하나 보호하겠다고 사람까지 붙여서. 하! 돈이 썩어 남아도니 하다 하다 별짓을 다 하고 계시네. 기가 막혀서."

진저리를 치고 지영은 근처에 세워둔 차에 타고 사라졌다. 그녀가 가고 난 뒤에도 여전히 자리를 지키던 두 남자 중에 한쪽이 다시 전화를 걸었다.

"예. 가셨습니다. 아니오, 아가씨는 아직. 예. 알겠습니다."

차분히 경과를 보고한 뒤에 남자들은 그전까지 대기하던 차로 향했다. 이후 30분 정도가 더 흐른 뒤 재경의 차가 카페 앞에 도착했다. 내리면서 주위를 둘러보던 재경이 멀찍이 세워진 차를 보고는 멈춰 섰다. 운전자 쪽이 고개를 숙이며 인사했다. 재경 역시 고개를 숙였다. 본가의 어머니가 일부러 그를 불러서 소개시켰던 사람이다. 나이가 들면 걱정이 많다면서 태희에게 경호할 사람을 붙여줄 생각인데 어떠냐고 물어보기까지 하셨다. 배려에 감사하다고밖에 할 말이 없었다. 덕분에 한 가지 걱정은 던 셈이다. 가장 큰 걱정이기도 했었다. 태희에게 무슨 일이 생기는 것, 그것 말고는 재경에겐 걱정이 없다.

"맙소사. 길거리에서 담배 피우는 남자 무척 싫은데."

불쑥 옆에서 들려온 목소리에 재경은 비로소 자신이 담배를 피우고 있다는 것도 알았다. 돌아보니 태희가 빙그레 웃으면서 그에게 토마토 주스를 건넸다.

"자꾸 그러면 라이터는 압수할 거야. 자, 토마토 주스. 흡연자에겐 필수라네?"

"그대를 기다리는 동안 마음이 타들어가서, 나도 모르게 그랬다오. 용서해 주시오."

"느끼해! 그런 이미지 아니잖아. 후훗. 아, 배고프다. 뭐가 됐든 간에 어서 뱃속에 넣어줘야 할 것 같아. 그다음엔, 음, 영화인가?"

"DVD 새로 주문한 거 왔으니까 집에 가서 보자. 오늘은 이 쉐프께서 보양식을 준비했어. 기대하도록."

"보양식? 설마 또 삼계탕?"

"장어구이. 둘이 먹다 하나가 죽어도 모를 특제 소스를 개발했어. 기대해."

태희를 먼저 차에 태운 뒤 재경도 차에 탔다. 이미 안전벨트를 한 태희가 재경이 타는 걸 기다렸다가 그의 안전벨트를 매주었다. 잠깐 그의 눈썹이 치켜 올라갔다.

"뭐지? 이 닭살스런 서비스는?"

"해 주고 싶어서."

늘 일부러 약간은 헝클어뜨린 것처럼 손질하는 그의 머리카락을 손가락으로 빗어 내리듯이 만지던 태희가 불쑥 몸을 기울이더니 그의 입술에 가볍게 키스했다. 어리둥절한 표정을 짓는 재경을 보면서 태희가 빙긋 웃었다.

"역시, 너랑 있는 시간이 그 무엇보다 좋아."

"……이건 혹시, 유혹이십니까?"

"애정표현을 자주 해달라며. 아, 배고파. 어서 집으로 가세나. 한 기사, 고고씽!"

좀 아리송하긴 한데 기분은 좋다. 일부러 술을 먹이지 않아도 이럴 때도 있구나 싶어 웃다가 잠깐 인상을 썼다. 집에 가서 양치질을 하기 전까진 태희에게 키스도 할 수 없는 것이다. 담배를 확실히 줄여야겠다고 다짐하면서 재경은 차를 출발시켰다.

"원더풀! 이제 우리 아기 물가에 놀러 가서 죽을 염려는 없어졌구나!"

"물론 태희가 숨을 안 쉬고 몇 시간이고 버틸 수 있을 경우엔 말이지."

"이 자식. 너 태희 오면 그런 소리 하기만 해. 저렇게 자랑스러워하는 얼굴이 네 눈엔 보이지도 않냐? 저 녀석이 물에 떴다는 것도 기뻐하던 때를 생각하란 말이다!"

물속에서 이쪽을 향해 열심히 두 팔을 흔들며 웃던 태희는 난데없이 소희가 재경의 얼굴 앞에 주먹을 들이대는 걸 보고 고개를 갸웃했다.

모처럼 재경과 소희, 거기에 재인까지 모인 날로 그 모임 장소는 태희가 수영을 배우는 수영장이다. 3주 가까이 배워서 이제 겨우 태희는 10m를 한 번에 갈 수 있게 되었다. 그녀가 숨을 안 쉬고 갈 수 있는 최대치가 그 정도이다. 아직도 태희에게 수영하면서 숨을 쉬는 방법은 체득불가의 신묘한 기술이다.

"무슨 일이야? 설마 싸워?"

태희가 목청껏 물어오자 재경이 고개를 휘휘 저었다.

"설마! 얘가 마실 것 사올 생각인데 뭐 먹을 거냐고 묻네? 뭐 마실래, 넌?"

"음……아무거나!"

몇 초간 이리저리 생각하다가 결국 그렇게 대답하고 태희는 다시 숨을 쉬지 않는 수영을 시작했다. 재경은 씩 웃고는 소희에게 말했다.

"우린 토마토 주스로. 뭐해? 안 갔다 오고."

"아무거나잖아! 저 녀석은 커피다. 틀림없는 커피. 내기할래?"

"그러던가."

"흥. 두고 보란 말이지."

"저기 난 오렌지 주스나 콜라, 저기, 저기 내 말 들은 거야?"

소희가 씩씩거리며 수영장 밖에 있는 매점으로 향했다. 재인은 과연 소희가 자신의 주문을 기억해 주기나 할지 근심하면서 그 뒷모습을 보다가 불쑥 입을 열었다.

"본가 작은형님 명의 빌려서 아파트 샀다며?"

태희가 수영하는 모습을 지켜보던 재경의 미간이 찡그려졌다.

"어중간한 위치에 잠재적인 메리트도 없으니 투기용은 아닐 테고. 거기다 거기에 묘한 입주자까지 들인 걸로 아는데. 근데 그 아파트 그리 싸구려도 아니고. 형 주식해? 그래서 어마어마한 대박이라도 터뜨렸어?"

"그리고 또 뭘 아냐?"

"스무 살 되면 큰어머니가 주시는 돈이 3억이지 아마? 그걸 아무리 빨리 부풀렸다고 해도 그 아파트 한 채 값은 안 되는 거고. 게다가 근본적으로 문제가 있는 게, 그 돈 딴 데 썼다며?"

그제야 재경이 재인을 돌아보았다. 재인은 이 녀석도 가끔은 포커페이스가 무너지는구나 하고 놀라면서 진짜 알고 싶었던 것에 대해 물었다.

"태희 선배 부모님 이혼시키려고 다 꼬라박았다는 게 정말이야?"

"어디서 주워들었어?"

"으아아, 그럼 진짜라는 거? 그럼 그 아파트는 어떻게 된 거야? 진짜 형 주식 담보로 작은형님한테 돈 빌린 거야? 아직 손에 들어오지도 않은 걸로?"

"그 소리가 누구 입에서 나오든? 하긴 뻔한 일이군."

한숨을 쉬면서 재경은 다시 태희 쪽으로 시선을 돌렸다. 하지만 표정은 방금 전처럼 한가롭지도, 온화하지도 않다. 재인은 질렸다는 표정으로 고개를 저었다.

"맙소사. 하도 웃기는 소리라 어머닌 뭐 저런 데다 돈을 버리고 다니나 했는데 진짜란 거네. 이야, 흥신소란 곳도 나름 유능하구나. 그리고 형은 진짜 제정신이 아니고."

"어째서 제정신이 아닌데?"

"그걸 몰라서 물어? 형이 태희 선배 우렁각시, 아니 우렁신랑이라도 되냐? 손에 돈 좀 들어오기 무섭게 부모님 이혼시켜, 집 해줘, 이러다 형 거덜 나는 것 일도 아니겠네. 말 들어 보니까 저 선배 아버지란 사람 가관이던데. 밑 빠진 독에 물 붓기, 완전 그 짝이라며?"

"과장이야. 그 정도는 아니라고."

"과장? 태희 선배만 해도 난 좀 그렇다? 머리도 나쁘지 않은 사람이 그 아파트엔 어떻게 그렇게 쏙 들어 가냐? 집 안 해줬으면 은근히 원망했겠어."

"태희는 몰랐어. 태희 어머니랑 이야기해서 끝낸 일이야."

"이런 이런. 그럼 그 어머니란 사람도 아버지처럼 해충과인가 보군. 컥!"

혀를 차던 재인은 다음 순간 재경에게 목을 졸렸다. 재인이 발버둥 치다가 벌떡 일어나면서 손을 뿌리치긴 했지만 재경의 눈에 드러난 살기는 가라앉지 않았다.

"말조심해. 네 녀석 면상 참고 봐줄 이유를 알아서 없애겠다면 몰라도 말이야."

"돌겠네, 진짜. 내가 아주 없는 소리 했어? 그리고 오히려 나한테 고마워할 일 아니야? 내 덕분에 어머니가 그런 일까지 꿰고 있다는 거 알았으면 감사는 못 할망정!"

"스파이 노릇이나 하는 쥐새끼 따위 필요 없어. 내 일은 내가 알아서 해."

"아, 형이 그렇게나 잘났어? 그럼 얼마 전 일도 알겠네. 어머니가 태희 선배 만나서 어떤 정다운 대화가 오갔는지 말이야."

"뭐? 그 여자가 태희를 만나?"

"어라? 이건 무슨 반응이실까? 이미 알고 있는 사실 아니십니까? 지지리도 잘난 형님?"

"빈정거리지 말고 말해. 언제 어디서? 만나서 무슨 소릴 지껄인 거야?"

"그건 내가 알고 싶은 소리이네만, 이보게들?"

재경도 벌떡 일어나서 재인을 다그쳐 묻던 찰나에 두 사람의 사이에 불쑥 소희가 고개를 들이밀었다. 둘 다 움찔하며 소희를 쳐다보자 소희는 품에 안고 온 음료수 잔 중에서 두 개를 들어 재경과 재인에게 건네면서 아주 활짝 웃는 얼굴로 물었다.

"그런데 우선 그 사건의 전모를 듣기 전에 자네 둘의 관계가 굉장히 궁금하다네. 언젠가 두부란 소리도 들은 바 있는 내 뇌에서 말이지, 어쩌면 이재인이란 녀석이 한재경에게 있다는 동생, 그러니까 친동생이 아닐까 하는 추리를 내놓았네만. 혹시 내 말이 맞다면 조용히 물구나무를 서서 두 손으로 박수를 쳐 주겠나?"

소희의 공손한 제안에도 두 남자는 얼굴을 찌푸리고 음료수를 무슨 원수라도 되는 것처럼 마시기 시작했다. 아무 대꾸도 없이 말이다. 소희는 부글부글 끓어오르는 공격본능을 자제한 채 조용히 기다리다가 마침내 숨이 차서 돌아온 태희에게 타월을 건네주면서 말했다.

"어서 오렴, 우리 딸. 이 엄마가 네게 들려줄 좋은 소식을 가지고 있단다. 놀라지 마라, 태희야. 세상에 여기 있는 이재인이란 녀석이 엄밀히 말해서 너랑 남이 아니라구나. 기대하시라, 온갖 드라마를 결국엔 다 잡탕으로 만들어주는 출생의 비밀편! 바로 그의 정체는!"

"내 동생이야."

"한재겨어어어엉! 나하고 전생에 원수가 졌냐, 누가 너한테 말하래!"

클라이맥스를 재경에게 뺏긴 소희의 분노가 폭발해서 재경의 머리끄덩이라도 붙들고 흔들게 생긴 판인데 태희는 멀뚱멀뚱 재경과 재인을 쳐다보다가 고개를 갸웃하더니 물었다.

"이건 무슨 농담? 또 나 가지고 둘이 무슨 내기했구나. 그치?"

재인은 어깨를 으쓱하면서 소희가 가져온 음료수를 태희에게 내밀었다. 남은 것은 토마토 주스와 아이스커피였다. 태희는 망설일 것도 없이 토마토 주스를 들어서 빨대를 물었다. 소희가 남은 아이스커피를 보다가 다시 태희를 보면서 소리쳤다.

"왜 토마토 주스인데!"

"응? 이따가 뜨거운 커피를 마시려고. 근데 왜 화 내?"

"이래서 내리사랑은 있어도 치사랑은 없다고 한 건가. 아, 그리고 농담 아니야! 이 둘 진짜 형제야. 재수 없고 음험한 게 판박이라 했더니 같은 여자 배에서 태어나기까지 했단다! 결국 피는 못 속인다 이거다. 알겠냐? 에이잇, 이 망할 놈의 세상!"

소희는 난데없는 포효와 함께 달려 나가 수영장에 풍덩 빠졌다. 그 뒤를 따라서 재인도 일어섰다.

"물놀이를 실컷 하고 가야 본전을 뽑겠죠? 저도 놀다 올게요. 허니, 같이 가!"

재인이 교묘하게 어색한 자리를 빠져나가 버렸다. 그러나 남은 둘 중에서 어색해하는 사람은 태희뿐이다. 재경은 너무도 태연히 거의 빈 토마토 주스 잔을 가볍게 흔들고 있다. 그러다 찬밥신세가 된 아이스커피를 들어서 마시는데 태희가 혼란스러운 어조로 물었다.

"농담인 거 맞지?"

"아니어서, 미안하군. 이것 참. 토마토 주스보다는 나을 줄 알았는데 이것도 엉망이야."

진흙탕 물을 떠서 마셔도 더 나은 표정을 지을 것 같은 재경을 보면서 태희는 해야 할 말을 잊고 말았다.

추가된 X표 하나. 남은 날짜 59일. 흐뭇하게 웃으며 달력을 바라보다가 다시금 이틀 전에 재경과 나눈 대화를 떠올리며 잠깐 인상을 썼다.

"재인이가 동생이라니. 안 닮았어. 아무리 봐도……."

소희는 처음부터 둘이 친척일 거란 건 짐작하고 있었다고 한다. 어떻게 그런 짐작이 가능한지 태희는 전혀 영문을 모르겠다. 하지만 둘이 형제라는 말을 듣고 난 뒤에야 재인의 얼굴에서 지영의 얼굴을 보는 게 가능했다. 재경이 아버지를 많이 닮은 것에 비해 재인은 분명 어머니 쪽을 닮았다. 그동안 둘이 사람을 가지고 논 거 아니냐며 불쾌해한 소희와 달리 태희는 그저 그런가 할 뿐이다. 생각해 보면 재인이가 그녀에 대해 탐색하려고 한 적도 꽤 있는 것 같지만 별로 나쁜 짓을 한 기억도 없다. 그 못된 어머니에게 정보를 주려고 자신들에게 친한 척한 스파이일 거란 소희의 말에도 설마 하고 웃었다.

재인인 좋은 아이라고 생각한다. 나쁜 애였다면 재경이가 계속 옆에 있게 하지는 않았을 것이다. 태희는 그렇게 결론 내리고 어리둥절한 기분을 가라앉혔다. 여전히 이 아파트에 적응이 되지 않은 것처럼 둘이 형제란 사실도 한동안은 믿기지 않는 사실에 그칠 것 같다.

그때 철컥 문이 열리는 소리가 들려서 태희는 거실로 나왔다. 어머니였다.

"다녀오셨어요. 어라, 엄마 빈손이네. 못 찾았어?"

어머니가 작은 가방 말고는 아무것도 들고 있지 않은 걸 보고 태희가 두리번거리며 물었다. 늘 그렇듯이 피곤해 보이는 어머니는 태희의 말에 멍하니 눈을 깜박이셨다.

"응? 뭐 말이니?"

"보험증서. 그거 찾으러 집에 들른댔잖아?"

"아. 아, 그랬지 참. 엄마 정신 좀 봐라."

"집에 안 갔었나 보네."

"아냐, 갔어. 갔는데……. 태희야, 저기 있잖아 너……. 아니다, 아니야."

말을 하시다 말고 어머니는 태희의 팔을 잡고 가만히 태희의 얼굴만 쳐다보았다. 입술을 들썩거리긴 하시는데, 결국 팔을 놓더니 고개를 젓고 마셨다. 방으로 걸어가시는 뒷모습이 너무도 지쳐 보인다. 식당 일을 하시고 돌아오시면 으레 다리도 붓고 종종 허리가 아프다고 하신다. 오늘도 그런 건가 싶어서 태희는 어머니의 뒷모습을 향해 말했다.

"욕조에 물 받을게."

비척비척 방문을 열고 들어가시는 어머니는 태희의 말을 들은 것 같지가 않다. 욕조에 물을 받으며 물 온도가 적당한지 체크하던 태희는 갑자기 드는 생각에 황급히 일어섰다.

급히 이사를 오면서 세간 같은 건 거의 두고 왔다. 가구며 가전도구 일체가 준비되어 있었던 덕분에 큰 짐이었다고 하면 태희 책들 정도였다. 시일이 어느 정도 흘러서야 어머니는 다락에 넣어둔 보험증서를 안 챙겨온 것에 생각이 미치셨다. 그냥 잃어버린 셈 치고 다시 만들자고 태희가 말했지만 어차피 그 집 열쇠도 줘야 한다면서 어머니는 오늘 잠깐 시간을 내서 다녀오겠다고 했다. 합의이혼을 하기로 한 마당에 딱히 무슨 일이 있지는 않을 거라고 태희도 안심하고 있었는데, 그게 아닐 수도 있다.

"엄마, 혹시 또 맞았어?"

벌컥 안방 문을 열면서 묻던 태희는 깜짝 놀라서 어머니에게 달려갔다. 어머니는 울고 계셨다. 태희가 어머니의 두 손을 잡아 얼굴에서 떼어내자 눈물범벅이 된 얼굴이 보였다. 가슴을 쥐어짜내는 듯한 고통과 불안한 예감에 태희의 목소리가 높아졌다.

"때렸어? 그 인간이 또 난리친 거야? 왜 그래? 이혼 안 해주겠대?"

"아니야, 아니야. 안 맞았어. 이제 못 때린대. 이제 그 인간은 나 때릴 수가 없어."

"근데 왜 울어? 엄마, 말 좀 해봐. 울지만 말고 말을 해. 말을 해야 알잖아."

"……어떡하니. 어떡하니. 우리 태희 불쌍해서 어떡하니."

"엄마? 진짜 왜 이러는 거야?"

태희의 얼굴을 두 손으로 감싸시고는 그 얼굴을 닳도록 쓸어 만져

주시면서 어머니는 수십 번 그 말씀만 반복했다. 어떡하니, 어떡하니 하고. 아무리 생각해도 아버지에게 무슨 일을 당하셨구나 싶어 태희는 어머니의 손을 뿌리치고 벌떡 일어섰다.

“이 인간이 진짜! 가서 엄마한테 두 번 다시 손대지 말라고 담판을 짓고 말겠어.”

“아니야, 태희야. 그런 거 아니야. 차라리 맞는 게 좋았을걸. 이런 꼴 볼 바엔 차라리 맞다가 죽어버릴걸.”

“무슨 소릴 하는 거냐구, 대체! 어떤 꼴을 봤는데 그래? 알아듣게 말을 좀 해봐.”

어머니는 우는 거 말고는 아무것도 하지 못하셨다. 태희의 눈을 한없이 들여다보면서 말씀도 잊고 우시다가, 아주 가끔 간신히 토해내는 말은 늘 똑같았다. 불쌍한 것. 그렇게 울고 계시는 어머니가 몹시도 안쓰러워서, 결국 태희도 더는 다그치지 못했다.

그 지옥 같던 집에서 나온 뒤로 거의 겪은 적 없는 묵직한 아픔이 반갑다는 듯 달려들어 떨쳐지지 않는 밤이었다. 베란다에 나가서 한참을 기다렸지만 달이 뜨질 않았다. 그믐이란 걸 뒤늦게 깨닫고 터벅터벅 방으로 돌아간 뒤 침대에 둥글게 웅크리고 잠을 청했다.

“아무래도……내가 가봐야겠어.”

간신히 잠에 들기 전에 그런 다짐을 했다. 이제, 이 집의 가장은 자신이니까.

새벽녘에 잠이 들어서인지 눈을 떴을 땐 이미 어머니가 일을 가시고 난 뒤였다. 물을 마시러 주방에 간 태희는 식탁 테이블 위에 준비된 아침 식사와 어머니가 써 두고 가신 메모를 보았다. 피곤하다고 식당에서 술을 좀 마셨더니 취해서 그랬다는 변명이었다. 어머니한테서 술 냄새가 났었던가 하고 태희는 고개를 갸웃했다. 얼핏 그랬던 것 같기는 했다.

"하긴 술 먹고 우는 게 우리 엄마 전공이지. 어째 오래 안 그러신다 했지만."

그렇게 중얼거리며 덮여 있는 보를 걷고 콩나물국을 보고는 좀 웃었다. 젓가락을 집어 들다가 역시 그냥 넘길 일은 아니다 싶은 생각이 들었다. 아버지가 어찌 지내는지 한번은 봐 둬야 안심이 될 것 같다.

수영장에 다녀오면서 예전 집으로 향하는데 문득 소나기가 내렸다. 근처에 있던 보습 학원 계단에서 비를 긋고 있는데, 비가 꽤 오래갔다. 그러던 중에 재경의 전화를 받았다.

"수영 끝나고, 도서관에 좀 가는 길이야. 근데 비가 오네."

「비? 여긴 안 오는데. 어디 도서관 가는데?」

"집 근처."

「이상하네. 내가 지금 그쪽인데. 비 와? 여기 하늘은 쨍쨍하기만 해.」

"모르니? 서울 넓잖아."

재경의 말에 찔끔 놀라면서 태희는 억지로 웃음을 쥐어짰다. 평소 같으면 그 억지웃음을 못 알아채고 지나칠 재경이 아니었지만 이번에는 용케도 넘어가주었다.

「한 시간 정도 후에 아파트로 갈게. 점심 아직이지?」

"어? 나 도서관 가는 건데."

「갔다 와. 책 빌리는 거지? 공부는 집에서 해. 괜히 신경 쓰이게 싸돌아다니지 말고.」

"설마 길 한복판에서 내가 납치라도 될까 봐 그래?」

「집에 가. 한 시간 반 내로. 알았지?」

그의 강경한 목소리에 태희도 결국 두 손 들었다.

"알았어. 그렇게 할게."

「그래. 이제야 좀 예쁘네. 그럼 이따 보자.」

흡족한 듯 전화를 끊는 재경과 달리 태희는 잠시 착잡해 했다. 저번에 지영을 만난 일을 그에게 함구하고 있었다는 이유로 몹시도 혼이 났던 것이다. 만나서 했던 말이며 행동 전부 다 말하라고 재경이 윽박지르는데, 안 그래도 거짓말하는데 약한 태희로선 아주 고역이었다. 다행히 얼굴을 맞은 사실은 숨기고 넘어갔다. 그러나 그 일 자체를 그에게 숨긴 것, 애초에 전화를 걸지 않은 것 등등 혼날 일은 잔뜩 있었다.

"내가 그렇게나 미덥지가 않나."

씁쓸하게 중얼거리던 태희는 또 한 가지 사실 때문에 미간을 찡그렸다. 갈 일 없던 도서관에 가서 책도 빌려야 하게 생겼다.

"거짓말은 정말 골치 아파. 어?"

핸드폰을 가방에 넣고 고개를 들던 태희는 문득 시야에 들어온 장면에 어리둥절해졌다.

"아버지?"

멍하니 흘러나온 호칭은 부름이라기보다는 확인. 그러나 그 소리에 그 호칭의 당사자가 언뜻 이쪽을 보았을 땐 들킬세라 옆으로 비켜섰다. 외면하고 있다가 아무래도 잘못 본 거지 싶어 조금씩 고개를 돌렸다. 잘못 본 게 아니었다.

보습학원 앞의 작은 이차선 도로 건너에 세워진 차에서 우산을 가지고 내린 남자. 차는 몇 천만 원 대의 고급 세단이었고, 운전석에서 내린 남자의 행색 역시 멀끔하고, 급조된 부유함이 넘쳐났다. 믿을 수 없게도 그 사람이 태희의 아버지였다.

"운전면허 취소된 거 아니었나? 아니 그보다 저 차는 뭐야."

예전에는 버스운전기사였었지만 계속되는 음주가 결국 화근이 되어 면허가 정지되고 회사도 그만두었던 사람이다. 그 뒤에 트럭기사 일을 하다가 결국 또 음주로 운전면허가 취소되었다. 미간을 찡그리며 쳐다보는 사이에 더 놀라운 일이 일어났다. 껄껄껄 웃는 아버지의 우산 속으로 급하게 뛰어 들어온 화려한 차림의 여자. 두 사람은 여기가 대로변이란 것도 잊고 잠시 동안 젊은 커플들처럼 노닥거렸다. 그러더니 아버지는 살뜰하게 여자를 챙겨서 차에 태우고 운전석에 가서 탔다. 곧 차가 출발하면서 빗물을 튀기고 멀리 사라져갔다. 그 뒷모습을 보려고 태희는 빗속으로 걸어 나왔다.

"여자가 있었어? 세상에, 저런 인간한테도 여자가 생기나? 미친 여잔가?"

어처구니가 없어하다가 문득 어젯밤 어머니가 울던 게 떠올랐다. 설마하니 저 사실 때문이었단 말인가. 그렇게 생각하자 더 기가 막혀 자신이 비를 맞고 있다는 것조차 느껴지지 않을 정도였다. 춤을 추면서 기뻐해도 시원찮을 판에 울긴 왜 운 건지.

나오는 게 헛웃음뿐이다. 이제 와 비를 긋는 것도 의미가 없지 싶어 그대로 걸었다. 집과는 반대 방향으로. 찾아갈 이유가 없어졌다. 이제와 왜 이혼을 해주는 지가 도무지 풀 수 없는 미스터리였는데 그 이유가 여자가 생겨서라면 이보다 더 좋을 수는 없는 것이다. 행복해지는 것조차 두려움을 빼고는 생각할 수 없었던 자신과 어머니가 무척이나 초라하게만 느껴졌다. 아직도 저런 인간에게 전전긍긍해서 울고 웃는 삶이 한심하기 짝이 없다.

"행운과 불운이라는 거 결국 제로섬 게임인가 보네. 우리에게 행운이 찾아온 대신 다른 사람은 구렁텅이에 빠지게 생겼어. 불쌍해라. 그렇지만 알 바 아냐."

모진 말을 주워섬기면서 태희는 재게 걸음을 옮겼다. 마음속에 일었던 파문은 좀처럼 가라앉지 않았다. 딱히 이렇다고 설명할 명칭이 없는 분노가 자꾸 치밀었다. 이제 됐어. 다시는 이쪽에 걸음도 안 할 거야. 죽든 말든 멋대로 잘 살라고 해. 악다구니를 쓰는 어린애처럼 그렇게 속으로 이를 가는 태희에게 여전히 그칠 기미가 없는 비가 퍼붓고 있었다.

그 순간 재경은 카페 창밖의 하늘을 보면서 비가 온다는 하늘은 대체 어디쯤일까 생각하고 있었다. 혹시 비구름이 몰려오는 게 보일까 싶어서 내내 하늘에서 시선을 떼지 못했지만 하늘은 그의 기대를 조롱하듯 쨍하니 맑기만 했다.

"흐음. 그 녀석 또 어리바리하게 비 맞고 도서관 가는 건 아니겠지. 얼마 안 되는 돈 아낀다고 우산도 안 사는 거 아냐."

턱을 괴고 그렇게 중얼거리고 있는데, 문득 창 밖에 만나기로 한 사람이 길을 건너오는 게 보였다. 태희의 어머니였다. 잠시 후 카페 문을 열고 들어와 두리번거리다가 재경을 보고는 조금 움츠린 듯한 걸음걸이로 걸어왔다.

"오래 기다렸지? 점심 준비하느라 도저히 짬이 안 나서. 미안해."

"아니에요, 책 보면서 느긋하게 기다렸어요."

몇 번이나 고개를 숙이며 미안하다고 말하는 태희 어머니를 보며 재경은 속으로 쓴웃음을 지었다. 요새 들어 상당히 친해졌다고 내심 자신했었는데 그건 자신의 착각이었던 모양이다. 거듭 괜찮다고 말한 후에야 차를 주문할 수 있었다.

태희 어머니는 주문시킨 차가 나온 뒤 차가 싸늘히 식어가도록 입을 열지 않으셨다. 마침내 기다리기에 지친 재경이 입을 열려는 차에 조용히 태희 어머니가 말했다.

"자네가 먼저 애 아버지를 찾아갔다면서?"

잠시 재경의 눈이 커졌다. 일부러 불러낸 데에는 상당한 용건이 있을 거란 걸 짐작하긴 했지만 바로 이 이야기가 될 줄은 몰랐다. 완벽히 지켜질 거라고는 생각하지 않았지만 당분간, 적어도 이혼이 완전히 성사될 때까지는 입단속도 시켰는데 말이다. 그가 바로 대꾸하지 않는 걸 본 태희 어머니가 다시 물으셨다.

"태희 아버지가 먼저 그렇게나 큰돈을 요구하던가?"

"제가 제시했어요. 어중간한 액수로는 떨어져나갈 것 같지도 않고 해서."

비밀이 깨졌다면 순순히 털어놓는 게 좋다. 물론 태희가 이 사실을 모른다는 것을 확신해서 재경은 쉽게 입을 열었다. 아니면 방금 전의 통화가 그토록 평화로웠을 리가 없다.

"어떻게 그렇게 충동적으로, 그렇게 큰돈을……. 이건 말이 안 되네. 받은 그 사람은 망종이니까 그렇다고 쳐도 자네는 어쩌자고 그 큰돈을 이런 일에……."

"별로 충동적인 것도 아니고, 말이 안 될 것도 없는데요. 진즉부터 생각했던 일이에요. 태희 봐 온 게 벌써 몇 년인데요. 가정폭력이란 거, 어지간해선 벗어날 길 없는 수렁이라죠? 어머니께서 벗어날 힘이 없다고 해서 태희까지 그 출구 없는 미로 속에 버려둘 수는 없잖아요. 돈이든 뭐가 됐든 수단 방법 안 가리고 더러운 건 도려내야죠."

살짝 미소까지 곁들여서 재경은 말했다. 후회하는 기색 따위 전혀 찾아볼 수 없다. 태희 어머니가 그의 얼굴을 망연히 쳐다보다가 고개를 절레절레 저었다.

"자네는 몰라. 그 인간은 이미 망가질 대로 망가진 사람이야. 수치도 모르고 자존심도 없어. 그런 게 손톱만큼이라도 남아 있었으면 자네한테 돈 같은 거 받지 않았어. 설사 받았다고 해도 그러고는 안 다니지. 그 인간이 자네한테 받은 돈으로 뭘 하고 다니는지 아나?"

"노름이나 술, 아니면 여자. 뭐 그런 건가요?"

"웃으면서 할 말이 아니야. 그 큰돈도 그리 쓰다간 언제 바닥날지 몰라. 그러면 안 된다고 했더니 딸내미 잘 됐으니 평생 돈 걱정 안 하고 살 수 있다고 호언장담이야. 평생……. 평생이라니……. 세상에 딸자식 팔아먹는 부모 있다는 소리 듣고 미친놈이다 욕했더니 그게 바로 태희 아버지네 그려. 뱃속에 있을 때도 그 인간 때문에 달도 제대로 못 채우고 나왔어. 사산되지 않은 것도 하늘이 도우신 일이었다고. 애 어려서부터 수틀리면 그 어린 것을 쥐 잡듯이 잡아서, 키워준 은공 운운하면 하늘이 무서울 인간이 이제 와서 딸내미 덕을 보고 살겠대. 그 인간이, 그 인간이 결국엔 그 약한 것을 말려 죽일 셈인 거야."

붉게 충혈된 눈에 한가득 두려움을 담아서 말해가나 싶더니 종국엔 눈물을 뚝뚝 흘렸다. 재경은 한숨을 삼키면서 손수건을 꺼내 태희 어머니에게 건넸다.

"말라죽지 않게 할게요. 어떻게든 제가 해결할 거예요. 태희는 모르게. 어머니는 그저 아무것도 모르는 척 제가 하자는 방향대로만 따라와 주시면 돼요. 태희가 져야 할 짐은 전부 제가 대신 지고 갈 테니까."

"……지금은 그 애가 좋아서 그런다 쳐도, 사람은 달라져. 그 짐 지금은 지고 가겠다 자신해도, 일 년 뒤에 마음 다르고 이 년 뒤의 마음 또 다른 거야. 자네는 털고 가면 그만이지만 태희는 달라. 천륜은 끊고 싶다고 끊어지는 게 아니니까. 난 그때의 일이 무섭네."

"털고 가는 일 따위 없어요. 어머니께 이미 말씀드린 대로 저 태희 결혼 상대로서 진지하게 보고 있고, 최대한 빠른 시일 내로 결혼할 거예요. 그 애가 받아 마땅한 만큼 사랑해 주면서 살 거예요. 분명히 말씀드리지만 태희는 말라죽지 않아요. 제가 반드시 보호합니다. 어머니가 아셔야 할 건 이것뿐이에요."

재경의 결연한 표정을 보고도 태희 어머니는 서글프게 웃다가 다시 고개를 떨구었다.

"부잣집 도련님이지, 자네는. 미래가 온통 아득한 어둠밖에 안 보이는 기분을 알 턱이 없어. 젊지. 아니, 어려. 아직 너무 어려서 결혼이란 게 뭔지 자네는 몰라. 만에 하나 자네 말처럼 결혼을 한다 쳐도 그런 집에서 우리 태희가 어찌 기를 펴고 사나. 좋은 사람들 만나서 한껏 사랑받고 살아야 해, 그 애는."

"그렇게 될 거예요. 설사 그렇지 못하다 해도 제가 한껏 아껴주면서……."

"한경그룹 자제라며, 자네. 나같이 정치고 경제고 다 관심 없이 그저 시장에서 밥 팔아 하루 먹기 바쁜 사람도 아는 한경 말이야. 내 말이 틀리나?"

"그게 문제가 될 줄은 몰랐습니다만."

"그런 집에서 우리 태희를 받아줘? 아니지. 그건 아니야. 아무리 부처님처럼 넓은 마음을 가진 사람들이라 쳐도 그건 아니야. 우리 애는 약해. 마음도 여리기 짝이 없는 애야. 헛된 꿈을 좇다가 그 꿈이 깨지면 우리 애가 얼마나 괴로워할지 눈에 선해서 견딜 수가 없네. 부탁이야. 잠깐의 마음으로 애를 피할 수 없는 나락으로 몰지 말게."

이것이 어머니의 마음이란 건가 싶어서 애잔하다 싶으면서도 억누르는 게 불가능할 정도로 치밀어 오르는 분노가 있었다. 재경은 차디찬 눈으로 앞에서 눈물을 찍어내느라 여념이 없는 태희의 어머니를 쳐다보았다. 그러다가 냉기까지 어린 목소리로 말했다.

"처음 사귀게 되었을 때 태희는 어찌할 방법이 없다 싶을 만큼 안으로 움츠러드는 버릇이 있는 애였습니다. 걸핏하면 픽픽 쓰러지고 감기라도 걸렸다 치면 낫는데 한 달이 가고. 가끔은 일주일 가까이 결석도 하고. 네, 아버지란 작자에게 맞아서 학교에 나오지 못할 때가 그랬죠. 게다가 그 대책 없는 자기 비하의 자세도. 유리로 만든 꽃 같았어요. 애처롭도록 예쁜데도 가끔은 바스러뜨려 버릴까 싶을 정도로 답답했죠. 가정폭력 때문에 애가 그렇게 자기 껍질 안에서 위축되어 있었구나 하고 나름대로 이해했고, 본인도 조금씩이나마 더 나아지려고 하는 게 눈에 보여서 그 뒤로 그런 못된 생각은 안 하게 됐지만. 그런데 말이죠, 지금 어머니를 보니 단순히 아버지의 문제가 아니었다는 게 확실하네요. 태희가 약하다구요? 네, 약하죠. 하지만 강해지기 위해서 노력하는 그 애는 강해요. 눈이 부실 정도로요. 느리긴 하지만 한발, 한발 더 나아가면서 그 애는 계속 강해질 거예요. 그런 그 애를 어머니 멋대로 약하다는 틀에 맞춰 잡고 있지 마세요. 사랑하고 아끼는 마음은 알겠지만 이제 태희는 아버지에게 맞고 오들오들 떨던 어린애가 아닙니다."

재경은 한시도 더 자리에 있을 수 없어 벌떡 일어섰다. 선 채로 말을 매듭지었다.

"정작 누가 누구를 보호하고 있는 건가요? 과연 태희가 몇 살 때부터 맞고 있던 어머니 앞을 막아섰는지 기억해 보시는 게 좋겠습니다. 그럼, 오늘은 이만 가보겠습니다."

카페를 나오면서 힐끗 돌아보니 태희 어머니는 재경이 준 손수건을 꼭 쥐고 멍하니 앉아 있다. 마음은 좋지 않지만 꼭 하고 싶었던 말이기에 후회는 하지 않았다. 마치 예전의 태희처럼 껍질 속에 꼭꼭 숨어 다치지 않으려 안간힘을 쓰는 모습에 숨이 막혔다. 태희의 경우보다 훨씬 더 안 좋다. 태희가 재가 되어 버렸으면 하고 바라고 있을 동안 저 사람은 까맣게 타고 또 타면서 이미 재가 되어 버린 눈을 하고 있었을 테니까. 지금처럼.

재경은 홱 몸을 돌린 뒤 근처 주차장에 세워둔 차를 향해 달려갔다. 태희가 보고 싶어졌다. 어서 만나서 꽉 끌어안고 그녀의 웃는 모습을 보면 모든 게 다 좋아질 것 같다. 그녀와 함께 있는 시간이 세상에서 가장 좋다. 태희가 말했던 것처럼.

태희네 집에 도착했을 때 예상보다 빨리 돌아온 태희가 가볍게 샤워까지 마친 모습으로 재경을 맞아 주었다. 그녀를 꽉 끌어안자 과연 모든 게 다 좋아졌다. 안락한 따스함에 마음이 정화되는 느낌. 안타깝게도 그의 몸은 정화의 역방향으로 치달아서 점심 준비를 막 시작했다는 태희를 곤혹스럽게 만들었지만. 그러나 평소보다 더 순순히, 더 열렬히 재경의 바람에 응해 주는 태희의 노력에 재경의 몸 역시 정화를 향해 느릿느릿 움직였다.

두 번째로 사랑을 나누고 난 뒤에 태희의 몸을 끌어안은 채로 얼마간 숨을 고르던 재경이 살짝 고개를 들어 그녀의 입술에 키스하며 물었다.

"어쩐지 오늘은 내가 잡아먹힌 기분이야. 뭔가 너 굉장히 뜨거운 거 알아?"

"그래서 싫어?"

"절대로 싫지 않아. 뼈까지 녹아도 좋으니까 더 원해."

"넌 배도 고프지 않아? 벌써 시간이, 으응, 하……읏."

시계를 보려고 몸을 일으키려는 태희를 와락 끌어안으며 재경은 입술을 덮쳤다. 동시에 금세 되살아난 그의 남성이 단번에 그녀의 몸속으로 돌진해 들어갔다. 아무리 거듭해도 여전히 그가 들어올 때 태희는 등허리를 훑고 지나가는 전율로 인해 숨을 멈추고 만다. 재경 역시 그것을 또렷하게 인지하면서 함께 숨을 멈추었다가 태희가 가쁘게 숨을 내쉬는 바로 그 순간에 더 깊이 몸을 밀어 넣었다.

태희는 두 번째 숨을 쉴 때에 재경에게서 나는 아련한 향기를 가득 느꼈다. 이번엔 적당히 하고 빨리 끝내라고 말하려던 태희의 머릿속을 빠르게 잠식해 가는 향기. 그 거부할 수 없는 향에 이끌려 태희는 재경을 꼭 껴안았다. 재경의 힘찬 몸짓에 응해서 그에게 자신의 몸을 바짝 밀어붙였다. 야릇한 소리가 쉴 새 없이 방을 가득 메우면서 둘의 숨소리와 향기가 풀어낼 길 없이 엉켜 서로를 칭칭 감았다.

완벽하게 하나가 되어 녹아버릴 것 같은 몽롱함. 이렇게 품 안 가득 안고 사랑해 주는, 사랑받는 상대가 더더욱 사랑스럽다. 마음이 넘쳐서 몸을 품고, 몸을 품으면서 더욱 마음이 찰랑거린다. 이대로 이 순간이 끝나지 않았으면……하는 생각이 문득 둘의 머릿속에 차올랐다가 하얗게 부서졌다.

6. 붕괴

태희 어머니는 그 뒤로도 계속 울적해 계셨다. 처음엔 기분을 풀어 드리려고 태희도 노력했지만 그 노력도 의미 없이 아침이면 퉁퉁 부어 있는 어머니의 눈이나 자꾸만 늘어가는 빈 소주병들을 보면서 그만 맥이 탁 풀렸다. 밤중에 간혹 들여다보면 어머니는 자면서조차 가위에 눌린 것처럼 흐느끼고 계시곤 했다. 대체 왜. 깬 줄 알았던 악몽에 다시 붙들린 것처럼 진저리가 났다. 며칠 그 일로 신경 썼더니 대번에 감기 기운이 찾아왔다.

병원에 와서도 책을 읽는 중에 가늘게 기침이 나와서 태희는 입을 틀어막았다. 침상에 계신 승운의 할머니가 조금 고개를 돌리시면서 물었다.

"아프니?"

"감기 기운이 좀 있어요. 죄송해요."

저편에 있던 간병인 아주머니가 감기 기운이란 소리에 못마땅한 표정을 짓는 걸 보고 황급히 태희가 죄송하다는 말을 덧붙였다. 당뇨병

환자에게는 합병증 우려 때문에 감기도 몹시 위험하다. 특히 할머니 같은 경우엔 조심한다고 될 일이 아닐 만큼 위험할 수 있다.

"며칠 쉬다오는 게 좋겠죠? 약 먹어서 괜찮을 줄 알았는데 제 생각이 짧았어요."

읽고 있던 책에 책갈피를 끼운 뒤 의자 옆에 놓아둔 가방을 드는데 할머니가 가만히 손짓하시면서 말했다.

"손 좀 줘봐."

"손이요?"

태희는 물티슈를 꺼내 손을 닦고 할머니 가까이로 가서 손을 내밀었다. 태희의 손이 할머니의 손에 닿자 할머니는 그 손을 두 손으로 꼭 잡으셨다.

"손은 괜찮은데. 열은 없나?"

"원래 손발이 차서요. 이 정도면 많이 따끈해진 편이에요. 아, 이마는 상당히 뜨겁네요."

"어디."

할머니가 더듬더듬 손을 뻗으시는 걸 보고 태희가 그 손이 자신의 이마에 닿게 해드렸다. 지문이 거의 닳아버린 할머니의 맨들맨들한 손은 기분 좋을 만큼 차가웠다. 그만큼 태희에게 열이 있었다. 할머니는 상당히 오랫동안 태희의 이마에 손을 대고 있다가 손을 내리실 때 살짝이 태희의 눈과 코를 쓸어 만지셨다.

"아프지 마렴. 네가 아프면 네 어머니 마음이 아플 거야."

어머니란 말에 태희의 얼굴이 어두워졌다. 놀랍게도 할머니는 웃으시면서 물으셨다.

"어머니랑 싸웠니?"

"아, 아니요. 그렇지는 않아요. 그냥 조금……. 어떻게 아셨어요?"

"엊그제도 그렇고 오늘도 목소리에 수심이 가득해."

“……그랬나요? 죄송해요. 조심한다고 했는데.”

변함없이 온화한 미소로 할머니는 말했다.

“목소리가 정말 닮았어. 내 딸이랑.”

“네. 그 말씀 하셨어요, 전에.”

“넌 그 애보다 더 많이 행복해져야 해. 훨씬 더, 훨씬 더 행복해지렴. 그래서 어머니 마음에 못을 박는 나쁜 딸이 되면 안 돼.”

태희는 고개를 끄덕이면서 할머니의 손을 꽉 잡아드렸다.

“그럴게요. 전 건강하게 오래 살 거예요. 그리고 행복하게. 안심하세요, 할머니.”

“그래, 성희야. 그래.”

성희는 아니지만. 태희는 잠자코 웃고 만다. 다시 기침이 나기 전에 병실을 나오면서 태희는 한 번 뒤를 돌아보았다. 보이지 않으실 텐데도 할머니는 문이 있는 쪽을 향해서 손을 흔들고 계셨다. 태희 역시 손을 흔들었다.

내과에 들러서 주사도 맞고 약국에서 감기약이 나오길 기다리고 있는 중에 재경의 전화를 받았다. 그는 다짜고짜 제주도에 가자는 말로 말을 시작했다.

「어머니도 모시고 제대로 한 번 놀자. 뭣하면 소희도 불러도 좋아. 재수생이 낄 곳은 아니라고 생각하지만, 이건 그냥 내 의견일 뿐이고.」

“글쎄, 일정을 맞춰봐야 알겠지만 근데 왜 가까운 곳 다 두고 제주도?”

「거기 별장 있다는 게 이제야 기억났어. 어머니가 말해 주셔서 알았지만.」

“본가 들어갔구나. 어쩐지 연락이 안 되더니.”

「이번 달은 가족 모임 미뤄지나 했더니 갑자기 소집이네. 어머니가 내일부터 피서차 낭트에 가신다나봐. 기념품 사다달라고 말해 볼까?」

“또 그래놓고 내가 사다달라고 했다고 그럴 거지? 안 속아. 나는 그런 말 한 적 없어. 아, 네. 저요. 감사합니다.”

「응? 무슨 소리야? 너 지금 어디야?」

“약국. 엄마가 요새 속이 좀 안 좋으신 것 같아서.”

「흐음. 어머니가?」

“응. 그러고 보니 긴 휴가가 가장 절실한 분이네. 가서 모시조개국이라도 맛있게 끓여 놔야겠어. 그럼 저녁 시간 잘 보내고, 내일 봐.”

「태희야 잠깐만, 나 일부러 방으로 왔어. 전화 오래 해도 되는…….」

무정하다 싶을 만큼 전화를 뚝 끊고 태희는 힘들게 참았던 기침을 쏟아냈다. 혹시라도 통화 중에 기침을 해버렸다면 재경은 당장 오겠다고 했을 것이다. 또 전화가 오겠지만 버스 타고 가느라 몰랐다고 발뺌할 생각이다. 날도 더운데 마스크를 쓰고 약국을 나와 집으로 향하면서 태희는 기침을 하는 틈틈이 하늘을 보고 생각했다.

바다라. 그래. 거길 가야겠다. 아마도 그게 엄마를 위한 터닝포인트가 되어주리라.

자고 나면 한결 낫겠지 하고 잠자리에 들었는데, 자는 사이에 열은 펄펄 끓고 오한도 쉴 새 없이 찾아와 잤다기보다는 인사불성으로 끙끙 앓은 밤이 되고 말았다. 어쨌든 아침이 되어 깨어나니 몸은 피곤하지만 머리는 맑은 것이 아, 이젠 살 만하구나 싶었다.

“아, 축축해. 옷부터 갈아입어야……. 엄마?”

팔꿈치에 힘을 넣어 몸을 일으키던 태희는 옆에 계신 어머니를 보고 움직임을 멈췄다. 앉은 채 타월을 손에 쥐고 잠들어 계신다. 옆에는 물이 담긴 대야도 보인다. 밤새 간병을 해주신 거였나 보다. 시계를 보니 이미 9시가 넘었다. 태희 때문에 일도 못 가신 셈이다. 이렇게 어머니가 밤을 지새우며 돌봐준 일이 얼마 만인지 생각하던 태희의 가슴이 뭉클해졌다. 요즈음 들어 어머니에게 품었던 야속함이나 원망의 감정조차 눈 녹듯 사라졌다.

손을 뻗어 어머니를 깨우려 하다가 마음을 바꿨다. 대신 조심히 일어나서 갈아입을 옷을 꺼낸 뒤 방을 나갔다. 샤워를 하고 옷을 갈아입은 뒤 재빨리 머리를 말리고 다시 방으로 돌아와 침대에 들어갔다. 누웠던 자리가 땀 때문에 눅눅했지만 그건 참아야 했다. 이불을 턱까지 끌어서 덮은 뒤 이불 밑으로 손을 내밀어 어머니의 손을 흔들흔들 밀었다.

"……응? 어, 태희야. 일어났구나? 어디 열은……."

퍼뜩 놀라며 잠에서 깬 어머니는 먼저 태희의 이마에 손부터 뻗었다. 자신의 이마와 비교해 보더니 고개를 갸웃이 기울이며 중얼거렸다.

"열은 내렸구나. 목은 안 아파? 기침은 안 나고?"

"목은 안 아파. 기침도 별로 안 나는 것 같아."

정말로 목도 안 아프고, 기침이 나올 기미도 없었다. 그래도 태희는 부러 약하게 힘을 뺀 목소리로 중얼거리면서 말미에 콜록콜록 마른기침을 했다. 어머니가 대번에 걱정스런 얼굴을 짓는 걸 보고 속으로는 웃음을 삼켰다. 그래도 한 번 더 콜록거렸다.

"깼으니까 뭐라도 먹고 약을 먹어야지. 죽 해올게 기다리고 있어."

"죽 말고 다른 거."

"다른 거 뭐?"

"복숭아 통조림."

태희의 입에서 바로 나온 답에 어머니는 웃으시며 물었다.

"복숭아 통조림이랑 후르츠 칵테일 통조림에 바닐라 아이스크림도 있으면 좋겠지?"

"응. 그거 전부 다."

"낫을 때 됐네, 우리 애기. 알았어. 엄마가 다 사올게. 좀 더 자고 있으렴."

나가는 어머니의 등을 보면서 태희는 방긋 웃었다. 어릴 적으로 돌아간 것 같았다. 아버지가 며칠이고 집을 비우는 때가 다른 세 식구에게 있어선 가장 행복한 때였다. 그럴 때 태희가 감기에 걸려 골골거리는 날이면 어머니는 일을 마치고 돌아오실 때 복숭아 통조림이나 후르츠 칵테일 통조림을 사들고 오셨다. 여름일 때엔 아이스크림도 함께. 아파서 누워 있으면서도 어머니가 문을 열고 들어오시는 소리가 들려오길 아주 열심히 기다렸었다.

시간을 거슬러 되돌아가는 일은 불가능해도 같은 일이 반복되는 일은 가능하다. 비록 어머니의 얼굴엔 깊은 주름이 새겨졌고, 태희도 훌쩍 커서 어른이 되어 버렸지만. 그래도 어린아이의 마음으로 태희는 어머니가 돌아오기를 기다렸다.

태희가 말한 것들을 사러 나가던 태희 어머니는 엘리베이터가 일층에서 멈추고 문이 열렸을 때 엘리베이터가 내려오길 기다리던 재경과 마주쳤다.

"안녕하세요, 어머니."

꾸벅 인사하는 재경을 보며 어머니는 웃으셨다.

"부지런도 하다. 내가 옆에 있어줄 테니 걱정 말래도."

"그래서 아침에 왔잖아요."

재경도 웃었다. 간밤에 잘 자란 인사를 하려고 태희에게 전화를 걸었는데 어머니가 받으셔서 태희가 감기몸살로 아프다고 일러준 것이었다. 당장 오겠다고 하는 걸 어머니가 날 밝으면 오라 했더니 정말 말 그대로 했다. 전에 만나서 나눈 대화가 있어서 둘만 있자니 어색했다. 어머니는 지갑을 꼭 쥐면서 재경에겐 올라가보라고 말하고 가려다가 그가 들고 있는 묵직해 보이는 비닐봉지를 보고 걸음을 멈추었다.

"뭐가 그렇게 잔뜩이지?"

"이거요? 복숭아 통조림이랑 후르츠 칵테일 통조림. 아, 바닐라 아이스크림도 있어요. 그런데 어머니는 어디 가세요?"

어머니는 할 말을 잃으셨다. 그저 재경의 얼굴을 물끄러미 쳐다보고 재경의 손에 들린 비닐봉지를 쳐다보다가 한숨인지 웃음인지 구별이 되지 않는 소리를 자그맣게 토하셨다.

"그래. 이미 그 애는 훌쩍 커버렸지. 이젠 내가 해줄 게 없어."

"어머니?"

의아해하는 재경의 목소리에 태희 어머니는 고개를 들고는 엷게 웃으셨다. 그러더니 그의 팔을 잡고 다시 엘리베이터 안으로 들어가셨다.

"올라가세나. 우리 태희 배고플 거야."

"어디 가시던 길 아니었어요?"

"응. 안 가도 돼. 이젠."

재경의 팔을 잡은 태희 어머니의 손이 유난히 뜨겁게 느껴졌다. 혹시 어머니도 감기에 걸리신 게 아닌가 걱정스런 눈으로 재경이 살피는 동안 엘리베이터는 차분히 위로 향했다.

이틀 뒤인 목요일. 오전 비행기로 태희와 태희 어머니, 재경, 소희 이렇게 네 사람이 제주국제공항에 도착했다. 일정 맞추기가 곤란하지 않을까 싶어 걱정했는데 태희 어머니는 제주도에 가자는 이야기에 태희가 낫는 대로 한 번 가보자고 말씀하셨다. 어머니는 그동안 내내 쉬지 않고 일했으니 좀 길게 휴가를 써 보겠다고 하셨다.

그 말의 영향인지 태희는 수요일 아침이 되자 날아다닐 정도로 쌩쌩해졌다. 미리 이번 한 주는 할머니의 병원에 못 가겠다고 승운에게 말해 놓았기 때문에 주말까지 여유는 있었다. 물론 소희는 제주도 말을 꺼내자마자, 대번에 오케이였다.

문제는, 목요일에 제주공항에 도착해서 보니 비가 퍼붓고 있었다는 것이다.

"이게 뭐야! 왜 이 몸이 제주도에 올 때마다 비가 오는 거냐고!"

일기예보에도 없었던 비. 분노를 못 이겨 하늘을 향해 주먹질을 하다못해 발길질까지 하는 소희를 겨우겨우 달래가며 렌터카 직원에게 차를 받아 별장으로 향했다.

저녁식사를 하고 돌아올 때에도 역시 빗발이 약해질 기미가 없자, 다음 날은 실내에서 관람할 수 있는 코스로 대거 수정하게 되었다. 한라산 등반 여부도 불투명해졌다.

제발 날이 개라는 뜻으로 소희가 정체불명의 신들에게 기원까지 하고 잤지만 금요일 아침에 일어났을 때 창밖으로 보이는 빗줄기는 너무도 굵고 튼튼했다.

"안 가. 식물원도 필요 없고 테디 베어도 필요 없어. 난 욕조에서 수영복 입고 놀 거야."

"야, 네가 있어야 재밌지. 우리 엄마 생각해서라도 일어나."

"어머니? 어머니, 제가 필요하세요?"

"응. 우리 소희가 있어야 훨씬 재미있지. 소희가 없으면 무슨 재미로 구경을 가니."

"하긴 그렇지요. 어머닐 위해서 이 한 몸 희생하겠습니다."

침대에 누워서 일어날 생각을 않던 소희를 일으킨 것은 태희 어머니의 말씀이었다. 잔뜩 풀이 죽어 있더니 차에 타기 직전에 혹시라도 비가 갤지 모른다며 수영복을 챙기러 돌아가는 소희의 모습이 모두를 웃게 만들었다. 그리고 소희가 기도를 드린 그 무수한 신들 중 한 분이 정말로 영험했던지 정오가 넘어서부터는 빗발이 가늘어지더니 오후 들어서는 몰라보도록 개여 마침내 해가 분명히 모습을 드러냈다. 비 온 뒤의 맑은 공기와 청명한 햇살의 조합이 주위 풍경의 색채를 훨씬 더 뚜렷하게 만들어 냈다.

"바다, 바다, 바다로 가야 해!"

한림공원을 산책하면서 금능해수욕장으로 가기로 결정했지만, 소희는 공원 따윈 본 척 만 척하면서 바람 같이 달려 어느샌가 시야에서 사라지고 말았다.

"여기도 야자수 길이 있네. 열대 지방 같아. 겨울에도 서울처럼 춥지는 않다고 하고. 나중에, 엄마, 우리 나중에 나이 들면 여기 와서 살까?"

"그때까지 내 옆에서 살게?"

"당연하지. 내가 우리 엄마 아들이잖아."

태희 어머니는 그 말에 웃으시면서 고개를 끄덕였다. 하지만 그 웃음이 무척이나 쓸쓸하다. 둘 다 오랫동안 연락이 오지 않는 오빠의 일을 떠올리고 의기소침해진 찰나였다. 옆에서 조용히 걷던 재경이 불쑥 앞으로 걸어 나가더니 카메라를 둘 쪽으로 향했다.

"남는 건 사진뿐이니까, 한 컷 찍죠?"

"네! 자, 엄마, 포즈!"

태희가 재빨리 어머니 뒤로 돌아가며 두 팔을 잡아당기고 민망스러울 정도로 우스꽝스러운 포즈를 만들어냈다. 저 녀석 이럴 땐 소희로 변신하는 거군, 하고 재경은 속으로 웃으면서 찰칵찰칵 사진을 찍었다. 어머니가 재경을 향해 손짓을 하며 말했다.

"같이 찍어. 계속 찍기만 하네."

"그럴까요?"

부근에 있던 다른 관광객에게 부탁해서 셋이서 함께 사진을 찍었다. 장난꾸러기 같은 표정의 태희와 언뜻 보면 놀랍도록 활짝 웃고 있는 재경, 사진만 찍으면 얼굴이 한결같이 뭘 보고 놀란 사람 같아지는 어머니가 유일하게 방긋 웃고 있는 사진이 나왔다.

세 사람이 금능해수욕장으로 가는 길에 접어들었다. 해수욕장치고는 자그마한 바닷가에서 이미 수영복 차림이 된 소희가 첨벙첨벙 물을 튀기며 뛰어다니는 게 보였다. 소희는 뒤늦게 도착한 일행을 향해 손을 흔들면서 외쳤다.

"물 얕다, 태희야! 너 죽을 일 없어! 들어와, 들어와 어서!"

"물 깊어도 안 죽거든! 너나 실컷 놀아, 바보야!"

한 손에 돌고래 튜브까지 들고 뛰는 소희를 골려준 뒤에 태희는 재경을 보고 말했다.

"예쁜 조개껍데기 좀 모아 봐. 네 어머니에게 드릴 선물이 있어야지."

"라저. 그러나 큰 기대는 안 하는 게 좋아."

조개껍데기로 태희가 뭘 하려는 건지 이상하게 생각하면서 재경은 모래사장을 방황하게 되었다. 물기가 마른 곳을 찾아서 앉은 뒤 태희는 언제 비가 왔었냐 싶게 깨끗해진 하늘을 쳐다보았다. 어머니도 함께 바다와 하늘을 보느라 말씀이 없으셨다. 조금 깔려 있던 노을이 문득 정신을 차려보니 하늘에 불이라도 난 것처럼 빨갛게 번져 있었다.

"엄마, 하늘에 붉은 모란이 잔뜩 핀 것 같지 않아? 모란은 참 예쁘더라. 벚꽃도 예쁜데 모란은 벚꽃과는 다른 멋이 있었어. 벚꽃은 공주님이고 모란은 여왕님 같아."

"어디서 봤는데?"

"재경이 본가에서. 음, 재경이 본가 어머니가 초대해 주셨었어. 말하자면 좀 복잡한데 재경인 낳아주신 분이랑 길러주신 분이 다르거든. 본가 어머니는 길러 주신 분."

"응. 그랬구나."

태희 어머니는 멍하니 모래사장을 보시면서 고개를 끄덕이시다가, 문득 물었다.

"그분은 너한테 잘해 주시니?"

"본가 어머니? 응. 잘해 주셔. 분에 넘칠 정도로. 범접하기 힘든 분이라 재경이도 상당히 어려워하거든? 근데 신기하게도 난 그분이 참……. 어렵긴 어려운데 좀 끌린다고 해야 하나? 소희하고 재경이 말고 그렇게 이유 없이 좋아지는 사람이 있을 줄은 몰랐어."

"다행이다. 예쁨 받고 살겠구나, 우리 태희."

"엄마도 참. 뭐 벌써부터 그런 얘길……. 아, 그러니까 무슨 이야기 하다 말았지? 맞다, 모란. 모란 말이야. 그거 베란다에 키우면 클까나?"

빨개진 얼굴로 모래사장을 손가락으로 푹푹 찔러대면서 태희는 이야기를 돌렸다. 어머니는 그런 태희를 엷게 미소 지은 얼굴로 바라보시다가 몇 번 머리를 쓸어 만져 주시고는 다시 하늘 쪽으로 고개를 돌렸다.

태희의 말처럼 붉은 모란꽃이 만발한 듯한 낙조(落照)는 찬란하도록 아름다웠다. 하염없이 바라보시는 어머니의 어깨에 기대어 태희도 하늘에 폭 빠져 있었다. 그런 두 사람의 모습을 멀리서 찰칵, 찰칵 카메라에 담은 뒤 재경 역시 물끄러미 하늘을 눈에 담고 서 있었다.

클라우드 캐슬 앞에 도착한 태희는 잠시 멍해지고 말았다. 금일휴업 안내판이 걸려 있고, 그 옆의 안내보드에는 다음 주 일요일까지 여름휴가라는 안내가 적혀 있었다.

"휴가. 휴가?"

믿기지 않아서 눈까지 비빈 다음에 다시 보았다. 역시 그렇게 적혀 있다. 휴가는 팔월 말에 일주일쯤 생각한다고 들은 것 같은데, 왜 이렇게 갑자기. 그보다 휴가라면 자신에게도 일러줬어야 하는 것 아닌가? 사람을 바보 만드는 것도 아니고. 황당해하며 태희는 핸드폰을 찾아들었다. 승운에게 전화를 걸었지만 들려오는 멘트는 전화가 꺼져 있어서 받을 수 없다는 차가운 기계음이었다. 다음으로 바리스타 아저씨에게 전화했다. 반갑게 인사를 했지만 통화 내용은 전혀 반가운 것이 아니었다.

전화를 끊고 나서 한참 만에 몸을 돌려 걷기 시작했지만 발을 움직이고 있다는 실감도 잘 나지 않았다. 그래도 태희는 기계적으로 몸을 움직여 이제는 익숙해진 길을 따라 승운의 외할머니가 입원해 계시는 요양병원으로 갔다. 그녀가 늘 찾아가 문을 열고는 했던 병실 앞에 섰다.

정말로 사라졌다. 입원한 환자의 이름을 적은 종이가 끼워 넣어져 있어야 할 난이 텅 비어 있다. 그래도 태희는 뚫어져라 그 난을 쳐다보았다.

"저기."

누군가가 그런 태희의 어깨를 가볍게 건드렸다. 돌아보니 병원을 오가면서 종종 본 간호사였다. 눈인사 정도만 나누는 사이였고 말을 해본 것은 이번이 처음이다.

"혹시 모르고 오셨나요? 여기 환자분은 사흘 전에……."

"네. 알아요. 돌아가신 거 알고 왔어요. 그냥, 한 번은 보고 싶어서."

태희가 담담히 중얼거리는 말에 간호사는 이제까지 수없이 지었음직한 위로의 시선을 보낸 뒤 자리를 피했다. 태희는 복도에 있는 의자에 앉았다. 여전히 문에 시선을 두고는, 그 문이 열릴 거라고 생각하는 것도 아니면서 바라보는 걸 그치지 못했다.

승운의 외할머니가 돌아가셨다는 걸, 이제는 확신했다. 바리스타 아저씨가 할머니가 돌아가셨다고 말했을 때에도 머릿속이 뿌옇기만 하던 것이 병원에 와서 병실을 보고 간호사의 말을 들으면서 차갑게 맑아졌다.

'넌 그 애보다 더 많이 행복해져야 해. 훨씬 더, 훨씬 더 행복해지렴. 그래서 어머니 마음에 못을 박는 나쁜 딸이 되면 안 돼.'

그렇게 말씀해 주시던 목소리가 지금도 귓가에 들릴 것 같은데. 그날따라 가려는 태희를 향해 오랫동안 손을 흔들어주신 게 이제 와 보면 전조였으려나.

"정말 무정하구나, 조승운. 향이라도 한 개 올리게 해주지."

와 줄 사람이 없다고 장례도 2일로 마치고 고향에 모시고 간다고 한 뒤 승운은 연락이 끊겼다고 한다. 이번 휴가는 좀 빨리, 대신 좀 길게 쓰죠, 라고 말할 때엔 웃고 있기까지 했단다. 그 녀석답구나 싶었다. 장례도 끝난 마당에 연락까지 끊고, 승운은 또 낚시나 하고 있는 걸까 생각했다. 핸드폰을 들어 승운에게 문자를 보냈다.

〔밥은 먹고, 잠은 자니?〕

이럴 때 승운의 곁에 있어줄 따스한 사람은 없다는 것은 태희도 알고 있다. 그런 사람이 있었다면 괴로운 일이 생길 때마다 낚시장이나 찾는 우스운 버릇은 들지 않았을 테니까. 아니, 우스운 게 아니라 쓸쓸한 버릇이다. 문득 한기가 들어서 태희는 자리에서 일어났다. 집으로 가야겠다. 어머니가 기다리는 집으로 말이다.

그다음 한 주간 좋았던 일들. 우선은 디데이가 삼십일 단위로 줄어들었다. 그리고 태희의 어머니가 더는 술을 입에 대시지 않았다. 술 때문에 아침마다 붓던 얼굴도 이제는 한결 안색이 맑아졌고 곧잘 웃는 일도 많아지셨다. 또 태희가 숨쉬기를 제대로 마스터해서 이십오 미터를 헤엄쳐 가는 것도 가능해진 점도 좋은 일이었다.

그런데도 이따금 태희의 얼굴에 수심이 떠오르는 것은 아직 승운의 외할머니 일에서 헤어 나오지 못한 까닭이다. 마치 멀리 여행이라도 가버린 것처럼 할머니의 자취가 사라진 것을 믿기가 힘들어서 때때로 이것이 승운이 벌이는 못된 장난이 아닐까 싶을 때도 있다. 조부모님도, 외조부모님도 태희가 태어나기 전이나 아주 어릴 때 모두 돌아가셨고 그 이후로 가까운 사람의 죽음을 목격한 적이 없는 터라 처음으로 실감하게 된 '아는 사람'의 죽음에 적응하는 게 참으로 씁쓸했다.

간밤에는 문득 생각난 대로 전에 읽다가 다 못 읽어 드린 책 『암야행(暗夜行)』을 꺼내서 베란다에 나가 작은 목소리로 읽었다. 문득 책 제목이 나빴다는 생각도 들었다. 어두운 밤을 걷는다라니. 왜 하필 이걸 골랐을까. 얼굴을 찡그리고 책표지를 물끄러미 쳐다보는데 어머니가 베란다로 나오셨다. 태희가 읽고 있던 책을 보시곤 반갑게 아는 척을 하셨다.

"오랜만에 보네, 이 책."

"아, 그러고 보니 엄마 책이었지."

상당히 우울한 내용인데 아끼는 책이 된 이유는 어머니의 손때가 묻은 몇 권 안 되는 책 중의 하나라서였다. 어머니는 맞은편 의자에 앉아 책을 몇 장 넘겨보시다가 물었다.

"아직도 그 할머니 일로 마음이 안 좋아?"

"그냥. 이 책 다 못 읽어드렸는데 궁금해 하지 않으실까 싶어서."

우울하다고도, 슬프다고도 말하지 않지만 고개를 숙인 채 손톱을 매만지는 옆얼굴에 그늘이 져 있다. 어머니는 태희에게 다시 책을 건네시며 말했다.

"응. 그렇구나. 그럼 읽어드려. 멀리서라도 들으시게 읽어봐. 나도 들어줄게."

"싫어. 이 책, 제목이 마음에 안 들어."
"목 안 아프게 마실 거 준비해서 나올게."
태희의 퉁명스런 말에도 어머니는 주방에 차를 준비하러 가셨다. 어머니가 오실 동안 못마땅한 듯 책을 무시하다가 결국 어머니가 나오시는 모습을 보고 못 이겨서 책을 들었다. 읽다 둔 곳을 찾아 종이를 넘기고 있는데 어머니가 차를 주시면서 말했다.
"그러고 보니까 내가 말 안 했지? 곧 외할머니 제사여서 엄마 이번엔 좀 다녀오려구."
"칠곡? 엄청 오랜만에 가는 거네. 나도 같이 갈까?"
"다음에. 이번엔 엄마 혼자 갈게."
"같이 가지."
"당일치기니까. 큰외숙 집에 가면 어찌 될지 모르지만. 혼자서 집 볼 수 있지?"
"칫, 내가 애야?"
태희가 투덜거리자 어머니는 엷게 웃으셨다. 곧 태희가 책을 읽기 시작했다. 향기로운 커피 향과 책을 읽는 태희의 목소리. 마치 초가을의 어느 한 자락을 살짝 잘라서 가져온 듯한 그런 평화로운 밤이었다.

"하필 이런 날 꼭 가야 해?"
아침에 일어나 창밖을 보고 온 태희가 어머니를 보며 걱정스런 표정을 지었지만 어머니는 된장국을 뜨면서 아무렇지 않다는 듯 말했다.
"괜찮아. 기차가 데려다 주는 거니까 걱정할 일이 뭐니."
"호우경보라는데. 그쪽은 비 더 많이 오는 거 아니야?"
"모르겠네. 그래도 어쩔 수 없지. 일부러 말해서 대신 일할 사람까지 구했는데 오늘은 내가 할 테니 내일 와요, 그럴 수는 없잖아. 자, 다 됐다. 따뜻할 때 어서 와 먹어."

"기차는 괜찮겠지만 혹시라도 택시 타거나 버스 타면 잘 봐. 운전사 아저씨가 미숙하게 운전하면 엄마가 확 핸들을 뺏든가."

"엄마 면허도 없는데 어떻게 그런 일을 해."

"운전면허 공부하는 거 아니었어? 보니까 방에 책 있던데."

"아, 그냥 누가 놓고 가서 한 번 가져와 본 거야. 운전면허는 무슨."

태희의 말에 어쩐지 당황해 하며 시선을 피하는 어머니였지만 태희는 별생각 없이 지나쳤다. 태희는 젓가락을 입에 물고 이마를 찡그렸다.

"왜. 따면 좋지. 나도 따긴 해야 하는데 과연 내가 차 운전을 할 수 있을까."

"괜찮아, 운전 못 해도 기사 딸린 차 타고 다니지. 태희는 공주님이 될 거니까."

"어쩐지 엄마 재경이한테 세뇌당하는 것 같아. 잘 들어, 엄마. 재경인 아주 똑똑하고, 잘 났지만 그래도 어린애야. 너무 그 애가 하자는 대로 끌려 다니면 안 돼. 알았지?"

"너희 둘은 정말 사이가 좋구나. 하는 말까지 둘이 비슷한 게. 소희 같이 좋은 친구도 있고, 재경 군처럼 멋진 남자친구도 있고. 지금까지 엄마 때문에 고생하고 살았다면 이제부터는 정말 그림같이 행복하게만 살아야 해. 엄마가 아무 걱정 없이 살게 해줄게."

"어우, 엄마도 참 간지럽게. 아침부터 묘하게 호언장담이네. 무슨 좋은 꿈이라도 꿨어?"

"응. 좋은 꿈 많이 꿨어."

어머니가 웃으셨다. 태희가 어떤 꿈을 꿨냐고 계속 물었지만 어머니는 말하면 꿈이 소용없어진다고 결국 말씀을 안 해주셨다.

어머니를 배웅한 지 얼마 안 되어 재경이 집으로 왔다. 차분하게 집에 있었으면 한다는 태희의 바람대로 재경도 책을 보면서 시간을 보냈다. 오후가 되면서 호우경보가 호우주의보로 바뀌었지만 경북 쪽은 여전히 호우경보가 그대로인 걸 보고 태희는 미간을 찡그렸다. 계속 TV를 틀어놓고 날씨를 확인해 가면서 독서를 하다가 문득 시계를 보고 저녁 약속 준비를 하기 위해 자리에서 일어났다. 우선 옷을 고르려고 옷장을 열던 태희가 잠시 멈칫하는 사이 재경이 방문을 열고 들어왔다.

"어, 이 옷 뭐지?"

"무슨 옷?"

"또 노크도 안 하고 들어오기야? 나가. 옷 갈아입는대도. 아, 혹시 이 옷도 네가 여기 둔 거야?"

"옷? 아니. 가져왔으면 가져왔다고 말을 하지 내가 왜 숨겨? 흠. 천은 괜찮네. 근데 다 하나같이 단조로운 색이네. 혹시 어머니가 사두신 거 아냐?"

"엄마가 사 두셨나? 어, 이 옷도 못 보던 옷이다. 이것도. 정말 너 모르는 일이야?"

"그렇다니까."

옷장에 갑자기 생긴 못 보던 새 옷이 여러 벌 생긴 걸 보고 태희는 한참이나 이상해 하다가 엄마가 오면 물어보자고 생각하고 그 중에서 가장 처음 보았던 블랙 하이웨이스트 원피스를 골라 들었다. 그걸 자신에게 대보고 거울을 보면서 재경에게 어떠냐고 물었다.

"수녀원에서 막 나온 것 같아."

"참하다는 뜻이구나. 그럼 이걸 입어야지."

태희가 옷걸이에서 원피스를 빼내 들었다. 돌아보고는 한 마디 하는 걸 잊지 않고.

"나가."

옷은 금방 갈아입었지만 머리를 좀 어떻게 해보려고 한 게 오래 걸려서 결국 머리띠를 하는 걸로 마무리 짓고 방을 나왔다. 문이 열리는 소리에 오래 기다렸던 재경이 못마땅한 표정을 지으며 돌아보더니 목에 뭔가 걸린 사람처럼 헛기침을 했다. 태희가 웃었다.

"맘에 드는구나?"

"그다지. 장례식에 가는 것도 아니고."

"트집 잡을 게 없으니 별걸 다. 심술하고는."

맞는 말이라 더 할 말이 없어진 재경이 먼저 현관 쪽으로 걸음을 옮겼다. 뒤따라가던 태희는 현관에서 구두를 신을 때 신발장에 달린 거울에 비친 자신의 모습을 보고 불현듯 묘한 기분이 들었다.

너무 하얀 얼굴. 그에 반해 너무 까만 옷과 머리카락. 갑자기 아무 이유 없이 가슴이 뛰는 느낌. 뭔가. 뭔가 중요한 것을 잊고 있다는 기분이 드는 건 왜일까.

"뭐 해, 안 오고?"

먼저 나가서 문을 잡고 있던 재경의 재촉에 태희는 서둘러 밖으로 나왔다. 방금 전에 든 그 생각의 갈피를 잡으려고 하는데 재경이 하는 말이 그녀의 주의를 흩트려 버렸다.

"오늘은 재인이도 와. 그리고 그 여자도."

"아……그래?"

"아버지는 이래저래 소란이 일어나는 걸 싫어하시거든. 왕년에 했던 일이 있어선지 아무튼 골치 아파지는 걸 싫어해. 그런 마당에 그 여자가 하루가 멀다 하고 회사에 찾아와서 쪼아댄 모양이야. 내 얼굴이 있으니 무작정 내치지도 못하고. 불쾌해도 이해해 줘."

"나는 괜찮아. 나보다 너나 잘해."

"내가 뭐?"

"심통 난 어린애처럼 무뚝뚝해 있지 말고, 혹시라도 내 일에 사사건건 끼어들어 보호자같이 굴지 말고. 날 바보 만들고 싶지 않으면 가만히 지켜보고 있어."

"너 하는 거 봐서."

재경은 심드렁하게 말하고 고개를 돌렸다. 그런 그를 보며 이번에야말로 제대로 된 신용을 쌓자고 태희는 굳게 다짐했다.

저녁 약속이란 건 재경의 본가에서의 정찬이었다. 모처럼 재경의 아버지가 스케줄이 없는 날이니 자주 보면 눈에 든다는 말대로 태희를 불러서 가볍게 식사나 하자는 뜻으로 모란 여사가 계획한 일이었다. 그런 마당에 재경의 생모가 끼어들자 재인도 부르는 쪽으로 결정했다. 큰아들 내외는 일부러 초대하지 않았고, 작은아들은 이미 출국한 후이다. 묘한 그림이 나올 거라고 재경이 걱정한 것도 무리는 아니다. 자신의 두 아들을 앞에 두고 생모가 얼마나 오만방자하게 나올지, 눈에 선한 상황. 정작 부인은 개의치 않았지만 말이다.

"어서 와요. 어머나, 오늘은 우리 둘이 뭔가 통한 날인가 보군요. 아니면 아드님이 은근히 언질을 준 건가요?"

태희와 재경을 맞아주신 부인이 이렇게 말한 것도 이상하지 않은 게, 부인은 오늘 검은 가운 드레스에 진주 목걸이와 진주 귀걸이를 단출하게 매치한 차림이었다. 마찬가지로 진주 귀걸이를 차고 검은 원피스를 입고 있는 태희와 나란히 보니 매우 흡사한 분위기가 있었다. 얼굴을 붉히는 태희를 두고 재경은 어깨를 으쓱하며 웃었다.

"안타깝게도 전 지루하게 입었다고 타박한 참이었어요. 장례식이라도 가냐고 말이죠."

"내 아드님이긴 하지만 참 보는 눈이 없군요. 태희 양, 미안해요. 미적 감각은 음악 감각에 못지않게 갖추게 했다 자신했는데 오늘 보니 그렇지도 않군요. 이제 와서 과외선생을 붙여줄 수도 없고."

"타고나길 촌스러운 게 어디 가겠어요. 이따금은 배움에도 한계가 있죠."

태희가 부인의 말에 가볍게 장단을 맞추더니 후훗 하고 입을 가리고 웃었다. 재경은 어이없다는 표정이 되어 중얼거렸다.

"이젠 어머니 편에서 날 공격까지 하시겠다? 윤태희, 너무 많이 컸다."

"뭘 이만한 걸 가지고. 아, 제가 뭐라도 도울 일 없을까요?"

"글쎄요. 디너룸에 해둔 꽃 장식을 보러 가던 참인데 같이 가겠어요?"

"네."

재경에게 들고 온 토트백을 떠넘기고 태희는 부인을 따라 총총히 걸음을 옮겼다. 재경은 걸어가는 태희의 뒷모습에서 살랑살랑 꼬리가 흔들리는 걸 본 기분이다. 강아지가 주인과 산책이라도 나가는 것처럼 태희는 신이 나 보였다. 그녀가 부인이랑 사이가 좋아지는 걸 대환영했던 재경이었지만 오늘은 어째 영 맘에 들지 않았다. 그래서 재경은 거실에서 쉬는 대신 두 사람의 뒤를 냉큼 따라잡아 걷기 시작했다.

"아드님은 차분히 다른 손님이 오시길 기다리지 그래요? 도와줄 손은 이미 충분한데."

"자기가 주인공인 줄 아는 사람이니 늦을 게 뻔한 걸요. 함께 가서 꽃구경이나 할게요."

"진짜 꽃? 아니면 다른 꽃?"

"……둘 다요."

놀리는 듯한 부인의 어조나 겸연쩍어하는 재경의 대답을 다 들으면서도, 다른 꽃이라면 뭔가 독특한 소재로 만든 조화가 있는 건가 하고 태희는 고개를 갸웃거렸다.

테이블에 음식이 모두 차려지고 재경의 아버지까지 내려와서 자리에 앉았지만 문제의 손님은 나타나지 않았다. 음식이 식을 테니 먼저 들자는 부인의 의견대로 식사를 시작한 뒤로도 삼십 분 정도가 흘렀을 때에야 집사가 들어와 손님이 오셨음을 알렸다.

약식이지만 정장에 가까운 차림을 한 재인과 눈이 부시도록 진한 꽃자주색의 투피스를 입은 지영의 등장. 태희는 비로소 재인이 재경의 형제라는 걸 실감했다.

"손님을 초대해 놓고 호스티스께서 먼저 식사를 시작하시다니 참 반듯한 예법이로군요."

"일러준 시간에서 이미 한 시간이 지난 줄로 아는데. 시계 볼 줄 모르나, 자넨?"

"차가 워낙 늦어지는 바람에요. 서울 시내의 교통 체증이란 거 지독하잖아요. 하긴 그런 시간에 외출을 해보셨어야 알지."

"그러게. 내가 복이 많아서 고생을 안 하고 산다네. 자넨 참 고생이 많으이."

자리에 앉자마자 지영과 부인의 신경전이 시작되었다. 물에 물 탄 듯 술에 술 탄 듯 담담한 표정을 하고도 지영의 말에 한 치도 지지 않는 부인을 보며 태희는 속으로 감탄했다. 그러다 지영 쪽을 보았는데 무섭게도 딱 눈이 마주치고 말았다. 자연스럽게 시선을 돌리려 했지만 이미 지영은 다른 물어뜯을 거리를 찾아낸 후이다.

"세상에. 저 수수한 옷 좀 봐. 무늬도 없고, 장식도 없고. 혹시 네가 손수 미싱 돌려가며 만들어낸 옷 입고 다니니?"

"아닌데요. 이건……."

어디서 났다고 딱히 밝히긴 애매한 옷이라 태희가 말끝을 흐린 게 더 빌미가 되었다.

"돈 주고 산 옷이야? 어디서? 오래 외국에 나가 있었더니 너처럼 가난한 애들이 이젠 어디서 옷을 해 입는지도 잘 모르겠다. 설마하니 동대문 시장이라거나 그런 건 아니지?"

재인은 자기 최면이라도 걸었는지 옆에 있는 엄마가 무슨 소릴 해도 안 들린다는 표정으로 음식을 먹느라 여념이 없다. 재경은 표정이 거의 없었지만 손에 쥔 나이프와 포크에 힘이 들어가서 칼질할 때마다 접시가 긁히는 소리가 났다. 참았다, 우선은. 태희가 좀 지켜보라고 해서. 그리고 태희는 대답을 했다.

"말씀대로 동대문 쪽에 있는 시장도 가고 쇼핑몰도 가고 갈 곳은 많아요. 인터넷으로도 곧잘 사요. 싼 옷을 잘 사려면 발품을 좀 팔아야 하는데 저는 여기저기 돌아다니는 건 고역이라서요. 쇼핑하는 것 좋아하는 친구가 있어서 함께 날 잡아서 옷을 살 때도 있어요. 그 친구 눈썰미가 좋아서 크게 옷으로 실패한 경험도 없고요. 설명이 됐을까요?"

원더풀. 속으로 재경은 박수를 쳤다. 태희는 지영을 향해 미소까지 짓고 있다. 건너편에서 지영의 표정이 일그러진 것은 물론 그 옆의 재인이 포크를 들고 멍하니 태희를 보고 있는 것도 보였다. 이게 내가 아는 그 태희 선배 맞아? 라고 얼굴에 쓴 채로.

"본인은 별 볼 일 없는 주제에 친구는 잘 둔 모양이네? 하긴 수완이 좀 좋다는 이야기 들었어. 회장님 들으셨나요? 저 아이, 용돈 벌이 삼아서 아르바이트하는 곳이요."

갑자기 지영이 자신을 쳐다보자 묵묵히 식사를 하던 한 회장이 못마땅한 표정으로 힐끗 그녀를 쳐다보고는 와인을 마셨다. 지영은 조금도 위축되지 않고 이어 말했다.

"커피나 음료를 파는 카페라는데, 기특도 하지 고등학교 때부터 일을 했대요. 요즘에 들어와서야 그게 카페지 옛날 말로 하면 물장사죠. 얼굴이 저만큼 반반한 애가 윗대에서 운을 못 타고 태어나면 고생이 많죠. 그런데 또 신기한 게 그 카페 사장이라는 애가 이름을 대면 들어봤음 직한 기업 손자라는 것도 있죠. 왜 윤성 아시죠? 윤성기업 손자라네요. 그런 사람이 주변에 모이는 걸까요, 아니면 그런 사람만 골라서 주변에 두는 걸까요. 어느 쪽이든 참 수완이 좋다는 건 마찬가지고. 예쁜 얼굴에 두뇌도 치밀하게 돌아가는 여자. 어디서 많이 들어본 조합이죠? 그러니 부모들이 애한테 기대가 큰 것도 당연하겠죠."

노골적으로 지영 본인의 일을 경계 삼으란 뜻이 깔려 있다. 한편으로는 대단한 게 저 여자는 자신이 한 짓이 떳떳하지 못하다는 것을 알면서도 그걸 부끄럽게 여기는 마음이 전혀 없구나 하는 점. 아는데도 고칠 생각도, 반성도 하지 않는 사람이다. 저렇게 예쁜 얼굴을 하고도 그 이면의 모습을 들여다볼라치면 너무나 자신의 아빠와 비슷하다는 생각에 태희는 살짝 진저리를 쳤다. 지영은 전채로 나온 음식에는 입도 대지 않고 물린 뒤 본 메뉴가 나온 뒤에도 계속 와인만 비우면서 또 말했다.

"이런 예쁜 접시도 쓰면 닳는 것처럼 사람도 마찬가지예요. 손 타면 닳고 금도 가죠. 말로만 예쁘다 하지 마시고 집에 들여앉히시고 용돈이라도 보태 주셔야죠. 저 애가 말하는 용돈은 사모님한테는 꽃에 줄 비료 값 발치에도 못 미칠 텐데."

"그리 염려를 하는 줄은 몰랐네만. 자네 말은 내 깊이 생각해 보겠네."

"집에 들여서 물고 빨고 하시며 키워 보세요. 모쪼록 조심은 하시고요. 늪지대에서 사는 나무, 옮겨와서 햇빛 쨍쨍한 곳에 두고 비료 준다고 해서 잘 살 거란 보장 없어요. 묘하게 썩어 죽거나 애꿎은 다른 나무들한테 병이나 안 옮기면 다행이지."

카랑, 하고 날카로운 소리가 울려 퍼졌다. 재경이 욱하는 마음을 누르지 못해서 접시 위에 나이프를 거칠게 내려놓는 소리였다. 그리고 그가 이글거리는 눈으로 지영을 노려보면서 입을 열려는 찰나에 태희가 말을 가로챘다.

"잘 살 거란 보장은 없지만 운이 좋으면 아주 근사하게 자라겠죠? 사모님처럼 조경에 조예가 깊으신 분의 손이 가꿔주시는데, 설마하니 애꿎은 땅까지 늪으로 만들어가며 악취 나는 나무야 되겠어요. 하긴. 늪지대에서 사는 나무도 이런저런 것이 있지만요."

와인 잔을 들어 입에 대면서 힐끗 지영을 쳐다보는 태희의 마지막 시선이 압권이었다.

재경이 다시금 태희로 인해 할 말을 잃었다. 저편에서 재인이 히죽거리면서 웃음을 참는 게 보였다. 몸을 살짝 뒤로 빼면서 재경을 향해 오른손 엄지를 치켜세워 보이기까지 했다. 재경이 생각해도 오늘 태희가 강하다. 어디가 아픈 건가 싶을 정도로 강했다.

일거에 싸해진 식탁에 유쾌한 웃음소리가 퍼졌다. 모란 여사가 흐뭇하게 웃고 있었다.

"그렇죠. 늪지대에도 이런저런 나무가 살아요. 운이 나빠서 그런 곳에서 싹을 틔운 귀한 나무도 있지만 그런 데서만 살 수 있는 그런 나무도 있어요. 재미있는 건 개중에 어떤 나무는 자신이 어떤 품종인지도 모르고 세상을 원망한다는 거예요. 지켜보면 재미는 있는데 아주 가끔은 경우도 모르고 나대서 사람을 피곤하게 만들곤 해요. 안 그래요, 여보?"

또 엉겁결에 바통을 넘겨받은 한 회장이 떨떠름한 표정으로 부인을 쳐다본 뒤 무거운 숨을 내쉬며 빈 잔에 와인을 따랐다. 이 식사 자리는 다른 그 어느 누구보다도 한 회장에게 무거운 벌이라는 생각이 태희에게 문득 들었다. 자신을 깎아내려고 아등바등하는 지영보다 오히려 온화하게 웃고 있는 모란 여사 쪽이 몇 백배는 무서운 분이란 생각도 들었다. 그러나 그건 머릿속의 생각일 뿐 부인과 언뜻 눈이 마주치자 태희는 뺨을 붉게 물들이며 웃었다.

어려운데도 좋은 사람. 꼭 재경을 좋아했던 것처럼! 재경과 부인은 은근히 기질이 비슷하다는 것을 태희는 본능적으로 느꼈던 것이다. 이런 난감한 식사 자리에서 비로소 미스터리의 본질을 깨달은 태희는 괜스레 재경을 보며 활짝 웃었다.

이제 재경이 미스터리에 빠질 차례였다. 오늘 태희는 대체 왜 이러는 걸까 하고.

길어지나 싶었던 식사도 부인이 그만 자리를 옮겨서 차를 들자고 제안하자 끝이 났다. 대신 젊은 애들을 먼저 위로 보내고 어른들끼리 마지막으로 와인이나 한 잔 더 하자는 말을 해서 잠깐 막간을 두었다. 식당을 나가면서 재경은 태희에게 왜 이렇게 강심장이 된 거냐고 물었다. 태희가 씩 웃더니 재경의 귀에 대고 한 마디를 속삭였다.

"우황청심환."

남아서 마지못해 와인 한 잔씩을 나누던 어른들. 한 회장이 거의 물 마시듯이 잔을 비우고 일어났고 지영도 비슷한 속도로 마시고 일어나려는데 부인이 불쑥 지영을 향해 말했다.

"그러고 보니 아까 태희 양이 입은 옷, 그게 그렇게 엉성하던가?"

"이런 이런. 노안이신가 봐요. 그게 만든 옷이 아니라면 어디서 상복으로 파는 걸 주워 입은 것 같던데 말이죠."

"만든 옷은 만든 옷이지. 그런데 자네 이태리에 꽤 오래 있지 않았나? 베네치아에 구찌나 프라다가 안 보일 리도 없고."

"무슨 말씀이세요, 뜬금없이? 아까 그 옷이 프라다나 구찌 옷이라도 된다는 건가요?"

"그래. 어린 사람이니까 좀 평범한 걸 사자 싶어서 말이야. 프랑스 나간 김에 몇 벌 사서 선물 삼아 그 애 집에 들렀었지. 그 아이 어머니도 참 겸손한 분이더군."

"아, 네. 퍽이나 좋으셨겠어요. 정말 세상 오래 살고 볼 일입니다."

코웃음을 치더니 와인을 따라 마시는 지영을 보면서 부인은 갑자기 정색을 했다.

"태희 양에게 해코지 말랬더니 그 애 부모를 들쑤시고 다닌 모양이더군, 자네."

"그게 뭐 어쨌다는 말씀이시죠? 제가 누굴 죽이기라도 했습니까?"

"어지간히 하시게. 세상에 자네 같은 독종들만 바글거리는 줄 아나? 남의 가슴에 그렇게 모질게 대못 질을 하고서 자네가 무슨 그리 큰 영화를 볼 것 같나?"

"사모님이야말로 어지간히 하세요! 제가 무슨 사모님 애라도 됩니까? 잘나봤자 나보다 뭐가 그리 잘났다고 그렇게 경멸하는 눈으로 쳐다보세요? 정말 역겨워서 못 봐주겠어요, 아직도 제가 사모님 시중들던 옛날의 그 이 비선 줄 아시냐구요!"

지영이 완벽하게 뒤통수를 치면서 배신했던 때조차 부인은 미래의 몇 십 수를 계산하고 있는 사람처럼 태연자약했었다. 선선히 집을 나갔고 언제 그랬냐 싶게 되돌아왔다. 이 집에서 지영이 안주인으로서 살았던 적도 있지만 그때도 이 집은 철저히 부인의 것이었다. 오랫동안 쌓인 모멸감이 폭발해서 지영이 와인잔을 들어 던지면서 패악을 부리던 찰나에 벌컥 식당의 문이 열리면서 재인이 뛰어 들어왔다.

"큰어머니, 큰일, 큰일 났어요. 어서 좀 와주세요."

"무슨 일이니?"

"태희 선배가 기절했어요."

"기절? 갑자기 왜? 집사! 민 박사님 좀 급히 오십사 연락드려요."

주치의를 불러오라고 지시하고는 동시에 부인은 재인과 함께 뛰었다. 응접실로 들어가니 바닥에 쓰러진 태희를 재경이 정신 차리게 하려고 애쓰는 중이었다.

"어떻게 된 일이죠?"

"모르겠어요. 잠시 전화하러 나간 애가 복도에 쓰러져 있어서. 태희야, 태희야!"

"우선 브랜디라도 마시게 해야지. 재인아 뒤에 장식장을 열어보렴."

재인이 브랜디를 찾아서 재경에게 건넸다. 납빛으로 해쓱해진 태희를 보던 부인은 태희가 전화를 하러 나갔다는 말을 생각했다. 여전히 태희가 손에 꼭 쥐고 있는 핸드폰을 들어 액정을 살폈다. 통화한 내역의 가장 위에 떠 있는 번호. 그걸 보고 순간 부인의 안색도 어두워졌다. 기우이길 바라며 부인은 그 번호로 전화를 걸면서 복도로 나갔다.

어렵사리 삼키게 한 독한 술 때문에 태희가 심하게 기침을 하면서 눈을 떴다. 그러나 혼비백산한 사람처럼 동요하는 그녀의 눈을 보면서 재경의 심장이 내려앉는 것 같았다.

"왜 그래? 왜 그래, 태희야? 어디가 아파? 말을 해봐."

그때 천천히 부인이 안으로 다시 들어왔다. 태희처럼 쓰러지진 않았지만 부인의 안색도 심히 나빠졌다. 부인은 태희의 핸드폰을 손에 꼭 쥔 채로 옆에 있던 집사에게 말했다.

"집사. 오 변호사님에게도 연락을 드려요. 당장 이리 오셔야겠다고."

집사가 급히 전화를 하기 위해 나가는데 그와 엇갈려서 지영이 취기가 도는 얼굴로 안으로 들어왔다. 부인은 오로지 태희를 뚫어져라 빤히 쳐다보면서 말했다.

"태희 양. 놀란 건 알지만 지금 태희 양은 쓰러져선 안 돼요. 들었죠? 부모님 소식. 아니길 바라지만, 그래도 가서 확인해야 할 의무가 있어요. 쓰러지는 건 그 뒤에 해도 늦지 않아요."

"아니에요. 그건 아주 잘못된 거예요……. 이건 아니야. 이건……나쁜 꿈이야."

멍하니 중얼거리는 태희를 보면서 재경은 섬뜩한 기분이 들었다.

부모님. 소식? 확인?

뭔가 아주 안 좋은 조합이다. 무슨 일이 일어난 건가 싶어 돌아보니 모란 여사는 전에 본 적이 없는 애처로운 표정을 짓고 계셨다. 재경의 얼굴에 담긴 무언의 질문에 부인은 태희에게 천천히 다가왔다. 태희의 손을 꼭 잡은 채로 부인이 재경을 돌아보았다.

"아드님, 정신 바짝 차리고 들어요. 태희 양 부모님이 교통사고로 돌아가셨다는 연락이 왔어요. 오 변호사님이 오시면 태희 양과 함께 내려가서 확인하도록 해요."

"……아니에요! 거짓말이에요, 뭐지, 그거. 보이스 피싱, 그런 거예요. 엄마가, 엄마가 그 인간이랑 같이 거길 왜 가냐구요. 엄만 틀림없이 외할머니랑 외할아버지 산소 둘러보고 큰외숙 댁에 들르신다고……. 말이 안 돼요, 그래 거짓말이야. 큰외숙한테 전화, 아니지 엄마한테 전화해야 해. 내 전화, 내 전화 어디 있지? 주세요, 어서 달란 말이에요!"

발버둥치는 태희를 재경이 꽉 껴안은 채로 부인을 뚫어져라 쳐다보며 눈으로 물었다. 무슨 농담을 하시는 거예요, 어머니. 그런 분 아니시잖아요. 설마 이게 사실이라고, 지금 말씀하시는 거예요?

부인은 천천히 고개를 끄덕였다.

이럴 수가. 너무 놀라서 말을 잃은 채로 재경은 태희를 더 꽉 끌어안았다.

본인인 태희는 물론 다른 사람들조차 갑작스런 비보에 말을 잃고 얼떨떨해 있는 상황이었다. 그런데 갑자기 그 얼음판을 산산조각 내는 목소리가 들려왔다.

"이야, 팔자가 센 줄은 알았지만 결국 지 부모까지 잡아먹는 팔자잖아? 세상에, 운도 좋기도 하지. 정말 너한테는 두 손 두 발 다 들었구나."

"당신! 그 입 닥치지 못해!"

"어머니, 지금 그게 할 말이에요! 나가요, 나가자구요!"

재경이 지영을 노려보며 일어서는 걸 부인이 팔을 잡아 막았다. 그 사이 재인은 황급히 비틀거리는 지영을 억지로 끌고 밖으로 나갔다. 끌려가면서도 지영은 입을 다물지 않았다.

"내가 뭐 틀린 소리 했어? 맞잖아, 결국엔 딸이 지 부모를 잡아먹은 거야! 저게 결국 지 부모를 잡아먹은 거라고!"

태희가 그 악담을 듣지 못하도록 재경이 힘껏 그녀의 귀를 막아보았지만 이미 늦었다. 태희의 눈은 앞에 있는 부인도, 부인이 손에 든 핸드폰도 아닌 방금 지영이 나간 문에 못 박혀 있었다. 떨림도 없이, 발버둥도 없이. 그저 가만히.

7. 하지 못한 말

지난 밤, 호출한 오 변호사가 수행 직원과 함께 도착한 뒤 바로 칠곡으로 향했다. 가면서 거듭 모아본 정보도 별로 다를 바가 없었다.

빗길 고속도로 사고. 그렇게 정리될 만한 사고였다. 사고가 난 곳은 안 그래도 경사가 높아 평소 운전에도 주의가 필요한 곳인데 며칠 계속된 호우로 도로 상황이 최악이었다. 차는 빗길에 미끄러지면서 가드레일을 들이받고 20m가 훌쩍 넘는 아래로 추락했다. 앞서 가던 차나 뒤따르던 차도 없었기 때문에 사고 수습이 더 지체되었다. 뒤늦게 경찰차와 앰뷸런스 등이 현장에 도착했을 때에도 쏟아지는 폭우로 불과 몇 미터 앞의 시야가 흐릿할 정도였다. 즉사였고, 운전석에 탄 남자나 조수석의 여자 모두 안전벨트는 한 상태였다. 단지 운전자인 남자의 혈중 알코올 농도는 0.15퍼센트를 훌쩍 웃돌았다. 운전자의 과실에 의한 빗길 교통사고 정도로 간단히 사건은 결론이 났다.

이미 모란 여사 쪽에서 몇 곳에 전화를 넣어서 최대한 빨리 사건이 마무리되도록 이야기를 끝마쳤을 무렵에 일행은 경찰에서 지목한 병원에 도착했다. 시신 확인은 담당경찰과 태희가 들어가서 마쳤다. 재경이 함께 들어가려고 했지만 태희는 단호하게 필요 없다고 말했다. 집에서 지영이 벌인 소란 이후로 태희가 처음으로 입을 연 순간이었기에 그만 재경이 주춤하고 말았다. 그 사이 태희가 경찰과 함께 시신 보관소 안으로 들어갔고 바로 정신을 차리고 뒤따르려던 재경을 오 변호사가 막아섰다.

"제가 들어가야 해요."

"도련님, 부디 아가씨 마음을 헤아려 주십시오."

"알지도 못하면서 헛소리 말아요. 비켜요, 비키라니까!"

힘이라도 써서 밀치고 들어가려 했던 재경이지만 아버지뻘이 넘는 백발이 성성한 노인을 상대로 정말로 완력을 쓸 수는 없었다.

"제발 부탁이에요, 막지 말아요. 태희, 쓰러져요. 이미 쓰러졌을지도 모른다구요. 내가 옆에 있어줘야 해요, 내가!"

젊은 직원 쪽은 간단히 패대기쳐버리고 오 변호사를 밀면서 안으로 들어갈 기세인 재경이었는데 그때 안에서 문이 열렸고 경찰과 함께 태희가 나왔다. 핸드폰을 두 손으로 쥐고 있던 태희는 재경을 보고는 나지막이 말했다.

"소란 피우지 마. 그럴 장소 아니잖아."

핏기가 가신 안색이지만 그녀는 두 발로 똑바로 서 있었다. 거기다 까칠하게 메마른 그녀의 두 눈. 그걸 보고 재경은 반짝 희망을 품고 그녀에게 다가가며 물었다.

"아니지? 네 부모님 아니지?"

태희는 재경의 얼굴을 물끄러미 쳐다보다가 입을 열었다.

"나도 다른 사람이길 빌었어. 다른 사람이 대신 죽어서 누워 있었으면 하고……."

그렇게만 말하고 태희는 뒤에 있던 경찰을 돌아보고 이제 뭘 해야 하냐고 물었다. 경찰이 뭐라 설명을 막 시작할 때 오 변호사와 젊은 직원이 옆으로 와서 앞으로 아가씨의 일을 대신 맡아볼 사람들이라면서 명함을 건네고 인사를 나누었다. 태희는 잠시 그 상황을 지켜보긴 했지만 소개의 말미에 분명히 조건을 걸었다. 도와주시는 건 고맙고, 거절할 생각이 없지만 어떤 일이 되었든 자신을 배제하지 말아달라고. 이것은 자신의 일이라고. 오 변호사는 잠시 태희를 쳐다본 후에 아가씨의 뜻에 따르겠다고 약속했다.

그 뒤로 태희를 대하는 오 변호사의 태도가 더욱 깍듯해진 것을 재경은 느꼈다. 경찰서에서도, 나중에 검사확인지휘서가 나오면 치르게 될 장례절차에 대한 의논까지 독단으로 처리할 법도 한데도 작은 일 하나 놓치는 일 없이 태희에게 알려주고 양해를 구했다.

어떻게 시간이 갔는지도 모르겠는데 정신을 차렸을 땐 새벽 2시가 훌쩍 넘었다. 숙소로 정한 호텔에 도착했을 때는 3시가 되기 직전이었다. 재경은 태희와 같은 룸에 묵었다. 오 변호사의 도움으로 인해 재경이 해야 할 일은 간단해진 셈이었다. 태희의 그림자가 되어 그녀를 지켜주는 것이다. 태희의 걸음 하나하나마다 따르며 뒤쫓는 그 때문에 결국 욕실로 들어가던 태희가 피곤에 지친 목소리로 말했다.

"적당히 좀 하고 혼자 있게 해줘."

"5분. 그 뒤로 들어간다."

"안 죽어. 뭘 걱정하는 거야?"

"넌 내가 이런 일 당했으면 밖에 앉아서 구경만 할래?"

그제야 태희도 입을 다물었다. 그대로 돌아서며 그녀가 중얼거렸다.

"10분만. 문 안 잠글 테니까."

그녀는 약속을 지켰다. 10분 뒤에 들어갔을 땐 욕조에 들어가 있는 태희가 보였다. 뜨거운 김이 하늘거리며 피어오르는 걸 보면서도 혹시나 싶어 재경은 태희의 얼굴에 손을 가져갔다. 재경의 손가락이 닿은 피부는 뜨거웠다. 젖어 있던 속눈썹을 들어 올리면서 태희는 다시 말했다.

"안 죽어. 지금 아무 생각도 없긴 하지만 그건 분명해. 난 안 죽어. 그러니까 그렇게 지금 당장이라도 부서질까 봐 걱정하는 듯이 보지 마."

"그럴 수밖에 없어. 내가 지금 할 일이 지켜보는 것밖에 없잖아."

그의 솔직한 대답에 태희는 눈을 감았다. 그 이후로 내내 그녀는 말이 없었다. 갈아입을 옷이 없어서 그녀가 가운을 입고 머리를 말리는 걸 재경이 거들어주었다. 자려고 누웠을 때 태희가 재경의 손이 닿지 않는 침대 끝에 가만히 등을 웅크리고 눕는 걸 재경은 바라만 봐야 했다. 등 뒤에서 끌어안아 주려고 했을 때 태희가 비로소 입을 연 것이다.

"위로하려고 애쓰지 마. 지금은 그냥 옆에서 숨만 쉬어주는 것으로도 충분해."

까칠했던 두 눈만큼 말라있는 목소리였다. 갸름한 어깨가 너무도 쓸쓸해 보이는데도 재경은 등 돌린 그녀의 뒷모습을 보기만 해야 했다. 몸을 보듬어줄 수도 없고, 마음을 보듬어줄 수도 없다. 둘 다 해주고 싶은데 지금은 그저 먹먹한 눈빛을 보내는 것밖에 할 게 없었다. 조심히 뻗은 손으로 태희의 머리카락을 살짝 쥔 채로 재경은 그녀가 조금이라도 잘 수 있기를 빌었다. 태희가 재경의 마음속 목소리에 대답하는 것처럼 그에게 물어왔다.

"자고 나면……자고 나면 이 모든 게 꿈일 수도 있을까?"

대답할 수 없었다. 태희는 좀 더 어깨를 움츠렸고 더 이상 아무것도 묻지 않았다.

재경이 겪어본 가장 긴 밤이었다. 그래도 어김없이 날이 밝았다. 여전히 비가 오고 있었지만 이젠 호우주의보로 바뀌었다고 한다. 아침 식사를 하기 위해 나와서 오 변호사 일행과 합류했다. 태희가 처음으로 입에 담은 말은 오빠를 찾아달란 말이었다.

주말 동안엔 호우로 인해 전국에 일어난 사건 사고가 많아서 태희 부모님의 사고는 별다른 이야깃거리도 되지 못했다. 당장에 오늘 하루는 기다리는 것 말고는 할 일이 없을 것 같다는 오 변호사의 말에 태희는 재경과 칠곡에 있다는 큰외숙 댁을 찾아갔다.

사고 소식에 태희를 붙잡고 통곡을 하시는 큰외숙과 큰외숙모를 오히려 태희가 위로하는 모습을 재경은 기이한 느낌으로 바라보았다. 장례는 이쪽 병원에서 치르려고 하는데 오빠를 시간 내로 못 찾는다면 호상을 부탁드린다고 하면서 정중히 부탁드리는 태희는 차분하기 그지없었다. 자신이 옆에 있어서 더 그런지도 모른다고 생각한 재경이 밖으로 나와서 담배를 피우는데 큰외숙모라고 한 사람이 그에게 와서 태희랑 어떤 사이냐고 조심히 물어왔다.

"약혼자입니다."

그의 말에 여자는 놀란 기색이 역력했지만, 큰일을 당한 터라 차마 더 묻지 못하고 부엌 쪽으로 가면서도 힐끔힐끔 재경과 그가 타고 왔던 차를 살펴보는 시선을 거두지는 못했다. 태희가 어릴 때 거의 왕래가 끊겼다고 한 태희의 말을 기억하면서 재경은 불쾌함을 조용히 속으로 삭였다. 담배 두 개비를 더 피웠지만 태희가 나올 기미는 없었다. 마당을 이리저리 거닐고 있을 때 태희가 나왔다. 어쩐지 들어가기 전보다 안색이 훨씬 나빴다. 그에게 걸어오면서 문득 이마를 짚더니 살짝 휘청거리는 기미까지 있었다.

"괜찮아?"

황급히 달려가서 태희를 잡았다. 크게 뜬 눈으로 재경을 올려다보는 태희의 눈동자 속에 홍채가 유난히 크게 보였다. 그의 팔을 꽉 잡으면서 태희는 입술을 들썩였다.

"재경아, 만약에……만약에……."

"말해. 듣고 있어. 말해 봐."

재경의 대꾸가 오히려 역효과가 된 것처럼 갑자기 그녀의 표정이 바뀌었다. 다시 아무것도 담겨져 있지 않은 무표정으로. 그대로 자세를 바꾸어서 그의 팔을 밀어내더니 돌아서서 아직 그녀를 보고 있던 큰외숙 내외를 향해 인사를 했다.

"그럼 말씀드린 대로 부탁드릴게요. 다시 연락드리겠습니다."

부모님 두 분은 같은 고향 출신이라 태희 어머니의 친척은 물론 아버지의 친척들도 이 부근에 살고 있다고 했다. 연락이 안 되면 안 되는 대로. 어쨌든 해야 할 일은 다 하겠다는 듯이 태희는 그나마 기억에 있는 친척들에게 연락을 했고 그 일은 일이라고 할 것도 없을 정도로 간단했다. 호텔로 돌아와 태희가 여기저기 전화를 하면서 이런저런 걸 메모하는 걸 지켜보고 재경은 잠시 근처의 상점가를 돌면서 며칠 묵는 데 필요한 것들을 샀다.

최대한 빨리 돌아왔는데 태희가 아까 앉아 있던 자리에 없는 것을 보고는 깜짝 놀랐다. 큰 소리로 태희의 이름을 부르며 여기저기 뛰어다녔다. 룸에는 없었다. 복도로 나와서 엘리베이터를 향해 뛰어가던 재경에게 저 끝 복도에서 걸어오는 태희의 모습이 보였다.

"윤태희, 대체 어딜 갔다 오는 거야? 내가 얼마나 놀랐는지 알아?"

"……소희한테 전화가 와서."

"아, 소희. 그렇구나. 소희한테 연락하는 걸 미처 생각 못했어. 지금 오겠대?"

"말 안 했어."

"뭐?"

"좋은 일 아니잖아. 걔 수험생이야."

"그래서 비밀로 하게? 나중에 알면 무슨 소릴 들으려고."

"오늘은 아니어도 되니까. 나중에. 그래, 나중에. 내가……."

힘없이 태희가 그의 옆을 지나쳐 방으로 향했다. 큰외숙 집에 다녀온 뒤로 태희가 이상해진 게 분명했다. 정상이 아닌 건 알았는데 이젠 문득문득 넋을 놓고 있을 때가 생겼다.

재경은 아까 오 변호사를 만났을 때 받은 약을 쓰기로 작정했다. 음료수에 수면제와 안정제를 섞어서 마시게 했더니 결국 태희가 잠이 들었다. 의자에 앉은 채 잠든 그녀를 침대에 옮긴 뒤 비로소 옆에 앉아 그녀의 머리를 쓰다듬어주면서 안쓰러운 마음을 달랬다. 강한 약이라고 주의를 준 대로 태희는 매우 오래 잤다.

밤이 되면서 그제야 비가 현격히 약해졌다. 재경은 길었던 비가 이제야 끝이 나겠구나 하고 창밖을 보고 있다가 문득 침대 위에서 들려오는 작은 소리에 신경이 미쳤다. 잠든 태희의 품 어딘가에서 무언가가 진동하는 소리였다. 이불을 걷어 보니 핸드폰이었다.

"정소희 군. 뭐라고 해야 하지."

머뭇거리다가 전화를 받았다. 통화를 나눈지 얼마 안 되어 재경의 눈이 크게 떠졌다.

"좀 더 자세히 말해 봐, 뭐라고 적혀 있다고?"

전화 속에서 들려오는 소희의 다급한 목소리 못지않게 재경도 목소리가 뜻하지 않게 커지는 걸 깨닫고 급히 침대에서 일어나 자리를 옮겼다.

소희가 전하는 말은 그 뜻이 너무 분명했다. 어제 일자의 소인이 찍힌 편지가 소희에게 왔다. 태희 어머니로부터. 맙소사. 재경은 욕실 문에 기댄 채 스르륵 주저앉고 말았다.

사고 소식을 듣고 부랴부랴 내려온 소희는 울음 때문에 거의 말을 잇지 못했다. 잠든 태희를 보고는 이러다 소희까지 잘못되는 게 아닌가 싶을 정도로 울었다.

"어떡하냐, 우리 태희 불쌍해서 어떡해. 겨우 살 만해지나 싶었는데 갑자기 왜 이러는 거냐고. 하느님도 무심하시지, 왜 우리 태희한테 이래. 대체 어머니는 왜 그러신 거냐고."

소희를 진정시켜야 한다는 걸 알면서도 재경은 우선 그녀가 가지고 온 편지를 보느라 말이 없었다. 태희가 쓰는 레포트 용지 중 한 장을 고른 것처럼 눈에 익은 엷은 분홍빛 종이 위에 적힌 말은 간결하고도 짧았다.

〈갑작스런 편지라 놀랐을 거란 건 알지만, 꼭 너한텐 고맙다는 말을 전하고 싶었단다. 태희랑 친하게 지내줘서, 그 애가 웃는 법을 잊지 않게 해줘서 정말로 고맙다.

태어나길 걱정이 많은 사람이라 다른 일에는 크게 믿음을 걸 수가 없구나. 그래도 네가, 내 딸 태희가 목숨보다 소중한 친구라고 말한 네가 있어서 나는 매우 편안하단다.

더 큰 비가 내리기 전에 내가 조금 서둘러 길을 갈 생각이다. 이 뒤에도 우리 태희에게 많은 힘이 되어주길 염치없지만 부탁한다.

고맙고, 미안하다. 아프지 말고 건강해라, 소희야.〉

그것 말고도 편지의 뒷장에 적힌 것이 있었다. 태희 아버지와 어머니 명의로 든 보험들. 아버지의 것은 하나였지만, 어머니의 것은 네 개나 되었다. 이제 더는 빼고 박고 할 것도 없다. 유서다. 유서가 아니면 무엇이란 말인가.

재경은 종이를 접어 물끄러미 바라보다가 근처에 있던 재떨이를 가져왔다. 그리고 별로 망설일 것도 없이 라이터를 꺼내 들었다. 잠시 아이러니하다 싶어 손이 멈칫했다. 태희가 선물로 준 라이터. 찰칵 불꽃이 일면서 곧 종이에 불이 붙었다.

"뭐 하는 거야!"

소희가 버럭 소리를 지르며 달려왔다. 재경은 험악하게 소희를 노려보며 "쉿."하고 중얼거렸다. 타들어가는 종이를 소희가 어쩔 줄 모르는 눈으로 쳐다보았다.

"어쩌자구 이래? 이러면 안 되잖아, 그거, 그거……."

"이래야만 해. 이거, 태희에게 보여줄 거야? 감상에 빠져서 말도 안 되는 짓 할 생각이라면 관둬. 이번 일은 사고야. 음주운전이 빚은 빗길의 교통사고일 뿐이야. 운전을 한 사람은 이미 수차례 음주운전 경력이 있는 태희 아버지였어. 안 그래?"

강경한 재경의 목소리와 굳은 얼굴. 이미 절반 이상 타들어간 편지. 소희는 양쪽을 번갈아 보다가 결국 눈을 감았다.

"그래. 사고야. 사고란 거 나도 알아."

"알면 입 다물어. 너는, 여기에 내 연락을 받고 온 거야. 그것도 알아들었지?"

눈을 감은 채로 소희는 고개를 끄덕였다. 그러다 눈을 뜨고 소희는 재경의 맞은편 의자에 앉아서 재떨이에서 타고 있는 편지를 보았다. 금세 눈물이 뚝뚝 떨어졌다.

"그래도 모르겠다, 난. 대체 왜 이래야 하냐? 왜 어머니가 이제 와서. 대체 왜 그래야 하냐고. 난, 난 아무리 생각해 봐도 모르겠어."

한없이 모르겠다는 말을 반복하면서 고개를 젓는 소희와 달리 재경은 한 마디도 할 수가 없었다. 어쩐지, 어렴풋이 그 이유를 알 것 같아서.

두 사람이 단 한 장의 유서에 가까운 편지가 타는 걸 지켜보는 동안 침대에 누워 있던 태희가 눈을 떴다. 천장을 물끄러미 바라보다가 한 번 눈을 깜박인 뒤 다시 눈을 감았다.

그날 밤부터는 소희가 태희 옆을 지켜주었다.

이윽고 검사확인지휘서가 내려왔고, 장례가 가능해졌다. 처음 추정대로 사인은 운전 부주의로 인한 교통사고 사망이었다. 장례는 3일장으로 시신을 옮겨온 병원에 딸린 장례식장을 이용했다. 부탁드렸던 대로 큰외숙이 호상을 해주셨다. 빈소를 지키는 태희 옆에는 내내 소희와 재경이 함께 있었다.

둘째 날 모란 여사가 빈소를 방문했다. 태희를 위로해 주는 부인에게 태희는 나중에 찾아뵙고 감사인사를 드리겠다고 말했다. 찾는 이는 적었지만 부인의 배려 덕분에 절대 초라한 장례가 되지는 않았다. 부인은 재경을 따로 불러내 태희를 잘 보살피라 거듭 당부하셨다.

부인이 다녀간 그날 밤 늦게, 거의 삼 년 만에 보는 태희의 오빠가 빈소에 나타났다. 부모님의 영정을 보더니 반은 넋이 나가서 서럽게 통곡했다. 보다 못한 큰외숙 내외가 말리면서 겨우 눈물을 수습한 태희의 오빠가 태희를 붙잡고 다시 서럽게 눈물을 쏟았다. 그는 고작 스물세 살인데 열 살은 더 족히 들어 보이는 얼굴이 되어 있었다. 고생하면서 살았다는 게 역력히 보이는 그 모습에도 태희는 아무것도 묻지 않고, 그저 그렇게만 말했다.

"두 분 화장할 거야. 엄마 납골함은 내가 모셔가고, 아버지는 선산이 있다고 하니 그쪽에 뿌릴 거야. 그리고 두 번 다시 찾지 않을 거야. 오빠한테 다른 생각이 있다면 말해."

"내가 무슨 생각이 있겠어. 이제 와서. 이제 와서 내가 무슨 말을 할 수가 있겠어."

"그럼 됐어. 상주를 하고 싶다면 해. 아니면 두 분 영정 앞에 향이라도 피우고 가."

"태희야……. 오빠가 너무……."

또 눈물을 훔치며 태희의 오빠가 태희의 손을 잡으려고 했지만 태희는 작지만 분명한 동작으로 그 손을 피했다. 그리고 시선을 다른 곳으로 돌린 채 말했다.

"돌이킬 수 없는 일이라는 게 세상에 있지, 오빠. 엄마랑 나는 오빠 때문에 핸드폰 번호도 바꾸지 않고 살았어. 그런데 오빠는 걸었다 끊는 전화 한 번 건 적이 없지. 그렇게 무정한 사람이니 이해할 거야. 이 이후로 나는 오빠를 두 번 다시 보고 싶지 않아."

태희의 오빠가 태희를 아연한 표정으로 쳐다보는 것을 소희와 재경도 보았다. 집을 나가서 연락을 끊어버리기 전까지 보았던 그 겁 많고, 눈물 많았던 약한 아이와 지금 눈앞에 앉아 있는 차가운 표정을 한 여자가 같은 사람이라는 게 믿기지 않았을 것이다. 문득 뭔가가 생각난 듯 태희는 고개를 돌리고 오빠를 향해 덧붙였다.

"참, 유산상속 문제라면 걱정하지 마. 얼마가 됐든 아버지 몫은 전부 오빠에게 줄 거고, 어머니 몫도 정리되는 대로 정확히 반분을 해서 오빠가 갖도록 해줄게. 어찌 됐든 오빠는 엄마가 물고 빨며 키웠고, 의지했던 장남이었으니까."

서릿발이 내릴 것 같다. 소희는 비로소 뼈저리게 이해했다. 장례식 내내 눈물 한 방울 보이지 않는 태희가 완전히 낯설게 느껴져서 때론 어리둥절할 지경이었는데 담담한 게 아니라 그녀가 완전히 멈춘 상태 내지는 동결 상태임을 깨달았다. 그녀는 해야 할 일들을 하기 위해서 마음으로 생각하는 것을 그쳐 버린 것이다. 그래서 그토록 오랜만에 보게 된 오빠를 보면서도 철저한 무관심밖에는 보이지 못한다.

소희는 재경은 지금 무슨 생각을 할까 싶어 돌아보았다. 이내 고개를 숙였다. 소희가 이제야 안 것을 재경이 모르고 있을 리가 없었다. 남자는 눈물이 흔치 않아서 힘들겠구나. 소희는 재경의 표정을 보고 난 뒤 그런 생각을 하며 진심으로 그를 동정하고 말았다.

새벽이 다 된 무렵에 찾아온 손님 중엔 승운이 있었다. 내내 담담했던 태희의 표정이 그를 보고는 조금 놀랐다는 듯 변했다.

"어떻게 알고 여기까지 왔어?"

"내가 말해 줬는데, 안 되는 거였나? 아까 너 밥 먹으러 갔을 때 전화가 와서."

소희의 말에 태희는 고개를 저었다.

"염치가 없어서. 난 할머님 장례에 못 갔는데. 승운이 넌 장례는 무사히 치렀니?"

"내가 알려주지도 않았는데 무슨 염치가 없다는 말이야. 사람 미안하게. 나야 뭐 미리 작정하고 있었던 일이니까. 마음속으로 연습도 했고. 너는 어때? 괜찮니? 아, 이런 멍청한 질문이 있나. 이래서 실없는 인간은 어딜 가도 바보 같은 짓만 한다니까. 미안 정말로."

몇 번이나 고개를 숙이며 미안하다고 말하는 승운을 태희는 물끄러미 쳐다보았다. 승운의 얼굴이 안 본 사이 까맣게 탔다.

"낚시 다녔어?"

"아, 응. 역시 아무래도 난 속없는 인간이더라구. 너도 뭐 알다시피."

승운은 방긋 웃고는 웃은 게 민망해서 머리를 긁적였다. 아마 뭐라고 한 마디 했을지도 모른다. 며칠 전 같았으면. 그러나 지금 태희가 한 말은 달랐다.

"할머니 임종 지켜봤니?"

"응. 그때는 낚시 안 갔어."

"……미안해. 내가 주제넘은 소릴 했어. 너 어쩌면 그때 낚시를 가는 게 더 좋았을지도 몰라. 나중에 후회가 되면 날 원망해. 그리고 오늘은 이렇게 와 줘서 정말로 고마워."

태희는 깊이 고개를 숙이며 인사를 했다. 승운도 급히 절을 한 뒤 태희를 쳐다보았다. 태희가 원래 자리에 가 앉고 승운이 향을 올리고 나오면서 소희와 잠깐 이야기를 했다.

"태희, 어디 아프지?"

"아프지. 많이 아프지. 여기가."

퉁퉁 부은 눈의 소희가 가리킨 곳은 왼쪽 가슴이다. 승운이 중얼거렸다.

"머리를 다친 사람이 피가 안 나면 죽는다는 말 알아? 마음이 다쳤으면 울어야 낫는 법인데. 쟨 왜 안 우냐? 야, 보지만 말고 울려. 넌 옆에 붙어서 뭘 하는 거야?"

"그러게. 난 뭘 하는 걸까나."

웃는가 싶더니 그대로 또다시 눈물을 쏟는 소희였다. 울리랬더니 자기가 우는 소희를 보고 승운은 난감하단 표정으로 또 머리를 긁적거렸다.

마침내 모든 일들을 뒤로 하고 서울로 돌아오는 차 안에서 보이는 저녁노을이 몹시도 아름다웠다. 소희와 나란히 뒷자리에 앉아서 어머니의 유골함을 무릎에 안고 있던 태희는 내내 창밖을 보다가 문득 중얼거렸다.

"제주도에서도 비가 개인 후에 저렇게 노을이 예뻤었지."

"아, 그랬지. 진짜 장관이었어. 바다에까지 붉은 노을이 물들어서 어질어질했잖아."

소희가 급히 옆에서 맞장구를 쳤다. 태희가 고개를 끄덕였다.

"우리 엄마, 거기 간 게 비행기 처음 타 본 거였어. 돌아와서 그러는데, 비행기 탈 때부터 내내 귀가 먹먹해서 혼났대. 근데 다들 아무렇지 않아 보여서 자기도 아무렇지 않은 것처럼 보이느라 애썼다고 그러더라."

"아……. 그러셨구나."

"그래서 내가 그랬어. 다음엔 진짜 몇 시간은 하늘에 떠 있는 비행기를 태워드리겠다고. 그때를 대비해서 둘이 기압 변화에 대처하는 자세 연습도 했지 뭐야."

태희가 한숨에 이어 얼핏 미소를 지었다.

"지키지도 못할 약속을 왜 했을까."

"몰랐으니까 그런 약속을 하는 거지. 일이 이렇게 될 줄 누가 알았냐? 어머니 사고, 진짜 진짜 운이 없어서 그런 거잖아. 누가 그렇게 될 줄 알았냐고."

푸념하며 고개를 숙인 소희를 태희가 돌아보았다. 그러더니 조금 웃으면서 어머니의 유골함을 쓰다듬었다. 그러다 문득 재경에게 말했다.

"나 널 낳아준 그분이랑 연락을 하고 싶어. 전화번호 좀 알려줘. 네가 안 되겠다고 하면 재인일 통해서 알아볼 수도 있어."

"연락해서 뭘 하려고?"

"궁금하면 지금 알려줘. 네가 있는 앞에서 통화할 테니까."

재경은 바로 대답하지 않았다. 한동안은 계속 운전만 했다. 하지만 결국 자신의 핸드폰을 들어서 빠른 속도로 어떤 번호를 찍더니 뒷좌석으로 내밀었다.

"내 전화로 해. 모르는 사람 전화 안 받아, 그 여자."

"야, 갑자기 왜 그 여자랑 통화를 한다고 그래? 좋은 사람 아니잖아."

슬쩍 재경의 눈치를 보면서도 소희가 자신의 의력을 피력했다. 태희는 잠자코 재경이 찍어준 번호로 전화를 걸었다. 이윽고 상대의 목소리가 들려왔다.

"안녕하세요, 저 윤태흽니다. 아, 좀 뵈었으면 해서요. 아니오, 저랑 할 말이 있으실 거예요. 잘 생각해 보시면요. 그렇게 하세요. 저도 아마 친구랑 같이 가게 될 것 같네요. 네. 감사합니다. 그럼 거기서 뵙죠."

"만나서 어떡하겠다는 거야? 그만큼 당하고도 부족해?"

태희가 전화를 끊자마자 재경이 쏘아붙였다. 소희가 날카롭게 캐물었다.

"뭘 또 당해? 태희 너 나 모르게 그 여자한테 당한 거라도 있어?"

"별거 아니야. 조금 재밌는 말을 들어서 확인하려고."

"그냥 입에서 나오는 대로 다 말인 줄 아는 인간이야. 만나려면 나랑 같이 가."

"미안한데, 소희랑 함께 갈게. 어차피 오늘부터 소희네 집에 묵을 생각이기도 하고. 같이 가줄 거지, 소희야?"

"당연하지! 내가 같이 가준다. 한재경, 걱정 마. 태희는 내가 보호할 테니까."

"보호하고 말고가 문제가 아니야. 그 여자는 말로 사람 난도질하는 데는 일가견이 있다고. 어딘가가 철저히 삐뚤어진 사람이란 말이야."

"나 좀 자고 싶어. 이야기는 그만했으면 하는데."

태희가 그렇게 말한 순간 그 이야기는 그렇게 단락이 났다. 재경이 입을 다물자 소희도 입을 다물었고 잠시 후 태희가 소희 쪽으로 머리를 기울인 채 눈을 감았다.

서울로 들어간 뒤 태희가 약속장소 부근이라면서 내려달라고 한 곳은 압구정 근처였다. 실제로 지영의 빌라가 있는 곳이 그즈음이란 걸 아는 재경은 별다른 의심 없이 둘을 내려주었다. 소희에게는 연락하라는 눈짓을 주고받은 후이다. 그의 차가 사라져가는 것을 지켜본 뒤에 둘은 걷기 시작했다.

인파를 헤치며 몇 분쯤 걸었나 싶을 때 태희가 문득 이마를 짚으며 주저앉았다. 멀미를 한 것 같다며 속이 좋지 않다고 했다. 소희가 황급히 주위를 둘러보니 방금 지나쳐 온 길 저편에 약국 마크가 보였다. 잠시만 기다리라고 해놓고 소희는 약국을 향해 뛰어갔다. 약국으로 뛰는 틈틈이 소희가 뒤를 돌아보았지만, 태희는 그 자리에 가만히 앉아 있었다. 하지만 소희가 약국 안으로 들어선 순간 태희가 자리에서 일어나 바로 옆에 있던 골목길로 들어갔다. 가면서 핸드폰 벨을 묵음으로 했다. 소희는 뒤늦게 태희가 자길 따돌렸다는 걸 알고 열심히 태희를 찾아 헤맸지만 이미 엎질러진 물이었다.

"아아, 이를 어째. 난 재경이한테 죽었다."

발을 동동 구르며 소희가 울상을 짓고 있는 동안 태희는 부지런히 걸어서 약속장소에 도착했다. 동양차 전문점으로 작으나마 방도 몇 개 준비된 곳인데, 먼저 온 손님은 그 방 중 하나에서 기다리고 있었다. 지영과 또 한 명의 남자. 그는 어딘지 재인과 많이 닮은 인상으로 웃는 모습이 무척이나 시원한 남자였다. 태희를 보고는 어쩐지 반가워하는 표정을 짓다가 옆에 있는 지영을 의식해서인지 표정을 바꾸면서 말했다.

"큰일을 겪었다지요? 고생이 많았을 텐데 재경이가 잘 돌봐줬는지 모르겠네요. 난 나가 있을 테니까, 이야기 나눠요. 아, 혹시라도 누나가 못되게 굴면 참지 말고 소리 지르고."

그렇게 말하고 나가는 남자를 무심히 한 번 쳐다보고 태희는 자리에 앉았다. 무릎을 꿇고 반듯하게 앉는 태희의 까만 상복이나 마른 밀랍 같은 안색을 보면서 지영은 노골적으로 불편한 기색을 보였다. 그러더니 시선을 딴 곳으로 던지고 차갑게 입을 열었다.

"그래, 내가 너랑 해야 할 말이 있다는 게 대체 무슨 소리니?"

태희가 지영을 가만히 쳐다보다가 물었다.

"제 어머닐 만난 적 있으시죠?"

"뭐? 무슨 생사람 잡을 소리니? 보자마자."

"제 아버지도 만난 적 있으시구요. 물론 돈은 아버지 쪽만 받았구요."

"세상에, 돈을 그만큼 먹었으면 되지 자식한테 무슨 소리를 지껄이고 다니는 거야."

갑자기 열이 오르기라도 한 듯 지영이 손으로 부채질을 하면서 투덜거렸다. 넘겨짚은 것이 사실임을 확인하고 태희는 다시 말했다.

"그런데 그것만으로는 말이 안 되죠. 애초에 이혼 이야기가 나온 것부터가 문제였다는 걸 계산에 넣어야 하니까. 이혼은 어떻게 된 걸까. 생각하고 또 생각해 봐도 결국 짚이는 곳은 한 곳뿐이네요. 재경이가 움직인 거겠죠, 역시?"

"어쩜 이렇게 앙큼하기도 할까. 정말로 넌 아무것도 몰랐다는 식으로 나오는구나."

"그리 보여도 어쩔 수 없지만 제가 좀 아둔해서요. 괜찮으시다면 설명을 해주셨으면 하는데요. 그래서 납득시켜 주세요. 어째서 제가 부모를 잡아먹은 딸 소리를 들어야 하는지."

태희의 마지막 말에 지영이 움찔했다. 술기운에 뱉은 말이었다고 해도 심한 말이었다는 걸 본인도 모르지는 않는지 괜스레 손에 차고 있던 반지들을 어루만지며 입을 좀처럼 열지 않았다. 태희가 시선을 내리깔고 상대의 말을 기다리는 사이 가게 점원이 차를 내왔다. 아스라한 꽃향기에 찻잔을 들여다보니 막 국화 한 송이가 찻잔 속에서 피어나고 있다.

"……예쁘구나."

태희가 멍하니 중얼거렸다. 국화는 어머니가 가장 좋아하는 꽃이었다. 톡, 하고 마음속 깊은 어둠에 물 한 방울이 떨어졌다. 미미한 파장이 일어났다. 태희는 찻잔의 뚜껑을 들어 꽃을 가렸다. 그대로 뚜껑에 손을 올려놓은 채로 태희가 말했다.

"시시한 일이라 벌써 말씀하신 걸 잊어버리셨나 보네요. 아니면 역시 술기운을 빌어 한 말이라 기억에 남지 않은 걸까요."

"잊어버린 것도 아니고, 술주정도 아니었어! 누굴 이상한 사람 취급하는 거야?"

"그럼 말씀해 주세요. 솔직히 어떤 말씀을 하신다고 해도 놀랄 여력은 없어요. 제게 하고 싶으셨던 말, 제 부모님에게 하셨던 말까지 다 말씀해 주세요. 이 일을 다른 사람에게 옮기는 일은 없을 거라고 약속드리겠습니다."

"들어봤자 유쾌하지도 않을 이야길 들어서 뭘 어쩌자는 건지 모르겠구나. 정 듣고 싶다면 말하는 거야 어렵지 않지. 나도 괜한 걸 마음에 담아두고 찜찜해하고 싶진 않으니까."

그리고 지영은 이야기를 시작했다.

본가의 모란 여사가 스무 살이 되면 축하금 조로 주는 돈을 가지고 재경이 태희 아버지와 맺은 묘한 계약부터가 일의 발단이었다. 이혼에 착수하면서 넘겨준 돈, 이혼이 깨끗이 마무리되면 넘겨줄 돈 및 이후의 생활자금에 대한 원조까지 약속하며 재경은 이혼을 종용했다. 서민에게는 눈이 휘둥그레질만한 큰 액수에 태희 아버지가 당장 응한 것은 말할 것도 없다.

또 재경은 스물한 살이 되는 생일에 증여받게 되어 있는 자신 몫의 주식 상당량까지 둘째 형에게 양도하기로 하고 돈을 융통해 태희 모녀가 살 아파트도 구했다. 아파트를 사고파는 일은 미성년자인 그가 자력으로 할 수가 없어서 둘째 형의 명의까지 빌렸다.

이 사실을 다 알게 된 지영은 태희를 구슬려 보려고 했지만 본가의 부인까지 사람을 붙여 싸고도는 판이라 우선 태희 쪽은 단념했다. 대신 지영은 태희의 부모 각각과 만났다.

이때쯤 해서 재경이 어떤 집안 자제인지 알게 된 태희 아버지는 자신이 받은 액수가 푼돈이라는 생각을 하고 있었다. 그런 마당에 지영이 나타나 태희가 재경을 단념하게 도와주십사 하면서 돈봉투를 내밀었다. 한두 번 자식 앞길을 막을 수 없다는 식으로 배짱을 부리다 그럼 지영이 다른 길을 알아보겠다며 스리슬쩍 물러나려 하자 냅다 돈봉투를 받았다. 태희 아버지는 그런 집은 다 끼리끼리 결혼하는 게 세상 이치이고 태희가 아무리 잘나봤자 두 집 살림하는 신세 말고 더 되겠냐고, 안심하라는 말까지 했다고 한다. 지영은 쾌재를 불렀다. 아버지란 사람이 어딜 봐도 용렬하기 짝이 없는 구제불능이라니.

어머니 쪽도 만났다. 그 여자는 자신의 주위에서 돌아가는 상황을 전혀 모르고 있었다. 지영의 입으로 재경이 한 일에 이어 남편의 이야기까지 듣고 났을 때엔 그럴 리가 없다고 펄쩍 뛰었다. 당장 남편을 만나겠다면서 나서는 것을 지영이 직접 불러냈다. 3자대면. 강한 자에겐 비굴하고 약자에겐 포악하기 짝이 없는 남자와 자신을 지킬 능력이 아무것도 없는 여자의 지루한 말싸움과 신파를 목도하면서 지영은 수백 번은 더 자신이 하는 일이 옳다는 결론을 내렸다. 보고 자란 게 이런 것밖에 없는 아이라니 생각만 해도 짜증스러웠다.

태희 어머니에게도 지영은 돈봉투를 내밀었다. 어머니라면 무엇이 딸을 위해 가장 좋은 길일지 생각해야 한다고 말했다. 결혼은 사람 하나만 데려가는 것으로 끝이 아니라 집안끼리 엮인다. 빈한한 집안 출신이라는 굴레에 단단히 혹이 될 소지가 다분한 부모들까지 끌어안고 사는 태희가 절대 행복할 리가 없다. 상처가 나도 회복도 빠른 지금 마음을 접게 만들어주는 것이 어머니로서의 도리일 거라고 지영은 잘라 말했다. 내내 침묵하며 듣기만 하던 태희 어머니는 지영이 돈봉투를 두고 일어설 때에야 입을 열었다. 조금 생각할 여유를 달라고 했다. 따로 연락을 할 때까지 부디 시간을 달라고.

"그리고 말이야, 정말로 연락이 오긴 왔지."

이제까지의 기계적이다 싶을 만큼 무미건조한 지영의 목소리가 문득 우울하게 가라앉았다. 태희가 천천히 고개를 들어 지영을 쳐다보았다.

"언제 말이죠?"

지영은 힐끗 태희를 보더니 눈이 마주치자 또 차갑게 고개를 돌렸다.

"그 전날."

바로 이해했다. 그 사고가 나기 전날이란 말이다.

"……뭐라고 하시던가요."

"부모 자식 간 인연을 끊을 테니까 너 하나만 예쁘게 보아 달라더라. 하, 기가 막혀서."

침묵이 무겁게 방에 깔렸다. 둘 다 이젠 그 말이 어떤 의미로 한 말이었는지 아는 것이다. 태희 부모님의 교통사고 소식을 들었을 때 순간적으로 지영이 느꼈을 소름끼치는 감정을 태희는 어렴풋이 이해했다. 그래서 그때 지영이 그렇게 악다구니를 쓰면서 태희를 비방한 것이다. 내 잘못이 아니야, 내가 잘못한 건 없어, 이건 다 저 애 때문이야. 저 애가 불러들인 악운이란 말이야! 란 뜻의 절규에 가까웠던 모양이다.

길어지는 침묵에 목이 졸리는 듯한 표정을 짓던 지영이 갑자기 신경질적으로 말했다.

"그래도 변한 건 없어. 내 아들 한재경. 솔직히 내가 수단삼아 낳은 애라 정을 주고 싶어도 자꾸만 브레이크가 걸렸어. 뱃속에 있을 때도 나쁜 생각만 잔뜩 했고 낳아서 처음 본 순간에도 허탈해서 눈물만 났었지. 내가 택한 길이지만 이제 정말 돌이킬 수 없게 되었구나 싶어 보고 있으면 무섭기까지 했어. 그래도 내 자식이야. 내 피 받은 새끼는 그 애랑 재인이 둘뿐이라고. 자격이 없다고 해도 내가 어미야. 너란 애, 결국 그 애 인생에 도움될 일 전혀 없을 거야. 그러면서 길까지 비틀어 놓겠지. 이미 그래. 이미 너 때문에 그 애가 길이 아닌 길을 가고 있다고. 아무리 아둔해도 그렇지 네 눈엔 그게 전혀 보이지 않니?"

"……제가 정말 아둔한 모양이에요. 그 애랑 함께 걷는 게 좋아서 어디로 걸어가는지는 생각해 본 적이 없었어요. 너무나 평탄해서……. 너무나 밝아서."

태희가 덮어 두었던 찻잔의 뚜껑을 열었다. 이젠 김도 나지 않고, 꽃도 가만히 물에 가라앉아 있을 뿐이다. 피어나는 것처럼 보였던 것은 순간의 착각. 태희는 옆에 두었던 종이백을 응시했다. 그 안에 담긴 내용물을 생각하며 태희가 입을 열었다.

"긴 이야기를 해주셔서 감사해요. 덕분에 여러 가지 의문이 풀렸네요. 또 마지막에 하신 말씀은 저 역시 깊이 생각해 보도록 할게요. 그리고 한 가지."

지영의 눈을 물끄러미 바라보면서 태희가 말했다.

"제 어머니 성함은 이난정이에요."

"누가 물어봤니?"

"모르시는 것 같아서요. 아무쪼록 기억해 두시는 게 좋을 것 같기도 하구요."

"대체 무슨 말을 하고 싶은 거야? 지금?"

"죽음 이후가 무(無)인지 아닌지는 살아있는 사람으로선 알 수가 없죠. 그때를 대비해서이기도 하고……. 또 한 사람이라도 많은 사람이 제 어머닐 기억해 주셨으면 해서요. 그럼, 무리한 부탁을 들어주셔서 감사했습니다. 먼저 일어나는 무례도 모쪼록 용서해 주세요."

태희가 걸음을 옮겨 문가로 가는 순간 미닫이문이 열렸다. 내내 그 자리에 있었던 남자가 문을 열어준 것이었다. 까맣게 잊고 있었던 남자의 존재에 태희는 놀랐지만 그대로 묵묵히 고개를 숙이고 옆을 지나쳐 갔다. 그런데 불쑥 남자가 중얼거리는 소리가 들려왔다.

"원래 가기로 했던 길이 아닌 건 맞지만 지금 재경이가 가고 있는 길이 훨씬 더 좋은 길이라고 생각해, 난."

구두를 신던 태희가 힐끗 고개를 돌렸다. 남자는 싱긋 웃으면서 손을 흔들어주었다.

"다음에 좋은 얼굴로 다시 보자. 그땐 맛있는 걸 잔뜩 사줄게."

마지못해 목례를 했을 뿐 태희는 아무 말도 없이 걸음을 옮겼다. 어머니의 유골함이 담긴 종이가방을 꽉 끌어안고 거리로 나올 무렵엔 지영도 남자도 모두 머릿속에서 사라졌다. 거리는 찝찝한 습기를 동반한 더위가 절반, 그런 것엔 아랑곳없이 즐거워 보이는 사람들이 절반이었다. 사방이 눈이 부시도록 환해서 밤이 되어가는 시각을 무색하게 했다.

어둠은, 사람의 마음에서 자랄 때 무섭도록 깊어진다. 그걸 분명히 알면서도 태희는 자신이 한없이 어둠 속으로 가라앉아가는 걸 어쩔 수 없었다.

"내가 그렇게 옆에 있었는데……."

사람들 속을 지나 되는 대로 걸음을 옮기며 태희는 중얼거렸다. 이렇게 더운데도 살갗을 타고 올라오는 한기 때문에 태희는 종이가방을 더 꽉 끌어안았다.

"……내게 짐이 될까 봐서 그러다니."

너무도 무거운 발을 어떻게든 이끌고 걸어가려 했지만 결국 얼마를 가지 못하고 태희는 멈춰 섰다. 아직 어머닐 모실 납골당을 찾는 일이 남아 있는데 이대로 몸이 허물어질 것만 같았다. 몸이 허물어지면 마음도 허물어져 버릴 게 틀림없다. 버텨야 한다. 버틸 것이다. 이미 만사는 끝이 났고 태희가 할 일은 후회하는 것 말고는 없다.

지영의 말로 알게 된 것은 그다지 놀랍지도 않았다. 어머니가 자살하지 않았을까 하는 느낌은 어머니의 시신을 확인할 때부터 받았다. 오랫동안 끼던 게 없으면 허전하실까 봐 태희가 급히 마련해 드렸던 진주반지 대신 어머니는 예전의 그 결혼반지를 하고 계셨다. 큰외숙을 통해서 어머니가 이미 사고 며칠 전에 외조부모님의 묘를 찾아왔다는 이야기도 들었다. 그런 애가 어쩌자고 그렇게 비가 오는 날 또 왔을까 하며 큰외숙은 혀를 차셨다. 큰외숙의 말만 믿을 수가 없어서 어머니가 일하시던 식당에도 전화를 했었다. 이미 일주일 전에 어머니가 일을 그만두었다는 소리를 들었다. 어머니는 태희에게 그런 기색은 전혀 비추지 않았다. 그 일주일 동안 어머니는 평소처럼 일을 가셨고 밤늦게야 돌아오셨던 것이다.

아무것도 몰랐다. 태희는 아무것도 몰랐다.

어머니는 그날 아침에 나가면서도 태희에게 너무도 평범한 말들만 하셨다. 다녀오마고 하고 가셨다. 그런 분이 아버질 만났다. 고주망태가 되었을 아버지가 운전하는 차로 함께 거기까지 갔다. 비가 그토록 쏟아지는 날에. 그러나 아버지는 그보다 더 술에 취한 상황에서도 트럭으로 서울과 부산을 왕복하며 다녔던 사람이다. 빈 시간 동안엔 뭘 한 걸까. 무슨 말이 오갔을까. 정확히 어떤 식으로 사고가 났을까. 이젠 모든 게 미궁에 빠질 것이다. 소희가 받았고, 재경이 태워버린 그 편지를 보았다고 해도 알 수 있었을 거라 기대하지 않는다.

어머니는 아주 긴 시간 동안 마음속에 쌓아두었던 어둠으로 아버지를 삼켜버린 뒤, 진짜 어둠 속으로 가버리셨다. 살아서 행복했던 순간은 그토록 적었는데, 죽을 때조차 그렇게 비참하게.

"내가……그렇게 미덥지가 못했을까."

내가 없어도 살겠지, 더 잘 살겠지, 난 어둠이니까.

그렇게 생각하며 갔을 것이다. 마지막까지 그런 생각은 안 했을 것이다. 자신이 '빛'이라는 생각. 태희에겐 더할 나위 없이 고운 빛이라는 생각. 한 번이라도 생각했다면 그런 식으로 떠났을 리가 없다.

말해 볼걸. 엄마는 빛이야. 엄만 내 소중한 빛이야.

못했다. 영영 못 하고 말 것이다.

툭, 빰을 타고 뜨거운 것이 흘러내렸다. 전하지 못한 말이 복받쳐 위로 치고 올라왔다. 내내 참고 틀어막았던 것이 그래서 시작되었다. 허물어졌다. 마음처럼 몸도.

길에 주저앉아 가슴을 부여잡고, 어머니를 끌어안은 채로 얼마나 울었을까. 갑자기 사람들을 헤치고 나타난 누군가가 태희를 보고 와앙 울기 시작했다.

"윤태희, 이 바보야, 너 왜 여기서 이러고 있어! 내가 얼마나 찾아다닌 줄 알아! 울려면 같이 울지 길바닥에서 창피하게 뭐 하는 짓이야! 어어엉!"

화를 내고 태희의 등을 때리면서도 꽉 끌어안고 태희보다 더 크게 울어주는 소희의 품은 따뜻했다. 그런 소희의 품속에서 태희는 울다가 숨을 내쉬는 중간 중간 그녀에게 말했다.

"소희야, 넌 내 빛이야. 그거 알지? 넌 그거 알고 있지? 빛이야. 내 빛이라고. 잊지 마. 넌 그거 잊지 마."

8. 빛을 찾는 눈

"또 자? 그 소리를 내가 몇 번이나 듣는지 알아?"

"그렇지만 사실인 걸. 지금도 자."

"뭘 먹기는 하고 자는 거야?"

"아침에 밥 간신히 먹은 것뿐이야."

"이러면서 걱정 말라고 큰 소리쳤어? 젠장, 당장 내가 데려갈 거야."

"그럴 수는 없다고 본다만."

태희가 자고 있는 방으로 가면서 소희와 재경이 나누는 대화도 예전 같지 않았다. 짜증도 형식에 그칠 뿐, 서로에게 화를 내고 할퀼 의욕도 힘도 없는 것이다. 둘은 알고 있다. 태희를 걱정하는 마음은 서로가 지지 않을 만큼 크고 무겁다는 걸.

서울로 올라온 뒤 태희가 소희 집에서 머물겠다고 했을 때 재경은 그 의견을 받아들였다. 자신과 둘이서만 지내는 것보다 소희와 소희 어머니가 있는 집에서 지내는 것이 더 나을 성싶었다. 소희도 재경에게 언제든 태희를 보러 와도 좋다고 했었다. 하지만 정작 태희가 반대를 했다. 며칠쯤 조용히 쉬고 싶으니 연락도, 방문도 하지 말아줬으면 한다고. 재경뿐 아니라 태희는 한집에 있는 소희와 함께 있는 때조차 피했다. 그러고는 거의 잤다. 자지 않을 때에는 마당에 나가서 나무에 매어져 있는 그네에 멍하니 앉아 있거나 소희의 아틀리에에서 창문 너머 하늘을 응시했다. 그렇지만 대부분은 잤다. 방금 전까지 있던 애가 없어져서 찾으러 나서 보면 어느새 방으로 돌아가 침대 속에서 자고 있었다.

그렇게 닷새째. 재경은 한 사흘은 꾹 참았고 나흘째는 초조해하다가 결국 닷새째에는 태희에게 전화를 걸었다. 받지 않아서 소희에게 걸었다. 아침부터 두 시간 간격으로 전화를 걸면서 태희 이야기를 물었는데 날이 다 저물도록 소희에게서 들려온 대답은 "자"뿐이었다. 결국 재경은 폭발했고, 소희네 집으로 왔다. 그런데 지금도 자고 있단다.

"어디 아픈 건 아니지?"

"얼굴은 비 온 날 저녁에 뜬 달 같고, 걸어 다니는 걸 보면 흔들흔들거리는 게 바람에 날아갈 것 같긴 해도 아직 쓰러지지는 않는구나. 말을 안 하니 어디가 어떤지 알 수도 없어. 그래도 잘 때 끙끙 앓거나 하진 않아. 내가 그건 유심히 보고 있어."

"그래도 그렇게 안 먹고 잠만 자면……."

"예전 버릇이 도진 거지. 근데, 어제저녁엔 아틀리에에서 그러더라. 꿈이 안 꿔진대."

"꿈?"

"응. 아무리 자도 아무 꿈도 없대. 그러곤 또 멍해 있고. 태희 우는 거 보고 이젠 괜찮아지겠구나 했는데 잘못 생각했나봐. 정말로 정신과 치료 같은 걸 해야 하는 거 아닐까?"

"글쎄. 어떻게 해야 할지……."

둘 다 한숨을 내쉬면서 축축 늘어지는 걸음을 옮겼다. 그러다 태희가 머물고 있는 방 문을 노크하면서 소희가 재경이 왔다고 말을 했다. 안은 조용하기만 하다. 어차피 자고 있을 게 뻔해서 조심히 문을 열고 들어간 뒤에 불을 켰다. 태희는 없었다. 그 뒤로 둘은 집 여기저기를 뛰어다니며 태희를 찾았다. 주방에서 내일 아침 준비를 하고 있던 도우미 아주머니도 태희가 내려오는 걸 못 봤다고 했다. 다시 한 번 집 안 전부를 이 잡듯이 뒤진 후 둘은 태희가 집에 없다는 결론에 도달했다.

"사람이 집을 나가는 것도 몰라? 이러면서 잘도 보호네 어쩌네 큰소리만 쳤구나!"

"한 시간 전만 해도 틀림없이 자고 있었단 말이야. 아, 대체 애가 어디로 간 거야? 아, 핸드폰, 핸드폰 가져갔나?"

소희가 황급히 태희에게 전화를 걸었지만 핸드폰은 여전히 꺼져 있다. 무작정 집 밖으로 뛰어나가 찾아볼 기세인 소희를 보면서 재경은 불현듯 무언가를 떠올렸다. 바로 그는 본가의 어머니에게 전화를 걸었다.

"네, 저예요 어머니. 혹시 아직 태희에게 사람 붙여 놓으셨나요? 네? 낚시터요?"

"무슨 소리야? 너 태희한테 사람도 붙여놨어?"

귀를 쫑긋 세우며 재경의 전화에 반응을 보인 소희를 무시하며 재경은 계속 말했다.

"낚시터요? 낚시터 어딘데요? 알려주세요, 어머니. 부탁이에요. 하지만, 어머니. 어머니? 이런 제기랄!"

모란 여사가 알려달라는 재경의 간청을 들어주지 않고 전화를 끊어버렸고, 재경은 애꿎은 핸드폰을 집어던졌다. 그 모습에도 소희는 당장 알고 싶은 것 때문에 다그쳐 물었다.

"모란 사모 맞지? 태희 어디 있는지 알고는 계시대? 낚시터란 게 무슨 소리야?"

"그건 내가 하고 싶은 말이야. 태희 낚시 같은 걸 할 줄 알았어?"

"금시초문이다. 낚시라니 웬 뚱딴지같은……."

문득 소희의 머릿속에 뭔가가 스쳐갔다. 용케도 그것을 입 밖에 내지 않은 채, 뭔가 떠오른 것 같은 낌새도 급히 감춰 버렸다. 재경이 들어서 반가워하지 않을 이름이 분명하다. 소희는 황급히 주방 쪽으로 돌아서면서 말을 돌렸다.

"어쨌든 모란 사모 덕에 태희가 실종된 게 아닌 건 분명해졌구나. 놀랐더니 목이 다 마르네. 아주머니, 뭐 마실 만한 거 없을까요?"

재경은 소희의 어색한 태도를 눈치 채지 못했다. 그저 힘이 풀려버린 다리를 움직여 근처의 소파에 앉아서 머리를 감쌌다.

"낚시라니. 윤태희, 너 무슨 생각을 하고 있는 거야, 대체."

그의 푸념이 조용히 사그라지기 전에 다시 한숨이 새어 나왔다. 평생 쓸 한숨을 요즘 들어 거의 다 소모해 버리는 것만 같았다.

찌는 움직이지 않았다. 애초에 낚싯밥을 달지 않았으니 당연한 일이다. 그럼에도 찌를 물끄러미 응시한다. 그걸 가만히 들여다보고 있노라면 아주 간혹 주변의 소음이 완전히 사라지는 듯한 순간이 있었다. 불과 몇 초도 되지 않는 짧은 시간 동안이긴 해도.

다시금 그 짧은 순간을 기다리면서 찌를 응시하고 있는 태희의 어깨를 툭툭 건드리는 손이 있었다. 돌아보니 의자를 가지고 옆에 와 앉은 승운의 손이다.

"강태공 놀이도 할 만하지?"

"응. 생각보다 더 할 만하네."

고개를 끄덕이고 태희가 다시 찌를 쳐다보았다. 또 생기라곤 찾아볼 수 없게 가라앉는 태희의 눈을 보고 승운은 어쩔 수 없다는 듯 자기 자리로 돌아갔다.

그렇게 찌를 바라보며 시간을 낚았다. 승운에게 했던 말대로 이건 그다지 나쁘지 않았다. 소희네 집에 있을 때처럼 멍한 건 마찬가지지만, 그것과는 좀 달랐다. 무엇보다, 머리가 움직이기 시작했다. 무언가를 하고 있다는 의식을 가지고 찌를 응시하는 그 사소한 일을 통해서 지금 살아서 호흡한다는 게 느껴졌다.

호흡을 의식하면서 태희는 생각이란 걸 할 수 있었다. 엄청나게 커다랗게만 느껴졌고, 그래서 압사당할 것처럼 무거웠던 지난 한 주간의 일들도 천천히 돌아볼 수 있었다. 당장 어찌해 볼 수가 없어서 뭉뚱그리듯이 마음속에 우겨넣었던 수많은 감정도 하나하나 뜯어내고 단단히 빚어서 차곡차곡 처리할 수 있을 것 같다. 물을 떠올린다. 지독히 깊어서 바닥이 헤아려지지 않는 검푸른 색을 띠고 있는. 바다라고 하자. 그런 바다가 어딘가에 있다고 하자. 거기에 조금씩 밀어 넣기로 했다. 슬픔이나 분노, 체념과 회오 모두. 퐁당, 퐁당, 퐁당.

"퐁당, 퐁당, 퐁당."

"노래 불러?"

무심결에 목소리를 내버려서 승운이 알아듣고는 물어왔다. 태희는 마치 백일몽에서 깨어난 것 같은 기분으로 승운을 돌아보았다. 갑자기 참을 수 없을 만큼 말이 하고 싶어졌다. "있잖아, 모모 해줄래?"라고 말해 버렸다.

승운이 고개를 갸웃하더니 곧 알아듣고 다시 의자를 들고 일어나려고 했다. 손을 들어 그러지 말란 신호를 한 뒤 태희가 말했다.

"내게 필요한 건 말을 들어줄 사람이야. 그리고 그 이야기를 다시는 하지 않을 사람. 내게는 물론 다른 누구에게도. 허공을 보고 이야기하면 미쳤다는 기분이 들까 봐 무섭거든."

"모모, 해줄게. 이 조태공 오빠, 아니 조모모 오빠에게 다 말해봐."

승운이 그렇게 말하고 고개를 자신의 찌 쪽으로 돌렸다. 턱을 괸 채 낚시에 푹 빠진 것처럼 보이는 그의 모습을 보고 태희도 자신의 찌를 돌아보았다. 여전히 움직이지 않는 부표를 보면서 한참만에 그녀는 입을 열었다.

"내가 여섯 살일 때 오빠의 생일이었던 날이야. 그러니까 그건 겨울이었지. 난 그날 처음으로 아버지가 죽었으면 좋겠다고 생각했었어."

그렇게 시작하는 이야기였다.

실내낚시터 밖으로 나왔을 때에는 어느새 밤이 이슥했다. 지하철역으로 향하는 길을 걸으면서 승운이 문득 물어왔다.

"재경이 원망해?"

태희는 잠자코 몇 걸음 걸었다. 그러다 투덜거렸다.

"불량한 모모네."

"이 밤이 지나면 다 잊어줄게. 오늘만이야. 거기다 말이야, 세상엔 사람이랑 이야기하다 답을 얻는 문제도 상당히 많은 법이야."

"이야, 조승운 군은 어린 나이에 참 많은 것을 다 아시네요. 애늙은이."

"너도 만만치 않아."

주거니 받거니 하고는 하릴없이 웃었다. 웃고 나서는 놀랐다. 웃어지는구나. 둘 다 잠시 멍하니 생각했다. 아주 소중한 사람이 죽는다해도 결국 남은 사람은 어떻게든 살아나간다. 평정을 되찾는 건 시간의 문제다.

"간사하구나, 사람은."

"강한 거야. 그렇게 생각해야지, 멍청아."

태희의 중얼거림을 승운이 바로 되잡아 주었다. 태희는 피식 웃었다.

"이런 게 강한 거라면 약한 채로 있을 걸 그랬네."

"그랬으면 다른 사람들이 힘들어지잖아. 너, 말해 놓고는 그새 잊고 있는 거 아니지? 너한텐 소희와 재경이가 있어. 그 두 사람이 네 빛이라고 그랬어, 네가."

잊을 리 있냐는 듯 태희가 또 웃었다. 씁쓸한 미소다. 다시 걷기 시작했다.

"아직 내 질문에 대답 안 했어. 재경이가 원망스러워?"

"원망이라. 네 말 듣고 비로소 그 생각을 했어. 아아, 그런 방법이 있었구나. 차라리 재경이가 원망스러웠다면 좋았을 걸, 하고. 그냥 나는……."

"그냥 뭐?"

"막연히 그런 생각을 했어. 재경일 보지 않았다면 어땠을까, 만나는 일이 없었다면 어땠을까. 그랬다면 부모님은 살아계실지도 몰라. 하지만 천천히 죽어가고 있겠지. 내 어머닌 아버지랑 너무 오래 살았어. 그리고 나도 그런 엄마에게 너무 길들여져 있었어. 재경이랑 만나지 않았다면 나는 미래를 꿈꾸는 일조차 없었을 거야. 그 수렁 속에서 빠져나갈 길도, 의욕도 꺾인 채 영영 살았을지도 몰라."

"어떤 길을 갔어도 파국밖에는 없었다는 게 되네."

"아니야. 다른 길도 있었어. 엄마가 택한 그 길은 절대 해답이 아니었어. 날 위해서라면 절대로 그런 길을 택해선 안 되는 거였어."

"엄마가 나쁜 사람이네, 결국."

"그래. 나쁜 사람이야. 아버지보다 더 미워 이젠. 밉고, 또 밉고……. 그런데도……."

먼저 발이 멈추더니 태희의 얼굴에서 표정이 사라졌다. 승운이 발치에 시선을 떨어뜨린 채 기다리고 있자니 마침내 태희의 중얼거림이 들려왔다.

"너무 불쌍해서 어쩌면 좋을지 모르겠어. 죽어서 편해졌다면 좋겠는데, 그게 아니라면 어떡해야 할지도 모르겠어. 아무리 잠을 자도 엄마가 꿈에 보이질 않아. 나는 엄마를 불쌍히 여기는 것 말고는 아무것도 할 수가 없어."

"어차피 살아 있는 사람이 죽은 사람한테 해줄 수 있는 건 그런 것뿐이잖아."

"너희 할머니처럼? 난 그건 싫어. 그렇게 오랫동안 슬픔을 담고 울고 싶지는 않아. 그럴 바엔 다 잊어버리고 싶어. 그 몸처럼 기억이란 것도 다 타서 재가 되어 버렸으면."

꺼져 들어갈 것 같은 목소리에 승운은 고개를 들었다. 울고 있을 거라 생각했는데 그렇지 않았다. 다만 태희는 너무도 피곤한 눈으로 하늘을 보고 있었다.

그녀가 보고 있는 그 방향에 반달이 보였다. 상현달이 떠 있다.

그 순간 승운은 이 애는 괜찮겠구나 하고 생각했다. 아무리 절망스러운 상황에서도 빛을 찾아 눈이 움직이는 사람은 부서지지 않는다. 동경하는 빛을 향해 결국은 어둠을 떨치고 일어나게 마련이다. 자신처럼 어둠도 빛도 아닌 곳에서 어정쩡하게 방황하는 일 없이.

"그러면 태워. 태워서 재를 만들어. 네 방식대로. 이미 그럴 작정인 거 아니야?"

승운의 말에 한참 만에 태희가 고개를 끄덕였다.

"내가 소희도 아니고 재경이도 아닌 너한테 부끄럽기 짝이 없는 이야기를 한 건, 네가 내 친구도, 연인도 아니기 때문이야. 그 사람들처럼 마음 아파하지는 않을 테니까."

"응. 그렇겠지, 아마도."

"그리고 넌 감정을 낭비하지 않으니까. 아니, 그보다는 마음이 아주 단단하니까."

"단단한가?"

"응. 그건 아마도 네가 자라면서 익힌 보호기제겠지. 언젠가 마음이 아주 따뜻하고 풍요로운 누군가가 그걸 열 수 있었으면 좋겠어. 하지만 지금 난 그런 네가 고마워. 네 단단한 마음 덕에 해답을 얻었거든. 난 다른 방식을 찾아야겠어."

"안타깝게도 낚시는 아닌 거네?"

"낚시는 아니야."

다시 둘의 발이 움직이기 시작했다. 무겁게 어깨를 짓누르고 있던 공기는 어딘가로 확 사라져 버리고 산뜻해지기까지 한 기분으로 대화를 주고받으며.

"우선 주말에 일은 나갈 거야."

"벌써 나오지 않아도 되는데."

"괜찮아. 넋 놓지 않고 일할 테니까. 하지만 사람을 구해야 할 거야."

"기한은?"

"한 달 정도."

"베테랑이 될 만하면 이렇게 사라진다니까. 이래서 사람 키워봤자 말짱 헛수고지."

"미안하게 됐네요. 대신 나중에 다시 복귀할 거니까."

"누가 시켜나 준대? 일할 사람 줄 섰거든?"

승운과 헤어진 뒤 택시에 탔을 때 핸드폰을 켰다. 금세 문자며 뭐가 잔뜩 들어온다. 도로 핸드폰을 넣었다. 소희네 집에 돌아갔을 땐 무서운 표정으로 기다리는 사람을 둘이나 보았다. 재경과 소희 둘 다 큰 소리를 안 내려고 참는 기색이 역력했지만 그들에게 미안하기보다는 우선은 배가 고프고, 졸렸다. 오랜만에 느끼는 배고프단 생각이 졸음을 이겼다.

"말하는 도중에 미안한데, 나 배고프거든? 뭣 좀 먹을게."

"이 시간까지 밥도 안 먹고 낚시터에서 뭘 한 거야?"

재경이 묻는 소리에 태희는 멀뚱히 돌아본 뒤 당연하다는 투로 말했다.

"낚시."

"오냐, 그래. 내 딸. 그래서 물고기는 얼마나 낚았니?"

"못 낚았어. 미끼를 안 달았거든."

"허엇, 그래 그런 낚시가 재미있든? 그럼 내일부터 이 엄마랑 같이 다니자꾸나."

"별로. 이젠 안 갈 거야."

그렇게 대꾸하고 태희는 주방으로 향했다. 둘 다 멍하니 그 뒷모습을 보았다. 그래도 두 사람은 태희가 있는 주방으로 향했다. 무엇보다도 태희가 평상시처럼 말하는 모습을 보게 된 것이 반가웠다. 왜 남이 먹는 걸 그렇게 구경하냐고 태희가 미간을 찡그리는 모습조차도 기쁘기 짝이 없는 두 사람이었다. 태희는 밥을 먹고 난 뒤 얼마 안 있어 씻고 자겠다고 올라가버렸다.

소희가 방을 내줘서 재경 역시 그날은 소희네 집에서 잤다. 한집에서 태희와 같이 있다는 사실만으로도 재경은 모처럼 깊은 잠을 잤다. 다음날 한참 늦잠을 잔 재경이 정오 무렵 일어나 주방에 물을 마시러 내려갔는데 거기서 태희와 마주쳤다.

"벌써 깼어? 뭐야, 너. 어디 가려고?"

포니테일에 파란 폴로셔츠와 검은 바지. 머리 한쪽에 작은 흰 리본이 없었다고 치면 경쾌하게까지 보일 법한 복장을 한 채 태희는 반쯤 먹은 토스트를 한 손에 들고 있었다.

"아르바이트 가. 넌 좀 더 자. 나 때문에 잠도 설쳤잖아. 그럼, 다녀올게."

태희가 방긋 웃더니 토스트를 들지 않은 손으로 바이바이 손을 흔들었다. 말의 내용보다 태희가 웃는 모습에 잠시 마법에 걸린 것처럼 움직일 수가 없었다. 태희가 복도를 걸어가는 소리가 자박자박 들려왔다. 퍼뜩 재경이 정신을 차리고 뒤쫓아 나갔다.

"태희야, 태희야! 무슨 일을 간다고 그래? 쉬어, 너 아직 일할 상태 아니야."

"나 이제 괜찮아. 잘 먹고 푹 잤더니 움직이고 싶어졌는걸."

"나중에. 오늘은 아니야. 다음 주, 그래 다음 주까지만 쉬어. 응?"

"괜찮다니까. 나 정말 멀쩡해. 그러니까 다녀올게."

재경은 말없이 태희의 팔을 잡은 채 핸드폰을 꺼내 어딘가로 전화를 걸었다. 누군가가 전화를 받자 바로 말했다.

"나 한재경인데 오늘 태희 일하러 못 가. 그렇게 알고 대타 구해. 확인? 내 뜻이 곧 태희 뜻이야. 내일도 못 가. 다음 주엔 상황 봐서, 엇, 태희야."

"미안. 이 애 말은 농담이고 지금 나가는 길이야. 응. 헤에, 머랭쿠키? 기대되는데. 그래. 먹고 살찔 테니까 많이 부탁해."

승운과 통화를 끝내고 태희가 핸드폰을 재경에게 내밀었다. 그의 얼굴이 일그러졌다.

"이 몸으로 무슨 일을 한다고 그래? 쓸데없이 실랑이하고 싶지 않아. 내 말 듣고 쉬어. 아니면 이대로 들어다 어디 요양원에라도 넣어 버린다."

"요양원? 내가 어디 아프니? 아니면 나는 무슨 특별한 사람이야? 직장인들은 물론이고 학교 다닐 때 보면 학생들도 부모님 돌아가시면 일주일 쉬어. 그리곤 다들 나와서 일하고 공부하고 그래. 나는 그 사람들에 비하면 충분히 더 쉬었어. 여기서 더 쉬라고? 왜?"

"다른 사람들 따위 어떻게 살든 알 바 아니야. 난 너만 중요해. 넌 너무 약하다고. 난 네가 부서질까 봐 너무나 두려워."

재경이 태희를 껴안고 그녀의 머리카락에 뺨을 대면서 말했다. 재경의 품에서 나는 라벤더 향은 태희의 그것과 같았다. 편안하다. 그의 품속에서 그의 목소리를 들으면 그가 원하는 것은 뭐든지 들어주고 싶어진다. 그래. 네 말대로 할게. 네가 원한다면 이대로 죽는 것도 사는 것도 다 네 뜻대로, 라고 수 백, 수 천 번은 맹세하고 싶어진다. 그러나 그 달콤한 일락에서 고개를 들어 재경의 얼굴을 보는 순간 태희는 서글픈 진실과 마주쳤다.

"그러지 마. 제발 날 동정하지 마."

"동정하는 거 아니야. 나는 그저……."

태희의 머리카락을 몇 번이나 쓰다듬으며 할 말을 찾다가 결국 적절한 말을 찾지 못한 재경이 다시 그녀를 꼭 끌어안으며 이마와 뺨에 키스를 했다. 말로 하지 않아도, 그의 키스에서 전해지는 말이 있었다. 가여운 태희. 내 가여운 태희.

순간 숨이 막혀서 태희는 재경을 확 밀어냈다. 그의 눈을 보면서 새삼 절감했다. 그녀가 고통스런 모든 기억을 태우는데 성공해도, 재경이 그것을 기억하고 있을 거란 걸.

잊으라고 말하면 잊어줄까? 아마 그런 척은 할 것이다. 연기자보다도 더 능숙하게. 그러나 태희가 원하는 것은 그런 것이 아니다.

"나 일하러 갈게. 아무것도 안 하고 집에만 있는 것 답답해서 못 견디겠어."

"정 그러겠다면 데려다주고, 내가 근처에 있을게."

"싫어. 버스가 좋아. 모르는 사람들이랑 부대끼면서 갈래. 그런 기분이야."

"쓸데없는 고집 부리지마."

"그래, 쓸데없는 고집이야. 그렇다고 치고 좀 봐줘. 좀 봐달라구."

그렇게 말하고 이내 붙잡는 재경의 손을 뿌리치고 태희는 현관으로 뛰어갔다. 완력으로는 당연히 이길 걸 아는데 차마 재경은 더 강경히 나가지 못했다.

결국 태희는 혼자 버스정류장으로 향했다. 막 한 시가 넘은 낮의 햇살은 뜨겁고 강렬했다. 고개를 들어 해를 올려다보니 아찔할 정도로 눈부셨다. 그러나 어지럽지는 않았다. 지난주부터 어떻게 살았는지 생각해 보면 정말로 아프지 않은 게 신기할 정도이다. 사람은 간사하고, 강하니까. 그렇게 생각하고 피식 웃다가 다시 고개를 내리면서 태희는 왼쪽 가슴에 손을 올려놓았다. 심장은 평온했다. 가슴이 아픈 느낌도 없다. 전에는 재경과 잠깐 말싸움 비슷한 것만 해도 며칠이고 심장이 씀벅거렸던 것 같은데.

"마비……되어 버린 건가."

그런 거라면 차라리 그대로 두겠다. 아프면 잠으로 치유하는 동물처럼, 심장도 아플 때는 자고 있는 것도 좋을 것이다.

일곱 시가 되어 일이 끝났지만 썩 피곤하다는 느낌이 없었다. 좀 더 일하고 싶다는 생각을 했을 정도였다. 바리스타 아저씨는 늘 그랬듯이 무뚝뚝해서 든든했고, 승운은 무슨 일이 있었냐는 듯 실없고 가벼운 농담으로 분위기를 화사하게 했다. 카페의 트레이드마크인 파란 장미들도 변함없었다. 물끄러미 장미를 보고 있는 태희 옆으로 승운이 오면서 물었다.

"갈 준비 안 하고 뭘 그리 골똘히 생각해?"

"아, 그냥 다 때려치우고 여기 전속 직원이나 할까 생각하던 중이야."

"괜한 소리 말고 어서 갈 준비나 해. 아까부터 출입구 앞에서 웬 남자가 널 기다린다구."

"응?"

결국 재경이 데리러 온 건가 싶어서 고개를 돌린 태희는 검은 양복에 체격이 건장한 남자를 보고는 움찔했다. 눈이 마주치자 남자는 저벅저벅 태희에게 걸어왔다. 태희는 모르겠지만 재경은 아는 사람이다. 태희에게 붙여진 경호원 둘 중에 주로 운전을 담당하는 쪽의 남자였다. 눈가에 살짝 칼자국으로 의심되는 흉터가 있어 더 포스가 있는 그 남자가 태희에게 불쑥 고개를 숙여 인사하더니 입을 열었다.

"사모님께서 좀 뵈었으면 하십니다."

순간 본가의 모란 여사보다 지영을 떠올린 태희의 안색이 나빠졌다. 남자는 의심스러워하는 태희의 눈빛에 핸드폰을 꺼내 부인과 통화를 시켜주었다.

그로부터 삼십 분 남짓이 지난 후. 소희네 집에서 그리 멀지 않은 한정식집에서 태희는 모란 여사와 마주 앉아 있었다.

"만나는 건 차차 기다린 후에 하려고 했는데, 벌써 나와서 일을 한단 소리에 어떤지 직접 봐야겠다 싶어서요. 여전히 안색이 썩 좋지는 못하군요."

"제대로 먹지 않으면 바로 몸으로 표가 나는 체질이라서요. 이제 식사는 거르지 않고 하려고 노력하는 중이니까 곧 괜찮아질 거예요. 염려해 주셔서 감사합니다."

"먹는 양 자체가 적은 것 같으니 아무래도 약을 따로 지어먹는 게 좋겠어요. 내일은 그렇고 다음 주중에 한 번 차를 보낼 테니 와요. 썩 잘하는 한의원을 알고 있으니까."

"그렇게까지 신경 써 주시면 제가 너무 면목이 없어요. 안 그래도 부모님 일로 너무 신세를 져서 제가 어떻게 감사를 드려야 할지도 모르겠는걸요. 주말이 지나면 찾아뵙고 인사드릴 생각이었는데 이렇게 뵙게 돼서 아무 준비도 못했습니다. 용서해 주세요."

"내가 보고 싶어서 본 거잖아요. 이제 불쑥 찾아온 내가 미안하다고 사과할 차례인가요?"

"아니요, 아니에요. 그런 뜻으로 드린 말씀이 아닙니다."

당황한 태희의 얼굴에 홍조가 피어오르는 걸 보면서 모란 여사는 비로소 웃음을 머금었다. 그러더니 손을 내밀어 태희의 손등에 얹고 툭툭 두드려 주었다.

"고생했어요. 어린 사람이 그렇게 큰일을 겪기도 쉽지 않죠. 옛날 사람들 말처럼 크게 될 사람이라 시험이 모질구나 생각하고 위안을 삼도록 해요."

조금 쓸쓸한 미소를 지으며 태희가 고개를 숙였다. 부인의 무뎌진 가슴에도 그 모습이 참 아파 보였다. 거기다 고인과의 약속도 있었다.

"지금은 친구네 집에서 머물고 있다고 하지만, 나온 뒤에는 혼자 지내게 되는 건가요?"

"그래야 되겠죠."

"이젠 오빠랑 연락이 닿았잖아요. 같은 서울에 사는 걸로 들었는데."

"아니요. 오 변호사님 덕분에 더는 만날 일도 없게 되었어요. 저 혼자였다면 망연자실해서 뭐부터 손대야 할지 몰랐을 텐데 이제 길어도 다다음주 중이면 모든 일이 깨끗이 마무리될 것 같습니다. 이것도 역시 사모님께 감사드려요."

거듭 고개를 숙이며 태희가 인사했다. 모란 여사는 물끄러미 태희를 바라보다가 말했다.

"아가씨처럼 어리고 예쁜 사람이 혼자서 사는 건 괜한 위험을 불러일으킬 소지가 있죠. 이렇게 됐으니 마음이 안정되는 대로 집으로 들어오지 않겠어요?"

"네?"

무슨 뜻인지 몰라서 태희가 되묻자 부인이 좀 더 풀어서 설명했다.

"큰아드님 내외도 분가했고, 회장님도 그리 살뜰히 집에 붙어 계시는 분은 아니니까 지내는데 불편한 일은 별로 없을 거예요. 지금까지처럼 학교도 다니고, 하고 싶은 일도 하고. 대신 남는 시간에 종종 나랑 차를 마시거나 재미난 일을 같이 해주면 좋죠."

본가로 들어오란 이야기란 걸 깨닫고 태희는 잠시 멍해 있었다. 어떻게 받아들여야 할지 몰라 눈을 깜박이다가 문득 한숨을 쉬고 말았다. 조금 웃음이 났다.

"매우 자상한 분이란 건 알았지만 동정심이 좀 과하시네요, 사모님도."

"호오?"

"어쩌다 보니 천애고아나 다름없는 신세가 됐지만 그렇다고 그렇게까지 사모님이 도와주셔야 하는 건 아니에요. 정 쓸쓸하다 싶으면 친구가 원하는 대로 친구네 집에 들어가서 살지도 몰라요. 친구 어머님은 벌써 저한테 몇 번이나 자기 딸하라고 하셨어요. 동정이라곤 해도 그 친구와 진짜 자매가 되는 건 멋질 것 같아서 나중엔 흔들릴 것 같기도 해요. 어차피 그 친구와는 평생 우정을 나누고 싶으니까요. 그렇지만 재경인……."

"뭔가 다르다는 건가요?"

"오 년 후, 십 년 후를 기약하는 게 우습잖아요. 고작해야 연애일 뿐인데."

쓰디쓰게 말하며 태희가 웃음을 지었다. 모란 여사가 짐짓 혀를 찼다.

"이런. 아가씨가 그런 말을 입에 올렸다는 것만 들어도 내 아드님

가슴에 멍이 들겠어요. 내가 입이 무거운 걸 다행으로 생각해요."

"말씀하셔도 상관없어요."

"이게 어떻게 된 거죠? 난 아가씨가 내 아드님을 지극히 정성스럽게 생각하는 줄 알았는데 갑자기 왜 이리 초탈하게 나오는 건가요? 무엇이 그리 심경의 변화를 일으켰나요?"

"그런 건 없어요."

"태희 양. 난 거짓말하는 사람을 그다지 좋아하지 않아요. 말주변이 없거나, 눌변인 건 상관없지만 거짓말을 하는 사람과 대화를 섞고 있으면 목 주변이 따끔거리면서 불쾌해져요. 그러니까 그런 말은 삼가도록 해요."

"죄송합니다."

풀이 죽어서 태희는 고개를 숙였다. 상황이 어떻게 변한다 해도 이분에게 예쁘게 보였으면 한다는 소망은 그대로일 것 같다.

"침울해 하란 게 아니에요. 말을 해봐요. 자포자기로 가벼운 말이나 할 사람이 아닌 건 재경이에게 들어서 알고 있어요. 그리고 나도 그렇게 사람을 보는 눈이 나쁜 건 아니에요. 부모님 사고 때문에 뭔가 심경의 변화가 생긴 건가요? 아드님이 그렇게 누군가의 일에 헌신하는 모습 정말로 보기 드문 일인데, 설마 모르진 않을 테고."

"맞아요. 헌신. 너무나 잘해 줬어요, 재경인. 그런데 그렇게 제게 헌신하느라, 재경이가 아무래도 길이 아닌 길을 가고 있는 것 같아요."

"길이 아닌 길?"

모란 여사가 그 말에 얼굴을 찌푸리는 것도 못 보고 태희는 고개를 숙인 채 말했다.

"제가 열심히 노력하면 그 애를 따라잡을 수 있을지도 모른다는 생각을 했었어요. 재경이도 그런 저를 비웃지 않고 지켜봐 줬죠. 태문대학교에 들어가고 장래의 꿈에 대해 생각하고, 그러면서 차츰차츰 성장하고 싶었어요. 그런데 살면서 마음만으로는 해결할 수 없는 그런 일이 있다는 것을 제가 너무 우습게 봤나 봐요. 어린애 같은 꿈에 빠져 있었던 저 때문에, 재경이가 어느새 아주 이상한 장소에 오고 말았어요. 어울리지 않는 곳에서, 그가 보지 않아도 될 일들을 보고. 길이 아닌 길. 그 말이 정말로 맞아요."

"이지영 그 여자, 언변 하나는 참 대단하죠?"

그분에게 들었다는 말도 하지 않았는데 지영의 이름을 말하는 모란 여사를 태희가 놀라서 쳐다보았다. 부인이 혀를 끌끌 찼다.

"가슴에 못이 박힐 말 하난 기막히게 하지, 그 여잔. 평생을 자기가 안 다치려고 남을 다치게 할 궁리만 하고 살았으니. 그 길이 아닌 길 운운은 이미 나도 충분히 들은 주제예요. 그런 말에 물들어서 깊이 빠져들지 말아요. 내 아드님이 가야 한다고 정해진 길은 아직은 미정이니까. 나도 회장님도 아들들을 마리오네트처럼 조종하는 무시무시한 사람들 아니에요. 자기 뜻이 있다면 뜻대로 가도 개의치 않을 거라구요. 그런데 자기 발로 길을 가겠다고 하는 사람이 안 나오더군요. 오직 셋째 아드님만이 자기 입으로 자기는 다른 길을 가겠다고 말했어요. 나는 말로는 훈계하는 척했지만 사실은 그게 무척 반가웠답니다."

"사모님……."

부인은 태희의 손을 지그시 움켜쥐며 다정한 미소를 머금었다.

"마음이 다쳤다는 거 알아요. 그럴 만한 일이고, 쉬 낫지 않을 거라는 것도 알아요. 하지만 그 다친 마음 때문에 내 아드님을, 재경이를 밀어내지는 말아요. 그 아이가 태희 양을 얼마나 사랑하는지 아가씨도 알잖아요."

"알아요. 아는데, 아는데……. 그게 지금은 더 슬퍼요."

툭하고 태희의 눈에서 눈물이 떨어져 내렸다. 자신이 울었다는 걸 깨닫고선 입술을 꼭 깨물고 눈을 깜박거리더니 크게 동요했던 감정을 추슬렀다. 부인의 손에서 자신의 손을 빼내고 무릎 위에 모은 채 차분해진 얼굴로 반듯하게 부인을 마주보았다. 진지하게 이야기하고자 하는 뜻이 전해져 와 부인 역시 자세를 고치면서 태희를 똑바로 응시했다.

"재경이를 원망하고 싶지 않아요. 재경이를 낳아준 그분을 원망하고 싶지도 않아요. 그렇다고 해서 제 어머닐 원망하고 싶은 것도 아니에요. 미움의 감정은 이제까지 아버지 때문에 충분히 쌓아왔기 때문에 더는 그런 추한 감정을 갖고 싶지 않아요. 그런데 아무도 원망하지 않으려고 하다 보면 그 화살이 저한테 돌아와요. 재경이를 만나지 않는 건데. 재경이를 좋아하지 않는 건데. 아니 그보다 이렇게 될 거라면 내가 태어나지 않는 게 좋았을 텐데. 그런 식의 악순환이에요. 재경이를 좋아하게 된 일이 태어나서 제가 한 가장 잘한 일이라고 생각했는데 이젠 그 일 자체를 후회하는 제 모습을 보면 비참해요. 예전의 저는 마음속에 어둠을 가득 껴안고 웅크리고 있던 그림자나 다름없었는데 소중한 사람들을 위해서 빛이 되고 싶어졌고, 그래서 노력했어요. 이제야 비로소 나도 조금씩 반짝거리는구나 하고 느낄 때가 있었는데 지금의 전 그게 아니에요. 이런 제 모습은 제가 견딜 수가 없어요. 이런 절 사랑해 주는 건 제가 용납이 안 돼요."

아아, 이 아이는 아주 오래전의 나와는 한참 다르구나, 하고 모란 여사는 생각했다. 돌이킬 수 없는 일에 대한 후회와 슬픔을 마음에 차곡차곡 쌓아가면서 한없이 가라앉는 길을 선택한 자신과는 전혀 다른 방향을 보고 있다. 자기 입으로 전에는 그림자였다고 태희가 말했지만 아마 그때도 진짜 그림자는 아니었을 것이다. 가녀린 외모 속에 조용히 숨겨진 반골기질. 부인은 천천히 고개를 끄덕이며 말했다.

"그래요. 뭔가 각오를 이미 다졌다는 걸 알겠군요. 그렇다면 내가 이렇게 해라 저렇게 해라 충고를 하지는 않겠어요. 하지만 도와주는 건 내 마음이에요. 나는 아드님의 일이 아니라고 해도 이제 태희 양에게 상당한 재미와, 책임감을 느끼니까요."

"책임감이라뇨?"

"태희 양 어머님을 한 번 뵌 적이 있어요."

"언제……."

"글쎄요. 일일이 날짜를 기억하는 성격은 아니라서. 아, 그러고 보니 어머님을 만나 뵌 다음 날이 가족 모임이었군요. 아드님이 제주도 별장을 쓰겠다고 해서 그러라고 했었죠."

"아……."

"어머님께서 날 보고 처음에 상당히 놀라셨던 게 기억나요. 음. 태희 양에게는 이모 되시는 분이겠죠? 아무튼 돌아가신 언니랑 닮았다고 하시더군요."

"고운 분이셨대요. 제 어머니에게 예쁜 사람이라면 늘 이모였어요."

태희가 대답하는 목소리는 작았다. 이런저런 일들을 다시 생각하느라 조금 멍해졌다. 제주도 여행 때 노을을 보고 했던 모란 이야기가 새삼스럽게 기억났다.

"태희 양에게 잘 대해 주겠노라 약조를 했어요. 내가 다른 사람에게 정성을 다할 수 있는 최선으로써 잘 대해 주겠다고 말씀을 드렸었죠. 그러니 태희 양 일은 근심 마시라고."

눈동자가 흔들리면서 천천히 태희의 눈이 가늘어졌다. 웃으려고 했지만 잘되지 않아서 이내 그만둬버렸다. 또다시 코끝이 시큰거리는 걸 참으려고 태희는 노력했다.

"나중에, 어머님을 뵈러 갈 때는 내가 그 약속을 잘 지키고 있노라 말하고 싶어요. 그러니 내 손을 밀어내지 말아요."

부인이 오른손을 태희에게 내밀었다. 한참을 그 손을 쳐다보던 태희가 겨우 손을 들어 살며시 얹어 놓을 때 결국 뜨겁게 이슬이 차올랐다. 부인은 그 손을 꽉 잡아주었다.

"잘했어요. 이제 내 손을 잡았으니 태희 양도 내 사람이에요. 그러니 앞으로는 사모님이란 거북한 호칭 말고 어머니라고 부르도록 해요."

놀란 태희가 아무 말도 없이 눈만 크게 뜨는 것을 보며 부인이 웃었다.

"당장엔 힘들 거고, 차차 연습을 한 뒤에 하도록 해요. 어차피 앞으로 그렇게 부를 시간은 많이 있을 테니. 자, 그럼 다시 중요한 주제로 돌아가죠. 태희 양. 앞으로 어떻게 하고 싶은 거죠? 내게는 털어놓도록 해요."

"저는……."

얼마쯤 망설이다가 맞잡고 있는 부인의 손을 보면서 태희는 마음을 결정했다. 이젠 잡을 수 없게 된 엄마의 손 대신인 부드럽고 따뜻한 손. 눈을 깜박이자 눈물이 흘러내리면서 시야가 깨끗해졌다. 이윽고 태희가 말했다.

"저는 당분간 이곳을 떠나 있을 생각입니다."

태희가 공원에서 자전거 연습을 하고 있다는 말을 들었을 땐 뭔가 잘못 들었나 싶어 재경은 다시 말해 달라고 부탁했다. 그러자 소희는 좀 더 긴 대답을 했다. 공원에서 자전거 타는 연습을 하겠다고 자전거를 끌고 갔으니 가서 보라고.

재경은 공원에 도착할 때까지 소희가 자신을 골탕 먹인 게 아닌가 하는 의심을 했다. 태희랑 둘만 있으려고 자신을 따돌린다든가 하는 것, 소희라면 충분히 할 법했다.

그러나 여기저길 기웃거리며 공원 안을 배회하던 재경은 소희가 아주 틀린 말을 한 게 아니란 것을 확인하게 되었다. 배롱나무 그늘에 있는 벤치에 앉아서 자주색 꽃을 올려다보는 태희의 옆자리에는 틀림없는 자전거가 있었다.

"진짜로 자전거를 탄단 말이야?"

대뜸 그렇게 물으면서 다가서는 재경의 목소리에 태희가 고개를 돌렸다. 온다고 말도 안 했는데 태희는 기다렸단 듯이 야윈 손을 들어 흔들면서 웃었다.

"말했잖아. 체력이 붙을 만한 일을 많이 하고 있다고."

"결국 날 오지 못하게 막고 해야 할 일이란 게 이거였던 거야?"

옆자리에 앉으며 재경이 투덜거리듯이 내뱉는 말에 태희는 선선히 고개를 끄덕였다.

"나름 악전고투였어. 볼썽사나운 꼴을 보이긴 그래서."

"인라인도 못 타잖아, 너. 무정하게 들릴지는 몰라도 너랑 바퀴 달린 물건과는 인연이 없다고 보는 게 좋지 않나? 아, 설마 어디 다친 건 아니야?"

그가 태희의 얼굴이며 손을 하나씩 일일이 확인하는 바람에 태희는 바람이 빠진 듯한 웃음을 지었다. 그러곤 자리에서 벌떡 일어났다.

"한 번 보여줘야 믿겠군. 이제 이 공원쯤이야 거뜬하다고."

세워두었던 자전거에 훌쩍 올라탄 뒤 곧 페달을 움직이며 자전거가 앞으로 나가기 시작했다. 처음 시작할 때 약간 위태롭게 흔들거려서 잡아주려고 재경도 엉덩이를 들었지만 그런 걱정을 일축하듯이 자전거는 빠르고 매끄럽게 공원을 빙 돌았다. 간단히 세 바퀴가량을 돌고서 다시 제자리로 와서 섰다. 멈출 때 약간 불안하긴 했지만 그만하면 대단했다.

"아직 경사진 곳이 좀 힘들긴 해도 평지쯤이야 문제없어."

우쭐대면서 엄지손가락을 들어 보이는 태희를 보고 재경은 웃음을 터뜨렸다.

"하하하, 기특하네."

"어쩐지 칭찬 같지 않긴 하지만 칭찬으로 생각해 줄게. 아, 그런데 피곤하긴 하다."

자전거에서 내려 벤치에 앉은 태희가 재경의 어깨에 기대면서 눈을 감았다.

"운동이 과한 거 아니야? 수영장에도 다시 다닌다고 했잖아."

"수영이야 뭐. 이제 겨우 할만 해졌는데 몸이 잊어버리면 안 되니까 해야지. 내 몸은 게으르니까 계속 반복학습을 시켜줘야 하거든. 자전거는 좀 힘들었어. 내 평생에 바퀴 달린 걸 몰게 될 수 있을 거라곤 생각 못했는데."

"그 바퀴 달린 게 고작 자전거라니 아쉽게 됐군."

"괜찮아, 자전거면 충분해."

"말했으면 내가 운전 연습시켜줬을 텐데. 어차피 자전거보다야 차가 더 낫잖아?"

"……차는 싫어."

아주 희미하게 머물러 있던 묘한 침묵을 재경이 놓쳤을 리 없다. 잠시 재경은 자신의 부주의한 입을 원망했다. 그러나 다른 화제로 급하게 바꾸는 것보다 그저 가만히 태희의 어깨를 감싸고 토닥거리는 것으로 미안한 마음을 대신했다. 말을 멈추고 기댄 그녀의 얼굴을 응시하자니 옅은 샤워코롱 향처럼 배인 라벤더 향기가 전해졌다.

다시 평온한 일상으로 돌아온 것만 같은 안도감이 피어올랐다. 비극의 그림자가 옅어져간다는 느낌도. 태희는 이제 여러 가지를 시작했다. 소희가 학원을 갈 때 나와서 태희도 수영장에 들르고 그 근처

도서관에서 책도 보다가 오후엔 소희네 집으로 돌아와 쉰다고 들었다. 쉴 때는 애니메이션이나 가벼운 영화를 주로 본다고 한다.

그런 사소한 일상 말고도 중요한 할 일이 있다며 재경의 출입을 금지한 지 일주일가량. 참을 만큼 참은 재경이 기습하다시피 소희네 집 앞에 도착해 초인종을 눌렀을 때 들은 소리는 둘 다 부재중이라는 도우미 아주머니의 대답이었다. 태희의 핸드폰으로는 연락이 안 되어서 소희에게 전화를 걸었을 때 들은 소리는 이미 말한 바와 같다.

"그러고 보니 너 왜 전화를 안 받아?"

"응? 아, 자전거 타러 나올 때는 안 가지고 나와. 넘어지면 위험하잖아."

"아까 보니 잘만 타던데."

"그건 오늘에야 가능해진 일이고. 어제까진 한심했거든. 첫날에 멋모르고 챙겨왔다가 흠 잔뜩 났어. 액정이 안 깨진 게 천만다행이었지. 내 운동신경 알잖아."

빙긋 웃더니 태희가 눈을 뜨고는 배롱나무 꽃을 올려다보았다. 그 시선을 따라 재경도 그다지 화려할 것은 없지만 나름 소담한 꽃무리를 쳐다보는데 태희가 불쑥 물었다.

"이제부터 뭐 해?"

"너 보러 온 거니까 네가 하란 대로 하다 갈게."

그렇게 말한 재경을 태희가 물끄러미 쳐다보다가 말했다.

"딴 사람처럼 말하네. 이렇게 고분고분해지기도 하는구나."

"필요에 따라선. 신사도 되고, 부처님도 되고, 경호원도 되고. 물론 윤태희 한정으로."

"훗. 트랜스포머는 내가 아니라 네가 먼저 되는구나."

"내가 너보다 뭐든 잘하는 게 당연한 거 아닌가?"

"오만불손하긴."

희미하게 웃으면서 한마디 중얼거리는 게 태희로서는 최대한의 빈정거림이다.

"너 진짜 많이 컸어. 예전 같았으면 내 눈 똑바로 보면서 그런 말이 나오기나 해?"

"컸지. 선선한 바람 맞고 맛있는 물 먹고 거기다 햇빛까지 쨍쨍했으니까. 아, 찌뿌듯하다! 따뜻한 물에 샤워하고 싶어졌어. 가자."

태희가 자전거를 재경의 앞에 끌어다 놓더니 멀뚱히 보는 재경에게 말했다.

"태워줘, 소희네 집까지."

"지금 자전거 연습하는 거 너 아니었나?"

"난 오르막길은 못 올라가. 그러니까 어서."

"뭐랄까. 좀 뻔뻔해진 것 같기도 하고?"

"그래서 제가 예쁘지 않다는 말씀?"

"그런 뜻은 아니지만."

"됐네, 그럼."

생긋 웃는 태희의 미소에 떠밀리듯이 재경이 자전거에 탔다. 뒤에 탄 태희가 그의 허리를 잡고는 툭툭 등을 두드렸다.

"한 기사, 출발!"

기가 막힌다는 생각도 잠시, 이내 웃으며 자전거 페달을 밟았다. 이게 시간의 흐름에 따른 변화의 일종이라면 쓰라리고 허전하게만 지나갔던 지난 며칠이 고마울 따름이다.

허리를 잡고 있는 태희의 손이나 등에 닿는 그녀의 머리카락에서 전해지는 따뜻한 감촉에 이제야 비로소 살아 있는 것 같은 기분이다. 자전거란 것도, 꽤나 좋구나 하고 그간 무시했던 일을 진지하게 반성해 보는데 뒷자리에서 태희가 말하는 게 들려왔다.

"자전거 집에 들여다 놓고, 나올게."

"응?"

무슨 소린가 싶어 흘끗 뒤를 돌아보니 태희가 그를 쳐다보지 않으면서 대답했다.

"오늘은 같이 있자."

"아……. 그래."

잠시 그 말의 의미를 해석하는 데 혼선이 있었다. 아무렇지 않은 척 고개를 돌리고 묵묵히 페달을 밟는 재경의 귀 끝이 살짝 붉어졌다. 아직 마음이 심란하기 짝이 없을 그녀를 상대로 자신이 무슨 상상을 하나 싶은 질책. 그럼에도 심장이 쿵쿵 울린 것은 태희의 목소리에 담겨 있던 어떤 울림 때문이었다. 아닐 거라고, 귀가 멋대로 잘못 듣고 착각한 거라고 생각하면서도 갈팡질팡하는 기분을 쉽사리 떨쳐내지 못했다.

시간이 흘러 날이 저물고, 밤이 깊어지면서 재경은 가슴이 더 현명했다는 사실을 깨달았다. 그날 밤 태희가 먼저 재경을 침대로 이끌고 그의 품에 기대 왔다. "안아줘"라고 태희가 중얼거렸을 때 재경은 속수무책으로 생각할 힘을 잃고 말았다.

마치 머릿속이 정전이 되어 버린 것처럼 얼마간은 자신이 무얼 했는지조차 떠오르지 않았다. 허겁지겁 태희를 침대에 쓰러뜨린 뒤에 옷을 벗겼다. 둘 다 전라가 되는 것은 순식간이었다. 재경은 거의 애무랄 것도 없이 태희의 입술을 덮어 누르면서 격렬히 자신을 태희의 안으로 밀어 넣었다. 흐읍, 하고 태희가 신음을 삼키는 소리가 났지만 극도로 흥분한 재경에겐 그 소리가 들리지 않았다. 까칠하게 마른 그녀의 몸이 재경을 고스란히 품어주기에는 무리가 있어서 제대로 점막이 젖고 그의 움직임이 원활해지기까지 한참 동안이나 거친 삽입과 후퇴가 이어졌다. 태희가 고통을 참는 신음이 계속되었지만 재경은 더욱 빠르고 완강한 힘으로 태희를 밀어붙였다. 마침내 애액이 조금씩 흐르면서 한결 움직임이 자연스러워지자 재경은 바르작거리는 숨결을 정돈하며 정신없이 빨아대던 태희의 입술을 놓아주고 고개를 들었다. 고통으로 흐트러진 태희의 얼굴이 그제야 눈에 들어왔다.

"많이 아파?"

"괜찮아. 나는……. 너는? 너는 좋아?"

가냘픈 목소리로 태희는 오히려 재경이 어떤지를 물었다. 땀이 배어난 얼굴에 미소를 지으면서 재경이 그녀의 귀에 키스했다.

"나는 미치도록 좋아."

"그럼……됐어. 나도 좋아. 나도 너무나 좋아."

태희가 그의 등을 끌어안았다. 재경의 입술이 그녀의 입술을 찾았을 때 기다렸다는 듯 키스를 하고 입속으로 미끄러져 들어오는 그의 혀를 맞아들였다. 동시에 힘없이 벌려져 있던 두 다리에 힘을 주고서 그를 더 깊이 받아들이도록 그의 몸을 휘감아 왔다.

늘 수줍어하기만 했던 태희가 보이는 이 적극적인 반응에 재경의 행동은 훨씬 더 대담해졌다. 깊이, 더욱 깊이 너에게 내가 아로새겨지길. 숨이 아득해지도록 온 힘을 다해 그녀를 안으면서 재경은 가득 쌓아둔 애정을 망설일 것 없이 풀어냈다. 동시에 이유 없이 그의 가슴을 답답하게 만들었던 불안 역시 녹여냈다.

몇 번이나 절정의 감각이 휘몰아치고 갔는지. 가쁘게 숨을 내쉬는 태희의 오르락내리락하는 가슴 위에서 재경은 그녀의 심장이 뛰는 소리를 들으며 숨을 골랐다. 손으로 태희의 허리와 매끄러운 배를 가볍게 쓰다듬자 태희가 한숨을 쉬면서 중얼거렸다.

"난 이제 안 돼, 재경아."

"알고 있어. 내가 좀 지나쳤지 하고 반성 중이야."

"좀?"

"음. 상당히……라고 할까 그럼?"

그렇게 말하며 가슴골에 쪽 입을 맞추는 재경 때문에 태희는 몸을 비틀며 웃었다. 성감대라기보다는 웃음감대라고 해야 할 그 미묘한 위치에 계속 재경이 짓궂게 키스를 해대는 통에 잠시 동안 태희는 말도 못하고 웃느라 혼났다.

"그만, 그만. 안 그래도 지친 사람한테 너무하잖아. 미안하지도 않아?"

"미안해하고 있어. 나름대로는."

"거짓말. 아, 또 그런다. 그러지 말래도. 재, 으응."

태희가 버둥거리며 재경의 머리를 밀어내는데 성공하기 직전에 다시 확 두 팔을 잡히면서 그대로 재경에게 키스를 당했다. 또 숨도 못 쉬게 몰아붙이나 했는데 그건 아니었다. 부드럽고 다정했다. 사랑을 나누면서 거칠게 쏟아냈던 고백을 다시 간절하게 반복했다.

"사랑해. 사랑해, 태희야."

한참을 그대로 재경에게 키스를 받다가 이윽고 태희가 눈을 감으면서 중얼거렸다.

"알아. 고마워. 사랑해 줘서."

"나 계속 불안해 했어. 넌 힘들어서 주위를 볼 여유가 없는 것뿐인데, 난 갑자기 내가 서 있을 자리가 없어진 것처럼만 느껴져서 불안해하고 조바심쳤어. 내가 이렇게 못난 녀석이었나 싶어서 어이없기까지 했어. 같이 마음 아파해도 역부족일 텐데 말도 안 되는 걸 가지고 네게 서운해 하고 있었어. 이런 바보였다니 우습지?"

귓가에서 들리는 재경의 말에 태희가 희미하게 웃었다. 고개를 저었다.

"그럴 리가. 넌 내가 아는 누구보다도 똑똑한 걸. 그만 자. 이야기는 내일 하고."

"그래. 이제 잠이 오네. 너 아무 데도 가면 안 돼."

그렇게 말한 재경에게서 얼마 후엔 새록새록 잠든 숨소리가 들려왔다. 이런 경우가 거의 없었기에 태희는 한동안 멍하니 그 숨소리를 들었다. 거의 항상 태희가 먼저 잠이 들어버리곤 했었다. 아침에 깨어보면 열에 여덟은 재경이 그녀를 끌어안은 채 빙그레 웃고 있고는 했다. 그러면 태희는 자는 모습 구경하는 게 그렇게 재밌냐며 무안해하는 순서였다.

오늘은 달랐다. 잠든 재경의 숨소리를 듣다가 태희는 눈을 떴다. 자신을 끌어안고 있는 재경의 체온과 팔의 무게, 다리의 무게 등을 한없이 생각하다가 결국 그의 품에서 빠져 나왔다. 샤워를 하고 나와 보니 재경이 잠결에 손을 뻗어 태희를 찾는 게 보였다. 급히 돌아가서 그의 손을 잡아주자 그 손에 안심이 된 사람처럼 미소 지으며 잠들었다. 그 모습에 가슴이 씀벅거렸다. 마비되었던 게 아닌 모양이다. 아니면 마비가 풀려버렸거나.

손을 빼고 일어서려는데 재경의 손이 뜻밖에 꽉 그녀의 손을 잡고 있었다. 억지로 빼려다가 잠이 깨버릴까 걱정이 되어 그만 그대로 침대에 앉았다.

"차라리 마비되었던 쪽이 좋았는데. 역시 마음은 재가 되지 못하는구나."

태희는 자유로운 손으로 눈을 가렸다. 재가 되지 않은 대신 이도 저도 되지 못했다.

재경을 만나기 전, 소희와도 만나기 전부터 태희의 마음속에는 심연의 모습을 한 어둠이 있었다. 행복에 가까워지면 아마도 그런 심연은 줄어들어 거의 마르고 말 거라고 생각했는데, 천만에. 행복이 커질수록 심연의 깊이도 오히려 깊어져 갔다. 빛이 환해지면 그 빛이 떨구는 어둠 역시 짙어진다는 말의 의미를 절감했다. 그래도 감당하고자

했다. 더 큰 사람이 되어서, 더 강한 사람이 되어서 그림자 따위에 휘둘리지 않겠다고 각오했었다.

그렇지만 아직도 부족했다. 부족했던 거다. 지금으로선 부모님의 죽음이 드리운 그림자를 마음속 심연에 온전히 잠재울 수가 없다. 너무 컸다. 적당한 시일이 지나면 나아서 괜찮은 모습을 보여야 하건만 지금 그녀가 할 수 있는 것은 그 순간의 연기, 거기에 또 방금 전의 순간을 덮기 위한 연기뿐이다. 이런 식으로 버티면서, 시간이 지나면 괜찮아지는 거라고 혹자는 말할지도 모르겠다. 그렇지만 그때가 과연 언제인지.

천천히 고개를 돌려서 재경의 얼굴을 보았다. 평화스러워 보이는 그의 얼굴을 보면서 태희도 다시 몸을 뉘였다. 헝클어진 재경의 머리카락을 어루만지면서 태희가 중얼거렸다.

"미안해. 나는 달아나야겠어. 날 기다려달라고 말하면 네게 가혹한 짓이겠지."

그의 손을 두 손으로 꼭 쥐고 태희는 눈을 감았다. 이 밤이 태희가 떠나기 전에 가질 수 있는 마지막 기억일 거라는 걸 그녀는 너무도 잘 알고 있었다.

잠에서 깬 재경이 씻고 나왔을 때 태희는 주방에서 아침 준비 중이었다. 그녀가 준비하는 식사가 뭘까 궁금해 하며 다가가는데 식탁 테이블에 놓여 있는 편지가 눈에 띄었다.

"깼구나. 잘 잤어?"

"응. 아주 잘. 너, 저거 봤어?"

재경은 태희에게 다가가 모닝키스를 하고 좀 더 끌어안은 채로 재경이 물었다. 테이블에 있는 편지는 태희에게 온 납부금 고지서였다. 아파트로 와 있는 우편물을 종종 재경이 가지러 갔었기 때문에 학교에서 온 우편물을 보고는 미리 재경이 처리했다.

"봤어. 벌써 내버렸더구나."

"벌써가 아니야. 이제 며칠이면 방학도 끝이고 개강이야. 우리 이번 학기 수강신청 하나도 못한 거 알기나 해? 학기 초부터 정신없게 생겼어."

재경의 대답에 태희는 말없이 방금 전까지 준비하던 토마토 샐러드 볼로 고개를 돌렸다. 냉장고에서 버터를 꺼내고 오렌지 주스를 따른 잔을 테이블에 늘어놓으며 재경도 아침 준비를 거들었다. 토스트와 샐러드, 에그 스크램블로 아침을 해결하고 재경이 커피콩을 갈아서 원두커피를 내릴 준비를 하는 동안 태희는 뚫어져라 우편물을 쳐다보고 있었다.

그가 향기로운 커피를 내어 놓았고 둘은 차를 마시며 한가로운 침묵을 사이에 놓고 있었다. 기분이 좋은 재경은 턱을 괸 채 태희를 바라보다가 문득 생각난 것을 말했다.

"이번 학기엔 우리 둘이 단체과외라도 해볼까? 난 수학이랑 과학 봐주고 넌 국어랑 영어 봐주면서 말이야. 누가 될지 몰라도 그 녀석 엄청난 행운아가 되겠지?"

"재경아, 할 말이 있어."

"응? 말 해."

커피를 기울이면서도 재경은 태희가 딱히 무슨 심각한 소릴 할 거라고는 생각지 않았다.

"나 휴학할 거야."

"휴학? 공부는 쉬지 않는 게 좋을 것 같은데. 해야 할 일이 많을수록 더 시간이 잘 가는 법이야. 네 지금 상황, 극복하는데 시간이 필요한 일이란 거 나도 모르지 않아."

"늘 그랬듯이 네 말이 맞아. 그렇지만 나는 이미 결정했어. 그러니까 설득하려고 애쓰지 마. 다음 주면 난 이 곳에 없을 거야."

날카로운 소리와 함께 재경은 머그잔을 내려놓았다. 겨우 평정을 유지하면서 재경이 가득 억눌린 목소리로 물었다.

"이곳에 없다니?"

"네가 고등학교 때 자주 권했던 대로 어학연수를 가기로 했어. 부모님 사고로 나 금전적으로 여유로워졌잖아. 나가서 그거 다 쓰고 돌아올 생각이야."

"……어디로 나간다는 건데?"

"런던. 티켓도 나왔어. 8월 31일 밤에 출국해."

"……너 장난해? 어떻게 그런 걸 네 멋대로, 내게 말 한마디 없이 정해?"

"그러니까 말하잖아 지금. 다녀오겠다고. 잘 지내라고."

"윤태희!"

재경이 벌떡 일어나는 서슬에 테이블에 놓여 있던 머그잔이 비틀거리다가 결국 떨어져 굴러갔다. 무표정한 얼굴로 태희는 커피를 한 모금 더 마셨다. 두 손으로 머그잔을 쥔 채 잠시 입술을 핥다가 결국 고개를 들고 재경에게 말했다.

"그렇게 됐어. 어차피 공부하러 밖에 나가고 싶다고 몇 번 이야기했었잖아. 좀 앞당겨진 거야. 그렇게 생각해 줘."

"누가 못하게 말린댔어? 간다고 하면 못 가게 할 줄 알았냐고! 하지만 이건 아니잖아! 지금 이건 달아나는 거잖아!"

"응. 맞아. 나 달아나는 거야."

태희가 가볍게 고개를 끄덕이며 인정해 버리자 재경은 한순간 말을 잃었다.

"물 설고 말 설고 사람도 선 곳에 가서 정신없이 살아보고 싶어서, 달아나는 거야. 그러니까 너무 괘씸해하지 마. 어른스럽게 웃으면서 헤어질 수 있다면 좋겠어."

"웃으면서 헤어지자고? 하, 하하."

이마를 짚고 허탈하게 웃던 재경은 곧 일그러졌던 표정을 수습하고 태희를 보았다.

"그렇게 해. 가. 어학연수, 좋아. 나가서 다른 물 먹으면서 하고 싶은 공부 하는 것도 나쁘진 않지. 하지만 네가 가면 나도 가."

"그건 곤란해."

"보살펴 주는 사람 하나 없이 너 혼자 그 먼 타국에서 어떻게 버텨? 차라리 막 태어난 가젤 새끼를 사자우리에 던져 넣고는 그게 다음날 무사하길 빌겠어."

"난 가젤이 아니야."

"아니지! 그래서 더 위험해! 사람 주제에 가젤 같은 눈을 하고, 사람 주제에 쥐면 바스러질 것 같은 꽃보다 나을 게 없고. 너는 약해. 너무 약해 빠져서 너 혼자서는 절대로 버티지 못해. 너 혼자서는 철저하게 자멸하고 말 거라고!"

어떻게든 태희의 마음을 돌이키기 위해서 재경이 다소의 과장과 위협을 섞어 하는 말일 거라는 것은, 태희도 알고는 있다. 하지만 거기엔 재경의 진심도 담겨 있다.

약한 존재. 아무리 애써도 혼자서 서는 건 위태롭기만 한 아이. 그의 보호 하에서만 온전해질 수 있는 연약한 꽃. 그런 식으로 재경은 내내 태희를 지켜보고, 보호해 온 것이다.

나란히 서서 손을 잡고 앞을 향해 걸어간다는 것은 태희만의 꿈이었다. 대등함에 대한 달콤한 환상을 태희가 꿈꿀 때에도 재경은 햇살이 너무 강하면 양산을 받쳐주고 빗발이 너무 세면 우산을 받쳐주면서 그녀가 꿈에서 깨지 않게 지켜준 것이었다.

갑작스런 폭풍에 그만 재경의 옆에서 한 발 떨어지게 되면서 이제야 비로소 태희는 꿈에서 깬 느낌이다. 눈이 뜨이자 보였다. 그가 자신에게 쏟아주던 감당 못할 만큼의 사랑이. 감사한 일이다. 넘칠 정도로. 이렇게 운이 좋아도 되나 싶을 정도로.

마지막에 마지막까지 그런 생각에 흔들렸다. 다 잊어버린 척하고 재경의 옆에서, 보호해 주겠다고 말한 모란 여사의 그늘에 안주해 버릴까 하는. 모를 텐데. 그녀가 망각과 안주를 선택했다는 것은 그녀가 가슴에 묻어 버리면 그 누구도 모를 일인데.

하지만 이게 옳다. 편한 길과 옳은 길 중에서 옳은 길을 고른 것이 바로 그녀의 자존심이다. 지금 그녀는 현재의 윤태희가 갈 수 있는 가장 반듯한 길을 걷는 것이다.

재경을 물끄러미 쳐다보다가 태희가 빙긋 웃었다.

"나는 혼자서 갈 거야. 나는 꽃도 가젤도 아닌 사람이니까. 자멸하지 않아. 혼자 두 발로 서서 더 큰 세계를 보고 더 단단해져서 돌아올 거야. 얼마가 걸리든 간에 꼭."

"얼마가 걸릴지도 모르는 길을 혼자서 가겠다고? 그럼 나는?"

"화는 내지 않았으면 좋겠어. 내 마음은 언젠가 말했듯이 몸이 어디에 있다고 해도 너를 계속 좋아할 거니까. 아니 이제는……."

의자에서 일어난 태희가 재경에게 다가와 그의 가슴에 머리를 기대었다.

"……사랑이라고 해야 하는 거겠지? 사랑해. 재경아, 널 사랑하고 있어. 어리광이라고 생각하고 용서해 줘. 나는 가야만 해."

처음으로 그녀가 입에 담은 사랑이라는 말에 가슴이 녹아내릴 것처럼 아득해지는 것도 한순간. 그녀의 어깨를 잡아 거칠게 떼어내면서 재경이 소리쳤다.

"그런데 왜 가야 하는데? 사랑한다면 내 곁에 있어. 원하는 건 뭐든 들어줄 테니까 내 곁에 있으란 말이야! 사랑한다면서 어떻게 날 떠나겠다는 거야. 어떻게 그럴 수 있냐구!"

뜨거워지는 눈시울 속에서 태희는 재경을 뚫어져라 쳐다보면서 말했다.

"네 사랑이 지금 내겐 너무 무거워. 독이 될 만큼."

태희의 뺨을 타고 눈물이 흘러내렸다. 재경은 멍하니 중얼거렸다.

"독?"

이어지는 지독히 무거운 침묵. 그것을 깨듯이 불현듯 날카로운 초인종 소리가 들려왔다. 태희가 어깨를 잡고 있는 재경의 손을 떼어내면서 말했다.

"소희일 거야. 데리러 오라고 전화했거든. 그만 가볼게."

몇 걸음 걸었을 때 뒤에서 재경이 말했다.

"그대로 가기만 해."

말이 아니라 신음에 가까웠다. 태희는 돌아보지 않았다. 거실 장식장 근처에 놓아둔 가방을 드는데 다시 재경이 말하는 소리가 들려왔다.

"그렇게 가면 난 너 안 봐. 가는 건 네 마음이지만 돌아왔을 때, 네 자리는 없을 거야."

그냥 걸어서 현관에서 운동화를 신는데 발소리가 났다. 재경이 바로 지척에서 그녀를 보고 있다는 게 등 뒤로 똑똑히 느껴졌다. 묵묵히 신을 신고 현관문의 손잡이를 잡는 순간 붙잡는 듯 다급한 재경의 물음이 들려왔다.

"그래도 가는 거야? 날 잃게 된다고 해도?"

다시 초인종 소리가 났다. 밖에 있는 소희가 안달할 모습이 눈에 선했다. 태희는 조금 웃으면서 뺨에 남은 눈물 자국을 급히 훔친 뒤 중얼거렸다.

"괜찮아. 어차피 처음으로 돌아가는 것뿐이겠지. 그럼 잘 지내."

문이 열렸다가 잠시 후 닫혔다. 재경은 남고 태희는 나갔다.

"오란 대로 오긴 했는데, 너 괜찮아?"

소희가 태희를 보자마자 물었다. 태희는 생긋 웃으면서 고개를 갸웃했다.

"괜찮잖아. 왜? 자, 어서 가자. 오늘 할 일 꽉 찼어."

소희에게 팔짱을 끼면서 태희가 엘리베이터로 이끌었다. 소희는 재경의 아파트 문을 돌아보았다. 금세라도 문이 열리고 재경이 뛰어나올 것만 같은데, 현실은 조용하기만 했다.

그날 장례식 이후 처음으로 태희는 아파트에 들러서 짐을 정리했다. 책이나 옷, 그리고 어머니의 물건만을 골라 몇 개의 박스에 담았다. 소희의 집 창고에 보관해 달라고 부탁할 참이었다. 그러면서 자신의 여행용 가방도 챙겼다.

짐은 가볍게 꾸릴 생각이었는데 어쩌다 보니 책을 챙기게 되었다. 전혀 그럴 생각이 없었는데 손에 든 순간 가지고 가야 할 것 같은 생각이 든 것이다.

『잃어버린 시간을 찾아서』. 책 곳곳마다 꽃잎이 책갈피처럼 끼워져 있다. 바싹 마른 벚꽃잎도 몇 개나 눈에 들어왔다. 고등학교 2학년 봄에 핀 꽃들의 흔적이다.

"또 그 책이야?"

소희가 제목만 봐도 질린다는 듯 우는 소리를 했다. 태희는 책을 덮으면서 웃었다.

"아, 그 시절이 좋았지."

"노인 같은 소리하곤."

태희는 손때가 묻은 책을 가슴에 꼭 끌어안았다. 읽을 시간이 없다 해도 가져가서 침대맡에 두기로 했다. 어디에 있든 이 책이 위안이 되어줄 거란 생각이 들었다.

짐은 나중에 소희네 집에 옮겨가도록 처리를 한 뒤 남은 것들에 대해서는 적당히 처리해 달라고 부탁했다. 아버지의 짐은 물건 하나까지 모두 깨끗이 정리했지만 이 집에 대해서는 그럴 의욕도 힘도 생기지 않았다. 아파트를 나오면서 소희는 아쉬운 듯 뒤를 돌아보았다.

"이걸로 네 집은 아예 없어지는 거네. 야, 이렇게 된 이상 우리 집이 네 친정인 거 알지? 잊지 마. 밖에 나가서 난 돌아갈 곳이 없네 어쩌네 하면서 삽질하면 죽는다. 알겠어?"

"후훗, 친정이라. 좋네 그거."

"칫. 좋기도 하겠다. 자, 이젠 또 어디로 가야 하지?"

"난 학교 가서 휴학계 내야 해. 가면서 그대는 학원으로 복귀하도록."

"이 마당에 내가 공부가 되겠어? 내 가장 친한 친구가 며칠 후면 지구 반대편으로 날아가 버리겠다는데 공부가 되겠냐고? 내가 초인이야? 내가 괴물인 줄 알아?"

"정소희니까. 나와 태문대를 같이 다니겠다고 말한 내 친구 정소희. 맞지?"

"물론이지, 난 정소희. 태문대 간다! 가고야 만다!"

두 팔을 뻗어 하늘을 향해 소리치고는 태희를 돌아보고 와락 껴안았다.

"빨리 돌아온다고 약속했다. 잊지 마. 가서 공항에 내리기 무섭게 다시 와도 돼. 좀 뻘쭘하긴 하겠지만 친구 좋다는 게 뭐야? 내가 열렬히 환영해 주마."

"알았어. 다 때려치우고 싶어지면 진짜로 때려치우고 올게. 너만 믿고."

태희가 웃는 걸 보면서 소희는 또 가슴이 아파 오는 걸 겨우겨우 달랬다. 봐 주기로 했다. 난데없이 떠나겠다고 하는 말도, 안 아프다면서 허세 부리는 거짓 연기도 모른 척, 안 슬픈 척 봐 주기로 했다. 울고 싶을 땐 함께 울어주고, 화낼 때는 더 크게 화내 주고, 그리고 떠난다고 할 땐 멋지게 잘 가라 손 흔들어주는 것이 진정한 친구일 테니까.

"에이씨, 난 너무 멋져서 탈이야!"

괜스레 허공에 발길질을 해보고는 소희는 해죽 웃으면서 태희와 함께 씩씩하게 걸었다.

그날 태희는 내내 바빴다. 그리고 재경의 전화는 오지 않았다.

9. 갈림길

8월 29일. 막바지로 기승을 부리는 더위가 지독했다. 햇볕 아래 잠시만 서 있어도 하늘에서 쏟아지는 햇살과 땅에서 올라오는 지열로 인해 찜이라도 쪄지는 듯한 날씨였다.

그런 날에 숙취를 이겨가면서 운전을 하는 재경은 지독한 두통에 시달리고 있었다. 먹은 게 없는데도 욕지기가 치밀어 올라서 견딜 수가 없었다. 도중에 약국이 보이자 내려서 약을 사 먹고 다시 운전을 했다. 그가 급하게 차를 몰고 향한 곳은 지영의 빌라였다. 빌라 문 밖에 도착했을 때 계속 기다리고 있었던 재인이 냉큼 문을 열어주었다.

들어가자 재인이 전화로 알려준 대로 응접실에 태희가 있었다. 닫힌 방문 앞에서 뭔가를 손에 꼭 쥐고 서성거리다가 응접실로 들어서는 재경을 보고는 멈칫했다. 재경도 따라서 멈칫했다. 그 길던 머리를 귀 바로 아래에서 깔끔히 잘라낸 태희가 한순간 다른 사람처럼 보였기 때문이었다. 태희의 눈이 재인에게로 향했다.

"쓸데없는 짓을 하는구나. 말하지 말라고 부탁했던 것 같은데."

"미안해요 태희 선배. 그렇다고 엄마 말대로 경찰을 부를 수는 없는 노릇이잖아요."

한숨을 쉬고 태희는 손에 쥐고 있던 봉투를 바닥에 놓았다. 그러고는 문을 향해 말했다.

"그냥 이대로 두고 가겠습니다. 딱 맞아떨어진다면 다행이고 그게 아니라면 차액 부분에 대해서는 나중에 사람을 통해 전해 주세요. 두 번 다시 뵙고 싶지 않은 건 저 역시 매일반이니까요. 그럼 안녕히 계십시오."

태희가 응접실을 걸어 나가는데 계속 닫혀 있던 문이 벌컥 열리면서 지영이 나왔다. 문 앞 바닥에 두고 간 봉투를 들어 태희를 향해 던지면서 지영이 소리쳤다.

"아, 글쎄 필요 없다고 했잖아. 그런 찝찝한 돈 끝끝내 내미는 저의가 뭐니. 가져가! 이미 버린 돈이야, 그러니까 어서……. 아니, 이게 또 누구야? 생전 코빼기도 안 비치던 녀석이 갑자기 하늘에서 뚝 떨어지셨나. 오호라, 그럼 그렇지. 어쩐지 쇼한다고 했다. 구경해 줄 사람 불러놓고 아주 내 얼굴에 먹칠을 할 셈이었구나. 교활한 것 같으니!"

재경을 본 지영이 안 그래도 붉으락푸르락하던 얼굴을 더 심하게 구겼다. 태희가 재경을 불러들인 거라고 오해한 게 분명한 지영을 지금껏 방관만 해오던 남자, 지영의 동생이자 재경과 재인의 외삼촌이 되는 지석이 그제야 입을 열었다.

"내가 부르라고 했어. 아무래도 재경이가 알아야 할 일인 것 같아서."

"뭐야? 왜 또 너까지 끼어들어서 사람 골치 아프게 해? 그러라고 부른 건 줄 알아? 조용히 덮고 넘어갈 만한 일을 크게 만드는 데 아주 뭐가 있구나 다들!"

"외삼촌. 제가 알아야 할 일이 뭔데요?"

그렇게 질문을 던지며 재경이 움직였다. 그를 보지 않고 지나가려던 태희의 앞을 슬며시 가로막아 서더니 태희가 옆으로 비켜나려 하자 슥 왼팔을 뻗어 앞을 가렸다. 그래도 비켜서려 하자 마침내 팔을 잡았다. 그리고는 아까 지영이 던진 봉투를 주워들었다. 안의 내용물을 확인하던 재경의 얼굴이 일그러졌다.

"돈? 윤태희. 이거 무슨 돈이야?"

"몰라도 돼."

안에 든 수표의 액수를 확인하고, 태희의 곤혹스런 표정과 여기 와서 들은 지영의 말을 연관지어보면서 재경은 곧 이런저런 생각을 해냈다.

"저 사람이 너한테 준 돈이야?"

"아니야."

"하긴. 차액 운운한 걸 보면 정확한 금액은 모른다 이거지. 그럼 너희 부모님한테 준 돈?"

"멋대로 생각해. 그렇게 알고 싶으면 주인에게 직접 물어. 놔 그만. 가봐야 해."

"너한테 물었어. 대답해. 이 돈 뭐야?"

마주친 시선이 싸늘했다. 팔목을 쥔 손에도 서서히 힘이 들어갔다. 말을 안 하면 억지로라도 하게 만들겠다는 위협이 느껴져서 태희는 마른침을 삼켰다. 이래서 되도록 보지 않고 바로 떠나고 싶었는데. 여기 오면서 내내 망설였지만 그래도 모란 여사를 통해서가 아니라 자신의 손으로 해결해야 한다는 책임감에 겨우 실행한 일이었다. 아버지의 부채를 해결하는 것이 떠나기 전에 정리할 마지막 일이었다.

"구태여 말하자면 아버지가 진 빚이라고 해야겠지. 끝마무리는 깔끔해야 하지 않겠어?"

그 말에 재경이 흠칫했다. 의도하고 한 말이었기에 태희는 놀라지 않고 서둘러 재경의 손에서 자신의 팔을 빼냈다. 손을 잡은 자국이 선명하게 남을 정도로 강한 악력. 자기도 모르게 머리가 길었을 때의 버릇대로 목덜미의 머리카락을 넘기려다가 이내 허전한 목덜미를 쓰다듬는 걸로 그치고서 태희는 시선을 피한 채 말했다.

"지나간 일이야. 돈을 줘 버리면 그걸로 깨끗해지는 일이기도 하고. 그러니까 심각하게 생각하지 마. 너와는 상관없이 난 아버지의 빚을 청산하러 온 것뿐이야. 그럼."

"어? 어어? 태희 선배 그러고 가요? 형, 안 잡아? 어, 태희 선배 잠깐만요."

달리듯이 응접실을 나가는 태희의 뒤를 재인이 급히 따라 나갔다. 재경은 가만히 손에 든 봉투를 쳐다보다가 홱 고개를 들어 지영을 노려보더니 성큼성큼 다가왔다.

"뭐라고 하면서 준 돈인데요? 이 돈으로 또 뭘 사려고 수작을 건 거냐구요!"

"수작? 웃기지 말라 그래. 돈 이야기를 꺼내자마자 화색이 돌았던 건 그쪽이야. 안 받겠다고 하는 사람 억지로 두들겨 패면서 내가 돈이라도 뿌렸을 것 같아?"

"뭘 위해서 그랬냐구요! 왜요, 이 돈이면 나랑 저 애 떼어 놓겠다 장담을 하던가요? 잠깐만, 당신 태희 아버지만 만난 거 아니죠? 그 애 어머니도 만난 거죠? 만나서 그분한테도 돈 봉투를 주면서 먹고 떨어지라 마라 그런 거죠, 안 그래요?"

"누구 앞에서 고함이야! 지금 네가 나한테 이렇게 큰소리칠 주제야? 네 녀석이 한 짓을 생각해. 네가 저 년 부모 이혼시키려고 한 일을 생각하란 말이야. 너는 돈 안 쓰고 눈물로 호소라도 했니? 하는 짓은 피차일반이면서 뭘 잘했다고 큰 소리야, 큰 소리가!"

"내가 한 짓은 다 태희를 위해서였어요! 돈이 아니라 더 한 걸 써서라도 그 아버지란 작자만 떼어놓을 수 있다면 난 무슨 짓이든 했을……. 맙소사. 설마……."

분에 겨워서 소리를 질러대던 재경의 머릿속에 문득 뭔가가 스쳐갔다. 갑작스레 뒷골이 지잉하고 울렸다. 재경은 핏기가 가신 얼굴로 지영을 보고 물었다.

"……설마 태희가 내가 한 일도 알아요?"

"설마? 하하, 넌 저년이 무슨 바보 천치라도 되는 줄 알아? 네 생각보다 훨씬 독한 년이야. 죽은 사람만 불쌍하게 됐지. 하긴 짐짝밖에 안 되던 부모가 죽었으니 겉으로야 노발대발해도 속으로야 오죽 시원하겠어? 뱀 중에서도 살모사과야. 제 어미를 잡아먹고도 결국 두 눈 똑바로 뜨고 멀쩡하게 살아가는 그런 뱀……꺄아악!"

팔짱을 끼고 선 채 신랄하게 빈정거리는 지영의 뺨에 봉투가 후려갈기듯이 날아들었다. 뒤이어 재경이 그녀의 멱살을 움켜쥐면서 쾅, 벽으로 밀어붙였다.

"닥쳐요! 그 입 닥쳐! 그렇게 말 같지도 않은 소리만 지껄일 거라면 차라리 죽어버려, 죽어버리란 말이야!"

"꺄아아악, 지석아, 지석아 도와줘, 이 녀석이, 이 녀석이 날 죽이려고 해!"

"재경아! 한재경, 그만두지 못해! 진짜 큰일 낼 참이야?"

지석이 간신히 지영에게서 재경을 떼어놓긴 했지만 악에 받쳐 소리치는 재경의 눈은 정상이 아니었다.

"당신 두 번 다시 태희 앞에 얼쩡거리지 마! 또 한 번 걔 근처에서 얼쩡거리면서 건드리면 생모고 뭐고 없어. 그렇게 집착하는 그 얼굴부터 갈가리 찢어버릴 줄 알아!"

"미친 새끼! 네놈이 아주 돌았구나! 이 정신병자 같은 놈! 후레자식 같으니!"

옷매무새를 수습하기 무섭게 지영은 재경에게 달려들어 사정없이 빰을 갈기고 악다구니를 퍼부어댔다.

"그러지 마, 누나! 애잖아, 누나 배로 낳은 누나 자식이잖아!"

"이런 게 내 새끼야? 이런 끔찍한 게 내 새끼냐고!"

재경을 놓아주면 당장 지영을 어떻게 해버릴까 봐 잡고 있는 팔을 놓을 수도 없고 그렇다고 재경이 맞게 둘 수도 없어서 중간에서 지석만 죽어났다. 태희를 보내고 안으로 들어오던 재인은 벌어지는 상황에 한숨을 쉬었다. 역시 진작 도망갔어야 하는 데 말이다.

재인의 뒤로 낯선 남자가 따라 들어왔다. 마찬가지로 안의 심란한 상황을 보았지만 안색조차 바꾸지 않은 채 기다리는 남자를 두고 재인이 박수를 치면서 큰 소리로 말했다.

"자자, 콩가루 집안 놀이는 그만! 여기 또 손님이 오셨어요, 적당히 예의들 좀 차리죠?"

그 말에 퍼뜩 정신을 차린 지영의 태도가 순식간에 달라졌다. 언제 큰소리를 치고 난리를 피웠냐 싶게 거드름부리는 태도로 남자의 위아래를 한 번 훑어보고는 누구냐고 물었다. 남자는 담담하게 대답했다.

"한남동 사모님 전언입니다. 잠깐 건너오시랍니다."

흘끗 눈을 돌린 재경의 눈에 남자가 보였다. 남자는 재경에게 가볍게 인사를 해 왔다. 재경도 묵묵히 고개를 숙였다. 모란 여사가 태희에게 붙여놓은 사람 중 한 명이었다. 아직도 그게 유효했나 하고 생각하며 재경은 힘없이 웃었다.

얼마 후 본가 별채의 응접실에 다들 모였을 때 창 밖에서는 비가 한두 방울 떨어지기 시작했다. 긴 흑단 테이블 너머로 열대어들이 한가롭게 노니는 어항을 쳐다보면서 재경은 멍하니 반은 넋을 놓고 있었다. 사람을 불러놓고 언제까지 기다리게 할 거냐고 투덜거리는 지영의 모난 말이나, 재인이 오늘은 제발 좀 싸우지 말라고 연거푸 부탁하는 소리 모두 연기처럼 머리 위로 흘러가는 느낌이었다. 마침내 모란 여사가 들어와 상석에 앉았다.

"미안해요. 차 준비가 생각보다 늦어져서."

"그런 소일거리를 직접 하신다는 자체가 우습네요. 이 집에 일하는 사람이 몇이랍니까?"

바로 앵돌아진 말을 내뱉는 지영을 모란 여사는 가볍게 무시했다. 문이 열리면서 집사와 메이드들이 들어와 테이블에 차 준비를 했다. 모란 여사는 창밖을 응시하면서 말했다.

"비가 오는군요. 긴 비가 아니었으면 좋겠는데. 곧 귀한 사람이 여행을 갈 참이라."

재경이 움찔하면서 부인을 쳐다보았다. 그의 눈 역시 부인은 모른 척했다.

"자, 차가 다 준비됐군요. 들어요. 아, 자네는 이런 건 별로지? 와인을 내와야겠군."

"됐습니다. 제가 여기 뭐 얻어먹자고 온 줄 아십니까?"

"그래도 혼자만 멀뚱히 있으면 쓰나. 집사, 아까 말해둔 걸 가져와요."

"역시 사모님이시네요. 퍽이나 노련하십니다."

지영이 대놓고 빈정거리는 걸 옆에 있던 재인이 자꾸 팔꿈치를 잡아당겨서 말렸다. 지영이 그런 재인을 쏘아보며 말했다.

"왜 너까지 자꾸 성가시게 굴어? 귀찮게 굴 거면 나가서 삼촌이랑 기다려."

"이런 이런. 재인 군이 보람 없는 노력을 하는 모양이군요."

"죄송합니다."

"죄송할 거야 있나요. 그렇지만 불편하면 나가 있어도 좋아요. 이야기가 조금 거칠어질지도 모르니까."

그렇게 말하고 부인이 빙긋 웃었다. 지영의 안색이 살짝 어두워지긴 했지만 곧 해볼 테면 해보라지 하는 표정을 지었다. 재인은 여느 때 같으면 기회는 이때다 하고 내뺐겠지만 이번만은 크게 숨을 들이삼킨 뒤 말했다.

"괜찮습니다. 가끔은 새우도 있어야 고래들이 안 다치죠."

"오호, 이것 참."

재미있다는 듯 웃더니 부인은 말없이 차를 마셨다. 비가 창을 두드리는 기세가 부쩍 세졌다. 불편할 정도로 침묵이 유지되면서 지영이 금세라도 왜 불렀냐고 폭발하기 직전이 되었을 때에야 부인이 찻잔을 내려놓으며 입을 열었다.

"자네는 그만 나가게."

지영을 향해 한 말이었다. 듣자마자 지영이 코웃음 쳤다.

"네? 나가라구요? 지금 사람 불러다 놓고 장난하십니까?"

"한국을 뜨란 말일세. 이번에 들어와서 퍽도 오래 있었지? 그만 나가게. 베네치아든 어디든 가버려. 이번에 나가면 한 몇 년 들어오지 말게나."

"제가 어디에 있건 그게 사모님이랑 무슨 상관인데요? 나가라구요? 몇 년 들어오지 말라구요? 제가 왜요? 제가 사모님이 시키면 시키는 대로 하는 똥개라도 됩니까?"

"똥개였으면 자네가 지금 목숨 붙이고 살 줄 아나?"

힐끗 쳐다보면서 중얼거리는 모습에 그만 지영은 말문이 콱 막혔다. 그때 집사가 와인을 내 왔다. 와인의 마개를 열어 와인글라스에 따라주는 동안 지영은 노여움을 꾹 참다가 집사가 문을 닫고 나가는 순간 폭발시켰다.

"어쩝니까? 똥개가 아니어서. 나는 무심하네 어쩌네 만사에 관심 없는 척하시더니 여차하면 사람도 죽이시겠습니다? 겁주지 마세요.

더럽고 힘든 일 한 번 해본 일 없는 분답게 곱게 사시다 곱게 가세요. 사모님은 말만 그럴싸하지 뭐 하나 자기 손으로 못하시는 분이란 거 이미 알고 있는 사람 앞에서 괜한 객기 부리지 마시고."

"객기 좋지. 나는 그 객기란 걸 한번 부릴까 하네. 자네가 끝끝내 내 뜻을 거스르고 내 사람들을 귀찮게 굴면 말이야."

"내 사람들이요? 누구를 말씀하시는 건가요? 지금?"

"여기엔 내 셋째 아드님이 있지. 또 한 명은 자네도 잘 알지? 오늘도 봤다고 들었네만. 윤태희라고 퍽이나 예쁜 아가씨야."

"사모님! 정말 징글징글하게도 속이 꼬이신 분이군요."

앙칼지게 내지르는 지영의 목소리에 모란 여사는 지금까지의 온화한 미소를 문득 거두더니 싸한 목소리로 중얼거렸다.

"쉽게 듣지 말게. 해보는 소리도 아니고 자넬 괴롭히려고 일부러 하는 수작도 아니야. 난 정식으로 그 아이의 후견을 맡을 셈이네. 아직은 크게 아픈 곳이 없지만 운이 없어 내가 자네보다 일찍 죽는다면 내 유언장이 발표될 때 그 애 이름이 나오는 것도 들을 수 있을 거야. 혹 소송거리가 될까 봐 크게 신경 쓸 정도는 안 남겼네만 내가 말하는 조금이 설마 자네가 받은 용돈 정도에 비할까?"

재인의 눈이 휘둥그레졌고, 지영이 이빨을 빠드득 가는 소리가 선명했다. 테이블 위에 있던 두 손을 내리고 주먹을 꼭 쥔 채 가늘게 떨리는 목소리로 지영이 말했다.

"오지랖도 그 정도면 하나의 경지이십니다. 앞서 가시기도 너무 앞서 가셨고요. 지금 어디 그 애가 이 집 사람입니까? 재경이랑 약혼을 했나요, 결혼을 했나요? 본 지 얼마나 됐고 안게 얼마나 됐다고 유언장 운운하시면서 사람 기함할 소리를 하시나 모르겠습니다."

"상관없네. 설사 내 아드님이랑 그 아가씨가 이어지지 않는다 해도 나는 그 아가씨를 숙녀로 만들 셈이야. 인연이 안 되는 걸 억지로야 이을 수 있나."

"재경일 봐서도 아니고 대체 사모님이 그 계집애를 왜 그리 챙기신단 말입니까? 제가 복장 터지는 꼴이 보고 싶은 게 아니시라면 정말로 노망이십니까?"

"글쎄. 왜인지는 평생 고민해 보게나."

다시 빙그레 웃는 부인의 모습에 지영은 속이 확확했던 듯 손을 내밀어 와인잔을 들었다. 그리고 그것을 막 입에 대려는 순간에 부인이 말했다.

"이런, 생각해 보니 그 와인은 안 되겠네."

"예?"

미간을 찡그리면서 쳐다보는 지영에게 부인은 미묘한 미소를 지어 보였다.

"재인 군. 그 와인잔 가지고 이쪽으로 와보겠어요?"

재인이 잔을 그대로 들고 부인에게 가져가니 부인은 오른손을 들어 옆의 흰 장식장 위에 놓인 어항을 가리켰다. 무슨 뜻인지 몰라 재인이 어리둥절해하자 부인은 고개를 끄덕이며 말했다.

"거기 부어요."

영문 모를 일이긴 해도 재인은 그대로 부인의 말에 따랐다. 이게 무슨 한심한 짓인가 싶어 지영이 얼굴을 찌푸리고 있던 것도 잠시, 곧 그녀의 안색이 파랗게 질리면서 눈이 커다랗게 변했다. 경악. 지금까지 무표정하게 있던 재경 역시 얼굴이 굳어졌다.

어항을 한가롭게 노닐던 열대어들이 어느샌가 모두 움직임을 멈추고 둥둥 떠올랐다.

재인이 자기도 모르게 잔을 떨어뜨리면서 대리석 바닥에 떨어진 유리잔이 산산조각 났다. 그걸 보고 부인이 혀를 차더니 종을 울려서 집사를 불렀다. 집사는 깨진 글라스를 발견하고는 신속하게 조각들을 치웠다.

"도련님이 안 다치게 조심해요. 재인 군? 뭘 그리 넋 놓고 있는 거죠? 그만 자리로 돌아가서 앉아요."

너무도 평온한 부인의 얼굴을 보면서 재인은 제대로 대답도 하지 못하고 자리에 와서 앉았다. 집사는 어항을 본 건지 못 본 건지 아무 반응도 없이 깨진 유리조각들만을 수습하고 나갔다. 부인은 차를 조금 마시고 쿠키를 들어서 반으로 쪼개 입에 물었다.

"부드럽게 잘 구워졌네. 아드님? 좀 들어봐요. 오전에 태희 양이 구워주고 간 거랍니다."

"어머니……."

재경이 어렵게 입을 열기 무섭게 맞은편에 있던 지영이 벌떡 일어났다.

"이건, 이건 범죄입니다! 사람을 죽이겠다고 위협을 하시다니요! 모르고 마셨다면 제가 여기서 죽어나갔겠죠? 이렇게 제 자식들이 버젓이 있는 데서 어떻게 그런 짓을, 하늘이 무섭지도 않으십니까? 살인, 엄연한 살인미수예요! 제가 이대로 보고만 있을 줄 아십니까!"

"무슨 소릴 하나? 물고기 몇 마리 죽었다고 내가 살인자가 되나? 호호호호, 이거 비약이 심하기도 하지."

부인이 흐드러지게 웃는 모습은 드물다. 그래서 더 싸하게 두려움을 안겼다. 지영은 사시나무 떨듯 떨면서도 입만은 움직이는 걸 멈추지 않았다.

"제가 마실 와인이었잖아요! 먹었으면 지금 제가 쓰러져서 입에 거품 물고 있을 거 아닌가요? 죽이려고 하셨으면 죽이시지 왜요, 막상 하려고 하니 겁이 나던가요?"

"정말 희한한 소릴 잘도 지껄이는구먼. 자네가 먹었으면 아무 탈도 안 났겠지. 좀 독한 와인이라서 물고기들이 취한 모양이야. 가엽기도 하지."

부인은 어항 표면을 두드리며 웃었다. 그러다 돌연 표정을 바꿔서 지영에게 말했다.

"설사 내가 이 비슷한 일을 벌인다 해도 이렇게 어리석게 변죽부터 울릴 것 같나? 걱정할 것 없으이. 자네한테 손을 댄다면 이보다는 훨씬 우아하게 해준다고 약속함세."

서릿발 같은 그 얼굴에 지영이 흠칫하며 뒤로 물러났다. 그러더니 갑자기 비굴한 미소를 띠면서 더듬더듬 물었다.

"대체 저한테 왜 이러십니까? 제가 사모님한테 이렇게 노여움 살 짓을 한 것도 아니잖아요. 정작 제가 모진 짓을 했을 때는 물에 물 탄 듯 넘어가버리시더니 왜 이제 와서 이렇게 하찮은 일로 역정이세요?"

"자네하고 나는 일의 경중이 달라도 한참 다르군. 하찮은가? 내게는 이 일이 말년의 즐거움인데 말이지. 내 아드님도 그렇고 그 아가씨도 무탈했으면 하네. 여기 있는 내 아드님이 패륜아가 되는 꼴을 봐서야 쓰겠나. 같은 하늘을 이고 같이 살 수 없는 인간이라면 한쪽을 치우는 편이 옳지. 그러니 자네가 비키시게. 멀리 가서 원껏 사시게. 이렇게……."

다시금 부인이 똑똑 소리 나게 어항 표면을 두드렸다.

"내가 억지로 치우게끔 하지 마시게나. 난 복수를 즐기는 성격은 못 될 듯해서."

"복수요?"

"이런. 노망은 자네가 나는 모양이네 그려. 자네는 나한테 빚이 있지 않나? 아직 내가 제대로 받은 적이 없는 걸로 아네만?"

입을 가리며 웃는 부인의 모습에 지영은 마치 몸에 힘이 빠진 사람처럼 비틀거렸다. 재인이 그런 지영을 부축해서 문으로 데려갔다.

"아무래도 어머닌 모셔가야겠어요. 그럼 이만 가보겠습니다."

급하게 인사를 마치고 재인과 지영이 문을 나갔다. 문 바로 옆에서 기다리고 있던 지석이 지영의 다른 쪽 팔을 잡아 부축하는 걸 거들었다. 재인이 지석에게 말했다.

"외삼촌, 들렸어?"

"드문드문?"

"무섭지 않아? 저분 저런 식으로 나오는 건 또 처음 봤어."

"포스 있으시네, 과연 한경 안주인. 누난 저런 사람 상대로 무슨 짓을 한 거냐? 배짱 하난 알아줘야 해."

두 사람이 농담처럼 주고받는 말을 듣고 지영이 버럭 화를 냈다.

"웃겨? 지금 내가 어떤 꼴을 당했는지 아는 녀석이 웃음이 나와? 저 인간이 수틀리면 날 죽이겠다고 으름장을 놓은 거야. 너흰 말도 못 알아듣니?"

"알아들었어요, 엄마."

"농담으로 들리디? 그래?"

"아니요. 그런 일로 농담할 분이 못 되죠. 생각해 보면 위험한 일이네요, 엄마."

짐짓 두려운 표정으로 재인이 말하자 지영은 다시 살아난 표독스러운 기세로 말했다.

"돈이라면 나도 있어. 당하고 있을 줄 알아? 내가 잘못되면 저 여자도 절대로 멀쩡하게는 못 살아, 두고 봐!"

"누나가 그 돈을 끌어 모은 과정도 결국은 저 안의 부인이 용납해 줘서 가능했던 일 아니야? 적당히 해. 사자가 주변을 날아다니는 파리를 안 잡는 건 귀찮아서지 무서워서가 아니란 거 알잖아."

"내가 지금 파리 새끼라고 하는 거야? 너까지 날 우습게 봐? 그까짓 사자 나도 될 수 있어. 지금이라도 마음먹으면 못 할 것 같냐구!"

또 지영이 패악을 부리기 직전에 두 사람이 꽉 그녀의 팔을 잡으며 막았다. 지석이 무작정 잘못했다고 사과하면서 비위를 맞춰주는 동안 재인은 내내 다른 생각에 잠겨 있었다.

본가를 나와 차에 올라타면서 지영과 뒷자리에 탄 재인은 한 차례 소란을 피운 뒤 야단맞은 아이처럼 침울해져 있는 지영을 쳐다보다가 한숨을 쉬었다. 못나고 남에게 미움 살 짓만 골라 하는 사람이라고 해도 어머니는 어머니이고 그런 분이 다치는 것을 보면 가슴이 아픈 것이다. 어머니라기보다는 철없는 누나 같은 느낌이지만 그래도 자신은 이분에게 사랑 받고 자란 아들이란 것도 재인은 알고 있다. 형을 구해주는 것이 동시에 어머닐 구할 수도 있는 일이란 걸 깨달은 그는 문득 지영의 손을 잡으면서 그렇게 말했다.

"엄마, 저분과 맞서지 마세요. 결국 형을 거둬주고 어머니 노릇을 해줄 분이에요. 형은 예전부터도 그랬고, 앞으로도 내내 저분의 사람일 거구요. 대신 저는 엄마 아들이잖아요. 저는 엄마 따라갈게요. 함께 베네치아로 가요."

지영은 단단히 토라졌는지 재인의 말에도 시큰둥하게 힐끗 쳐다보고 말았지만 앞자리에 있던 지석이 호쾌하게 웃었다.

"이야, 우리 재인이 철들었구나. 과연 고향 물이 좋긴 좋나 봐."

그들이 그렇게 본가에서의 일을 불문에 부치고 자신들의 자리로 돌아가는 동안 재경은 입을 다문 채로 찻잔을 응시하고 있었다. 모란 여사는 벌써 여러 개째의 쿠키를 먹고 있었다. 차도 어느새 두 잔째였다. 그러다 손에 묻은 과자 부스러기를 털면서 재경 쪽을 보았다. 재경의 찻잔엔 처음에 따라준 홍차가 고스란히 담겨 있다. 그토록 깔끔하고 멋스러운 차림을 유지하던 재경이 오늘은 어딘가 나사가 풀어진 것처럼 후줄근했다. 면도를 제대로 하지 않은 건지 수염도 까칠했다.

"나름대로 벌을 받고 있군요, 아드님도."

부인의 목소리에 재경이 넋 놓고 있던 걸 그치고 고개를 들었다.

"남의 흠만 보고 자기 흠은 볼 줄 모르는 사람은 곤란하죠. 아드님 역시 알량한 돈 몇 푼으로 남의 마음을 움직여 어떻게 해보려고 한 건 똑같아요. 그게 뭐 어떠냐고 생각한다면 아직 갈 길이 먼 거고, 후회하고 있다면 벌 받는 기간도 좀 줄어들겠죠."

"……잘 될 거라고 생각했었어요. 충분히 잘 되게 할 자신도 있었고, 그 자신감이 깨지지 않도록 노력도 할 생각이었어요. 그런데 왜 이렇게 된 걸까요."

"세상이란 건 아드님 혼자 두는 체스판이 아니니까요."

부인은 웃음을 거두며 딱 잘라 말했다.

"혼자 두는 체스라면 쉽지요. 이쪽 말을 이렇게 움직이면 저쪽 말은 이렇게 움직이면 되겠지 하고 마음먹은 대로 체스 말을 움직이면 그만이니까. 그렇지만 아드님이 아무리 똑똑해도 사람은 체스 말이 아니에요. 사람을 체스 말처럼 움직이는 건 나같이 나이 들고, 세상을 좀 살았다고 하는 사람들에게도 열에 아홉은 실패할 게 보이는 일이에요. 배움에는 대가가 있는 법이죠. 때로는 상당히 혹독하게도 보이지만."

"어머니……."

"이걸 받아요."

부인이 주머니 춤에서 꺼내어 재경 쪽으로 밀어준 것은 또 하나의 봉투였다.

"뭔가요?"

그 내용물을 알 것 같아서 재경은 두려워졌다. 부인은 턱을 괴고는 중얼거렸다.

"태희 양이 아드님에게 진 빚이라고 내게 맡기고 간 거죠. 자신은 모르는 일로 할 테니 적당한 때 내가 주는 것처럼 하면서 도로 아드님에게 주었으면 한다고."

"빚……이라고 했나요."

"정확히는 아버지가 진 빚. 빚 역시 물려받았으니 이제 자신의 유산이라고 하더군요."

재경은 고개를 숙이고 말았다. 두 손에 얼굴을 묻고 잠시 멍하게 있었다. 알았는데도, 자신에게 전혀 내색하지 않으면서 태희는 무슨 생각을 했을지. 문득 그녀의 말이 떠올랐다. 가슴을 에는 지독한 상처가 되어버린 그 말.

"……제 사랑이 너무 무거워서 독이 된다고 말했어요."

"후훗. 그럴지도 모르지. 아드님도 알고 있죠? 어떤 것들은 약인 동시에 독이 되기도 한다는 것쯤. 똑같은 것인데 약이 되고 독이 되고의 차이가 뭐라고 생각해요?"

"복용방법과 그 쓰임새, 그리고……양일까요."

"맞아요. 특히나 양. 수면제는 적당히 먹으면 잠을 불러오는 고마운 약이지만 도를 넘어서면 죽음을 불러오는 약이 되지요. 그럴 때의 수면제는 독약이에요. 아드님이 태희 양에게 한 일들은 모두 사랑에서 비롯되었다고 해도 결국은 쓰디쓴 상처를 늘려놓은 데 불과해요. 좋았던 건 의도뿐, 수단도 결과도 엉망이 되었지요."

"네. 그랬네요. 정말로 그랬나 봐요."

"후회하도록 해요. 이건 벌이니까. 나쁜 운은 원망할 것 없어요. 지금껏 아드님은 충분히 운이 좋았으니까 나쁜 운도 한 번쯤 찾아올 때가 됐지요. 원망할 건 오만했던 자기 자신. 어른스러운 추진력과 어린아이의 맹목적인 돌진이 어떤 건지 구별할 수 있을 때까지요."

부인이 자리에서 일어났다. 어항 쪽을 돌아보면서 부인은 좀 더 부드러워진 목소리로 말했다.

"동시에 이건 기회이지요."

그 말이 고개를 떨구고 있던 재경을 조금 움직이게 만들었다.

"태희가 혼자서 떠난다고 했어요. 가면 다시는 안 본다고 했는데도 돌아서 버렸어요. 처음으로 돌아가 버리면 그뿐이라고. 그런 말을 그토록 쉽게……."

"쉬워 보이든가요?"

혀를 차면서 부인이 어항에 비친 재경의 옆모습을 쳐다보았다.

"겉으로는 전혀 그럴 것 같지 않은데도 가끔 둘 중에 더 심약한 쪽은 아드님이 아닌가 싶을 때가 있었는데 역시 그 생각이 맞군요. 아직 감이란 게 그리 녹슬진 않은 모양이야. 잘 들어요, 아드님. 내가 어머니가 되겠다고 했을 때 말한 적이 있을 거예요. 어리광을 부리고 울보인 애는 싫다고. 약해서 어미를 걱정시키는 아이도 싫다고. 지금도 그 규칙은 변하지 않았어요. 침울해 하는 건 이해하지만 어리광은 그 정도면 됐고, 약한 모습도 오늘로 충분해요. 내일부터는 아무 일도 없었다는 것처럼 해야 할 일을 찾아요. 혼자서 더 큰 세계를 만들기 위해 노력할 태희 양을 생각해 봐요. 그 아가씨가 돌아왔을 때 여전히 같은 자리에 머물러 있다고 하면 부끄럽지 않겠어요?"

"돌아오지 않으면요?"

"호호호호, 무슨 쓸데없는 걱정을."

부인은 낭랑하게 웃더니 재경 쪽으로 다가와 스윽 그의 머리카락을 어루만져 주었다.

"가여운 내 아들. 걱정 마렴. 돌아오는 게 너무 늦어지면 이 엄마가 아무도 모르게 보쌈 해다가 네 옆에 데려다 놓지. 그러면 되지?"

난생처음 겪는 부인의 살가운 태도며 말투에 멍해져 있던 재경은 곧 얼굴을 붉히면서 부인의 손을 머리에서 치웠다.

"전 심각하게 한 말인데 갑자기 놀리시다니 너무하세요."

"역시 이런 건 안 어울리나요? 태희 양이랑 할 때는 꽤 잘한다고 칭찬도 들었는데."

고개를 갸웃하더니 부인이 문가로 걸음을 옮겼다. 나가기 전에 마지막 당부를 했다.

"떨어져 있어보면 사람의 소중함을 더 절감하는 법이에요. 시간도 공간도 진정한 마음을 가로막는 장벽은 될 수가 없는 거란 걸 이번 기회에 배우세요. 칭얼대지 말고, 숨 쉬는 시간도 아까워하면서 더 멋진 사람이 되도록 노력하세요. 주어진 기회를 헛되이 보낸다면 아무리 내 아드님이라고 해도……"

중간에 말을 끊더니 부인은 재경을 돌아보며 싱긋 웃으셨다.

"보쌈 해다 준다는 말은 취소할 테니까."

부인이 나가고 문이 닫히자 재경은 허탈하게 웃으면서 고개를 뒤로 젖혔다. 마음은 그 어느 때보다 어지럽지만 그래도 빛이 되어주는 것은 어머니가 태희와 연결된 강한 끈을 갖고 계신다는 믿음이었다.

"감사해요. 감사해요, 어머니."

두 손으로 얼굴을 덮고 오늘 있었던 여러 가지 일들을 생각하는데 얼마 후쯤 집사와 메이드가 들어오더니 테이블 위를 치우기 시작했다. 어항의 물고기들도 치우는 게 좋을 거라고 생각해 재경이 고개를 돌리다가 자기도 모르게 눈을 크게 뜨고 말았다.

"어떻게……된 일이지?"

아까까지 물 위에 둥둥 떠서 죽은 줄로만 알았던 열대어들이 언제 그랬냐 싶게 한가로이 수초 사이를 헤엄치고 있었다. 자기 눈을 의심하며 어항을 뚫어져라 쳐다보는 그에게 집사가 혼잣말처럼 하는 말이 들려왔다.

"여뀌라고 상당히 재미있는 풀이 있습니다, 도련님. 물고기들에겐 그것이 마취제쯤 되는 거지요. 세상엔 참 희한한 것도 있지 않습니까?"

돌아보자 집사가 슬쩍 고개를 숙여 인사를 하고는 메이드들과 함께 나갔다. 나가기 직전에 오늘 저녁엔 체스나 한판 두었으면 하신다는 부인의 뜻도 전하고.

"……맙소사, 제대로 한 방 먹었는걸. 아하하하하."

재경은 한참을 웃다가 창밖을 보면서 한숨을 내쉬었다. 바깥에서는 끊임없이 비가 내리고 있다.

"기다려. 좀 더 기다리다가 내일……아니 내일 모레 퍼부어버려. 그래서 그 애가 탈 비행기가 뜨지 못하게……."

그러나 이틀 뒤인 31일은 아침부터 쾌청했다. 지난밤까지 쏟아지던 폭우가 마치 거짓말 같이 느껴질 정도였다.

재경은 승마하러 가서 아무 생각도 하지 않으려고 기를 썼지만 문득문득 넋을 놓고 있다가 하마터면 낙마사고까지 생길 뻔했다. 말에서 내려올 때도 발을 헛디뎌 꼴사납게 넘어지고 말았다. 차라리 약을 먹고 잠을 자자는 생각에 자주 가는 병원에 갔지만 뭔가 이상한 의도가 있다고 걱정했던지 오늘따라 담당의사 선생님은 처방전을 주는데 깐깐하게 굴었다. 담배는 거의 두 갑 가까이 피워대고, 커피도 물 마시듯이 마시면서 안 그래도 예민했던 신경이 극도로 곤두섰다.

"제발, 제발 좀 비가 오란 말이야!"

결국은 하늘을 향해 소리치기까지 했다. 이래서는 무슨 일인가를 저지르고 말 것 같다는 생각이 들었다. 손이 떨려 운전도 할 수가 없었다. 그냥 달리기 시작했다. 아무 생각 없이 뛴다고 생각했는데 불현듯 자신이 있는 곳이 둘러보니 예전에 태희네 집이 있던 장소 부근이었다. 멈춰 섰다. 옷도 머리도 땀에 젖어서 엉망이 되었고, 심장은 터질 것처럼 뛰어댔다. 또 담배를 피우면서 재경은 하늘을 올려다보았다. 맙소사. 해가 서쪽으로 향해 기울어 있다. 시계를 보니 우왕좌왕하는 사이에 어느새 다섯 시가 가까워졌다.

안 된다. 해가 지면 저녁이 되고, 저녁은 금방 밤이 된다. 그렇게 되면 태희가 가버린다. 봐야겠다. 어떻게든 봐야겠다. 이대로 가버린다면 태희는 재경이 한 말들을 그대로 품고 갈 것이다. 돌아와도 그녀의 자리는 없을 거라고, 입에서 나오는 대로 지껄인 말들을.

먼저 소희부터 찾았다. 하지만 소희는 태희랑 같이 있지 않다고 했다. 저녁 먹을 때 만나서 그때부터 같이 있을 거고 그전엔 여기저기 혼자 둘러보고 싶다고 했다고 한다.

"어디로 간다고 했어? 어디 생각나는 데 없어?"

「글쎄. 이런저런 곳이라고만 했는데. 아, 그러고 보니 학교 이야기도 했다.」

"학교?"

「우리가 다녔던 고등학교. 거길 꼭 한번 가보고 싶댔어.」

"고마워. 고맙다, 정소희."

다시 달리다가 이럴 때가 아니란 생각에 택시를 잡아탔다. 후문 쪽에서 내린 뒤 한달음에 뛰어서 학교로 들어갔다. 마치 가야 할 길이 보이는 것처럼 그의 발은 머뭇거리는 일 한 번 없이 어딘가로 쉴 새 없이 달음박질쳤다.

녹음이 자욱해진 벚꽃 동산에 올랐을 때 그를 맞아준 것은 매미 소리였다. 두 손으로 무릎을 짚고 서서 숨을 고르는 동안 이마에서 땀이 후두둑 땅으로 떨어져 내렸다. 한참을 쉬고서 숨소리가 조용히 가라앉았을 때 재경은 걷기 시작했다.

벚꽃은 물론 버찌조차 이제는 떨어져 버린 후이다. 그래도 그 길을 걷는 동안 재경에게는 마치 환상을 두른 것처럼 거기에 가득 핀 벚꽃들이 보이는 것 같았다. 누군가가 미리 이 길을 지나면서 마법을 부려 놓은 것처럼.

너니, 태희야? 너지? 너인 거지?

어디에선가 라벤더 향이 난 것 같은 기분이 들었다. 착각이라고 해도 좋다고 생각하면서 그 거미줄 같은 향에 이끌려 걸었다. 그러다가 마침내 보았다.

운동장이 내려다보이는 둔덕에 있는 큰 벚나무. 그 나무에 기대어 서 있는 여자는 틀림없이 태희였다. 건듯 바람이 불어와 현격히 짧아진 그녀의 머리카락을 살며시 어루만지고 가는 순간 멀리 떨어져 있던 재경에게 다시금 라벤더 향이 밀려오는 느낌이 들었다.

태희는 텅 빈 거나 다름없는 운동장을 가만히 응시했다. 2, 3학년들은 보충수업을 받을 시간이고 가끔 보이는 학생들은 뒤늦게 돌아가는 1학년들일 것이다. 그래도 교복을 보면 반가웠다. 그대로 스르륵 주저앉아서 계속 운동장으로 시선을 던지다가 이내 눈을 감았다. 잠잠하다 싶으면 불어오는 시원한 바람을 얼굴에 맞으면서 분명한 사실을 깨달았다.

"여름도 이제 끝나는 거구나."

얼마 후 눈을 뜬 시야에 이번엔 남녀가 각각 한 명씩 운동장을 가로지르는 게 보였다. 손은 잡고 있지 않지만 자못 친하게 말을 주고받는 모습이 꽤 각별해 보였다. 자기도 모르게 그들을 부러운 듯 쳐다보다가 중얼거렸다.

"다시 한 번 저 교복을 입고 싶어."

평생에 단 한 번의 기적이 허락된다고 하면 시간을 거슬러 올라가 다시 한 번 저 교복을……. 물론 안 되는 일인 걸 알고 있기에 쓸쓸히 웃을 뿐이다.

이제 가야 할 시간이 불과 몇 시간 후인데, 마음에 지독하게 걸리는 한 가지는 역시 재경이었다. 모질게 말을 하고 돌아서면 떠나기가 한결 쉬울 줄 알았지만 붙잡는 손이 사라진 대신에 벌써부터 후회가 치밀어 오른다. 처음으로 되돌아가면 그만이라고 말했지만 말한 그녀부터가 그 말을 믿지 않았다. 이미 수많은 기억을 함께한 것을. 셀 수 없는 시간 동안 그의 옆에서 행복했던 일들을 모두 과거로 남겨 버리고 '나만 좋아하면 되니까' 라는 말을 하면서 만족할 수 있을 리 없다.

그럼에도 가야만 한다. 재경을 잃을 위험을 감수하고서라도 떠나야만 한다. 그녀를 무기력에 붙잡아 둘 그 모든 것에서 자유로워져야 한다. 강한 사람이 되어야 한다. 뜻하지 않은 운명의 장난이나 세상 곳곳에 버젓하게 자리하고 있는 악의에 맞부딪쳐도 굴복하지 않고, 깨어지지 않고 고결한 긍지를 가지고 살아갈 수 있는 사람이 되려면, 지금보다 훨씬 강하게 스스로를 단련해야 한다는 것을 분명히 깨달았다.

"훨씬 더 큰 세계를 만들 거야. 지금의 내가 아주 작게 보일 만큼 훨씬 큰. 그러기 전엔……. 그러기 전에는……."

마음 속 다짐을 거듭 확인하며 핸드폰 속에 담겨진 사랑하는 이들의 사진을 몇 번이고 보았다. 어머니는 이제 사진 속에서 언제든 그녀에게 웃어줄 것이고, 소희는 투덜거리면서도 기다려 줄 테지만, 재경은?

또 한 번 의지가 약해지는 걸 사무치게 느끼는 순간, 액정에 그의 이름이 뜨면서 전화벨이 울렸다. 한참 동안 움직이지 못하다가 겨우 전화를 받았을 때 다짜고짜 재경이 물었다.

「내가 없이 네가 멀쩡히 살 수 있을 것 같아?」

너무도 재경다운 질문에 태희는 웃음이 났다. 그러면서도 눈시울이 뜨거워졌다. 그에게 대답하는 목소리에는 눈물보다 웃음이 담겨 있었다. 다행스럽게도.

"못 살 거야. 멀쩡히는."

「그런데도 혼자서 가겠다고?」

"응."

「고집불통 같으니. 가끔씩 답답해 죽겠어. 너란 아이.」

"미안해. 답답하게 굴어서."

「나, 너 찾으러 안 가.」

"응. 오지 마."

「언제 올지 모른다고 했으니 기다리지도 않아.」

"응. 기다리지 마."

「다른 여자가 눈에 들어오면 만나버릴지도 몰라.」

"그렇게 해. 네 마음 가는 대로."

「농담하는 거 아냐.」

"나도 농담 아니야. 내 멋대로 떠나버리는 거니까 너도 네 멋대로 살아. 난 네가 행복했으면 좋겠어."

그때쯤 해서 눈물이 웃음을 덮어 버렸다. 황급히 태희는 수화기를 막은 채 숨을 골랐다. 눈물을 훔치고 진정하는 사이에 재경도 침묵을 유지하다가 버럭 짜증을 냈다.

「지금 나한테 그렇게 말해 놓고 면죄부를 얻을 생각인가 본데. 잘 들어, 나 말고 다른 녀석 만나서 바람 피우네 어쩌네 소리 들리면 세상 다 산 줄 알아. 확인해서 진짜면 지옥 끝까지라도 쫓아가서 괴롭히고 또 괴롭힐 거야.」

"무서워라. 난 남자 하나 잘못 만나서 죽어서도 고생하는 거야?

「그럴 일 없을 거라는 말은 못 하고 벌써 그런 걱정을 해?」

"앗, 당연히 그럴 일은 없어. 절대 없지. 내 첫사랑이 한재경인데 어떻게 다른 사람이 눈에 들어오겠어?"

재경의 기분을 구슬릴 말이면서도 또한 거짓 없는 진심이다. 태희의 목소리에 다시 웃음이 돌아온 것은 말할 것도 없다. 재경은 침묵했다. 그의 숨소리만 한참을 들리더니 그가 맥없이 중얼거리는 소리가 들려왔다.

「……멍청이.」

찰칵 라이터불을 켜는 소리가 들린 것 같았다. 태희는 아무 말도 못

하고 핸드폰에 귀를 바짝 대고만 있다. 눈을 감자 그가 담배를 피우는 모습이 선명히 그려졌다.

「아프지 마. 건강해. 그리고…….」

머뭇거리는 그의 목소리와 함께 태희는 담배 연기를 맡은 것만 같은 느낌이 들었다. 심장이 문득 두근거리기 시작했다. 갑자기 맹렬히 울어대는 매미 소리로 인해 그 아슬아슬한 두근거림에 변화가 왔다. 수화기 너머의 재경의 숨소리 뒤로도 매미 소리가 들려왔다.

공명하는 두 개의 리듬. 그리고 점점 더 진해지는 담배 연기.

태희는 발작적으로 등 뒤로 고개를 돌려보고 싶은 기분을 억누르면서 바로 옆의 벚나무 줄기를 꽉 움켜쥐었다.

「나중에 보자. 그럼.」

모든 망설임을 떨치듯 짧고 명료하게 재경은 말했고, 툭 전화가 끊어졌다. 태희는 여전히 핸드폰에 귀를 대고 있다가 천천히 고개를 끄덕이면서 중얼거렸다.

"그래. 나중에……봐."

이제 느껴졌다. 그녀의 등 뒤 어디쯤에서 지켜보고 서 있을 재경의 시선이. 역시나 둔해빠진 건 어쩔 수 없어서 그가 손에 쥐어주듯 건넨 힌트를 받고서야 깨닫는 느림보지만, 그걸로 충분했다. 마지막까지 이토록 사랑받았다. 그리고 태희는 그런 재경을…….

"임금님 귀는 당나귀 귀! 윤태희는 한재경을 좋아합니다! 임금님 귀는 당나귀 귀! 윤태희는 한재경을 좋아합니다! 세상에서 제일 제일 좋아합니다!"

심장이 터지도록, 온 마음을 다해서 소리쳤다. 울면서 웃고, 웃고 울면서 세상에 외쳤다. 세상 속에서 가장 사랑스러운 이에게 외쳤다.

해가 천천히 서쪽 하늘 너머로 져 간다.

스무 살의 긴 여름은 그렇게 끝을 고했다.

제 5 장

활짝 핀 벚꽃 너머 저 눈부신 별처럼

다시 새하얀 꿈이 내게 찾아와.
벚나무 아래에 묻혀서 그리 짧지도 길지도 않은 시간이 흐른 뒤
내가 벚꽃이 되어 만개하는 광경을 봐.
나는 꽃잎 하나하나마다에 실려서 흐드러지게 웃어.
이렇게 아름다운 것이 되고 싶었어.
이렇게 찬란한 것이 되고 싶었어.
깨어나면 눈물이 나.
꿈이 현실이 아니란 것에,
살아야 할 시간이 길기만 하다는 예감에.
그러나 벚꽃의 잔영이 차차 가시면 곧 깨달아.
꽃이 되지 못한 대신에 뛰고 있는 심장의 열기를.
여기 이토록 붉게 핀 꽃이 있었던 거야.
난 재가 되지도, 부서지지도 않았어.
이런 게 어른이 됐다는 증거라면 아주 조금은 슬퍼.
그럼에도 지금은 꿈을 꾸고픈 나를 용서해.
곧 깨어날게. 그리고 갈게. 사랑하는 네게로.

1. 귀국

벚꽃이 피었다 졌다.

그리고 다시 봄이 다가온다.

추위를 이기기 위해 뛰어오긴 했지만 아파트 키를 찾는 동안 손이 시릴 정도로 차가워져서 또 한 번 손난로의 신세를 져야 했다. 몇 개 안 되는 열쇠였는데도 손가락이 곱아 자꾸만 실수를 한 끝에 겨우 집으로 들어갔다.

"으아, 춥다, 추워."

같은 한국인 룸메이트와 함께 쓰는 아파트는 사람이 있을 때에만 난방을 하는 게 원칙이라서 둘 다 집에 들어오기 전에는 아파트 거실에서도 찬바람이 일 정도로 추웠다. 어딜 가봐도 한국 온돌만 한 게 없다고 다시금 투덜거리면서 태희는 욕조에 물을 틀러 다녀왔다. 물이 찰 동안 태희는 거실로 돌아와 고타츠 전원을 키고 우롱차를 타 편의점에서 사온 도시락에 곁들여 늦은 저녁식사를 했다.

오늘 룸메이트는 아르바이트하는 한국 식당에서 회식이 있다고 했다. 식당에서 아르바이트를 하면 저녁 걱정은 덜겠지만 지금 태희가 하고 있는 한국어 교습 일이 보수 쪽은 더 후하다. 일장일단. 어쨌든 배고픔 앞에선 밋밋한 도시락도 성찬이었다. 식사를 하면서 노트북을 켰다. 도착한 메일이 꽤 많았다. 닷새 만에 접속하는 것이다.

일주일 전에 소희에게 아주 긴 메일을 보냈었고, 근황을 물어온 승운의 짤막한 메일에도 '잘 지내고 있음'이라는 짤막한 메일을 보냈다. 메일읽기를 클릭하자 새로 뜬 창에 보이는 메일의 절반 이상이 소희의 메일이었다. 어쩜 이렇게도 변함이 없는지 태희는 웃고 말았다. 1년 반 전에 런던행을 했을 때부터 이렇게 소희는 하루도 빠짐없이 메일을 보내온다. 그것은 지난해 가을에 도쿄로 온 이후에도 한결같다. 차근차근 그녀의 메일을 읽어나가고 있는데 갑자기 귀에 묘한 소리가 들려왔다.

"앗! 물 넘친다!"

후다닥 일어나서 욕실로 향했다. 따끈한 물에 푹 담그고 있겠다던 결심은 소희의 메일을 어서 읽고 싶다는 생각에 밀려났다. 목욕을 급히 마친 뒤 젖은 머리를 타월로 칭칭 감고 욕실에서 뛰어나온 태희가 다시 노트북 앞으로 달려왔다.

웃으면서 메일을 읽어나가다가 마지막 메일에서 태희는 멈칫했다. 화면을 클릭하자 턱하니 보인 첫 글귀가 눈물 아이콘투성이였다.

〔언제 오냐? 넌 내가 보고 싶지도 않냐? 난 이제 사진이고 뭐고 다 싫다. 넌 향수병도 없냐? 난 우수병이 걸렸다. 우수병이 뭐냐고? 友愁病. 친구가 그리워 앓아눕는 병으로, 전 세계에 아마 나 말고 걸린 인간이 없을 것으로 사료된다.

설날은 지척인데 넌 또 딴 나라에서 설을 보내고 마는 거겠지. 명절은 가족과 함께라는 말, 알긴 하냐? 딴 나라 말이 그렇게 좋으면 프랑스도 가고 중국도 가고 러시아도 가거라. 저기 아프리카 피그미족한테도 가고 오스트레일리아 원주민한테도 가라. 절대 오지 마. 너 무지 나쁘다. 너 독해. 팜므파탈이랑은 친구 안 한다.]

이런 이런. 태희는 한숨을 쉬었다. 한 두어 달에 한 번쯤 오는 불평의 메일이다. 또 하루 뒤면 언제 그랬냐 싶게 장문의 메일을 보내올 것이다. 구태여 걱정할 것도 없는 일이지만 오늘은 왠지 메일을 보면서 곰곰이 생각에 잠겼다.

그러다 문득 메일에 첨부된 문서에 눈길이 갔다. 보통은 사진 파일을 보내곤 하는데 이번엔 텍스트 파일. 뭘까 싶어 클릭해 본 태희는 잠시 눈을 크게 떴다.

복학신청서였다. 그리고 공고문. 1차 신청기간은 이미 지났는지 2차 복학신청기간을 알리는 공고문이었다. 날짜는 2월 16일에서 19일까지. 불과 일주일도 남지 않았다.

"흐음."

톡톡 테이블 위를 두드리면서 태희가 턱을 괴었다. 그러다 타월이 흘러내리면서 젖은 머리카락이 얼굴을 덮었다. 머리칼을 뒤로 쓸어 넘기다가 태희는 손에 감겨드는 그 머리카락을 쳐다보았다. 어느새 어깨를 훌쩍 넘길 정도로 자란 머리카락. 미용공부를 하는 룸메이트가 넌 머리카락이 유난히 빨리 자라는 편이라면서 생긴 거랑 달리 머릿속이 궁금하다면서 놀려대곤 했을 정도로 빨리 자라났다. 룸메이트에게 태희는 그런 대답을 했었다.

'그리워하는 마음을 대신한 거라서.'

다시 타월로 머리를 감싼 뒤 노트북을 책상이 있는 곳에 가져다 두었다. 책상 스탠드 옆에 놓아둔 어머니의 사진을 담긴 액자를 들고 가만히 응시하다가 돌아섰다. 베란다로 나가는 문을 열었더니 찬바람이 쌩하니 몰려들어왔다. 거기에 섞여서 아주 자그마한 눈송이가 몇 점

따라 들어왔다.

"눈이다. 어쩐지 무지 춥더라니."

부르르 떨면서 올려다본 하늘엔 마치 반딧불처럼 반짝거리는 눈들이 내리고 있었다. 하늘엔 이지러져가는 달이 보였다. 도쿄엔 눈이 오는구나. 서울은 어떠니? 마음속으로 달을 향해 물었지만 달은 부드럽게 침묵할 뿐이다.

그런 달을 한참이나 추운 줄도 모르고 바라보고 있는 동안 문득 작은 소리가 들린 것 같았다. 이를테면 머리카락이 자라는 소리 같은.

누군가가 못 견디게 그립다. 그녀를 바라보는 눈길, 잡아주던 손의 따스함, 머리카락을 쓰다듬으면서 귓가에 속삭여주던 목소리. 그리고 품에 껴안아줄 때 느껴지던 강한 고동. 그리워. 그리워. 너무나 그리워.

한숨을 쉬자 새하얀 숨결이 피어나 시야를 흐릿하게 했다.

"……한계일까나."

손을 들어 얼굴을 가리는 태희에게로 눈송이가 날아들어 흔적도 없이 녹았다.

2월 28일. 개학 전의 마지막 휴일을 침대 속에서 보내고 있던 소희를 깨우는 다급한 노크 소리가 들려왔다.

"아우, 뭐예요, 저 아침 다 되어서 잤거든요? 깨우지 마세요. 밥 안 먹어요."

소희는 투덜거리며 이불 속으로 파고들었지만 아주머니가 문을 열고 한 말에 오던 잠이 안드로메다 행성 밖까지 날아가 버리고 말았다.

"소희 양, 어서 나와 봐요. 태희 양이 왔어요."

"태희! 방금 제가 태희라고 들은 것 같은데, 맞나요?"

침대에서 굴러 떨어질 뻔하면서 일어난 소희가 아주머니에게 물었고 아주머니가 고개를 끄덕이자 냅다 바닥이 꺼져라 뛰어나갔다. 쿵쾅쿵쾅 나무 복도와 계단을 밟아대면서 1층 거실로 향하던 소희의 눈에 그녀를 보면서 배시시 웃고 있는 태희의 얼굴이 들어왔다.

"윤태희! 윤태희, 윤태희! 태희야아아아아!"

"그래 나, 어머, 소희야, 조심……! 어우, 세상에. 너 괜찮아?"

태희가 조심하란 말을 마치기도 전에 소희는 계단을 절반쯤 남겨놓고 난간 밖으로 뛰어내렸다. 빨리 가려다 오히려 돌아간다는 말처럼 매우 이상한 폼으로 뛰어내린 소희는 큰 소리와 함께 바닥에 고꾸라졌고, 그 와중에 발을 접질리고 말았다. 깜짝 놀라 달려간 태희가 일으켜보니 바닥에 찧어서 빨개진 이마를 하고 소희가 울먹거리면서 손을 뻗었다.

"우리 딸, 이렇게 죽기 전에 보게 될 줄이야……. 이 어미는 이제 한이 없다."

"맙소사. 이 상황에도 그런 말이 나와? 일어나봐. 어디 다친 거 아니야?"

"아야야, 다리. 내 다리."

"못 살아 진짜. 칠칠맞은 건 전하고 다를 게 하나도 없잖아?"

"난 정소희니까! 칠칠맞은 건 변함없고 늘어난 건 살뿐이다! 그렇지만 허리 사이즈는 아직 29! 으허엉, 태희야. 내 살이 늘어난 건 다 너 때문이야. 너 때문이라고."

"그래, 미안 미안. 병원 가봐야 할까나?"

소희를 부축해서 소파에 앉게 한 뒤 왼발을 이리저리 살펴보면서 태희가 걱정스레 묻는데 그런 것 따위 상관 않고 소희가 태희의 두 손을 꽉 잡아 왔다.

"너 윤태희 맞지?"

"응? 맞지. 겨우 일 년 반 못 봤다고 사람을 못 알아보기야?"

"아니 내가 이 비슷한 꿈을 하도 많이 꿔서. 꿈속에서도 꿈을 꿀 정도로 말이야."

"자아, 현실입니다. 왔어, 네 말대로. 언제든지 때려치우고 오고 싶을 때 오라며?"

태희가 소희의 볼을 꼬집으며 웃었다. 소희는 눈이 부신 것처럼 태희를 응시했다. 연보라색 코트 위로 투명하도록 하얀 살결. 긴 속눈썹 아래에서 눈은 별처럼 반짝거리고 입술은 보기 좋은 살굿빛. 볼에는 엷게 홍조가 돈다. 머리는 탐스러운 웨이브를 넣어 어깨 아래에서 찰랑거리고 있다. 넘쳐흐르는 생기에 정말 탐스럽게 아름다워졌다.

"이럴 수가! 왜 이렇게 건강한 거지?"

"어머? 지금 내가 건강한 게 문제인 거였어?"

"혼자 타지에서 공부하는 고학생 주제에 온천에서 막 나온 것처럼 촉촉하고 반짝반짝하다니 이건 아니야. 이건 또 꿈이야. 으아아아, 우리 태희, 우리 태희가 보고 싶단 말이다. 나 그만 꿈에서 깰래!"

머리카락을 쥐어뜯으면서 소희가 발광을 했다. 지켜보던 태희는 황당해하다가 이내 웃기 시작했다. 미키마우스가 그려진 커다란 티셔츠만 걸치고 막 깨어 머리도 부스스한 사자처럼 된 소희가 오버하는 모습을 보니 확실히 실감이 났다.

돌아왔다. 한국에. 자신이 있어야 할 자리로.

함께 식사를 하는 동안 쉴 새 없이 질문을 하는 소희 때문에 태희는 제대로 뭘 먹는 것조차 어려웠다. 소희의 메일을 받고 복학신청 완료일 이틀 전에 복학을 결정하고 일본 생활을 청산했다고 하는 말에 소희는 그럼 왜 그때 그런다고 자신에게 메일을 안 했냐면서 태희의 목을 졸라댔다. 귀국하는 날 공항에 마중 나갈 기쁨마저 앗아가 버렸으니 반드시 보복하겠다고 소희는 엄포를 놓았다. 덕분에 태희는 수십 번 반복한 사과를 또 해야 했다.

더 소희를 역정 나게 한 건 태희가 돌아온 게 어제라는 거였다. 학교에 들러보고 후문 부근에 당분간 지낼 고시원을 알아봤다는 태희의 말에 소희는 뒷목을 잡았다. 고시원이라니! 여기 버젓이 널린 방이 가득한 집을 두고 고시원이라니! 핏대를 세우며 몰아붙이는 통에 태희는 손이 발이 되도록 싹싹 빌었다. 식사도 끝내는 둥 마는 둥 하고 당장 소희의 차로 고시원까지 가서 짐을 실어 와야 했다. 일본에서 부친 짐이 내일이나 올 거라면서 태희가 걱정하자 그건 또 실으러 오면 된다면서 들은 척도 하지 않았다. 한국에서의 멋진 자취생활 계획은 그렇게 물 건너가 버렸다.

“말이지 기본이 틀렸다고, 기본이! 내가 진즉에 말했잖아? 이젠 우리 집이 네 친정이야. 근데 과년한 처자가 어디 감히 친정집을 놔두고 나가서 혼자 살아, 꿈도 꾸지 마시라고. 내가 널 결혼시키고 사위 손에 네 손을 넘겨주기 전엔 절대로 그런 꼴은 못 본다! 아, 그나저나 내 사위. 재경이하고는 잘 만났냐?”

갑작스레 본론으로 넘어가 버리는 소희의 질문에 태희는 딸꾹 숨을 삼켰다. 바로 대답을 못하는 태희를 보고 소희가 고개를 갸웃하다가 눈을 크게 뜨며 다그쳤다.

“너 설마 아직까지 재경이한테 연락 안 한 거 아니지?”

“어……그게 아직.”

“뭐! 왜?”

“글쎄. 막상 연락하려니까 긴장이 돼서.”

“긴장? 너네가 지금 내외할 사이냐? 나 모르게 둘이 갈 데까지 간 엉큼한 녀석들 주제에 이제 와서 긴장은 무슨 얼어 죽을 긴장. 야, 전화해 당장. 안 해? 그럼 내가 한다.”

“어, 어우야! 그러지 마. 아직, 아직 안 돼.”

“왜 안 돼? 너 한국 들어오기를 나만큼 기다렸을 인간이 그 녀석이잖아. 아직이라고? 이야, 윤태희 진짜 나쁜 여자다. 팜므파탈. 넌 그런 여자였어!"

태희는 뺏은 소희의 핸드폰을 두 손에 꼭 쥐고 아무 말도 못했다. 잠시 치솟았던 흥분을 가라앉힌 뒤 얼마쯤 얌전히 운전을 하던 소희가 퍼뜩 목소리를 낮춰 조심스레 물었다.

"혹시 다른 남자가 생긴 거냐?"

"에에? 다른 남자라니. 무슨 말도 안 되는."

별 싱거운 소리 다 듣겠다는 듯 태희가 웃었다.

"그지? 그건 아니지?"

"아니지. 어떻게 그러냐?"

역시 윤태희. 한재경 말고 다른 남자가 세상에 존재할 리가 없다. 손에 낀 반지도 여전하다. 그렇다면 정말로 긴장이 되어서 연락을 못했다는 소리인데. 아아, 그것도 역시나 태희다운 일이다. 변함없는 친구의 모습에 안도가 되면서도 소희는 한숨을 늘어져라 쉬었다.

"그러게 종종 연락 좀 하고 살라니까. 얼굴도 안 봐, 메일도 안 해, 전화도 안 해. 독하게 마음먹고 공부에 매진한다는 심정은 알겠지만 정작 이제 와서 전화 한 통 하기가 그렇게 힘들어야 쓰겠냐?"

"음. 오늘 저녁 내로 할 거야. 재경이……잘 지내지?"

"얼씨구. 빨리도 묻는다. 그러게 종종 사진 보내준다니까 그것도 마다하고."

"보면 마음이 약해질까 봐 그랬지."

"너, 각오해 두는 게 좋아."

"각오?"

"그 녀석은 흑표범이다!"

갑자기 오른손을 불끈 쥐면서 소희가 단언하는 말에 태희의 눈이 동그래졌다.

"흑표범?"

"아름다운 꽃에 나비가 날아든다고들 하는데, 그 녀석은 가만히 있어도 주위에 여자가 꼬인다. 차갑게 번득이는 눈하며 입고 다니는 스타일하며 언뜻 보면 한 마리 흑표범 같다나. 난 잘 모르겠지만 페로몬 같은 게 나오는지 그 쌀쌀맞은 태도하며 거만한 표정에도 불구하고 꼬이는 여자들이 자꾸 늘어나. 난 단순히 그 녀석하고 좀 친하다는 이유로 별일을 다 겪었다. 그 녀석이랑 오 분만 말하게 해주면 가방 사준다는 여자도 있었어."

"헤에. 우리 재경이 인기 좋구나. 얼마나 멋있어졌길래."

천진하게 자랑스러워하는 태희를 보고 소희는 또 한숨을 푹 쉬었다. 타지에서 고생하고 오더니 어째 더 바보가 된 것 같다. 아끼는 자식에겐 여행을 보내라고? 그런 말 한 사람이 누구냐! 우리 애가 바깥으로 돌고 오더니 나사 하나를 어디 빠뜨리고 온 것 같잖아!

소희가 그렇게 고개를 젓는 동안 태희는 차창 밖을 물끄러미 응시하면서 속으로 생각했다. 흑표범이라. 우와. 가슴이 두근거리고 말았다.

그날 밤 잠이 들기 전에 재경에게 전화해 보려고 수없이 핸드폰을 만지작거렸지만 소희가 한 말이 역효과를 불러왔다. 자꾸만 머릿속에서 재경을 생각하는데 흑표범 생각이 났다.

과식을 한 것 같다면서 근처를 산책하고 오겠다면서 태희가 나갈 때 소희가 따라나서려다가 그녀가 손에 들고 있는 핸드폰을 보고는 혼자 나가는 걸 허락해 주었다. 틀림없이 재경에게 연락하러 간다고 생각했던 것이다. 그 생각은 틀리지 않았고 산책하면서 태희가 전화를 하려고 했던 것도 사실이다. 그러나 수없이 머뭇거리기만 했을 뿐 결국 단축번호 1번을 누르는 데 실패하고 말았다.

포기하고 돌아가려던 태희의 눈에 공중전화 박스가 보였다. 저거라면 가능하겠다는 생각이 들었다. 동전이 없어서 편의점에서 음료수를 사온 뒤 마음을 가다듬고 재경에게 전화를 걸었다. 상당히 오래 신호음이 울렸지만 재경은 전화를 받지 않았다. 모르는 번호라서 안 받는 걸까, 하고 체념하면서 전화를 끊으려는데 문득 목소리가 들려왔다.

「여보세요?」

황급히 수화기를 들어 귀에 댔다. 대답할 틈을 놓쳐버린 사이 재경이 다시 말했다.

「여보세요? 뭐지?」

조금 기다려보다가 살짝 짜증스럽다는 듯 중얼거리고 그가 전화를 끊었다. 태희는 그때까지도 내내 수화기를 두 손으로 꼭 쥔 채 입만 뻐끔거리고 있었다. 전화가 끊겼다는 걸 안 뒤에야 참았던 숨을 내쉬면서 전화를 끊었다. 얼마 동안 움직일 수가 없었다. 귓가에 재경의 목소리가 맴돌았다.

기억하고 있던 것보다 훨씬 더, 재경스러운 목소리. 차갑게 가라앉아 있고, 부드럽다기보다는 메마른 어조. 이 목소리가 순간순간 부드럽고 탁해지는 순간을 태희는 알고 있다. 둘 다 너무 좋다. 하나는 재경의 목소리라서, 다른 하나는 그녀만이 들을 수 있기에.

"어떡해. 또 심장이……."

피가 온통 끓어올라서 머리로 몰려드는지 얼굴이 뜨끈뜨끈해져 버렸다. 오늘은 못 하겠다. 내일 반드시! 그렇게 다짐하면서 태희는 열심히 소희네 집을 향해서 뛰었다.

다음날 외국에서 보낼 때의 습관대로 여섯 시에 깬 태희는 거실로 나와서 BBC 뉴스와 NHK 뉴스를 보면서 소희가 깨어날 때까지 기다렸다. 새벽이 깊도록 태희와 이야기를 하다 잠이 든 소희는 정오가 다 되어서야 배고프다면서 아래로 내려왔다. 이미 태희가 식사를 마쳤기 때문에 소희가 혼자 브런치를 먹는 동안 커피를 마시던 태희는 예전에 가기 전에 소희네 집 창고에 보관해 달라고 부탁한 짐에 대해 물었다.

"그 짐?"

"응. 앨범이랑 한번 꺼내 보고 싶어서."

"여기 없어."

"무슨 소리야?"

"그거 가져오려고 하긴 했는데 재경이가 못 가져가게 해서."

무슨 말인지 몰라 눈만 깜박거리는 태희를 보면서 소희는 샌드위치를 가득 넣은 입으로 우물거리며 말했다.

"그 집에 있어. 아직."

"어……. 이런. 그럼 거길 또 가야겠네."

태희의 안색이 살짝 어두워졌지만 목이 메어 우유를 마시는 소희는 미처 눈치 채지 못했다. 컵을 내려놓고 샌드위치를 손에 들면서 소희는 또 놀랄 소식을 전해 주었다.

"거기 이젠 재경이가 살아."

태희가 깜짝 놀라 고개를 들자 소희는 옆으로 삐져나온 피클과 토마토 조각을 밀어 넣으며 말했다.

"왜 놀라? 네가 없어졌으니 네가 있었던 집에서라도 사는 게 당연한 거 아냐? 너 가고 얼마 안 되서 원래 살던 아파트 정리하고 들어갔지 아마. 오늘 가볼래?"

"아, 글쎄."

"갈 거라면 빨리 움직여야지. 나 다섯 시부터는 알바 있어."

"알바? 네가 무슨 알바를 해?"

"훗. 언젠가 네가 돌아올 때를 위해 이 엄마가 포석을 깔아뒀단 말씀."

난데없이 승리의 브이를 만들며 의기양양해하는 소희 때문에 태희는 어리둥절해졌다. 그러나 뒤이어 나온 소희의 말에 태희는 감탄하고 말았다.

"클라우드 캐슬의 파트타임 웨이트리스, 정소희라고 합니다."

"이야아, 멋져요. 언니."

"그럼 이렇게 할까나? 우선 재경이 아파트에 들렀다가 시간 되면 카페로 가는 걸로. 어차피 승운이 하고도 봐야지?"

"그래야겠지. 야, 그래도 그렇게 급한 거 아니니까 천천히 먹어. 체하겠다."

태희가 만들어준 샌드위치를 맛있게 먹는 소희를 보면서 태희는 흐뭇하게 웃었다.

하지만 이내 걱정이 되기 시작했다. 그 아파트로 간다라. 재경과 마주치면 재경은 과연 어떤 표정을 지을까?

때론 이런저런 준비를 하는 것보다 무작정 부딪쳐 보는 게 좋을 때도 있다. 혼자서 외국에서 지낸 일 년 반 동안 조금은 두꺼워진 얼굴과 밀어붙이고 보자는 담대한 각오로 소희와 아파트로 향하면서 태희가 준비한 것은 '안녕, 나 돌아왔어.' 라는 간단한 인사말이 전부였다. 그러나 전에 살던 아파트가 있는 동에 도착해 문을 여는 비밀번호를 누르면서부터 위가 묵직하게 아파오기 시작했다. 일차는 통과. 엘리베이터를 타고 올라가 아파트 문 앞에 섰을 땐 손에서 땀까지 날 정도였다. 주저하는 태희를 소희가 이상하게 쳐다보았다.

"뭐 해?"

"번호 바뀌지 않았을까?"

"바뀌긴 뭐가? 어차피 네 생일이겠지. 비켜봐."

도어락 키의 버튼 여섯 자리를 순식간에 소희가 눌렀다. 마지막 번호에서 찰칵 소리가 났고 손잡이를 돌리자 문이 열렸다. 아, 모든 게 그대로라니. 아주 기쁘면서도 또 한편으로 마음이 뒤숭숭하다. 먼저 들어서던 소희가 현관을 보면서 빈정거렸다.

"현관 깨끗한 거 봐라. 떨어진 음식도 주워 먹게 생겼네. 재경이 없나 보다. 들어와."

"으, 응."

우물쭈물하면서 태희가 안으로 들어섰을 때 먼저 반겨준 것은 정면에 보이는 TV위로 보이는 그림이었다. 태희는 입을 쩍 벌리고 잠시 얼어 있다가 확 소희를 돌아보았다.

"야, 저거 뭐야, 정소희!"

"저거? 작품명 〈미역 감는 비너스〉. 어때? 한재경 생일 때 준 선물이다."

소희는 그림 앞으로 다가가더니 어깨를 으쓱하면서 자랑스러워했다. 태희는 얼굴이 벌게져서 몇 번이나 눈을 돌리다가 그래도 어처구니가 없어서 소희에게 따지고 들었다.

"야, 넌 어떻게, 어떻게 친구를 저 모양으로 그려서 선물로 줄 생각을 해?"

"왜? 예쁘게 잘 나왔구만. 이 오묘한 얼굴 각도, 물결치는 머리카락에 쏟아지는 진주 같은 물방울들. 거기에 하얀 대리석 같은 피부. 캬아, 걸작이다."

"사람을 발가벗겨놓고 그런 말이 나와!"

"워~말은 바로 해야지. 옷 입고 있잖아. 엄연히."

"속이 다 비치잖아!"

"에이, 그래봤자 뒷모습인데 뭘. 아, 목마르네. 뭐 마실 거 없나."

고작 그런 걸 가지고 무슨 역정이냐는 듯 나오면서 소희는 남의 집에서도 태연히 먹을 걸 찾아 나섰다. 태희는 다시금 눈 뜨고는 볼 수 없는 그림을 황당해하며 쳐다보았다.

물이 쏟아지는 분수 속에서 즐거운 듯 머리를 끌어올리고 멱을 감고 있는 여자의 모습. 소희 말대로 뭔가를 걸치고 있긴 하지만 물에 젖어서 몸의 실루엣이 그대로 드러나고 있다. 뒷모습이긴 하다. 그러나 살짝 뒤를 돌아보는 것은 틀림없는 태희의 얼굴이다. 그런데 눈웃음치듯 가늘어진 눈하며 살짝 벌어진 입술은 뭐라 말할 수 없이 야릇한 상상을 안겨 준다. 이런 그림을 그려서 다른 사람도 아닌 재경에게 주다니!

"너무하잖아! 대체 저런 그림을 준 저의가 뭐야!"

새빨개진 얼굴로 주방에 있는 소희를 찾아온 태희에게 소희는 주스를 마시다가 태연히 말했다.

"그야 그 녀석은 남자니까."

"남자니까 뭐?"

"마스터베이션용이라고나 할까?"

맙소사! 졌다. 얼굴을 붉히긴커녕 말조차 더듬지 않고 바로 나온 소희의 노골적인 대답에 태희는 두 손 두 발 다 들었다. 오히려 자신이 부끄러워져서 뒷걸음질을 하는데 소희가 옆으로 오더니 키득거리면서 능글맞게 말했다.

"나한테 고마워해라. 내 덕분에 네 남자는 지조를 지켰다. 저거 말고 또 하나 비밀병기를 준 게 있지. 그건 거실에 걸기엔 수위가 좀 높다. 어떤 건지 말해 줄까?"

"아냐, 안 들을래. 안 들을래. 아아아, 난 아무것도 안 들려요."

뒤에서 울려 퍼지는 소희의 웃음소리를 무시하고 태희는 주방에서 나와 바로 보이는 방으로 뛰어 들어갔다. 얼굴의 열기를 식히려고 몇 번이나 뺨을 두드려 보다가 문득 그 방이 어딘지를 깨달았다.

침대 맞은편에 보이는 두 개의 낯익은 화분. 여전히 자라고 있는 신세베리아와 미니야자. 침대 옆에 보이는 화장대 위에는 조금은 볼품

없는 화장품들이 오밀조밀하게 모여 있다. 그나마 저것도 상당히 늘어난 것이었다. 어머니는 제대로 화장품 세트를 맞춰서 써 본 적이 없었다. 태희가 선물하기 전에는.

"……엄마."

발을 움직여 화장대 앞으로 갔다. 시간이 그렇게 지났는데 화장품 위에는 거의 먼지가 앉아 있지 않다. 손을 뻗어 만져보자 온기까지 느껴지는 것 같았다. 뚜껑을 열어 코끝에 대었다. 아아, 엄마 냄새가 나. 태희는 웃었다. 화장품을 쥔 채로 천천히 침대에 앉아 보았다. 끼익 스프링이 울리는 듯한 느낌이 들면서 문득 부르는 소리가 들린 것 같았다.

'다녀왔니?'

퍼뜩 고개를 들었다. 그러나 고개를 돌리지는 않았다.

"응. 다녀왔어."

입 밖에 낸 자신의 목소리가 너무도 뚜렷해서 서늘할 정도였다. 거기에 답해줄 어머니의 목소리는 환청으로라도 더는 들리지 않았다. 알고 있다. 방금 들었다고 착각한 목소리 역시 자신이 꾸며낸 거라는 것을.

시간이 흐르면서 꿈에 다시금 어머니가 보이게 되었을 때부터 태희는 가끔 깨어서도 어머니의 목소리를 들을 때가 있었다. 아주 피곤한 날이거나, 몸 컨디션이 썩 좋지 않은 날에 집으로 돌아가 문을 열 때면 종종 그런 목소리를 들었다.

'다녀왔니? 고단하지?'

처음엔 한참을 울고 서글픈 생각에 잠조차 이루지 못하면서 앓곤 했지만 언젠가부터는 눈물 대신에 웃으면서 중얼거리게 되었다. 응. 다녀왔어. 맞아. 오늘은 무척이나 피곤하네.

시간은 정말로 치유 효과가 있었다. 꽉 짜인 스케줄 속에서 공부,

또 공부만을 하다 보면 시간이 어떻게 흘러가는 줄 모를 정도였다. 그리고 그 어떻게 흘러가는 줄 모르는 시간들이 뭉텅이로 모여 계절이 바뀌는 게 눈에 보이는 무렵엔 마음도 한 꺼풀 껍질을 벗었다. 슬픔도 애처로움도 원망도 증오도 조금씩 그 색깔이 바뀌어 다른 것으로 모습을 바꾸어갔다.

이렇다 할 극적인 순간은 오지 않았다. 그저 어느 날 문득 생각해 보니, 더는 눈물이 나지 않고 가슴만 막연히 먹먹한 그런 때가 있었다. 슬픔은 아련해지고, 비극은 모서리가 둥글둥글해지면서 마음에 담아놓아도 이곳저곳을 할퀴어대지 않는다.

그렇게, 사람은 익숙해지는 것이다.

이제는 그리움. 죽은 이들의 잠을 방해하지 않을 정도로 조용히, 아주 부드럽게 그리워한다. 아주 가끔 예상치 못한 광경-이를테면 길에서 아이를 어르는 어머니의 모습을 보거나, 공원으로 소풍 나온 단란한 가족들의 모습을 보는 사소한 일들-에서 울컥 뭔가가 복받쳐 오르는 경우가 있긴 하지만 그 빈도는 줄어들어 가고 있다.

하지만 지금은 예외로 하자 싶었다. 지금 이곳에서 눈물이 나는 것은 예외로 하자고 태희는 스스로와 타협했다. 이렇게 변하지 않은 엄마의 공간과 만날 거라곤 짐작 못 했으니까.

툭툭 흘러내리는 눈물을 닦지 않고 물끄러미 화장품만 바라보고 있는데 문득 문이 열리는 소리가 났다가 조용히 닫혔다. 소희가 뭔가 말하러 왔다가 자리를 비켜준 모양이었다. 부끄러울 건 없었지만 태희는 자리에서 일어났다. 손등으로 눈물을 훔치고는 화장품을 원래의 자리에 갖다 두었다. 빗이 보였다. 거기에 엉켜 있는 머리카락 몇 올도 보였다. 그 옆으로 자신과 엄마, 재경이 함께 찍은 사진이 끼워져 있는 액자가 있다. 제주도 여행 때. 비행기를 처음 타 본 어머니가 무척 긴장하던 모습이 순간 선명하게 떠올랐다.

"즐거웠지. 그때는."

그래. 그것은 좋은 추억이었다. 지금은 좋은 추억이 있는 페이지만을 다시 읽어보는 것으로 충분하다. 언젠가 더 시간이 흐른 후에는 그렇지 않은 기억이 있는 페이지도 열어볼 날이 있으리라. 그 역시 조용히, 부드럽게.

방에서 나온 뒤 태희는 설마 하면서 원래 자기 방이었던 곳의 문을 열었다. 화악 코끝에 전해진 것은 라벤더 향기. 바뀐 것은 몇 가지 없었지만 너무도 존재감이 뚜렷했다. 침대 머리맡 위에 걸린 벚꽃 그림. 짙은 보라색의 시트. 그리고 자신의 화장품 옆에 나란히 놓여 있는 재경이 쓰는 스킨, 로션 병.

태희는 침대에 앉아 머뭇머뭇 시트를 쓸어 만졌다. 베개에 손을 뻗어 보았다. 그가 좋아하는 타입의, 너무 부드럽지 않은 적당히 탄탄하고 낮은 베개. 한참을 바라보다가 뺨을 대 보았다. 몸이 스르륵 침대 위로 쓰러졌다. 눈을 감고 중얼거렸다.

"재경이다. 재경이야. 이렇게 한 가득……너를 느낄 수 있어. 굉장해."

행복에 겨워 한동안 감격해 있었다. 그러다 퍼뜩 똑똑 문을 두드리는 소리에 고개를 들었다. 소희가 문가에 서서 씩 웃고 있었다.

"낮잠은 좋은데 난 그만 가봐야 해서. 너도 같이 간다며?"

"낮잠? 내가 잤어?"

"말이라고 하냐. 잘도 자더라. 너무 곤히 자서 깨울 수가 없었어."

"말도 안 돼. 잠깐 눈 감고 있다가 뜬 것 같은데……."

"시계를 보세요. 내가 왜 거짓말을 하냐?"

소희의 말대로 시계를 보니 분명해졌다. 조금 어처구니가 없어서 웃음이 나왔다.

"세상에. 내가 진짜 잤네."

"그렇대도. 어떡할래? 난 어차피 일하러 가야 해. 넌 여기 있어도 될 것 같은데. 재경이가 와서 널 보면 입이 째지겠지. 이런 그러고 보니 안 깨우는 게 좋았으려나?"

태희는 머리를 쓸어 넘기면서 소희의 말을 생각해 보다가 그대로 자리에서 일어났다.

"가자. 승운이한테도 간다고 말했잖아, 네가."

"그 녀석이야 재경이한테 비하면 우선순위가 밀리지. 천국에서 지옥까지의 거리만큼이나. 신경 쓰지 마. 서운해 하지도 않을 거다."

"쿡쿡. 그래 알아. 그러니까 맘 편히 봐도 되겠지."

"으엥? 그럼 재경인 우선순위가 너무 높아서 밀리는 거냐?"

"글쎄. 어쩐지……."

"어쩐지 뭐?"

"아냐, 아무것도."

설명하면 소희가 비웃을 게 뻔히 보여서 태희는 얼버무리며 소희의 팔을 잡아 이끌었다. 결국 아무것도 챙기지 못하고 집을 나가게 되었다.

클라우드 캐슬은 여전했다. 카페 안의 푸른 장미들. 곳곳에 자리한 독특한 다기들. 손님은 예전보다 더 많아진 느낌이었지만 커피는 변함없이 맛있었고 승운은 장미처럼 고왔다.

"남자로 두기 아까울 만큼 예쁜 건 여전하구나."

오늘은 일하는 날이 아닌데도 일부러 태희를 보러 나온 승운과 함께 테이블에 앉았을 때 태희가 활짝 웃으며 감탄스럽다는 듯 말했다.

"스트레스 없이 적절한 즐거움을 누리며 살고 있으니까. 나야말로 놀랐어. 혼자 고생하고 왔으니 비쩍 마른 굴비처럼 됐을 줄 알았는데 오히려 얼굴에서 광채가 나네."

"그래? 한국에 왔더니 하루하루가 너무 즐거워서 그런 모양이야."

"이야, 예쁘다는 공치사에도 얼굴도 붉히지 않고. 이제 어리바리 태희는 졸업이구나."

"정글의 세계에서 살아남으려면 수줍어하고 뒤로 빼고 있을 시간이 없더라구."

"약육강식?"

"적자생존. 강한 사람은 비굴해질 필요가 없다는 걸 절절히 깨달았지."

그럴듯하다는 듯 승운도 고개를 끄덕였다. 그의 뒤로 소희가 열심히 커피 서빙을 하러 다니는 게 보였다. 눈으로 보지만 역시 신기해서 태희는 쿡쿡 웃었다.

"소희 일은 잘해?"

"처음엔 껄렁거리더니 일을 배우니까 야무지더라. 저 녀석 완전히 일당백이야."

"우와, 멋지다 내 친구."

"너 오면 바통 터치한다고 옛날부터 노래를 하던데 그럴 생각이야?"

"엇, 뭐야. 그 걱정스럽다는 표정은? 염려 놓으셔. 일당백인 소희 빼고 그 자리 꿰어 찰 생각은 없네요."

"아르바이트 안 구해? 설마 이제 이런 시시한 일은 못 하겠다는 거야?"

"시시하다니 이 일 재밌었어. 그런데 한다면 난 역시 주말 저녁이 좋아. 평일엔 과외자리를 알아볼 생각이야."

"과외? 무슨 과외?"

"우선은 영어 생각하고 있어. 무조건 빨리 익히는데 급급했더니 지금 생각해 보면 체계라든가 그런 게 영 뒤죽박죽이거든. 남한테 가르쳐주면서 나도 다시 배운다는 생각으로 정리 좀 해보려고."

"호오. 전엔 과외 소리만 해도 그럴 실력이 아니라고 펄쩍 뛰더니만."

"그때는 두렵기만 했는데 지금은 해볼 만하겠다 싶어."

갸름한 초승달 모양의 눈썹을 살짝 들어 올리는 태희에게선 자연스레 당당함이 묻어났다. 우아하게 얼굴을 따라 흘러내리는 웨이브 진 머리가 세련되게 어울리는 것만큼이나 웃고 말하는데 전보다 더 스스럼이 없어진 게 확실히 느껴졌다. 그녀는 분명 한 겹의 껍질을 벗고 더 성장했다고 생각하면서 승운은 싱긋 웃었다.

"배워 온 것은 어학실력과 자신감인가?"

"덤으로 여기도 좀 똑똑해졌을걸?"

자기 머리를 손가락으로 가리키며 태희가 말했다. 승운은 감탄했다.

"설마 천재가 됐다는 말씀?"

"에이, 돌고래에서 인간으로 진화 중이지."

"니들은 언제부터 모이면 만담을 하게 됐냐?"

불쑥 둘 사이에 고개를 들이민 소희가 상당히 불만스런 표정으로 물었다. 승운은 짐짓 생각해 보는 척하더니 태희를 보면서 말을 꺼냈다.

"우리가 같이……."

"시간을 낚을 때부터?"

뒷말은 태희가 이어받았다. 제대로 이심전심이라 둘 다 씩 웃었다. 소희는 뭔가 소외감을 느끼면서도 기어코 두 사람의 대화 속으로 끼어들었다.

"윤태희, 너의 종자기는 나란 말이지? 근데 어째 이 녀석이랑 더 죽마고우처럼 보이냐?"

"물론 내 종자기는 너고 이 예쁜 녀석이랑은 이따금, 아주 이따금 파장이 맞거든."

"파장?"

고개를 갸웃하는 소희를 두고 태희는 승운에게 말했다.

"혼자 있어보니까 너도 보고 싶더라. 그래서 마음을 바꿨어. 친구하자, 조승운."

언젠가 승운이 그랬던 것처럼 오른손을 내밀면서 태희가 웃었다. 그 손을 물끄러미 쳐다보다가 승운이 한숨을 쉬었다.

"마침내."

그가 손을 뻗어서 태희의 손을 잡았다. 한 차례 꽉 악수를 한 뒤 하이파이브를 하듯이 손바닥을 마주치고 승운은 기진맥진하다는 표정으로 테이블에 얼굴을 기댔다.

"이렇게 귀한 친구를 두게 될 줄이야. 너랑 친구 한 번 하는데 하도 오래 걸려서 이젠 다른 친구 구할 힘도 없을 것 같아."

"저런, 그래서 쓰나. 나랑 친구하자우, 동무. 물론 쿠키랑 음료는 무한 리필에 공짜로 제공한다는 단서가 있긴 하지만 이 녀석보단 내가 백배는 낫다."

소희가 승운의 등을 철썩 때리면서 음흉하게 웃었다. 고개 돌린 승운이 투덜거렸다.

"난 봉이 아니거든? 유유상종 알지? 꽃은 꽃을 알아보고 미남은 미녀를 알아본다. 나 같은 꽃미남에겐 이 정도의 꽃미녀가 아니면 어디 가서 친구라고 하기 부끄럽다고."

"내가 뭐 어때서! 이 녀석이 서시면 나는 양귀비 급이란 걸 모르겠냐?"

"그러니까 그 말은 네가 이 녀석에 비하면 현격히 뚱뚱……. 아야!"

"오호호호홋! 사장이고 뭐고 오늘 내가 사람 하나 죽이고 은팔찌 찬다."

소희는 냅다 승운의 뒤통수를 갈겨 말을 끊은 뒤 헤드록을 걸어 승운의 목을 졸라댔다. 태희는 이 모든 소란을 흐뭇하게 바라보았다. 이렇게 떠들썩하게 마음 놓고 즐거운 시간을 보내게 된 게 얼마 만인지. 눈앞에서 몽구스와 코브라가 한 판 전쟁을 하는데도 홀짝홀짝 커피를 마시며 유유히 즐겼다. 그녀는 분명 예전의 윤태희에서 한 단계 업그레이드 했다.

태희가 그렇게 우아하게 커피를 마시는 동안 재경은 헬스클럽에서 운동을 마치고 아파트로 돌아왔다. 평소보다 삼십 분 정도 오버를 했더니 운동을 한 뒤인데도 몸이 나른하게 느껴져서 반신욕을 좀 해야겠다는 생각이 들었다. 욕실에 가서 물을 받기 시작하고 주방에 가서 얼음을 채운 물을 한 컵 가지고 거실로 돌아왔다. 소파에 앉으면서 TV를 켜다가 그 위에 있는 그림을 보고 살짝 웃으면서 중얼거렸다.

"다녀왔어. 오늘은 어째 평소보다 졸린다. 몸살 기운이 있는 걸까?"

물을 마시면서 물끄러미 그림 속 태희의 얼굴을 보다가 또 혼잣말을 하면서 일어났다.

"알았어. 아프면 안 되지. 너한테 아프지 말래 놓고."

약상자를 찾아내서 건성으로 안을 뒤적이다가 아스피린이 보여서 한 알 꺼내 삼켰다. 그리고는 물을 들이켜다가 문득 재경은 눈살을 찌푸렸다.

자신의 방문이 조금 열려 있다. 나갈 때면 항상 한 번은 돌아보고 문이 다 닫혀 있는지 확인하는 버릇이 있는 그였다. 오늘은 잠깐 실수했나 하고 무시하려다가 역시 마음에 걸려서 방으로 향했다. 문을 열자 보인 어두운 방 안은 평소와 다를 바가 없다. 불을 켠 뒤에 좀 더 유심히 구석구석까지 살폈다. 역시 별다를 바가 없다.

이 무슨 노파심인지. 컨디션이 안 좋긴 한 모양이다. 쓸데없는 걱정을 다 하고. 조금 허탈해져서 재경은 침대에 털썩 드러누웠다. 이마에 팔을 올리고 천장을 쳐다보다가 눈을 감았다. 목욕을 해야 하니 자면 안 된다고 다짐해 두다가 불현듯 재경은 몸을 일으켰다.

그의 표정이 굳어졌다. 기묘하다는 표정으로 자신이 누워 있던 자리를 보다가 눈을 가늘게 뜨면서 천천히 몸을 굽혔다. 베개에 얼굴이 닿을 정도로 가까이, 그러다가 푹 얼굴을 묻고는 숨을 깊이 들이쉬었다.

다르다. 방향제로 놓아둔 라벤더 향을 자신이 모를 리가 없다. 이것은 향수 내음에 가깝다. 그가 가끔, 단순히 기억하는 것에 만족하지 못할 때쯤 마개를 열어서 코끝에 대어보거나 손목에 뿌려보곤 한 라벤더향 향수처럼 달콤한 향.

"내가 최근에 향수를 뿌리고 잔 적이 있던가?"

기억을 되짚어 보면서 무심코 베개 위를 쓸어 만져보던 재경의 손에 아주 가느다란 무언가가 묻어 올라왔다. 숨 쉬는 것조차 잊고 뚫어져라 그것을 응시했다.

까맣고 긴 머리카락 한 올.

얼마나 오래 그러고 있었는지 재경 자신도 모른다. 그러다가 재경은 그것을 손에 쥔 채 벌떡 일어났다. 거실 테이블에 둔 핸드폰을 가지러 한 달음에 뛰어갔다. 다짜고짜 누군가의 번호를 찾다가 갑자기 머리를 저었다.

"아니지, 소희는 안 돼. 거짓말을 할지도 몰라. 그럼 역시 그분에게."

전화는 모란 여사에게 걸었다. 연결이 된 것은 그 뒤로 사십 분 정도가 흐른 뒤였다. 오페라 관람 중이라 전화를 받기 곤란했다는 모란 여사에게 다짜고짜 재경은 본론을 물었다. 태희가 아직 일본에 있는지. 모란 여사는 잠깐 침묵하더니 이렇게 대답했다.

「어머? 아직 태희 양과 못 만난 건가요?」

짐작이 사실이었단 것에 그만 재경의 다리에 힘이 풀려 버렸다. 털썩 소파에 주저앉는 재경에게 부인의 놀리는 듯한 목소리가 이어졌다.

「이상하네. 도쿄와 서울 사이니 시차적응 중일 리도 없고.」

"언제……. 언제 들어왔나요?"

「음. 엊그제니까 27일이죠? 내가 일정이 있어서 그날은 가볍게 차 한 잔밖에 못 하긴 했지만 조만간에 집에 들른다고 했는데 그때 아드님도 불러줄까요?」

모란 여사는 최대한 점잖게 말씀하시는 모양이었지만 말의 곳곳에 즐거워하는 기색이 역력했다. 재경은 뭔가 이런저런 말을 한 후에 전화를 끊긴 했지만 자신이 무슨 말을 했는지 도통 인식하지도 못했다.

얼마 동안 방전상태처럼 멍해 있다가 소파에 깊이 몸을 묻으면서 기대앉았다. 눈에 또다시 TV 위에 걸린 그림이 보였다. 더 이상 재경의 표정은 아까와 같이 온화하지 않다. 한참 만에 그의 입에서 믿을 수 없다는 중얼거림이 흘러나왔다.

"돌아왔어? 돌아왔으면서 나한테 아직도 연락을 안 해?"

욕실에서 욕조 밖으로 물이 흘러내리는 소리가 들려왔지만 그 소리가 재경에게 어떤 의미를 갖기까지는 상당히 긴 시간이 소요되었다. 이윽고 그가 소파에서 일어날 때 내내 굳어 있던 그의 입이 다시 한 번 열렸다 닫혔다.

"윤태희. 네가……이렇게 나온단 말이지."

2. 오해

결과적으로 또 재경에게 연락을 못하고 날이 바뀌었다. 개학일이 되었다. 날씨는 여느 때의 이 무렵이 그랬듯이 봄이라고 말하기 곤란할 만큼 추웠다. 그래도 하늘은 쨍하니 맑고 공기는 산뜻했다. 새벽녘에 잠깐 비가 내려서 황사가 한풀 약해진 고마운 날이었다.

학교로 가는 내내 소희가 운전을 잘못 배웠다는 걸 절감하면서 태희는 좌석 위의 손잡이를 꼭 잡고 긴장해 있었다. 어쩌자고 이런 애를 합격시켜줬는지 그 시험장 감독관 뒷조사가 필요하다는 생각도 했다.

사람들로 넘치는 대학교가 너무도 반가웠다. 파일 케이스를 꼭 끌어안고 소희와 교정을 걷고 있노라니 막 대학에 입학한 것처럼 설레기까지 했다.

"목련 피었어, 소희야. 전에 왔을 땐 꽁꽁 다물고 있더니 이제야 겨우 반쯤 피었네."

"네 눈에 보이는 건 아직도 꽃뿐이냐? 혼자 동화 속에서 거니는 버릇은 여전하구나."

타박을 하면서도 소희의 눈 역시 태희가 가리킨 목련에 머물렀다. 예뻤다. 작년에 입학했던 무렵에 보긴 했을 테지만 꽃이 피었는지 어쨌는지 무심히 지나쳐서 올해 처음 본 것처럼 신선했다. 지난 일 년간 그렇게 원하던 대학에 다니면서도 문득문득 쓸쓸해서 주위를 둘러보곤 했던 소희는 지금 옆에 태희가 있는 게 너무 좋아 갑자기 눈물이 났다. 팔짱을 끼고 있던 태희의 팔에 확 힘을 주면서 소희가 으르렁거렸다.

"너 이젠 혼자서 멋대로 멀리 떠나기 없기다. 다음에 유학 갈 때는 나랑 함께 가기야."

"그래. 그래. 근데 다음엔 어디로 가지?"

"프랑스! 가서 넌 불어를 배우고 나는 예술에 심취하는 거야!"

"헤에, 그거 좋은 생각이네."

둘은 그렇게 팔짱을 낀 채로 다리가 아프도록 학교 안 여기저기를 돌아다녔다. 그러다 강의 시간에 쫓겨서 열심히 뛰어가면서도 입은 말을 하느라 쉬질 않았다.

오전에 들어본 세 개의 강의에 대해서 이야기하면서 점심을 먹은 뒤 2시에 있는 법대 쪽 교양 수업에 들어가게 되었다. 어차피 학부가 달라서 교양수업 정도를 같이 듣는 게 고작인데 태희가 고른 두 개의 수업은 둘 다 법대 관련 교양이었다. 게다가 그녀가 짠 예비 수강신청 희망 목록을 보면 법대 쪽 수업이 절반을 차지했다.

"나 이런 건 자신 없는데 왜 갑자기 법이야?"

"여러 가지로 생각 중이야. 그 중 하나가 졸업한 다음에 로스쿨에 들어가는 거거든."

"로스쿨!"

놀란 소희가 큰 소리로 외치는 바람에 태희는 얼굴을 붉히며 소희의 입을 틀어막았다.

"생각 중이라고. 이번 학기랑 다음 학기에 수업을 몇 개 받아보면서 과연 적응할 수 있을지 테스트해 볼 거야."

"로오오오 스쿨? 판사? 변호사? 검사? 무슨 바람이냐, 대체?"

"글쎄. 꿈이 좀 더 자세해지면 말해 줄게. 지금은 그냥 두루뭉술해."

"이야……. 난 네가 그런 생각을 했다는 자체가 놀랍다. 믿어지질 않아. 불과 몇 년 전엔 도서관 사서가 지상 최대의 소명이라고 생각하던 애가 혼자서 외국도 나가고, 돌아와서는 불쑥 로스쿨 이야기를 하고. 이거야말로 상전벽태!"

"상전벽해겠지. 그만 조용히 하고 수업 준비하자고, 소희 양?"

백 명 정도가 수업 받을 수 있는 강의실 안은 사람들로 북적였지만 소희의 목소리가 유난히 커서 사람들이 자꾸 쳐다보는 것이 태희는 난처했다. 그게 아니라도 사람들이 쳐다볼 이유는 충분했지만 여전히 거기까지는 생각이 미치지 않았다. 사람들의 시선 따윈 아무래도 좋고 태희가 갑자기 꺼낸 로스쿨 발언의 여파로 열심히 태희의 미래 예상도를 수정하고 있던 소희에게 막 오른편 옆으로 지나가는 누군가의 모습이 눈에 들어왔다.

소희의 눈이 동그래졌고, 황급히 옆자리의 태희를 돌아보았다. 태희는 자꾸 흘러내리는 머리카락을 귀 뒤로 넘기면서 펼친 노트에 별 의미 없는 낙서를 하고 있었다. 소희는 어버버버버 하는 표정으로 태희에게 말을 걸려고 하다가 다시 홱 문제의 인물을 쳐다보았다.

보지 못한 사이에 머리가 상당히 길어 목을 덮었다. 쌀쌀한 날씨 때문에 걸친 검은 피코트 너머로 그가 손에 든 PMP가 보였다. 아마도 주식 차트를 보는 걸 거라고 짐작하면서 소희는 그 뒤통수를 빤히 쳐다보았다. 아무리 사람들에게 눈길조차 안 줘도 그렇지 태희가 같은 강의실에 있는데 주식이 눈에 들어 오냐! 라고 속으로 외치고는 다시 태희를 쳐다보았다. 태희에겐 '네가 지금 낙서하고 있을 땐 줄 알아!' 라고 마음속으로 외쳤다.

그러나 두 사람 모두에게 소희의 텔레파시는 통하지 않았다. 아무 일도 없이 두 시가 지나더니 교수가 들어왔고 강의소개가 있었다. 다른 수업과 달리 거의 삼십 분 동안 법이 무엇인지를 주제로 추상적이기 짝이 없는 강의 아닌 강의까지 있었다. 교수가 어지간히 깐깐한 모양인지 바로 다음 수요일부터 정식 강의가 있을 거라고 알리고서 나갔다. 소희가 울렁증을 호소한 것도 당연한 일이었다.

"야, 나 이 수업은 안 돼. 벌써부터 멀미 나."

대충 작성해 놓은 시간표 중 '법과 사회' 항목에 크게 엑스자를 치고선 소희가 선언했다. 태희도 묘한 웃음을 지으며 애매모호한 세모 표시를 했다.

"뭐냐 그 세모 표시는? 들을 거면 듣고 말 거면 마는 거지."

"말 그대로 애매하거든. 자칫하면 전공 수업보다 더 힘들 거란 감이 오는 걸로 봐선 피하는 게 옳지만, 시작부터 겁을 주는 게 왠지 모르게 매력적이지 않아?"

"변태냐? 겁주는 과목이 뭐가 매력적이야?"

미간을 찡그리면서 노트를 덮고 일어나려던 소희가 무언가를 보고 황급히 자리에 앉았다. 그대로 발을 꼬고 느긋하게 포즈를 취하더니 누군가를 향해 손을 번쩍 들었다.

"여어, 한재경. 오랜만이다."

소희의 아는 체에 선선히 고개를 돌려 이쪽을 보는 재경을 태희도 보았다.

검은 피코트 속에 입은 건 진한 와인색 셔츠. 걸어올 때 보이는 바지도 검은색. 앞머리가 눈을 위태위태하게 가릴 만큼 길다. 조금 마른 것도 같다.

태희가 기억하고 있었던 것보다 더 크고, 더 압도적인 아우라. 처음에 그는 거의 무표정했다가 거리가 가까워질수록 미소 비슷한 것이 얼굴에 떠올랐다. 오른쪽 입술을 살짝 들어 올리며 눈이 가늘어졌다. 쏘아보는 듯 날카로운 시선이 태희를 꿰뚫을 것처럼 쏟아지다가 갑자기 방향을 틀었다.

"오랜만이군. 겨울 동안 곰처럼 동면이라도 한 모양이다, 넌."

"뭐가 어째! 감히 그따위 말을 입에 담다니 겨울잠에서 깬 곰한테 한 대 맞아볼……. 흠흠, 우리가 이런 농지거리를 할 때가 아니로구나. 자, 두 사람 오랜만에 보지?"

불끈 쥐었던 주먹을 간신히 펼친 뒤 소희는 애써 상냥한 표정으로 두 사람을 향해 손을 뻗었다. 누가 보면 중간에서 다리를 놔주는 뚜쟁이로 오해하게 생겼다. 재경은 태희를 힐끗 보더니 웃으며 말했다.

"왔어?"

"어? 어. 왔어. 아야, 왜?"

멍청히 대꾸하는 태희를 보면서 책상 아래에서 소희가 태희 허벅지를 모질게 꼬집었다. 갑자기 상황 파악이 안 되는 바보가 된 태희에게 소희가 눈을 부라리면서 크게 웃었다.

"오호호홋, 두 사람은 오랜만에 할 말이 있지 않을까나? 이 엄마는 눈치 없는 사람이 아니라 중간에 꼽사리는 절대 사절인데 말이야."

소희가 이 정도로 말을 했는데도 불구하고 태희는 가만히 소희를 쳐다보다가 노트를 보더니 중얼거리는 것이었다.

"다음 시간 예대 쪽 수업이잖아. 여기선 좀 머니까 어서 일어나야지."

"얌마, 지금 네가 그따위 수업이 문제냐?"

이를 갈면서 귓속말이라고 하기엔 지나치게 큰 귓속말을 하는 소희에게 재경의 건조한 목소리가 들려왔다.

"나도 다음 시간에 수업 있어. 나중에 보자."

"어? 오잉? 야, 가냐? 어이, 한재경, 진짜 가?"

어리둥절해져서 소희가 일어나기까지 했지만 재경은 뒤도 돌아보지 않고 강의실 밖으로 나갔다. 기가 막혀서 소희는 의자에 주저앉은 뒤, 아무래도 이상해서 고개를 갸웃했다.

"너희 둘 이미 만난 거지? 이야, 빠르다. 대체 언제 틈을 내서 만났냐? 그래도 그렇지 뭐가 이렇게 소 닭 보 듯이야? 태희야, 나 달라졌다. 예전처럼 너희 둘이 닭살 떤다고 손가락질하고 칼 찾으러 다니는 그런 나쁜 엄마 아니야."

"안 봤어. 오늘 처음 본 거야."

너무도 담담하게 태희가 대꾸하더니 가방을 챙겨 들고 일어섰다. 예대 수업을 위해 가면서도 소희는 분통을 터뜨렸다.

"그럼 뭐냐? 뭐가 이래? 둘이 싸우고 깨진 것도 아닌데 이게 무슨 시추에이션이야?"

"글쎄……."

태희가 건성으로 대꾸했다. 그녀가 뭔가에 깊이 생각에 빠진 것도 모르고 소희는 이럴 수는 없다면서 열변을 토했다. 일 년 반 만에 만나면서 수업 따위가 무슨 대수냐며 당연히 만나자마자 얼싸안고 보고 싶었다고 영화를 찍어대도 부족한 판이라면서 이해 못할 상황을 규탄하고 있는데 옆에 있는 태희는 내내 멍했다.

그러다 마침내 소희는 태희의 귀를 비롯해 양 볼이 발갛게 물든 걸 발견했다. 처음엔 멀쩡하더니 시간이 지날수록 그 홍조가 진해졌다. 쿡 옆구리를 찌르면서 소희가 물었다.

"야, 왜 그래?"

우뚝 멈춰 서더니 태희가 소희를 돌아보았다. 태희의 눈이 이글거릴 정도로 반짝여서 한순간 소희는 무서워졌다.

"소희야……."

"응? 왜? 무슨 일이야?"

"재경이……너무 멋있지 않니?"

"엥?"

"한 걸음 한 걸음 다가오는데 마치 무슨 조각상이 살아나서 걸어오는 것처럼 너무 근사했어. 그 기품 어린 얼굴, 날카로운 눈빛하며. 어떻게 그렇게 멋있을까? 난 그렇게 멋진 사람 옆에서 어떻게 숨 쉬며 살았던 거지?"

"……그래서 뭐냐? 너란 인간은 오랜만에 본 한재경이 너무 멋있어서 아무 말도 못하고 쳐다만 봤다 이거냐 지금?"

"목소리도 들었어. 연락하려고 전화를 걸었는데 들리는 목소리 때문에 심장이 떨려서 아무 말도 못했었거든? 근데 역시 전화는 좀 달라. 바로 앞에서 들은 목소리가 훨씬 더 좋아. 나한테 '왔어' 할 때 그 목소리 들었지? 어쩜. 아, 생각하니까 또 심장이 떨린다."

두 손을 지그시 가슴에 대고 볼을 붉히고 서 있는 태희를 보는 소희의 표정이 가관이었다. 머릿속에선 팔불출 어쩌고저쩌고하는 단어가 빙빙 맴을 돌았지만 입에서 나온 말은 훨씬 더 간결하고 직설적이었다.

"야 이 바보야아아아!"

본심을 말했다가 바보라고 구박받고 가방으로 얻어맞기까지 한 뒤 태희는 정신을 바짝 차리고 재경 생각을 그만두었다. 예대 다음 수업은 각자가 갈려서 태희는 발을 재게 놀려서 인문대 쪽으로 돌아왔다. 어지간한 강의가 자리가 다 차버리기도 했고, 너무 쉬운 과목은 시간 낭비가 될 거란 생각에 영문과 4학년 2학기 수업을 신청한 차였다. 들어가 보니 수업시간이 거의 다 되어 가는데도 사람은 고작해야 열 명이 겨우 넘었다. 이 과목 폐강되지 않을까 걱정스레 주위를 둘러보다가 교수님이 들어오는 걸 보고 자세를 바르게 했다.

막 강의소개서를 나누어주고 있을 때 문득 뒷문이 열리는 소리가 났다. 누군가가 들어오더니 태희의 뒷자리에 앉았다. 받은 프린트물에서 한 장을 빼고 뒤로 그것을 돌리던 태희는 그것을 받는 남자의 손을 보고 멈칫했다. 눈에 익은 반지. 힐끗 눈을 들었다가 움찔 놀란 뒤 목을 삐끗할 정도로 부자연스럽게 홱 돌아앉았다.

심장이 쿵쾅거리기 시작하면서 열이 확 올랐다. 말씀을 하시는 교수님의 목소리가 전혀 들리지 않았다. 그녀의 모든 신경은 바로 뒷자리에 앉은 재경에게 쏠려 버렸다.

첫 번째는 우연. 하지만 두 번째로 같이 듣게 된 수업도 우연일까?

재경의 숨소리가 들린다. 그가 뭔가를 쓰는 듯 사각거리는 펜 소리도. 의자가 삐걱거렸다. 자세를 고쳤나 보다. 조용해졌다. 뭘 하는 걸까. 문득 예전의 기억이 떠올랐다. 고등학교 때 짝꿍일 때 숱하게 본 모습들. 턱을 괴고 조금은 무료한 듯한 표정으로 선생님을 쳐다보거나 교재를 응시하고는 했었다. 지금은 아마도 교수님을 보고 있을 것이다. 앗, 그런 거라면 자신의 뒷모습도 얼마쯤은 보게 될 텐데. 머리가 단정하던가? 수업 들어오기 전에 화장실에서 한번 빗는 건데. 손이 슬금슬금 머리로 올라가는 것을 태희는 애써 자제했다. 이 머리 스타일이 마음에 들긴 할까? 맘에 안 든다고 하면 다시 생머리를 해야겠지. 그래도 이건 모처럼 선물 받은 머리인데. 어쩌나?

이런저런 고민에 고민을 거듭하면서 바짝 얼어 있는데 갑자기 주위의 사람들이 일어났다. 무슨 일인가 싶어 앞을 봤더니 교수님이 이미 나가고 없다. 들은 게 아무것도 없는데 이미 수업이 끝났다. 맙소사, 이 수업 어떻게 진행되는 거람? 놀라서 강의소개서를 쳐다보다가 퍼뜩 뒤에서 들려온 목소리에 또 한 번 놀랐다.

"들을 거야?"

"응?"

돌아보자 이미 자리에서 일어난 재경이 그녀를 보면서 묻고 있었다.

"이 수업 들을 거냐고."

"모르겠어. 우선은……보류라고 할까."

"담당 교수님 별명이 '리포트지옥'이야. 거기다 리포트는 모두 손글씨가 아니면 이유 불문 D."

"굉장하다."

"깜지 좋아하는 너한텐 천국일지도 모르겠네. 너 여전히 쓰면서 공부하지?"

"으, 응."

태희는 콧잔등을 누르며 웃었다. 어쩐지 싸늘했던 재경의 얼굴에 슬며시 번진 미소. 뒷문을 나서면서 그가 중얼거리는 목소리가 들려왔다.

"멍청이."

태희는 멍하니 그가 나간 뒷문을 쳐다보았다. 그의 구두소리가 유난히 크게 울리는 것 같아서 이상하다 생각했는데 알고 보니 이미 강의실 안엔 태희 혼자였다. 서둘러 가방을 들고 일어나면서 태희는 방금 전이 기회였다는 걸 뒤늦게 깨달았다. 아무렇지 않게 그와 인사를 하고 다시 일상을 시작할 수 있었는데. 자신은 또 넋 놓고 있다가 기회를 놓쳤다.

생각해 보면 첫날 공항에 들어와서 전화를 할 때부터가 문제였다. 비행기에 타기 전에 공항에서 먹은 햄버거가 얹힌 건지 속이 별로 좋지 않았다. 비행기에서 내린 뒤 가장 먼저 한 일이 안 좋은 속을 달랠 사이다를 마시는 거였다. 그러면서 바로 공중전화 쪽으로 뛰었다.

안녕, 나 한국에 왔어! 라고 깜짝 선언을 할 생각이었는데 먼저 놀란 게 위장 쪽이었던지 막 재경이 전화를 받았을 때 난데없이 딸꾹질이 나오고 말았다. 황당해서 수화기를 손으로 막고 어떻게든 진정해 보려는 사이에 재경은 몇 번이나 여보세요를 반복하다가 전화를 끊어버렸다. 겨우 가라앉히고 다시 전화를 걸었는데 잠잠해진 줄 알았던 딸꾹질이 더 크고 강하게 재발했다. 재경의 인내심은 그리 길지 않아서 또 한 번 전화가 끊어졌다. 물론 태희는 딸꾹질을 하면서 돌아왔다고 말하는 건 절대 있을 수 없다고 생각했다.

그때부터 본의 아니게 전화를 했다가 목소리 듣고 끊는 스토커 신세가 되었다. 이렇게 차일피일 미룰 생각은 절대 없었다. 하다못해 아까 처음 보았을 때라도 제대로 인사를 했어야 하는데, 뭐가 이렇게 흐지부지되어버렸을까.

"없네? 어디로 가버린 거지? 아, 모르겠다. 전화 하자."

어제 다시 개통한 핸드폰으로 재경에게 전화를 걸었다. 이젠 망설임이고 뭐고 없다. 그런데, 정작 재경의 전화가 꺼져 있다. 태희는 발을 동동 구르면서 울상을 지었다.

멀리서 재경은 그런 태희의 모습을 팔짱을 낀 채로 지켜보고 있었다. 입가에 싸늘한 미소를 담은 채로.

"이젠 전화 정도론 안 되지."

차갑게 내뱉고선 그대로 돌아서서 걸어갔다. 저도 모르게 뒤로 향하려는 관심을 기어코 눌러버리고 평소보다 훨씬 더 큰 보폭으로 걷다가 결국엔 뛰다시피 계단을 올라갔다. 오늘은 넘칠 만큼 태희를 보았다. 오 분이라도 더 그 모습을 보게 된다면 자존심이고 뭐고 없이 위험해질 쪽은 자신. 재경은 말로는 외면이라고 하면서, 실제론 도망가고 있었다.

태희가 쫓아와주길 바라면서 재경은 일부러 그날 밤 집을 비웠다. 그날에 이어 다음 날도. 물론 전화 역시 꺼둔 채였다. 학교는 필요한 수업만 받으면 바로 돌아와 버렸다. 이미 들을 수업은 정해져 있었고, 몇 개의 보류가 있을 뿐이다. 그 보류는 태희의 시간표를 본 뒤에 조정될 터였다. 그리고 그 시간표는 태희나 소희에게 묻는 일 없이 인터넷으로도 충분히 확인 가능했다. 태희의 학번은 말할 것도 없고 비밀번호 역시 그에겐 훤하다.

작년 한 해 동안 무료함을 달래기 위해 활동했던 주식투자 동아리에도 얼굴을 비치지 않았다. 인맥을 쌓아보라고 한 모란 여사의 권유에 따라 이것저것 건드려 보긴 했지만 꾸준히 활동했던 것은 그 동아리가 유일했다. 어설픈 우정 같은 걸 강요하지 않는 쿨하기 짝이 없는 개인주의자들이 모여 있는 터라서 상당히 편했다. 1학기는 거의 방관만 하다가 2학기에 들어 모의투자전 한 번, 실제투자전 한 번으로 재경은 동아리에 쓸 만한 화제성을 안겨주었다. 모 증권사에서 실행한 모의투자전에서 3등을 기록한 뒤에 약간의 텀을 두고 펼쳐진 다음 투자전에서는 실제로 주식투자를 해서 1등으로 마감을 했다. 움직인 돈은 모의투자전처럼 실제투자전에서도 초기 자금 일억이었고 수익률은 후자 쪽이 전자의 삼백 프로를 상회하는 압도적인 결과였다.

그 뒤로 주식엔 손대지 않았다. 일종의 도박 같기도 했고, 너무 쉬운 성공에 자만심이 생기는 건 어쩔 수 없었기 때문이다. 모란 여사가 한 가지 놀이에 너무 빠지지 말라고 충고해준 덕분에 그 어떤 실패도 없이 재경은 손을 털고 나왔다.

그 후 공부에 매진했지만 겨울이 되면서 부동산 경매라는 독특한 장난감을 손에 쥐고 무료한 시기를 나던 중이었다. 그 장난감은 모란 여사가 직접 쥐어준 것이었다. 보석이든 금이든 유가증권이든 별반 관심 없는 부인이 그나마 관심을 가진 게 있다면 그게 바로 땅이었다. 한경이라는 기업이 시간이 지날수록 더 기반이 단단한 알토란같은 기업으로 인정받았던 데에는 그 안주인인 모란 여사가 심심풀이 삼아 차곡차곡 모아들인 땅의 비중 역시 한 몫 하고 있다. 다른 두 아들이 땅에는 별반 관심이 없는 반면에 재경은 모란 여사의 조금은 고루하기까지 한 생각에 동조해 주었다. 기업은 배신해도 땅은 배신하지 않는다는 주의에.

본가에 들르는 일이 잦아진 것은 그런 이유도 한몫했다. 부인과 차를 마시며 나누는 대화는 공부가 되었다. 가끔은 부인이 지방에 땅을 보러 내려갈 때 동행해서 비서 역할도 했다. 일종의 도제수업 기간과 비슷한 느낌이었다.

금요일 오후에 본가에 들른 것도 그런 습관의 발로였다. 오수를 즐기다 일어난 지 얼마 안 된 부인이 늦은 점심식사를 하는 동안 재경은 옆에서 차를 마셨다.

하지만 차는 처음 나왔을 때 입만 대고 내려놓은 채로 턱을 괴고 정면에 보이는 창문 밖의 풍경을 멍하니 응시했다. 하얀 목련이 피어 있었다. 벌써 상당량이 져 버리고 남은 꽃들도 얼마 없다. 일주일 전이었다면 몰라도 이젠 볼거리가 없어진 나무였다. 물론 부인도 재경이 그 나무를 그토록 주의 깊게 본다고는 생각지 않았다.

상심한 사람처럼 그늘이 져 있는 눈빛. 그 이유를 짐작하는 부인은 슬쩍 웃으면서 숭늉으로 입을 가셨다. 그리곤 무심을 가장해 말을 꺼냈다.

"그러고 보니 저녁에 같이 오지 그랬어요? 혼자 올 게 아니라."

"네?"

백일몽에서 깬 사람처럼 몽롱한 눈으로 재경이 돌아보았다.

"태희 양이요. 저녁을 들러 오기로 했잖아요."

"아……."

"이런? 그런 일을 잊어버리면 쓰나."

"아뇨, 그런 게 아니라."

"설마 몰랐다는 건 아니죠?"

부인의 질문에 재경은 굳어진 표정을 감추지 못하고 침묵했다.

"아니면 설마하니……아직까지 제대로 된 연락을 취한 적이 없다거나?"

"저, 오늘은 이만 돌아가 보겠습니다."

재경이 대답을 회피하고 의자에서 일어나는 걸 바라보다가 부인이 고개를 저었다.

"화급한 일은 없을 테니 그냥 있어요. 나도 그렇지만 모처럼 회장님이 일찍 들어오실 거예요. 저녁식사 후에 장기 상대를 좀 해드리세요. 바둑은 몰라도 난 장기는 영 고역이라. 어미의 청을 거절하진 않겠죠?"

"저는 아무래도……."

머뭇거리는 재경을 보면서 부인은 한숨을 쉬었다.

"태희 양과의 식사는 별채에서 할 생각이에요. 묵어갈 방도 거기에 준비해 두었고."

그 말에 재경이 홱 고개를 들었다.

"태희가 오늘 자고 가기로 했나요?"

"음. 아무래도 이야기가 길어질 것 같아서요. 어차피 내일은 토요일이고 하니 학교 걱정도 없겠다 하루 이틀 묵어가는 게 문제일 건 없잖아요? 그 아가씨는 누구처럼 내 사소한 부탁을 거절하려고 하지는 않지요."

재경이 쓴웃음을 짓는 걸 보면서 부인은 자리에서 일어났다.

"그럼 식사도 마쳤으니 자리를 옮기죠. 오늘은 서재에서 담소나 하지요. 그러고 보니 참, 봄도 됐겠다 서재를 한 번 정리하려고 하는데 맘에 드는 책이 있다면 골라 봐요. 며칠 내로 어지간한 책은 근처 도서관에 기증할 생각이니까."

"그 많은 책 중에서 맘에 드는 책이라. 사막에서 바늘 찾기겠군요."
"보물찾기는 늘 재미있는 법이죠."
웃으면서 부인이 앞서 걷고 재경이 뒤따라 천천히 걸음을 옮겼다. 겉으론 적당한 평정을 유지하면서도 머릿속은 한 가지 생각에 어질어질해졌다.
태희가 오는구나. 와서 묵고 간다고. 어떻게 해야 할까? 이번에도 외면해야 할까? 아직 시간이 있으니까 좀 더, 좀 더 생각해 본 뒤에 결정하자.
그런 식으로 머무르고 싶은 마음을 변명하면서 재경은 자기도 모르게 시작된 갈증으로 마른침을 몇 번이나 삼켜야 했다.
그리고 일곱 시가 되기 오 분 전에 태희가 저택에 도착했다. 시어머니께 인사드리는 자리엔 최선을 다해야 한다며 소희가 도가 넘치도록 과하게 꾸며준 덕분에 머리끝부터 발끝까지 반짝반짝한 채였다. 모란 여사는 무척이나 흐뭇한 미소로 반겨 주셨다.
"귀국한 날에는 조금 피곤해 보여서 걱정했더니 오늘은 정말 좋아 보이는군요. 어서 와요. 시장하죠?"
"솔직히 말하면 오는 내내 배가 고파서 군것질이라도 할까 망설였어요."
"저런. 왜? 점심을 부실하게 먹었나요?"
"제 친구가 어른들은 복스럽게 잘 먹는 사람을 좋아한다면서 점심을 못 먹게 했거든요."
"어머나, 저런. 몰래 뭐라도 챙겨 먹지 그랬어요?"
"제 친구는 등 뒤에도 눈이 달려 있어요. 반란은 꿈도 못 꿔요."
"호호호, 그 소희라는 아가씨 언제 한 번 꼭 봐야겠네요. 퍽이나 호방한 여장부 타입일 것 같은데."
"여장부이긴 한데 살짝 독재자의 기미가 있다는 게 좀……."

소희를 화제로 두 사람은 한껏 유쾌하게 이야기를 하면서 별채로 향했다. 정원 포석을 밟고 걸어가는 두 사람 모습을 재경은 서재 창문의 커튼 사이로 내려다보다가 이내 뒤로 물러났다. 일찍 돌아오신 아버지와 식사를 하러 내려가야만 했다.

저녁으로 나온 것이 소꼬리 곰탕인 것을 보고 태희는 속으론 질겁했지만 몸보신을 위해서 특별히 준비한 거라는 부인의 말에 애써 웃으면서 수저를 들었다. 며칠 먹을 양을 따로 준비했으니 갈 때 가져가라는 말까지 듣고는 아연했을 정도다. 비위가 약해서 곰탕 종류는 입에도 대지 않는 태희가 단단히 각오를 하고 첫 한 술을 들었을 때 의외로 비리지 않은 맛에 깜짝 놀랐다. 그녀가 놀라는 걸 보고 모란 여사는 솜씨가 아주 좋은 요리사에게 부탁한 것이라면서 자신도 다른 곳에서 나오는 건 못 먹지만 이건 입에 맞아서 먹는다고 말했다. 그분이 누구냐고 물으며 대번에 비법을 배우고 싶다는 태희를 보고 또 한 번 부인이 웃었다.

시장이 반찬인 걸 논외로 치고서라도 정말 괜찮은 곰탕이었기에 태희는 한 그릇을 다 비우고 두 그릇째를 받아서 깔끔히 비웠다. 그 모습을 보면서 부인은 확실히 복스럽게 잘 먹는 사람이 예쁘긴 하다며 소희에게 선견지명이 있다고 칭찬했다.

식사를 마친 뒤에는 소화를 도울 겸 별채 옆에 있는 온실 정원을 거닐며 산책을 했다. 저녁식사가 혀의 호사였다면 부인이 가꾸는 갖가지 종류의 난을 보는 것은 눈의 호사였다.

"어머니껜 다녀왔나요?"

"네. 한국 들어온 다음날 아침에요."

한참 동안 말이 없던 모란 여사가 던진 질문에 태희는 가벼운 목소리로 답했다.

"이젠 좀 마음이 안정이 된 건가요?"

태희는 조금 웃고는 약간은 다른 방향으로 대답했다.

"가보니 꽃이 많았어요. 백합도 있고, 장미도 있고, 국화도 있더군요. 너무 호사하시는 거 아니냐고 살짝 엄마를 놀려 드렸어요."

시들지 않은 꽃들이었다. 누군가 꾸준히 다녀가 주었다는 생각에 태희는 기쁜 한편 부끄러웠었다. 자신은 첫 제사 때도 먼 곳에서 마음으로 빈 것밖에는 없었는데. 상처는 꾸준히 아문 반면에 후회가 될 기억도 늘어났으니 아이러니가 아닐 수 없다. 그때는 그게 최선의 방법이라고 생각했는데 지금은 또 조금 컸다고 유약했던 자신의 모습이 보인다. 단순히 시간의 치유력 때문인지, 성장의 결과인지 그건 아직도 모르겠지만.

빙 둘러서 걷다가 온실의 중앙에 있는 하얀 분수대 옆의 테이블로 갔을 무렵엔 어느새 대추차가 준비되어 있었다. 문이 열리는 소리도 못 들은 것 같은데 마치 마술처럼 생겨난 것 같아서 태희는 신기해하면서 자리에 앉았다.

"그래도 상당히 빨리 돌아왔네요. 난 이삼 년은 족히 생각하고 있었는데."

"저도 빨리 돌아온 거라고 생각했는데……. 그게 그렇지만도 않은 것 같아요. 제가 워낙 느려서인지 아니면 세상이 빨리 돌아가서인지 여기 오니 또 많은 게 낯설고 그러네요."

"재경이조차도?"

갑작스레 핵심을 찔러오는 질문에 태희가 놀라서 부인을 쳐다보았다. 재경이가 미주알고주알 말했을 리는 없고 어떻게 된 게 부인은 모르는 게 없다.

"태희 양이 없는 동안엔 의젓하다 싶을 만큼 잘 견디더니 요 며칠 사이에 아드님이 정서불안이네요. 툭하면 멍해지고 뭘 해도 제대로 집중하는 걸 못 봤어요. 오늘은 나한테 체스에서 내리 네 판을 지더군요. 의외로 승부욕이 강한 아이라 어미한테도 봐 주면서 게임하는 일이 별로 없는데."

곤혹스러운 듯 시선을 내리깔면서 태희는 손가락들을 만지작거렸다.

"어떻게 된 거죠? 아직 슬픈 생각에서 벗어나질 못한 건가요? 그래서 재경일 보는 게 불편해요?"

"아니요, 그건 아니에요. 이제 어머니 일은 그럭저럭 편안하게 볼 수 있게 되었어요. 원망이나 미움도 뭔가 거품 같은 거란 걸 깨달았어요. 그리고 정말로 사람의 기억이란 건 미화되는 건가 봐요. 시간이 지나면서 거품이 가시고 나니까 예전엔 별일 아니라고 생각했던 것들이 훨씬 더 즐겁고 예쁜 기억이 되어 떠오르곤 해요."

불안해 보인다 싶을 만큼 손가락을 만지다가 퍼뜩 두 손을 테이블 아래로 내리고는 태희는 자세를 고쳤다. 빙긋 웃으면서 부인을 향해 좀 더 밝은 어조로 말했다.

"그땐 제가 겪고 있는 일이 너무도 무거워서 주변 사람들조차도 보질 못했어요. 저는 나름대로 주변을 생각한다고 했던 행동들이었지만 그런 게 아니었어요. 제 상처만 봤던 것 같아요. 여기선 버틸 수가 없으니 떠나는 길밖에 없다고 믿었는데……. 어리광이었죠. 돌아온 저를 아무렇지 않게, 오히려 반겨주는 친구를 보니 너무 미안했어요. 근데 우스운 건 돌아와서 그 애의 얼굴을 보기 전엔 제가 미안한 짓을 했다는 것도 미처 몰랐다는 거예요."

부인은 가만히 태희의 말을 들으며 희미한 미소를 머금고 있다.

"아픔을 함께 해주려고 애썼던 사람들에게 이렇다 할 감사 인사도 하지 못했고, 제대로 된 의논 한 마디도 없이 그렇게 떠났던 게 얼마나 면목 없는 일이었는지 이제야 겨우 깨달은 거 있죠. 혼자서 정신없이 살면서 전 제 일만 생각했었지만, 누군가에게는 매우 가혹한 짓이 되었을지도 모른다는 생각을 비로소 했어요."

"좋은 일이군요. 혼자 있을 동안 한 뼘 크고, 돌아와서 또 한 뼘 크고. 그걸로도 좋은데 아직 뭘 망설이는 거죠?"

"친구에게 재경이가 어떻게 지냈는지 이야기를 들었어요. 그리고 재경이를 다시 만났을 때, 제가 기억하고 있던 것보다 훨씬 더 멋진 남자를 보게 되었어요. 잠깐이지만 숨을 쉬지 못할 만큼 감동해 버렸어요."

"내 아드님이 그토록 멋진 사람인 줄은 미처 몰랐군요. 그러고 보니 먼저 좋아한 쪽이 아드님이 아니라 태희 양이었나요, 설마?"

"네. 중학생일 때 보고 첫눈에 반해 버려서 같은 고등학교 가려고 무척 고생한 걸요. 짝사랑이었어요, 몇 년간."

"그런데다 이번에 또 반하게 되었다?"

"네. 강의실 안에 사람이 꽤 많았는데도, 제 쪽으로 걸어오는 재경이 혼자만 막 빛이 나더라니까요. 정말로 어떤 사람에게는 후광이 있나 봐요."

"호호호호, 아무래도 태희 양 눈이 이상한 것 같은데."

두 사람은 잠깐 동안 즐겁게 웃었다. 그러다 부인이 고개를 갸웃했다.

"그런데 그렇게 좋은 사람을 왜 아직 버려두는 거죠?"

"버려두다뇨. 그런 게 아니에요."

"그럼?"

태희는 어떻게 설명해야 좋을지 모르겠다는 표정으로 입술을 몇 번이나 핥다가 결국 적당한 말을 못 찾고 식은 차를 들어 잠자코 마셨다. 부인은 그런 태희를 물끄러미 응시하며 관자놀이를 꾸욱 누르다가 눈을 슬쩍 들어 올리며 말했다.

"내가 제대로 이해한 거라면 태희 양 마음은 떠나기 전과 달라진 게 없는 거죠? 여전히 재경이가 좋은 거예요."

"여전히……가 아니라 언제까지나 그럴 거예요. 재경일 좋아하는 마음은 과거에도, 현재도, 그리고 미래에도 변치 않을 거라고 자신해요. 오히려 더욱 깊어지겠죠."

"그렇다면 간단히 하죠. 이런저런 말 할 것 없어요. 다음 달 내 생일 파티에서 두 사람 약혼 발표를 하겠어요."

"네?"

태희가 놀라서 마시던 찻잔을 떨어뜨리고 말았다. 어쩔 줄 몰라 하며 테이블 위로 쏟아진 차를 황급히 티슈로 훔치고 있는데 부인은 태연히 말을 이었다.

"번거롭게 두 번 손님을 부를 필요도 덜고, 일종의 깜짝 이벤트 같은 성격도 될 테니 섭섭해 하지는 말아요. 약식이긴 해도 충분히 의의는 있을 거예요. 섭섭한 게 있다면 나중에 결혼하게 될 때 다 챙겨줄 테니까 그건 걱정 말고."

"……농담이 아니신 건가요?"

창백해진 얼굴로 태희가 묻자 부인은 어깨를 으쓱했다.

"그런 일로 농담을 다 할까. 전부터 했던 생각이에요. 돌아오면 이런저런 일 따질 것 없이 약혼부터 시키자고. 그 뒤론 내가 데리고 있으면서 수업도 좀 시키고 싶고. 미리 말해 두지만 내가 요구하는 신부수업은 상당히 고될 거예요."

태희는 한참 말을 잃고 눈만 급히 깜박거리다가 돌연 단호한 목소리로 말했다.

"약혼이라니 당치도 않아요."

그 목소리가 하도 결연해서 이번엔 부인이 놀랄 차례였다.

"당치도 않다?"

"죄송합니다. 절 아끼시는 마음 너무나 감사하지만 그 말씀은 거둬주세요. 이렇게 부탁드려요. 어머니."

어머니라고 부르면서 고개를 숙이는 태희의 모습에 모란 여사는 어리둥절한 마음이 한층 커졌다. 한참을 바라보다가 막 무슨 말인가를 물으려 할 때 얼핏 무슨 소리를 들었다. 이 온실정원에 익숙한 그녀는 그것이 온실 문이 닫히는 소리임을 알 수 있었다. 눈을 살짝 가늘게 뜨고는 다시 태희를 돌아보며 물었다.

"바라는 일이 아니었나요? 난 두 사람 모두에게 기쁜 일이 될 거라고 생각했는데."

"기쁠 거예요. 언젠가는. 하지만 지금 전 아무것도 없는 걸요."

"……태희 양."

"저에겐 가족은커녕 부도 명예도 지위도 없어요. 내세울 건 윤태희라는 인간 하나뿐인데 그것도 아직은 아니에요. 큰 세상에 나가 보니까 제가 얼마나 작은 사람인지 보였고, 그렇게 보인 제 모습이 얼마나 초라했는지 몰라요."

"부나 명예 지위, 가족 따위야 아무래도 좋은 일이에요. 나도 내 아드님도 태희 양에게 그런 걸 바라는 게 아니란 건 알 텐데. 그리고 완벽하지 못하다고 타박하지도 않아요. 차츰차츰 배우고 익혀서 더 나은 사람이 되는 걸 보는 즐거움이란 것도 있잖아요?"

태희는 고개를 숙인 채 쓸쓸하게 말했다.

"어차피 제가 아무리 발버둥 쳐도 신데렐라 꼬리표를 떼지 못하게 되겠죠. 사람들의 입에 오르내리는 일쯤이야 전 아무렇지도 않아요. 하지만 거기에 재경이는 물론 어머니도 영향을 받게 될 거란 게 걸려요."

"나와 아드님이?"

"지금은 제가 공부에만 힘을 쏟게끔 지켜봐 주세요. 저는 무언가를 이룰 거예요. 예전과 달리 지금은 너무 많은 기회와 가능성들이 눈에 보여서 어지럽긴 하지만 기쁜 마음으로 그 중에서 하나를 잡고 확실히 해낼 생각이에요. 제 전문 분야에서 버젓하게 인정받는 그런 사람이 될게요. 그때가 되면 제 존재가 누를 끼치지는 않을 거라고 믿어요."

그렇다면 지금으로선 누를 끼친다는 말을 하고 있는 것이다. 역시 자격지심? 아니다. 그것과는 약간 다른 것 같다. 이 아이의 속은 자신이 짐작한 것보다 더 크고 깊다는 것을 부인은 이미 알고 있다.

원래는 진흙투성이의 볼품없는 돌이었다. 하지만 진흙을 조금씩 걷어내면서 살짝살짝 드러나는 본 모습이 말을 잃을 만큼 아름다운 보석이었다는 동화 같은 이야기이다. 맑고 순수한 마음. 한 번 마음을 준 사람에게는 언제까지나 지고지순한 애정과 신뢰를 줄 거란 믿음을 주는 눈. 사람을 좋아하지 않던-솔직히 말하자면 싫어하는 편에 가깝던-재경이 놀랍도록 강한 열망으로 그녀를 품게 된 이유도 그런 눈을 보면 어렴풋이 짐작 가능했다.

박수 쳐주고 싶다. 자신의 딸이었다면. 후회가 없도록 원껏 멀리 뻗어나가 보라고 격려해 주고 싶을 정도다. 그렇지만 재경을 생각한다면.

"이런 이런. 태희 양이 이토록 탐욕스러울 줄은 몰랐는데."

"제가 탐욕스러워요?"

자신은 잘 모르겠다는 듯 천진한 눈을 하고 태희가 되물어왔다. 부인은 웃으면서 자리에서 일어났다. 온실을 나가면서 부인은 화제를 바꾸었다.

"그러고 보니 악기 배운 적이 없다고 했죠? 다음 주부터는 주말 오전에 여기로 건너와요. 피아노나 바이올린, 첼로 이런저런 걸 해보고 재능이 있는 것부터 차근차근 배우도록 해야겠어요."

"엇, 악기 쪽 재능이 제게 있을 거란 생각은 아무래도 안 드는데요."

"운동신경이 없다고 그런 재능도 없으란 법이 있나요. 음치는 아니죠? 노래 한 번 불러 볼래요?"

"예? 노래요? 여기서?"

"너무 갑작스러운 요청이었나? 좋아요. 그건 다음번에 기회를 줄 테니 준비해 와요. 조금 이르지만 난 이만 자러 가야겠어요. 내일 손님 접대를 하려면 푹 자둬야 할 테니. 그렇지만 태희 양은 벌써 자긴 그렇죠?"

태희가 손목시계를 보니 아직 아홉 시 반가량이었다. TV를 보거나 하면 된다고 괜찮다고 하는 태희에게 부인은 막 생각났다는 듯 이야기를 꺼냈다.

"그러고 보니 서재 구경을 하면 되겠네요. 여기저기서 들어오는 책이 워낙 많아서 1년마다 서재를 한 번씩 정리하지 않으면 곤란할 지경이거든요. 봄도 되고 마침 정리하려던 차인데 한번 둘러보고 마음에 드는 게 있다면 집사에게 말해 둬요. 못 본 책이 태반이고 봤다고 해도 한 번 정도가 고작이라 거의 새 책이니까."

"책이라. 와, 이거 잠을 못 이룰지도 모르겠네요."

반색을 하면서 태희도 부인과 함께 본관으로 걸음을 옮겼다. 서재가 있는 복도에서 부인과 헤어진 뒤 양쪽으로 열리는 문을 열고 안으로 들어서며 불을 켠 태희는 눈에 들어온 광경에 멈칫하며 입을 벌리고 굳어버렸다.

"서……서재가 아니라 도서관?"

이 정도면 어지간한 도서관은 저리 가라다. 책들이 빽빽하게 꽂혀 있는 짙은 마호가니 색의 서가가 2열 종대로 한눈에 그 수가 헤아려지지 않을 만큼 이어지고 있다. 바닥엔 두터운 양탄자가 깔려 있고, 책들이 햇빛에 상하지 않게 창가에 드리워진 커튼도 두터운 벨벳이었다. 정말로 잘하면 책만 둘러보다 밤을 새우게 생겼다고 침을 꿀꺽 삼키면서 태희는 홍조를 띄우며 사방을 둘러보았다.

"이런 서재 나도 언젠가 꼭 갖고 싶다."

춤을 추듯이 서가 사이를 거닐면서 태희가 중얼거렸다. 이 속에서 마음에 드는 책을 가져갈 수 있다고 생각하니 몇 날 며칠은 먹지 않아도 될 것처럼 가슴이 설레었다.

"그래도 너무 많이 가져갈 수는 없으니까 다섯 권……아니 열 권. 아니 스무 권, 에이 이렇게 된 거 오십 권도 좋다. 묶어서 택시 타고 가지 뭐."

그렇게 결정 내리고 열심히 책 제목들을 살펴보기 시작했다. 지난 일 년 반 동안 읽은 책은 어학 관련 공부 쪽 말고는 『잃어버린 시간을 찾아서』가 유일했다. 그 사이 나온 신간들이다 보니 다들 새롭기 짝이 없어서 태희는 이내 주위에서 전쟁이 나도 모를 만큼 깊이 책에 빠져버렸다.

그러다 목이 뻣뻣해서 고개를 들었을 땐 어느새 자정이 되기 삼십 분 전. 서재의 절반 정도도 못 봤는데 한번 들춰보자고 생각하며 빼낸 책들이 발치에 수두룩했다. 우선 이것 중에서라도 몇 권 골라내자 싶어서 서가 사이의 공간에 앉아 책을 읽기 시작했다. 시계가 없는 서재 안을 책장이 사락사락 넘어가는 소리와 태희가 흥얼거리는 노랫소리가 곧 채우게 되었다.

"눈물처럼 내리는 비속에 나는 너를 그리워하지. 떨어지는 꽃잎보다 더 슬픈 건 그를 보며 마음 아파할 슬픈 눈의 너. 버려진 건 나지만, 꽃잎 속에서, 이 빗속에서 너의 숨결을 느껴, 아직 난 괜찮을 수가 있어……. 아, 이 노래 오랜만이네. 하아, 그리워라."

한때는 계절이 바뀌도록 흥얼거렸던 노래인데. 그 그룹의 보컬이 재경일 닮았었는데 과연 지금도 닮았을지. 그것도 궁금해졌다. 'JD의 새로 나온 앨범을 살 것' 이라고 핸드폰 스케줄러의 내일 할 일 목록에 입력한 다음 다른 책을 들기 위해 손을 뻗던 태희가 움찔했다. 그림자가 졌다. 자신의 옆에 서 있는 누군가 때문에.

태희가 화들짝 놀라 돌아본 곳에 재경이 서 있었다.

"……재경아! 너도 오늘 오는 날이었어? 언제, 아 난 전혀 짐작도 못하고……."

횡설수설하면서 태희는 편하게 앉아 있던 자세를 급히 바꾸며 일어섰다. 양탄자의 감촉이 좋아서 슬리퍼를 벗어뒀는데 그게 어디쯤에 있는지 기억도 나지 않았다. 아마 카디건을 벗어둔 것도 같은 위치지 싶다. 민소매의 원피스 차림인 태희가 허전하게 드러난 두 팔을 앞에 모으고 그와 제대로 눈도 마주치지 못하고 당황스러워 하는 걸 재경은 고스란히 다 지켜보았다. 그가 메마른 목소리로 물었다.

"왜 날 안 봐?"

"응? 아. 좀 놀라서. 여기서 널 볼 줄 몰랐거든."

"단순히 놀라서야? 이젠 별로 보고 싶지 않은 게 아니라?"

"그럴……리가."

무슨 말도 안 되는 소리냐는 듯 고개를 들던 태희는 한 걸음 크게 다가오는 재경을 보고 자기도 모르게 놀라서 뒤로 물러났다. 뒤라고 해봤자 커튼이 쳐진 창. 벨벳 커튼이 맨살에 닿는 써늘한 감촉에 태희는 부르르 떨면서 손을 들어 자신의 몸을 끌어안았다. 눈은 정면에 있는 재경에게서 떼지 못했다.

어째선지 이루 말할 수 없이 위압적인 기운이 가득 느껴졌다. 단단히 굳어진 턱이나 싸늘한 안광을 숨기지 않고 드러내는 그의 눈을 보며 태희도 바짝 긴장하기 시작했다. 그가 화가 나 있다는 건 너무도 명백했다. 바지주머니에 넣고 있던 손을 뺀 재경이 그녀의 턱을 잡아 들어 올리면서 중얼거렸다.

"나는 보고 싶던데. 가끔은 짜증이 나서 돌지 않을까 싶을 만큼 보고 싶더라구. 이 얼굴이. 눈이며 코며 입술, 귀도 그렇고."

"나도……."

"머리가 많이 자랐네. 잘 됐군. 짧은 머리 별로였어. 윤태희하면 역시 긴 머리라야지. 그래야 이 숨이 막히게 청초한 얼굴이 돋보이잖아. 안 그래?"

태희의 말을 들으려고 하지 않으면서 재경은 자신의 말을 이어갔다. 턱을 잡았던 손이 천천히 미끄러지면서 태희의 가느다란 목을 감아쥐더니 재경은 고개를 숙였다. 숨결이 닿는 거리에서 눈을 물끄러미 응시하며 재경이 중얼거렸다.

"내가 없으면 멀쩡히 살 수 없을 거라고 말하더니 그건 결국 거짓말이었던 거야. 옆에 없어서 괴로워하는 건 내 몫일 뿐 넌 무사히 잘 지냈습니다, 하는 그런 스토리. 윤태희. 알고 보니까 너 독해."

"아니야, 재경아. 나도 너 보고 싶었어. 얼마나 보고 싶어 했는지 넌 말해도 몰라."

"거짓말. 연락 한 번도 없었던 주제에 말은 쉽게 하네."

그의 손에 힘이 들어가면서 순간적으로 태희는 숨을 쉬는 게 버거워졌다. 그녀가 고통스러워하는 모습에 재경의 손이 느슨하게 풀어지긴 했지만 손을 아예 치우지는 않았다.

"그래야 한다고 생각했어. 네가 나 찾지 않겠다고 한 말, 나중에 보자고 한 말, 난 곧이곧대로 해석했을 뿐이야. 내가 너 보고 싶다고 무작정 연락 하는 건 반칙이라고 생각했어. 그런 너도 내게 연락을 취하려고 한 적은 없잖아. 알려고 하면 알 수 있었지만 안 했어. 날 위해서 그런 거 아니었어?"

재경은 물끄러미 그녀를 쳐다보다 대답했다.

"난 벌을 받고 있었으니까."

"벌? 무슨……."

무슨 소리냐고 물으려는데 문득 서재의 문이 열리는 소리가 날카롭게 울렸다. 그러더니 메이드인 여자의 목소리가 들려왔다.

"도련님 혹시 여기 계세요?"

태희가 대답하기 전에 재경이 손으로 그녀의 입을 막았다. 얼마쯤 침묵이 흐른 뒤 메이드가 중얼거리는 목소리가 들려왔다.

"여기도 안 계시고 어디 계신담. 3층에 올라가봐야 하나."

문이 닫히나 싶더니 금세 다시 문이 열렸다. 불을 끄는 것을 잊지 않은 것이다. 스위치 누르는 소리가 세 번 연속으로 들리더니 순식간에 서재는 암흑 속에 가라앉았다.

갑작스레 찾아온 칠흑 같은 어둠에 태희는 본능적으로 두려움을 느끼며 재경에게 몸을 기댔다.

"재경아, 불을 다시 켜야……."

아직 입을 가리고 있는 재경의 손 때문에 태희의 말소리는 불분명했다. 손바닥을 간지럽히는 숨결에 움칫거리던 그가 손을 천천히 거두나 싶었다. 하지만 그 손이 태희의 머리카락 속으로 파고들었고 동시에 다른 손도 올라와 머리를 감싸면서 그녀의 고개를 뒤로 젖혔다.

태희가 일어날 일을 직감하고 눈을 감기 무섭게 재경의 입술이 겹쳐져 왔다. 처음엔 단순히 입술을 겹친 채로만 있었다. 그러다 재경이 희미한 신음을 내더니 태희의 입술을 맛보듯 부드럽게 입술을 움직이기 시작했다. 조금씩 움직이면서 방향이 바뀌고 위치가 바뀔 때마다 두 사람의 입술이 젖어들었다.

키스가 길어지면서 점차 다급해졌고 그럴수록 더 농밀해졌다. 몸이 기억하는 수순대로 태희가 입술을 열어준 순간 재경의 혀가 거침없이 안으로 밀고 들어와 태희의 혀를 빨아올렸다. 말캉한 혀가 한없이 부드러운데도 동시에 너무도 강렬해 태희는 흠칫하면서 전율했다.

태희도 어떻게든 그의 키스에 응해 주고 싶었지만 그의 요구에 따라가기가 벅찼다. 거기다 혀를 스쳐가면서 입술이 부딪혔다 떨어지는 일이 반복될 때마다 따라서 빚어지는 야릇한 소리들이 넓은 서재 안에서 부자연스럽게 크게 느껴졌다. 또한 조금씩 가빠지는 재경의 숨소리나 자신의 숨소리에 신경이 미치자 안 그래도 달아오른 태희의 얼굴이 새빨갛게 물들면서 그녀는 위축되고 말았다.

그런 가운데 밀착된 재경의 몸이 강하게 그녀를 압박해 왔을 때 태희는 몇 초쯤 숨 쉬는 것조차 멈췄을 만큼 바짝 얼어붙었다. 아랫배에 와 닿는 재경의 달아오른 남성을 분명하게 느꼈다. 곧 그녀가 정신을 차리고 한 일은 뒤의 벨벳커튼을 꽉 쥐고 있던 두 손을 들어 둘 사이에 조금이나마 간격을 만들려고 한 일이었다. 다른 장소도 아니고 재경의 본가, 그것도 서재에서 이런 일을 한다는 것은 있을 수 없다고 생각했다. 태희가 그를 밀어내는 것을 깨달은 재경이 입술을 떼고는 거친 목소리로 물었다.

"뭐 하는 거야?"

"여긴, 여긴 서재잖아."

이제 어둠 속에서도 식별이 되는 그의 날카로운 안광에 태희는 더듬거리며 대답했다.

"그게 뭐?"

신경질적인 반응에 이어 그가 다시 키스를 하면서 태희의 허리를 끌어당겼다. 발치에서 책이 차이는 소리가 났고 몸이 기우뚱한다 싶더니 태희는 가벼운 충격과 함께 양탄자 위에 밀쳐졌다. 두터운 양탄자가 그 소리를 흡수한 반면 태희의 몸을 덮어 눌러오는 재경과 태희의 옷이 천끼리 마찰하면서 발생한 바스락거리는 소리는 고스란히 공기 중에 노출되었다.

그의 어깨를 밀어내려는 시도도 해보기 전에 재경이 그녀의 두 손목을 잡아 머리 위로 올려 눌렀다. 원피스는 이미 바닥에 쓰러질 때 어느 정도 말려 올라가 있었고 한껏 모으고 있던 두 다리도 재경의 손이 내려와 사이를 파고 들며 마음먹고 힘을 쓰는 순간 속수무책으로 벌어졌다. 허벅지를 쓰다듬는 그의 익숙한 손길에 자기도 모르게 태희의 몸이 전율했지만 아직 이성이 훨씬 더 강하게 작용하고 있었다. 있는 힘껏 머리를 저어 그의 입술을 피한 순간 태희는 간절하게 부탁했다.

"재경아, 부탁이야. 그만둬."

멈출 것 같지 않던 재경의 몸이 그 말에 단번에 딱딱하게 굳어졌다. 그가 조금 몸을 일으키더니 태희를 내려다보면서 물었다.

"거절하는 거야? 날?"

"이런 식으론 싫어."

최대한 목소리를 가다듬으며 태희는 확실히 말했다. 재경이 짧게 웃었다. 메마른 웃음소리 뒤에 그가 얼굴을 바짝 기울이며 물었다.

"이런 식이 뭔데?"

"지금의 너, 무서워."

이렇다 할 이야기도 나누지 못한 상태에서, 아무런 준비도 없이 이런 식으로 안는 건 재경답지 않았다. 재경은 웃었다. 그러다가 뚝 웃음을 그치고 딱딱하게 중얼거렸다.

"난 네가 더 무서워."

그의 말이 무슨 말인지 몰라 어리둥절해진 태희를 두고 재경이 몸을 일으켰다. 발치에서 그녀를 내려다보면서 재경이 물었다.

"내가 더 벌을 받아야 하는 건가 보지? 아직도 내가 너한테 독일 줄이야."

그가 말하는 벌이란 게 무엇인지 태희는 아직 알 수 없었다. 그녀가 아무 대답도 하지 않자 재경은 돌아섰다. 그가 멀어져가는 기척을 어리둥절한 와중에도 분명히 느꼈다.

무슨 벌? 또 무슨 독?

아……이런. 벌은 몰라도 독에 대해서는 기억이 났다.

그녀의 생각이 무언가에 닿은 순간, 스위치 소리가 들리면서 서재 안이 아주 짧은 간격을 두고 환해졌다. 눈이 부셔서 태희가 손을 들어 가린 사이 문이 닫히는 소리가 났다. 태희는 눈을 가릴 손을 치우지 않은 채 그대로 누워 있다가 힘없이 중얼거렸다.

"역시, 그 소리는 하지 말았어야 하는데. 윤태희 바보. 멍청이."

3. 최후통첩

태희는 밤새 낯선 잠자리에서 뒤척이다가 날이 밝는 것을 보고 언제쯤 나가는 게 좋을지 재보고 있었다. 그러다 일곱 시 반에 본채로 건너가 식당에서 물을 청하면서 슬쩍 재경이가 일어났는지를 물었다. 돌아온 답은 이미 회장님과 함께 필드에 나가셨다는 거였다. 이렇게 일찍부터 골프를 하러. 부자들은 휴일조차 타이트하다는 걸 알고 놀란 것도 잠시, 재경과 이야기할 시간이 미뤄진 것에 대해서 섭섭함과 동시에 안도를 느끼는 자신을 보고 놀랐다.

여덟 시쯤에 식사를 하러 식당에 내려온 모란 여사는 이미 정원을 한 번 둘러보면서 꽃 손질을 한 후였다. 늦잠꾸러기는 이 집에서 발붙일 곳이 없다는 것을 다시금 깨달았다. 아침 식사를 한 뒤 점심때 오실 손님맞이 준비로 쿠키며 케이크를 모란 여사가 나서서 직접 준비하는 동안 태희도 거들면서 예전에 약속한 부인의 음식 솜씨를 확인할 수 있었다.

점심때 오신다던 몇 분의 손님이 모두 모이셨을 때 태희는 모란 여사가 말한 '작은 다과회'의 실상을 깨닫고 놀라서 이런저런 생각들을 다 잊고 말았을 정도였다. 손님으로 오신 분들은 각국 대사 부인들이었다. 영국, 독일, 일본, 중국 대사 부인까지 네 분. 대화는 주로 영어로 주고받았지만 종종 모란 여사가 일본어에 중국어, 독일어까지 구사하면서 각 부인들과 친밀하게 이야기를 나누시는 모습에 태희는 경외감까지 느꼈다.

태희도 시간이 지나 긴장이 풀어지면서 종종 손님들이 물어 오시는 질문에 자연스레 대답하게 되었다. 일본 대사 부인은 함께 한국에 온 자녀가 고등학생인데 나중에 만나게 되면 친하게 지내달라면서 친근하게 부탁해 오셨다. 이에 질세라 영국 대사 부인은 자신의 막내가 중학생인데 한국어가 많이 서툴다면서 개인지도를 해줄 수 없겠냐고 제안해 오셨다. 진심인지 해보시는 말씀인지 몰라 태희는 일단 생각해 보겠다는 말로 답했지만 나중에 부인들이 돌아간 뒤 모란 여사가 그 부탁을 거절하지 말라고 하셔서 깜짝 놀랐다.

손님들이 떠난 정원에서 오후의 햇살 속에 져가는 매화를 즐기면서 모란 여사는 즐거운 듯 입을 열었다.

"장사꾼은 장사로 돈이나 벌면 그만이겠지만, 사업가라는 위치에 선 이상은 정치를 우습게 여기면 자칫하다 큰코다치죠. 괜한 시기와 탐욕에 뒤에서 날아오는 돌도 왕왕 있고……. 정경유착의 덫에 걸리지 않으려면 아주 넓은, 그리고 치밀한 인맥의 그물은 필수예요. 회장님은 그 점을 소홀히 하는 면이 없잖아 있지만 다음 대의 한경 대표는 좀 더 사교를 즐길 줄 아는 사람이길 바라고 있어요."

"어렵네요. 사람들과 금세 친해지는 감화력 같은 게 있으면 좋을 텐데. 전 그런 건 영 고역이라."

"삼국지에서 나오는 유비란 인물도 그렇고, 한 나라를 세운 고조 유방 역시 사람을 끌어들이는 매력이 대단했다고 하죠. 하지만 그 정도까지 되라는 말은 아니에요. 사람 사귀길 어려워하는 사람에게도 장점은 있어요. 취약한 만큼 노력이란 걸 하니까. 사람 사이에 정성이란 것만큼 귀중한 요소는 없다고 생각해요."

"정성인가요?"

태희가 생소한 단어라도 되는 듯 천천히 중얼거리자 부인이 웃었다.

"사랑이나 우정 같은 고귀한 감정이 아니라 해도 이어나가야 하는 관계는 살면 살수록 많아지지요. 귀찮고 싫다는 생각에 피하자고 하면 한이 없을 만큼 말이에요. 그래서 나는 일종의 놀이라고 생각하고 있어요. 정성과 미소로 만들어가는 어른들의 놀이."

가만히 고개를 끄덕이며 태희가 부인을 응시했다. 너무도 자연스레 몸에 배어나는 우아함. 기품. 그런 건 타고나는 거라고만 생각했는데 그렇게 우아할 수 있는 겉모습 뒤에는 보통 사람들이 생각할 수 없을 만큼의 노력도 뒷받침되고 있음이 틀림없다. 그간 부인에게 느꼈던 고마움에 경외감이 섞여들면서 또 한 번 존경하는 마음이 배가되었다.

"후훗. 그러고 보니 이런 말을 태희 양에게 하지 않아도 이미 알고 있겠군요. 나와는 달리 태희 양에겐 소중한 사랑도 있고, 귀한 우정도 있으니 말이에요."

고개를 갸웃이 기울이고는 찻잔을 보는 태희에게 부인이 덧붙이듯 말했다.

"이미 배려심이 지나쳐 벽이 될 정도이긴 하지만요."

"……배려심 같은 거 지금은 전혀 없는 것 같은데요. 태어나서 살아온 시간 중에 지금처럼 저 자신에게만 집중했던 적은 처음이에요. 지금의 전 이기주의자라고 해도 할 말이 없을 정도예요."

부인이 빙그레 웃었다.

"내 생각인데 태희 양은 딱히 사춘기라 할 만한 것이 없이 자랐을 것 같아요. 조용하고 속 깊은 착한 딸 노릇에만 열심이지 않았나요?"

"이유 없는 반항 같은 건 못했죠. 엄마는 늘 지쳐 보였고, 그런 엄마에게 걱정을 더해 드리는 일은 상상도 할 수 없었어요. 가끔 마음이 하도 갑갑해서 대거리를 하고 나면 아픈 건 오히려 저였어요. 그래서 그만뒀어요."

"그럼 지금이 뒤늦게 찾아온 사춘기 비슷한 거군요."

해가 기울면서 붉게 노을이 지기 시작했다. 부인은 하늘을 올려다보고는 다음 주엔 좀 더 날이 따스해지면 좋겠다고 중얼거린 뒤 태희에게 말했다.

"스스로에게 관대해지는 게 좋아요."

수수께끼 같은 말에 눈만 깜박거리는 태희의 손을 부인이 지그시 잡아 주었다.

"이젠 해야 할 일들 말고 하고 싶은 일들만 생각해 봐요. 마음을 누르는 돌 때문에 정작 중요한 걸 놓쳐버리면 나중엔 애써 이뤄놓은 것조차 허망해질 거예요."

부인의 온화한 미소에 태희는 딱히 하고 싶지 않은 일을 억지로 하고 있는 것은 없다고 말하려던 걸 그만두었다. 부인이 지금 해주신 말은 숙제라는 느낌이 들었다.

마음을 누르고 있는 돌. 그리고 하고 싶은 일.

10분 단위까지 고려하면서 타이트하게 짜 놓은 공부 계획표를 오늘 하루는 완전히 잊어야겠다고 태희는 마음먹었다.

그 시각 재경은 스카이라운지의 바에서 술잔을 기울이며 타는 듯한 노을을 대하고 있었다. 바깥 풍경에 무심한 시선을 던져둔 채 머릿속으로는 다른 기억을 더듬고 있다.

재작년 겨울. 태희가 떠나버린 뒤 놀랍도록 덤덤히 잘 버티던 그가 방학이 되자 아파트에 틀어박혀서 거의 한 달가량을 두문불출했었다. 원래 추운 걸 싫어하고, 12월 거리의 캐롤송이나 바보처럼 들뜬 분위기도 좋아하지 않았다.

하지만 태희는 이상할 만큼 겨울에 관련된 것들을 좋아했다. 큼지막한 방울이 달린 털모자도 좋아했고, 벙어리장갑도 좋아했다. 서툴게나마 손수 뜬 머플러를 고2 겨울에 불쑥 재경에게 선물해 재경을 곤혹스럽게 만들기도 했었다. 물건 자체로만 보자면 머리에 총 맞은 게 아닌 이상 쓸 수 없다고 말하고 싶을 만큼 조악했지만 태희가 한 달 가까이 그것에 매달려 풀었다 다시 뜨기를 반복하는 걸 지켜본 이상 그가 사용할 수밖에 없었다. 하기야, 그가 그걸 두르고 학교에 나온 걸 보고는 태희가 앞으로 다신 사람들 앞에서 사용하지 말아달라며 울상을 짓긴 했다. 그 말 때문에 오히려 재경은 그 선물을 겨우내 애용하고 다녔다. 제발 다른 걸 차라며 태희가 꽤 값을 들인 장갑과 머플러 세트를 선물했지만 역시 먼저 준 선물에 밀렸다. 소희는 재경이 태희가 난처해하는 걸 보면서 즐기는 거라고 악독하다고 야단이었지만 사실은 더 큰 매력이 있었다. 누군가 왜 그런 걸 차냐고 물어올 때마다 여자친구 선물이라 어쩔 수 없다고 말하는 즐거움이 바로 그것이었다. 그럴 때 태희가 옆에 있으면 금세 볼이 빨개져서는 시선을 어디에 둘지 몰라 하고는 했다. 이중의 즐거움이었다. 과시이자 소유욕의 발로였달까.

겨울은 다른 계절보다 훨씬 즐거웠다. 몹시도 추위를 타는 태희의 손을 재경이 자신의 주머니에 넣어주면 그의 손을 꼭 잡으면서 몸도 바싹 기대 오고는 했다. 그래도 오들오들 떨 때에는 자신의 코트자락 속으로 덥석 끌어안으면서 인간 난로가 되어주기도 했다. 어김없이 태희의 얼굴은 홍조를 띄었고 그 모습을 보다가 참기 힘들 때엔 사람들 눈이 없는 장소까지 데려간 뒤 키스를 퍼붓곤 했다. 단 태희가 감기에 걸리지 않았을 경우의 특별한 즐거움이었다, 그건. 안타깝게도 윤태희와 감기는 떼어 놓기 힘든 전생의 원수 정도로 보였다.

크리스마스 시즌이 되어 트리가 곳곳에 세워지고 색색의 전구들이 거리의 나무들을 감싸 불빛의 성벽을 세우는 무렵이면 태희는 밝은 빛에 홀린 요정처럼 재경을 이끌면서 어디까지나 걸어가고는 했다. 그러다 눈이 내리기라도 하면 너무 좋아서 어쩔 줄을 몰라 했다.

같이 보낸 겨울은 불과 두 번인데, 그 기억이 재경의 겨울에 대한 기억을 거의 차지하고 말았다. 그래서 재경은 태희 없이 보내야 할 겨울 따위 필요 없었다. 아무 데도 가지 않고 아파트에서 겨울을 나는 것도 아예 불가능하진 않았기에 재경은 그렇게 했다. 두문불출하면서 한 달여를 아파트에서 책을 보고 공부를 하는 걸로 소일했다.

그런 재경을 어느 날 아파트에서 끌어낸 것은 모란 여사였다. 집사와 함께 아파트로 찾아온 부인은 이렇다 할 설명 없이 여권을 챙기라고 명령하셨고 언쟁을 하는 것도 귀찮아서 그냥 따라나선 재경이 공항에서 받아 든 것은 런던행 비행기 티켓이었다.

반나절에 걸친 비행 끝에 도착한 런던. 눈이 내리는 길을 기어가는 듯 느린 속도로 한 시간쯤 달리던 차 속에서 재경은 태희를 보았다. 방울 달린 털모자를 쓰고 큼지막한 점퍼와 부츠를 신고서도 추운지 어깨를 움츠리고 급히 걸어가는 그녀의 모습에 재경은 달리는 차 문을 열 뻔했었다. 부인이 차를 인도 쪽에 잠시 대어 달라 부탁해서 차가 멈추었다.

태희가 종종걸음으로 앞으로 걸어오면서 차와의 간격도 점차 좁아졌다. 그러다 태희가 걸음을 멈추었다. 혹시 날 알아본 건가 하고 재경의 눈이 커졌지만 태희가 본 것은 근처에 있던 나무에 드리워진 트리의 불빛이었다. 고개를 들자 얼굴에 눈이 떨어졌고 그걸 닦으려고 올린 손엔 하얀 벙어리장갑이 끼워져 있었다. 모자와 마찬가지로 너무도 익숙한 것들. 빨개진 얼굴로 하얗게 숨을 내쉬며 태희가 문득 웃었다. 그러더니 장갑을 벗고 맨손으로 발돋움을 하고 트리의 전구 하나를 살짝 만져 보았다. 재경의 얼굴에도 웃음이 번졌다. 여전히, 어린애처럼 넌 그걸 너무 좋아하는구나. 하지만 웃던 태희의 얼굴이 일그러지더니 재채기를 했다. 깜짝 놀란 얼굴로 장갑을 다시 낀 뒤 태희는 좀 더 빨리 걸었다. 아니 본인은 아마 뛴다고 하는 게 그렇게 보였을 거다. 그녀가 바로 옆을 지나치는 순간 재경의 몸이 창 쪽으로 쏠렸고 옆에 있던 부인이 입을 열었다.

–나가 볼래요?

–어머니, 여기까지 왔는데…….

–안 된다고 하는 건 아니에요. 그러고 싶으면 나가서 만나요. 난 잡을 생각은 없으니까.

그 말씀에 오히려 재경의 손이 굳어졌다. 부인은 느긋한 자세로 말했다.

–매일 같이 저렇게 지내요. 새벽같이 일어나서 아파트에서 나온 뒤에 저녁 여덟 시나 되어서야 집으로 돌아오죠. 돌아가면 또 아마 방에 틀어박혀 공부할 거예요. 어학 실력이 그야말로 눈부시게 늘고 있다고 칭찬하더군요.

–감기 기운이 있는 것 같던데.

–내가 알기엔 앓아누운 적은 아직 없대요. 몸 관리 역시 공부의 일종이란 걸 배우고 있나 봐요. 또 미리 내가 보내고 있는 약도 있어요. 잘 먹고 있다고 감사하다면서 보낸 편지도 있는데. 태희 양은 글씨도 매우 곱게 잘 쓰더군요.

멀어져 가는 태희의 모습을 재경이 안타까움이 가득 배인 눈으로 쳐다보았다.

–그렇게 안달하지 말고 가고 싶으면 가서 잡아요. 태희 양이 놀랄 모습이 눈에 선하네요. 반가움에 펑펑 울 것 같기도 하고.

–그래선 안 된다는 말씀이 하고 싶으신 거죠?

날카로워진 그의 목소리에도 부인의 표정은 별반 바뀌지 않았다. 오히려 웃으면서 재경의 어깨를 툭툭 두드렸다.

–이건 내가 아드님에게 주는 크리스마스 선물이에요. 어떤 식으로 받아들이든 지켜만 볼 테니 본인이 원하는 대로 해요.

짧은 순간 재경의 마음속에서 폭풍에 가까운 갈등이 일어났다. 그러다 그는 눈을 감으며 차창에서 눈을 돌렸다.

–기다리겠다고 결심했었어요. 태희에겐 말하지 않았지만 그녀가 돌아오는 걸 기다리겠다고 제가 결심했었어요. 그걸 따라야겠죠.

부인은 아무 말도 없이 좀 더 깊이 웃었다. 그리곤 운전사에게 이제 출발하라고 부탁했다. 차가 길 위로 미끄러져 나가면서 다시금 태희의 옆을 지나쳐 갔다. 재경은 자석에 끌린 것처럼 또 그녀를 쳐다보았지만 끝내 아무 말 없이 차 속에 앉아 있었다.

몇 마디의 단어들을 속으로 읊조리면서.

'아프지 마. 건강해. 그리고……어서 내게 돌아와.'

그녀가 떠난 뒤 수도 없이 반복해서 거의 주문에 가까워진 말이었다. 항상 간절했지만 그 순간의 간절함은 그녀에게 이별을 고하던 학교에서의 그때만큼 간절했다.

이렇게 가까이에 있는데도 또 한 번 널 그냥 두고 돌아서는 심정, 너는 절대 모를 거다. 내가 얼마나 널 사랑하는지도, 너는 아마 모를 거다. 너는 바보에다 멍청이니까 말이야.

그렇게 생각하면서 애써 덤덤하게 고개를 들고 있던 자신의 모습이 마치 어제의 일처럼 선명했다.

"조금은 더 똑똑해졌어야 하는 거 아니야?"

기억의 물살을 가르고 나오면서 재경은 그렇게 중얼거렸다. 술잔을 들어 입에 대는데 얼음이 달가닥거릴 뿐 입 안으로 들어오는 액체가 없었다. 병을 들어 따랐지만 술병 역시 텅텅 비어 있었다. 재경은 얼굴을 찌푸리고 빈 병을 쳐다보다가 슥 고개를 들었다.

"이거 하나 더요."

바텐더가 새로 딴 위스키 병을 가져다주었다. 재경이 기억하는 명료한 기억은 그 병을 절반쯤 비울 때까지였다. 살면서 처음인 일 중 하나를 그날 겪었다. 술을 먹고 필름이 끊어지는 일. 정말로 거짓말처럼 완전한 공백이 찾아들었다.

새벽 한 시가 막 넘은 시간. 게임을 하면서 키보드 및 마우스와 사투를 벌이고 있던 소희는 한창 중요한 순간에 계속 오는 전화 때문에 잠깐 한눈을 팔았다.

"으아, 내 선원! 내 배! 오 노, 오 마이 갓! 크리티컬이라니!"

백기를 든 모니터 속의 배를 망연자실하게 바라보다가 또 들려오는 벨소리에 맥이 풀린 눈을 핸드폰으로 던졌다. 탕아인 어머니는 오늘따라 빨리 들어오셔서 주무시고 계시고, 태희야 물론 이 시간이면 꿈나라에 간 지 오래다. 그 말은 전화를 걸어올 만한 중요인물은 전혀 없다는 뜻이다. 어떤 녀석이든 간에 그녀의 배를 난파시킨데 상응하는 중요한 용건이 아니라면 척살하고 말겠다고 속으로 이를 갈면서 확 핸드폰을 집어 들었다.

"오우, 이건 또 뜻밖의 인물. 헬로우?"

액정에 뜬 번호에 의외란 표정을 짓고 소희가 전화를 받았다. 건너온 목소리는 간결했다.

「윤태희 바꿔.」

"이보시게. 그 처자라면 지금 한창 꿈나라에 있을 시간인 거 모르나?"

「바꿔. 당장.」

"얼라리? 거기다 지금 자네 혀도 꼬인 것 같네만?"

「바꿔. 윤태희 바꾸라고, 당장!」

"아이고야, 귀청 떨어질 뻔했네 그려. 아니 이 사람은 이 오밤중에 술을 마시고 어디서 행팬가 행패가? 그리고 태희가 보고 싶으면 직접 전화할 것이지 왜 나한테 전화를 하고 지랄이야? 태희 전화번호도 모른다고 할 참이냐, 한재경?"

「그래. 몰라. 바뀐 전화번호가 뭔지 알 게 뭐야. 안 가르쳐줬단 말이야! 제기랄!」

헉스, 이건 또 무슨 대답인지. 잠시 소희는 핸드폰을 쳐다보다가 이내 마음을 굳혔다.

"잠깐 기다려 봐. 태희 깨워서 받게 해볼 테니까."

그래서 소희가 태희가 자고 있는 맞은편 방으로 갔다. 한참 깊게 잠이 들 무렵이라 태희는 몇 차례 흔들어 깨운 뒤에야 가까스로 눈을 떴다.

"으응, 소희야? 왜?"

"전화 좀 받아봐. 재경이야."

가물거리며 다시 감기던 그녀의 눈이 그 말에 퍼뜩 떠졌다. 잠은 깬 모양인데 몸이 말을 듣지 않아 끙끙 거리는 태희에게 소희가 핸드폰을 귀에 대 주었다.

"여보세요? 여보세요? 전화, 끊어졌는데."

"어? 정말?"

"진짜 재경이었어?"

"그럼! 내가 오밤중에 헛소리 하겠냐? 봐. 여기 통화목록. 걸려온 전화 맞잖아."

이제야 제대로 일어나 앉은 태희가 통화목록에 뜬 '한재경'이란 이름을 보고는 잠시 이마를 만지작거렸다. 소희가 옆에 앉으면서 물었다.

"너 그 녀석한테 바뀐 전화번호도 말 안 해줬어? 진짜로?"

"어쩌다 보니 그렇게 됐어."

"뭐가 어쩌다 보니야? 대체 너희 둘은 뭐가 문제여서 이렇게 어중간하냐?"

"당연히 내가 문제지. 음. 전화해 볼게."

"그래."

"저……잠깐 자리 좀."

자리를 피해 줬으면 한다는 태희의 뜻을 파악한 소희가 냉큼 방 밖으로 나가긴 했지만 바로 문에 바짝 귀를 대고 도청에 들어갔다. 그렇지만 태희의 목소리가 워낙 조용해서 별로 건질 게 없었다. 그러다 갑자기 방문이 안쪽에서 벌컥 열렸을 때 소희는 눈부시게 빠른 움직임으로 옆의 벽에 팔짱을 끼고 기대선 자세였다.

"그래. 무슨 일이라니?"

"잠깐 나갔다 와야겠어."

소희의 핸드폰을 내밀면서 태희가 담담히 말했다.

"이 시간에? 그 녀석이 이 시간에 널 불러내는 거야? 제정신이야?"

"그게 아니라 재경이를 데리러 가려고. 바인데 만취해서 잠이 들어버렸나봐. 바텐더가 위치 알려줬어. 집에 데려다 줘야지."

"뭐라고! 허, 참 오래 살고 볼 일이네. 천하의 한재경이 무슨 꼴이냐, 그게? 아, 잠깐. 너 혼자는 못 보내지. 기다려. 같이 가자고."

"혼자 다녀올게."

"기다려. 잔말 말고. 그 커다란 녀석을 네 체격에 부축이나 할 성싶어?"

일리가 있는 말이라 태희는 쓴웃음을 지으며 고개를 끄덕였다. 소희가 부리나케 트렌치코트를 걸치고 나오다 다시 방으로 돌아가 스카프와 모자를 챙겨왔다. 태희의 목에 스카프를 둘러주고 모자를 푹 눌러 씌운 뒤 그녀의 손을 잡으면서 소희가 말했다.

"자, 가자!"

그리하여 두 시가 다 되어 가는 시각에 둘은 한재경을 찾아 출동했다. 재경을 찾아내고 그를 양쪽에서 부축해서 택시에 타기까지, 다시 택시에서 내려서 아파트까지 가기까지 겪은 체력소모는 상당했다. 태희 혼자서는 정말 엄두도 못 냈을 거란 게 명백했다. 가까스로 재경을 침대에 눕힌 뒤에 태희는 안도의 한숨을 내쉬고 소희에게 말했다.

"고마워. 너 안 왔으면 진짜 나 어쩌고 있었을지 모르겠어."

"이 정도야 뭐 일도 아니지. 근데 앤 어쩌다가 이러고 있냐? 술로 인사불성이 된 한재경이라니 참 진귀한 광경을 다 본다, 내가."

사뭇 어두워진 얼굴로 고개를 끄덕인 뒤 태희가 재경의 재킷이며 양말을 벗겼다. 시계도 풀어서 옆의 사이드테이블에 올려두고 되도록 자세를 편하게 만들어 준 뒤 이불을 덮어주는 태희를 보면서 소희는 뺨을 긁적였다. 이러고 있는 걸 보면 천상 부부나 다름없는데.

"암튼 임무 완료했으니 그만 가자. 벌써 네 시 다 돼가네."

"저기, 미안한데 우리 거실에서 눈 붙이면 안 될까? 재경이 이러고 있는데 그냥 가버리자니 그래서. 내가 이불이랑 내갈게. 날 밝는 거 보기까지만 있자. 응?"

"그렇게 걱정스러워 하는데 내가 안 된다고 하겠냐? 나가서 자지 뭐. 거실도 널찍하겠다. 야, 나 이제 진짜 졸린다. 빨리 이불이랑 내와."

눈치껏 소희가 먼저 거실로 나가 주었다. 태희는 잠시 재경의 얼굴을 보면서 묵묵히 앉아 있다가 침대 옆 램프만 켜 둔 채 방 불을 끄고 나왔다. 방문을 얼마쯤 열어두는 것도 잊지 않았다.

어머니의 방에서 이불이며 베개를 들고 나온 태희가 소희와 나란히 누워 잠을 청하기까지는 얼마 걸리지 않았다. 소희는 베개에 머리를 대자마자 잠에 빠지는 놀라운 기술을 보여 주었지만 태희는 혹시라도 재경의 방에서 어떤 소리가 날까 싶어 꼬박 밤을 새웠다.

재경이 타는 듯한 갈증과 함께 잠에서 깬 것은 이미 날이 환해진 후의 일이다. 일곱 시 반. 그로서는 이만저만한 늦잠이 아니었다. 숙취는 거의 없다. 대신 목이 너무 타서 재경은 눈살을 찌푸리며 자리에서 일어났다. 모래라도 한 움큼 삼킨 듯 깔깔거리는 입을 정수기의 차가운 물을 마시며 해소해 보길 몇 차례 한 후에야 겨우 갈증이 좀 잡혔다. 한숨을 토하고 나른한 목을 이리저리 움직여보면서 그가 중얼거렸다.

"어제 술 마시던 것은 기억나는데. 집까진 어떻게 왔지?"

희한한 일이다 생각하면서 컵을 주방의 싱크대에 갖다 두던 재경이 그제야 눈치 챈 것들 때문에 멈칫했다. 주방에 낯선 음식 냄새가 감돌았다. 전기레인지 위에 냄비가 올려져 있다. 가서 안을 들여다보니 무를 넣고 끓인 맑은 북엇국이었다.

자기 전에 내가 이런 것도 끓였단 말인가 하고 놀라버린 재경에게 전기레인지 옆에 놓여 있는 뚜껑이 덮인 머그컵도 보였다. 뚜껑을 열어보니 맹물이었다. 들어서 버리려다가 충동적으로 살짝 맛을 보았다. 달다. 좀 더 마셔 보았다. 그게 꿀물이란 걸 알고 재경은 이미 갈증은 잡혔다는 것도 잊고 꿀꺽꿀꺽 마지막 한 방울까지 다 마셨다.

꿀물을 마시면서 눈길이 간 곳은 압력밥솥이었다. 요 며칠 집에서 밥 해먹은 기억이 없는데, 전원이 들어와 있었다. 가서 보니 보온이 시작된 지 1시간이 겨우 넘은 참이었다. 열어보자 김이 피어오르는 하얀 밥이 보였다. 이쯤 되면 우렁각시의 존재를 의심해야 할 단계였다. 하지만 본가에서 보내주던 도우미 아주머니는 이미 사양한지 한참 되었다. 재경은 이 공간에 쓸데없는 사람들이 들락거리는 게 싫었다.

"대체 무슨……. 모르겠다. 씻고 보자."

이해할 수 없는 상황보다 어제 입었던 옷을 그대로 입고 잔 상황이 훨씬 더 불쾌했던 재경이 샤워를 하러 갔다. 아직 초봄. 찬물에 샤워를 하기엔 적당치 않았지만 재경은 꽤 오랜 시간 찬물에 몸을 적셨다.

몸의 체온이 상당히 떨어지고, 머릿속마저 얼음처럼 차갑게 느껴질 무렵 뭔가가 얼핏 기억이 났다. 누군가에게 전화를 건 것 같다. 그게 누구였지?

가운을 걸치고 욕실 서랍장 위쪽에 넣어둔 담배를 꺼내 입에 문 뒤 라이터를 찾아보았지만 잘 눈에 띄지 않았다. 별수 없이 불이 붙지 않은 담배나마 입에 물고 욕실을 나섰다. 말리지 않은 머리카락에서 뚝뚝 물이 떨어졌지만 지금의 재경에겐 그것보다 라이터가 더 급했다. 그래서 성큼성큼 거실로 걸어가다가 우뚝 멈춰 섰다.

주방에서 뭔가 소리가 들렸던 것이다. 욕실에 들어가기 전까지는 없었던 커피 향도 났다.

그가 주방을 향해 걸어간 것은 몇 초가 더 흐른 후였다. 망설였다. 머릿속에 어쩌면, 이라는 기대가 떠올랐지만, 그것이 배신당하는 것은 그다지 즐겁지 않을 것 같았다.

그리고 그 '어쩌면'이 승리했다. 전기레인지 앞에서 요리 중인 여자는 태희였다.

주방 입구에 서서 담배 필터를 몇 번쯤 잘근거리면서 빤히 시선을 던진 후에야 그녀가 인기척을 느끼고 돌아보았다. 태희는 재경을 보고 언뜻 눈을 크게 떴지만, 곧 빙그레 웃으면서 말했다.

"꿀물은 마셨던데. 씻고 나오면 찾을 것 같아서 커피 좀 내렸어. 지금 마실래?"

재경은 고개를 끄덕이지 않았지만 태희는 머그잔을 꺼내서 커피를 채웠다. 그것을 재경 쪽에 가까운 테이블 위에 올려둔 뒤 그녀는 주머니에서 뭔가를 꺼내며 재경에게 다가왔다. 깔끔한 금속음에 이어서 촤륵 불이 붙은 지포라이터를 재경의 입가로 내밀었다. 재경이 아주 약간 고개를 숙여 담배에 불을 붙였다. 그 뒤 그의 시선이 라이터에 머무르자 태희가 그것을 가볍게 흔들면서 말했다.

"서재에 떨어져 있었어. 여기."

태희가 내민 라이터를 받으면서 재경의 손과 태희의 손이 닿았다. 태희가 살짝 얼굴을 찡그리더니 그의 손을 잡고는 이어서 그의 뺨에 손을 대면서 중얼거렸다.

"이렇게 차갑다니. 또 찬물에 샤워했어? 아직 날이 쌀쌀한데 자칫 감기 들겠다."

고개를 돌려 담배 연기를 가늘게 뿜어내면서 재경은 태희의 손을 뺨에서 밀어냈다. 그의 몸이 차가워진 만큼 태희의 손은 무척이나 뜨겁게 느껴졌다. 사실은 밀어내는 게 아니라 꽉 잡아 끌어당기고 싶었지만, 그 욕구가 강한 만큼 결연하게 반대 행동을 취했다. 그의 행동에 따른 태희의 표정은 무시했다.

"간밤에 내가 전화했던가?"

"소희 핸드폰으로 연락이 왔었어."

"뭔가 불쾌한 짓을 하거나 했다면 미안하게 됐어."

"아니야. 그런 거 없어. 가보니까 넌 자고 있었고, 그래서 데려다 침대에 눕힌 정도밖에 안 했는 걸."

재경이 태희의 말을 받아주지 않자 얼마 동안 침묵이 흘렀다. 태희는 재경의 뒷모습을 쳐다보다가 꾸민 기색이 역력한 밝은 목소리를 내면서 전기레인지 쪽으로 향했다.

"과음했으니까 북엇국 준비했는데. 나름대로 이런 해장국은 잘 끓인다고 자부하지만 너한테는 처음 대접하는 것 같네."

"생각 없어."

머그잔만 손에 들고 재경이 돌아섰다. 잡아당기는 듯한 태희의 목소리가 들려왔다.

"조금만 떠. 한 술이라도 좋아."

그래도 재경은 밖으로 걸음을 뗐다.

"재경아, 제발."

그 말은 여전히 효과가 대단했다. 재경은 잠자코 잔을 태희에게 내밀고는 담배를 버리러 다녀왔다. 그가 의자에 앉자 태희가 재빨리 움직여서 국이며 밥을 퍼서 재경의 앞에 늘어놓았다. 더덕구이에 취나물과 콩나물 무침도 있었다. 또 재경이 좋아하는 갓 만든 두부도. 입이 아무리 깔깔해도 이런 음식을 거절하긴 힘들다. 거기다 요리를 만든 사람이 태희다. 재경은 숟가락을 들다가 무심하게 해보는 소리처럼 물었다.

"아침은 먹었어?"

"나? 아니. 아직."

"그런데 멍하니 뭘 구경만 하는 거야?"

퉁명스럽지만 배려가 담긴 그의 말을 듣고 태희가 웃음을 감추면서 자신 몫의 밥과 국까지 준비해 재경의 맞은편 의자에 앉았다. 한 술이라도 떠달란 태희의 부탁을 재경은 넘치게 이행해 주었다. 그가 먹는 걸 지켜보던 태희가 조심스레 물었다.

"국이랑 밥, 더 줄까?"

잠자코 그가 고개를 끄덕였다. 태희가 뿌듯해하는 표정으로 일어나 국을 다시 담고 밥을 펐다. 재경이 제대로 된 대화를 시작한 건 그녀가 그에게 등을 돌리고 있을 때였다.

"착각하지 않으려고 물어보는 건데, 지금 이건 뭐야?"

"뭐가?"

"하프 타임인지 아니면 내 자숙의 시간이 끝난 건지."

태희가 국과 밥을 가져와 재경의 앞에 둔 뒤 자신의 자리로 돌아가 앉았다. 웃음이 가신 얼굴로 테이블보를 쳐다보다가 고개를 들고 말했다.

"뭔가 오해가 있는 것 같은데, 벌이니 자숙이니 네가 왜 그런 소릴 하는지 모르겠어. 내가 떠났던 건 순전히 내 속에 끊기 힘든 타래들이 엉켜 있었기 때문이야."

"그래? 말하고 행동이 다르네. 너무."

비아냥거리는 말에 태희가 비로소 재경의 눈을 쳐다보았다.

"네 말이 사실이면 왜 돌아와서 날 바로 찾지 않은 거야?"

거북할 정도로 직선적인 시선에 태희가 결국 시선을 피했다. 떨어져 지낸 동안 그의 시선을 감당하는 면역력 같은 게 확 줄어들었다는 걸 실감했다. 분위기가 너무 무거워지기 전에 태희가 서둘러 대답했다.

"미안해."

"정확히 뭐가?"

"이런저런 일 다."

"짜증나. 그렇게 될 대로 되란 식의 성의 없는 대답밖에 못해?"

그의 목소리가 높아졌고 태희 역시 이렇게 두루뭉술하게 넘길 일이 아니란 걸 알고는 있었다. 그러나 어떤 식으로 풀어야 할지 도무지 알 수가 없었다. 그를 보면서 느끼게 된 이중적인 기분에 대해서 뭐라고 표현해야 한단 말인가.

첫날 돌아와서 바로 연락하지 못한 게 이렇게까지 이어질 줄은 몰랐다. 목소리를 듣게 된 것만으로도 충분히 감격스러워서 차일피일 만나는 것을 미루다가 학교에서 얼굴을 봤을 땐 어쩐지 스타를 보는 기분이었달까. 오랜만에 만난 소희는 헤어스타일 말고는 변한 게 거의 없는 예전 그대로였는데, 재경은 또 한 꺼풀 벗고 성장한 듯 빛나 보였다.

다시금 반했다. 동시에 고질적인 병이 재발했다. 동경이란 이름의 거리감이 말이다. 그리고 망설이는 마음속에 자그마한 의문이 피어올랐다.

아직도 재경인 날 사랑하고 있는 걸까? 그때 그렇게나 사랑해 주던 그대로 날 기억하고 있었을까? 만약 그게 아니라면 나는, 나는…….

그 순간부터 태희는 뒷걸음질치고 말았다. 태희가 공부만 하면서 보냈던 시간 동안 재경은 뭘 하고 어떤 사람들을 만났는지 너무나 궁금한 반면 알고 싶지 않다는 생각도 들었다. 왜 그런 생각이 드는지 태희는 잘 알 수가 없어서 답답했다.

소희에게 재경의 근황에 들었던 것도 한몫했다. 겉으로야 태연한 척했지만 마음속엔 갑자기 폭풍이 몰아쳤다. 그것이 질투라는 것을 그녀는 미처 몰랐다. 재경 주변에 꼬이는 여자들로 마음을 끓여본 적이 없었던 게 이런 경우 묘하게 작동한 것이다. 그저 자신이 매우 음습하다는 생각을 하면서 상심해 있다. 그녀가 떠난 일 년 반 동안 재경이 동화 속에 나오는 공주처럼 잠이나 자고 있었으면 얼마나 좋았을까 하는 생각이나 하는 자신에게.

지금도 복잡한 표정으로 젓가락을 만지작거리면서 대체 그런 기분이 뭘까 생각해 보았다. 그러다 퍼뜩 재경의 화가 난 얼굴을 보면서 정신을 차렸다. 무슨 말이든 해야 한다.

"널 불쾌하게 한 일들 전부 다 내가 잘못했다고 사과할게. 오랜만이라서 그만 좀 서먹서먹해진 감이 있었던 것뿐이야. 알잖아, 나 어리바리한 거."

"서먹서먹했다고? 겨우 그게 변명이야?"

"그럼 어떻게 할까? 날짜를 돌이킬 수 있다면 당장 공항에서 뒤도 안 돌아보고 너한테 뛰어왔을 거야. 그렇지만 그게 아니잖아. 지금 사과하는 걸론 용서가 안 돼?"

여전히 냉랭하기 짝이 없는 그의 얼굴을 보면서 태희는 한숨을 쉬며 자리에서 일어났다. 그의 옆으로 가서 아직 차가운 기가 남은 재경의 오른손을 두 손으로 들어 손가락에 입술을 맞추고 살며시 뺨을 대면서 간절하게 말했다.

"용서해 줘. 내가 전부 다 잘못했어."

"그런 식으로 무턱대고 사과해 버리는 게 오히려 더 화가 난다는 거 알아? 이거 놔."

"제발, 재경아. 제발. 응?"

그의 손을 꽉 잡아 몇 번이나 입술을 대면서 태희가 커다랗게 뜬 눈으로 애원했다. 맑은 눈이 촉촉하게 젖기 시작했다.

한순간 재경의 가슴이 아릿해졌다. 이성은 그대로 두고 심장이 반응해 버려서 그를 당혹하게 했다. 젠장, 그녀는 교활하다. 왜 이렇게 자신은 그녀의 이런 모습에 약할까? 눈물 한 방울이라도 흘리면 오히려 잘못했다는 말은 이쪽에서 나오게 생겼다. 그녀의 눈물을 달래기 위해서 무릎 꿇고 빌지나 않으면 다행이다.

"눈물 따위로 또 어떻게 해보자는 거야? 사람 우습게보지 마."

재경은 다소 거칠게 손을 뿌리치고 돌아섰다.

방으로 향해 가다가 뒤에서 아무 소리도 들려오지 않아 걱정이 들고 말았다. 너무 세게 손을 뿌리치지 않았나 싶어 흘끗 뒤를 돌아보니 태희가 우두커니 서서 텅 빈 두 손을 내려다보고 있었다. 한참 만에 돌아서서 테이블 위의 접시들을 달각거리며 정리하는 모습이 재경의 눈에 아프게 박혀 왔다.

못 견디겠다고 생각한 순간 이미 그는 달려가서 태희의 등을 끌어안고 있었다. 미처 태희가 돌아보기 전에 그녀를 안은 재경이 고개를 숙이자 태희의 목덜미에 입술이 닿았다. 목에 배인 향기. 아아, 이 라벤더 향이다. 그리웠다. 미치도록.

"내가 너 없는 기간을 어떻게 지냈는지 알아? 이제나저제나 기다리면서 얼마나 속이 타들어 갔는지 알아? 비슷한 향기만 스쳐가도 심장이 세 배는 빨리 뛰는 것 같았어. 내가 널 얼마나……. 어떤 심정으로……. 무슨 짓까지 했는지 너는 절대, 절대로 몰라."

불안정한 그의 마음이 폭발 직전까지 내몰리기 전에 태희가 가까스로 몸을 돌려 그의 입술에 키스했다. 입술을 떼면서 태희가 그의 눈을 향해 속삭였다.

"잘못했어. 내가 정말 잘못했어, 재경아. 너 두고 간 거, 정말로 미안해."

숱하게 한 사과 중 가장 절실했던 그 말이 재경의 눈동자를 완전히 흔들리게 했다. 재경의 입술이 태희의 입술을 덮은 순간 태희가 두 팔을 들어 재경의 목을 끌어안았다. 잊을 수도, 잊은 척할 수도 없었던 그녀의 존재가 온전히 그에게 안겨온 순간 재경은 태희의 허리를 감은 팔에 으스러져라 힘을 주면서 끌어당겼다.

거친 숨결을 여실히 드러내며 재경은 태희의 입술을 삼켜버릴 것처럼 탐했다. 손으로는 허겁지겁 그녀의 옷을 벗겨가면서 그녀를 밀어붙였다. 그의 힘에 밀려 뒤로, 뒤로 물러서던 태희가 무언가에 걸려 힘없이 쓰러졌다. 식탁 테이블 위였다.

"재경아, 여긴 식탁……아으, 식탁이야, 재경아."

"상관없어, 그런 거."

단추가 다 풀린 카디건과 함께 터틀넥을 비롯해 그 안의 속옷까지 거칠게 위로 끌어올렸다. 완전히 벗기지는 않고 머리 위로 올려둔 채 놓아두는 바람에, 마치 태희의 두 팔이 옷으로 결박된 듯한 형상이 되었다. 재경은 아직 식탁 테이블에 놓여 있던 것들을 마냥 귀찮다는 듯 옆으로 다 밀어버렸다. 주방 바닥에 떨어져 나뒹구는 그릇 소리에 태희가 놀라서 고개를 돌리려 했지만 재경은 그 정도의 한눈팔기에도 미간을 찡그리며 태희의 얼굴을 붙잡아 돌리고 입술을 덮어 눌렀다. 맞물린 입술을 사정없이 빨아대면서 태희를 식탁 위로 더 밀었다. 치마를 끌어 내리고 팬티를 벗기려 할 때 태희가 움찔하면서 다리를 오므렸다. 그 거슬리는 반응에 재경이 입술을 떼고 태희의 눈을 노려보았다.

"왜? 지금도 안 된다고 거절할 셈이야?"

"재경아, 그런 거 아니야. 난 그저……."

이런 식으로, 이런 곳에서 관계를 갖게 되는 걸 상상도 해보지 못해서 당황스러울 뿐이었다. 그러나 태희는 자신을 바라보는 재경의 눈에 담긴 광기에 가까운 욕망을 보고 하려던 말을 삼켰다. 소름이 끼쳤다. 나쁜 의미가 아니라, 그가 이토록 자신을 원해 왔단 것에 느끼는 희열감 때문이었다.

"그럼 잠자코 있어. 나는 너 안을 거야."

재경이 마지막 옷까지 그녀의 다리에서 벗겨냈다. 그대로 이어서 재경이 입고 있던 목욕 가운을 확 열어젖혔다. 터질 듯이 부풀어 오른 그의 남성을 본 태희는 얼굴이 창백해지며 또 한 번 소름이 전신을 휘감는 걸 느꼈다. 아랫배가 묵직해지면서 유두가 빳빳이 일어섰다. 재경이 그녀의 그러한 반응을 힐긋 보더니 입가에 미소를 지었다. 태희의 엉덩이가 식탁 가장자리에 기대어지도록 자리 잡게 한 후 재경의 손이 바로 그녀의 둔덕을 헤집었다.

"아흐……."

입술을 깨물면서 눈을 질끈 감는 태희에게 재경의 바짝 잠긴 목소리가 들려왔다.

"벌써 젖었어. 너도 원하는 거야."

"아……. 아……아아!"

갈라진 틈 사이를 배회하던 그의 손가락이 어느 한 곳을 강하게 자극하는 순간 태희는 소리를 참지 못하고 울컥 질러버렸다. 그녀는 그의 말처럼 분명하게 젖어들고 있었다. 재경을 보지 못하는 일 년 반 동안, 그를 그리워하면서도 태희는 자위를 할 생각은 엄두도 못 냈다. 때론 재경과의 뜨거운 밤이 꿈속의 일처럼 아득하기까지 했는데, 지금 그녀의 몸이 재경을 앞에 두고 환희를 머금은 채 그를 기다리고 있었다.

몸이 그를 원했다. 격렬하게 원했다. 어떻게 이처럼 원하는 것을 참고 살 수 있었는지 모를 만큼 걷잡을 수 없이 욕망이 치밀어 올랐다.

"원하지? 날 원하지?"

재경이 태희의 귓가에 속삭였다. 물음이 아니라 확인. 태희는 꽃잎 위를 희롱하는 재경의 손가락을 뚜렷이 느끼면서 고개를 끄덕였다. 재경의 목소리가 더 나직해졌다.

"말을 해. 윤태희, 날 원한다고 말해. 나, 한재경을 원한다고 말하라고. 어서, 어서!"

"……원해, 나는 널 원해, 재경아. 널……. 으으음!"

온몸을 절절하게 만드는 욕망에 떠밀려 정신없이 속삭이며 재경을 쳐다보았다. 재경의 눈이 날카롭게 번득였고, 물어뜯을 것처럼 그녀의 입술을 베어 문다 싶더니 곧장 태희의 다리를 양쪽으로 벌려 높게 치켜들었다. 그대로 푸욱, 강렬한 힘으로 재경이 그녀의 안으로 돌진해 들어왔다.

"아……하아읏!"

"하아……."

머리끝까지 꿰뚫리는 것만 같은 압도적인 감각. 태희가 고개를 젖히며 몸을 뒤트는 것을 보고, 재경은 얼마쯤 기다렸다가 그녀의 비명에 가까운 교성이 잦아들 때쯤, 또 한 번 태희에게 자신을 밀어붙였다.

"아……, 아……. 재경……아!"

"태희야, 힘 빼, 으읏……!"

처음 그녀를 안던 날의 기억이 오버랩 된다. 낯선 침입자에게 당황한 그녀의 꽃잎이 그의 남성을 꽉 물어서 넣는 것만으로도 가버릴 것 같았던, 바로 그때처럼 숨 막히는 폐쇄감 속에서 재경은 신음했다. 뿌리 끝까지 태희 안에 자신을 묻고, 그녀를 되찾은 것을 만끽하고 싶은 마음이었지만 이대로는 어처구니없게도 혼자서 가버릴 것만 같다.

재경은 황급히 몸을 숙여 태희의 입술에 입맞춤하면서 태희의 옆구리를 부드럽게 쓰다듬길 거듭했다. 그의 손이 스칠 때마다 태희의 몸이 바르르 떨렸다. 천천히 그를 품고 있던 꽃잎이 녹아들 것처럼 부드럽게 젖어오는 것을 느꼈다. 미끌거리는 그 안에서 비로소 재경의 남성이 드나들 만한 여유를 얻었다.

몸을 일으켜 태희의 얼굴을 보면서 재경은 허리를 움직이기 시작했다. 천천히, 되도록 부드럽게, 태희를 위해서……라고 다짐하면서도 그의 몸놀림은 점차 숨 가쁘게 빨라졌다.

"아, 아으응, 아윽, 아흐……."

"하아, 하아……."

몹시 거칠었던 결합의 순간이 몸에 주었던 부담도, 재경의 열정적인 행위가 반복되는 동안 서서히 다른 것에 뒤덮였다. 열락으로 향해 가는 길 속에서 두 사람의 탁한 숨결이 공간을 가득 메웠다.

식탁 다리가 바닥에 닿아 덜그럭거리는 소리가 자꾸만 커지면서 평소였다면 귀청을 아프게 할 정도가 되었어도 두 사람에겐 상대가 내는 가쁜 신음소리가 훨씬 크게 닿는다. 또한 상대의 몸이 내는 소리가 너무도 선명해서 다른 것 따위를 들을 여유가 없다.

"재경아, 나, 나……어떻게……돼버릴 것 같아."

"함께 가, 태희야, 나랑 함께……. 하앗."

흐느끼는 듯한 태희의 교성과 함께 그녀의 허리가 움찔거렸고, 순간순간 태희의 꽃잎이 강하게 수축을 반복하면서 재경도 막바지로 치닫고 있었다. 태희의 엉덩이를 꽉 붙잡아 벗어나지 못하게 하며 재경은 거세게 허리를 움직였다. 몸속 깊이까지 밀려왔다 사라졌나 싶은 순간 더 깊이 파고들어 요동치는 그의 남성이 불러일으키는 쾌락에 사정없이 이끌려가던 태희가 더는 감당치 못하고 나지막한 탄성과 함께 전율했다. 거의 비슷한 순간, 재경이 온몸을 경직시키면서 그녀 안에 뜨겁게 욕망을 분출했다.

"태희야……!"

몸속에 몇 차례에 이어서 퍼지는 뜨겁디뜨거운 기운에 안 그래도 몽롱하던 태희는 거듭해서 가볍게 절정에 달했다. 그런 그녀 위에 재경이 몸을 숙이고 길고 거칠게 호흡을 골랐다. 회복하는 데 걸린 시간은 극히 짧았다. 재경이 머리를 들고 태희의 얼굴을 보자 태희는 눈을 감은 채 밭은 숨을 내쉬느라 여념이 없었다. 무방비한 그녀의 몸은 숨쉬는 것처럼 자연스레 재경을 다시금 욕망으로 이끌었다.

내 여자. 내 것.

어떻게 내가 너 없이 그 시간을 보냈을까? 내가 미치지 않은 게, 얼마나 다행인지 알아?

"아직, 멀었어."

눈동자 속의 번득이는 광채와 함께, 재경은 태희의 입술을 훔쳤고 여태껏 태희의 팔을 묶은 노끈 역할을 했던 상의를 비로소 벗겨서 떨어뜨린 뒤 품에 안아들었다. 방으로 돌아가 침대 위에 태희를 눕히자 조금 기운을 차린 태희가 부끄러워하며 몸을 옆으로 돌렸다. 가운을 벗고 침대 위로 올라가면서 재경은 태희의 등 뒤에서 몸을 숙였다.

"재, 재경아, 뭐하는……아, 아읏!"

태희가 그가 무엇을 하는 건지 깨달은 것은 재경이 태희의 허리를 붙잡아 위로 올리는 순간이었다. 단단하게 성이 난 재경의 남성이 엉덩이에 닿는다 싶더니 눈 깜짝할 새에 질 안을 헤쳐 들어왔다. 처음 해보는 체위에 태희가 당황하여 베개에 얼굴을 묻으며 급하게 신음을 삼켰다. 부끄러움에 꽉 움켜쥐었던 시트. 그러나 그것은 얼마 안 있어 다른 이유로 절실해졌다. 뱃속이 얼얼해지도록 깊은 삽입에 이어 재경은 태희의 등에 바짝 밀착하면서 태희의 젖가슴을 사뭇 거칠게 주물러대기 시작한 것이다.

"재경아, 아응, 아파……. 그렇게 만져대면……."

"여유가 넘치는군. 그런 말 할 정신이 있다니. 조금만 참아. 곧, 아무 생각도 못 하게 될 테니까."

"재경아, 하지만, 아읏, 아, 아읏……!"

태희의 불평은 그렇게 사그라졌다. 재경은 자신의 말을 분명히 지켰다. 태희는 아무 생각도 할 수 없었다. 오로지 재경 말고는.

자꾸만 울리던 핸드폰 벨소리가 잠잠해진지도 한참이다. 언제 잠이 들었는지도 모르겠는데 눈을 떴을 땐 방 안이 어둑어둑했다. 잠들었던 그대로 베개에 오른 뺨을 묻은 채로 어슴푸레 빛이 들어오던 창문 쪽을 멍하니 바라보던 태희가 돌아누우려다 말고 한숨을 쉬었다. 허리는 뻐근하고 다리 사이는 욱신거리며 아려왔다. 얼마쯤 쉬다가 입술을 지그시 깨물면서 몸을 일으켰다.

옆자리는 잔뜩 구겨진 채로 비어 있다. 노곤해서 자려고 하면 또 잠들 수 있을 것 같았지만 목이 타서 태희는 침대 밖으로 발을 내딛었다. 한 걸음씩 내딛을 때마다 다리가 덜덜 떨릴 지경인 것을 겨우 가

누었다. 의자에 놓여 있는 검은 가운을 걸쳐 입던 태희에게 화장대 거울에 비친 자신의 모습이 보였다. 사뭇 헝클어진 머리와 심하게 부푼 입술. 흰 피부에 두드러지게 만들어진 붉은 흔적들이 목덜미를 비롯해 속살에 잔뜩 보였다. 머리카락을 손으로 빗어 넘긴 뒤 목을 가운 깃으로 좀 더 꽉 여미면서 태희는 천천히 걸음을 옮겼다.

주방으로 가서 너무도 달게 느껴지는 차가운 물을 두 컵 째 거의 비우고 만족스런 한숨을 내쉬는데 불쑥 재경의 목소리가 들려왔다.

"깼어?"

움찔 놀라서 뒤를 돌아본 태희는 얼굴을 붉히고 말았다. 자신은 전혀 정돈되지 않은 모습인데 비해 재경은 정갈하게 갈아입은 옷에 물기가 느껴질 것처럼 깔끔했다. 손에 근처 죽 집의 종이백을 들고 있는 걸 보고 태희가 중얼거렸다.

"나갔다 와?"

"응. 집에 먹을 만한 게 없으니까. 배고프지?"

"별로……. 막 일어나서 씻으려던 참인데."

"내가 배고파. 씻는 건 나중에 하고 같이 먹어."

그의 말에 태희는 어쩔 수 없이 그의 맞은편에 앉았다. 아침 일찍부터 거듭해서 가진 관계가 너무 체력 소모를 많이 시켰다. 피곤이 지나치면 식욕도 없는 법이다. 그래서 입 안이 깔깔하다 생각했는데 먹다 보니 나름 식욕이 돌아서 점차 그릇을 비워가고 있었다.

오히려 거의 줄어들지 않은 그릇을 그대로 숟가락으로 뒤적이고 있는 건 재경 쪽이었다. 턱을 괴고 죽이 담긴 그릇을 보면서 그는 무슨 생각에 빠져서인지 태희가 부르는 소리를 세 번이나 못 듣고 넘겼다. 그러다 태희가 슥 손을 뻗어 그의 손을 가볍게 건드렸을 때에야 고개를 들고 그녀를 보았다.

"무슨 생각을 그렇게 해? 몇 번이나 불렀는데."

"그랬어? 안 들렸는데."

무심히 중얼거리나 싶더니 재경은 이번엔 태희를 빤히 쳐다보았다. 지금 자신이 어떤 모습인지 아까 거울을 봐서 아는 태희는 얼굴을 붉히면서 머리를 쓸어 넘겼다. 문득 재경이 손을 뻗어 그녀의 머리카락을 건드렸다. 부드럽게 웨이브 진 머리가 재경의 손에서 스르륵 미끄러졌다.

그 손길만으로도 가운 속의 몸이 떨려 태희는 마른침을 삼켰다. 오늘 재경은 태희가 보아온 그 어떤 때보다 위험했다. 지금 식탁에 앉아 있는 동안에도 태희는 몇 번이고 아침 일을 떠올리지 않을 수 없었다. 그걸 의도한 거라면 재경은 정말…….

"나 말고 마음에 담은 남자는 있을 수 없다고 했지?"

재경의 말에 태희는 고개를 끄덕였다. 불과 몇 시간 전까지도 재경의 품 안에서 숱하게 들려주었던 말이다. 머리가 이상해지는 게 아닌가 싶을 만큼 수없이 그의 이름을 부르면서 수십 번은 족히. 그래도 그는 만족하지 않았다. 거듭 부족하다는 말과 함께 더 하라고 요구했다. 반복되는 그의 말에 태희 역시 그걸로는 부족하다는 생각이 들기 시작했을 정도다. 그러나 그 이상 무슨 말을 해야 할지 알 수 없었고 재경이 이렇다 할 생각을 할 수 있도록 태희를 내버려두지도 않았기 때문에 재경이 하라는 말을 인형처럼 반복했다.

지금 역시 그렇게 했다. 그런데 재경은 어쩐지 시무룩한 표정이다. 태희는 다시 말했다.

"내 마음은 변함없어. 내 마음이 품는 것도, 물론 몸이 품는 것도 너뿐이야."

그렇게까지 말했지만 태희를 쳐다보는 재경의 눈빛엔 힘이 없다. 태희는 재경의 눈을 계속 응시했다. 마침내 재경이 조금 날카로운 어조로 질문을 던졌다.

"그런데 왜 약혼을 거절하는 거지?"

태희의 눈이 커졌다. 모란 여사가 재경에게도 그 일에 대해 언급했나 보다 하고 생각한 태희가 망설이다가 대답했다.

"너무 이르잖아. 둘 다 학생일 뿐이고."

"그런 건 핑계일 뿐이야. 결혼도 아니고 약혼이잖아. 거기다 어머니가 제안하신 거였어. 그걸 그렇게 아무렇지 않게 거절할 수 있었던 거야?"

"아무렇지 않은 게 아니었어. 아무리 약혼이라고 해도 보통 약혼하고 몇 달 내로 결혼하는 게 일반적이잖아."

"하면 또 어때? 어머닌 오히려 장려해 주실 걸? 예전이라면 모를까 이젠 너 혼자잖아. 난 어서 너랑 가족이라는 틀을 만들어서 우리 관계가 누구도 깨뜨릴 수 없는 것이 되길 원해."

태희는 쓴웃음을 지은 뒤 숟가락을 내려놓았다.

"그냥 지금도 좋잖아? 딱히 혼자라서 외롭다는 생각 같은 것도 안 해. 지금처럼 소희네 집에서 하숙하듯 지내는 것도 좋은 추억이 될 것 같고. 또 내 마음은 확고해. 너를 좋아하는 마음 말고 다른 건 품을 일 없어. 네가 불안한 게 아니라면 우리 관계가 어그러질 일은 없어. 설사 나중에라도 네 마음이 흔들릴 때가 오면 차라리 지금 내 결정이 좋았다고 생각할 거야."

"이게 지금 무슨 결정인 건데?"

"시간의 여유를 두는 거야."

"여유?"

"우리가 사귀게 된 게 아직 햇수로 만 삼 년이 안 된다는 계산한 적 있어? 내가 떠나 있던 동안을 빼면 말이야. 어떤 책에서 읽었는데 애정이 유지되는 기간은 짧으면 육 개월에서 길면 삼 년이래."

"그래서?"

"네가 후회할 결정을 하지 않았으면 해."

"고작 그런 이유야?"

재경이 냅킨으로 입을 닦은 뒤 냅킨을 툭 내던지면서 싸늘하게 이죽거렸다.

"솔직하게 말해. 결국 내 마음이 바뀔까 봐 겁이 난단 소리잖아?"

태희의 입술은 다물어진 채 움직이지 않았다. 재경이 윽박지르듯 목소리를 높였다.

"그런 거야, 윤태희? 내 앞에서 쥐뿔도 없으면서 강한 척하던 그 윤태희는 대체 어디로 간 거야? 어쩌다 또 이렇게 겁쟁이가 돼버린 거냐고?"

"사람의 마음은 변하잖아. 엄마가 그랬었어. 내 아버지란 사람 처음부터 그렇게 망종은 아니었다고. 한때는 사랑 비슷한 게 있었대. 그런데 시간과 함께 그것이 정말 있었던 건지, 아니면 엄마가 꾼 꿈이었는지 알 수 없게 되어 버렸대. 꿈이 부서진 자리는 정말로 처참하다는 걸 난 내내 지켜봐서 알아."

담담하게 이어지는 태희의 대꾸에 재경은 한참을 미간에 주름을 만들고 있다가 벌떡 일어나 주방을 나갔다. 태희가 일어나서 테이블을 치운 뒤 행주를 가져와 유리 위를 훔치는데 손등 위로 찰싹 던져진 봉투가 있었다. 고개를 들자 재경이 날카롭게 명령했다.

"열어봐."

뭐라 말하려다가 잠자코 봉투 안의 내용물을 꺼내 보았다. 펼친 순간 태희의 눈이 동그랗게 커졌다. 다시 재경을 쳐다보자 재경은 태희의 손에서 종이를 빼앗다시피 해서 테이블 위에 탕 소리가 나게 내려놓으면서 단호하게 말했다.

"네가 도장을 찍어야 할 부분을 똑똑히 보고 제대로 도장을 찍어서 다시 나에게 주는 거야. 그러기 전엔 나를 봐도 아는 척하지 마. 말조차 걸지 마. 나는 끝이 날 걸 대비해서 내게 전부를 주지 않는 여자에게 내 전부를 바칠 생각 없어. 그게 아무리 너라고 해도! 고작 네가 그 정도밖에 안 되는 사랑으로 여겼다면 이 관계, 이제 내 손으로 부숴 주겠어."

재경이 홱 돌아서서 가버렸다. 그가 아파트를 나가면서 문을 닫는 소리가 귀에 날카롭게 들려왔다. 그제야 태희는 훅 숨을 내쉬면서 의자에 주저앉았다. 테이블 위에 놓여 있는 종이의 맨 위쪽에 적힌 글자가 너무도 선명했다.

혼인신고서.

태희는 손등으로 입술을 누르면서 자기도 모르게 찾아든 몸의 전율을 가라앉히기 위해 노력했다. 이건 최후통첩이다. 다른 사람이면 몰라도 재경이 해보는 말에 그칠 리는 없다.

상황에 맞지 않게 어쩐지 웃음이 나왔다. 시간이 아무리 지났어도 결국 그는 한재경. 조금은 그립기까지 했던 기분을 다시금 똑똑히 느끼면서 태희는 중얼거렸다.

"정말 무서워. 내 생애 너처럼 무서운 사람은 두 번 다시없을 거야."

4. 생각의 무게

꽤 오랜 시간 산책을 하면서 고민을 하고 있었더니 소희네 집에 돌아온 시각은 저녁이 지나 밤에 가까웠다. 현관문을 열고 들어서면서 "다녀왔습니다."하고 중얼거리던 태희는 무심코 고개를 들었다가 헉 하면서 뒷걸음질 쳤다.

소희가 현관 바로 앞 복도에 무릎을 꿇고, 어째선지 한 손엔 대빗자루, 한 손엔 줄넘기를 쥐고 귀신같은 얼굴을 하고 있었다.

"여, 여기서 뭐 해?"

"……여기서 뭘 하냐고 물었느냐?"

소희의 목소리는 마치 동굴 깊숙이로부터 흘러나오는 것처럼 자체 에코 효과까지 넘쳐나고 있었다.

"이……방탕한 것! 네가 네 죄를 모른다고 할 터이냐! 오라를 받아라, 몹쓸 것!"

난데없이 줄넘기를 들고 일어난 소희가 태희의 몸을 칭칭 줄넘기로 동이면서 기관총이라도 발사하듯 엄청난 스피드로 야단을 치기 시작했다.

"새벽같이 일어나서 집에 온 것까지는 좋아. 옷 갈아입기 바쁘게 재경이 아침 해준다고 나간 것도 좋아. 근데 학교는 왜 안 와? 이 몸이 내 수업도 빼먹고 네 수업 대출하면서 기다렸건만 끝끝내 학교를 안 와? 이놈의 손은 장식품이냐? 전화는 왜 안 받아? 난 너한테 일어날 법한 사고 오만 가지를 다 생각하느라 기력이 다 빠졌어, 이 나쁜 것아! 근데 멀쩡한 얼굴로 돌아와서는 다녀왔습니다 소리가 나오냐? 에라이, 천하의 못된 것 같으니!"

"……미안. 잘못했어. 한 번만 봐주라."

결국 태희는 소희 앞에 납작 엎드려 두 손 싹싹 비비면서 빌었다. 소희는 빗자루 대를 손바닥에 탁탁 쳐가면서 여전히 귀신같은 얼굴로 으르렁거렸다.

"한재경, 그 자식이랑 같이 있었지?"

"응. 어떻게 알아?"

"그 자식은 전화 받더라. 손이 누구처럼 장식품이 아니라서 말이지. 근데 여섯 시 못 돼서 바이바이했다던데 넌 대체 이 시간까지 어디를 쏘다니다 이제야 기어들어 오냐, 엉?"

"산책을 좀……."

"사안채액? 와, 유유자적이시구만. 황금 같은 시간을 게임도 못하고 핸드폰만 뚫어져라 노려보고 있던 나 같은 인간은 대체 왜 사나 몰라? 안 그러냐?"

"진짜, 엄청, 무지막지하게 잘못했어. 이렇게까지 돌아다니려던 건 아닌데 멍하니 걷다가 정신 차려보니 깜깜해졌더라구. 결국 아무것도 건진 것 없이 다리만 아프게 됐지만."

한숨을 푹 내쉬는 태희를 보고서 소희는 호랑이 같은 얼굴을 아주 약간 풀었다.

"왜 또? 뭐가 안 좋아?"

"하하. 안 좋은 건 아닌데……. 뭐라 해야 할까, 호미로 막을 일 가래로 막게 생겼어."

난처한 미소와 함께 태희가 하는 말에 소희는 더 궁금증이 일었다. 소희의 성마른 머리는 지금 태희를 더 바짝 잡을 것이냐, 아니면 당장 무슨 일인지 물어보느냐 사이에서 급격히 갈등하다가 결국 호기심 쪽의 손을 들어주었다.

"쳇. 호미로 막을 일은 뭐고 가래로 막을 일은 또 뭐냐? 문자 쓰지 말고 간단하게 말해 봐. 무슨 일이야?"

"그게……."

입을 떼긴 했지만 새어나오는 건 또 한숨이었다. 축 처진 태희의 어깨를 보면서 소희는 빗자루로 탁탁 등을 두드렸다.

"가엾은 중생아. 주저주저하지 말고 털어놓아라. 네가 생각해 봤자 열에 아홉은 되돌이표 찍기지 뭐. 이 소희님께서 쾌도난마의 비책을 일러주겠노라. 음하하하하하!"

호쾌하게 웃으면서 소희가 태희를 내려다보았는데 태희는 영 미덥지 못하단 표정으로 소희를 올려다보고 있다. 소희가 관세음보살 모드에서 아수라 모드로 돌변하며 손에 든 빗자루에 우드득 힘이 들어가기 무섭게 태희가 가방을 앞으로 밀었다. 소희가 인상을 썼다.

"이 가방을 어쩌라고? 설마 이 몸더러 이층에 가져다 놓으란 거냐?"

"가방 안쪽 주머니를 봐. 네가 기함하고 뒤로 넘어갈 게 있을 거야."

"왜? 바퀴벌레라도 들었냐?"

마른침을 꿀꺽 삼키며 조심스레 태희의 가방을 연 소희가 안주머니를 스윽 열어보았다. 거기엔 재경이 태희에게 준 서류가 봉투째로 들어 있었다. 봉투 속 내용물을 꺼내 본 소희는 거의 일 분쯤 아무 반응이 없었다. 그 무반응에 태희가 슬며시 고개를 기울이면서 소희를 불러보았다.

"소희야? 소희야?"

"……이럴 수가."

불쑥 소희의 입에서 자그마한 중얼거림이 흘러나왔다. 그러더니 태희를 홱 쳐다본 소희는 살기 가득한 눈으로 아주 짧고 살벌한 질문을 던졌다.

"아이냐?"

"응?"

"사고 쳤냔 말이다! 뱃속에 혼수 담고 결혼! 뭐 그런 쪽팔린 전개야?"

"대체 어떻게 그런 생각을 해? 내가 돌아온 지 얼마나 됐다고."

"그럼 없어?"

"없지, 말이 되는 소릴 해라."

태희의 적극적인 부정에 소희는 한 시름 덜었다는 뜻에서 안도의 한숨을 내쉬었다. 그러나 여전히 눈에 보이는 혼인신고서. 소희의 분노는 다른 방향으로 폭발했다.

"나는 용납 못한다! 내 친구가 고작 스물두 살에 유부녀라니! 결혼은 인생의 무덤이야, 이 바보야! 그 영화 모르냐? 〈결혼은 미친 짓이다〉, 〈아내가 결혼했다〉, 또 뭐 있지? 뭐가 있담? 으아아, 결혼이라니. 누가 뒤에서 칼 들고 쫓아오는 것도 아니고 뭐가 그리 급해서!"

전에는 한창 예쁠 때 시집가야 한다고 야단이더니 당장 그 일이 닥칠지 모르는 상황이 되자 포효하는 드래곤 같아졌다. 태희가 키득키득 웃으면서 중얼거렸다.

"그러게. 고작 스물두 살인데……."

현관 앞에서의 소동이 일단락된 뒤 아직 저녁도 안 먹어서 배고프다는 태희의 말에 소희는 야식도 먹을 겸 치킨을 시켰다. 덤으로 생맥주도. 얼마 후 음식이 배달되자 둘은 아틀리에로 올라갔다. 바닥에 있는 랜턴 하나만 켜둔 채 창가에 앉아서 태희가 치킨을 먹으면서 이런저런 이야기를 했고 소희는 잠자코 들어주면서 맥주를 마셨다. 태희의 배가 어느 정도 차자 소희는 태희에게도 맥주를 마시게 했다. 모처럼 그럴 마음이 들어 태희도 거절하지 않았다. 주거니 받거니 하는 사이 태희가 금세 취해서는 헤실헤실 웃었다.

"배가 이렇게나 부른데 맥주가 들어가다니 신기하다. 큭큭."

소희는 힐끗 옆을 보고는 태희의 머리를 꾸욱 누르면서 말했다.

"그래서 술이 좋은 거야, 바보야. 근데 넌 남자 앞에서 술 마시면 위험하겠다."

"왜에?"

"어쭈. 말꼬리 늘이는 거 봐라. 눈웃음도 치고. 애교를 부려, 아주."

"애교라니. 난 그런 예쁜 짓 못 하거든요. 난 곰탱이란 말이지. 소심하고 겁 많고 우둔하기 짝이 없는 미련 곰탱이. 에효오."

"자아성찰을 너무나 잘한단 말이지. 넌. 아, 그러고 보니 옛날에 그런 일이 있었다. 우리 타로점 본 거 기억 나냐?"

"타로점? 언제였더라. 중학교 때지, 그게? 중3 가을?"

"그쯤이지. 한창 붐이었던 때였어. 우리 점 봐준 그 아줌마가 잘 맞춘다고 유명했잖아."

"응. 네가 그러니까 꼭 봐야 한다고 말한 거 기억나."

고개를 끄덕이면서 태희는 차가운 맥주잔을 뺨에 대었다. 소희가 피식 웃었다.

"그 어린 나이에 우리가 결혼 운을 봤었단 말이지."

"네가 그거 보자고 했잖아."

"근데 네 점괘가 별로였어."

"응. 이상한 소릴 들었지."

태희도 웃었다. 소희가 일부러 허스키하게 목소리를 꾸미며 말했다.

"수도자의 상. 수녀가 되거나 스님이 되거나, 어쨌든 간에 영적인 세계에 투신할 상이라고 했었어. 머리에 생각이 너무 많고, 너무 맑은 물만 찾는 물고기는 보통 사람들이 사는 세계에선 못 산다고 말이야."

"그래. 그래서 네가 엄청 화를 냈었지. 나는 제법 맞는 소리구나 하고 생각했었는데."

"근데 내가 화를 냈더니 다른 말도 해줬잖아. 대신 결혼을 할 경우에는."

"아주 아주 자상한 사람이랑 해야 한다고."

"네가 칠십, 팔십을 주면 백이십, 백삼십을 줘서 부족한 부분을 채워줄 사람이어야 한다고 했어."

"그러면 그 사람이 불쌍하다고 내가 그랬었지. 쿡쿡."

웃으면서 말했지만 태희의 눈은 사뭇 진지해졌다. 소희 역시 마찬가지였다. 잠시 동안 랜턴이 동그랗게 만들어내는 희미한 빛 무리 속에서 둘은 각자의 생각에 잠겨 있었다. 먼저 침묵을 깬 것은 소희 쪽이었다.

"……어머니 일 네가 알고 있다는 거, 결국 재경이에겐 비밀로 할 거야?"

"응. 너랑만 아는 비밀로 담고 갈 거야."

한국에서 떠나기 전에 태희는 소희에게 마음속 비밀을 털어놓았었다.

부모님의 교통사고가, 단순히 사고가 아니란 걸 이미 알고 있다고. 소희와 재경이 호텔에서 태웠던 편지에 대해서도 안다고. 사고라고 받아들이는 척했지만, 사실은 그것이 어머니가 꾀한 동반자살임을 안다고 말하면서 씁쓸히 웃었다. 그리고 그것을 안다는 것을 영원히 가슴에 묻고 재경에게 말하지 않을 거라고 했다.

소희가 태희의 도피유학을 받아들였던 데에는 그런 비밀의 무게가 크게 영향을 미쳤었다. 비밀로 묻는다 해도 역시나 사람의 일이다. 재경을 보는 태희의 마음이 편할 수는 없다. 그렇다면 태희가 원하는 대로 마음을 추스를 시간을 주어야지, 하면서 가는 걸 붙잡지 않았다.

소희는 몇 번이나 고개를 주억거리고는 말했다.

"한재경이 벌이라고 말한 건 아마도 네 부모님 이혼에 자신이 끼친 몫에 대한 자책감 정도겠지. 그 일은 뭐, 나한테 돈이 많았다면 나라도 생각했을 법한 일이니 내가 비난하긴 그렇다. 혼인신고서 건도 네가 약혼을 거절했다는 것에 욱해서 나온 반작용이라고도 볼 수 있고. 솔직히 말이야, 도장 찍기 전엔 아는 체도 말라니 너무 치기가 넘쳐서 좀 웃겨. 그렇게 잘난 녀석이 왜 그리 네 일이 되면 유치해지는지. 네가 좋긴 엄청 좋은 가보다."

그 말에 태희의 뺨은 곧 발갛게 물들었다. 무안한 김에 맥주만 홀짝거리는데 소희가 자리에서 일어서더니 왼편의 벽이 있는 곳으로 향했다. 거기엔 작년 봄에 소희가 심혈을 기울여 완성한 벚꽃 병풍이 있다. 동양화라고 하면 자신의 최대 약점이라고 할 만큼 서투른 소희가 병풍을 완성하기 위해 투자한 시간과 노력이 보여서 태희를 감탄시킨 작품이었다. 나중에 태희가 시집갈 때 혼수로 주마 약속했던 그 병풍 앞을 거닐면서 소희는 툭툭 병풍 속의 꽃들을 건드렸다.

"결혼은 지나친 감이 있지만 약혼은 뭐 생각하기 나름이잖아? 약혼하고 몇 년 뒤에 결혼하겠다고 하는데 모란 사모께서 결사반대하실 까닭도 없고. 물론 재경이도 매우 기뻐했을 테고. 너는 신데렐라가 되고 싶지 않다고 거절했다지만 정말 그 이유뿐이야?"

"내가 그 이야길 들었을 때 소스라치게 놀란 건, 약혼을 '발표' 한다는 말 때문이었어. 나름대로 열심히 살고 있다는 자부심도 축적해가고 있긴 하지만 그건 또 다른 문제더라고. 내가 한경 셋째 아들의 약혼녀라는 공식적인 감투를 쓰게 되는 순간엔 말이야. 부, 명예, 지위. 살면서 차차 얻으면 그뿐이라고 생각했던 것들이 갑자기 엄청 중요하게 느껴졌어. 남들이 윤태희란 사람이 누구야? 라고 물었을 때 재경이나, 어머니께서 설명할 수 있는 말이 뭐가 있을까 하는 생각도 들었어. 없더라고. 난 그냥 윤태희야. 보물이 될 유리구두 한 켤레조차도 없어. 지참금이 될 가치 있는 그 무엇 하나도 없는 내가 어떻게 그의 약혼녀라고 사람들 앞에 나설 수 있지?"

"다른 건 몰라도 하나는 넘치게 있잖아. 한재경이 널 무시무시하게 사랑한다는 점."

소희의 장난스런 말에 태희는 말없이 미소 지으며 맥주를 마셨다. 소희는 병풍을 향해 돌아섰다. 만개하기 직전의 벚꽃을 그린 것이라 상당수가 봉오리를 터뜨리기 전의 것이다. 그 아문 봉오리들 중 하나를 유심히 쳐다보면서 소희가 말했다.

"그렇게 그럴 듯한 말 말고 진짜 속마음을 털어놔봐."

"응?"

"그런 시간벌기용 대사에 나까지 넘어가서 춤춰주리? 말해. 이 몸은 정소희님이시다. 윤태희가 하는 말이라면 그 속에 숨겨진 1퍼센트의 그늘도 다 간파할 수 있다고."

태희는 물끄러미 소희의 뒷모습을 쳐다보았다. 꽤 오래 그러고 있었지만 소희는 채근하지 않았다. 태희가 말할 거란 것을 알고 기다려주고 있다. 물론 태희 역시 결국에는 입을 연다. 소희에게 말할 수 없는 비밀 같은 건 없는 게 낫다. 설사 있어도 그것은 비밀이 아니라 소희가 모르는 척해 주는 거라는 걸 잘 알고 있다.

"있잖아……. 듣고 웃기 없기다."
"안 웃어. 내가 정소희라는 데에 걸고 맹세하지."
"나는 말이지, 어른이 되고 싶지 않아졌어."
"앙?"
"너 지금 웃는 거지?"
"아니야. 웃는 거 절대 아니거든? 이건 리액션. 리액션이라고 몰라?"
코웃음을 치기 직전에 멈춘 소희가 냉큼 달려와서 태희의 맞은편에 앉았다. 반짝이는 두 눈을 빛내면서 소희가 물었다.
"어른이 되고 싶지 않다니, 난데없이 피터팬 신드롬이냐?"
"그거랑은 좀 다른 것 같아."
"그럼? 너 이젠 스물두 살이야. 미성년자이던 때는 이미 지났어. 사람들은 우릴 보고 어른이라고 하는데 이제 와서 어른이 되고 싶지 않다고 하면 뭘 어쩌고 싶다는 거야?"
"글쎄. 뭘 어쩌고 싶은 게 아니라……."
태희는 한숨을 쉬면서 아틀리에의 바닥에 누웠다. 소희도 따라 누울까 하다가 대신 태희의 머리 근처로 가서 앉은 뒤 머리카락을 부드럽게 쓰다듬어주었다. 그 손길에 기분 좋은 미소를 띠면서 태희가 말했다.
"하루에도 수십 번씩 마음이 오락가락해. 더 열심히, 더 빨리, 더 높은 곳으로 가야 한다고 몰아붙이는 목소리에 마음이 급하다가도 문득문득 그런 생각이 들고 마는 거야. 이젠 그렇게 서두를 필요가 없잖아 하는."
두 손을 든 태희가 엄지손가락끼리 교차시킨 뒤 나머지 손가락을 파닥거렸다. 천장에는 마치 커다란 새가 나는 듯한 그림자가 생겨났다.

"내가 어떻게든 구원해 주고 싶었던 엄마는 결국 날 구원하려고 멀리 떠나버리셨잖아. 이젠 안 돌아와. 그런데 나는 여전히 세상을 상대로 빨리 달리기 경주를 해야 하는 걸까? 나는 조금 멈추고 싶어졌어. 아……, 그렇구나. 그분이 한 말은 그 뜻이었어."

문득 태희가 벌떡 일어나 앉더니 소희를 향해 열띤 어조로 말했다.

"나는 이제 해야 한다고 작정했던 일이 아니라 내가 하고 싶은 일을 해보고 싶어졌어. 그건 엄마랑은 상관없는 일이야. 재경이랑도 상관없는 일이야. 내가 좋아서, 내가 재미있어서 하고 싶은 일들, 그런 걸 찾아보고 싶어. 높은 곳에 못 가도 좋아. 남들보다 느려도 좋아. 너처럼 혼신을 다 바칠 꿈을 가질 수 있다면 몇 십 년이 걸려도 찾아 헤매보고 싶어."

"헤에. 몇 십 년씩이나."

소희가 놀라서 중얼거리는 소리에 태희가 쿡쿡 웃었다.

"엄마가 내게 주고 싶었던 게 이런 자유가 아니었을까 싶어. 가슴을 누르던 돌도, 커다랗게 뚫려 있던 검은 동굴도 결국엔 엄마가 치워주고 덮어준 셈이야. 나는 무엇이든 될 수 있어. 그리고 언젠간 무언가가 될 거야. 내가 걸어온 길을 그대로 담고 있는, 내가 간절히 바라는 모습의 무언가가."

"음. 네가 원하는 건 결국……마에스트로구나!"

"마에스트로?"

"장인(匠人)이 되고 싶은 거야! 인생을 조각하는 예술가. 아니지, 너는 너 자체를 조각하고 싶어 한다는 게 더 정확하겠다. 걸작이 되고 싶어 해. 이를테면……위인전기 속의 인물? 어쩌지? 나라를 구할 참이냐? 그럼 3차 대전이 일어나야 하나?"

"바보."

결국 태희가 웃음을 터뜨렸다. 소희는 진지하게 팔짱을 끼고 위인이 될 다른 방법은 뭐가 있을까 고개를 갸우뚱했다. 그러다가 급격히 틀어진 말의 방향을 깨닫고는 다시 원점으로 이야기를 돌렸다.

"한데 네 소원하고 재경이가 왜 충돌하는 건데? 네가 원하는 걸 솔직하게 말하고 같이 가자고 하면 되는 거 아니야?"

"충분히 책임질 수가 없으니까. 게다가……그 앤 너무 무서워."

"이제 와서 그게 무슨 소리야? 한재경이 무섭다는 걸 모르고 만났냐? 그리고 무서워 봤자지, 걔가 조폭도 아니고. 또 널 끔찍이 아껴서 세상에 둘도 없이 애지중지하는 게 이렇게나 훤한데. 내가 장담하는데 그 녀석은 자기 가정에 완전 충실할 거다. 절대로, 절대로 어떤 인간처럼 가족들한테 손댈 그런 인간은 안 돼. 내 말이 틀리면 내 손에 장을 지져."

"후훗, 그런 일이 있을 거라곤 나도 생각 안 해. 그리고 무섭다는 건 그런 의미가 아니야. 내가 너무 그 앨 좋아해서, 무서운 거지."

"니들의 죽고 못 사는 사랑은 잘 알고 있거든? 내 손발이 오그라들어 죽는 게 보고 싶은 게 아니라면 애정고백 말고 알아듣게 이야길 해!"

타박하는 소희에게 옆구릴 걷어차였다. 태희는 키득거리면서 웃다가 소희의 손을 잡아 두 손으로 감싸면서 말했다.

"나한텐 너도 무서운 존재야."

"내가 뭘? 이따금 때린다고 원망하는 거냐? 야, 모름지기 이건 사랑의 매라고! 진짜 사랑! 우리의 금석 같은 우정을 생각하란 말이다!"

"그래그래. 내가 전에 말했었지? 넌 내 빛이라고. 너랑 재경이, 그리고 우리 엄마. 그렇게 세 사람이 내겐 태양 같은 환한 빛이야. 그런데 그 빛들이 다 빛깔도 다르고 온도도 달라. 우리 엄마는 따뜻하지만 조금은 서글픈 보라색이었어. 너는 따끈하고 예쁜 노란색이야. 그리고 재경인 처음에 차가운 파란색이었어. 차갑지만 기분 좋을 만큼 차가웠지."

"그런데 지금은?"

"음. 지금은 따뜻한 파란색. 그런데 가끔씩 아주 뜨거운 붉은색이 될 때가 있어. 그럴 때의 그 애는 타오르는 화염 같아서 거기 휘말리면 난 아무 생각도 할 수가 없어. 세상이 어찌 되든 내 앞날이 어찌 되든 상관없다는 기분이 돼. 오싹할 정도로 그 애의 빛에 홀려서 내 세계에 온통 그 애만 존재하게 되는 거야. 거기엔 너도, 엄마도, 심지어 나도 없어."

"1차 경고. 내 손발은 지금 심하게 오그라들고 있어."

냉기 풀풀 날리는 소희의 말에 태희가 다시 킥킥 웃었다. 태희가 소희의 어깨에 머리를 기대고서는 가볍게 한숨을 흘리며 긴 속눈썹을 몇 번 깜박였다.

"재경인 내 거짓말을 본능적으로 느낀 걸 거야. 그래서 그렇게 화가 났겠지. 그 애의 마음이 식을까 봐 걱정하는 마음도 있긴 해. 정말로 끝이 온다면 아마 가슴이 찢어진다는 말로는 표현할 수 없을 만큼 지독히 아프겠지. 그렇지만 그런 일은 생각하지 않아. 걱정이 다른 걱정을 부르는 그런 악순환은 지긋지긋하니까. 단지……나는 예전처럼 그 애만이 희망이던 때로는 돌아갈 수가 없을 뿐이야."

"……요컨대 한재경의 아우라가 너무 강해서 네가 네 의지를 밀고 나갈 수 없을 것 같다, 그게 겁난다 그거냐?"

태희가 눈을 동그랗게 떴다. 그녀가 하고 싶었던 말을 그대로 짚어낸 것이다.

"응. 약혼이고 결혼이고 내게는 매일반이야. 지금도 벅찬 지경인데 그런 인연으로까지 묶여 버리면 내 머릿속엔 온통 재경이로 가득 차고 말 거야. 현모양처에 목숨 걸지도 몰라."

"현모양처도 잘만 하면 좋잖아? 너한테 그 역할 잘 어울릴 것 같기도 하고."

"설사 나중에 찾게 된 꿈이 정말로 그게 된다고 해도 조금은 유예가 필요해. 네 말대로 나, 고작 스물두 살이라고."

"그리고 어른도 되고 싶지 않아졌고 말이지."

놀리듯이 소희가 태희의 뺨을 꾹 찔렀다. 태희는 헤헤 웃으며 혀를 날름 내밀었다. 술이 올라서 뺨이랑 이마가 따끈따끈하다. 사과같이 잘 익은 태희의 양 볼을 쭈욱 잡아당기면서 소희는 쯧쯧 혀를 찼다.

"내가 보기엔 네가 생각이 너무 많다."

"응. 네가 말하면 그런 거겠지."

"또 재경이를 은근히 바보라고 생각하는 모양이야."

"설마! 우리 재경이가 얼마나 똑똑한데."

"아니, 그 머리 말고 말이야. 재경이를 온실에서 고이 자란 부잣집 도련님쯤으로 우습게 보는 게 확실해."

태희는 무슨 소린지 알 수 없어 고개를 갸우뚱했다. 소희는 한숨이 섞인 웃음을 얼굴에 그렸다.

"에효. 걱정도 많고 눈물도 많고 쓸데없이 염치도 많은 요 녀석아. 널 어찌할까나? 술독에 빠뜨려서 한재경 앞에 던져줄 수도 없고."

"어머, 우리 재경이도 불러서 술 마시는 거야? 아, 안 되는데. 재경이가 거기에 도장 찍기 전엔 아는 체 말랬어. 어쩌지. 도장을 찍을 수도 없고. 목소리도 못 듣게 되는 건 싫은데. 그럼 남은 길은 스토커가 되는 건가? 아, 나 그거 좀 소질 있던데."

태희는 한참 키득거리면서 웃다가 갑자기 옆으로 쓰러져서 잠이 들어버렸다. 맥주 몇 잔에 녹다운되어 버린 태희를 보면서 소희는 식은 치킨을 우적우적 씹었다. 뾰족한 수는 생각나지 않는다. 그래서 소희도 드러누워 자는 쪽을 택했다.

머리로는 알고 있었지만 학교에서 재경과 마주쳤을 때, 그가 너무도 차가운 표정으로 그대로 지나쳐 가버릴 땐 심장을 한 대 얻어맞은 것만 같았다. 소희는 태희가 눈에 띄게 안색이 창백해지는 걸 보면서 끌끌 혀를 찼다.

"원 이러다 애를 잡겠네."

"뭐가. 나 괜찮아. 조금 놀랐을 뿐이야."

"이따가 같이 듣는 수업도 있잖아? 어쩔 거야?"

"문제없어. 쉬는 시간엔 음악 들을 거고 수업시간엔 수업에만 집중하면 돼."

"말은 쉽다만."

소희의 말대로 말하긴 쉬웠다. 오후 수업 때 강의실에 들어간 것은 태희 쪽이 먼저였다. 수업 교재를 보면서 들어오는 사람들에게 신경 쓰지 않으려 노력했지만 거짓말처럼 어느 순간 고개를 들었을 때 앞문으로 들어오는 재경이 보였다. 눈이 마주치기 전에 급히 고개를 돌렸지만 이미 평정심은 깨졌다.

강의 내내 필기에 열중하긴 했는데 강의가 끝나고 교수님이 나갈 무렵엔 수업 내용이 어떤 거였는지 전혀 기억나지 않았다. 노트 위의 글씨도 엉망진창. 첫 수업부터 조짐이 참 좋다고 생각하면서 살며시 왼편을 쳐다보고는 이내 허탈해졌다. 재경은 이미 강의실에서 나간 후였다.

"한심해라."

태희는 노트를 이마로 콩콩 두드리고선 잠시 자괴감에 싸여 있었다. 그런데 불쑥 낯선 목소리가 위에서 들려왔다.

"혹시 머리 아파요?"

자신에게 한 말일 거라곤 생각 못했지만 어쨌든 고개를 들어보았더니 처음 보는 남학생 둘이 그녀의 책상 앞에 있었다. 주위를 둘러보았는데 가까이에는 학생들도 없었다. 남학생 둘 중에 안경을 쓴 쪽이 어색하게 웃으면서 음료수 세 개를 들고 있는 팔을 내밀었다.

"뽑는데 한 개가 더 나와서요. 이거 주고 싶은데."

"저한테 왜요?"

이 사람이 왜 이러나 싶어 태희는 눈을 깜박거렸다. 안경을 쓴 남자는 어째선지 얼굴을 붉히면서 우물쭈물하더니 갑자기 손에 든 캔을 다 책상 위에 내려놓았다.

"좋은 걸로 골라 마셔요. 그럼 다음 시간에 또 봐요."

"어, 저기요, 이건 가져가시지……."

어리둥절해하는 태희를 남겨 놓고 안경을 쓴 남자는 다른 남자와 함께 도망치듯 강의실을 빠져나갔다. 묘한 일도 있구나 하면서 태희는 책상 위에 올려진 음료수 세 개를 보았다. 음료수를 그대로 두고 나오려다가 그냥 두자니 찜찜해서 들고 나왔다. 어디선가 환호성 비슷한 게 들려서 고개를 돌렸는데 이렇다 할 사람은 보이지 않았다. 태희가 소희랑 만나기 위해서 예대 쪽으로 걸어가는 동안 그녀의 뒷모습에 못 박힌 시선이 셋이 있었다. 둘은 방금 전에 음료수를 주면서 말을 거는 데 성공한 남자들이었고, 남은 하나는 조용히 이글거리는 도깨비불을 피워 올리고 있는 재경이었다.

"저 멍청이 같으니. 내가 걷어내질 않으니 대번에 이런 꼴이잖아. 저한테 왜요? 둔해 터진 곰 같은 것도 정도가 있지! 진짜 저 바보를 내가 아주……."

물론 뜨거운 시선도 무서운 시선도 전혀 눈치 채지 못하고 태희는 갈 길을 갔다. 소희를 만나서 이런 걸 받았다고 내밀었더니 소희는 독이 들었을지 모른다면서 세 개의 캔을 모두 몸소 먹는 용기를 보여주었다. 다행히 독은 없었고 무사히 그날의 마지막 수업을 받으러 갈 수 있었다.

회계원리 수업을 받는 대강의실 앞문으로 들어서다가 소희가 움찔 놀라면서 태희를 데리고 급히 방향을 꺾었다.

"왜? 이 수업은 앞에서 받는 게 좋다니까. 뒤쪽은 멀어서 칠판이 안 보여."

태희가 소희의 팔을 잡고 다시 앞문으로 들어갔다. 그로 인해 소희가 못 보게 하려고 했던 게 뭔지 제대로 보았다. 앞에서 세 번째 줄에 앉아 있는 재경의 주위로 꽤 화려한 차림의 여자들 셋이 둘러앉아 한창 이야기꽃을 피우고 있었다. 놀랍게도 재경 역시 팔짱을 낀 느긋한 자세로 몇 마디씩 대꾸하는 게 보였다. 어김없이 태희의 안색이 창백해졌지만 놀랍게도 침착하게 걸어서 재경과는 얼마쯤 떨어진 곳의 가장 앞줄에 앉았다. 소희도 냉큼 뒤따라가 옆에 앉으면서 노트를 꺼내 들었다. 말 대신 펜을 꺼내 노트 뒷장에 적었다.

〔그 동아리 부원들이야. 3학년들인데 재경일 찍은 게 백 프로 확실해.〕

태희에게 노트를 내밀었더니 태희도 잠시 후 몇 마디 써서 밀어주었다.

〔주식투자동아리라 하지 않았나? 저런 분위기야?〕

〔부원 모을 때 성적이랑 집안 형편까지 본대. 그 부원들 자기 차 없는 애들이 없어. 경영대에서 날고 긴다는 애들이 사교클럽 삼아 만든 거라잖아. 말 다 했지 뭐.〕

〔그렇구나.〕

〔그렇구나? 그렇구나로 끝이야? 지금 네 왕자님 주위에 세련된 미녀들이 모여서 수작을 걸고 있는데 네가 지금 우아 떨 때야?〕

"그럼 내가 뭘 어쩔까?"

불쑥 태희가 말을 하는 바람에 소희가 슥 고개를 들었다가 두 번째로 움찔했다. 태희가 놀랍도록 환하게 웃고 있었다. 생글거리는 눈이 번쩍번쩍했다. 그럼에도 불구하고 소희는 슬금슬금 옆으로 몸을 빼면서 변명하고 있었다.

"뭐 딱히 뭘 어쩌란 건 아니고."

"그럼 이만 공부하자, 우리?"

"응. 공부할게."

잠자코 시선을 피한 채로 소희가 고개를 끄덕였다. 75분 동안의 수업 내내 소희는 옆에서 펄펄 날리는 냉기 때문에 추위에 시달렸다. 그것만이면 좋겠는데 어째선지 조금 떨어진 뒤에서는 이쪽으로 이글거리는 레이저 광선을 쏘아대는 게 소희의 촉에 감지되었다. 태희가 얼음 방패로 그걸 튕겨내는 바람에 그 광선까지 소희가 맞으면서 고생해야 했다. 질투하는 태희를 보게 된 것은 굉장한 일이었지만 이래서야 소희가 견딜 여력이 없다.

고래들 싸우는데 새우야 가지 마라. 짧은 시간 동안 소희가 냉기와 열기의 도가니탕을 번갈아 드나들면서 뼈저리게 깨달은 교훈이었다.

"허어. 질투라. 태희도 할 때는 하는구나. 요조숙녀 같은 얼굴로 말이야."

"너 걔 웃는 걸 봤어야 해. 어쩌면 내가 본 건 도플갱어였을지도 몰라."

태희를 일찍 집으로 들여보내고 한 시간 빨리 카페에 온 소희는 한가한 틈을 타서 승운을 붙잡고 자신의 고충을 하소연했다. 승운은 소희가 대중없이 이리 갔다 저리 갔다 하면서 쏟아내는 이야기를 용케다 들어주면서 가끔 차분히 호응을 해주었다. 그러다 소희가 더 말할게 없나 생각해 보는 사이 승운이 비스킷을 먹던 걸 그치고 고개를 갸웃했다.

"그러고 보면 한재경이 사람이 너무 좋아. 이러니저러니 해도 결국 태희한테는 다 접고 들어가는 것 같은데."

"그런 녀석이 혼인신고서가 아니면 끝이라는 식으로 협박하냐? 이래서 남자란 것들은. 결국 가재는 게 편이라 이거지."

"내가 보기엔 혼인신고서 건도……."

"네가 보기엔 뭐?"

"하다하다 안 돼서 그거라도 내밀고 보는 것 같은데. 그 녀석 성격에 충동적으로 혼인신고서를 덜컥 작성했을 것 같진 않고. 어쩌면 말이야, 태희 돌아오길 기다리면서 내내 간직하고 있었던 거 아닐까?"

"그 녀석이? 말도 안 돼. 그런 처량한 짓하곤 안 어울려."

소희가 대번에 손을 내저으며 비웃었고 승운도 그런가 하고 어깨를 으쓱했지만 승운이 했던 말이 진실이었다. 어쨌든 어디까지나 태희 편인 소희와 달리 승운은 재경의 입장에 대해 상당히 동정적이었다.

"나한테 그 녀석처럼 그렇게나 좋아하는 여자가 있다고 한다면, 난 도저히 이렇게 오래는 못 봐줬을 것 같아. 아무리 예쁘고 아무리 연약한 여자라고 해도 봐줄 게 따로 있지, 마음을 다치는 건 남자나 여자나 매일반 아닌가? 속도 좋지. 나 같으면 그냥 확."

"확? 무슨 소릴 하고 싶은 거냐, 확 뭘 어쩌겠다는 거야?"

"확 머리를 때려서 동굴로 끌고 들어가면 안 되나 해서."

"얼씨구. 원시인이냐?"

"요즘에 쓸법한 레퍼토리대로 하자면 사고를 쳐버리면 그만 아니야? 태희 성격에 생긴 애를 어찌할 생각은 절대 못할 거고."

"이 자식이 곱상한 얼굴을 해 가지고 머릿속은 완전 야만인 아냐? 누가 될지 몰라도 너한테 찍힐 여자는 무서워서 어디 살겠냐?"

"걱정 마. 내가 그런 식으로 반할 여자 따위 없을 테니까. 세상에 여자가 얼마나 많은 데 한 사람한테 목매고 찌질하게 사냐? 난 그렇게 스타일 구기는 짓은 안 해."

승운은 피식 웃으면서 비스킷을 입에 물었다. 얄미운 소릴 하는 입과 달리 여자가 무색하도록 화사한 피부며 오목조목한 이목구비는 말만 안 하고 있으면 감탄이 절로 나온다. 저 얼굴에 홀려서 날아드는 부나방들이 소희로서는 대단히 가엾다.

"진짜 재수 없다. 넌 꼭 너보다 한 수 위인 여자한테 미치도록 홀려서 오만 고생을 다 해보길 빈다."

"말 참 곱게도 한다, 정소희? 아예 저주를 해라."

"저주가 별거냐? 이런 저주라면 백 번이라도 해주마. 고생해라. 미치도록 고생해라! 아브라카다브라, 수리수리마수리, 옴마니반메훔!"

두 팔을 벌리고 묘한 기운을 끌어 모으면서 승운을 향해 주문을 외우는 소희를 보며 결국 승운이 고개를 흔들고 말았다.

"참 미스터리다. 어떡하다 윤태희는 너 같은 친구가 생긴 걸까나?"

"나 같은 인간이 어떤 인간이냐?"

"강파르고 성마른 왈가닥. 물불 안 가리는 의협심에 입도 걸고. 뭐였지, 맞다. 삼국지에서 나오는 장비 같아. 가진 건 의리와 힘뿐인 바아보. 여자란 자각은 하고 사냐?"

소희가 불끈 양 주먹을 쥐었지만, 그걸 보고 승운이 거보란 듯이 웃어서 손은 가만히 아래로 내려놓았다. 그래도 분노로 실룩거리는 얼굴로 소희가 말했다.

"네 눈엔 여자로 안 보이는지 몰라도 이래봬도 나 좋다고 목매는 녀석도 한 놈 있거든? 걱정해 주는 건 눈물 나게 고맙다만!"

"상상 속의 친구 아냐? 야, 그런 친구는 보통 어릴 때에나 만드는 거지."

화사한 미소와 함께 비수가 될 말을 턱턱 날리는 승운을 보면서 소희의 머릿속에는 살(殺)자와 인(忍)자가 미친 듯이 날아다녔지만 다행히 인(忍)자가 승리를 거두었다. 승운이 뭐라고 말하든 간에 실재하는 사람이 환상이 되지는 않으니까.

“지구 반대편에서 사흘이 멀다 하고 편지 보내는 나름 꽃돌이 하나 있거든? 이 몸은 절대로 답장 따윌 하지 않는데도 불구하고 일 년 반이 넘도록 지극정성으로 말이야. 너 좋다는 여자들 중에 그 정도 하는 사람 있었나 몰라?”

“답장도 안 하는데 무슨 편지를 일 년 반씩이나. 광기에 집착이지 그쯤 되면?”

“순애보란 말도 있지?”

“순애보. 뭐 그렇다고 하든가. 그런데 순애보란 고운 말로 감싸줄 정도의 사람한테 내내 답장 한 장을 안 해줬다니 어째 모순이다?”

뭔가 정곡을 찔린 기분으로 소희는 뜨악한 표정이 되었다가 어깨를 으쓱했다.

“그러건 말건 난 알 바 아니니까. 내가 보고 싶을 때 옆에 없는 사람 뭐 하러 붙들고 있어야 해? 누구 말처럼 세상에 널린 게 사람 아니냐?”

“헤에. 본인 일은 그렇게 명쾌하면서 어째서 태희 일은 입장이 싹 바뀌냐? 그런 걸로 치면 한재경이 태희 기다린 건 머저리라서 그런 거잖아?”

“그……그건 사랑이니까! 진짜 사랑!”

또 정곡을 찔린 소희가 찔끔했다가 괜히 몰린다 싶으니 큰 소리로 을러대며 대답했다. 승운은 여전히 해사한 미소와 함께 고개를 갸우뚱했다.

“진짜 사랑이라. 말은 근사하다만.”

“야, 넌 대체 누구 편이야? 넌 이제 태희 친구니까 태희 편들어줘야지!”

“지금 이게 편먹기 게임도 아니고 무작정 태희 감싸면 되는 일이야? 너 나한테 도움이 될 만한 의견을 내놓으라며?"

핵심을 찌른 승운의 말에 소희는 완전히 패배를 인정했다. 고개를 끄덕끄덕하면서 소희가 백기를 들자 승운은 그제야 좀 부드러워진 말투로 대답했다.

"두 사람이 내 머리로는 이해가 안 될 만큼 좋아한다는 건 알고 있어. 태희가 그렇게 떠났던 것도 나름대로는 납득하고 있고. 그렇지만 한재경을 두고 생각해 보자면 태희가 그렇게 떠났던 건 살짝 몰인정한 감이 없잖아 있잖아?"

"몰인정? 하긴 너야 깊은 사정을 모르니까 그렇게도 말할 수 있겠지."

한숨을 쉬며 소희는 턱을 괴었지만 생각해 보면 재경도 그 사정을 모르고 있다는 게 떠올랐다. 태희 어머니의 유서 비슷한 편지를 보긴 했지만 그 사고까지 이르는 경로 상의 상당 부분을 말이다. 재경의 생모가 태희 아버지에게 어떤 영향을 줬는지는 알겠지만, 태희 어머니와의 사이에 오간 대화를 그는 모르고 있을 터였다. 태희는 절대로 그 사실을 재경에게 말할 리 없다. 앞으로도 영원히 묻힐 비밀.

그렇다면 조금은……아니 상당히 태희를 원망하고 있을지도 모른다. 한편으로 불안이 싹텄을지도. 자신의 곁을 못 떠날 줄 알았던 태희가 그렇게 훌쩍 떠나버릴 수 있다는 것에.

"한때는 신이나 다름없었는데, 어느 날 문득 정신을 차려보니 인간이 되었다……. 무서운 일이긴 하군."

비로소 재경 쪽 저울에 추를 약간 덜어주면서 소희는 씁쓸하게 웃었다. 승운은 그녀의 진지해진 얼굴을 구경하다가 벽에 걸린 시계를 보고는 자리에서 일어났다.

"자, 생각은 천천히 하고 우선 일이나 하자구. 장사는 계속되어야 하는 법!"

"오케이, 보스."

의자에서 벌떡 일어난 소희가 사무실로 뛰어갔다. 승운은 벗어두었던 앞치마를 두르고 끈을 묶으면서 중얼거렸다.

"태희가 저 녀석 반 정도만 가벼웠어도 이런 문제가 나올 리가 없는데. 하긴 그랬으면 그 녀석이 태희한테 그렇게 반할 리도 없었을까?"

생각이 너무 많아서 탈이라면 그걸 좀 털어내게 해주면 되는 거 아닐까. 그 무거운 커플에게 지금 가장 필요한 건 로맨틱 코미디 영화 같은 가벼움, 그 자체일지도 모른다. 우선 태희의 머릿속부터 탈탈 털어내게 해줘야겠다. 승운은 자신의 생각이 마음에 들어서 빙긋 미소 지었다.

이윽고 열 시가 되어 가게 문을 닫을 준비를 하면서 승운은 청소 중인 소희의 옆으로 밀걸레를 밀고 가면서 말했다.

"내일 태희 생일 말이야, 저녁에 따로 하기로 한 거 있어?"

"헉, 오 마이 갓!"

소희가 승운의 말에 소스라쳐 놀라는 걸 보고 승운은 이내 쯧쯧 혀를 찼다.

"너 태희 생일 까맣게 잊고 있었구나. 이러면서 말로만 절친 타령."

"아, 아니야, 기억하고 있었어. 바로 엊그제까지만 해도 기억하고 있었다고! 잠깐 정신이 혼미해져서 까먹었을 뿐이야!"

"어찌 됐든 정작 당일 아침에 태희는 미역국도 못 얻어먹을 뻔했다는 거잖아? 이야, 이제 부모도 없는 가엾은 친구인데 너무하는군."

"아니야, 미역국은 내가 끓여 줄 거야! 집 주방 싱크대 아래 열어보면 내가 사다 놓은 최고급 미역도 있단 말이다. 레시피를 내가 몇 개나 뽑은 줄 알아?"

"허, 레시피만? 아서. 차라리 마트에서 3분 미역국이라도 사들고 가지 그러냐."

"우리 딸 생일 미역국은 기필코 내 손으로 끓이고 만다! 아, 큰일이다. 집에 가면 당장에 연습해 봐야지. 청소, 청소!"

소희는 패닉 상태에서 손에 모터라도 달린 듯 급하게 움직이기 시작했다. 승운은 한숨을 내쉬곤 그 옆으로 쫓아가면서 말했다.

"아무튼 내일 저녁 일정은 미정인 거지?"

"우리 엄마한테 나가서 외식시켜달라고 할 거야. 남산 가서 놀고. 걔 수족관 구경하는 것도 무지 좋아하거든."

"고리타분하긴. 쓸데없는 일 하지 말고 나랑 같이 움직이자."

"같이 움직여? 뭘 하자고?"

"애들은 애들답게 노는 거지."

승운이 씨익 웃으면서 거만하게 턱을 들어 올렸다. 소희는 어째서 자신의 아이큐가 이 녀석 앞에만 오면 기하급수적으로 낮아지는 느낌이 들까 생각하면서 찌푸린 눈을 깜빡거렸다.

5. 빛

새로이 하루가 시작되었다. 다른 날들과 같기도 하고, 조금은 다르기도 한 날이다. 생일이라. 어릴 때도 딱히 좋아한 적이 없긴 했지만 이제 태희에겐 특히나 쓸쓸하게 느껴졌다.

"엄마 보러 가야지."

그렇게 중얼거리고 다시 힘을 내어 태희는 소희네 집까지 달렸다. 조깅 덕분에 물씬 솟아난 엔도르핀 덕에 기분 좋게 현관문을 열고 들어설 때 코끝에 군침 도는 음식 냄새가 닿았다. 도우미 아주머니가 벌써 오셨나 하면서 태희는 주방으로 갔다.

"아주머니, 저 배고픈데 국 조금만 덜어서……. 어라, 소희야? 여기서 뭐해?"

"헛! 너 아직 여기 들어오면 안 되는데!"

앞치마를 두른 소희가 손에는 국자와 간장을 든 채로 황망히 레인지 위의 냄비를 가리려고 두 팔을 벌렸다.

"당장 가서 씻어. 깨끗이 씻고 예쁜 옷 입고 내려오란 말이야. 꺼져,

저리 가. 훠이훠이."

기어코 소희가 태희를 주방 밖으로 쫓아냈다. 결국 태희는 샤워를 하러 이층으로 향했다. 태희가 씻고 나서 검은 벨벳 원피스를 입고 방을 막 나오는데 어느 틈에 올라왔는지 소희가 문 앞에 버티고 있다가 세차게 고개를 저었다.

"아냐, 아냐. 이 옷 아냐. 자, 들어가자, 내가 꼬까옷 골라줄 테니."

태희를 밀면서 방으로 들어온 소희가 옷장을 이리저리 살피며 찾아낸 옷은 재작년 봄에 재경이 선물해 준 장미빛깔의 원피스였다. 풍성한 치맛단이 무릎 아래에서 찰랑거리는 걸 보면 멀쩡한 사람도 봄바람이 날 것 같다고 소희가 빈정거렸던 공주님 풍의 옷이다. 기어코 태희가 옷을 갈아입게 한 뒤 소희는 태희를 자기 방으로 데려가 화장대 앞에 앉혔다.

"뭐 하는 건데, 지금?"

"오랜만에 이 엄마가 실력 발휘를 해주마. 공주님처럼 진주 핀도 가득 꽂아 보자꾸나. 그리고 화장도 해야지?"

"선크림 발랐는데?"

"선크림 바르는 게 화장이냐! 넌 정말 아직 멀었어. 나 없이 너 어떻게 살았니?"

태희를 타박하면서 소희는 분주히 움직였다. 태희가 가만히 앉아 있는 동안 소희는 그녀의 머리를 가지고 작품을 만들어 냈다. 정교하게 틀어 올린 머리에 자잘한 진주 구슬들이 잔뜩 반짝거리면서 실로 책에서 읽은 구름을 얹은 듯한 머리가 따로 없다는 생각이 들었다. 메이크업을 한 양 볼도 입고 있는 원피스 못지않은 사랑스러운 장미빛깔을 띠고 있다.

"……과하다."

"전혀!"

태희가 수줍어하면서 그렇게 말하자 소희는 딱 잘라 그렇게 말한 뒤 화장대 옆의 서랍장을 열어 뭔가를 꺼내 태희의 무릎 위에 살짝 얹어 놓았다.

"어머, 예쁘다."

탐스러운 자주색 토트백을 보고 태희가 감탄했다. 그러다 짚이는 게 있어서 소희를 돌아보았다. 눈이 마주치자 소희가 말했다.

"응. 생일선물. 우리 태희 생일 내가 무지하게 축하한다."

민망했던지 태희를 덥석 끌어안고 소희가 이리저리 흔들었다. 태희는 감격해서 잠시 말을 못 하다가 소희가 뻘쭘해 하면서 그녀를 놓아줬을 때 가방을 보면서 중얼거렸다.

"고마워. 고마운데……이거 너무 비싼 거 아냐? 왜 이렇게 무리했어?"

"무리했다! 진짜 비쌌어! 그렇지만 이건 내가 내 힘으로 벌어서 주는 첫 번째 선물이니까. 최소한 이십 년은 써야 하지 않겠냐 싶어서."

"아까워서 어떻게 들어, 이걸."

"들어! 자주 들고 다니고 수리할 일 생기면 가지고 가서 수리도 받는 거야! 명품은 그러라고 명품이지. 자, 이젠 밥 먹으러 가자. 둘이 먹다 셋이 죽어도 모를 엄청난 작품을 내가 만들었단다."

태희의 눈이 젖은 게 확연히 보여서 소희가 황급히 태희를 데리고 주방으로 내려갔다. 주방엔 뜻밖에도 소희의 어머니가 먼저 나와 있었다. 언제나처럼 늦잠을 잘 줄 알았더니 소희가 차려놓은 두 사람분의 식사 중 한 좌석을 턱하니 차지하고는 국을 맛보고 있었다.

"으아앗! 엄마, 안 돼! 그거 생일 미역국이야! 태희가 제일 먼저 먹어야 해."

"……딸아. 이건 사람이 먹을 음식이 아니구나."

국을 한술 뜨기 무섭게 뱉어내면서 소희 어머니가 울상을 지었다.

소희는 비명을 질렀다.

"으아아아! 더럽게 뭐하는 짓이야! 자기는 음식의 음자도 모르는 주제에 딸이 한 첫 음식을 이렇게 망치기야!"

"글쎄, 이건 음식이 아니래도. 어머, 태희야. 먹지 말래도 그런다."

모녀가 티격태격하는 사이 다른 자리에 앉은 태희가 잠자코 국을 떠서 마셨다. 몇 숟가락쯤 먹고선 소희를 향해 싱긋 웃었다.

"맛있어. 시집가도 되겠다."

"정말? 봐요, 맛있다잖아. 엄마 입이 저질이라니까. 쳇. 보라구, 이렇게 맛이……. 왜 이렇게 짜졌지? 안 이랬는데. 엄마지? 엄마가 여기다 소금 탄 거지?"

"내가 왜 멀쩡한 국에 소금을 붓니?"

"그럼 이 국이 왜 이래? 안 이랬는데. 어우 짜. 거기다 왜 쓴맛이나?"

영문을 알 수 없다는 듯 계속 국을 맛보는 소희를 두고 태희는 국에 밥까지 말아서 한술 뜨면서 말했다.

"국이 끓을 때 간을 계속 해서 그래. 나중에 조금 손보면 돼. 지금도 맛은 있어."

"밥 말아 먹으면 더 낫나 봐, 엄마. 어디……. 야, 태희야. 그만 먹어라."

밥을 한술 말아 먹어본 소희가 한가득 풀이 죽어선 그렇게 말했다. 하지만 태희는 열심히 국에 만 밥을 먹었다. 그러다가 문득 급하게 손등으로 눈을 훔쳤다. 행여 태희가 민망해할세라 소희 모녀는 못 본 척하고 의기 합심해서 목청을 높였다.

"못하면 아주머니에게 부탁할 것이지 왜 사람이 못 먹을 걸 만들고 야단이니?"

"남이 차린 음식 먹을 줄만 아는 엄마가 그런 소리 할 자격 있어?

엄마가 '한소끔' 이란 말이 어느 정도의 시간인지 알기나 해?"

"그런 거 몰라도 잘만 살았거든? 이 나이에 이렇게 젊고 아름다운 거 보면 몰라?"

"그게 엄마 능력이야? 다 성형외과 의사들이 잘나서 그런 거 아냐!"

두 사람이 티격태격하는 소릴 들으면서 태희는 맛있게 밥을 먹었다. 2년 만에 맛보게 된 생일상은 지금까지 받은 생일상 중 베스트 3에 들 정도로 최고였다. 친구 소희처럼 강렬한 맛의 결코 잊지 못할 미역국이었다.

음악을 들으면서 인문대로 향하던 태희는 인문대와 경영대 사이의 벤치존에 있는 많은 학생들 속에서 바로 재경을 찾아냈다. 그가 앉은 벤치 주위엔 어제 보았던 여자들 말고도 다른 남자들의 모습도 보였다. 아마도 같은 동아리 부원들이겠거니 하면서 태희는 걸음을 멈춘 채 그들을 조금 유심히 살폈다. 지그시 쳐다본 것에 지나지 않는데 차츰차츰 그녀의 시야에 들어온 사람들의 얼굴도 태희 쪽으로 고정되었다.

뭇 시선에 태희의 귀뿌리가 발갛게 물들었지만 그래도 고개를 돌리지 않고 그대로 서 있을 수 있었던 것은 아직 재경이 그녀를 봐주지 않아서였다.

아니, 그는 이미 멀리에서 태희가 걸어오는 것을 보고는 부러 모른 척하는데 지나지 않았다. 손에 든 지포 라이터를 찰칵찰칵 가지고 놀면서 기어코 태희를 외면하려던 그였다. 그러나 그의 앞쪽에 있던 누군가가 중얼거리는 소리가 그의 마음을 흔들었다.

"……쟤한테 나비가 날아드네. 사람인지 꽃인지 분간이 안 되나 봐."

태희를 두고 중얼거린 그 목소리에 배인 감탄과 설렘. 재경은 그만 쳐다보고 말았다.

눈이 마주치자 태희의 눈동자가 영롱하게 흔들렸다. 그녀의 주변으로 정말 하얀 나비가 날고 있었다. 어깨 근처에서 날갯짓하다가 머리에 앉을 듯 말 듯 머뭇머뭇 떠돌아다녔다. 그 나비를 불러온 것은 태희의 향기일 것이다. 그 향이 더욱 사랑스러워지는 것은 그녀가 웃을 때. 바로 지금처럼. 더할 나위 없이 다정한 미소를 눈과 입술에 담아서 재경을 보았다.

그녀의 눈은 분명 무슨 말을 하고 있었다. 미처 재경이 그걸 읽어내기 전에 태희가 시선을 거두었다. 그대로 몸을 돌려 태희는 사뿐사뿐 길을 갔다. 나비도 자신의 착각을 깨달았는지 다른 곳으로 훌쩍 날아가 버렸다.

잠시 동안 비일상적일 만큼 멈춰 있던 세계가 다시금 분주히 움직이기 시작했다. 주변의 사람들은 언제 자신들이 침묵했냐 싶게 뭔가를 재미난 듯 떠들기 시작했다. 재경은 손에 쥐고 있던 라이터가 바닥에 떨어져 있는 걸 보고는 그걸 줍기 위해 등을 굽혔다. 라이터에 손가락이 닿으면서 그의 이니셜이 새겨진 움푹한 표면을 느꼈다. 태희가 선물해 줄 때엔 그의 이니셜만 새겨져 있었던 것이다. 그러나 지금은 그 옆에 다른 문자가 더 크게 새겨져 있다.

원래의 JK. 그 옆에 그가 따로 새겨 넣은 for TH.

JK for TH. 나는 너를 위해 존재하는 것.

"아아……지루해."

재경은 갑자기 크게 중얼거리면서 고개를 뒤로 젖혔다. 주변에 있던 일행들이 깜짝 놀라서 그에게 무슨 말을 건네 왔지만 재경은 아무것도 들리지 않는 것처럼 그대로 자리를 박차고 걷기 시작했다. 뒤에서 그의 이름을 몇 번 부르는 소리가 들려온 것도 같았다.

아무래도 상관없다. 태희가 없이도 멀쩡하게 영위되는 세상사? 그런 게 가능할 리가 없다. 그녀를 잡으려 준비한 무기가 오히려 재경을 향해 날을 빛내고 있다. 완전히 자승자박의 꼴이다. 그렇다고 이제 와서 슬그머니 물러설 수도 없어졌다. 아니다. 이런 상태가 오래 지속된다면 그가 슬그머니 물러서란 법도 없지 않다.

재경은 이러지도 저러지도 못하게 된 심정으로 태희가 간 길을 쳐다보았다. 눈앞에 그녀의 장밋빛 원피스가 아물아물 거렸다. 마음은 그대로 두고 재경은 몸만 홱 돌리면서 반대편으로 걸었다. 버틸 것이다. 그리고 괜찮은 척할 것이다. 그녀는 웃기까지 했잖은가. 윤태희가 할 수 있는 일을 자신이라고 못할 것 없다. 나는 한재경이란 말이다.

그렇게 마음을 다잡으며 스스로를 추슬러 보지만 이마엔 희미하게 땀이 배어나면서 미열의 조짐이 있다. 다시금 그는 불면증의 포로가 되어가는 중이었다.

태희 어머니를 보러 들렀던 추모공원에서 나온 뒤 소희는 태희를 놀이공원으로 데려갔다. 입구에서 사진기사로 불려왔다는 승운을 보고서야 태희는 이것이 생일 이벤트구나 싶었다. 아무 생각 없이 즐겁게 놀고 가자고 태희도 각오를 했는데, 소희와 승운 둘이 양쪽에서 태희의 팔을 잡아 연행하듯 데려가는 장소가 태희를 불안하게 했다.

설마 했는데 정말로 바이킹.

"저기……내가 이걸 왜 타야 하니."

목소리조차 가라앉아서 웅웅 울린다. 승운이 웃으면서 태희에게 말했다.

"생일빵. 멋지지?"

"생일빵? 우리가 애들이니?"

"얘들이 아니지. 설마 스물두 살이나 먹어놓고 저딴 게 무섭다고 징징대는 거야?"

"진짜로 무섭게 생겼잖아! 세상에, 저거 저렇게 높이 올라가는 것 좀 봐. 거기다 사람들 비명 지르는 거 안 보여? 왜 사람이 돈을 주고 자길 고문해야 하는 거야?"

소희가 히죽거리며 툭툭 태희의 등을 두드렸다.

"타보면 알아. 스트레스 해소엔 그만이다. 잔뜩 올라갔다가 화악 내려올 때 번쩍 손을 드는 거야! 나는 자유인이라는 그런 기분이 물밀듯이 쏟아져 들어올 거라구."

"그런 해방감은 너나 맛보란 말이야. 난 안 타. 난 회전목마만 타도 자유인이란 걸 느껴. 난 이런 거 필요 없어. 난 범퍼카 타러 갈 거야!"

태희가 버둥거리면서 도망가려고 했지만 둘이나 되는 사람을 이길 도리가 없었다. 결국 바이킹에 올라갔다. 소희는 쌩하니 안으로 달려가서 바이킹의 맨 끝 좌석을 용케도 찜했다. 승운은 밖에서 사진을 찍는다며 남아서는 놀리는 것처럼 여기 보라면서 손을 흔들었다.

"알았지? 올라갔다 내려올 때 눈을 번쩍 뜨고 두 손을 드는 거야. 만세! 알겠지?"

"어? 야, 야, 정소희 너 어디가?"

태희에게 그렇게 일러놓고 소희가 일어나서 반대쪽 자리로 갔다.

"이 엄마는 저기서 널 지켜보마. 명심해 눈 뜨고 만세다. 어허, 따라오지 말고!"

아직 바이킹이 움직이기도 전부터 안전바를 두 손의 핏줄이 불거질 만큼 꽉 잡은 태희는 바이킹이 슬슬 흔들리기 시작했을 땐 딱딱 이까지 맞부딪히며 떨었다.

"윤태희, 만세! 생일 축하한다, 친구야!"

어디서 천둥처럼 나는 소리가 소희가 목청껏 내지르는 소리란 것도 좀 늦게 알았다. 바짝 언 얼굴로 소희를 향해 웃어 주려고는 했는데 점차 바이킹이 그리는 포물선의 범위가 넓어지면서 태희는 안전바를 쥔 두 손에 이마를 딱 대고는 마음속으로 비명을 지르느라 바빴다.

심장이 두근거리다 못해 아플 지경이고, 머리는 어찔어찔, 숨조차 어찌 쉬는지 모를 정도로 정신이 하나도 없다. 귓가에 스쳐가는 바람이 윙윙거렸다. 올라갈 때는 그럭저럭 견디겠는데 내려갈 때에는 그야말로 온몸이 지구 안으로 빨려 들어가는 것만 같았다. 착하게 살게요, 진짜 착하게 살게요 라고 뜬금없이 누군가에게 빌어보면서 모진 고문을 견뎌내던 태희에게 언뜻 자신의 이름을 부르는 목소리가 들려왔다.

소희가 부르고 있었다. 절대 눈을 못 뜰 줄 알았는데 마음을 독하게 먹자 태희는 실눈을 뜨는 데 성공했고 아주 살짝 고개를 들었을 땐 반대쪽에서 태희를 향해 손짓하는 소희가 보였다. 소희의 입이 끊임없이 움직이고 있었다. 눈 떠, 눈 떠봐, 바보야. 두 손을 들어보라고! 그런 뜻의 말을 하고 있는 것 같긴 한데 태희에겐 절대 못할 일이었다. 태희가 고개를 저었지만 소희는 지치지도 않고 계속 소리를 질렀다.

"눈 뜨고 고개를 드는 거야, 바보야! 딱 한 번이면 할 수 있다고!"

"못 한다니까!"

그렇게 소리를 지르면서 태희가 고개를 확 들었다. 고개를 드는 건 좋았는데 눈이 감겨 버렸다. 급격히 하강하다가 다시 위로 올라올 때 태희는 온갖 용기를 다 끌어내서 부릅 눈을 떴다. 그러나 내려가면서 다시 감겼다. 못해. 못해. 절대 못해. 못난이에 바보여도 좋다고. 못하는 건 못한단 말이야.

"태희야!"

"에이씨, 못 한다는데 왜 자꾸 시켜. 그래, 사람 한 번 죽지 두 번 죽냐……. 에잇!"

했다. 하고 말았다. 태희는 딱 한 번이라는 심정으로 번쩍 두 손을 들었고 고개를 쳐들면서 위를 올려다보았다. 한순간 몸이 공중에 붕 떠 있는 느낌이었다. 그리고 다시 엄청난 속도로 급강하가 이뤄졌다.

"으아아아아아!"

태희는 놀라울 만큼 큰 목소리로 비명을 지르고 있었다. 자기 입에서 나온 소리에 자기가 놀랐다. 다시 바이킹이 올라갈 때엔 웃음이 터져 나왔다. 두 손은 안전바로 돌아왔지만 이제 태희는 눈을 똑바로 뜨고 주변을 볼 정신이 생겼다. 보려고 하자 보였다. 호들갑스런 표정의 소희도, 저 아래에서 사진을 찍는 승운도. 파란 하늘도, 흰 구름도.

마침내 바이킹이 멈추었다. 자꾸만 키득거리고 있는 태희에게 소희가 휘하니 달려와서 괜찮으냐고 물었다.

"물론이지. 걱정 마. 실성한 거 아니야. 이야, 너무 무서우니까 웃음이 다 나네."

일어서는데 무릎이 풀려서 잠깐 비틀거리기까지 했다. 소희가 부축해 주었지만 태희는 이내 정상적으로 걷기 시작했다.

"속이 후련하긴 진짜 후련하네. 근데 심장마비하고 해방감이 종이 한 장 차이네. 큭큭."

"처음이 어렵지 자꾸 타면 시시해져. 그래도 잘했다, 내 친구."

기다리고 있던 승운이 다시 옆으로 와서 태희의 도주를 차단하며 말했다.

"자, 바이킹 접수가 끝났으니 다음 난이도에 도전해 볼까?"

"무슨 다음 난이도? 바이킹을 탔잖아. 여기서 더 뭐?"

이제 겨우 한시름 덜었는데 또 뭔가 불안감이 밀려들어 태희가 움찔했다. 태희의 눈이 겁을 집어먹은 걸 보면서 소희가 씩 웃었다. 승운이 방긋 웃으며 말했다.

"가보면 알아."

그래서 그들은 갔다. 자이로드롭을 타러.

머릿속을 가볍게 해주겠다는 둘의 의도가 과했던지 저녁을 먹으러 가서도 태희는 내내 멍했다. 이 역효과를 두고 승운과 소희는 서로 상대방 탓을 하느라 바빴다.

"그러니까 아틀란티스는 건너뛰자고 그랬잖아."

"자이로스윙 때부터 상태 안 좋았거든?"

"그건 네가 타고 싶다고 탄 거면서 누굴 탓해?"

"무조건 네 탓이야. 놀이공원은 전초전이라더니 이래서야 무슨 다음 작전을 써먹어?"

"이 정도로 정신을 빼놓았으니 술 몇 잔이면 녹다운 확실해. 바람직한 전개니까 그 이상한 얼굴 좀 치워."

승운은 냅킨으로 입을 닦은 뒤 부드러운 목소리로 태희를 향해 말했다.

"배는 적당히 채웠으니 그만 일어나는 걸로 하자, 태희야. 태희야?"

"응? 아, 왜 승운아?"

혼자 딴 세상에 있다 온 것처럼 태희는 승운의 부름에 어리둥절해 했다. 그녀 앞에 놓인 접시 위의 음식물은 채 절반도 줄지 않은 채이다. 승운은 태희의 포크를 빼앗아 잘게 잘린 고기 몇 점을 억지로 입안에 넣어준 뒤 싱긋 웃었다.

"오늘의 하이라이트, 블링블링한 곳으로 놀러 가자고."

"저기 이젠 정말 난 집에 가서 쉬고 싶은데."

"생일이 아직 지나지 않았는데 집에 가서 쉬겠다니. 눈부시게 노는 거야, 이런 날엔."

"맞아 태희야. 우리 반짝반짝한 곳에 가서 눈부시게 놀아보자꾸나!"

"저기……내게도 내 의지란 것이 있거든? 오늘 대체 누구 생일인 거니."

둘을 번갈아보면서 하소연 섞인 호소를 해보았지만 두 사람은 모처럼 뜻이 통했다면서 샴페인으로 건배를 하느라 여념이 없었다. 태희는 고개를 숙이고 스테이크 옆에 놓인 브로콜리를 푹푹 포크로 찌르면서 한숨을 쉬었다.

예쁜 옷도, 맛있는 음식도 다 이젠 필요 없다. 태희는 그저 집에 가고 싶었다.

그러나 그로부터 약 두 시간 정도가 흘렀을 때 태희의 머릿속에선 집의 지읒 자도 떠오르지 않았으니 그녀에겐 다정하고 좋은 친구, 술이 있었던 것이다.

난생처음 클럽이란 곳에 들어설 때는 지나치게 큰 음악으로 바닥이며 천장까지 흔들리는 것 같아 깜짝 놀랐다. 또 전문 댄서가 아닌가 싶을 만큼 춤을 잘 추는 사람들, 열정적으로 춤추는 사람들, 때론 스킨십이 과도한 사람들을 보면서 태희는 놀랄 일투성이였다. 지금도 춤추러 나간 소희와 승운을 찾아 플로어를 쳐다보다가 춤을 추는 건지 몸을 비벼대는 건지 분간이 안 될 남녀를 발견하고는 얼굴이 빨개져서 급히 고개를 돌렸다.

"밤 문화라는 건 굉장하구나. 내가 모르는 미지의 영역이 너무 넓다."

다시금 자신이 우물 안 개구리였다는 걸 실감하면서 태희는 홀짝홀짝 맥주를 마셨다. 두 사람이 좀처럼 돌아오질 않았기 때문에 말할 상대가 달리 없는 태희는 사람들 구경을 하다가 술을 마시길 반복했다.

피식피식 웃음이 나왔다. 아침부터 참 좋은 일들이 많았다고 생각했다. 이렇게 즐거운 하루가 됐는데, 아침엔 깨면서 한숨부터 쉬었더랬다. 자기 전에도 그랬듯이 깨면서도 또 재경 생각부터 했던 것이다.

그래도 학교에서 그의 얼굴을 보게 되자 웃을 수 있었다. 그 뒤로도 자신을 위해 노력해 주는 친구들을 위해서 우울해하는 기색을 보이지 않으려고 애썼다. 나중엔 애쓰던 것도 잊고 진심이 되고 말았지만.

역시 난 친구 복이 많다고 행복해 하면서 태희는 또 웃었다. 그러면서 술을 마셨다. 처음엔 홀짝거리던 게 갈수록 한 번에 넘어가는 양이 많아져갔다. 그러다 병을 탈탈 털어도 맥주가 나오지 않는 사태가 왔다.

"어라? 없네. 그럼 다른 병을……. 어, 이것도? 아, 아까 내가 마셨어. 그럼 이거……. 이건 또 왜 비었어? 말도 안 돼. 내가 세 병이나 마셨을 리가 없는데. 근데 여긴 나 말고 마실 사람이……. 쳇. 뭐 다시 시키지 뭐. 저기요~저기요, 이거 세 병만 더 가져다주세요."

그녀의 손짓에 온 웨이터에게 맥주 세 병을 달라고 말하는 태희는 이미 배시시 웃고 있었다. 웨이터가 금방 가져오겠다고 말하고 간 뒤 테이블에 팔꿈치를 대고 두 손으로 얼굴을 받치고 기다리면서 태희는 한숨을 쉬었다.

"소희도 좀 오지. 화장실도 가고 싶은데."

자리를 지켜야 한다는 사명감에 불타서 꾹 참기로 했다. 새로 시작된 음악에 고개를 까딱거리면서 주위를 둘러보던 태희가 몇 테이블 옆의 남자들과 눈이 마주친 것은 그 무렵이다.

남자들 중 한 명이 손을 흔들면서 태희를 향해 활짝 웃어보였다. 안 그래도 한참 전부터 혼자 술이나 마시고 있던 태희를 지켜보던 시선이 한둘이 아니었다. 누군가 말을 걸러 오는 것도 시간문제이던 차에 태희는 자길 향해 웃으며 손을 흔들어준 사람에게 보답하듯 웃었고 손을 흔들었다. 태희는 단순히 보답 차원이었지만 그 남자에게는 진군신호가 되고 말았다. 용기백배해서 다가오던 남자들은 가까이서 본 태희가 멀리서 본 이상의 미인임을 알고 완전히 횡재했다는 표정으로 말을 걸어왔다.

"안녕? 혼자 온 거야?"

대뜸 반말을 하면서 맞은편 자리에 앉는 남자를 보면서 태희는 가볍게 고개를 저었다.

"아니요. 친구들이랑 왔어요."

"근데 혼자서 뭐 하는 거야?"

다른 한 남자가 태희의 옆자리를 비집고 앉으면서 물었다. 술기운이 오른 태희는 경계심도 없고, 이 남자들이 왜 자신에게 말을 거는지에 대한 의문도 없다.

"자리 지키지요. 아, 내 술이다. 고맙습니다."

웨이터가 주문한 술과 함께 또 다른 안주도 내왔다. 안주를 시킨 기억도 전혀 없지만 태희는 그저 웃는다. 태희가 술을 마시자 옆에 있던 남자가 마른안주를 집어 주었다. 역시 고맙다고 말한 뒤 태희가 홀짝홀짝 마시다가 문득 보이는 사람들을 보고는 활짝 웃었다.

"우와, 내 친구들 왔다."

소희와 승운이 목도 마르고 잠깐 쉬기도 할 겸해서 돌아온 자리에 처음 보는 남자들이 앉아 있는 것을 보고 대번에 소희의 인상이 험악해졌다.

"누군지 모르지만 비키지들?"

"둘이 커플인 모양인데 이 예쁜 누나는 우리가 맡을게. 혼자 외롭게 내버려두고 다니면 쓰나. 안 그래?"

"별로 안 외로웠는데. 소희야, 어서 앉아서 맥주 마셔. 승운아 너도."

남자가 태희의 어깨에 손을 얹는 순간 소희의 이마에 핏대가 곤두섰다. 정작 태희는 주변 돌아가는 사정도 모르고 맥주만 마셨다.

"너 그 손 당장 치워라, 어디 감히 우리 태희 어깨에!"

"맞아. 불쾌하거든? 남의 여자한테 손대는 거 아니야. 부킹은 다른 데 가서 하고. 재미로 넘보기엔 수준이 너무 다르잖아."

소희가 화내는 것과 달리 승운은 싱글거리면서 태희 옆의 남자와 맞은편에 앉은 남자를 차곡차곡 치워냈다. 남자 중 하나가 자존심이 상했는지 이죽거렸다.

"네 여자도 아닌 것 같은데 쓸데없는 오지랖 아니야?"

"아니긴. 내 여자 맞거든?"

승운이 태희 옆자리에 앉아 태희 머리를 자신의 어깨에 얹고는 톡톡 쓰다듬었다. 소희 이마에 또 몇 개의 핏대가 곤두서는데 남자는 아직 지지 않고 소희를 가리키며 말했다.

"그럼 이 여자는 뭐고?"

"뭐긴? 세컨드."

어처구니없어서 쳐다본 소희였지만 승운은 생글생글 태희의 머리를 고양이 쓰다듬듯 만지면서 자못 거만하게 대꾸했다.

"이쪽이 퍼스트. 저쪽은 세컨드. 딱 보면 알아야지. 촌스럽게 말이야."

졸지에 세컨드가 되어 버린 소희가 기가 막혀서 말을 못 하는 사이 두 남자의 눈에선 고까움과 감탄이 뒤섞여 교차하다가 작게 재수 없다고 구시렁거리면서 자신들의 테이블로 돌아갔다. 소희는 먼저 맥주를 벌컥벌컥 마신 뒤 아직도 태희 머리카락을 만지고 있는 승운을 보면서 빽 소리를 질렀다.

"그만 만져! 그거 한재경 거야!"

"이마에 써 있는 것도 아닌데 뭘 이만한 일로 그러냐?"

"내가 이거 찍어서 재경이한테 보내면 너 목숨이 몇 년은 단축된다. 그거 알아?"

"그거 잘 됐네. 찍어서 보낼래? 우선 전화부터 해. 어이구, 우리 태희 잘도 마신다. 그래 더 마셔. 옳지."

"야, 나 협박 아니야. 진짜 전화해."

"나도 해보는 말 아니거든? 전화해 당장. 딱 분위기 무르익었는데."

잠시 소희는 승운의 말이 무슨 뜻인지 몰라 멍해 있었다. 그러다 갑자기 확 머릿속에서 종이 울리면서, 도를 깨우쳤다.

"오, 오오올, 나 감 왔어. 이야, 역시 놀아본 오빠가 쓸 데가 있어? 좋아 조승운, 가는 거야. 한 번 화끈하게 가보자고!"

소희가 호들갑을 떨면서 재경에게 전화를 하는 동안 승운은 태희가 더 술을 마시게 자꾸자꾸 부추겼다. 술 마시다 웃고, 술 마시다 또 웃고. 그러다 화장실 가고 싶다고 일어서는 태희를 부축해서 데리고 나가는데 소희가 표적과의 통화에 성공했다. 잘해 보란 뜻으로 엄지손가락을 추켜세워 보이고 승운은 태희를 화장실까지 호위해 갔다.

막 소희의 전화가 오기 전에 재경은 재인과 통화를 하고 있었다. 일찍 아파트로 돌아와 씻고 저녁을 뜨는 둥 마는 둥 한 뒤 진토닉을 만들어 마시던 중에 전화를 받았다. 누군가와 통화하고 싶은 기분은 아니었지만 기껏해야 한 달에 한 번 정도 짧게 안부전화를 하는 재인의 전화를 무시해 버리는 건 좀 걸렸다. 그래서 울적한 기분도 감추고 전화를 받았는데 오늘 재인의 용건은 태희의 생일에 관한 것이었다.

본가의 모란 여사에게 문안 전화를 한 후라 태희가 한국에 돌아온 것도 알고 있었고, 태희의 생일 역시 기억하고 있어서 재인은 재경이 한창 생일 파티 중일 거라고 짐작한 모양이었다. 바뀐 전화번호를 모르겠다면서 바꿔주면 생일축하 인사를 하고 싶다는 재인의 말에 재경은 이렇다 할 대꾸가 떠오르지 않아 난감했다. 결국 그는 거짓말을 했다.

"안이 시끄러워서 전화 받으러 밖에 나온 참이야. 태희 술 마셔서 통화는 좀 곤란해."

「오, 태희 누나 주당이구나? 그렇게 안 봤는데 음주 가무를 즐길 줄 이야.」

“너무 약해서 몇 잔이면 인사불성이야. 그러니까 나중에 인사해.”

「아쉽지만 그래야겠네. 근데 궁금하다. 술 몇 잔에 인사불성인 윤태희라. 주사도 있어?」

“있어. 근데 너 그딴 식으로 부르지 말라고 한 거 기억 못 하냐?”

「워워. 나중에 형수님 되면 깍듯이 모실 테니까 지금은 좀 봐주라. 태희 누나도 돌아왔는데 아직도 그렇게 까칠 모드야? 이번엔 진짜 봄바람 모드일 줄 알았는데. 쳇.」

“시끄러. 그런 소리 할 거면 끊어. 들어가 봐야 해.”

「아, 잠깐만 형. 나 곧 돌아갈지도 몰라. 조만간 엄마 치워버리고.」

“그분을 치운다고? 무슨 수로?”

「엄마 봉 하나 잡았어. 나름 준재벌급인데 나이가 장난도 아니야. 한국 나이로 예순아홉 살이던가 그래.」

“흥. 유산 노리는 거 아냐?”

「아마도? 하지만 명예도 노리는 모양이야. 뭐더라, 무슨 작위까지 있다네.」

“그 여자 허영심이 폭발했겠군.”

「사람이 저렇게 한결같은 것도 재밌지 않아? 난 제발 우리 엄마 좀 데려가 달라고 별 보면서 기도하고 있어.」

“그 소원 이뤄지길 바라마. 아, 잠깐만. 전화가……. 정소희? 미안, 재인아. 내가 나중에 다시 전화할게.”

「어, 형! 정소희면 나한테 제발 연락 한 번 해달라고 말 좀…….」

간절하기 짝이 없는 재인의 말을 뚝 잘라 버리고 재경은 정색을 한 뒤 전화를 받았다.

“무슨 일인데?”

「오, 한재경. 마침내 전화를 받는구나. 내 목소리 잘 들리냐?」

소희가 너무 크게 목소리를 내서 재경은 잠시 귀에서 핸드폰을 멀찍이 떨어뜨려야 할 정도였다.

"너무 잘 들리거든? 목소리 좀 죽이지?"

「하하하! 이거 미안하구만. 클럽 안이라 목소리에 대한 감이 없다.」

"클럽?"

「오늘 태희 생일이잖아. 이런 데 한번 데려와 줘야지 하고 언제부터 생각했었지. 아, 근데 애가 아까부터 자꾸 훌쩍대서 말이야.」

"울어? 태희가?"

재경은 자기도 모르게 소파에서 일어나고 말았다.

「네가 보고 싶어서 그러는 게 틀림없는데 애가 그러면 그렇다고 말을 안 해서 말이야. 에휴우. 니 둘은 뭐가 이리 어렵냐. 아, 뭐 지금은 괜찮아. 승운이가 데리고 나가서 춤 잘 추고 있어. 어이구, 태희야! 잘한다!」

"……지금 거기 조승운도 있어?"

「그럼. 여자 둘이 클럽에 오는 데 경호원이 있어야 할 거 아냐. 그래, 태희야! 벗어라! 옷 한 번 벗어젖히는 거야! 꺄울! 화끈하구나!」

잠시 재경은 자기가 뭘 잘못 들었나 했다. 그러다 버럭 목소릴 높였다.

"뭘 벗으라고 소리치는 거야? 너 미친 거 아냐?"

「괜찮아, 괜찮아. 이런 날 한 번 갈 때까지 가보는 거지. 거기다 태희 술 취해서 기억도 못할 거다. 큭큭큭.」

"술까지 먹였어? 태희한테?"

「그럼 사람이 맨 정신에 저러고 놀겠냐? 이런 배터리 없나보다. 야 한재경. 아무튼 너 그러는 거 아냐. 아무리 싸웠어도 태희 생일인데 축하한다 한마디 말은 해야 할 거 아냐. 너무한다고, 알아들어? 그 말

해주려고 전화했어. 이만 끊는다.」

"잠깐만, 너 거기 어딘지 말해. 어딘지 말하라고, 정소희!"

「여기? 뭐라더라, 여자 이름이었는데. 프레……프레이야? 아니면 말고. 아무튼 끊어!」

그렇게 말하고 뚝 전화가 끊어졌다. 뚜뚜뚜 들려오는 신호음을 듣는 재경의 얼굴은 시시각각 도깨비처럼 변해갔다. 그러다 정신을 번쩍 차리고 프레이야란 이름의 클럽이 있는지 검색해 본 뒤 딱 한 곳이 정확하게 뜨자 이것저것 생각할 것도 없이 차 키를 챙겨들고 뛰쳐나갔다. 가다가 지갑을 가지러 다시 들어오긴 했지만 그의 행동은 여느 때보다 몇 배는 더 빨랐다. 술을 몇 잔 마셨다는 생각 따윈 이미 머릿속에 없었다. 그는 달렸다.

그를 달리게 해놓고 악동 두 사람은 신나게 술을 즐기고 있었다.

"마리오가 과연 냅다 달려올까나?"

"공주가 드래곤한테 잡혀 있다는 데 안 오면 쓰나. 그런 녀석이면 확 치워 버리자고."

소희와 승운이 건배를 하고 술을 나누면서 이젠 테이블에 뺨을 기대고 잠들어 버린 태희를 바라보았다. 승운의 재킷을 베개 삼아 자는 태희는 자면서도 좋은 꿈을 꾸는지 빙글거리며 웃었다. 승운은 과일을 집어먹다가 손목시계를 확인하며 물었다.

"그 녀석 아파트에서 여기까지 오려면 한 이삼십 분 걸리려나?"

"여기 들어오는 길이 좀 비좁잖아? 더 걸릴 것 같은데?"

"막히면 차 버리고 달려온다는 데 십만 원 건다."

"워, 넌 한재경 잘 알지도 못하면서 왜 그렇게 확신에 차 있냐?"

"그냥 희망사항. 이 세상에도 진짜 동화처럼 열렬히 사랑하는 커플이 있다는 기적을 보고 싶거든."

"동화 따위 전혀 안 믿는 주제에?"

"그러니까 보고 싶다고."

승운은 그렇게 말하면서 태희의 머리를 다시금 쓰다듬었다. 마치 예쁜 고양이라도 쓰다듬는 것처럼 보였다. 불쑥 소희는 전부터 생각했던 궁금증을 해소해 보기로 했다.

"넌 태희 어디가 맘에 들어서 친구하자고 했어? 네 엄마랑 닮았다는 목소리 때문이야?"

"처음엔 목소리. 그렇지만 그것 말고도 왠지 호감이 가는 사람이 세상엔 있더라고. 별 이유 없이 그냥 잘 통할 것 같은 사람. 욕망 같은 류의 탁한 감정이 아니라 맑고 잔잔한 기분이 드는 사람이랄까."

"그렇지. 그 기분 알아. 괜스레 오래전부터 알아온 것 같은 사람이 있는 법이지. 넌 용케도 빨리 눈치챘구나. 난 처음엔 순전히 태희가 예뻐서 눈독 들였었거든."

"예쁘기도 하고. 유유상종이라고 내가 말한 적 없나?"

"아. 예. 잘났습니다. 퍽이나 잘나셨어요."

고까워서 소희의 표정이 일그러졌지만 승운은 소희에게도 선심 쓰듯 말했다.

"너도 미인 축엔 들어. 그러니 유유상종인 거라고. 흠, 슬슬 무대 조성해 볼까나?"

승운이 다시 시계를 보더니 태희가 베고 있던 자신의 재킷을 빼서 그녀의 등에 둘러주고는 그의 품에 기대어 잠든 포즈로 만들어 놓았다. 그리고 그는 팔을 들어 태희의 어깨를 감쌌다. 거의 태희가 승운에게 안긴 듯한 형상이 되었다. 소희를 쳐다보고는 승운이 짓궂은 표정으로 의견을 구했다.

"어때? 무지 친밀해 보이지? 아니면 더 아슬아슬하게 나가야 하나?"

“지금 그걸로도 충분히 위험한데. 너 그러다 맞지 싶다.”

“두고 보자고. 자, 건배.”

“부디 우리 조 사장이 멀쩡히 걸어서 이 클럽을 나갈 수 있기를.”

사악하게 웃는 소희는 마치 그가 멀쩡히 걸어서 나가지 않기를 바라는 사람 같았다. 승운은 그저 웃을 따름이었다.

노래가 쉴 새 없이 바뀌면서 소희는 시간관념은 곧 흐려지고 말았지만 승운은 거짓말처럼 삼십 분이 되었을 때 손목시계를 재차 확인했다.

“올 때가 충분히 됐는데?”

승운의 중얼거림에 안 오는 거 아닐까 대꾸하려던 소희의 눈이 동그래졌다. 테이블마다 확인하면서 저벅저벅 걸어오는 재경의 모습을 본 것이다.

“마리오 출현, 네 뒤쪽에, 승운아 조심하는 게, 으하앗!”

소희의 기묘한 탄성에 이어서 잠시 근처의 사람들의 시선이 이쪽 테이블에 집중되었다. 비트는 여전히 강렬하게 쿵쿵 울리고 있었지만 소희네 테이블에선 느낄 새가 없었다. 재경이 테이블을 두 손으로 쾅 하고 내리친 데 이어, 당장에 살을 씹어 먹기라도 할 것 같은 표정으로 승운을 쳐다보면서 으르렁거렸다.

“너, 죽고 싶냐?”

“내가 왜?”

승운은 싱긋 웃으면서 과일을 집어 아삭 베어 물었다. 과연 저 녀석은 담이 세다고 소희는 상황에 어울리지 않는 감탄을 하고 있었다. 뻔뻔함도 저 정도면 자신과 급이 다르다. 형님으로 모셔야겠다고 소희가 눈을 빛내는데 재경은 여전히 태희의 어깨를 감싸고 있는 승운의 손을 힐끗 쳐다본 뒤 콱 승운의 멱살을 잡았다.

“감히 누구한테 손을 대?”

"이런 이런. 친구가 잘 자라고 베개 노릇 해준 게 그렇게 잘못하는 일이었나? 소희야, 내가 잘못한 거야?"

"어우, 천만에. 우리 태희한텐 베개가 필요하지. 잘하는 짓이야."

소희도 당차게 뻔뻔한 미소를 지으며 답했다. 승운은 유유자적하게 다시 과일의 남은 부분을 입 안에 넣고는 우물거리며 말했다.

"봐. 잘하는 짓이라잖아. 누구처럼 애인 생일에 찬바람 쌩쌩 날리는 인물보다야 이런 팔베개라도 해주는 인간이 훨씬 나은 게 당연한 거 아냐? 버리는 사람 있으면 줍는 사람도 있다고 내가 좀 살뜰히 챙기겠다는데 웬 참견이야, 이제 와서."

브라보. 넌 간신배의 최고봉이다. 소희는 마음속으로 박수를 쳤는데 재경은 박수를 칠 기분이 아니었나 보다. 그대로 승운을 일으켜 한 방 크게 먹였다.

"백만 년을 기다려 봐라. 너한테 기회가 오는지."

바닥에 널브러진 승운을 향해 재경이 싸늘히 내뱉었다. 어쩐지 고소한 기분이 드는 걸 꾸욱 눌러 참고 소희는 일부러 비틀거리면서 승운을 부축하려고 움직였다. 그러면서 말로는 재경을 나무랐다.

"야, 너 이러면 안 돼! 얘 내가 극비리에 보존 중인 스페어라고. 봉 놓치면 꿩이라도 잡아서 우리 태희 줘야 할 거 아니야. 못됐네, 한재경. 어? 너 뭐해? 태희 데리고 가지마. 우리 3차 갈 거거든? 태희 깨면 나가서 노래방 갈 거야. 노래방. 야, 데리고 가면 안 된대도?"

혀 꼬부라진 소리를 늘어놓는 소희를 싹 무시하고 재경은 태희를 안아들고 일어났다. 그러고는 그 옆의 두 사람을 완전히 모른 체하고 저벅저벅 멀어져 갔다. 그의 모습이 시야에서 안 보이게 된 후에야 소희는 낄낄거리면서 승운을 일으켜 세웠다.

"야. 내가 맞을 거라고 했잖아. 내 말 안 듣더니 꼴좋다."

"이 정도면 양호하지. 아우, 턱 아파. 저 녀석하고 제대로 붙었다간 몇 군데 부러지겠군. 그나저나 이 정도면 친구가 주는 첫 번째 생일선물로 훌륭했지?"

"두고 보자고. 경과를."

두 사람은 그렇게 말하곤 다시 자리에 앉아 술을 마셨다.

재경은 클럽 밖으로 나온 뒤 차로 향하다가 그제야 자신이 마신 술을 떠올렸다. 여기까지 무사히 오긴 했지만 태희를 데리고 가는 일이 되니 생각이 달라졌다. 그는 택시를 잡았다. 무심코 행선지를 자신의 아파트로 댔다가 실수를 깨닫고 소희네 집 부근을 댔다. 택시 기사는 운전이 서툰지 묘한 방향으로 돌아가기도 했고, 통과할 법한 신호도 멈추면서 조심스럽게 운전했다.

여느 때면 답답했을 일이지만 지금의 재경에겐 차라리 좋았다. 태희는 세상모르고 새근거리며 자고 있다. 가만히 보는 사이에 아까 승운에게 기대있던 모습이 떠올라 화가 끓어올랐다. 손가락을 들어서 딱 그녀의 이마를 때렸다가 태희가 자면서 미간을 찡그리자 재빨리 때린 부분을 문질러 주었다. 언뜻 깰 것 같았던 태희는 그대로 계속 잤다.

그러다 소희네 집 부근에서 택시가 멈췄을 때 태희가 약간 눈을 떴다. 요금을 내고 그녀를 돌아보다가 눈을 뜬 태희를 보고 재경은 움찔했다.

"깼어?"

태희는 눈을 비비면서 말했다.

"졸려."

딱히 재경을 알아봤다는 느낌은 없다. 재경은 먼저 내리면서 태희에게 손을 뻗었다.

"더 자. 업어줄 테니까."

택시에서 내린 뒤 태희가 고분고분 재경의 등에 업혔다. 이내 새근거리는 숨소리가 들려왔다. 재경은 태희가 깨지 않을 만큼 느릿느릿 걸음을 옮겨 놓기 시작했다.

느릿느릿 걸었는데도 그의 큰 보폭 때문에 금세 소희네 집이 눈에 들어왔다. 재경은 계속 걸으면서 별 망설임 없이 소희의 집을 지나쳤다. 좀 더 태희를 업고 있었으면 했다.

"생일 축하해, 태희야."

자그맣게 중얼거렸다. 올해도 말하지 못하고 지나가나 했는데 다행히 자정이 지나기 전에 할 수 있었다. 그러나 그녀는 듣질 못하는 상황. 재경은 자조적으로 웃고는 그래도 아쉬움에 다시 한 번 중얼거렸다.

"축하해. 네가 태어난 게 난 정말로 기뻐. 태어나줘서 고마워, 태희야."

태희가 그에게 들려주었던 말을 이제 재경이 해보았다. 말만으로도 가슴에 따뜻한 물이 차오르는 것 같은 느낌이 근사했다.

"……고마워."

잠깐 재경은 멈춰 설 뻔했다. 작긴 했지만 분명히 태희의 목소리가 들려왔다. 재경은 마른침을 삼키고 계속 걸으면서 급하게 눈을 깜박여 보다가 결국 물었다.

"너, 안 자는 거야?"

거기에 대한 대답은 곧바로 돌아오지 않았다. 어쩌면 자신이 하도 간절히 바라서 헛것을 들었나 재경이 의심에 빠질 때 다시 태희의 속삭임이 들렸다.

"고마워. 재경아. 네가 있어서, 네가 날 사랑해 줘서 난 태어난 것도 기쁘고, 지금 살아 있는 것도 기뻐. 넌 내 빛이야. 반짝반짝해. 태양보다, 달보다 더 환한 별이야."

"지금 잠꼬대하는 거지?"

"응. 자고 있어. 자는 중에 하는 말이니까 잠꼬대야."

"술도 취했지, 너?"

"응. 그러고 보니 이건 주정이군."

재경이 묻는 대로 태희는 대답했다. 재경은 너털웃음을 웃고는 잠시 말없이 걸었다. 그러다가 망설이면서 물었다.

"그렇다면 취중 진담이로군. 말해봐, 윤태희. 뭐가 널 그렇게 망설이게 하는 거야?"

"나는 말이지, 재경아."

"그래."

"네가 너무 좋아."

"당연하지."

"자꾸만 좋아하는 마음이 깊어져."

"그럴 수밖에."

"너를 좋아하다 보니까 결국엔 나까지 좋아하게 됐어."

"그 비슷한 말을 했었지. 나를 좋아하는 네가 마음에 들기 시작했다고."

"거기다 네가 날 사랑해 주는 바람에 난 더 내가 좋아졌어."

"그게 나쁜 거야?"

"안 나빠. 너무 좋지. 근데 한재경이 좋아해 주는 윤태희라면, 뭔가 대단한 것이 있어야 할 것 같잖아."

"왜 그런 바보 같은 생각을 하는 건데? 엇?"

갑자기 태희가 이마로 콩콩 재경의 등을 때렸다. 업힌 아기가 앙탈을 부리는 것처럼.

"너 때문이란 말이야. 너한테 사랑받아서 나는 내가 좋아졌고, 내가 더 대단한 사람이 되었으면 하고 바라게 됐어. 욕심이 생겼어. 난 이제 나란 인간이 갖지 못한 많은 것들이 탐이 나서 허기가 져. 그럭저럭 한 사람 몫만 해내는 사람으론 부족해. 보석이 되고 싶어. 나도 너처럼 반짝이는 별이 되고 싶어. 그래서, 그래서 언제까지나 사랑받고 싶어. 그런데 난 네게 사랑받을 자격이 있는지 전혀 자신이 없어."

"자격?"

재경이 반문했지만 태희는 잠자코 있다가 한결 풀죽은 목소리로 다른 말을 했다.

"넌 내가 가엾은 거지? 너도 한남동 어머니도 내가 가엾고 측은해서 조금이라도 빨리 울타리를 만들어주고 싶어 하는 거잖아. 하지만 재경아. 난 그렇게 강보에 싸인 아기라도 되는 양 감싸여서 네 가족이 되고 싶은 게 아니야. 축복받고 싶어. 우리가 결혼이란 걸 하게 된다면 그 결혼이 나뿐만 아니라 너에게도 큰 축복이 되었으면 해. 그래서……."

"나는 네가 아니라 내가 가여워."

불쑥 재경이 태희의 말을 끊고 중얼거렸다. 태희가 잠시 후 물었다.

"네가 왜?"

"윤태희. 나는 너를 조심스럽게 마음에 담은 얼마 후부터 내내 너를 소망했어."

재경의 자박거리는 걸음 소리. 그리고 주의 깊게 듣지 않으면 놓치고 말만큼 작은 그의 목소리 말고는 그 어떤 소리도 들려오지 않을 만큼 주위는 고요했다.

"지금 난 너를 열망해."

몇 걸음 더 걷고 그가 다시 말했다.

"갈망하는 만큼 원망도 해."

쓸쓸한 웃음소리가 퍼졌다. 하지만 이내 그 어떤 말보다 더 단호하게 그가 말했다.

"윤태희. 난 너를 사랑한단 말이야."

"알아."

"네가 알긴 뭘 알아!"

나지막하게 부르짖는 재경의 목소리는 고통에 차 있다. 그는 방향을 돌려서 소희의 집을 향해 걷기 시작했다. 익숙한 소희네 푸른 지붕이 눈에 들어왔을 때 재경은 중얼거렸다.

"내가 사랑한다는 걸 안다면서 어떻게 사랑받을 자격 운운을 해? 그럼 지금 널 사랑하는 내 마음은 뭔데? 어째서 늘 나를 빛이라고 표현하면서, 나한테 너 역시 그처럼 눈부신 빛일 거란 생각을 못 하는 건데? 너처럼 둘도 셋도 아닌, 내 단 하나의 빛일 거란 생각을 왜 못 하는 거냐구."

"……재경아."

"네가 없으면 난 세상의 불이 다 켜져도, 다 꺼져도 마찬가지야. 똑같은 암흑이야. 제발, 이젠 좀 알아줘. 네가 날 얼마나 외롭게 만드는지 깨닫고, 동정해 달라고."

소희네 집 앞 계단에서 재경이 태희를 내려놓았다. 태희를 문 옆의 담에 기대게 하고 초인종을 눌러 문이 열리는 걸 확인한 뒤 재경은 이마를 짚고 고개를 숙인 채 있는 태희의 머리카락에 입술을 댔다. 지그시 그가 두 손으로 태희의 손을 잡으면서 말했다.

"다시 한 번 생일 축하해. 그럼 잘 자."

그가 손을 놓아주고 등을 돌려 걸어갔다. 태희는 주춤하면서 고개를 들었다. 그의 이름을 부르려다가 입술을 깨물고는 손을 내려다보았다. 주먹이 쥐어진 오른손을 펴자 거기에 재경이 쥐어주고 간 선물이 보였다.

한 쌍의 귀걸이였다. 하얗게 반짝이는 백금 테두리 속에서 영롱하게 반짝이는 담황색의 보석은 토파즈였다. 재경의 탄생석이다. 별에 가까운 빛을 내는. 그리고 지금도 그녀의 손 위에서 그것은 별의 조각이라도 되는 것처럼 반짝였다.

태희는 고개를 들었다. 재경의 모습은 이미 보이지 않게 되어 버렸다. 그가 걸어갔을 길 위를 눈으로 더듬으면서 태희는 온 마음을 다해 중얼거렸다.

"……미안해. 몰랐어. 나는 정말……."

툭 눈물을 떨어뜨리면서 태희가 웃었다.

"나는 정말 오래된 꿈을 꾸고 있었던 거구나."

6. 그녀의 프러포즈

시간이 강물처럼 흘러 4월이 됐다고 달력을 한 장 찢어내기 무섭게 중순을 넘어섰다.

아침 조깅을 나온 태희가 공원으로 가는 길목에서 우뚝 멈춰 섰다. 아침의 싸늘한 기운이 어제에 비해 한참 덜하다고 느끼면서 파랗게 물들어가는 가로수의 이파리들을 올려다보다가 초록의 물결이 아닌 흰 비단 같은 물결이 시작되는 부분과 만난 것이다. 아직은 성긴 비단. 그러나 태희의 입에선 감탄이 흘러나왔다.

"……벚꽃이다!"

벚나무가 작은 망울을 머금기 시작한 게 불과 며칠 안 되었는데 햇빛이 잘 드는 길답게, 어느새 우듬지 주변의 벚꽃들은 활짝 터뜨린 망울에 햇살을 끌어 모으고 있었다. 손이 닿는 높이의 꽃봉오리들은 아직 단단하게 속으로 아물어 있지만 위에서부터 시작된 만개의 조짐은 사나흘이면 아래까지 내려올 터였다.

"예뻐, 예뻐. 역시 벚꽃이 가장 예뻐."

어린애처럼 신이 나서 벚꽃 가로수 사이를 반은 취한 듯이 뛰었다. 벚나무가 우거진 공원까지 한달음에 달려가 한껏 구경하고 벤치에 앉아 기쁜 마음을 달래다가 불쑥 태희의 마음이 급해졌다.

"이러고 있을 때가 아니야. 화무십일홍! 정신 바짝 차리고 때를 놓치면 안 되지!"

갑자기 일어나서 그렇게 외치는 태희를 근처에서 운동 중인 사람들이 이상하다는 듯 쳐다보았다. 이젠 안면이 어느 정도 있는 사람들에게 한껏 웃는 얼굴로 인사를 하고 태희는 부리나케 집을 향해 뛰었다.

아직 침대 속에서 세상모르고 자고 있던 소희를 사십육 킬로그램의 생물이 습격한 것은 그로부터 얼마 되지 않아서였다.

"소희야! 당장 일어나!"

"크어억! 누구냐! 뭐야, 전쟁이냐?"

부랴부랴 안대를 벗고 태희를 확인한 소희는 대번에 전쟁이냐고 물었다.

"그게 아니야. 벚꽃이야. 벚꽃이 피었어! 내 봄이 이제야 막 시작되었다고!"

"……너 안대로 목 졸려 죽으면 기분이 어떨 것 같냐?"

소희가 입술을 실룩이면서 물었다. 태희는 그래도 소희의 몸에서 내려오질 않고 같은 말을 몇 번이나 반복했다.

"벚꽃이야, 벚꽃! 올해의 벚꽃은 내겐 역사가 될 거야. 너무 빠르다 싶은데, 느리기도 해서 죽을 지경이더니 이제야 피었어. 벚꽃이 피었어! 벚꽃!"

"그래. 피긴 피었나 보구나. 또 네가 제정신이 아닌 걸 보니. 벚꽃이 피면 봄바람이 네 허파에 들지. 그놈의 고질병. 그거 몇 대 맞으면 좀 나으려나?"

소희가 심각하게 고민하는 사이 태희가 침대에서 내려가 창가의 커튼을 확 걷어냈다. 밝은 햇살에 소희가 얼굴을 잔뜩 찡그리곤 부랴부랴 이불 속으로 숨어들어갔다. 소희네 집 마당에 있는 작은 왕벚나무는 아직 자그마한 봉우리를 머금고 있을 뿐이다.

그러고 보면 **그곳**도 썩 양지바른 편은 못 되었다. 아마 저 작은 아이가 꽃을 환히 피울 때쯤이나 되어야 **그곳**도 만개하려나?

"다이어리를 보면 알 수 있을까? 아니다. 가봐야겠어. 가서 틀림없이 확인해야지."

"어딜 가겠다고?"

태희의 혼잣말에 소희가 묻자 태희가 대답하려다 말고, 우선은 둘러댔다.

"엄마한테. 벚꽃이 피었으니 구경시켜드려야지."

"나도 같이 가. 근데 잠은 한 시간만 더 자면 안 될까?"

"아, 오늘은 안 가. 걱정 말고 자."

"갈 때 같이 가기다."

"응. 아, 소희야. 그거 말고도 너한테 부탁할 일이 있을 것 같은데."

"부탁? 무슨 부탁?"

"곧 알려줄게. 잠 깨워서 미안. 이따 밥 먹을 때 깨울게."

커튼을 도로 치고 태희가 방을 나갔다. 그제야 다시 자려고 누운 소희였지만 이젠 호기심 때문에 눈이 말똥말똥해지고 말았다. 태희가 말하는 부탁이 대체 무엇일지? 사람을 궁금하게 해놓고 자라고 나가다니, 사람 깨우는 방법도 가지가지구나!

그 부탁이 무엇인지 알게 되는데 나흘이 걸렸다. 실행에 옮기는 데는 한 시간도 걸리지 않았다. 재경에게 전화를 걸었더니 도통 받질 않아서 문자를 남겼더니 수업 중이라면서 삼십 분 뒤에 보자는 답이 왔다. 경영대 앞에 버티고 서서 그를 기다리다가 수업이 끝나고 나오는 재경을 보았다. 또 추종자인지 뭔지 몰라도 같은 동아리 여자들이 주변에 포진해 있다. 아이돌도 아니고 저런 걸 달고 다니다니 한재경 성격 많이 좋아졌다 싶다.

물론 표정 냉랭한 건 변함이 없다. 아니, 정확히는 표정이랄 게 없다는 쪽이 맞다. 장담컨대 주위에 있는 여자들이 옷을 홀딱 벗어도 저 표정에서 눈곱만치도 변함이 없을 거라고 소희는 씁쓸하게 생각했다. 그렇지만 그녀는 그의 약점을 아주 잘 알았다. 저 싸늘하고 오만한 귀족적인 얼굴도 단 한 사람 일이 되면 바보처럼 붉어지기도 하고 당황하기도 한다는 걸. 그리고 그 모습이 지금의 저 무표정보다는 백배는 더 보기 좋다는 것도.

"날 보자고?"

소희를 알아본 재경이 방향을 바꾸며 다가왔다. 목소리가 조금 노곤하게 들렸다. 맥이 없다고나 할까. 그 이유를 익히 짐작하는 소희가 동정어린 눈빛으로 말했다.

"밥은 먹고 다니냐?"

"보자고 한 이유나 말해."

소희의 걱정 따윈 식은 죽 한 그릇 가치도 없는 모양이다. 딴 사람이 그랬으면 화가 났겠는데 이 녀석이 그러면 웃음이 난다.

"너도 참. 징글징글하게도 외골수구나."

"시비 걸려고 보자고 한 거야?"

재경의 눈이 도깨비의 형상으로 바뀌었다. 그게 무섭기보단 재밌어서 소희는 히죽 웃었다. 친구를 잘 둔 덕에 이런 녀석을 우습게 볼 수 있는 자신이 참으로 기특했다.

"겨우 시비나 걸자고 바쁜 네게 친히 보자 했겠냐? 옛따, 이거나 받아라."

소희는 이제껏 들고 있던 검은 쇼핑백을 내밀었다. 재경의 험악한 눈빛은 여전했다.

"뭔데?"

"그게 뭐냐면 말이지, 아, 잠깐 기다려봐."

소희가 가방 속 수납주머니에서 스티커를 찾아내서 냅다 자신의 손목에 붙인 뒤 그걸 재경 쪽으로 향해 보이게 했다. 날개 무늬의 스티커였다.

"난 이 자리에 헤르메스 역할로 온 것이다. 달팽이의 여신으로부터의 심부름."

재경의 눈썹이 슬쩍 올라갔다. 그 틈을 놓치지 않고 소희가 백을 그의 가슴에 턱하니 밀어붙였다. 재경이 어쩔 수 없이 그걸 손으로 잡자 냅다 뒤로 물러나면서 소희가 말했다.

"한 달 동안 여신은 심사숙고하셨다고 한다. 이제 결딴을 내기로 마음먹었고."

"결딴을 낸다고?"

"아, 그게 다른 뜻이던가? 그럼 결판?"

한층 더 재경의 표정이 굳어지는 걸 보면서 소희는 사악하게도 속으로 즐거워했다. 태희 생일 이후로 한 달 가까이 재경을 피해 다니는 태희를 따라 소희도 재경과 안면을 딱 끊고 살긴 했지만 어려워하는 기색 따위 전혀 없다. 소희는 정색을 하고서 말했다.

"그러고 보니 이제껏 내 마음을 제대로 말한 적이 없었지. 한재경. 고마웠다. 네가 태희에게 다른 세상을 열어줄 수 있을 거라는 내 생각은 틀리지 않았어. 네 덕분에 태희는 내가 짐작했던 것보다 훨씬 큰 사람이 될 수 있을 것 같아. 정말 고마웠다. 너란 녀석과 한때나마 친하게 지낼 수 있었던 것을 영광으로 기억하마. 너는 그렇지 않았다고 해도, 나는 친하게 지냈다고 생각하거든. 그럼. 밥 잘 챙겨 먹고, 건강히!"

두 주먹을 불끈 쥐어서 파이팅 기세로 인사를 한 뒤 소희는 빙글 돌아섰다. 뒤에서 재경의 의아해하는, 당혹스러워하는 눈빛이 따라왔다. 의미심장한 말을 했으니 재경같이 머리 좋은 녀석이라면 오만가지 생각을 할 게 틀림없다. 한 달 동안 고생한 김에, 하루 정도 더 지옥에서 보내라고 마음속으로 후춧가루를 뿌려대면서 소희는 비죽이 웃었다.

토요일 아침이 밝았다. 재경은 뜬 눈으로 밤을 지새운 뒤 약속시간이 다가오는 것을 보고 샤워를 했다. 씻고 나와서 뭐라도 먹어볼까 했지만 입이 가칠가칠해서 아무것도 넘길 수가 없었다. 간신히 뜨거운 커피 한 잔을 넘겼다. 훨씬 개운해진 기분으로 재경은 벌써 몇 번이나 읽었을지 모르는 카드를 열었다.

〔내일 오전 아홉 시, 벚꽃동산에서.〕

이게 어떤 뜻의 초대인지 그는 판단을 내리지 못했다. 카드와 함께 쇼핑백에 들어 있던 것도 너무나 의외였었다. 어쩌면 소희가 장난을 치는 게 아닌가 하는 생각도 했다.

의심을 하면 끝이 없다. 시각을 확인했다. 7시 14분. 시간에 맞춰가겠다고 하면 아직은 이르다. 그러나 재경은 마음이 초조하고, 얼굴이 화끈해서 가만히 앉아 있을 수가 없었다. 일어섰다. 그리고 쇼핑백을 들고 방으로 들어갔다.

이르다고 생각했던 대로 약속장소 부근에 도착해 시계를 보았을 땐 겨우 7시 55분 정도였다. 입고 있는 옷 때문에 다시금 재경은 머쓱해하면서 급히 걸음을 옮겼다.

영채고 후문 앞에서 또 한 번 멈칫했다. 그가 졸업한 고등학교였다. 다시 들어가는 건 상관없는데 이 복장을 하고 다시 들어가게 될 줄이야. 멍하니 쳐다보고 있는데 수위 아저씨가 교문 근처에 떨어진 쓰레기를 줍다가 그를 보고 한 소리 했다.

"이 녀석, 3학년이 아직까지 뭐하고 있어? 보충수업 이미 시작했겠구먼."

"아, 예."

야단까지 맞고 급하게 학교 안으로 뛰어가는 재경의 귀뿌리가 발갛다. 입고 있던 옷에 있는 타이를 느슨하게 해보다가 무심코 아래를 쳐다보고는 새삼 멋쩍어 했다.

이제 와서 교복이라니. 교복 타이도, 셔츠 깃에 달린 3학년을 뜻하는 교표도 어색하기 짝이 없었다. 만약 이 옷을 보낸 의미가 입고 오라는 뜻이 아니었다면 어쩌면 좋을까. 역시 다른 옷을 하나 걸치고 오는 건데. 이 옷을 보고 고심하다가 어젯밤 늦게 잘라낸 짧은 머리도 어색하긴 매한가지다.

학교 안은 조용했다. 수위 아저씨 말대로 보충수업은 이미 시작했을 시각. 운동장엔 사람 그림자 하나 없이 한산했다. 그래도 재경은 혹시 누구의 눈에 띌까 싶어 최대한 빠른 걸음으로 벚꽃동산으로 향했다.

멀리서도 옅은 분홍색 구름이 내려앉은 듯한 벚나무들의 모습이 보였지만 이층 높이의 계단을 쭉 올라가면서 한걸음마다 가까워지는 벚꽃무리를 보니 그의 가슴에도 동요가 피어올랐다. 만개하기 직전이다. 활짝 핀 벚꽃 사이로 아직 봉우리에 머문 꽃들이 무척 많이 눈에 띈다. 이맘때가 가장 곱지 않나 재경은 생각해 보았다. 만개한 꽃도 아름답고, 꽃이 눈보라처럼 날릴 때도 아름답지만 가장 아름다울 무렵은 이렇게 금세라도 만개할 것처럼 기지개를 켜 대서 눈을 못 떼게 하는 때가 아닌가 한다.

이런 생각을 하는 자체도 아직 재경에겐 익숙하지 않았다. 세상엔 아름다움이란 걸 말로만 배우고 아는 척할 뿐, 가슴으로 배우지 못하는 사람들이 꽤나 많다. 재경은 그런 사람들 중의 하나로서 평생을 살았을지도 모른다. 수박 겉핥기 식으로 익힌 미의 기준에 대해 코웃음 치면서 그런 부질없는 것에 홀려 인생을 낭비하는 치들을 한껏 경멸하면서 말이다.

그러나 이제 재경은 그럴 수가 없다. 이제 그는 무엇을 보아도 하나의 기준이 되어 버리는 존재를 마음에 품고 있는 것이다.

태희. 그녀가 '아름답다'는 걸 절실히 느꼈던 그 순간부터 그것은 절대가 되었다.

원래 그녀는 자태가 사뭇 예뻤다. 그러나 그녀를 아름답다고 느끼게 만든 건 그런 외적인 자태만은 아니었다. 맑고 깊은 눈동자. 그를 향한 시선에 담긴 너무도 순수한 애정과 무한한 신뢰가 향기처럼 고왔다.

누군가와 가까워지는 건 귀찮은 일이었고, 누군가를 좋아하는 일은 있을 수 없는 일이었다. 태희와 만나기 전의 재경에겐. 그런 그가 자꾸만 사람에게 정을 받는 일에 익숙해졌다. 기쁘게 해주고 싶은 사람이 생겼다. 자신에게 향한 그 시선이 다른 누군가에게 가지 못하게 품에 가두어 독점하고 싶어졌다. 그녀의 마음이 동경이든 환상이든 개의치 않을 정도로 재경에겐 태희의 마음이 절실해졌다. 이미 그의 가슴 속에 있던 잔은 그녀의 애정으로 가득 차, 그것이 다시 비워지는 일을 용납하지 않았다.

"언제까지나 그녀가 나를……."

손을 들어 벚나무 가지를 움켜잡았던 재경은 그렇게 중얼거리다가 손안에서 툭하고 무언가 부러지는 소리에 정신을 차렸다. 깜짝 놀라서 손을 내렸더니 가느다란 벚나무 가지가 함께 내려왔다. 가지에는 활짝 핀 벚꽃 두 떨기와 아직 엷은 복숭앗빛 봉오리 상태인 것들이 소담히 매달려 있었다. 꺾인 가지 끝이 아파 보였다. 무심코 힘을 주었을 뿐인데 이토록 연약할까 싶어 재경은 미안하기도 했다.

그대로 가지를 손에 든 채 걸어가던 그가 문득 걸음을 멈춘 것은 얼마 후. 울창한 벚나무 가지들이 아치를 이루듯이 머리 위를 덮고 있는 속에서 재경은 강렬한 데자부를 느꼈다.

아주 오래전 같기도 하고 불과 얼마 되지 않은 일 같기도 한 기억의 반복. 언젠가 태희에게 기척을 보이지 않으려고 숨어 있었던 나무였다. 재경은 희미하게 웃으면서 그 나무를 쓰다듬었다. 시선을 조금 떨어진 멀리로 던졌다. 태희는 그때 저 나무에 기대어 잠을…….

재경의 눈이 커졌다. 그의 눈에 보인 나무 사이로 흘깃 하얀 블라우스가 비친 것이다. 발소리를 죽이며 한 걸음 옆으로 내딛자 정말로 거기에 있는 사람이 보였다.

무릎을 가만히 모아 세우고 두 손을 얹은 채 나무에 등을 기대고 있는 여학생. 어깨를 훌쩍 넘긴 긴 생머리가 한쪽으로 치우쳐 있다.

재경은 최대한 조용히 걸음을 옮겼다. 바로 뒤에 선 순간에 일부러 헛기침을 했다.

그렇지만 돌아보는 기색이 없다. 그 앞쪽으로 돌아가면서 재경이 슥 앉은 사람의 얼굴을 들여다보았다. 그리고 쿡, 하고 재경은 웃고 말았다.

태희가 맞았다. 그냥 태희가 아니라 예전처럼 잠꾸러기 태희였다.

손목시계를 보았다. 이제 겨우 8시 20분이 넘었다. 9시 약속이라고 해놓곤 언제부터 와서 이러고 있는지 모르겠다.

재경은 옆에 자리를 잡고 앉아선 태희가 머리를 기대게 슬쩍 잡아당겼다. 감긴 태희의 눈이 잠깐 움찔해서 깨나 싶었는데 그대로 계속 잤다. 하지만 아침 공기가 조금 쌀랑했던지 무릎을 덮고 있던 카디건을 끌어당기면서 태희는 재경의 어깨에 뺨을 밀착했다. 따스한 곳으로 파고드는 고양이처럼. 그녀의 어깨를 감싸주고 싶었지만 참았다. 잠자코 아까 꺾어버린 벚꽃 가지를 보면서 재경은 기다렸다.

8시 50분에 학교의 종이 울렸다. 보충수업이 끝났구나 생각하던 재경은 태희가 뒤척이는 소리에 고개를 돌렸다. 계속 이어지는 종소리가 방해가 된다는 듯 미간을 찡그리다가 결국 종소리가 사라진 후에야 태희가 눈을 떴다. 작게 하품을 하면서 눈을 비비다가 무심히 옆을 돌아본 태희는 재경과 딱 눈이 마주쳤다.

멀뚱히 쳐다보는 재경의 시선을 태희도 멀뚱히 받아냈다. 하품을 하느라 눈에 맺힌 이슬 덕분에 까만 속눈썹이며 흰자위가 지독히 선명했다. 의외로 대담하다 싶어 재경이 속으로 놀랐는데 그 놀람이 불과 몇 초가 가기 전에 가셨다.

"재, 재경아, 언제 왔, 엄마야!"

태희가 벌떡 일어나서 옆으로 비킨다는 게, 벚나무 뿌리에 걸려 앞으로 넘어질 뻔했다. 바로 직전까지 포근한 요람이 되어주던 벚나무 뿌리가 발목을 잡는 덫으로 변신해서 민망한 상황이 연출될 순간이었는데 재경이 미리 예상이라도 했다는 듯 확 손을 뻗어 잡아 주었다. 잡은 팔에 힘을 넣어 다시 태희가 옆에 앉게 했다.

태희는 치마 매무새를 급히 고치면서 자세를 고쳤지만 얼굴은 빨개져버린 후이다. 더 민망한 것은 재경이 한 마디도 하지 않는 것이었다. 힐끗 옆얼굴을 훔쳐보았지만 재경은 방금 무슨 일이 있었냐는 듯 태연자약한 무표정이다. 계획했던 일이 처음부터 제대로 어그러진 태희는 목까지 발개진 것을 감추려고 푹 고개를 움츠렸다. 어떻게 다시 말을 꺼낼까 생각하는 태희의 눈앞에 재경이 불쑥 벚꽃 가지를 내밀었다.

"어머……."

"꺾어 버렸어. 어쩌다 보니."

"저런……."

잠자코 가지를 받아들고서 태희는 잠시 안타깝다는 듯 중얼거렸다. 하지만 이내 활짝 핀 꽃에 코를 가져가면서 그녀는 밝게 웃었다.

"돌아가면 컵에 꽂아 둘까나. 아니다, 혹시 땅에 심어주면 살지도 몰라."

그럴 것 같지는 않다고 중얼거리는 대신 재경은 잠자코 고개를 돌렸다. 꽃 덕분에 조금 달라진 분위기에 감사하면서 태희는 잠시 후 입을 열었다.

"그 옷 입고 왔네. 안 입을 줄 알았는데."

"일부러 교복을 사서 보냈으면 입으란 뜻 아니야?"

"그랬지."

"이상한 취미야. 기껏 졸업해 놓고 왜 다시 교복을 입고 여길 와?"

"그리워서."

"좀 더 나이 들어서도 그러면 병이다."

"그때는 창피해서 못 입지. 솔직히 오늘도 창피해서 카디건 걸치고 왔어."

"난 이거 입고 차에서 내리는데 보는 사람마다 얼굴을 찡그렸어."

"어머, 진짜 고등학생이 운전한 줄 알았겠네. 신고한 사람은 없었을까?"

"모르지 또."

시큰둥한 재경의 반응이 그 화제를 일단락 지었다. 오랜만에 입은 교복으로 인한 서먹함도 가벼운 이야기를 나누고 있자니 별것 아닌 것처럼 느껴졌다.

한동안 침묵이 이어졌다. 그 침묵을 깨듯이 학교 건물 쪽에서 종소리가 다시 들렸다. 이번엔 수업 시작종이다. 그 소리가 잦아들 때 재경이 자리에서 일어났다. 이미 느슨하게 풀려 있는 타이가 그래도 답답한 것처럼 자꾸 만져보면서 그는 나무를 옆으로 돌아서 태희와 반대편에 가 섰다.

"소희 말로는 오늘 이게 결판이라던데."

"결판이래?"

"응. 그리고 고마웠다더라. 내가 널 성장시켜줘서. 녀석답지 않게 감사의 인사를 줄줄 늘어놓더니 마지막엔 나더러 건강하래. 앞으론 안 볼 사람처럼."

"건강해야지. 앞으로 어딜 가든 항상."

태희의 대답에 재경의 눈썹이 치켜 올라갔다. 태희조차 비슷한 이야기를 할 셈인가? 재경은 마른침을 삼키곤 스르륵 나무에 기대 주저앉았다.

"그게 네 대답이기도 해?"

"소희의 말은 내 말이기도 해."

그녀의 대답은 간결하기까지 했다. 주저도 망설임도 없다. 재경은 웃음이 나왔다. 끝이란 게 이렇게 허무하게 날 수 있나 싶어 어이가 없다. 자신이 둔 수가 너무도 독했던 모양이다. 물을 등지고 싸우다가 결국 자신이 물에 빠지게 생겼다. 왼손의 반지가 오른손 바닥에 자국을 낼 정도로 꽉 움켜쥐어보는데 여전히 장난 같기만 한 태희의 목소리가 들려왔다.

"너한텐 항상 고맙게 생각하고 있고, 물론 네가 언제까지고 건강하길 바라고 있어. 그게 당연한 거 아냐?"

어떻게 이토록 쉽게 말할 수 있는 건지, 기가 막혔다가 이내 화가 났다. 재경이 벌떡 일어나 태희의 앞으로 다시 가다가 멈칫했다. 태희는 거울을 보면서 어느 틈엔가 엉성히 틀어 올린 머리에 벚나무 가지를 비녀처럼 꽂아 보는데 여념이 없었던 것이다.

"뭐 해?"

황당해서 묻는 그에게 태희가 배시시 웃었다.

"갑자기 재미있겠다 싶어서. 엇, 이런. 또 풀리네."

가늘고 부드러운 머리카락은 재경이 보는 중에 스르륵 풀어져 내리고 말았다. 태희가 다시 고무줄을 손목에 감고 머리를 묶는 걸 지켜보다가 그녀의 손을 툭 밀어냈다.

"이 엉성한 손으로 뭘 하게. 손 치워 봐."

"엇? 못하긴 해도 열심히 하고는 있는데."

태희가 변명하는 말을 들으면서 재경은 잠자코 태희의 머리를 묶은 뒤 요령껏 비틀어 올려 주었다. 거기에 벚나무 가지를 삐뚜름하게 꽂아 주었다. 옆에서 보기도 그럴듯했지만 정면으로 얼굴을 돌려서 보자 예상보다 훨씬 더 그럴 듯했다. 어떻게 된 게 태희는 뭘 해도 예뻐 보이는지. 재경은 얼굴을 찡그렸다.

"이상해? 어디. 와, 예쁜데. 꽃 잘 보인다. 밖에서 이러고 돌아다니면 머리가 살짝 돌았다고 하려나? 그럼 증거 사진을 찍어 둬야지."

태희가 핸드폰을 꺼내 셀카를 찍는 걸 재경은 황당한 표정으로 쳐다보았다. 너무 밝다. 개구쟁이 기질이 약간은 있다는 것은 알고 있었지만 오늘은 그럴 상황이 아니지 않은가. 한 달 가까이 말도 섞지 않다가 만난 자리이고, 어쩌면 다시는 만나지 않기로 결정할 상황일지도 모르는데. 재경이 자리에 앉으면서 태희의 이마를 툭 만져 보았다.

"왜?"

"열이 있나 싶어서. 열은 없는데, 왜 이러냐? 무슨 약을 잘 못 먹었기에 이래?"

"약은 안 먹었는데. 내가 너무 오버하나?"

쑥스러워서 태희는 뺨을 붉히고는 고개를 숙인 채 중얼거렸다.

"미안. 이번에도 너무 오랜만이라 수줍어서 그랬어."

"이번에도?"

"너하고 오래 떨어져 있으면 이 수줍음 병이 도지고 마네. 전에는 말이 안 나오더니 오늘은 말이 너무 나온다. 바보 같지, 나?"

살짝 올려다보는 태희의 눈가까지 엷은 분홍색이다. 재경은 손을 들어 태희의 눈가를 가만히 어루만지고 말았다. 한 번 만지게 되자 손을 뗄 수가 없다. 닿은 부분부터 붉게, 붉게 사랑스러움이 퍼져온다. 재경은 부쩍 나지막해진 목소리로 물었다.

"이제 내가 기다려야 하는 일은 끝난 거야?"

"……미안."

"뭐가 미안한데 이번엔?"

재경의 손을 자신의 손으로 덮으면서 태희가 가만히 고개를 기울였다.

"이미 결론은 나왔는데 내가 내 사정 때문에 또 시간을 끌고 오고 말았어. 답은 이미 냈어. 이 귀걸이를 귀에 단 그날 밤 말이야."

재경의 시선은 그녀의 귓불에 매달린 해바라기 같은 토파즈 귀걸이에 향했다. 태희가 그의 손을 꽉 잡더니 천천히 거두고 자리에서 일어났다. 탁탁 치마를 털고 벚나무 사이의 길로 걸어 나갔다. 거기에 우두커니 서서 벚나무를 올려다보았다.

한참을 그러다 재경을 보고는 가까이 오라고 손짓을 했다. 재경이 다가가자 태희가 방긋 웃더니 그에게서 몸을 돌려 걸었다. 다시금 장난스런 목소리가 시작되었다.

"그래도 말이야, 나는 너처럼 무섭게는 못한단 말이지. 거기다 너무 운치가 없잖아. 나중에라도 애들이 물어보면 근사하게 들려줄 스토리 하나는 있어야지. 아빠가 도장 안 찍으면 자기랑 끝이라고 해서 울며 겨자 먹기로 도장 찍고 결혼했어, 그럴 수는 없잖아."

재경의 눈이 갑작스레 크게 힘을 얻었다. 너무 커다란 희망이 생기면서 그의 머리가 마비된 것만 같았다. 몇 걸음 떨어진 곳에서 태희가 우뚝 멈추고 다시 빙글 몸을 돌려 그를 보더니 빈손을 들어 보이면서 말했다.

"미안하지만 서류는 지금 내 손에 없어. 그건 증인이 되어줄 사람에게 맡겼어. 누군지는 아마 짐작하겠지만."

태희가 재경에게 한 발짝 내밀었다.

"그 대신 다른 걸 준비했어."

또 한 걸음 그에게 내딛었다. 그러면서 태희는 치마 주머니에 손을 넣었다. 뭔가를 꺼내 손에 감추고 다시 한 발, 두 발 다가왔다. 재경과의 사이에 한 보쯤 될 만한 거리를 남겨두고 태희가 심호흡을 하더니 재경의 눈을 빤히 쳐다보면서 입을 열었다.

"이미 알고 계시겠지만, 저는 아주 많이 부족한 사람입니다. 수영은 할 줄 알게 되었습니다. 아마 당신이 물에 빠지면 기어코 살려내고 말 정도의 실력은 된다고 자신해요. 똑똑해지고 싶었는데 그건 반반입니다. 지식은 좀 늘어난 것 같은데, 지혜는 상당히 실종되어 버렸어요. 하지만 그건 단시일 내에 되는 게 아니라는 걸 깨달았기에 앞으로 살면서 차차 현명해지겠다고 약속할게요. 트랜스포머. 제가 범블비를 우습게 봤다는 걸 통감했습니다. 그러나 언젠가는 반드시 될 거예요. 그것도 차차 살면서. 이래저래 약속드릴 수 있는 건, 당신이 물에 빠지면 무슨 일이 있어도 구해내겠다는 것뿐이네요."

지난밤 소희를 상대로 수없이 연습한 끝에 이젠 달달 외울 수준의 대사를 실수 없이 읊은 뒤에 태희는 자신이 기특해서 활짝 웃었다. 그리곤 아직 끝이 아니란 것을 깨닫고는 급히 호흡을 가다듬고 마지막 대사를 정중히, 최대한 정중히 건넸다.

"그런 저라도 괜찮으시다면 부디 저와 결혼해 주시겠어요?"

재경은 아무 말도 없이, 눈조차 깜박이지 않으면서 태희를 쳐다보았다. 그는 심지어 숨조차 쉬고 있지 않았다. 태희도 심장이 너무 두근거려서 정상이 아닌 상태라 그런 그의 이상을 깨닫지 못하고 손에 감추었던 것을 들어 재경 쪽으로 내밀었다.

"제 청혼을 들어주시겠다면 이 반지를……."

"……반지?"

재경의 부동 상태는 간신히 끌어낸 그 한 마디로 겨우 풀렸다. 그가 손을 들어 태희에게서 반지를 받았다. 아무런 장식도 없는 심플한 백금으로 된 링. 그러나 무게는 상당했다. 태희가 이제 와서 또 화르륵 얼굴을 붉혔다.

"사실은 거기 뭘 하나 넣고 싶었는데, 너무 갑작스럽게 준비하느라 그거 하나 마련하기가 고작이었어. 제대로 준비하자면 아무래도 내년 봄까지는 우습게 지나가 버릴 것 같은데 그렇게 기다리다간 내가 도저히 살 수가 없다 싶어……, 앗!"

정중한 청혼의 언사도 다 잊고 우물쭈물하던 태희의 말은 재경의 품에 꽉 끌어안기면서 중단되고 말았다. 한참을 그렇게 끌어안고 있었다. 태희의 가슴에 느껴지는 그의 심장소리가 엄청났다. 태희만 심장이 어떻게 돼서 죽는 게 아닌가 걱정할 때가 아니었다. 손을 들어 그를 진정시키듯이 툭툭 등을 두드려주면서 태희가 다시 말을 이었다.

"벚꽃이 가득 피어 있을 때 청혼은 하고 싶고, 시간은 얼마 없고……. 그래서 그런 멋없는 반지가 됐어. 나중에 말이야, 내가 더 많이 능력이 생기면 꼭 거기에 널 닮은 보석을 넣어줄게."

"그게 뭔데?"

"당연히 다이아몬드."

"……멍청이. 반지야 아무래도 상관없잖아. 넌 고작 이런 것 때문에 한 달씩이나 내게 안면 몰수를 했다 이거지. 하다못해 우리 커플링으로 해도 되는 걸 가지고."

"절대 안 돼!"

태희가 목소리를 높이면서 재경의 품에서 빠져 나왔다. 그녀가 발그스름한 안색에 조금 노한 기운을 띠면서 재경에게 단호하게 말했다.

"결혼반지는 내가 해. 나도 지참금 하나는 제대로 가져가야 할 거 아냐, 바보야."

"바보?"

태희의 입에서 나온 바보 발언에 재경은 황당해서 자신의 귀를 의심했다. 태희는 너무도 당당하게 자신의 의견을 고수했다.

"그것조차 싫다면 내 청혼을 거절한다는 뜻으로 알고 이 반지는 내가 가져가겠습니다."

"말도 안 돼!"

반지를 도로 거둬오기 무섭게 재경에게 다시 빼앗겼다. 그것을 등 뒤로 감추고서 재경은 상기된 눈을 빛내면서 태희에게 물었다.

"내 반지는 봤다 치고, 네 반지는 어디 있어?"

"그거? 여기. 앗, 줘, 주란 말이야."

"세상에! 이거 얇은 것 좀 봐. 반지가 아니라 무슨 실 고리 아니야? 애들 돌반지로 착각하고 만든 거 아냐? 이거 반 돈짜리야?"

"무슨 소리, 엄연히 한 돈짜리야! 너 금값이 얼마나 비싼지 알기나 해?"

"그래서 이런 걸로 결혼반지를 하겠다고? 뭔가 착각하고 있는 거 아니야? 넌 한재경 부인이 되는 거야. 이런 초라한 반지는 내가 죽어도, 절대로 용납 못 해."

태희의 반지까지 가져간 재경이 손을 높이 들고는 작디작은 반지를 보면서 지독히 부정적인 반응을 보이자 태희는 종종거리면서 사정하다가 그만 뿔이 나고 말았다.

"에이, 안 해! 결혼 전부터 이 모양이라니 하고 난 뒤가 불 보듯 훤해. 프러포즈 취소야. 난 친정으로 갈 거야!"

홱 등을 돌리고 태희가 성큼성큼 걸어갔다. 재경은 급히 자신의 손가락을 펴고, 태희의 반지를 새끼손가락에 자신의 반지를 가운뎃손가락에 끼워 넣었다. 둘 다 거짓말처럼 잘 맞았다. 그러나 새끼손가락의 반지가 심각하게 가느다란 것은 명백한 사실이다.

어쨌든 히죽 웃고선 저만치 앞서서 심통이 나 내려가는 태희를 쳐다보았다. 뛰고 있는 모양인데 거북이가 뛰어봤자 표범 눈엔 가소롭다. 눈 깜짝할 사이에 뛰어 내려간 재경이 그녀의 허리를 낚아챘다.

"놔, 바보야, 놓으라구, 싫어, 싫……."

그녀의 발이 땅에 안 닿게 번쩍 들어서는 근처의 벚나무 숲 속으로 들어갔다. 벚나무에 그녀를 기대세우고 나무와 함께 그녀를 끌어안으면서 격렬한 입맞춤을 퍼부었다. 싫다는 태희의 목소리도, 버둥거림도 이내 잦아들었다.

새하얀 벚꽃 그늘 속에서 두 사람은 머리가 아득해질 만큼 긴 시간 동안 키스를 나누었다. 겨우 입술을 떼었을 때 태희의 붉디붉은 뺨에 물든 것처럼 재경의 뺨도 발갛게 물들어 있었다. 그가 다시 태희의 입술을 살며시 물었다가 놓으면서 말했다.

"후회하지 않을 자신 있어? 이미 접수한 말 번복은 없는 거야."

"번복 안 해. 이미 오래전에 내 운명이 움직였던 대로 이제 나는 따를 뿐이야."

태희는 깊은 한숨을 내쉰 뒤 말갛게 가라앉은 눈으로 재경을 응시하면서 말했다.

"그 말 기억해? 난, 소중한 모든 게 사라지면 벚꽃에 먹히겠다고 말했던 적이 있어."

"그렇게 기묘한 말을 어떻게 잊어."

"그 말 취소할게. 나는 지금 너와의 사랑에 내 전부를 걸겠어. 혼신을 다해 널 위해 빛날 거야. 사랑할게, 영원히. 하지만 대신에 너도 내게 전부를 줘야 해. 언제까지나 날 사랑해 줘야 해. 그래도 만약, 그 마음에 끝이 온다면……."

태희가 재경의 손을 들어 그의 손등에 입 맞춘 뒤 말했다.

"내가 알지 못하는 사이에 날 부숴줘. 그 어떤 암흑도 날 해치지 못하도록. 한 줌의 절망도 날 정복할 수 없도록."

재경의 등줄기를 타고 전율이 흘렀다. 재경은 태희의 손을 마주 잡아 그녀의 손등에 몇 번이고 입술을 댔다. 그녀의 눈을 응시하면서 날카롭게 빛나는 눈으로 재경도 단호히 말했다.

"너야말로 지금의 그 각오가 변하는 날엔 네 눈앞에서 부서지는 날 보게 될 거란 걸 잊지 마. 영원히야. 이번 생은 물론 죽음이 찾아와 다시 태어난 다음 생에서도 넌 날 찾아야 하고 나만 사랑하는 거야. 만약 그렇지 않으면……."

"그렇지 않으면?"

문득 장난기가 일어 웃으며 물어보자 재경은 마찬가지로 싱긋 웃으면서 답했다.

"혜성이 되어 떨어져서 지구 따윈 날려버리지 뭐."

"아하. 가끔 우주에서 별들끼리 부딪혀서 폭발하는 이유가 그런 거였구나."

"그런 건가 보네. 정말."

"지구에 피해가 안 가게 다음 생에선 다른 행성에서 우주인으로 태어나야겠군."

"자칫하다 우주전쟁 나겠는데."

그렇게 농담을 주고받다가 다시 두 사람의 입술이 겹쳐졌다. 태희가 그의 목에 팔을 두르면서 키스에 응하는 바람에 적당한 선을 찾아 끊어내는 것이 재경에겐 참으로 힘들어졌다. 품에 안은 가냘픈 몸에 대한 열망은 가벼운 키스로도 간단히 비등점을 넘어버리곤 하는데 오늘은 이미 비등점 따윈 우습게 넘어서 가본 적 없는 위험한 수준까지 끓어올랐다. 태희도 그동안 사랑받고 싶었던 마음이 넘실거려서 그의 애무에 열정적으로 응하고 있었다.

"나 갑자기 산 채로 몸이 불탄 사람들 이야기가 휙휙 스쳐가기 시작했어. 아직 그렇게 죽고 싶지는 않아."

재경이 그렇게 중얼거리면서 태희의 치마 속으로 손을 넣었을 때 태희가 간신히 정신을 차렸다. 그의 달아오른 눈과, 붉은 입술은 참으로 근사했지만 그 아래로 교복 넥타이가 보였다. 고등학교에서 교복 차림으로 끝까지 간다고? 맙소사, 이건 절대로 아니다!

태희가 살살 그를 달래면서 그만두자고 말했지만 그가 반쯤 이성을 잃었다는 걸 감안했을 때 그녀의 그만두자는 소리는 오히려 도발의 역할밖에 되지 않았다. 결국 일촉즉발의 상황까지 몰린 태희가 재경의 귓바퀴를 세게 물고 말았다.

"아야! 뭐야, 태희야. 아프잖아."

"아프라고 그랬어. 미안, 그치만 우리……2부는 집에 가서? 어머머, 너 그러고 있다가 잡히면 변태로 몰려."

놀랄 만큼 빨리 매무새를 정리한 태희가 재경의 어떤 곳을 보고는 얼굴이 빨개져서 홱 돌아서더니 막 뛰어갔다. 천하의 한재경도 곧바로 뛰지 못할 순간이란 게 있었다.

한참 열심히 뛰는데 머리가 풀어져 버렸다. 그냥 가려다 벚꽃 가지를 떠올린 태희가 급하게 돌아와 가지를 집어 들었다. 그리고 고개를 든 그녀에게 상당히 벌려둔 간격을 어느새 거의 다 따라잡은 재경의 얼굴이 보였다. 다시 뛰기에는 이미 늦었다.

아니나 다를까, 잡혔다. 거기다 다음 순간 번쩍 들어 올려졌다.

"꺄아, 재경아, 창피하게 뭐 하는 짓이야!"

"뛰어봤자 벼룩이 어디서 달리기 자랑인지 원."

"너 진짜 그러기야? 나 다음 달에 하프마라톤도 나간다고. 내가 꼭 상품 타 와서 네 코를 납작하게 해줄 거야."

"허어. 나는 옆에서 링거 가지고 뛰면 되는 건가?"

어깨에 태희를 걸쳐 맨 재경이 방금 전까지와 별로 다를 바 없는 속도로 달리면서 말했다. 역시 재경은 무섭다. 이 순간에도 그런 생각을 하면서 태희는 두 눈을 꽉 감아 버렸다. 갑자기 재경의 목소리가 아닌 다른 남자의 목소리가 들려왔다.

"이놈들, 수업시간에 여기서 무슨 짓을 하고 있는 거냐!"

"아, 죄송해요! 저희 48회 졸업생 한재경과 윤태희입니다! 선생님, 건강하세요!"

"미쳤어!"

그가 이름까지 대는데 놀라서 그렇게 외치며 눈을 뜬 태희는 그들을 기막히다는 듯 보고 있던 고령의 남자와 눈이 딱 마주쳤다. 맙소사. 교감 선생님이었다. 태희가 들고 있던 카디건으로 눈을 가리며 우는 시늉을 했다. 재경이 큰 소리로 웃었다. 얼마 안 있어 태희도 웃기 시작했다.

어느새 그들은 교문을 지나고 있었다. 태희는 새삼스런 눈으로 학교의 명패를 보았다. 이제야 비로소 고등학교를 졸업한 기분이다. 아이였던 시간을 이곳에 모두 두고 간다. 어른이 되어 앞으로 보내야 할 평생이란 시간 동안 자신은 한재경의 옆에 있을 것이다. 앞으로 어떠한 꿈을 꾸든, 그 꿈의 가장 최정상에 있는 절대자는 그일 것이다.

이제 새로운 꿈이 시작된다.

영원히 그를 사랑하는 꿈.

영원히 그에게 사랑받는 꿈.

그를 위해 자신은 보석처럼 반짝이는 별이 될 것이다.

변치 않을 따스함, 눈이 부신 찬란함.

영원히 부서지지 않을 나의 너.

에필로그

Adamas, Diamond

6월의 첫 주 일요일. 소희네 집 마당에 있는 장미에 꽤 많은 꽃이 피었다. 그 꽃을 감상할 겸 점심 테이블이 마당에 차려졌다.

소희와 태희 말고도, 의자를 차지한 또 다른 손님이 있었다. 5월 말에 귀국한 재인이었다.

재인은 어머니인 지영이 있는 베네치아와 외삼촌인 지석이 있는 워싱턴을 오가며 유유자적하던 한량답게 한껏 멋이 든 외에도, 키가 더 자라고 체격도 좋아졌다. 그래도 뺨을 누르면 우유가 배어나올 듯한 미소년 같은 분위긴 여전했다. 아직 간직하고 있는 앳된 모습에 영어는 물론 이탈리아어까지 꽤 그럴싸하게 구사하는 그의 성장에 소희가 재인을 바라보는 눈이 얼마쯤 변하지 않았나 하고 태희는 생각했다.

귀국한 첫날 대문 앞에 진을 치고 들여보내 달라고 성화를 부리다 경찰에 잡혀갈 뻔했던 일은 아마 재인이 앞으로 사는 내내 서운한 일이 생길 때마다 곱씹을 에피소드가 될 것이다. 그래도 정말 경찰차가 왔을 땐 소희가 나가서 데리고 들어왔다.

내가 괴롭히는 건 되지만 다른 사람이 괴롭히는 건 못 본다는 소희의 가치관은 아마 쉽게 변하지 않을 것이다. 슬며시 태희는 재인의 일을 동정하지 않을 수 없다.

"너, 정말로 우리 소희가 좋긴 좋아?"

"이를 말이라고요."

냉큼 대답하면서 재인이 싱글거렸다. 태희는 짐짓 무서운 표정을 지었다.

"그렇게 좋다면서 그간 연락도 안 하고?"

"안 하긴요. 제가 편지 꼬박꼬박 보냈어요. 못해도 사흘에 한 번씩? 이메일도 쓰고요. 명절 때마다 선물 보내고, 생일엔 특별선물도 보냈다고요."

"정말?"

금시초문인 말에 태희가 놀라서 소희를 쳐다보았다.

"왜 그런 말 한 번도 안 했어?"

"니 일만으로도 바빠 죽는 애한테 뭐 그런 게 일이라고 말하냐. 언제 나한테 신경이나 썼다고."

소희가 입술을 삐죽거렸다. 태희가 금세 쩔쩔매면서 두 손 모아 빌었다.

"미안해. 그래도 말해 주지. 열심히 들어줬을 텐데."

"쳇. 이제 와서 뭐."

"어우, 우리 소희. 내가 진짜 잘못했어. 친하게 지내자, 응? 나 미워하지 마. 응, 소희야? 응?"

소희의 어깨에 머리를 기대고 비비적대면서 태희가 혀 짧은 소리를 내었다.

"얘가 징그럽게 왜 이래?"

말은 그렇게 하면서도 태희가 그러는 게 싫지 않은 소희의 얼굴에 미소가 번졌다. 그걸 보고 눈을 반짝이면서 재인도 소희의 다른 쪽 어깨에 대고 머리를 비벼댔다.

"나도 잘못했어요. 친하게 지내요, 응? 나 미워하지 마세욤, 누님."

재인에게 돌아온 것은 부라리는 눈빛과 매서운 펀치 한 방. 덕분에 잠시 후 다시 고개를 돌리고 커피를 마시는 재인의 오른쪽 눈이 벌겋게 부었다.

안쓰러워야 할 모습인데 웃음이 나와서 태희는 애써 억누르려고 허벅지까지 꼬집었다. 겨우 차분해져서 태희가 말을 꺼냈다.

"아주 온 거면 지금 어디서 지내?"

"지금은 호텔에 있어요. 집 알아보고는 있는데, 아직은 호텔이 좋네요."

재인이 빙긋 웃으며 대답하자 소희가 퉁명스레 물었다.

"니 마귀할멈은 어쩌고? 또 들어와서 태희 결혼 깽판 놓거나 그러는 거 아니야?"

"그럴 일 없을 거야. 마귀할멈, 아주 바빠."

천연덕스럽게 둘이 마귀할멈 운운해대서 태희는 살짝 민망한 기분으로 커피를 홀짝거렸다. 재경의 생모인 지영의 일에 대해서도 생각을 안 할 수는 없지만, 재경에게 그녀에 대해 운을 떼기 무섭게 '신경 쓰지 말라'는 답이 돌아왔다.

태희가 옛날과 달라진 점이 있다면 재경의 그런 대답에 정말로 신경 쓰기를 그만두었다는 것이다. 혼자 끙끙대며 골머리를 앓는 짓은 이제 안 한다. 칙칙한 줄 알면서도 칙칙한 생각에 빠져 허우적대는 몹쓸 습관과는 굿바이 했다. 그래서 예전이었다고 하면 생각도 할 수 없는 담담한 기분으로 재인과 소희가 나누는 대화를 들을 수 있었다.

"뭐 하느라 바쁜데?"

"내가 보낸 편지, 진짜 안 읽었구나?"

"안 읽었다. 그게 뭐?"

"됐어, 관둔다. 내가."

"마녀 뭐 하느라 바쁘냐고 묻잖아."

사실은 편지를 다 읽었다는 것은 비밀. 단순히 태희 앞에서 재인의 입으로 확인시키기 위해서 소희는 퉁명스레 질문을 던졌다.

"늙어빠진 귀족 나부랭이 잡았어. 비버리힐스에 있는 몇 백만 달러짜리 집 선물 받고, 지금 한창 혼전계약서 어쩌고 난리도 아니야."

"그 나이에 귀족을 잡아? 귀족 참칭하는 사기꾼 아냐?"

"사기꾼이든 뭐든. 아, 그리고 마녀 전신 성형했어. 얼굴은 물론 몸매까지, 완전 도자기 인형이 됐다고."

"헤에. 참 대단도 하구나. 역시 이 세상은 정의고 뭐고 안 통한다니까. 권선징악은 개뿔. 돈하고 외모면 못할 짓이 없어. 쳇."

투덜거리면서 소희가 힐끗 태희를 건너다보았다. 태희는 여전히 커피를 마실 뿐, 별다른 관심을 보이지 않았다. 재인도 소희처럼 태희의 눈치를 보았지만 두 사람이 자기 표정을 살핀다는 걸 안 태희는 생긋 웃고는 느닷없는 화제를 꺼 내들었다.

"재인이 아까 집 구한다고 했잖아. 나, 갑자기 좋은 생각이 하나 났는데."

"응? 무슨 생각이요?"

재인은 물론 소희도 귀를 쫑긋 세웠다.

"너 소희네 집에서 하숙해라."

"에엥? 누구네 집?"

소희가 대번에 눈에 힘을 주며 목소리를 높였다. 재인은 눈을 번쩍이면서 감탄했다.

"우왕, 그렇게 좋은 생각을 내가 왜 못했지?"

"왜 그렇잖아, 소희야. 이 집 안 쓰는 방도 몇 개나 되는데 그냥 놀리는 것도 아깝고. 거기다 어머니 곧잘 집 비우시는데 소희 너 혼자 있는 것도 나 불안해."

"뭐가 불안해? 그렇다고 저 녀석을 들여서 둘이 있어? 그게 더 불안하잖아!"

"어머, 왜용? 이렇게 순결한 절 상대로 무슨 이상한 상상을 하시는 거예요?"

재인이 자신의 몸을 감싸며 눈을 깜빡거렸지만 소희가 그런 어쭙잖은 연극에 속을 리 없다.

"어디서 가증스럽게 순결한 척이야? 내가 너 진즉에 발랑 까진 거 다 알고 있거든?"

"어, 정말로? 재인이 바람둥이야?"

"바람둥이면 좋게? 이 녀석은 난봉꾼이야."

"난봉꾼……?"

태희의 물음에 소희가 대답하면서 '난봉꾼'이란 말을 특히 강조했다. 재인을 바라보는 태희의 눈이 아주 싸늘해졌다. 재인은 두 손을 열심히 저으며 말했다.

"멋모르던 시절에 약간 엇나가긴 했지만, 그건 옛날 일이에요. 저 개과천선했다고요. 홀딱 반한 사람이 있는데 몸으로는 딴짓하는 그런 녀석 아니에요. 진짜 억울해요. 짝사랑하면서 깨끗하게 살았는데, 그런 맘도 몰라주고. 편지도 안 읽고."

말하다 생각해 보니 서러움이 복받쳐, 재인이 뚝뚝 눈물을 흘렸다.

"어, 재인아, 왜 울어. 울지 마. 야, 소희야, 좀 말려봐."

"말리긴 뭘 말려. 자식이 쇼하는 거지. 울 일이 세고 셌다."

"아닌 것 같은데……."

태희가 둘을 번갈아보며 쩔쩔매다가, 자신이 이 자리를 계속 지키고 있으면 안 되겠다는 것에 생각이 미쳤다. 어쩌면 태희가 있어서 소희가 더 심통을 부리는지도 모를 일이다. 그래서 태희는 머그잔을 들고 일어났다.

"어디가?"

"화장실. 커피도 더 가져오고."

따라나선다는 소희를 그럴 것 없다며 눌러 앉혔다. 그다음은 요령껏 소희를 붙잡는 재인의 몫이었다. 집으로 들어가는 길에도 등 뒤에서 둘이 아옹다옹하는 소리가 심심찮게 들려왔다. 하지만 주방에서 커피를 더 따라서 느긋하게 쉬다가 이쯤하면 되었을까 하고 내다보았더니 찰싹 달라붙은 두 사람의 머리가 한 덩이가 되어 있었다.

"어머나."

태희는 얼굴을 붉히며 고개를 돌렸다가 잠시 후 다시 슬쩍 고개를 돌렸다. 혹시 소희가 싫다는데 억지로 하는 거라면…….

아니었다. 소희의 두 손이 재인의 등을 감싼 게 보였다. 게다가 누가 우위랄 것도 없는 적극적인 키스. 잔뜩 붉어진 뺨을 양손으로 감싸며 태희는 이번에야말로 정말 창가에서 몸을 돌려 떠났다.

"둘이 함께 좋아했던 거네. 아, 잘 됐다. 잘 됐어."

지하철 안에서 잡지를 읽다 말고 고개를 들어 태희는 흐뭇하게 웃었다. 친구의 기쁨은 자신의 기쁨, 이란 당연한 소리 말고도 한 편으로 소희에게 좋은 짝이 나타났으면 하고 바라던 바였다. 누군가에게 흠뻑 사랑받는 행복을 소희도 어서 가득 맛보았으면 좋겠다.

문득 생각난 대로 재경에게 문자를 보냈다. 이따 밤에 보면 들려줄 좋은 소식이 있다고 하자 그게 뭐냐고 당장 물어왔다. 안달 나게 할 생각은 없었지만 만나서 들려주고 싶다면서 튕겼더니 〔좋아. 만나서,

제대로, 대화를, 좀, 하지.]라는 문자가 왔다. 난무하는 숨표의 행렬이 조금 무섭다.

어제 오전에 아버지를 수행해서 북경에 간 재경은 아직 돌아오려면 시간이 좀 남았다. 태희가 외국에서 영어랑 일본어를 마스터하느라 힘쓰고 있을 동안 재경은 중국어를 이미 마스터했다. 뿐만 아니라 이탈리아어도 배우는 눈치였는데, 태희 생각에 그건 재인을 의식한 일이 아닐까 싶었다. 하여간 대학 졸업 전에 오 개 국어를 마스터한다는 재경의 가벼운 목표는 달성이 거의 확실시된다.

언어를 공부하는 외에도 재경은 작년부터 준비해 온 복수전공 때문에 바빴다. 컴퓨터 공학부의 정보시스템학 전공은 원래 전공보다 시간을 더 많이 잡아먹고 있었다. 본말이 전도된 셈이다. 이런 공부에 관심이 있었냐는 태희의 질문에 재경은 산업기능요원으로 가려면 필요한 과정이라고 간단하게 말했다. 이미 그는 대학 졸업 후에 기간산업체 병역특례를 갈 생각을 하고 있었다. 한경그룹의 산하 계열사 중에서도 특히 위의 두 형님이 관심 없어할 쪽을 고른 의미도 있었다.

"나중에 뭘 하든 넌 최고로 살게 해줄 테니까."라고 말한 재경을 떠올리면서 태희는 방긋 웃었다. 그 소리, 꼭 그에게 그대로 되돌려주고 싶다.

그러기 위해선 태희도 허투루 쓸 시간이 없다. 무릎에 펼쳐져 있는 시사경제 잡지를 진지한 표정으로 내려다보았다. 전에는 재경과 말이 통하는 사람이 되어야지, 하면서 본 것에 지나지 않지만 이젠 정말 생존을 위해 필요하다. 태희의 세상이 또 한 번 넓어졌기에.

한남동 집의 장미무늬 철제 대문을 눈앞에 두고 태희는 새삼 고개를 주억거렸다. 그녀는 이제 이곳에서 살고 있다. 초인종을 누르자 철컹거리는 소리와 함께 대문이 열렸다.

마중 나온 집사는 사모님이 응접실에서 손님과 계시다고 말했다.

태희의 수업이 끝나면 그쪽으로 건너오라는 전언이다. 시계를 확인하고 태희는 급히 별채로 향했다. 늦지 않게 도착했지만 이미 그녀의 피아노 과외 선생님이 와서 손을 풀 겸 연습을 하고 있었다.

태희는 인사를 한 뒤 아직도 펼 때마다 쑥스러운 체르니 교본을 옆에 끼고 피아노로 향해갔다. 수요일에 배운 것을 연습한 것을 과외 선생님께 들려주면서 태희는 힐끗 한눈을 팔았다. 피아노 오른편 위쪽에 자리한 쳄발로에 그녀의 시선이 머물렀다. 모란 여사가 결혼할 때 가져온 것으로 부인의 열두 살 생일선물로 조부께서 독일에서 들여왔다는 내력이 있는 물건이다. 부인이 한때 쳄발로 연주자를 꿈꾼 소녀였다는 이야기를 최근에야 들었다. 아직 부인이 직접 연주하시는 걸 본 적은 없다. 대신 태희의 피아노 솜씨가 괜찮다 싶어지면 쳄발로를 가르쳐주겠다는 약속을 해주셨다.

태희는 벌써부터 그날을 꿈꾸며 바흐의 쳄발로 협주곡을 듣곤 한다. 어서, 피아노를 잘 치게 되어야지 하고 다짐했다. 그런 생각을 하다가 손가락에 힘이 들어갔다고 야단을 맞긴 했지만 이 날의 한 시간 반 수업도 순조롭게 흘러갔다. 또 숙제를 한 가득 내주시고 선생님이 돌아간 뒤 교본이 닳지 않을까 싶게 열심히 체크하면서 모란실로 갔다.

"오늘은 어떤 부분을 배웠나요?"

"여기서부터 여기까지요. 저 빨리 배운다고 칭찬해 주셨어요."

자못 기뻐하며 모란 여사를 쳐다보자 부인은 빙긋이 입가에 미소를 머금으셨다.

"처음엔 그렇게나 손가락이 안 움직인다고 우는 소리더니."

"그거야, 22년간 음악하고 무관하게 살아온 걸요. 어쩔 수 없었어요."

태희는 머쓱한 표정이 되어서 어깨를 으쓱했다. 처음 음악 수업을 시작할 때를 생각하니 잠시 아득한 기분과 함께 자신이 대견스럽기까지 했다. 그때는 정말 하루하루가 인내와 좌절의 싸움이었다.

그렇지만 이제는 깐깐하기 그지없는 육십 대 중반의 과외 선생님께 "재능이 아주 없진 않아요."라는 엄청난 칭찬을 들을 정도까지 왔다. 물론 그 선생님은 다른 말도 덧붙인다. "좀 더 일찍 시작했어야 하는데."

태희는 이제 노력만 하는 게 아니라 피아노가 좋아지고 있다. 즐겁게 연습을 하고 즐겁게 배운다. 그런 점이 상호작용을 해서 실력이 제법 빠르게 향상되는 것도 당연하다.

"그래도 체르니에는 끝이 없으니까."

그럴 리가 없는데도 짐짓 놀리는 소리를 하는 모란 여사 때문에 태희는 어깨를 움츠렸다. 벌써 쳄발로를 칠 꿈을 꾸고 있다고 하면 얼마나 놀리시려나. 재경이 입단속을 더 단단하게 시켜야겠다고 생각하는데 부인이 마시던 찻잔을 내려놓더니 테이블 위로 작은 상자를 내려놓았다.

"이것, 이제 받아가도 좋아요."

상자를 열어본 태희는 잠시 꼼짝도 하지 않고 안에 든 것을 응시했다.

반지. 위아래로 가느다란 줄이 들어가고 중앙에 박힌 다이아몬드가 반짝거리는 한 쌍의 반지였다.

"이건……."

제 반지가 아닌데요. 태희가 하려는 말을 다 듣지 않고도 모란 여사는 알아들었다.

"태희 양의 반지 맞아요. 거기에 아주 약간 가공을 한 거지."

아주 약간의 가공이라. 하지만 태희의 눈에 비친 여자 쪽 반지는 원래의 굵기도 아니었다. 두 배는 됨 직하게 굵어졌다. 게다가 원래 없던 다이아몬드가 박히기까지 한 일을 두고, 아주 약간의 가공이라고 한다면. 촘촘하게 커팅이 된 다이아몬드는 빛을 난반사하는 양도 굉장했다. 예전에 재경이 준 약지의 반지와 비교해 보니 캐럿 차이는 그리 크지 않은지 몰라도 커팅의 차이는 분명했다.

역시 이러려고 반지를 달라고 하셨지 싶어 태희는 저도 모르게 한숨을 쉬었다. 애초에 재경이 모란 여사에게 반지 자랑을 할 때 말렸어야 하는 건데. 말로는 "이런 걸 결혼반지라고 줬다니까요, 말도 안 되죠?"라고 흉보면서 실제론 들떠서 자랑하느라 입이 귀에 걸려 있던 재경의 모습이 낯설기도 하고 귀엽기도 해서 내버려 두었던 게 한이다.

모란 여사는 재미있다는 얼굴로 그런 재경을 구경하다가 자세히 보겠다면서 반지를 가져가셨다. 재경의 것과 태희의 것 둘 다. 그러고는 결혼반지를 결혼 전에 끼고 있으면 부정 탄다면서 자신이 보관하고 있겠다고 가져가 버리셨다. 재경은 엇, 그런 하는 표정으로 입을 들썩였지만 차마 그 순간엔 어머니께 돌려달라는 말을 못하고 말았다.

하지만 그 뒤로 재경은 단 하루도 그 반지 일을 잊고 지나간 적이 없다. 어머니가 그런 미신을 믿고 있을 줄은 몰랐다며 사람은 역시 알고 봐야 한다고 투덜거린 일도 부지기수다. 모란 여사와 함께 있을 때면 부인을 바라보는 재경의 눈에 '반지 좀……'이라고 적힌 게 눈에 보여서 태희는 번번이 웃음이 났다. 재경에게 물욕은 없는 줄 알았는데, 꼭 그렇지만도 않다는 걸 태희도 이번 기회에 확인했다.

"안쪽을 봐요. 원래대로 새겨진 글귀는 그대로일 거예요. 그건 건드리지 말라고 했으니까."

부인의 말에 태희는 두 개의 반지를 빼서 안쪽을 들여다보았다. 과연 부인의 말이 맞았다. 반지의 안쪽엔 짤막한 단어가 새겨져 있다. *ΑΔΑΜΑΣ*. 태희가 반지를 살 때 새겨달라고 부탁했던 글귀였다. 그걸 보며 태희는 비로소 미소 지었다. 이제야 자신이 산 그 반지 같다.

"Adamas. 맞죠? 그리스어인데 어떻게 그런 걸 알아서 새길 생각을 했어요?"

"어떤 책에선가 보고 뜻이 근사해서 기억해 뒀어요."

모란 여사의 말에 대답하면서 태희는 반지 안쪽을 살며시 만졌다.

'ΑΔΑΜΑΣ', 영어로는 ADAMAS가 되는 이 그리스 말은 '정복되지 않는, 부서지지 않는' 등의 뜻으로 후에 '다이아몬드'의 어원이 되었다. 영원, 불멸과도 일맥하는 뜻이 있다.

태희는 이 말을 꽤 예전부터 마음에 담고 있었다. 누군가를 상징하는 단 한 단어를 말해야 한다고 할 때, 한재경에게 어울리는 말이 아닐까 하고 생각했다. 태희에게 한재경은 다이아몬드다. 언제까지나 반짝이도록 지켜주고 싶은.

조용히 반지를 상자에 되돌려놓고 태희는 테이블 위에 올려둔 자신의 핸드폰을 쳐다보았다. 여전히 두 개의 핸드폰 고리를 달고 있다. 파란 비즈로 된 별과, 다윗의 별. 그 다윗의 별에 새겨 있는 문구도 동일하다. 아다마스이다. 전에도, 지금도.

"좋은 뜻의 말이에요. 조금 강한 느낌인 게 흠이긴 하지만 두 사람을 지켜줄 부적 같은 말이 될 거라고 생각해요."

"그랬으면 좋겠어요."

모란 여사의 말에 태희는 방긋 웃으며 대답했다. 아주 약간의 가공을 해버린 반지를 보면서 얼마쯤 아쉽다고도 생각했다. 부인이 변명하듯이 말했다.

"지참금이라고 생각해요. 친정엄마가 해주는."

태희는 온화하게 웃으며 고개를 끄덕였다. 반지 상자를 두 손으로 꼭 쥔 채 약속했다.

"알겠어요, 어머니. 이건 감사히 받을게요. 대신에, 내년에 결혼할 때 아버님이랑 어머니께 예단은 꼭 해드릴 거예요."

"벼룩의 간을 내어 먹으라고 하는 말씀?"

"저 지금 돈 잘 벌어요. 과외를 세 개나 하는데요. 솔직히 말해서 어머니께서 과외 주선 브로커셨으면서."

"어머나, 그런 매도를 하다니. 하늘을 우러러 죄지은 일 없이 살았다고 자부했는데."

모란 여사가 놀랐다는 시늉을 하자 태희가 소리 내어 웃었다. 언젠가 우연찮게 만났던 대사 부인들 같은 위치의 사람들을 태희는 본의 아니게 상당수 알게 되었다. 모란 여사의 후광에 태문대학교에 다니는 재원이라는 객관적 사실, 그리고 실제로 본 태희의 됨됨이로 인해 좋은 제안이 많았다. 과외는 태희가 마음을 먹는다면 두어 개 더 할 수도 있다. 하지만 태희도 배워야 할 것이 많은 입장이라 세 개를 한계로 잡았다. 그리고 지적 노동의 대가는 아주 후해서 태희는 아직도 어리둥절할 정도다.

차가 식었을 거라고 짐작한 집사가 다시 차를 내어오고 다과를 준비해 왔다. 차를 나누면서 두 사람은 도란도란 세상 돌아가는 이야기를 했다. 그리 심각할 것도 없는 이야기였건만 둘 다 이야기에 푹 빠져서 어느 틈엔가 바깥세상엔 소나기가 내리는 것도 알지 못했다. 천창에 내려와 떨어지는 빗소리가 마치 첼발로 소리처럼 경쾌한 오후가 흘러가고 있었다.

비행기가 연착해서 재경 부자가 저택에 돌아온 것은 아홉 시 무렵이었다. 한 회장은 피곤하다면서 식사 전에 씻는다며 욕실로 향했다. 모란 여사는 식사가 준비된 것을 점검하러 가기 전에 재경 쪽을 보며 말했다.

"아드님도 여기서 먹을 건가요?"

"여기서 먹지 말란 말씀으로 들리는데요."

재경이 그렇게 말하자 모란 여사는 슬쩍 눈썹을 치켜올렸다.

"무슨 소릴 하는지 모르겠는데요. 태희 양, 아드님이 북경에서 꽤 고됐던 모양이에요. 가면 맛있는 거라도 만들어 줘요."

돌아서던 부인이 짧게 덧붙이는 걸 잊지 않았다.

"술 마시고 태희 양 데려다 준다고 핸들 잡는 건 안 되는 거 알죠?"

"알아서 잘하겠습니다, 어머니."

멀어져가는 모란 여사를 보다가 재경이 태희를 돌아보며 눈을 찡긋했다.

"말은 저렇게 하는 거야. 짧은 문장 안에 필요한 말이 다 담겨 있잖아?"

"무슨 말이 담겨 있는데?"

그들은 현관을 향해 걷기 시작했다. 태희는 재경의 팔에 팔짱을 낀 채 그를 올려다보았다.

"재경이 아파트로 건너가서 놀다 오렴. 태희 넌 재경이한테 맛있는 거 만들어주고 상냥하게 굴어야 해. 재경이 넌 술은 마셔도 좋지만 음주 운전은 안 돼. 그럴 바에 태희 넌 거기서 자도록 해."

"맞는 말과 자의적으로 해석한 말이 마구 뒤섞여 있는 거 아냐?"

"내 말이 다 맞아. 넌 아직 말귀가 어두워."

"아, 네. 잘 알겠습니다, 서방님."

짐짓 체념한 것처럼 태희가 한숨을 쉬었다.

현관 앞에서 태희는 가져와야 할 게 있다며 방에 다녀오겠다고 했다. 재경은 차를 빼놓을 테니 대문 앞에서 보자고 했다. 그 말대로 잠시 헤어져서 태희는 별채에 있는 자신의 방으로 갔다. 책상 위에 두었던 반지 상자를 가방에 챙겨서 나서기 직전에 태희는 거울로 다가가 자신의 모습을 살핀 뒤 립밤을 발랐다. 문득 방을 휙 둘러보았다. 넓고 예쁜 방은 어떤 공주님이 머물기에도 부족하지 않아 보인다. 그런 방이 현재는 태희만을 위해 존재한다.

태희가 재경에게 프러포즈한 며칠 후 두 사람이 약혼했다고 재경이 보고하자 모란 여사는 그럼 태희가 본가에 들어올 차례라고 못 박았다. 아파트에서 함께 살자고 태희를 설득 중이던 재경으로서는 미처 예상 못한 암초였다. 하지만 곧 부인의 말에 동의했다. 아무리 줄여주려고 노력한다고 해도 재경과의 결혼은 태희에게 전에 없던 짐을 어느 정도 얹어줄 거란 것은 재경도 잘 알고 있었다. 약혼 기간을 충분히 두고 모란 여사가 차근차근 가르치고 싶다는 제안을 거절하는 것은 철없는 소리임에 틀림없었다.

재경이 그런 뜻을 전했을 때 태희도 당연하다는 듯 받아들였다. 재경보다 태희가 훨씬 기쁘게 받아들였다. 태희는 정말로 모란 여사를 좋아하고 있으니까. 그리고 어제 북경에 가는 비행기 안에서 한 회장이 마지못해 한 말처럼, 모란 여사는 태희와 함께 있을 때 훨씬 사람다운 냄새가 난다.

방을 나선 태희는 오후에 언제 비가 왔냐 싶게 공기가 후텁지근한 정원을 가로질러 총총히 뛰었다. 어째선지 재경이 정원을 따라 걸어 올라오고 있었다.

"대문 앞에서 보자며?"

"누가 너무 느려서 말이야. 기다리는 건 영 고역이야."

"갈수록 끈기가 없어지십니다, 서방님?"

태희의 놀림에 재경은 슬쩍 미간을 찌푸리더니 다가와 어깨동무를 하면서 귀에 대고 속삭였다.

"적당히 기어올라. 이따가 후회하고 싶지 않으면."

"어머. 겁주네. 안마 해주려고 했는데 안 해줄까 봐."

"아아, 그 서툰 안마 좋지. 말이야, 이왕이면……."

그러면서 재경이 그녀의 귀에 입술을 대고 속삭인 몇 마디에 태희의 얼굴이 새빨개졌다.
"엉큼해!"
차마 입에 담기 민망한 말에 귀를 비비고 있는 태희를 보며 재경이 웃었다.
"그러니까 더 기어올라봐."
톡 쏴주려고 재경을 흘겨본 태희는 그의 웃는 얼굴이 너무도 환해서 그만 자신도 웃고 말았다. 지는 게 이기는 거란 말대로 이번에도 태희가 두 손 들며 져주었다.
"그냥 얌전히 굴지요, 서방님. 소녀가 무슨 힘이 있겠습니까."
"어허. 힘이 없다니. 응급실이라도 가서 영양제를 맞는 게 어떻겠소, 부인?"
"자꾸 놀리면……."
"놀리면?"
선뜻 생각나는 말이 있긴 했지만 차마 입 밖에 낼 수가 없어 태희는 도리질을 했다. 덕분에 재경의 놀림 수위가 한층 업그레이드되었다.
"무슨 생각을 했기에 귀까지 빨개지고 그래? 수상하다?"
"더워서 열나는 거야, 어서 좀 가자."
재경의 팔을 밀쳐내고 태희가 걸음을 빨리했지만 그런 도주가 통할 리 없는 사람이었다. 대문 앞까지 가는 내내 재경은 태희를 놀리는 일에 푹 빠져 있었다. 하지만 차에 탔을 때 태희가 눈을 비비기 시작하자 전세는 단번에 역전되었다.
"울지 마. 내가 잘못했어. 울지 마, 응?"
눈물 두어 방울에 재경은 어쩔 줄 몰라 하면서 태희를 달래기 바빴다. 꼭 껴안아 토닥거리고 뺨에 입을 맞추고 다정한 키스를 거듭해 주었다.
"안 우는 거지?"

"……몰라."

시무룩한 목소리로 시선을 떨구는 태희의 모습에 애가 탄 재경이 더욱 뜨거운 입맞춤으로 그녀의 기분을 바꿔보려고 했다. 마지못해 그의 키스에 응해 주면서 태희가 살며시 눈을 떴다. 재경의 미간에 잡힌 주름을 보자 그녀의 눈에 뭔가 장난스러운 기운이 맴돌았다. 이러다 엉덩이에서 꼬리가 나면 어쩌지? 소심한 걱정을 해보면서 태희는 빙긋이 웃었다.

태희의 가방 속에 든 상자를 재경이 보는 것은 다음 날 오전의 일이다. 태희는 미처 반지 생각을 할 수 없을 만큼 그날 밤 바빴다.

재경과 제대로, 대화를, 좀, 하느라.

〈The End〉

작가후기

정말로 오래 가지고 있던 글을 세상에 내놓게 되었습니다. 제가 고등학교에 다닐 때 구상한 글이었고, 대학생일 때 대학노트에 이따금 생각날 때면 몇 줄씩 쓰던 것을 모아 모아 다음의 어떤 카페에서 연재했던 게 벌써 6년 전인가 봅니다.

둥지를 바꾸어 로망띠끄에서 연재했던 것이 2009년 1월의 마지막 날이었습니다. 그때는 중간에서 지쳐서 놓는 일 없이 비로소 완결이란 걸 보았습니다. 그 연재가 끝난 날이 2009년 10월이었습니다. 다 써놓은 글을 보니 A4로 676장이라는 분량이 나와서 제가 쓰긴 했지만 우와, 하고 혀를 찼습니다.

편집자님 덕분에 그 긴 글을 조금은 날씬하게 다듬어서 두 권의 책으로 만들 수 있었습니다. 정말로 감사드립니다. 그리고 편집자님도 많이 고생하셨어요.

아다마스는 쓰는 즐거움을 제게 느끼게 해준 첫 번째 글입니다. 그런 의미에서 첫사랑이겠군요. 아무쪼록 그런 제 두근거림이 조금은 전해지길 바랄 뿐입니다.

제 글을 읽어주셔서 감사합니다. 마음에 드셨다면 어딘가의 다른 항해에서 다시 만나길 기다리고 있을게요! 늘 건강하십시오!

2011년 12월 31일, 광주에서 Nana23 드림.